TESTAMENT

John Grisham

JOHN GRISHAM

TESTAMENT

Przekład
PAWEŁ KRUK

AMBER

Redakcja stylistyczna
Anna Tłuchowska

Korekta
Joanna Gomółka

Projekt graficzny okładki
Małgorzata Cebo-Foniok

Zdjęcie na okładce
Copyright © Zbigniew Foniok

Druk
POZKAL

Tytuł oryginału
The Testament

ISBN 978-83-241-4185-2

Warszawa 2011. Wydanie VIII

Wydawnictwo AMBER Sp. z o.o.
02-952 Warszawa, ul. Wiertnicza 63
tel. 620 40 13, 620 81 62

www.wydawnictwoamber.pl

Rozdział 1

To już ostatni dzień, nawet ostatnia godzina. Jestem stary, samotny i niekochany, chory, zbolały i zmęczony życiem. Gotowy na to, co się wkrótce stanie; musi być lepiej niż teraz.

Jestem właścicielem wysokiego, szklanego budynku, w którym siedzę, a dziewięćdziesiąt siedem procent mieszczącej się w nim firmy należy do mnie. Do mnie należą też ziemia tam na dole, rozciągająca się na kilometr w trzech kierunkach, i dwa tysiące ludzi, którzy tu pracują, i dwadzieścia tysięcy zatrudnionych gdzie indziej; i mam podziemny rurociąg, który doprowadza do tego budynku gaz z moich pól w Teksasie; i posiadam elektrownię, i wziąłem w leasing satelitę, przez którego kiedyś wyszczekiwałem rozkazy obywatelom mojego imperium na całym świecie. Moje aktywa przekraczają jedenaście miliardów dolarów.

Mam srebro w Nevadzie, miedź w Montanie, kawę w Kenii, węgiel w Angoli, kauczuk w Malezji, gaz naturalny w Teksasie, ropę naftową w Indonezji i stal w Chinach.

Moja firma ma przedsiębiorstwa, które produkują energię, komputery, budują tamy, drukują książki oraz przesyłają sygnały mojemu satelicie. Mam filie w tak wielu krajach, że trudno to sobie nawet wyobrazić.

Kiedyś miałem jeszcze wszelkie pasujące do tego zabawki: jachty, samoloty, blondynki, domy w Europie, farmy w Argentynie, wyspę na Pacyfiku, rasowe konie, a nawet drużynę hokejową. Ale jestem już za stary na zabawki.

Pieniądze są źródłem mojego nieszczęścia.

Miałem trzy rodziny – trzy eksżony, które urodziły siedmioro dzieci; sześcioro z nich nadal żyje i robi wszystko, aby przysporzyć mi cierpienia. Z tego, co wiem, byłem ojcem całej siódemki. Jedno pochowałem. Powinienem raczej powiedzieć, że to matka je pochowała. Mnie nie było w kraju.

Nie utrzymuję kontaktów z żadną z żon ani z żadnym z dzieci. Zbierają się tu dzisiaj, bo umieram i nadszedł czas na podział majątku.

Planowałem ten dzień od dawna. Mój budynek ma czternaście pięter. Wszystkie długie i szerokie, ułożone w kwadrat wokół dziedzińca, gdzie kiedyś jadałem obiady w słońcu. Mieszkam i pracuję na najwyższym piętrze – czterysta metrów kwadratowych przepychu, który wielu mógłby się wydawać nieprzyzwoity, na mnie nie robi najmniejszego wrażenia. Potem, mózgiem i fartem zbudowałem każdą cząstkę mojej fortuny. Dysponowanie nią to moje prawo. Rozdawanie jej powinno być moim wyborem, tylko że za bardzo na mnie nastają.

Dlaczego ma mi zależeć, kto dostanie pieniądze? Zrobiłem już z nimi wszystko, co tylko można sobie wyobrazić. Kiedy tak siedzę sam na wózku i czekam, nie przychodzi mi do głowy ani jedna rzecz, którą chciałbym sobie kupić albo zobaczyć, ani jedno miejsce, do którego chciałbym pojechać, ani jakakolwiek przygoda, jaką chciałbym przeżyć.

Miałem już to wszystko i teraz jestem bardzo zmęczony.

Nie obchodzi mnie, kto dostanie pieniądze. Za to bardzo mnie obchodzi, kto ich nie dostanie.

Każdy metr kwadratowy tego budynku był zaprojektowany przeze mnie, więc wiem dokładnie, jak rozmieścić uczestników tej całej dzisiejszej ceremonii. Są wszyscy, czekają i czekają, ale nawet nie mają nic przeciwko temu. Gotowi byliby stać nago w śnieżnej zamieci, bylebym tylko zrobił to, co mam zrobić.

Pierwsza rodzina to Lillian i jej potomstwo – czwórka moich dzieci urodzonych przez kobietę, która rzadko kiedy pozwoliła mi się dotknąć. Pobraliśmy się młodo – miałem dwadzieścia cztery lata, ona osiemnaście – a więc Lillian też jest stara. Nie widziałem jej całe wieki i dzisiaj też jej nie zobaczę. Jestem pewien, że wciąż odgrywa rolę skrzywdzonej, porzuconej, a mimo to wypełniającej swoje obowiązki pierwszej żony. Nigdy ponownie

nie wyszła za mąż i założę się, że od pięćdziesięciu lat z nikim nie poszła do łóżka. Sam nie wiem, jak my się rozmnożyliśmy. Jej najstarsze ma teraz czterdzieści siedem lat: Troy Junior, nic niewart idiota, dla którego moje nazwisko stało się przekleństwem. Jako młody chłopak nazwał się TJ i nadal woli to niż swoje imię. Spośród sześciorga zebranych tu dzieci TJ jest największym tępakiem. Gdy miał dziewiętnaście lat, wyleciał z college'u za handel narkotykami.

TJ, tak jak wszyscy pozostali, na dwudzieste pierwsze urodziny dostał pięć milionów dolarów. I tak jak wszystkim pozostałym przeleciały mu one przez palce niczym woda.

Nie zniosę przypominania sobie żałosnych historii dzieci Lillian. Wystarczy powiedzieć, że wszystkie tkwią po uszy w długach, bez pracy, ze znikomymi szansami na jakąkolwiek zmianę, więc podpisanie przeze mnie mojej ostatniej woli jest bez wątpienia najbardziej tragicznym wydarzeniem w ich życiu.

Wróćmy jednak do eksżon. Od lodowatej Lillian uciekłem do tętniącej uczuciami Janie, pięknego i młodziutkiego stworzenia zatrudnionego jako sekretarka w rachunkowości, które błyskawicznie awansowało, gdy zdecydowałem, że potrzebuję go podczas wyjazdów służbowych. Rozwiodłem się z Lillian i poślubiłem młodszą ode mnie o dwadzieścia dwa lata Janie, gotową na wszystko, byle tylko mi dogodzić. Czym prędzej urodziła dwójkę dzieci. Używała ich jako kotwicy, aby trzymać mnie blisko siebie. Młodszy, Rocky, zabił się w sportowym samochodzie wraz z dwoma kolesiami. Kosztowało mnie to sześć milionów, żeby sprawa nie trafiła do sądu.

Z Tirą ożeniłem się, kiedy miałem sześćdziesiąt cztery lata. Ona miała dwadzieścia trzy i była ze mną w ciąży. Wydała na świat małego potwora, którego nazwała Ramble, z niejasnych dla mnie powodów. Teraz Ramble ma czternaście lat, a na swoim koncie jedno aresztowanie za kradzież w sklepie i drugie za posiadanie marihuany. Tłuste włosy kleją mu się do szyi i opadają na plecy. Nosi kolczyki w uszach, brwiach i nosie. Zdaje mi się, że chodzi do szkoły, kiedy ma na to ochotę.

Ramble wstydzi się, że jego ojciec ma blisko osiemdziesiąt lat, a jego ojciec wstydzi się, że syn ma język naszpikowany srebrnymi koralikami.

I czeka z całą resztą, żebym podpisał się na tym testamencie i uczynił jego życie lepszym. Chociaż moja fortuna jest ogromna, pieniądze nie utrzymają się długo w rękach tych głupców. Umierający starzec nie powinien nienawidzić, ale nic na to nie poradzę. Żałosna banda. Matki mnie nienawidzą, więc dzieci naturalną koleją rzeczy też zostały nauczone nienawiści do mnie.

Krążą jak sępy z rozczapierzonymi szponami, ostrymi zębami i wygłodniałymi oczami i kręci im się w głowach na myśl o nieograniczonej ilości szmalu.

Dobry stan mojego umysłu jest teraz sprawą niezwykłej wagi. Myślą, że mam raka mózgu, bo wygaduję dziwne rzeczy. Bełkoczę bez sensu na spotkaniach i przez telefon, a moi asystenci szepczą, kiwają głowami za moimi plecami i myślą sobie: No tak, to prawda. To ten rak.

Spisałem testament dwa lata temu. Zostawiłem wszystko ostatniej kochance, która paradowała wówczas po moim apartamencie jedynie w panterkowych majteczkach i niczym więcej, bo mam bzika na punkcie dwudziestoletnich blondynek z tymi wszystkimi okrągłościami. Ale potem dostała kopa. Testament wrzuciłem do niszczarki. Po prostu poczułem się zmęczony.

Trzy lata temu też spisałem testament, żeby mieć już, cholera, z tym spokój, i przekazałem wszystko na cele charytatywne. Obdarowałem chyba sto organizacji. Któregoś dnia skląłem TJ-a, a on sklął mnie, i powiedziałem mu o nowym testamencie. Razem z matką i rodzeństwem wynajęli bandę oszustów prawników i pognali do sądu domagać się, żeby poddano mnie badaniom i leczeniu. Szczerze mówiąc, prawnicy postąpili sprytnie, bo gdyby uznano mnie za umysłowo chorego, testament zostałby unieważniony.

Ale ja mam swoich prawników i płacę im tysiąc dolarów za godzinę, żeby naginali prawo z korzyścią dla mnie. Nie wysłano mnie do szpitala, chociaż wtedy prawdopodobnie trochę mieszało mi się w głowie.

Mam też własną niszczarkę, tę, którą rozprawiłem się ze wszystkimi starymi testamentami. Teraz nie ma żadnego, pożarła je mała maszyna.

Ubieram się w długie białe togi z tajlandzkiego jedwabiu i golę głowę jak mnich. Jem mało, więc jestem chudy i wysuszony. Myślą, że jestem buddystą, ale ja wyznaję zoroastryzm. Nie mają pojęcia, na czym polega różnica. Ale mogę zrozumieć, dlaczego im się wydaje, że mój umysł szwankuje.

Lillian z pierwszą rodziną siedzą w sali konferencyjnej na trzynastym piętrze, dokładnie pode mną. W dużym pomieszczeniu, całym w marmurze i mahoniu, z miękkimi dywanami i długim, owalnym stołem pośrodku kręcą się nerwowo różni ludzie. Wcale się nie dziwię, że więcej tam prawników niż rodziny. Lillian ma jednego adwokata, każde z jej czworga dzieci też, z wyjątkiem TJ-a, który przyprowadził trzech, żeby podkreślić swoje znaczenie i być gotowym na wszelkie ewentualności. TJ ma więcej kłopotów z prawem niż większość mieszkańców celi śmierci. Na jednym końcu stołu stoi duży cyfrowy ekran i kamera, która będzie rejestrować spotkanie.

Mój drugi syn, brat TJ-a, Rex, ma czterdzieści cztery lata. Jest teraz mężem striptizerki imieniem Amber. Biedne stworzenie, pozbawione rozumu, ale za to z dużym sztucznym biustem, jest chyba jego trzecią żoną. Trzecią albo drugą, ale czy mam prawo go potępiać? Ona również tu jest, podobnie jak reszta zdenerwowanych mężów, żon i narzeczonych, którzy nie mogą się doczekać podziału jedenastu miliardów.

Pierwsza córka Lillian, a moja najstarsza, to Libbigail – dziecko, które kochałem do szaleństwa do czasu, gdy wyjechała do college'u i zapomniała o mnie. Teraz poślubiła bandytę, więc wykreśliłem ją z testamentu. Najmłodszym dzieckiem Lillian jest Mary Ross. Wyszła za lekarza, który chciałby być bardzo bogaty. Na razie siedzą po uszy w długach.

Janie z drugą rodziną czeka na dziesiątym piętrze. Od naszego rozwodu, wiele lat temu, Janie zdążyła dwukrotnie wyjść za mąż. Jestem prawie pewien, że teraz mieszka sama. Wynajmuję detektywów, którzy informują mnie na bieżąco, lecz nawet FBI nie udało się nadążyć za jej przeskokami z łóżka do łóżka. Jak wspomniałem, Rocky, jej syn, zabił się. Jej córka Geena jest tutaj z drugim mężem, przygłupem z dyplomem Wyższej Szkoły Biznesu, niebezpiecznym przygłupem, bo gotowym sprawnie roztrwonić pół miliarda w trzy lata.

No i wreszcie Ramble, wciśnięty w fotel na piątym piętrze. Oblizuje złote kółko w kąciku ust, przeczesuje palcami tłuste zielone włosy, ciska gniewne spojrzenia matce, która bezczelnie pojawiła się z małym, owłosionym żigolakiem. Ramble ma nadzieję, że dzisiaj się wzbogaci i otrzyma fortunę tylko dlatego, że go spłodziłem. On też ma prawnika – hipisa w radykalnym wydaniu, którego Tira zobaczyła w telewizji i zatrudniła tuż po tym, jak ją przeleciał. Czekają wraz z resztą towarzystwa.

Znam tych ludzi. Obserwuję ich.

Snead pojawia się w drzwiach apartamentu. Był moim służącym od blisko trzydziestu lat – okrąglutki, niski mężczyzna w białej kamizelce, łagodny i pokorny, niezmiennie zgięty wpół, jakby składał pokłon królowi. Staje przede mną, jak zawsze z rękami złożonymi na brzuchu, z głową przechyloną na bok, i mówi z lekkim uśmiechem: „Jak się pan miewa?" śpiewnym akcentem, nabytym przed laty, kiedy mieszkaliśmy w Irlandii.

Milczę. Nie muszę odpowiadać Sneadowi.

– Życzy pan sobie kawy?

– Lunch.

Snead mruga i kłania się jeszcze niżej, potem wychodzi z pokoju. Mankiety spodni ciągną mu się po podłodze. On również ma nadzieję, że wzbogaci się po mojej śmierci, i przypuszczam, że liczy dni podobnie jak pozostali.

Kłopot z posiadaniem pieniędzy polega na tym, że wszyscy chcą tylko trochę. Tylko troszkę, mały grosik. Czym jest milion dolarów dla człowieka z miliardami? Daj mi milion, staruszku, a nawet nie poczujesz różnicy. Pożycz coś i obaj o tym zapomnimy. Wciśnij gdzieś do testamentu moje nazwisko – zmieści się.

Snead jest wścibski jak diabli. Wiele lat temu przyłapałem go na szperaniu w moim biurku. Czegoś szukał. Myślę, że aktualnego testamentu. Chce, żebym umarł, bo spodziewa się kilku milionów.

Jakim prawem czegokolwiek oczekuje? Dawno temu powinienem był go wylać.

Jego nazwiska nie ma w moim nowym testamencie.

Stawia przede mną tacę: nieotwarte pudełko krakersów Ritz, niewielki słoiczek miodu i półlitrowa puszka fresci o temperaturze pokojowej. Najmniejsza zmiana i Snead wyleciałby w jednej chwili.

Odprawiam go i zanurzam krakersa w miodzie. Ostatni posiłek.

Rozdział 2

Siedzę i patrzę przez przyciemnione szklane ściany. W słoneczny dzień widzę oddalony o dwanaście kilometrów szczyt pomnika Waszyngtona, ale nie dzisiaj. Dzisiaj jest surowo i zimno, wietrznie i pochmurno. Całkiem niezły dzień na umieranie. Wiatr zwiewa ostatnie liście z gałęzi i rozrzuca je po parkingu na dole.

Dlaczego obawiam się bólu? Co jest złego w odrobinie cierpienia? Spowodowałem więcej nieszczęścia niż dziesięciu innych ludzi.

Dotykam przycisku i pojawia się Snead. Kłania się i popycha mój wózek przez drzwi apartamentu do marmurowego foyer i dalej marmurowym korytarzem ku kolejnym drzwiom. Zbliżamy się, ale nie odczuwam niepokoju.

Przetrzymałem tych specjalistów od wariatów ponad dwie godziny.

Mijamy mój gabinet. Kiwam głową do Nicolette, mojej najnowszej sekretarki, kochanego, młodziutkiego stworzenia, które naprawdę lubię. Gdyby było jeszcze trochę czasu, mogłaby zostać moją czwartą żoną.

Ale czasu już nie mam. Są tylko minuty.

Czekają prawnicy i kilku psychiatrów, którzy zdecydują, czy mam wszystko po kolei. Stoją wokół długiego stołu w sali konferencyjnej. Kiedy wjeżdżam, rozmowy natychmiast milkną i wszyscy patrzą na mnie. Snead ustawia mnie po jednej stronie stołu, tuż obok mojego prawnika, Stafforda.

Jest sporo kamer zwróconych w różnych kierunkach; operatorzy je ustawiają. Każdy szept, każdy ruch, każdy oddech zostanie zarejestrowany, bo chodzi o fortunę.

11

W testamencie, który podpisałem, niewiele pozostawiłem moim dzieciom. Przygotował go, jak zawsze, Josh Stafford. Dziś rano przepuściłem dokument przez niszczarkę.

Siedzę tu, aby udowodnić światu, że jestem przy zdrowych zmysłach i mogę sporządzić nowy testament. Kiedy to udowodnię, nie będzie można zakwestionować mojej ostatniej woli.

Po przeciwnej stronie stołu siedzi trzech psychiatrów – po jednym na każdą rodzinę. Przed nimi stoją zgięte kartoniki z nazwiskami: „dr Zadel", „dr Flowe", „dr Theishen". Obserwuję ich oczy i twarze. Mam być normalny, więc muszę utrzymywać kontakt wzrokowy.

Liczą na to, że dostrzegą jakieś odchylenia od normy, ale ja mam zamiar zjeść ich na śniadanie.

Stafford rozpoczyna to przedstawienie. Kiedy wszyscy siedli już na miejscach, a kamery zostały ustawione, mówi:

– Nazywam się Josh Stafford i jestem doradcą prawnym pana Troya Phelana, zasiadającego po mojej prawej stronie.

Wpatruję się w psychiatrów po kolei, oko w oko, spojrzenie za spojrzenie, aż zaczynają mrugać, odwracać wzrok. Wszyscy trzej w ciemnych garniturach. Zadel i Flowe z rzadkimi brodami. Theishen ma muszkę i wygląda na trzydzieści lat. Rodziny miały prawo wynająć, kogo zechcą.

Stafford mówi:

– Celem tego spotkania jest zbadanie pana Phelana przez komisję złożoną z lekarzy psychiatrów, która ma ocenić jego zdolność do spisania testamentu. Jeżeli komisja uzna go za zdrowego na umyśle, zamierza on podpisać testament, w którym zadysponuje swoim majątkiem po śmierci.

Stafford stuka ołówkiem w leżący przed nami gruby na trzy centymetry testament. Jestem pewien, że kamery robią teraz zbliżenie dokumentów. Jestem też pewien, że sam jego widok przyprawia o dreszcze moje dzieci i ich matki.

Nie widzieli testamentu i nie mają do tego prawa. To prywatny dokument, ujawniany dopiero po śmierci. Ewentualni beneficjenci mogą tylko spekulować co do jego treści. Moi spadkobiercy otrzymali jednak wskazówki, małe kłamstewka, które starannie rozpuszczałem.

Zostali zręcznie ogłupieni i uwierzyli, że większość majątku podzielę uczciwie między dzieci, a byłym żonom zostawię hojne legaty. Wiedzą o tym; czują to. Modlili się gorączkowo od wielu tygodni, nawet miesięcy. Dla nich to sprawa życia i śmierci, bo toną w długach. Testament, który leży przede mną, ma z nich uczynić bogaczy i położyć kres swarom. Wszystko przygotował Stafford. W rozmowach z ich prawnikami przedstawił ogólnikowo przypuszczalną treść dokumentu, oczywiście za moim pozwoleniem. Każde dziecko dostanie coś między trzystu a pięciuset milionami, a kolejne pięćdziesiąt milionów otrzyma każda z trzech eksżon. Te kobiety zostały dobrze uposażone po rozwodzie, ale o tym, oczywiście, nie pamiętają.

Ogólna kwota legatów dla rodzin to jakieś trzy miliardy dolarów. Rząd zagarnie kilka miliardów podatku, reszta ma być przeznaczona na cele charytatywne.

Łatwo więc zrozumieć, dlaczego są tu dziś wszyscy, elegancy, trzeźwi (w większości) i wpatrują się w monitory z nadzieją i w oczekiwaniu, że ja, stary człowiek, urzeczywistnię ich marzenia. Jestem pewien, że powiedzieli swoim psychiatrom: „Nie bądźcie za ostrzy dla staruszka. Chcemy, żeby był normalny".

Skoro wszyscy są tacy zadowoleni, to po co się przejmować badaniem psychiatrycznym? Bo zamierzam wkurwić ich po raz ostatni i chcę to zrobić dobrze.

Komisja psychiatrów jest moim pomysłem, ale dzieci i ich prawnicy za wolno myślą, żeby to sobie uświadomić.

Zaczyna Zadel.

– Panie Phelan, czy może pan podać dzisiejszą datę, godzinę i miejsce?

Czuję się jak pierwszoklasista. Spuszczam brodę na piersi i rozważam kwestię dostatecznie długo, żeby zaczęli wiercić się na siedzeniach i szeptać: „No, dalej, ty szalony, stary skurczybyku. Przecież wiesz, jaki mamy dzień".

– Poniedziałek – odpowiadam łagodnie. – Poniedziałek, dziewiąty grudnia 1996. Jesteśmy w moim biurze.

– Godzina?

– Około w pół do trzeciej – mówię. Nie noszę zegarka.

– A gdzie znajduje się pańskie biuro?

– W McLean w Wirginii.

Flowe pochyla się do mikrofonu.

– Czy może pan podać imiona i daty urodzenia swoich dzieci?

– Nie. Imiona może tak, ale nie daty urodzenia.

– Dobrze, proszę nam podać imiona.

Nie spieszę się. Za wcześnie na ostrą grę. Chcę, żeby się spocili.

– Troy Phelan Junior, Rex, Libbigail, Mary Ross, Geena i Ramble. – Wypowiadam imiona, jakby sama myśl o nich sprawiała mi ból.

Flowe drąży dalej.

– Było też siódme dziecko, prawda?

– Tak.

– Pamięta pan jego imię?

– Rocky.

– Co się z nim stało?

– Zginął w wypadku samochodowym. – Siedzę prosto na wózku, trzymam głowę wysoko, przesuwam jasne spojrzenie z jednego lekarza na drugiego, dając kamerom obraz pełnej sprawności umysłu. Jestem pewien, że moje dzieci i eksżony są ze mnie dumne. Z pewnością wpatrują się w monitory, ściskając dłonie obecnych partnerów, i uśmiechają się do wygłodniałych prawników, ponieważ stary Troy, na razie, dobrze sobie radzi z pytaniami.

Może mówię niskim i głuchym głosem, może wyglądam jak czubek w tych białych jedwabnych szatach, z głową owiniętą zielonym turbanem, ale odpowiedziałem na zadane pytania.

No, dalej, staruszku, ponaglają.

Teraz pyta Theishen:

– W jakim stanie fizycznym znajduje się pan obecnie?

– Bywało lepiej.

– Chodzą pogłoski, że ma pan nowotwór złośliwy.

Od razu do sedna sprawy, co?

– Myślałem, że to badanie psychiatryczne – mówię, zerkając na Stafforda, który nie potrafi stłumić uśmiechu. Ale reguły gry pozwalają na wszelkie możliwe pytania. To nie sala sądowa.

– Tak jest – przytakuje grzecznie Theishen. – Ale każde dotychczasowe pytanie ma związek ze sprawą.

– Rozumiem.

– Czy udzieli pan odpowiedzi?

– Odnośnie do czego?

– Odnośnie do nowotworu.

– Oczywiście. Mam go w głowie, jest rozmiarów piłki golfowej, rośnie z dnia na dzień, nie da się go zoperować, a mój lekarz twierdzi, że nie przeżyję trzech miesięcy.

Już słyszę, jak strzelają szampany. Potwierdził istnienie raka!

– Czy znajduje się pan teraz pod wpływem jakiegokolwiek leku, narkotyku czy alkoholu?

– Nie.

– Czy zażywa pan jakieś lekarstwa uśmierzające ból?

– Jeszcze nie.

Znów Zadel:

– Panie Phelan, trzy miesiące temu w czasopiśmie „Forbes" opublikowano informacje na temat wartości pańskiego majątku, szacując go na osiem miliardów dolarów netto. Czy te dane są bliskie prawdy?

– Od kiedy „Forbes" słynie z dokładności?

– A więc nie są dokładne?

– Wartość waha się między jedenaście a jedenaście i pół, w zależności od sytuacji na rynku. – Wypowiadam te słowa bardzo wolno, lecz wyraźnie, autorytatywnie. Nikt nie wątpi w rozmiary mojej fortuny.

Flowe postanawia drążyć temat pieniędzy.

– Panie Phelan, czy może pan opisać, ogólnie, strukturę pańskich korporacji?

– Tak, mogę.

– Zrobi to pan?

– Chyba tak. – Milknę, a ich zalewa kolejna fala potów. Stafford zapewnił mnie, że nie muszę podawać tu osobistych informacji. „Proszę im przekazać ogólny zarys sytuacji", powiedział.

– Grupa Phelana to prywatna korporacja. Obejmuje siedemdziesiąt różnych firm, z których kilka jest na giełdzie.

– Jaka część udziałów Grupy jest pańską własnością?

– Około dziewięćdziesięciu siedmiu procent. Reszta jest w rękach kilku pracowników.

Theishen dołącza do nagonki. Dojście do sedna sprawy nie zabrało wiele czasu.

15

– Panie Phelan, czy pańska firma ma udziały w Spin Computer?

– Tak – odpowiadam powoli, starając się zlokalizować Spin Computer w swojej korporacyjnej dżungli.

– Jaka część jest pańską własnością?

– Osiemdziesiąt procent.

– A Spin Computer jest spółką akcyjną?

– Zgadza się.

Theishen bezmyślnie przekłada urzędowo wyglądające dokumenty. Ze swojego miejsca widzę, że ma tam roczne sprawozdanie firmy oraz kwartalne wyniki finansowe, czyli informacje, jakie mógłby uzyskać każdy przeciętny student college'u.

– Kiedy pan kupił Spin? – pyta.

– Jakieś cztery lata temu.

– Ile pan zapłacił?

– Dwadzieścia dolców za akcję, w sumie trzysta milionów. – Chcę odpowiadać wolniej, ale ciężko mi się kontrolować. Przeszywam Theishena spojrzeniem, z niecierpliwością oczekując kolejnego pytania.

– A jaka jest obecnie wartość firmy? – pyta.

– Cóż, dogrywki zakończyły się wczoraj na czterdziestu trzech i pół. Kapitał firmy powiększył się dwukrotnie od czasu, gdy ją kupiłem, a więc ta inwestycja jest teraz warta osiemset pięćdziesiąt.

– Osiemset pięćdziesiąt milionów?

– Tak.

W tym momencie badanie właściwie dobiega końca. Skoro znam wczorajsze notowania giełdowe po zamknięciu dogrywek, to moi przeciwnicy powinni być usatysfakcjonowani. Już widzę ich głupkowate uśmiechy, słyszę stłumione wiwaty. Dobry chłopiec. Dałeś im popalić.

Zadela interesuje historia. Próbuje określić granice mojej pamięci.

– Panie Phelan, gdzie się pan urodził?

– W Montclair, w New Jersey.

– Kiedy?

– Dwunastego maja 1918 roku.

– Jak brzmiało panieńskie nazwisko pańskiej matki?

– Shaw.

– Kiedy umarła?

– Dwa dni przed Pearl Harbor.

– A pański ojciec?

– Co z nim?

– Kiedy umarł?

– Nie wiem. Zniknął, kiedy byłem dzieckiem.

Zadel spogląda na Flowe'a, który zapisał sobie pytania w notesie.

– Pańska najmłodsza córka?

– Z której rodziny?

– Hm, pierwszej.

– To będzie Mary Ross.

– Zgadza się...

– Oczywiście, że się zgadza.

– Do jakiego uczęszczała college'u?

– Tulane w Nowym Orleanie.

– Co studiowała?

– Coś związanego ze średniowieczem. Potem fatalnie wyszła za mąż, tak jak reszta. Chyba się wdali we mnie. – Sztywnieją i najeżają się. Już widzę, jak prawnicy i obecni partnerzy życiowi moich byłych żon tłumią uśmieszki, bo nikt nie może zaprzeczyć, że istotnie wybierałem fatalnie.

A rozmnażałem się chyba jeszcze gorzej.

Flowe niespodziewanie kończy rundę. Theishen uwielbia pieniądze. Pyta:

– Czy posiada pan pakiet kontrolny w MountainCom?

– Tak, jestem pewien, że ma pan wszystkie dane w tej stercie papierów przed sobą. To spółka akcyjna.

– Ile zainwestował pan na początku?

– Około osiemnastu za akcję, jakieś dziesięć milionów akcji.

– A teraz...

– Wczorajsza cena przy zamknięciu – dwadzieścia jeden za akcję. W ciągu ostatnich sześciu lat wartość firmy wzrosła do czterystu milionów dolarów. Czy to pana satysfakcjonuje?

– Tak, myślę, że tak. Ile spółek akcyjnych pan kontroluje?

– Pięć.

Flowe zerka na Zadela. Zastanawiam się, jak długo jeszcze potrwa to badanie. Czuję nagłe zmęczenie.

– Jeszcze jakieś pytania? – rzuca Stafford. Nie będziemy ich ponaglać, bo chcemy, żeby stąd wyszli całkowicie usatysfakcjonowani.

Zadel pyta:

– Czy zamierza pan podpisać dzisiaj nowy testament?

– Tak, mam taki zamiar.

– Czy to testament, który leży przed panem na stole?

– W rzeczy samej.

– Czy w tym testamencie przekazuje pan pokaźną część majątku swoim dzieciom?

– Tak.

– Czy jest pan gotowy podpisać teraz ten testament?

– Tak.

Zadel ostrożnie kładzie pióro na stole, splata w zadumie palce i spogląda na Stafforda.

– W moim mniemaniu stan psychiczny pana Phelana pozwala na dysponowanie majątkiem. – Wymawia te słowa dobitnie, jakby moje wystąpienie wprawiło wszystkich w stan umysłowego zawieszenia.

Pozostali dwaj psychiatrzy pospiesznie potwierdzają opinię kolegi.

– Nie mam wątpliwości co do tego, że pan Phelan cieszy się dobrym zdrowiem umysłowym – mówi Flowe do Stafforda. – Wydaje mi się niewiarygodnie bystry.

– Ani cienia wątpliwości? – pyta Stafford.

– Absolutnie nie.

– Doktorze Theishen?

– Nie czarujmy się. Pan Phelan dokładnie wie, co robi. Jego umysł pracuje znacznie szybciej niż nasze.

O, dziękuję bardzo. To tak wiele dla mnie znaczy. Jesteście zgrają konowałów szarpiących się, żeby wyciągnąć ze sto tysięcy rocznie. Ja zarobiłem miliardy, a mimo to poklepujecie mnie po głowie i mówicie mi, jaki jestem bystry.

– A więc decyzja jest jednogłośna? – nalega Stafford.

– Tak. Jak najbardziej. – Chyba nie mogą szybciej kiwać głowami.

Stafford podsuwa mi testament i podaje pióro. Mówię:

– To jest ostatnia wola i testament Troya L. Phelana, unieważniające wszystkie poprzednie testamenty i kodycyle. – Dokument ma dziewięćdziesiąt stron, opracował go Stafford i ktoś z jego firmy. Znam zasadę, ale ostatni wydruk mnie nie interesuje. Nie czytałem go i nie przeczytam. Kartkuję stronice, gryzmolę nazwisko, którego nikt nie odczyta, i kładę na nim dłonie. Sępy nigdy go nie zobaczą.

– Spotkanie zakończone – mówi Stafford i wszyscy szybko się zbierają. Zgodnie z moimi instrukcjami trzy rodziny mają natychmiast opuścić budynek.

Jedna z kamer wciąż patrzy na mnie – obraz zarejestrowany przez nią znajdzie się w archiwum. Prawnicy i psychiatrzy wychodzą w pośpiechu. Mówię Sneadowi, żeby usiadł przy stole. Stafford i jeden z jego współpracowników, Durban, pozostają w pokoju, nie wstając z miejsc. Kiedy zostajemy sami, sięgam pod ubranie, wyjmuję stamtąd kopertę i otwieram ją. Wyjmuję z niej trzy żółte kartki papieru i kładę je przed sobą na stole.

Teraz pozostały zaledwie sekundy i słaby dreszcz strachu przebiega mi po plecach. Ten testament wymagał więcej siły, niż udało mi się zgromadzić w ciągu tygodni.

Stafford, Durban i Snead wpatrują się w żółte kartki całkowicie zdezorientowani.

– Oto mój testament – oświadczam, biorąc pióro. – Ostatnia wola, każde słowo napisałem osobiście, zaledwie kilka godzin temu. Dzisiejsza data. Podpis. – Wpisuję swoje nazwisko. Stafford jest zbyt oszołomiony, żeby zareagować. – Unieważnia wszystkie poprzednie testamenty, włącznie z tym, który podpisałem niecałe pięć minut temu. – Składam kartki i wsuwam je do koperty.

Zagryzam zęby i przypominam sobie, jak bardzo chcę umrzeć.

Puszczam kopertę po stole do Stafforda i w tej samej chwili wstaję z wózka. Nogi mi się trzęsą. Serce wali jak młotem. Zostało kilka sekund. Pewnie nie będę już żył, zanim się roztrzaskam.

– Hej! – Ktoś krzyknął, chyba Snead. Ale mijam go szybko.

Niedołężny człowiek idzie, prawie biegnie. Mijam rząd skórzanych foteli, jeden z moich portretów – kiepski, zamówiony przez którąś z żon, omijam wszystko aż do uchylnych drzwi, które nie są zamknięte na zamek. Wiem, ponieważ przećwiczyłem to kilka godzin temu.

– Stój! – Ktoś wrzeszczy. Ruszają za mną. Nikt od roku nie widział, żebym chodził. Łapię za klamkę i otwieram drzwi. Powietrze jest przenikliwie zimne. Stawiam gołą stopę na wąskim tarasie, który otacza najwyższe piętro budynku. Nie patrząc w dół, rzucam się przez balustradę.

Rozdział 3

Snead znajdował się dwa kroki za Phelanem i przez chwilę wydawało mu się, że zdoła złapać starca. Widok chorego, który nie tylko wstaje i idzie, ale wręcz biegnie ku drzwiom, unieruchomił go. Pan Phelan od wielu lat nie poruszał się tak szybko.

Dopadł bariery i krzyknął przeraźliwie. Mógł już tylko patrzeć bezradnie, jak jego szef bezgłośnie koziołkuje w powietrzu, coraz mniejszy i mniejszy, aż uderza o ziemię. Snead zacisnął palce na poręczy. Przez kilka sekund patrzył z niedowierzaniem, potem zaczął krzyczeć.

Josh Stafford wbiegł na taras tuż za Sneadem i widział końcową fazę upadku Troya. Wydarzenia potoczyły się błyskawicznie, przynajmniej skok. Samo spadanie zdawało się trwać prawie godzinę. Człowiek ważący siedemdziesiąt kilogramów spada sto metrów w niecałe pięć sekund, lecz Stafford powiedział później, że staruszek unosił się w powietrzu przez wieczność, jak piórko wirujące na wietrze.

Tip Durban dopadł do barierki tuż za Staffordem. Zobaczył jedynie, jak ciało uderza o cegły patio, między wejściem głównym a kolistym podjazdem. Z jakiejś przyczyny Durban trzymał kopertę, którą bezwiednie chwycił, gdy wszyscy rzucili się łapać starego Troya. Wyglądał dość tępo, gdy tak stał na świeżym, rześkim powietrzu, patrząc w dół na scenę jakby z horroru i na to, jak pierwsi gapie podchodzą do ofiary.

Śmierć Troya Phelana nie stała się tak wielkim dramatem, jak to sobie wymarzył. Nie płynął ku ziemi na podobieństwo anioła, łabędzim ruchem, powiewając białymi jedwabnymi szatami. Nie roztrzaskał się przed przerażonymi członkami rodziny, którzy, jak sobie wyobrażał, akurat w tym momencie będą wychodzili z budynku. Świadkiem jego upadku był jedynie jakiś drobny urzędnik spieszący przez parking po bardzo długim lunchu. Urzędnik usłyszał dźwięk, uniósł głowę i patrzył z przerażeniem, jak blade, nagie ciało runęło na ziemię w czymś, co wydało mu się prześcieradłem obwiązanym dokoła szyi. Ciało wylądowało na cegłach na wznak, wydając przy tym tępy odgłos, jakiego zresztą należało oczekiwać po silnym uderzeniu.

Urzędnik podbiegł na miejsce wypadku w tej samej chwili, kiedy ochroniarz dostrzegł, że coś jest nie w porządku, i wypadł ze swojego posterunku przy wejściu do Phelan Tower. Ani urzędnik, ani strażnik nigdy wcześniej nie spotkali Troya Phelana, więc żaden z nich z początku nie wiedział, na czyje szczątki patrzą. Ciało bosego człowieka z owiniętym wokół ramion prześcieradłem krwawiło. I z pewnością było martwe.

Gdyby Troy wytrzymał trzydzieści sekund dłużej, ziściłby swoje marzenie. Tira, Ramble, doktor Theishen oraz świta prawników, ulokowani w pokoju na piątym piętrze, pierwsi wyszli z budynku. Oni też pierwsi natknęli się na zwłoki starca. Tira krzyknęła, nie z bólu, miłości czy poczucia straty, lecz po prostu dlatego, że zobaczyła starego Troya rozmazanego na ceglanym dziedzińcu. Zdławiony, przenikliwy krzyk usłyszeli wyraźnie Snead, Stafford i Durban czternaście pięter wyżej.

Ramble pomyślał, że to fajny widok. Jako dziecko telewizji, uzależnione od gier wideo, poczuł, że scena przyciąga go niczym magnes. Odszedł od wrzeszczącej matki i ukląkł przy martwym ojcu. Strażnik złapał go stanowczo za ramię.

– To Troy Phelan – powiedział jeden z prawników, stając nad zwłokami.

– Co pan? – bąknął strażnik.

– No, no – odezwał się urzędnik.

Kolejni ludzie wybiegli z budynku.

Janie, Geena i Cody wraz z psychiatrą, doktorem Flowe'em i prawnikami wyszli następni. Nie wydawali jednak żadnych okrzyków, nie okazywali wstrząsu. Ściśnięci w grupce, z dala od Tiry, wpatrywali się podobnie jak reszta w ciało biednego Troya.

Zatrzeszczał radiotelefon. Pojawił się kolejny ochroniarz, przejmując kontrolę nad sytuacją. Zadzwonił po karetkę.

– Co to pomoże? – zapytał urzędnik, naoczny świadek zdarzenia, który przyjął, że odegra najważniejszą rolę.

– Chce go pan odwieźć swoim samochodem? – zapytał strażnik.

Ramble patrzył, jak krew wypełnia szczeliny między płytami i płynie pod idealnym kątem po lekkiej pochyłości w kierunku zamarzniętej fontanny i stojącego w pobliżu słupa flagowego.

Do atrium spłynęła wypełniona winda. Wysypała się z niej pierwsza rodzina, z Lillian i świtą. Ponieważ TJ i Rex mieli kiedyś pozwolenie na korzystanie z biur, zaparkowali na tyłach budynku. Cała grupa skręciła w lewo ku wyjściu. Ktoś bliżej frontu budynku zawołał:

– Pan Phelan wyskoczył!

Zawrócili i pobiegli przez drzwi wejściowe na ceglane patio w pobliżu fontanny, gdzie ujrzeli ciało.

Nie będą musieli czekać na postępy nowotworu.

Dopiero po minucie Joshua Stafford doszedł do siebie i ponownie zaczął myśleć jak prawnik. Odczekał, aż na dole pojawiła się ostatnia, trzecia rodzina, i dopiero wtedy poprosił Sneada i Durbana, żeby weszli do środka.

Kamera wciąż pracowała. Snead podniósł przed nią prawą rękę, przysiągł mówić tylko prawdę i tłumiąc cisnące się do oczu łzy, opisał zdarzenie, którego właśnie był świadkiem. Stafford otworzył kopertę i podniósł żółte kartki papieru do obiektywu.

– Tak, widziałem, jak to podpisał – potwierdził Snead. – Zaledwie sekundy temu.

– Czy to jego podpis? – zapytał Stafford.

– Tak.

– Czy oświadczył, że to jego ostatnia wola i testament?

– Nazwał to swoim testamentem.

Stafford odsunął kartki, zanim Snead zdążył cokolwiek przeczytać. Powtórzył to samo z Durbanem, stanął przed obiektywem i opowiedział swoją wersję wydarzeń. Wyłączył kamerę i w trójkę zjechali na dół, aby okazać szacunek panu Phelanowi. W windzie tłoczyli się pracownicy, oszołomieni, lecz niecierpliwie pragnący po raz ostatni i niezwykły zobaczyć szefa. Budynek powoli pustoszał. Snead, wciśnięty w kąt, tłumił ciche łkania.

Strażnicy kazali tłumowi się cofnąć, zostawiając samotnego Troya w kałuży krwi. W dali słychać było odgłos zbliżającej się syreny. Ktoś zrobił zdjęcia, aby upamiętnić śmierć staruszka. Potem ciało zakryto czarnym kocem.

Szok, jaki przeżyła rodzina, wkrótce ustąpił miejsca słabym przejawom smutku. Z opuszczonymi głowami, wpatrując się posępnie w koc, usiłowali uporządkować myśli w obliczu nadchodzących spraw. Nie można było patrzeć na Troya i jednocześnie nie myśleć o pieniądzach. Żal za nieczęsto widywanym krewnym, nawet jeśli był to ojciec, nie mógł stanąć na drodze pięciuset milionom dolarów.

W przypadku pracowników szok przeobraził się w zakłopotanie. Mówiono, że Troy mieszka na górze, ponad nimi, ale niewielu kiedykolwiek go widziało. Był ekscentrykiem, szaleńcem, chorym człowiekiem – przynajmniej takie krążyły plotki. Stronił od ludzi. W budynku pracowali odpowiedzialni wiceprezesi, którzy widywali go raz do roku. Skoro firma tak dobrze prosperowała bez niego, niewątpliwie mieli dobre, ciepłe posady.

Dla psychiatrów: Zadela, Flowe'a i Theishena były to chwile pełne napięcia. Człowiek, który, jak zgodnie oświadczyli, znajdował się w pełni władz umysłowych, kilka minut później skoczył po śmierć. Z drugiej strony, nawet szaleniec może mieć przebłyski świadomości – to prawnicze określenie powtarzali sobie bardzo często, trzęsąc się w tłumie. Szalony jak jasny gwint, ale dzięki jednemu przebłyskowi świadomości może sporządzić ważny testament. Będą stanowczo obstawać przy swojej opinii. Dzięki Bogu, że wszystko zostało zarejestrowane na taśmie. Stary Troy był bystry. I miewał przebłyski.

Szok prawników minął szybko. Nie odczuwali ani cienia smutku. Stali z żałobnymi minami obok swych klientów i obserwowali bolesną scenę. Honoraria będą ogromne.

Karetka wjechała na chodnik i zatrzymała się przy Troyu. Stafford przeszedł pod wstęgą i szepnął coś strażnikom.

Sanitariusze przenieśli ciało na nosze i wsunęli je do ambulansu.

Troy Phelan przeniósł siedzibę swojej korporacji do północnej Wirginii dwadzieścia dwa lata temu, aby uciec przed podatkami w Nowym Jorku. Wydał czterdzieści milionów na Wieżę i otaczający ją teren. Pieniądze te odzyskał wielokrotnie, osiedlając się na stałe w Wirginii.

Tam też, w trakcie paskudnego procesu, poznał Joshuę Stafforda, wschodzącą gwiazdę wśród prawników dystryktu Columbia. Troy przegrał, Stafford wygrał. Troy podziwiał jego styl i wytrwałe dążenie do wytyczonego celu, więc go zatrudnił. W ostatnim dziesięcioleciu Stafford podwoił rozmiary swej firmy i wzbogacił się, umiejętnie rozgrywając batalie Troya.

W ostatnich latach życia Phelana nikt nie był z nim bliżej niż Josh Stafford. On i Durban powrócili do sali konferencyjnej na czternastym piętrze i zamknęli za sobą drzwi na klucz. Odprawili Sneada, radząc mu, by się położył.

Przy włączonej kamerze Stafford otworzył kopertę i wyjął z niej trzy kartki żółtego papieru. Pierwsza była listem adresowanym do niego. Powiedział do kamery:

– Ten list datowany jest dzisiaj, w poniedziałek, dziewiątego grudnia 1996 roku. Jest pisany ręcznie, zaadresowany do mnie przez Troya Phelana. Ma pięć akapitów. Odczytam go w całości:

Drogi Joshu: teraz już nie żyję. Oto moje instrukcje. Chcę, żebyś je dokładnie wypełnił. Jeżeli będziesz musiał, załóż sprawę sądową, ale chcę, żeby moje życzenia zostały spełnione.

Po pierwsze, chcę szybkiej sekcji zwłok, z przyczyn, które staną się ważne później.

Po drugie, nie będzie pogrzebu ani żadnego nabożeństwa. Chcę zostać skremowany, a prochy niech zostaną rozrzucone z samolotu nad moim ranczem w Wyoming.

Po trzecie, chcę, aby mój testament pozostał nieodczytany do piętnastego stycznia tysiąc dziewięćset dziewięćdziesiątego siódmego roku. Prawo nie wymaga od ciebie, abyś go natychmiast ujawnił. Zaczekaj z tym miesiąc.

Żegnaj,
Troy.

Stafford powoli położył pierwszą kartkę na stole i ostrożnie wziął do ręki drugą. Przyglądał jej się przez chwilę i powiedział do kamery:

– To jednostronicowy dokument, będący ostatnim testamentem Troya L. Phelana. Odczytam go w całości: „Ostatnia wola Troya L. Phelana. Ja, Troy L. Phelan, będący w pełni władz umysłowych i przy dobrej pamięci, stanowczo unieważniam wszystkie poprzednie testamenty i kodycyle spisane przeze mnie i postanawiam rozporządzić moim majątkiem jak następuje:

Moim dzieciom: Troyowi Phelanowi Juniorowi, Reksowi Phelanowi, Libbigail Jeter, Mary Ross Jackman, Geenie Strong oraz Ramble'owi Phelanowi daję każdemu z osobna sumę pieniędzy konieczną do spłacenia wszystkich długów, które zaciągnęli do dnia dzisiejszego. Wszelkie długi zaciągnięte po dzisiejszym dniu nie zostaną pokryte przez ten dar. Jeśli którekolwiek z wymienionych dzieci spróbuje zakwestionować ten testament, legat dla niego zostanie unieważniony.

Moim byłym żonom Lillian, Janie i Tirze nie daję nic. Otrzymały dostatecznie dużo podczas rozwodów.

Resztę majątku pozostawiam mojej córce Rachel Lane, urodzonej drugiego listopada 1954 roku w Szpitalu Katolickim w Nowym Orleanie w stanie Luizjana przez Evelyn Cunningham, obecnie nieżyjącą".

Stafford nigdy nie słyszał o tych osobach. Zaczerpnął głęboko tchu i czytał dalej.

„Wyznaczam mojego zaufanego prawnika Joshuę Stafforda na wykonawcę tego testamentu i udzielam mu szerokiej dyskrecjonalnej władzy do jego zrealizowania.

Ten dokument jest z zamierzenia testamentem rękopiśmiennym. Każde słowo zostało napisane przeze mnie własnoręcznie i w tym miejscu go podpisuję.

Podpisane dziewiątego grudnia 1996 roku, o godzinie piętnastej przez Troya L. Phelana".

Stafford położył dokument na stole i zamrugał do kamery. Czuł przemożną potrzebę przejścia się po budynku, zaczerpnięcia rześkiego powietrza, ale zwalczył ją i wziął trzecią kartkę.

– To jednoakapitowa notatka ponownie adresowana do mnie. Odczytam ją: „Josh, Rachel Lane pracuje jako misjonarka World Tribes na granicy między Brazylią a Boliwią. Przebywa w zagubionym szczepie Indian w rejonie znanym jako Pantanal. Najbliższe miasto to Corumba. Nie mogłem jej znaleźć. Nie miałem z nią kontaktu przez ostatnie dwadzieścia lat. Podpisano: Troy Phelan".

Durban wyłączył kamerę i dwukrotnie obszedł stół.

– Wiedziałeś, że ma nieślubną córkę?

Stafford wpatrywał się nieobecnym wzrokiem w testament.

– Nie. Przygotowałem dla niego jedenaście testamentów i nigdy o niej nie wspomniał.

– Myślę, że nie powinniśmy być zaskoczeni.

Stafford wielokrotnie powtarzał, że Troy Phelan nie jest go w stanie niczym zaskoczyć. Zarówno w sprawach zawodowych, jak i prywatnych był kapryśny i chaotyczny. Stafford zarobił grube miliony, biegając za swoim klientem i gasząc wzniecane przez niego pożary.

Prawdę mówiąc, czuł się jednak bardzo zaskoczony. Dopiero co był świadkiem dramatycznego samobójstwa: człowiek przykuty do wózka inwalidzkiego niespodziewanie wstał i pobiegł przed siebie. Teraz trzymał w rękach ważny testament, w kilku spisanych pospiesznie słowach przekazujący jedną z największych fortun świata nieznanej spadkobierczyni, która najpewniej nie bdzie wiedziaa, co z nią zrobić. Podatki od dziedziczenia będą brutalnie wysokie.

– Muszę się napić, Tip – stwierdził.

– Trochę wcześnie.

Przeszli do sąsiedniego gabinetu Phelana, gdzie wszystko zastali otwarte. Sekretarka i inni, którzy pracowali na czternastym piętrze, nadal znajdowali się na dole.

Zamknęli drzwi na klucz i pospiesznie przejrzeli szuflady biurka i szafki z dokumentami. Troy przewidział, że tak zrobią. Nigdy nie zostawiłby otwartych osobistych miejsc. Wiedział, że Josh natychmiast tu zajrzy. W środkowej szufladzie biurka znaleźli kontrakt z krematorium w Aleksandrii, z datą sprzed pięciu tygodni. Pod nim leżały dokumenty dotyczące misji World Tribes.

Zabrali tyle, ile udało im się unieść, odszukali Sneada i kazali mu zamknąć gabinet na klucz.

– Co jest w tym ostatnim testamencie? – zapytał. Był blady i miał zapuchnięte oczy. Pan Phelan nie mógł tak po prostu umrzeć, nie zostawiwszy mu środków do życia. Przez trzydzieści lat Snead wiernie mu służył.

– Nie mogę powiedzieć – odparł Stafford. – Wrócę jutro, żeby sporządzić inwentaryzację. Proszę tu nikogo nie wpuszczać.

– Oczywiście – wyszeptał Snead i znów zaczął chlipać.

Stafford i Durban strawili pół godziny na rutynowej rozmowie z policjantem. Pokazali mu, w którym miejscu Troy przeleciał przez barierkę, podali nazwiska świadków, opisali bez szczegółów ostatni list i testament. To było samobójstwo, jawne i proste. Policjant obiecał przekazać im kopię raportu z sekcji zwłok i zamknął sprawę, zanim jeszcze wyszli z budynku.

Pojechali z ciałem do biura lekarza sądowego i zaczęli przygotowania do autopsji.

– Po co ta sekcja? – zapytał szeptem Durban, kiedy czekali na odpowiednie papiery.

– Aby udowodnić, że nie wchodziły w grę narkotyki ani alkohol. Nic, co mogłoby podważyć jego testament. Pomyślał absolutnie o wszystkim.

Przed osiemnastą dotarli do baru w hotelu Willard, w pobliżu Białego Domu, dwie przecznice od ich biura. Dopiero po dużym drinku Stafford zdobył się na pierwszy uśmiech.

– Pomyślał o wszystkim, prawda?

– To bardzo okrutny człowiek – odezwał się w zamyśleniu Durban. Szok zaczął ustępować trzeźwej ocenie rzeczywistości.

– Chciałeś powiedzieć, że był okrutny.

– Nie. On wciąż tu jest. Ciągle komenderuje.

– Wyobrażasz sobie, ile ci głupcy wydadzą pieniędzy w nadchodzącym miesiącu?

– To zbrodnia nie powiedzieć im ani słowa.

– Nie możemy. Dostaliśmy rozkazy.

Dla prawników, których klienci niezbyt często odzywali się do siebie, to spotkanie stanowiło rzadką okazję do współpracy. Największą osobowością w pokoju był Hark Gettys, rzutki adwokat, który od wielu lat reprezentował Reksa Phelana. Hark nalegał, aby spotkanie odbyło się jak najszybciej w jego biurze przy Massachusetts Avenue. Właśnie mówił o tym pomyśle prawnikom TJ-a i Libbigail, gdy patrzyli, jak starca ładowano do karetki.

Tego dobrego pomysłu nie mogli więc kwestionować pozostali prawnicy. Po siedemnastej wszyscy, łącznie z Flowe'em,

Zadelem i Theishenem, przybyli do biura Gettysa. Czekał tam już protokolant i dwie kamery wideo.

Z oczywistych przyczyn to samobójstwo wprawiło ich w podenerwowanie. Każdy psychiatra wchodził oddzielnie i był szczegółowo wypytywany o stan psychiczny pana Phelana tuż przed skokiem.

Żaden z trzech lekarzy nie miał wątpliwości, że pan Phelan wiedział, co robi, był zdrowy na umyśle i posiadał zdolności umysłowe do sporządzenia testamentu. Nie trzeba być wariatem, żeby popełnić samobójstwo, podkreślali ostrożnie.

Kiedy prawnicy, cała trzynastka, wycisnęli wszelkie możliwe opinie, Gettys przerwał spotkanie. Dochodziła dwudziesta.

Rozdział 4

Według „Forbesa" Troy Phelan znajdował się na dziesiątym miejscu listy najbogatszych ludzi w Ameryce. Już sama jego śmierć była wydarzeniem godnym uwagi mediów; sposób zaś, w jaki ją zaplanował, uczynił z niej wiadomość sensacyjną.

Wokół rezydencji Lillian w Falls Church tłumek reporterów czekał na wyjście rzecznika rodziny. Filmowano wchodzących i wychodzących przyjaciół i sąsiadów, którzy nie mogli opędzić się od banalnych pytań, jak się miewa rodzina.

Wewnątrz czwórka starszych dzieci Phelana wraz ze swoimi współmałżonkami i dziećmi odbierała kondolencje. Podczas odwiedzin panował tu uroczysty i poważny nastrój.

Kiedy goście wyszli, atmosfera zmieniła się diametralnie. Obecność wnuków Troya – w sumie jedenastu – zmusiła TJ-a, Reksa, Libbigail i Mary Ross do ukrycia ogarniającego ich radosnego nastroju. Było to trudne. Podano dobre wino i dużo szampana. Stary Troy nie chciałby, żeby go opłakiwano, prawda? Starsze wnuki piły więcej niż ich rodzice.

Telewizor był nastawiony na CNN i co pół godziny oglądali najnowsze wiadomości o dramatycznej śmierci Troya. Komentator finansowy opracował dziesięciominutową audycję na temat wielkości fortuny Phelana. Wszystkie twarze rozpromienił uśmiech.

Lillian z wielkim poświęceniem grała rolę zrozpaczonej wdowy. Jutro rozpocznie przygotowania do pogrzebu.

Hark Gettys przyjechał około dwudziestej drugiej i poinformował rodzinę o rozmowie z Joshem Staffordem. Nie będzie żadnego pogrzebu, żadnego nabożeństwa.

Tylko sekcja zwłok, kremacja i rozrzucenie prochów. Zostało to napisane i Stafford jest gotów walczyć w sądzie o wypełnienie ostatniej woli swojego klienta.

Lillian w najmniejszym stopniu nie obchodziło, co zrobią z Troyem. Jej dzieci też nie. Ale musieli protestować i zakwestionować słowa Gettysa. Po prostu nie wypadało, by stary Troy został pochowany bez modlitwy. Libbigail zdobyła się nawet na łzy i łamiący się głos.

– Nie radzę oponować – powiedział ponuro Gettys. – Pan Phelan napisał to tuż przed śmiercią i każdy sąd uwzględni jego życzenie.

Oprzytomnieli. Nie ma sensu tracić czasu i pieniędzy na opłaty sądowe. Nie ma sensu przedłużać żałoby. Po co pogarszać sprawy? Troy zawsze dostawał to, czego chciał. A oni nauczyli się już boleśnie, że nie należy się spierać z Joshem Staffordem.

– Postąpimy zgodnie z jego życzeniem – oświadczyła Lillian, a pozostała czwórka przytaknęła jej ze smutkiem.

Ani słowem nie wspomnieli o testamencie, nie pytali, kiedy mogliby go zobaczyć, choć pytanie to wszyscy mieli na końcu języka. Najlepiej posmucić się jeszcze kilka godzin, a potem żwawo zabrać do roboty. Skoro nie będzie pogrzebu ani nabożeństwa, mogą się spotkać jutro wczesnym rankiem i przedyskutować sprawę podziału majątku.

– Po co ta sekcja? – zapytał Rex.

– Nie mam pojęcia – odpowiedział Gettys. – Stafford powiedział, że tak było napisane i nawet on nie zna przyczyny.

Gettys wyszedł, więc wypili jeszcze trochę. Gości już nie było i Lillian położyła się do łóżka. Libbigail i Mary Ross odjechały wraz z rodzinami. TJ i Rex poszli do sali bilardowej w piwnicy, gdzie zamknęli się na klucz i przerzucili na whisky. O północy strzelali kulami po całym stole, spici jak świnie, świętując swoje nowo zdobyte bajeczne fortuny.

O ósmej rano nazajutrz po śmierci Troya Josh Stafford spotkał się z zaniepokojonymi dyrektorami Grupy Phelana. Dwa lata wcześniej Phelan umieścił Josha w zarządzie, ale prawnika nigdy nie bawiła ta funkcja.

Przez ostatnich sześć lat Grupa Phelana pomnażała kapitał, nie korzystając ze wsparcia założyciela. Z jakiejś przyczyny – prawdopodobnie depresji – Troy stracił zainteresowanie codziennym zarządzaniem swoim imperium. Ograniczył się jedynie do monitorowania rynków i czytania raportów o zyskach.

Obecnym szefem był Pat Solomon, człowiek, którego Troy zatrudnił blisko dwadzieścia lat temu. Kiedy Stafford wszedł do pokoju, zobaczył, że jest on równie zdenerwowany, jak pozostałych siedmiu.

Wszyscy mieli powody do niepokoju. W firmie krążyły opowieści, poparte rzetelną wiedzą, o żonach i dzieciach Troya. Najdrobniejsza wskazówka, że zarządzanie Grupą Phelana mogłoby kiedykolwiek spocząć w rękach tych ludzi, zmroziłaby krew w żyłach każdego zarządu.

Josh przedstawił życzenia Troya dotyczące pogrzebu.

– Nie będzie pogrzebu – oznajmił poważnie. – Szczerze mówiąc, nie istnieje możliwość ostatniego pożegnania.

Przełknęli tę wiadomość bez komentarzy. Gdyby zmarł przeciętny człowiek, takie ustalenia wydawałyby się co najmniej osobliwe. W przypadku Troya nie należało się niczemu dziwić.

– Kto będzie właścicielem firmy? – zapytał Solomon.

– Teraz nie mogę tego powiedzieć – odparł Stafford, dobrze wiedząc, jak bardzo niesatysfakcjonująca i wymijająca jest ta odpowiedź. – Troy podpisał testament minutę przed śmiercią i polecił, żebym przez jakiś czas nie ujawniał jego treści. W żadnym wypadku nie mogę tego zrobić. Przynajmniej nie teraz.

– A kiedy?

– Wkrótce.

– Czyli pracujemy jak zwykle?

– Oczywiście. Zarząd pozostaje w niezmienionym składzie; wszyscy zachowują swoje stanowiska. Jutro firma ma robić to, co robiła w zeszłym tygodniu.

Brzmiało to miło, ale nikt mu nie uwierzył. Firma miała niebawem zmienić właściciela. Troy nigdy nie ufał akcjonariatowi Grupy Phelana. Dobrze płacił swoim ludziom, ale nie dał się namówić na sprzedanie choćby kawałka firmy. Jedynie około trzech procent udziałów znajdowało się w rękach kilku wyróżnionych pracowników.

Spędzili godzinę na sporządzaniu informacji dla prasy. Na kolejne spotkanie umówili się za miesiąc.

Na korytarzu Stafford natknął się na Tipa Durbana i razem pojechali do biura lekarza sądowego w McLean. Sekcja została zakończona.

Przyczyna śmierci była oczywista. Nie znaleziono śladów alkoholu ani jakichkolwiek leków czy narkotyków.

Nie było też nowotworu. Ani śladu raka. W chwili śmierci Troy cieszył się dobrym zdrowiem, choć był nieco niedożywiony.

Tip przerwał milczenie, kiedy przejeżdżali przez most Roosevelta łączący brzegi Potomacu.

– Mówił ci, że ma raka mózgu?

– Tak. Kilkakrotnie. – Stafford prowadził samochód, nie myśląc zupełnie o drodze, mostach, ulicach, pojazdach. Ile jeszcze niespodzianek naszykował Troy?

– Dlaczego kłamał?

– Kto to wie? Spróbuj przeanalizować zachowania człowieka, który dopiero co wyskoczył z budynku. Rak mózgu sprawił, że trzeba było się ze wszystkim spieszyć. Wszyscy, włączając mnie, myśleli, że on umiera. Możliwość odchyleń od normy sprawiła, że ta komisja psychiatrów zdawała się świetnym pomysłem. Zastawił pułapkę, rodzinka wpadła w nią pospiesznie, a teraz ich psychiatrzy przysięgają, że Troy był całkowicie zdrów na umyśle. Co więcej, pragnął współczucia.

– Ale był stuknięty, no nie? Jakkolwiek na to patrzeć, wyskoczył.

– Troy był dziwny pod wieloma względami, ale dokładnie wiedział, co robi.

– Dlaczego skoczył?

– Depresja. Był bardzo samotnym człowiekiem.

Ugrzęźli w potężnym korku na Constitution Avenue. Obydwaj wpatrywali się w tylne światła stojących przed nimi samochodów, analizując niedawne wydarzenia.

– To jest jakieś oszustwo – stwierdził Durban. – Pomachał im przed nosem obietnicą pieniędzy, przyjął ich psychiatrów, a w ostatniej chwili podpisał testament, który zostawia ich na lodzie.

– To rzeczywiście oszustwo, ale to jest testament, a nie umowa. Testament jest darem. W świetle prawa obowiązującego w Wirginii od nikogo nie można wymagać, by pozostawił cokolwiek swoim dzieciom.

– Będą chcieli obalić testament, prawda?

– Prawdopodobnie. Mają mnóstwo prawników. Chodzi o zbyt dużo pieniędzy.

– Dlaczego ich tak bardzo nienawidził?

– Uważał, że są jak pijawki. Kompromitowali go. Walczyli z nim. Nigdy nie zarobili uczciwie centa, a przehulali wiele milionów. Troy nie zamierzał czegokolwiek im zostawić. Sądził, że skoro potrafią roztrwonić miliony, z powodzeniem zrobią to samo z miliardami. I miał rację.

– Ile z tych rodzinnych kłótni wynikało z jego winy?

– Sporo. Troya ciężko było kochać. Powiedział mi kiedyś, że był złym ojcem i okropnym mężem. Nie umiał utrzymać rąk z dala od kobiet, szczególnie tych, które dla niego pracowały. Uważał, że ma je na własność.

– Pamiętam jakieś oskarżenia o molestowanie seksualne.

– Załatwiliśmy to bez rozgłosu. Za wielką forsę. Troy unikał kłopotów.

– Są szanse na innych nieznanych spadkobierców?

– Wątpię. Ale co ja naprawdę wiem? Nigdy nie sądziłem, że ma innego spadkobiercę, a pomysł pozostawienia wszystkiego tej nieznanej kobiecie trudno mi pojąć. Spędziliśmy z Troyem długie godziny na rozmowach o jego majątku i sposobie jego podziału.

– Jak ją znajdziemy?

– Nie wiem. Jeszcze o niej nie myślałem.

W kancelarii Stafforda wrzało, kiedy Josh wrócił. Według waszyngtońskich norm można ją było traktować jako małą – sześćdziesięciu prawników. Josh był założycielem i głównym partnerem. Tip Durban i czterech innych prawników nazywało się partnerami, co oznaczało, że Josh wysłuchiwał ich od czasu do czasu i dzielił się z nimi częścią zysków. Przez trzydzieści lat była to prężna firma adwokacka, ale kiedy Josh zbliżył się do sześćdziesiątki, spędzał już mniej czasu w sali sądowej, a więcej za zawalonym dokumentami biurkiem. Mógłby mieć setki prawników, gdyby zatrudniał byłych senatorów, polityków, prawoznawców, tak licznych w Waszyngtonie. Uwielbiał jednak procesy i sale sądowe. Przyjmował więc tylko młodych prawników z przynajmniej dziesięcioma rozprawami na koncie.

Przeciętna kariera adwokata trwa dwadzieścia pięć lat. Spokojne życie po pierwszym ataku serca zwykle opóźnia drugi. Josh uniknął choroby, zaspokajając potrzeby prawne pana Phelana: ubezpieczenia, sprawy konkurencji i zatrudnienia, fuzje i dziesiątki spraw osobistych.

W sekretariacie obszernego gabinetu czekali na niego prawnicy stłoczeni w trzech grupkach. Kiedy zdjął płaszcz i usadowił się za biurkiem, dwie sekretarki zamachały w jego kierunku kartkami z wiadomościami.

– Co jest najpilniejsze? – zapytał.

– Myślę, że to – odpowiedziała jedna z nich.

Wiadomość zostawił Hark Gettys, z którym przez ostatni miesiąc rozmawiał przynajmniej trzy razy w tygodniu. Josh wystukał numer i w słuchawce od razu rozległ się głos Harka. Szybko wymienili wstępne uprzejmości i Gettys przeszedł do sedna sprawy.

– Możesz sobie wyobrazić, Josh, jak ta rodzina siedzi mi na karku.

– Nie wątpię.

– Chcą zobaczyć ten cholerny testament. A przynajmniej poznać jego treść.

Następne kilka zdań było najważniejsze i Josh zaplanował je sobie starannie.

– Nie tak szybko, Hark.

Nastąpiła krótka przerwa.

– Dlaczego? Czy coś się stało?

– Niepokoi mnie to samobójstwo.

– Co chcesz przez to powiedzieć?

– Posłuchaj, Hark, w jaki sposób człowiek, który wyskakuje przez okno, może na kilka sekund przedtem być przy zdrowych zmysłach?

Stanowczy głos Harka wzrósł o oktawę. Jego słowa zdradzały rosnący niepokój.

– Ale słyszałeś naszych psychiatrów. Do diabła, ich opinie są nagrane na wideo.

– Czy obstają przy swoich opiniach w świetle tego samobójstwa?

– Oczywiście, że tak, do cholery!

– Możesz tego dowieść? Potrzebuję pomocy, Hark.

– Josh, zeszłej nocy ponownie przesłuchiwaliśmy naszych trzech lekarzy. Wierciliśmy im dziury w brzuchach, ale nie chcą zmienić zdania. Każdy z nich podpisał ośmiostronicowe oświadczenie, złożone pod przysięgą, o absolutnym zdrowiu psychicznym pana Phelana.

– Czy mogę zobaczyć te oświadczenia?

– Już wysyłam kuriera.

– Byłbym wdzięczny. – Josh odłożył słuchawkę i uśmiechnął się właściwie nie wiadomo do kogo. Wpuszczono trzy grupki bystrych, nieustraszonych, młodych prawników. Usiedli dokoła mahoniowego stołu stojącego w rogu gabinetu.

Josh rozpoczął od streszczenia testamentu napisanego odręcznie przez Troya oraz problemów prawnych, jakie ten dokument mógł ze sobą nieść. Pierwszemu zespołowi zlecił ustalenie, czy Troy Phelan był zdolny do spisania takiego testamentu. Josh interesował się przerwą między przebłyskiem świadomości a obłędem. Potrzebował analizy każdego szczegółu, nawet marginalnie związanego z podpisywaniem ostatniej woli przez osobę uznaną za niezdrową na umyśle.

Druga grupa miała zbadać odręczne testamenty, a w szczególności najlepsze sposoby ich atakowania i obrony.

Kiedy został sam z trzecią grupą, rozluźnił się i usiadł. To byli ci, którzy nie musieli spędzić trzech następnych dni w bibliotece.

– Musicie znaleźć osobę, która, jak podejrzewam, wcale nie chce zostać odnaleziona.

Opowiedział im, co wie o Rachel Lane. Nie było tego wiele. Dokumenty w biurku Troya dostarczyły jedynie mizernych informacji.

– Najpierw zbadajcie World Tribes. Kim są? Na jakiej zasadzie działają? Jak werbują ludzi? Dokąd ich wysyłają? Po drugie, w Waszyngtonie pracują wyśmienici prywatni detektywi. Zazwyczaj są to byli agenci FBI i goście z agend rządowych, które specjalizują się w odnajdywaniu zaginionych. Wybierzcie dwóch najlepszych i jutro podejmiemy decyzję. Po trzecie, matka Rachel nazywała się Evelyn Cunningham. Już nie żyje. Odtwórzcie jej życiorys. Zakładamy, że ona i pan Phelan mieli romans, który zaowocował narodzinami dziecka.

– Zakładamy? – zapytał jeden z pracowników.

– Tak. Niczego nie traktujemy jako pewnik.

Zwolnił ich i przeszedł do pokoju, gdzie Tip Durban zorganizował małą konferencję prasową. Żadnych kamer, tylko prasa. Kilkunastu niecierpliwych dziennikarzy siedziało dokoła stołu; to tu, to tam widać było magnetofony i mikrofony. Pracowali dla dużych gazet i znanych periodyków finansowych.

Zaczęły się pytania. Tak, jest testament z ostatniej chwili, ale nie może ujawnić jego treści. Tak, była sekcja zwłok, ale nie może na ten temat nic więcej powiedzieć. Firma będzie dalej działać bez żadnych zmian. Nie może mówić o nowych właścicielach.

Nikogo nie zdziwił fakt, że rodziny spędziły cały dzień na prywatnych pogawędkach z dziennikarzami.

– Krąży plotka, że w swej ostatniej woli pan Phelan podzielił fortunę między sześcioro dzieci. Czy może pan to potwierdzić lub zaprzeczyć?

– Nie mogę. To tylko plotka.

– Nie umierał na raka?

– To pytanie wiąże się z sekcją zwłok, a nie mogę na ten temat udzielać żadnych odpowiedzi.

– Słyszeliśmy, że na krótko przed śmiercią pana Phelana badała komisja psychiatryczna, która uznała, że jest zdrowy psychicznie. Czy może pan to potwierdzić?

– Tak – powiedział Stafford – to prawda. – Przez następne dwadzieścia minut dziennikarze wnikali w szczegóły badania.

Josh nie dawał się wyprowadzić w pole, stwierdzając jedynie, że pan Phelan „wydawał" się cieszyć całkowitym zdrowiem umysłowym.

Reporterzy finansowi oczekiwali cyfr. Grupa Phelana była firmą prywatną, rządzoną jedną ręką. Trudno było uzyskać jakiekolwiek informacje. Teraz reporterzy sądzili, że pojawia się okazja uchylenia dotychczas zamkniętych drzwi. Josh powiedział im jednak bardzo niewiele.

Po godzinie przeprosił wszystkich i powrócił do swojego gabinetu, gdzie sekretarka poinformowała go, że dzwoniono z krematorium. Popioły pana Phelana były gotowe do zabrania.

Rozdział 5

TJ leczył kaca do południa, potem wypił piwo i doszedł do wniosku, że czas rozprostować mięśnie. Zadzwonił do swojego prawnika, aby sprawdzić, jak sprawy stoją, a ten kazał mu się uzbroić w cierpliwość.

– To zajmie trochę czasu.

– Nie jestem w nastroju do czekania – odparował TJ, czując, że pęka mu głowa.

– Wyluzuj się przez kilka dni.

TJ rzucił słuchawkę i poszedł na tyły brudnego mieszkania, gdzie, na szczęście, nie zastał swojej żony. Mieli już za sobą trzy potyczki, a dopiero minęła dwunasta. Może wyszła na zakupy i wydawała właśnie cząstkę nowej fortuny. Teraz robienie zakupów przestało go martwić.

– Stary kozioł nie żyje – powiedział na głos. Nikogo nie było w pobliżu.

Dwójka jego dzieci była w college'u. Czesne opłacała Lillian, która wciąż dysponowała częścią pieniędzy, jakie wzięła od Troya po rozwodzie. Tak więc TJ żył sam z Biff, trzydziestoletnią rozwódką, której dwójka dzieci mieszkała ze swoim ojcem. Biff pracowała jako agentka obrotu nieruchomościami i sprzedawała przytulne, małe gniazdka nowożeńcom.

Otworzył kolejne piwo i spojrzał na swoje odbicie w długim lustrze w korytarzu.

– Troy Phelan Junior – odezwał się. – Syn Troya Phelana, dziesiątego najbogatszego człowieka w Ameryce, wartego jedenaście miliardów netto, obecnie zmarłego, którego przeżyły wszystkie kochające małżonki i kochające dzieci. A będą kochać go jeszcze bardziej, gdy zobaczą uwierzytelnioną kopię testamentu. O tak!

Postanowił też, że począwszy od dzisiaj, pogrzebie TJ-a i zacznie nowe życie jako Troy Phelan Junior. To nazwisko było magiczne.

W mieszkaniu nie pachniało zbyt ładnie, ponieważ Biff nie interesowała się domem. Głównie pochłaniały ją rozmowy przez telefon komórkowy. Na podłogach walały się śmieci, a ściany były zupełnie gołe. Meble wypożyczyli od pewnej firmy, która jakiś czas temu wynajęła prawników, aby je odzyskać. Kopnął sofę i wrzasnął:

– Weźcie sobie te graty! Niedługo będę wynajmował projektantów wnętrz.

Mógłby spalić ten dom. Jeszcze jedno czy dwa piwa i zacznie się bawić zapałkami.

Ubrał się w najlepszy szary garnitur. Miał go na sobie wczoraj, kiedy Drogi Stary Ojczulek zasiadł przed komisją psychiatrów i tak wspaniale sobie poradził. Nie będzie pogrzebu, więc TJ nie musi biegać po mieście w poszukiwaniu nowego, czarnego.

– Armani, oto nadchodzę. – Zagwizdał radośnie, zapinając rozporek.

Przynajmniej miał bmw. Może mieszka w norze, lecz świat nigdy tego nie zobaczy. Świat patrzy na jego samochód i właśnie dlatego TJ wysilał się co miesiąc, żeby uskładać sześćset osiemdziesiąt dolarów na ratę. Cofając wóz z parkingu, przeklinał swój dom – jeden z osiemdziesięciu nowych budynków wokół płytkiego basenu w przeludnionej części Manassas.

Wychowywał się w lepszych warunkach. Żyło mu się lekko i opływał w dostatek przez dwadzieścia lat, a potem otrzymał swoje pieniądze. Pięć milionów rozpłynęło się, zanim dobił trzydziestki, i ojciec pogardzał nim za to.

Walczyli ze sobą zażarcie i regularnie. Junior piastował różne funkcje w Grupie Phelana, lecz każda praca kończyła się klęską. Ojciec wyrzucał go wielokrotnie. Kiedy Senior wpadł na pomysł, dwa lata później był on wart miliony. Pomysły Juniora kończyły się bankructwem i sprawami sądowymi.

W ostatnich latach niemal zaprzestali walki. Żaden z nich się nie zmienił, po prostu zaczęli się ignorować. Kiedy jednak pojawił się nowotwór, TJ wrócił.

Och, jaką to on wybuduje rezydencję! Znał też odpowiedniego architekta, Japonkę z Manhattanu, o której czytał w gazecie. Za rok TJ prawdopodobnie przeprowadzi się do Malibu albo Aspen czy Palm Beach, gdzie będzie mógł pokazać się z forsą i będą go za to szanowali.

– Co się robi z połową miliarda dolarów? – zapytał samego siebie, pędząc autostradą międzystanową. – Pięćset milionów dolarów wolnych od podatku. – Zaczął się śmiać.

Znajomy polecił mu dealera BMW-Porsche, gdzie brał samochód w leasing. Junior z łobuzerskim uśmiechem na twarzy wszedł do salonu niczym król. Gdyby tylko chciał, mógłby kupić to wszystko. Na biurku sprzedawcy ujrzał poranną gazetę; ładny, wyraźny nagłówek o śmierci Troya Phelana. Ani ukłucia żalu.

Dickie, kierownik, wyszedł z gabinetu.

– Tak mi przykro, TJ – odezwał się.

– Dzięki – odpowiedział Troy Junior, lekko marszcząc brwi. – Teraz mu lepiej, no wiesz.

– Tak czy owak, moje kondolencje.

– Nie ma o czym mówić. – Weszli do gabinetu, zamykając za sobą drzwi.

– W gazecie podają, że podpisał testament tuż przed śmiercią – zagadnął Dickie. – To prawda?

Troy Junior patrzył na gruby katalog z najnowszymi modelami samochodów.

– Tak. Byłem przy tym. Podzielił majątek na sześć części, po równo dla każdego z nas. – Powiedział to, nie podnosząc wzroku, zupełnie od niechcenia, jakby te pieniądze miał już w ręku i zaczęły mu ciążyć.

Dickie rozdziawił usta i zagłębił się bardziej w fotelu. Czyżby nagle znalazł się w obecności prawdziwej fortuny? Ten gość, ten nic niewart TJ Phelan był teraz miliarderem? Tak jak wszyscy, którzy znali TJ-a, Dickie sądził, że ojciec na dobre odciął syna od pępowiny.

– Biff chciałaby mieć porsche – odezwał się Troy Junior, nie przestając studiować tabelek. – Czerwonego dziewięćset jedenaście carrera turbo.

– Kiedy?

Troy Junior zgromił go gniewnym spojrzeniem.

– Teraz.

– Oczywiście, TJ. A co z zapłatą?

– Zapłacę za niego, jak będę płacił za mojego czarnego, też dziewięćset jedenastkę. Ile kosztują?

– Około dziewięćdziesięciu tysięcy każdy.

– Nie ma sprawy. Kiedy można je odebrać?

– Muszę je najpierw znaleźć. To zajmie jakiś dzień czy dwa. Gotówka?

– Oczywiście.

– Kiedy będziesz miał gotówkę?

– Mniej więcej za miesiąc. Ale wozy chcę teraz.

Dickie wstrzymał oddech i uśmiechnął się kwaśno.

– Posłuchaj, TJ, nie mogę dać ci dwóch nowych wozów bez jakiejkolwiek zaliczki.

– Doskonale. A więc popatrzymy na jaguary. Biff zawsze chciała jaguara.

– Daj spokój, TJ.

– Wiesz, że mógłbym kupić całą tę budę. Mógłbym teraz wejść do banku i poprosić o dziesięć albo dwadzieścia milionów, czy ile tam kosztuje to wszystko, a oni z radością daliby mi tę forsę na sześćdziesiąt dni. Rozumiesz?

Dickie pokiwał głową. Zmrużył oczy. Tak, rozumiał.

– Ile ci zostawił?

– Dosyć, żeby jeszcze dokupić bank. Dajesz mi te wozy czy mam pójść nieco dalej?

– Pozwól, że je znajdę.

– Bystry facet – powiedział TJ. – Pospiesz się. Sprawdzę dziś po południu. Zadzwonię. – Rzucił katalogi na biurko i wyszedł.

Pomysł Ramble'a na żałobę polegał na spędzeniu całego dnia w piwnicy, paleniu trawki, słuchaniu rapu, olewaniu tych, którzy pukali do zamkniętych na klucz drzwi czy też wołali przez nie. Matka, z uwagi na rodzinną tragedię, pozwoliła mu nie iść do szkoły, a właściwie napisała mu zwolnienie do końca tygodnia. Gdyby ją to interesowało, wiedziałaby, że nie pokazywał się tam od miesiąca.

Gdy poprzedniego dnia odjeżdżał spod Phelan Tower, jego prawnik powiedział, że pieniądze przeleżą na funduszu, dopóki nie ukończy osiemnastu albo dwudziestu jeden lat, w zależności od warunków testamentu. A ponieważ nie mógł teraz dotknąć pieniędzy, niewątpliwie należał mu się hojny dar.

Założy grupę muzyczną i za tę forsę będą nagrywali płyty. Ma kumpli w różnych zespołach, którzy do niczego nie doszli, bo nie mieli szmalu na wynajęcie studia, ale jego kapela będzie inna. Spodobała mu się nazwa Ramble; on będzie grał na basie i śpiewał, a dziewczyny będą się za nim uganiać. Alternatywny rock z elementami rapu – coś nowego. Coś, co już tworzył.

Dwa piętra wyżej, w gabinecie przestronnego domu, Tira, jego matka, przez cały dzień wisiała na telefonie, gawędząc ze znajomymi, którzy dzwonili z niezbyt szczerymi kondolencjami. Większość koleżanek plotkowała tak długo, że w końcu udało im się zapytać o to, jaka część majątku jej przypadnie, ale obawiała się snuć przypuszczenia. Wyszła za Troya w 1982 roku. Miała wtedy dwadzieścia trzy lata i zanim to zrobiła, podpisała grubą umowę przedmałżeńską, która na wypadek rozwodu dawała jej tylko dziesięć milionów plus dom.

Rozeszli się sześć lat temu. Zostały jej dwa miliony.

Miała wielkie potrzeby. Jej koleżanki kupowały domy na Bahamach w zacisznych miejscach plaży; ona zatrzymywała się w luksusowych hotelach. One zaopatrywały się w firmowe ciuchy w Nowym Jorku – ona wybierała swoje w rodzinnym mieście. Ich dzieci były gdzieś daleko w prywatnych szkołach z pensjonatami i nie wchodziły im w drogę; Ramble mieszkał na dole i do tego nie chciał stamtąd wychodzić.

Troy zostawił jej pewnie z pięćdziesiąt milionów czy coś koło tego. Jeden procent jego fortuny to sto milionów. Jeden parszywy procent. Robiła te wyliczenia na papierowej serwetce, rozmawiając przez telefon z prawnikiem.

Geena Phelan Strong miała trzydzieści lat i źle się czuła w tym, w co przeobraziło się jej burzliwe małżeństwo z Codym, drugim mężem. Jego niegdyś majętna rodzina pochodziła ze wschodu, ale na razie ich bogactwo wydawało się tylko pogłoską. W każdym razie ona nawet nie powąchała tych pieniędzy. Cody zdobył wspaniałe wykształcenie – ukończył Uniwersytet Columbia – i uważał się za wizjonera w świecie handlu. Nie zagrzał miejsca w żadnej pracy. Jego talentu i umiejętności nie mogły ograniczać ściany biura. Rozkazy i kaprysy przełożonych tłamsiły jego marzenia i plany. Cody zostanie miliarderem, oczywiście sam do tego dojdzie, i to prawdopodobnie najmłodszym w historii.

Lecz po sześciu latach małżeństwa Cody nie zdążył jeszcze znaleźć idealnego miejsca dla siebie. Jego długi były przerażające. W 1992 roku zła inwestycja w miedź zabrała ponad milion dolarów z pieniędzy Geeny. Dwa lata później ceny spółek na giełdzie sięgnęły dna. Geena zostawiła go na cztery miesiące, lecz wróciła za radą swojego psychoanalityka. Kolejny pomysł Cody'ego – mrożone kurczaki – wypadł również fatalnie. Szczęśliwie stracił jedynie pół miliona.

Dużo wydawali. Ich psycholog rodzinny zalecił podróżowanie jako środek terapeutyczny, więc zwiedzili kawał świata. Fakt, że byli młodzi i bogaci, łagodził wiele problemów, lecz zapasy kapitału wyczerpywały się szybko. Pięć milionów, które Troy dał jej w prezencie na dwudzieste pierwsze urodziny, skurczyło się do niecałego miliona, a długi wciąż rosły. Napięcia życia małżeńskiego sięgnęły już zenitu, kiedy Troy wyskoczył z tarasu.

Spędzili pracowity ranek, szukając domów w Swinks Mill, miejscu ich najskrytszych marzeń. Marzenia te rosły z godziny na godzinę i do obiadu dowiadywali się o domy warte powyżej dwóch milionów. O czternastej spotkali niecierpliwą agentkę nieruchomości, nazwiskiem Lee, elegancko uczesaną, ze złotymi kolczykami, dwoma telefonami komórkowymi oraz lśniącym cadillakiem. Geena przedstawiła się jako Geena Phelan, wymawiając nazwisko dobitnie i znacząco. Najwyraźniej Lee nie czytała finansowych publikacji, ponieważ nazwisko to nie zrobiło na niej wrażenia i po jakimś czasie Cody zmuszony był wziąć ją na stronę i szepnąć prawdę o swoim teściu.

– Ten bogaty facet, co wyskoczył? – zapytała Lee, zakrywając usta dłonią. Geena oglądała korytarzyk z małą sauną wciśniętą z boku.

Cody pokiwał ze smutkiem głową.

O zmierzchu patrzyli na pusty dom wyceniony na cztery i pół miliona i poważnie zastanawiali się nad złożeniem oferty. Lee, która rzadko miała do czynienia z tak zamożnymi klientami, o mało nie posikała się z radości.

Czterdziestoczteroletni Rex, brat TJ-a, był w momencie śmierci Troya jedynym spośród dzieci, przeciwko któremu toczyło się postępowanie karne. Jego kłopoty wiązały się z upadkiem pewnego banku oraz rozlicznymi procesami i dochodzeniami towarzyszącymi temu niefortunnemu zdarzeniu. Policja skarbowa i FBI od trzech lat prowadziły dochodzenie w tej sprawie.

Aby opłacić obrońców i rozrzutny styl życia, Rex kupił z majątku człowieka zabitego w strzelaninie sieć barów topless oraz klubów ze striptizem w rejonie Fortu Lauderdale. „Gołe" interesy zawsze dobrze prosperowały; nigdy nie było problemu z klientami i gotówka sama wpadała do ręki. Nie będąc specjalnie zachłanny, zarabiał miesięcznie około dwudziestu czterech tysięcy nieopodatkowanych dolarów, w zaokrągleniu cztery tysiące z każdego z sześciu klubów.

Kluby te były zapisane na Amber Rockwell, jego żonę, byłą striptizerkę, którą pewnej nocy spotkał w barze. Zresztą wszystkie aktywa zostały zapisane na jej nazwisko, co budziło w Reksie pewien niepokój. W ubraniu, za to bez makijażu i wymownych butów, Amber uchodziła w ich waszyngtońskich kręgach za szanowaną kobietę. Niewielu ludzi znało jej przeszłość. Ona była jednak dziwką z krwi i kości i fakt, że posiadała wszystko, nieraz spędzał Reksowi sen z powiek.

W chwili śmierci ojca Rex miał ogromne długi u wierzycieli, wspólników i inwestorów w banku, wyceniane na jakieś siedem milionów dolarów. Długi pozostały niespłacone, ponieważ wierzyciele nie mieli czego zajmować. Rex nie miał żadnych aktywów, nawet samochodu. Wraz z Amber wzięli na kredyt apartament i corvettę, podpisując papiery jej nazwiskiem. Kluby i bary należały do utworzonej przez nią zagranicznej korporacji, w której nie było ani śladu Reksa. Na razie był zbyt śliski, aby dało się go złapać.

Ich małżeństwo było tak stabilne, jak należało oczekiwać po dwojgu ludzi z natury niestabilnych. Biegali po przyjęciach, mieli zwariowanych przyjaciół, lgnących głównie do nazwiska Phelana. Życie byłoby zabawne, gdyby nie kłopoty finansowe. Rex nie mógł się pogodzić, że wszystko jest w rękach Amber. Jedna paskudna sprzeczka i dziwka mogła zniknąć.

Zmartwienia minęły wraz ze śmiercią Troya. Szala przechyliła się i Rex niespodziewanie znalazł się na górze – jego nazwisko wreszcie okazało się warte fortuny. Sprzeda te bary i kluby, spłaci długi, a potem zagra własnymi pieniędzmi. Jeden fałszywy ruch, a znów będzie tańczyła na stołach za mokre dolary wtykane pod sznureczek wokół talii.

Rex spędził cały dzień z Harkiem Gettysem, swoim prawnikiem. Potrzebował pieniędzy za wszelką cenę i nalegał na Gettysa, żeby zadzwonił do Josha Stafforda i poprosił o wgląd w testament. Rex poczynił pewne plany, wielkie i ambitne plany związane z rozdysponowaniem spadku i Hark miał mu towarzyszyć na każdym kroku po tej drodze. Rex chciał przejąć kontrolę nad Grupą Phelana. Jego akcje, łącznie z akcjami TJ-a i obydwu sióstr, z pewnością dadzą im pakiet większościowy. Pozostawało jednak pytanie, czy akcje te zostały umieszczone w funduszu, czy otrzymają je od razu, czy też Troy zamroził je w jeden ze stu przebiegłych sposobów, którymi będzie się chełpił zza grobu?

– Musimy zobaczyć ten cholerny testament! – wrzeszczał na Harka przez cały dzień. Prawnik uspokoił go długim lunchem i dobrym winem. Wczesnym popołudniem przerzucili się na szkocką. Amber wpadła na chwilę do domu. Obaj mężczyźni byli już mocno pijani, lecz nie rozgniewało jej to. W tej chwili Rex nie mógł jej w ogóle rozzłościć. Kochała go bardziej niż kiedykolwiek.

Rozdział 6

Wycieczka na zachód będzie przyjemnym wytchnieniem po chaosie, jaki pan Phelan spowodował swoim skokiem. Jego rancho leżało w pobliżu Jackson Hole w Tetons, gdzie ziemię pokrywała już warstwa śniegu grubości trzydziestu centymetrów, a należało się spodziewać dalszych opadów. Co powiedziałaby panna Taktownicka o rozrzucaniu prochów na ziemię pokrytą śniegiem? Może powinno się zaczekać do roztopów? Czy też mimo wszystko rozsypać prochy? Joshowi było naprawdę wszystko jedno. Rozrzuciłby je w obliczu każdej z klęsk żywiołowych.

Polowali na niego prawnicy spadkobierców Phelana. Ostrożne aluzje, jakie uczynił podczas rozmowy z Harkiem Gettysem na temat zdolności starca do spisania testamentu, posiały wśród członków rodziny grozę. Zareagowali histerią. I pogróżkami. Ta wycieczka ma być krótkimi wakacjami. Wraz z Durbanem będą mogli omówić wstępne poszukiwania i co nieco zaplanować.

Wylecieli z National Aiport gulfstreamem IV Troya Phelana – samolotem, którym Josh miał dotąd zaszczyt lecieć tylko raz. Ten najnowszy model wart trzydzieści pięć milionów dolarów był ulubioną zabawką pana Phelana. Zeszłego lata polecieli nim do Nicei, gdzie staruszek chodził nago po plaży i lubieżnym okiem ścigał młodziutkie Francuzki. Josh z żoną i resztą Amerykanów pozostali w ubraniach i opalali się nad basenem.

Stewardesa podała im śniadanie. Zniknęła w tylnej części samolotu, kiedy rozłożyli papiery na okrągłym stole. Lot miał potrwać cztery godziny.

Opinie podpisane przez lekarzy: Flowe'a, Zadela i Theishena, były długie i rozwlekłe, wypełnione powtarzającymi się informacjami, które ciągnęły się całymi stronami, nie pozostawiając ani cienia wątpliwości, że Troy był absolutnie zdrowy na umyśle i nie cierpiał na zaniki pamięci. Był wręcz błyskotliwy i dokładnie wiedział, co robi w ostatnich chwilach przed śmiercią.

Stafford i Durban ubawili się, czytając te diagnozy. Kiedy zostanie odczytany nowy testament, ci trzej eksperci zostaną, oczywiście, wylani, a pół tuzina innych będzie się biedzić, aby w ciemnych i zawiłych słowach udowodnić chorobę umysłową biednego Troya.

Co do Rachel Lane – niewiele dowiedziano się o najbogatszej z misjonarek. Wynajęci detektywi wciąż zaciekle węszyli.

Zgodnie z wstępnym poszukiwaniem w Internecie kwatera główna misji World Tribes miała siedzibę w Houston w Teksasie. Organizacja założona w roku 1920 skupiała cztery tysiące misjonarzy porozrzucanych po całym świecie, pracujących wyłącznie z tubylcami. Głównym i jedynym celem organizacji było szerzenie Ewangelii wśród plemion zamieszkujących naj-odleglejsze zakątki globu. Rachel wyraźnie nie odziedziczyła religijnych przekonań po ojcu.

Misjonarze z World Tribes działali obecnie wśród dwudzie-stu ośmiu plemion indiańskich w Brazylii oraz przynajmniej dziesięciu w Boliwii. Kolejne trzysta plemion znajdowało się w pozostałych zakątkach świata. Ponieważ plemiona te żyły w całkowitej głuszy, z dala od cywilizacji, misjonarze przecho-dzili wszechstronne szkolenie w zakresie sztuki przetrwania, życia w dziczy, uczyli się języków i podstaw medycyny.

Josh z ogromnym zainteresowaniem przeczytał historię napisaną przez misjonarza, który spędził siedem lat, żyjąc w nędzy w dżungli i ucząc się języka prymitywnego plemienia, aby móc się komunikować z jego członkami. Indianie nie mieli z nim wiele wspólnego. Przybył do ich wioski jako biały czło-wiek z Missouri, którego słownictwo ograniczało się do „cześć" i „dziękuję." Jeśli potrzebował stołu, budował go. Jeśli potrze-bował pożywienia, polował. Dopiero po pięciu latach Indianie zaczęli darzyć go zaufaniem. W szóstym roku swojego pobytu w wiosce opowiedział im pierwszą historię z Biblii. Szkolono go, jak zachować cierpliwość, budować trwałe związki emo-cjonalne, uczyć się języka i kultury, a następnie powoli, bardzo powoli nauczać Biblii.

Plemię nie miało kontaktu ze światem zewnętrznym. Życie prawie się tu nie zmieniło od tysiąca lat.

Jaki człowiek mógł mieć dość wiary i poświęcenia, aby porzucić cywilizację na rzecz prehistorycznego świata? Ów misjonarz pisał, że Indianie nie zaakceptowali go, dopóki nie zdali sobie sprawy, że on naprawdę od nich nie odejdzie. Wybrał życie wśród nich, na zawsze. Kochał ich i chciał być jednym z nich.

Rachel zatem mieszkała w chatce albo szałasie, spała na zrobionym przez siebie łóżku, gotowała na ogniu, jadła poży-wienie, które albo sama wyhodowała, albo złapała w pułapkę, i nauczała dzieci opowieści biblijnych, a dorosłych Ewangelii. Nie wiedziała o niczym ani niewątpliwie nie dbała o wydarzenia, zmartwienia i potrzeby tego świata. Była bardzo zadowolona. Wiara dodawała jej sił.

Zakłócanie jej życia wydawało się niemal okrutne.

Durban przeczytał materiały i stwierdził:

– Możemy nigdy jej nie znaleźć. Żadnych telefonów, brak elektryczności; do licha, trzeba się nieźle nachodzić po górach, żeby dotrzeć do tych ludzi.

– Nie mamy wyboru. – Josh westchnął.

– Skontaktowaliśmy się z World Tribes?

– Zrobimy to dzisiaj.

– Co im powiesz?

– Nie wiem. Ale nie powiem im przecież, że szukam jednej z misjonarek, ponieważ właśnie odziedziczyła jedenaście miliardów dolarów.

– Jedenaście miliardów przed podatkiem.

– I tak zostanie niezła sumka.

– To co im powiesz?

– Powiemy, że chodzi o ważną sprawę prawną. Z uwagi na jej pilny charakter musimy osobiście porozmawiać z Rachel.

Jeden z faksów zabuczał i zaczął wypluwać informacje. Pierwsza, od sekretarki Josha, zawierała listę porannych rozmów telefonicznych – prawie wszystkie od doradców spadkobierców Phelana. Dwie od dziennikarzy.

Prawnicy również składali raporty ze wstępnych poszukiwań wśród meandrów prawa stanu Wirginia. Z każdą stroną, jaką Josh i Durban czytali, spisany pospiesznie testament starego Troya nabierał coraz większej mocy.

Lunch składał się z lekkich kanapek i owoców, ponownie podanych przez stewardesę, która trzymała się z tyłu kabiny i pojawiała tylko wtedy, gdy w filiżankach dwóch pasażerów zabrakło kawy.

Wylądowali w Jackson Hole. Powietrze było rześkie i przejrzyste, a po bokach pasa startowego leżały śnieżne zaspy. Wysiedli z samolotu, przeszli trzydzieści metrów i wspięli się do ulubionego helikoptera Troya, sikorskiego S-76C. Dziesięć minut później unosili się nad ukochanym ranczem Phelana. Porywisty wiatr targał maszyną, jakby chciał nią kozłować, i Durban wyraźnie pobladł. Josh dość nerwowo uchylił drzwi i ostry podmuch runął mu prosto w twarz.

Pilot zatoczył koło na siedmiuset metrach, podczas gdy Josh opróżniał niewielką czarną urnę. Wiatr błyskawicznie porwał prochy i rozwiał we wszystkich kierunkach: popioły Troya zniknęły, nie mając nawet szansy zetknięcia się ze śniegiem. Kiedy urna była już pusta, Josh cofnął przemarzniętą rękę i zasunął drzwi.

Dom z masywnych drewnianych bali przypominał wiejską chatę. Była to jednak chata o powierzchni tysiąca metrów kwadratowych. Troy kupił ją kiedyś od aktora, który przeniósł się na południe.

Kamerdyner w sztruksowym uniformie wziął od nich torby, a służąca zaparzyła kawę. Josh dzwonił do biura, a Durban podziwiał wypchane zwierzęta wiszące na ścianach, słuchając trzaskającego ognia w kominku. Kucharz zapytał, co chcieliby zjeść na obiad.

Adwokat nazywał się Montgomery. Pan Stafford zatrudnił go przed czterema laty. Trzykrotnie zgubił się w rozległym Houston, zanim udało mu się znaleźć biura misji World Tribes, mieszczące się na pierwszym piętrze pięciokondygnacyjnego budynku. Zaparkował wynajęty samochód i poprawił krawat.

Dwukrotnie rozmawiał przez telefon z panem Trillem i godzinne spóźnienie na umówione spotkanie nie powinno mieć większego znaczenia. Pan Trill był sympatyczny i elokwentny, lecz niezbyt skory do pomocy. Mężczyźni wymienili uprzejmości.

– Czym mogę panu służyć? – zapytał Trill.

– Potrzebuję pewnych informacji o jednej z waszych misjonarek – odparł Montgomery.

Trill pokiwał głową, ale nie powiedział nic.

– O Rachel Lane.

Mężczyzna wzniósł oczy, jakby starał się zlokalizować ją w myślach.

– Nazwisko nic mi nie mówi. Ale mamy przecież w terenie cztery tysiące ludzi.

– Pracuje w pobliżu granicy brazylijsko-boliwijskiej.

– Co pan wie na jej temat?

– Niewiele. Ale musimy ją znaleźć.

– Z jakiego powodu?

– To sprawa prawna – odpowiedział Montgomery, wahając się dostatecznie długo, aby wzbudzić podejrzenia.

Trill zmarszczył brwi i skrzyżował ręce na piersiach. Nikły uśmiech zniknął na dobre z jego twarzy.

– Czy ma jakieś kłopoty? – zapytał.

– Nie. Ale sprawa jest dość pilna. Musimy się z nią zobaczyć.

– Nie możecie wysłać listu albo paczki?

– Obawiam się, że nie. Potrzebujemy jej współpracy oraz podpisu.

– Zakładam, że to sprawa poufna.

– Nad wyraz.

Coś zaskoczyło i chmurne spojrzenie Trilla złagodniało.

– Proszę mi wybaczyć. – Zniknął, dając Montgomery'emu możliwość przyjrzenia się spartańskiemu umeblowaniu. Jedynymi dekoracjami w pokoju były wiszące na ścianach powiększone zdjęcia indiańskich dzieci.

Trill wrócił zupełnie odmieniony, sztywny, bez uśmiechu i absolutnie niechętny do współpracy.

– Przykro mi, panie Montgomery – powiedział, nie siadając. – Nie jesteśmy w stanie panu pomóc.

– Czy jest w Brazylii?

– Przykro mi.

– Boliwii?

– Przykro mi.

– Czy w ogóle istnieje?

– Nie mogę odpowiadać na pańskie pytania.

– Nic?

– Nic.

– Czy mogę rozmawiać z pańskim szefem albo przełożonym?

– Oczywiście.

– Gdzie on jest?

– W niebie.

Po obiedzie, podczas którego raczyli się grubymi stekami w sosie grzybowym, Josh Stafford i Tip Durban przeszli do pokoju, gdzie w kominku huczał ogień. Jakiś inny lokaj, Meksykanin w białej marynarce i sztywnych dżinsach, podał im bardzo starą szkocką z szafki pana Phelana. Poprosili o kubańskie cygara. Pavarotti śpiewał kolędy z dalekiego stereo.

– Mam pomysł – odezwał się Josh, patrząc w ogień. – Musimy kogoś wysłać, aby znalazł Rachel Lane, prawda?

Tip właśnie zaciągał się cygarem, więc tylko skinął głową.

– Nie możemy wysłać byle kogo. To musi być prawnik; ktoś, kto potrafi wyjaśnić problemy natury prawniczej. I z uwagi na poufność sprawy musi być to ktoś z naszej firmy.

Tip, z policzkami pełnymi dymu, kiwał głową.

– Więc kogo wyślemy?

Tip powoli wypuścił dym ustami i nosem. Dym spłynął mu po twarzy i odleciał w górę.

– Ile to może zająć? – zapytał w końcu.

– Nie wiem, ale nie zanosi się na szybką wycieczkę. Brazylia to rozległy kraj, prawie tak szeroki jak południe Stanów. I mówimy o dżungli i górach. Ci ludzie są tak daleko, że nigdy nie widzieli samochodu.

– Ja nie jadę.

– Możemy wynająć miejscowych przewodników, ale podróż mimo to zajmie około tygodnia.

– Nie ma tam ludożerców?

– Nie.

– Anakondy?

– Uspokój się, Tip. Nie pojedziesz.

– Dzięki.

– Ale czujesz problem, prawda? Mamy sześćdziesięciu prawników, wszyscy zapracowani jak diabli i co rusz przywalani nowymi zleceniami. Żaden z nas nie może nagle rzucić wszystkiego i jechać szukać tej kobiety.

– Wyślij pomocnika.

Joshowi nie spodobał się ten pomysł. Sączył szkocką, rozkoszował się cygarem i wsłuchiwał w płomienie trzaskające na kominku.

– To musi być prawnik – rzekł na wpół do siebie.

Lokaj powrócił z nowymi drinkami. Zaproponował deser i kawę, lecz goście mieli już wszystko, czego pragnęli.

– A Nate? – odezwał się Josh, kiedy znów zostali sami.

Ani na chwilę nie przestał myśleć o Nacie, co lekko zirytowało Tipa.

– Żartujesz? – żachnął się.

– Nie.

Przez chwilę zastanawiali się nad pomysłem wysłania Nate'a i obaj rozważali swe początkowe obiekcje i obawy. Nate O'Riley, niegdyś ich partner – miał wtedy dwadzieścia trzy lata – przebywał zamknięty na oddziale rehabilitacyjnym w Błękitnym Paśmie na zachód od Waszyngtonu. W ciągu ostatnich dziesięciu lat często odwiedzał placówki rehabilitacyjne, za każdym razem rzucając alkohol, kończąc ze złymi nawykami, pracując nad opalenizną podczas gry w tenisa i ślubując, że zerwie ze swoimi uzależnieniami raz na zawsze. Niedługo po przysięgach, że załamanie było ostatnim, niemającym się już powtórzyć zejściem na samo dno, następował jeszcze poważniejszy upadek. Teraz, w wieku czterdziestu ośmiu lat, był człowiekiem zniszczonym, dwukrotnie rozwiedzionym i w dodatku świeżo skazanym za uchylanie się od obowiązku płacenia podatku dochodowego. Jego przyszłość nie jawiła się w jasnych barwach.

– Kiedyś nie był domatorem, prawda? – rzucił Tip.

– O tak. Nurkowanie, wspinaczka i wszystkie takie szaleństwa. Potem zaczął się upadek i pozostała mu tylko praca.

Upadek zaczął się, gdy stuknęło mu trzydzieści pięć lat, mniej więcej w tym czasie, gdy zgromadził na swoim koncie pokaźny łańcuszek długich wyroków przeciwko lekarzom zaniedbującym obowiązki. Nate O'Riley został gwiazdą w rozgrywkach z przypadkami niewłaściwego leczenia, a jednocześnie zaczął ostro pić i zażywać kokę. Zaniedbał rodzinę i wpadł w istną obsesję na punkcie swych uzależnień – surowych wyroków, alkoholu i narkotyków. Jakimś cudem udawało mu się zachowywać równowagę, ale zawsze balansował na krawędzi nieszczęścia. Potem przegrał sprawę i po raz pierwszy wpadł w dołek. Firma ukryła go w ekskluzywnym sanatorium, aż wyleczył się z nałogu i dokonał niezwykłego comebacku. Pierwszego z kilku następnych.

– Kiedy wychodzi? – zapytał Tip, coraz mniej zdziwiony pomysłem, który zaczynał powoli akceptować.

– Wkrótce.

Nate był jednak narkomanem. Mógł być czysty przez wiele miesięcy, nawet lat, ale skutki ćpania pozostawiły trwały ślad. Chemikalia przeniknęły na wskroś jego umysł i ciało. Nate zachowywał się dość osobliwie; plotki o jego obłędzie krążyły najpierw po firmie, potem rozprzestrzeniły się po całym prawniczym światku.

Jakieś cztery miesiące wcześniej zamknął się w pokoju motelowym z butelką rumu i fiolką pigułek. Wielu kolegów uważało to za próbę samobójstwa.

Josh skierował go na leczenie po raz czwarty w ciągu dziesięciu lat.

– To mu dobrze zrobi – stwierdził Tip. – Ucieknie od tego wszystkiego choćby na chwilę.

Rozdział 7

Trzeciego dnia po samobójczej śmierci pana Phelana Hark Gettys przybył do swojego biura nad ranem, zmęczony, lecz z niepokojem oczekujący dnia. Zjadł późną kolację z Reksem Phelanem. Potem na kilka godzin wylądowali w barze, gdzie roztrząsali sprawę testamentu i opracowywali strategię. Nic dziwnego, że oczy miał zaczerwienione i napuchnięte, a głowa pękała mu z bólu. Mimo to uwijał się żwawo wokół dzbanka z kawą.

Hark nie miał stałych stawek. W zeszłym roku przeprowadził paskudną sprawę rozwodową, biorąc tylko dwieście dolarów za godzinę. Zwykle na wstępie rzucał cenę trzystu pięćdziesięciu każdemu ewentualnemu klientowi, za nisko uplasowanemu w społeczeństwie jak na ambitnego, waszyngtońskiego prawnika. Gdy już klient się zgodził na tę stawkę, w trakcie współpracy Harkowi udawało się tak pokierować sprawą, że zarabiał tyle, na ile zasługiwał. Pewna indonezyjska fabryka cementu zgodziła się na czterysta pięćdziesiąt za godzinę za niewielką sprawę, a potem próbowała odmówić zapłaty. Ugodził się na jedną trzecią z trzystu pięćdziesięciu tysięcy dolarów. W ten sposób zawsze był górą, gdy dochodziło do kwestii zapłaty.

Hark pracował w firmie zatrudniającej czterdziestu prawników, ale wewnętrzne walki i kłótnie hamowały jej rozwój. Zawsze pragnął otworzyć własny interes. Prawie połowa jego rocznych dochodów szła w koszty; on zaś uważał, że te pieniądze należą się wyłącznie jemu.

Tej bezsennej nocy podjął decyzję, że podniesie stawkę do pięciuset dolarów za godzinę, z działaniem wstecznym o tydzień. Przez sześć dni pracował wyłącznie nad sprawą Phelana, a teraz, po śmierci staruszka, jego szalona rodzinka stała się po prostu marzeniem prawnika.

Hark koniecznie chciał doprowadzić do tego, by przeciwnicy oprotestowali testament – byłaby to długa, zajadła walka z tabunami prawników i tonami formularzy i dokumentów. Proces będzie cudowny: imponująca batalia o jedną z największych fortun w Ameryce, z Harkiem w centrum uwagi. Miło byłoby wygrać, ale zwycięstwo nie jest tu najważniejsze. Zarobi krocie i stanie się sławny, a tylko tego pragnie dzisiaj każdy adwokat.

Przy pięciuset dolarach za godzinę, sześćdziesięciu godzinach tygodniowo, pięćdziesięciu tygodniach w roku, całkowity roczny dochód Harka wyniesie półtora miliona. Koszty nowego biura – czynsz, sekretarki, asystenci – zabiorą najwyżej pół miliona, więc Hark mógł zarobić na czysto milion, gdyby rzucił tę żałosną firmę i otworzył nową na tej samej ulicy.

Załatwione. Kilkoma haustami dopił kawę i w duchu pożegnał się z zawalonym szpargałami biurem. Rozpocznie od sprawy Phelana, no, może jeszcze jednej czy dwóch innych. Zabierze swoją sekretarkę i asystentów i zrobi to szybko, zanim firma zacznie rościć sobie prawa do pieniędzy ze sprawy Phelana.

Usiadł za biurkiem, czując, jak serce bije mu mocniej na myśl o własnej kancelarii. Zaczął rozważać sposoby wszczęcia wojny z Joshem Staffordem. Nie było powodów do obaw. Stafford nie miał ochoty ujawnić treści nowego testamentu Phelana. Zakwestionował ważność dokumentu w świetle samobójstwa. Harka dziwiła zmiana tonu Stafforda tuż po samobójstwie. Teraz wyjechał z miasta i nie odpowiadał na telefony.

O tak, czekał na tę walkę.

O dziewiątej spotkał się z Libbigail Phelan Jeter i Mary Ross Phelan Jackman, córkami Troya z pierwszego małżeństwa.

Spotkanie, za jego namową, zorganizował Rex. Chociaż obie kobiety miały własnych prawników, Hark chciał zrobić z nich swoje klientki. Więcej klientów oznaczało większe atuty przy stole przetargowym i w sali sądowej, nie wspominając już o tym, że za tę samą pracę z każdej osoby mógłby ściągnąć pięćset dolarów za godzinę.

Rozmowa potoczyła się dość niezręcznie; żadna z kobiet nie ufała Harkowi, ponieważ nie darzyły zaufaniem swojego brata Reksa. TJ zatrudniał trzech osobistych prawników, a jego matkę reprezentował jeszcze inny. Po co miały jednoczyć siły z bratem, skoro nikt inny tego nie robił? Przy takiej sumie, o jaką toczy się gra, chyba powinny zatrzymać własnych prawników?

Hark naciskał, lecz wskórał niewiele. Początkowo nie potrafił ukryć rozczarowania, ale później rozpromienił się wewnętrznie na myśl o szybkim odejściu z firmy. Czuł już zapach szmalu.

Libbigail Phelan Jeter była zbuntowanym dzieckiem. Nigdy nie przepadała za swoją matką Lillian i chciała zdobyć zainteresowanie ojca, który z kolei rzadko bywał w domu. Miała dziewięć lat, kiedy rodzice się rozwiedli.

Kiedy ukończyła czternaście lat, Lillian wysłała ją do szkoły z internatem. Troy z dezaprobatą wyrażał się o tych szkołach, tak jakby cokolwiek wiedział o wychowywaniu dzieci, i przez cały czas nauki córki czynił dość nietypowe dla siebie wysiłki, aby utrzymywać z nią stały kontakt. Często powtarzał, że jest jego faworytką. Niewątpliwie była najbystrzejsza.

Ale nie przyjechał na uroczystość zakończenia szkoły i zapomniał przesłać jej prezent. Latem, przed pójściem do college'u, myślała, jak by go zranić. Uciekła do Berkeley, oficjalnie po to, by studiować średniowieczną poezję irlandzką, ale w rzeczywistości zamierzała uczyć się jak najmniej, jeżeli w ogóle. Troyowi wyjątkowo nie spodobał się pomysł, że Libbigail znajdzie się w college'u w Kalifornii, szczególnie że postanowiła studiować w tak zrewolucjonizowanym kampusie. Wojna w Wietnamie dobiegała końca. Studenci zwyciężyli i nadszedł czas na świętowanie.

Z łatwością wtopiła się w kulturę narkotyków i przygodnego seksu. Mieszkała w trzypiętrowym domu z grupą studentów wszystkich ras, płci i preferencji seksualnych. Kombinacje ulegały zmianie co tydzień, liczebność również. Nazywali siebie komuną, ale nie było tam mowy o żadnej strukturze czy zasadach. Pieniądze nie stanowiły dla nich problemu, ponieważ większość pochodziła z zamożnych rodzin. Libbigail znano po prostu jako bogatą dziewczynę z Connecticut. W tamtym czasie Troya wyceniano zaledwie na jakieś sto milionów.

Żądza przygody doprowadziła Libbigail na koniec łańcucha narkotykowego. Dopadła ją heroina. Jej dostawca, perkusista jazzowy o imieniu Tino, jakimś sposobem zamieszkał w komunie. Facet dobiegał czterdziestki, wcześniej zrezygnował ze szkoły średniej w Memphis. Nikt nie wiedział dokładnie, w jaki sposób i kiedy stał się członkiem ich grupy. Nikogo to zresztą nie obchodziło.

Libbigail doprowadziła się do stanu używalności na tyle, żeby odbyć podróż na wschód na swe dwudzieste pierwsze urodziny – wspaniały dzień w życiu wszystkich Phelanów, ponieważ wtedy właśnie stary obdarowywał ich prezentem. Troy nie wierzył w fundusze. Jeżeli dzieci nie potrafiły ustabilizować się w wieku dwudziestu jeden lat, to po co je wiązać? Fundusze wymagały zarządców, prawników i ciągłych walk z beneficjentami, którzy nie lubili, gdy księgowi wydawali ich pieniądze. Dam im pieniądze, rozumował Troy, i pozwolę utonąć albo utrzymać się na powierzchni.

Większość Phelanów utonęła szybko.

Troy nie brał udziału w urodzinach. Wyjechał gdzieś do Azji w sprawach służbowych. Zresztą był już żonaty po raz drugi, z Janie. Rocky i Geena byli małymi dziećmi i ojciec całkowicie przestał się interesować pierwszą rodziną.

Libbigail nie brakowało tatusia. Prawnicy dopełnili wszelkich formalności związanych z przekazaniem prezentu i przez tydzień kochała się z Tinem w ekskluzywnym hotelu na Manhattanie, kompletnie naćpana.

Pieniądze starczyły jej na pięć lat. Był to okres obejmujący dwóch mężów, licznych kochanków, dwa aresztowania, trzy długie pobyty na oddziale detoksykacji oraz wypadek samochodowy, w którym o mało nie straciła lewej nogi.

Swojego obecnego męża, byłego członka gangu motocyklowego, spotkała na oddziale rehabilitacji. Ważył sto pięćdziesiąt kilogramów, siwa broda opadała mu na piersi. Nazywano go Spike i w gruncie rzeczy stał się całkiem przyzwoitym gościem. Budował szafki w warsztacie za ich skromnym domem w Lutherville, na przedmieściach Baltimore.

Rozczochrany prawnik Libbigail nazywał się Wally Bright. Po wyjściu od Harka poszła prosto do niego. Złożyła mu pełną relację z tego, co powiedział Hark. Wally był miernym prawnikiem i ogłaszał się na przystankach autobusowych w dzielnicy Bethesda jako specjalista od szybkich rozwodów. Obsługiwał jeden z rozwodów Libbigail i czekał przez rok na zapłatę. Ale w tym przypadku uzbroił się w cierpliwość. Jakby nie patrzeć, była córką Phelana, biletem do tłuściutkich honorariów, o które wcześniej nigdy nie potrafił się postarać.

W jej obecności zadzwonił do Harka Gettysa i wszczął zajadłą potyczkę słowną, która toczyła się przez piętnaście minut. Rzucał się za biurkiem, wymachiwał rękami, klął do słuchawki.

– Zabiję dla swojego klienta! – zawrzał w pewnym momencie, co zrobiło na Libbigail ogromne wrażenie.

Gdy skończył, odprowadził ją uprzejmie do drzwi, pocałował w policzek, pogładził po włosach i poklepał po ramieniu. Poświęcał jej całą uwagę, a przecież marzyła o tym przez całe życie. Nie wyglądała źle. Może była trochę za gruba, a szaleństwa młodości zostawiły widoczne ślady, lecz Wally widywał o wiele gorsze. Sypiał z o wiele gorszymi. W odpowiednim momencie może uczyni ten ruch.

Rozdział 8

Piętnastocentymetrowa warstwa świeżego śniegu pokryła Little Mountain, kiedy Nate'a zbudziły przenikliwe akordy Chopina dolatujące zza ściany. W zeszłym tygodniu był Mozart. Dwa tygodnie wcześniej... nie mógł sobie przypomnieć. Niedawno był też Vivaldi, ale za nieprzeniknioną kurtyną mgły przesłaniającej przeszłość.

Nate, tak jak każdego ranka od blisko czterech miesięcy, podszedł do okna i spojrzał na leżącą tysiąc metrów poniżej dolinę Shenandoah. Ona też tonęła w białym puchu i przypomniał sobie, że niedługo Boże Narodzenie.

Wypuszczą go przed świętami. Przynajmniej tyle obiecali mu lekarze i Josh Stafford. Pomyślał o Bożym Narodzeniu i posmutniał. Wcale nie tak dawno spędzał je tak przyjemnie, kiedy dzieci były jeszcze małe, a życie wydawało się ustabilizowane. Dzieci jednak odeszły: dorosły albo zabrały je matki. Teraz ostatnią rzeczą, jakiej pragnął, były kolejne święta w barze z innymi żałosnymi pijakami śpiewającymi kolędy i udającymi radość.

Białą i nieruchomą doliną w oddali sunęło kilka samochodów. Wyglądały jak mrówki.

Miał medytować przez dziesięć minut, poprzez modlitwę albo jogę, której starali się go nauczyć w Walnut Hill. Zamiast tego zrobił kilka przysiadów i poszedł popływać.

Śniadanie składające się z czarnej kawy i pączka zjadł z Sergiem, swoim psychoanalitykiem, terapeutą, guru. W ciągu czterech miesięcy Sergio stał się jego najlepszym przyjacielem. Wiedział wszystko o nieszczęśliwym życiu Nate'a O'Rileya.

– Masz dzisiaj gościa – powiedział.

– Kto?

– Pan Stafford.

– Cudownie.

Wszelkie kontakty ze światem zewnętrznym były mile widziane, głównie dlatego, że obwarowano je licznymi restrykcjami. Josh odwiedzał go raz w miesiącu. Dwóch innych kolegów z firmy zrobiło kiedyś trzygodzinną trasę z Waszyngtonu, ale zwykle byli zajęci i Nate to rozumiał.

W Walnut Hill nie wolno było oglądać telewizji, ponieważ reklamowano w niej piwo, a filmy często zachęcały do picia alkoholu, a nawet do narkotyków. Z tych samych powodów zakazano czytania popularnych magazynów. Nate miał to w głębokim poważaniu. Po czterech miesiącach nie obchodziło go to, co działo się na Kapitolu, na Wall Street czy Bliskim Wschodzie.

– Kiedy? – zapytał.

– Przed południem.

– Po ćwiczeniach?

– Oczywiście.

Nic nie mogło zakłócić ćwiczeń, a raczej dwugodzinnego pocenia się, sapania i wrzasku pod okiem sadystycznej trenerki o przenikliwym głosie, którą Nate potajemnie ubóstwiał.

Gość pojawił się w chwili, gdy Nate odpoczywał w swoim pokoju, jedząc pomarańczę i wpatrując się w dolinę.

– Świetnie wyglądasz – rzucił na powitanie Josh. – Ile zrzuciłeś?

– Siedem kilogramów – powiedział Nate, poklepując się po płaskim brzuchu.

– Niesamowite. Może i ja powinienem spędzić tu trochę czasu.

– Gorąco polecam. Jedzenie zupełnie pozbawione tłuszczu i smaku, przygotowane przez szefa kuchni mówiącego z silnym akcentem. Porcje zajmują połowę spodka: kilka łyków i po wszystkim. Lunch i obiad trwają zwykle około siedmiu minut, jeżeli wolno przeżuwasz.

– Za tysiąc dolców dziennie oczekujesz wielkiego żarcia?

– Przywiozłeś mi jakieś ciastka czy coś podobnego, Josh? Może chipsy? Musiałeś coś ukryć w tej walizce.

– Przykro mi, Nate. Jestem czysty.

– Jakieś delicje albo M&M?

– Przykro mi.

Nate zatopił zęby w pomarańczy. Przez jakiś czas siedzieli obok siebie, rozkoszując się widokiem za oknem. Minęły długie minuty.

– Jak ci się żyje? – zapytał Josh.

– Muszę stąd wyjść. Zmieniam się w robota.

– Twój lekarz mówi, że jeszcze tydzień czy coś koło tego.

– Świetnie. Co potem?

– Zobaczymy.

– Co to znaczy?

– To znaczy, że zobaczymy.

– Daj spokój, Josh.

– Nie będziemy się spieszyć i zobaczymy, co czas przyniesie.

– Mogę wrócić do firmy? Powiedz mi.

– Nie tak szybko, Nate. Masz wrogów.

– Kto ich nie ma? Do diabła, to twoja firma. Ci faceci zrobią wszystko, co im każesz.

– Masz kilka problemów.

– Mam tysiące problemów. Ale nie możesz mnie po prostu wykopać.

– Z bankructwa możemy cię wyciągnąć. Z aktem oskarżenia nie pójdzie tak łatwo.

Nie, nie było to takie łatwe i Nate musiał to wziąć pod uwagę. Od 1992 do 1995 roku nie wykazał około sześćdziesięciu tysięcy dolarów dochodu.

Rzucił skórkę pomarańczową do kosza i powiedział:

– Co mam więc zrobić? Siedzieć całymi dniami w domu?

– Jeśli szczęście ci dopisze.

– Co chcesz przez to powiedzieć?

Josh starał się być delikatny. Jego przyjaciel wychodził z czarnej dziury. Należało unikać wstrząsów i niespodzianek.

– Myślisz, że pójdę do więzienia? – zapytał Nate.

– Troy Phelan nie żyje – rzucił Josh i dopiero po sekundzie Nate przestawił myślenie na inne tory.

– Ach, pan Phelan.

Nate miał kiedyś własne skrzydło w firmie. Znajdowało się na końcu długiego holu na szóstym piętrze. On, jeszcze jeden prawnik, trzech asystentów oraz kilka sekretarek zajmowali się procesami. Reszta firmy nie bardzo ich obchodziła. Wiedział oczywiście, kim był Troy Phelan, ale nigdy nie prowadził jego spraw.

– Przykro mi – odezwał się.

– Więc nie słyszałeś?

– Nic tu nie słyszę. Kiedy zmarł?

– Cztery dni temu. Wyskoczył przez okno.

– Bez spadochronu?

– Bingo.

– Nie umiał latać.

– Nie. Nawet nie próbował. Widziałem to na własne oczy. Zdążył podpisać dwa testamenty: pierwszy przygotowany przeze mnie; drugi, ostatni, sam odręcznie spisał. Potem rozpędził się i skoczył.

– Widziałeś to?

– Tak.

– No, no. Musiał być niezłym skurczybykiem.

W głosie Nate'a pojawiła się nutka rozbawienia. Cztery miesiące wcześniej sam został znaleziony przez sprzątaczkę w pokoju motelowym z żołądkiem pełnym pigułek i rumu.

– Zostawił wszystko swojej nieślubnej córce, o której nigdy nie słyszałem.

– Ma męża? Jak wygląda?

– Chcę, żebyś jej poszukał.

– Ja?

– Tak.

– Zaginęła?

– Nie wiemy, gdzie jest.

– Ile on ...

– Coś około jedenastu miliardów, przed podatkiem.

– Czy ona o tym wie?

– Nie. Nawet nie wie, że on nie żyje.

– Czy wie, że Troy jest jej ojcem?

– Nie mam pojęcia, o czym wie.

– Gdzie jej szukać?

– Sądzimy, że może w Brazylii. Pracuje jako misjonarka wśród Indian w dżungli.

Nate zastanowił się i przeszedł wolno wokół pokoju.

– Byłem tam kiedyś tydzień – odezwał się. – Jeszcze w czasie studiów. Był karnawał: nagie dziewczyny tańczyły na ulicach Rio, grano sambę, miliony ludzi świętowały przez całą noc. – Głos uwiązł mu w krtani tak, jakby to miłe wspomnienie wyszło na powierzchnię i prysnęło jak mydlana bańka.

– To nie karnawał.

– Wiem. Jestem pewien, że to nie karnawał. Napijesz się kawy?

– Tak. Czarnej.

Nate dotknął przycisku w ścianie i wypowiedział zamówienie do interkomu. Tysiąc dolców dziennie pokrywało również obsługę w pokoju.

– Jak długo tam będę? – zapytał, siadając ponownie przy oknie.

– Przypuszczam, że jakieś dziesięć dni. Nie ma pośpiechu i prawdopodobnie będzie ją trudno znaleźć.

59

- Która to część kraju?
- Zachodnia, blisko Boliwii. Organizacja, dla której pracuje, specjalizuje się w wysyłaniu ludzi do dżungli, gdzie niosą wiarę Indianom z epoki kamienia łupanego. Zrobiliśmy mały wywiad i wygląda na to, że ich misjonarze docierają do najtrudniej dostępnych miejsc i plemion na Ziemi.

- Chcesz, żebym najpierw znalazł właściwą dżunglę, potem w tej dżungli poszukał właściwego plemienia Indian, potem jakimś cudem przekonał ich, że jestem przyjaźnie nastawionym prawnikiem ze Stanów Zjednoczonych i że powinni mi pomóc odnaleźć kobietę, która, i od tego powinniśmy zacząć, wcale nie chce zostać odnaleziona.

- Coś takiego.
- Może być śmiesznie.
- Potraktuj to jak przygodę.
- Co więcej, dzięki temu będę się znajdował z dala od firmy, czy tak, Josh? Czy o to chodzi? Zniknę, podczas gdy ty pozałatwiasz sprawy.

- Ktoś musi to zrobić, Nate. Jakiś prawnik z naszej firmy musi porozmawiać z tą kobietą w cztery oczy, pokazać jej kopię testamentu, wyjaśnić wszystko i dowiedzieć się, co ona zamierza w tej sprawie uczynić. Nie może tego zrobić asystent ani brazylijski prawnik.

- Czemu ja?
- Ponieważ wszyscy inni mają pełne ręce roboty. Znasz rutynę. Żyłeś w niej przez ponad dwadzieścia lat. Mieszkanie w biurze, lunch w sali sądowej, drzemka w pociągu. Zresztą, to może ci dobrze zrobić.

- Czy próbujesz mnie trzymać z daleka od ulicy, Josh? Jeśli tak, to tracisz czas. Jestem czysty. Czysty i trzeźwy. Koniec z barami, koniec z imprezami, koniec z handlarzami narkotyków. Jestem czysty. Na zawsze.

Josh pokiwał głową, ponieważ niewątpliwie tego oczekiwał Nate. Ale przerabiali to już wielokrotnie.

- Wierzę ci – odparł, w głębi duszy bardzo tego pragnąc.

Sanitariusz zapukał i wniósł kawę na srebrnej tacy.

- A akt oskarżenia? – zapytał po chwili Nate. – Nie mogę opuszczać kraju aż do wyjaśnienia tej sprawy.

– Rozmawiałem z sędzią, powiedziałem mu, że sprawa jest pilna. Chce cię widzieć za dziewięćdziesiąt dni.

– Jest miły?

– To Święty Mikołaj.

– Więc jeśli zostanę skazany, myślisz, że mnie wypuści.

– Mamy jeszcze cały rok. Później będziemy się o to martwić.

Nate siedział pochylony przy małym stoliku, wpatrując się w filiżankę z kawą, i zastanawiał się nad kolejnymi pytaniami. Josh, który znajdował się po drugiej stronie, wciąż patrzył daleko przed siebie.

– A jeżeli odmówię? – zapytał Nate.

Josh wzruszył ramionami tak, jakby nie miało to znaczenia.

– Nic się nie stanie. Znajdziemy kogoś innego. Potraktuj to jako wakacje. Chyba nie boisz się dżungli?

– Pewnie, że nie.

– To pojedź tam i zabaw się.

– Kiedy miałbym wyjechać?

– Za tydzień. Brazylia wymaga wizy i będziemy musieli pociągnąć za odpowiednie sznurki. Tutaj też mamy kilka spraw do załatwienia.

W Walnut Hill wymagano przynajmniej tygodnia poprzedzającego wypuszczenie klienta na szerokie wody. W tym czasie intensyfikowano opiekę, przestrzegano trzeźwości, prano mózg i doprowadzano pacjenta do określonej emocjonalnej, umysłowej i fizycznej formy. Kwarantanna przygotowywała go do powrotu.

– Tydzień – powtórzył Nate.

– Około tygodnia.

– A to zajmie dziesięć dni.

– Tak przypuszczam.

– A więc dojadę tam w czasie ferii.

– Na to wygląda.

– Wspaniale.

– Chcesz uniknąć świąt?

– Tak.

– Co z dziećmi?

Miał ich czworo, po dwoje z każdą żoną. Jedno w podstawówce, jedno w college'u, dwójka w szkole średniej.

Zamieszał kawę łyżeczką.

– Ani słowa, Josh. – Pokręcił głową. – Minęły prawie cztery miesiące i wciąż ani słowa. Od żadnego z nich. – Z jego głosu przebijał ból. Zgarbił się. Przez ułamek sekundy wyglądał tak krucho.

– Przepraszam – powiedział Josh.

Josh oczywiście miał wiadomości od obu rodzin. Żony zatrudniły prawników, którzy dzwonili, domagając się pieniędzy. Najstarszy syn Nate'a, student, potrzebował pieniędzy na naukę i osobiście zadzwonił do Josha nie po to, by zapytać o stan zdrowia czy miejsce pobytu ojca, lecz o jego udział w zyskach firmy w ubiegłym roku. Stawiał się jak kogut i był niegrzeczny, więc Josh w końcu go zwymyślał.

– Chciałbym uniknąć spotkań rodzinnych i radości związanej ze świętami – wyznał Nate, ruszając boso na obchód pokoju.

– Pojedziesz?

– Czy to Amazonia?

– Nie. Pantanal, największe moczary na świecie.

– Piranie, anakondy, aligatory?

– Oczywiście.

– Ludożercy?

– Nie więcej niż w Waszyngtonie.

– Mówię poważnie.

– Nie sądzę. Od jedenastu lat nie zginął tam żaden misjonarz.

– A prawnik?

– Jestem pewien, że z przyjemnością wypatroszyliby choć jednego. Daj spokój, Nate. To nie jest ciężka robota. Gdyby nie nawał zajęć, sam z chęcią bym pojechał. Pantanal to wspaniały ekologiczny rezerwat.

– Nigdy o nim nie słyszałem.

– To dlatego, że wiele lat temu przestałeś podróżować. Zaszyłeś się w gabinecie i nie wyściubiałeś z niego nosa.

– Z przerwami na rehabilitację.

– Zrób sobie wakacje. Zobaczysz kawałek świata.

Nate sączył kawę na tyle długo, aby skierować rozmowę na inne tory.

– A co będzie, jak wrócę? Mam swoje biuro? Czy wciąż jestem wspólnikiem?

– Czy tego chcesz?

– Oczywiście – zapewnił Nate z lekkim wahaniem w głosie.

– Jesteś pewien?

– Co innego mógłbym robić?

– Nie wiem, Nate. To twoja czwarta kuracja w ciągu dziesięciu lat. Załamania są coraz gorsze. Gdybyś teraz wyszedł, trafiłbyś prosto do biura i przez sześć miesięcy był najlepszym na świecie specjalistą od spraw zaniedbywania obowiązków przez lekarzy. Porzucisz starych kumpli, stare bary, stare miejsca. Będziesz żył wyłącznie pracą, pracą i pracą. Niebawem wygrasz parę trudnych, dużych procesów, pracując w ciągłym napięciu. Po roku pojawi się szczelina. Może odwiedzi cię stary kumpel. Jakaś dziewczyna z tamtego życia. Zły sąd wyda zły wyrok. Będę obserwował każdy twój ruch, ale nie potrafię przewidzieć, kiedy rozpocznie się upadek.

– Nie upadnę więcej, Josh. Przysięgam.

– Już to kiedyś słyszałem i chciałbym ci wierzyć. Ale co będzie, jeśli twoje demony znów wyjdą na powierzchnię, Nate? Zeszłym razem od samobójczej śmierci dzieliło cię kilka minut.

– Koniec z odlotami.

– Następny będzie ostatnim. Urządzimy ci piękny pogrzeb i pożegnamy cię, patrząc, jak opuszczają trumnę do ziemi. Nie chcę, żeby tak było.

– Nie będzie, przysięgam.

– W takim razie zapomnij o biurze. Tam jest za duża nerwówka.

Na odwykach Nate najbardziej nie cierpiał długich okresów ciszy czy medytacji, jak nazywał je Sergio. Pacjenci mieli siedzieć jak mnisi w półmroku, z zamkniętymi oczami i poszukiwać wewnętrznego spokoju. Nate mógł siedzieć i tak dalej, ale za zamkniętymi powiekami ponownie przeżywał procesy, walczył z urzędem skarbowym i knuł spiski przeciwko byłym żonom, a co najważniejsze, martwił się o przyszłość. Rozmowę z Joshem odegrał już wielokrotnie.

Jednak bystre, zwięzłe odpowiedzi i cięte riposty nie wychodziły w stanie napięcia. Cztery miesiące samotności stępiły mu refleks. Potrafił tylko patrzeć żałośnie, i to wszystko.

– No, Josh. Nie możesz tak po prostu mnie wykopać.

– Występowałeś w sali ponad dwadzieścia lat, Nate. To średnia prawnicza. Czas przerzucić się na coś innego.

– Więc zostanę doradcą i będę jadał obiady z sekretarzami prasowymi tysiąca małych kongresmanów.

– Znajdziemy dla ciebie miejsce. Nie będzie to jednak sala sądowa.

– Nie jestem dobry w obiadach. Chcę stawać.

– Nie. Możesz zostać w firmie, zarabiać duże pieniądze, cieszyć się dobrym zdrowiem, grać w golfa i życie stanie się naprawdę przyjemne, pod warunkiem że urząd skarbowy cię nie dorwie.

Przez kilka przyjemnych chwil Nate zapomniał o fiskusie. Teraz czarne myśli wróciły. Usiadł. Wycisnął niewielkie opakowanie miodu do kawy; cukier i sztuczne słodziki były niedozwolone w tak zdrowym miejscu jak Walnut Hill.

– Zaczyna mi się podobać myśl o kilku tygodniach na brazylijskich moczarach – odezwał się w końcu.

– Więc pojedziesz?

– Tak.

Nate miał dużo czasu na czytanie, zatem Josh zostawił mu pokaźną teczkę dokumentów dotyczących majątku Phelana i jego spadkobierczyni. A także dwie książki o zagubionych w dżungli Indianach Ameryki Południowej.

Nate czytał bez przerwy przez osiem godzin, zapominając o wszystkim, nawet o obiedzie. Niespodziewanie nabrał ochoty na wyjazd i przygodę. Gdy Sergio zajrzał do pokoju o dwudziestej drugiej, jego pacjent wciąż siedział jak mnich na środku łóżka pośród niezliczonych kartek papieru, zagubiony w innym świecie.

– Czas, żebym stąd wyjechał – powiedział Nate.

– Tak – odparł Sergio. – Jutro wezmę się do formalności.

Rozdział 9

Wojna zaostrzała się, w miarę jak spadkobiercy Phelana coraz rzadziej rozmawiali ze sobą, spędzając coraz więcej czasu w biurach swoich prawników. Minął tydzień, a sprawa spadku i wiarygodności testamentu nawet nie drgnęła. Widząc fortunę, lecz nie mogąc jej dotknąć, spadkobiercy stawali się coraz bardziej zdenerwowani. Kilku prawników straciło pracę, na ich miejscach pojawiło się jeszcze więcej nowych.

Mary Ross Phelan Jackman zrezygnowała ze swojego z uwagi na jego niskie stawki za godzinę. Jej mąż, znany chirurg ortopeda, prowadził liczne interesy i miał do czynienia z prawnikami na co dzień. Tym razem podpisali umowę z przebojowym facetem nazwiskiem Grit, który zrobił dobre wejście, żądając na początek sześciuset dolarów za godzinę.

Spadkobiercy czekali, powiększając swe i tak olbrzymie długi. Podpisali kontrakty na kupno rezydencji. Dostarczono im nowe samochody. Wynajęli specjalistów od projektowania basenów, lotnisk dla prywatnych samolotów, porad w zakresie kupna koni rasowych. Gdy nie walczyli ze sobą, robili zakupy. Ramble stanowił wyjątek, ale tylko dlatego, że był niepełnoletni. On jednak również nie rozstawał się ze swoim prawnikiem, który oczywiście zaciągał długi w imieniu swego klienta.

Lawina procesowa często rozpoczyna się wyścigiem do sali sądowej. Ponieważ Josh Stafford odmawiał ujawnienia treści testamentu, a jednocześnie rzucał tajemnicze wzmianki o niezdolności Troya do sporządzania ostatniej woli, prawnicy spadkobierców Phelana w końcu ulegli panice.

Dziesięć dni po samobójstwie Phelana Hark Gettys udał się do sądu okręgowego hrabstwa Fairfax w Wirginii i złożył prośbę o otwarcie testamentu Troya L. Phelana. Z subtelnością ambitnego prawnika, z którym trzeba się liczyć, powiadomił o tym pewnego dziennikarza z „Post". Po wyjściu z sądu ucięli sobie godzinną pogawędkę: parę śmiałych komentarzy, parę sformułowań pochlebnych dla adwokata. Fotograf zrobił kilka zdjęć.

Dziwne, ale Hark złożył petycję w imieniu wszystkich spadkobierców Phelana. Podał ich nazwiska i adresy, tak jakby byli jego klientami. Po powrocie do biura przesłał im faksem kopie dokumentu. Po kilku minutach jego linia urywała się od telefonów.

Nazajutrz w „Post" ukazał się artykuł opatrzony dużym zdjęciem Harka marszczącego brwi i drapiącego się po brodzie. Artykuł zajmował więcej miejsca, niż Hark mógłby sobie wymarzyć. Przeczytał go rankiem w kafejce w Chevy Chase, a następnie pospieszył do nowego biura.

Kilka godzin później, tuż po dziewiątej, w sądzie okręgowym hrabstwa Fairfax zaroiło się od prawników bardziej niż zazwyczaj. Przybywali małymi grupkami, rozmawiali krótko i dosadnie z urzędnikami, usilnie starali się nawzajem ignorować. Ich prośby różniły się w szczegółach, lecz wszyscy chcieli tego samego – wglądu w treść testamentu Phelana.

Sprawy spadkowe w hrabstwie Fairfax były przydzielane kolejno każdemu z kilkunastu sędziów. Sprawa Phelana wylądowała na biurku sędziego F. Parr Wycliffa, trzydziestoszcześcioletniego jurysty o małym doświadczeniu, ale dużych ambicjach. Otrzymanie tak głośnej sprawy przyprawiło go o dreszcz radości.

Biuro Wycliffa mieściło się w budynku sądu hrabstwa Fairfax. Tego ranka osobiście nadzorował składanie petycji. Jego sekretarka przynosiła mu dokumenty, a on natychmiast je czytał.

Po zapoznaniu się ze wszystkimi zadzwonił do Josha Stafforda, aby się przedstawić. Przez kilka minut gawędzili uprzejmie – zwykłe prawnicze zabiegi wstępne – zachowując jednak dystans i ostrożność, zanim przejdą do spraw większej wagi. Josh nigdy nie słyszał o sędzim Wycliffie.

– Czy jest testament? – zapytał w końcu Wycliff.

– Tak, panie sędzio. Jest testament. – Josh starannie dobierał słowa. W Wirginii zatajenie testamentu traktowano jako przestępstwo. Skoro sędzia chce wiedzieć, Josh naturalnie jest chętny do współpracy.

– Gdzie on jest?

– W moim biurze.

– Kto jest wykonawcą?

– Ja.

– Kiedy zamierza go pan zatwierdzić?

– Mój klient poprosił mnie, aby zaczekać do piętnastego stycznia.

– Hm. Z jakichś szczególnych powodów?

Powód był prosty. Troy chciał, aby jego zachłanne dzieci w upojeniu wydały furę pieniędzy, zanim wyszarpnie spod nich dywanik. Skąpy i okrutny – cały Troy.

– Nie mam pojęcia – odrzekł Josh. – To rękopiśmienny testament. Pan Phelan podpisał go na kilka sekund przed samobójstwem.

– Rękopiśmienny?

– Tak.

– Nie było pana przy nim?

– Byłem, ale to długa historia.

– Być może powinienem ją usłyszeć.

– Być może powinien pan.

Josh był zajęty przez cały dzień. Wycliff nie, lecz starał się dać do zrozumienia, że zaplanował czas co do minuty. Uzgodnili, że spotkają się na lunchu – szybka kanapka w biurze Wycliffa.

Sergiowi nie podobał się pomysł podróży Nate'a do Ameryki Południowej. Po blisko czterech miesiącach w tak szczególnym miejscu jak Walnut Hill, gdzie drzwi i bramy zamykano na klucz, a niewidoczny, uzbrojony strażnik obserwował drogę w promieniu dwóch kilometrów w dół, gdzie telewizja, filmy, gry, czasopisma i telefony znajdowały się pod ścisłym nadzorem, powrót do społeczeństwa stanowił często iście traumatyczne przeżycie. Pomysł, by droga do normalności prowadziła przez Brazylię, był co najmniej niepokojący.

Nate'owi było wszystko jedno. Nie przebywał w Walnut Hill z wyroku sądu. Umieścił go tam Josh i skoro teraz poprosił, aby Nate pobawił się w chowanego w dżungli, niech i tak będzie. Sergio mógł narzekać i biadać, ile chciał.

Kwarantanna okazała się tygodniem piekła. Dieta zmieniła się z beztłuszczowej na niskotłuszczową z dodatkiem takich składników, jak sól, pieprz, ser oraz trochę masła, aby przygotować organizm pacjenta na czyhające na zewnątrz zło. Żołądek buntował się i Nate stracił kolejne półtora kilograma.

– To zapowiedź tego, co czeka cię na dole – straszył Sergio.

Walczyli podczas terapii, co było normalne w Walnut Hill. Pacjent miał się stać bardziej gruboskórny i twardy. Sergio zaczął się teraz dystansować. Zazwyczaj trudno powiedzieć sobie do widzenia. Sergio skracał sesje i był coraz bardziej niedostępny.

Nate odliczał godziny do końca pobytu.

Sędzia Wycliff zadawał pytania dotyczące treści testamentu, a Josh grzecznie uchylał się przed ujawnieniem prawdy. Jedli kanapki przy małym stoliku w gabinecie. Prawo nie nakazywało, aby Josh zdradził treść ostatniej woli, przynajmniej nie na tym etapie. Wycliff, z drugiej strony, nie miał powodów, żeby zadawać aż tak wnikliwe pytania, lecz jego ciekawość była zrozumiała.

– W pewnym sensie współczuję składającym prośby – przyznał. – Mają prawo wiedzieć, co jest w testamencie. Po co odkładać to na później?

– Postępuję tylko zgodnie z życzeniem mojego klienta – odparł Josh.

– Prędzej czy później będzie pan musiał uwierzytelnić testament.

– Oczywiście.

Wycliff przysunął notes z grafikiem po plastikowej podkładce i spojrzał na niego przez okulary do czytania.

– Dzisiaj mamy dwudziesty grudnia. Nie ma możliwości, żeby wszystkich zgromadzić przed świętami. Co pan sądzi o dwudziestym siódmym?

– Co pan ma na myśli?

– Odczytanie testamentu.

Pomysł wydawał się tak zaskakujący, że Josh omal nie zakrztusił się kanapką. Zebrać wszystkich razem, Phelanów wraz z ich świtą, nowymi przyjaciółmi i szczęśliwymi prawnikami, i wpakować do gabinetu Wycliffa. Zawczasu powiadomić prasę. Zatopił zęby w kanapce i spojrzał w mały czarny notes, z trudem tłumiąc uśmiech. Już słyszał te sapania i jęki, okrzyki zgrozy i niedowierzania, tłumione przekleństwa. Potem pociąganie nosem, może nawet szloch, kiedy zrozumieją to, co zrobił im ukochany tatuś.

Będzie to niezwykły, triumfalny, jedyny w swoim rodzaju moment w historii amerykańskiego prawa i Josh zapragnął nagle, by nastąpił jak najszybciej.

– Dwudziesty siódmy mi odpowiada – stwierdził.

– To dobrze. Powiadomię strony, gdy tylko ustalę, kto jest kim. Tak wielu tych prawników.

– Musi pan tylko pamiętać, że jest sześcioro dzieci i trzy byłe żony, a więc dziewięć podstawowych grup prawników.

– Mam nadzieję, że sala jest dostatecznie duża.

Wystarczą miejsca stojące, o mały włos nie wymknęło się Joshowi. Ludzie stłoczeni jeden obok drugiego, absolutna cisza w chwili otwierania koperty, rozkładanie testamentu, czytanie niewiarygodnych słów.

– Proponuję, żeby pan odczytał testament – powiedział.

Wycliff niewątpliwie miał taki zamiar. Wyobrażał sobie to samo co Josh. Będzie to jeden ze wspanialszych momentów w jego życiu, odczytanie woli rozdysponowania jedenastu miliardów dolarów.

– Przypuszczam, że testament jest w pewnym sensie kontrowersyjny – powiedział sędzia.

– Jest nikczemny.

Sędzia się uśmiechnął.

Rozdział 10

Przed ostatnim załamaniem Nate mieszkał w starym apartamencie w Georgetown, który wynajął po drugim rozwodzie. Ale zbankrutował i mieszkanie przepadło. Nate nie miał więc dosłownie gdzie spędzić swej pierwszej nocy na wolności.

Jak zwykle Josh skrzętnie zaplanował sprawę. Wyznaczonego dnia przybył do Walnut Hill z brezentową torbą zawierającą nowe, schludne szorty i koszule firmy J. Crew, stosowne do podróży na południe. Był też paszport z wizą, mnóstwo gotówki, sporo biletów i plan gry. Nawet apteczka.

Nate ani przez chwilę nie musiał się niecierpliwić. Pożegnał się z kilkoma osobami z personelu: większość krzątała się gdzieś indziej, unikając pożegnań. Przeszedł dumnie przez drzwi frontowe po stu czterdziestu dniach wspaniałej stateczności.

Czysty, opalony, w znakomitej kondycji, lżejszy o dziewięć kilogramów. Ważył teraz siedemdziesiąt dwa kilogramy – takiej wagi nie udało mu się osiągnąć od dwudziestu lat.

Josh prowadził i przez pierwsze pięć minut w samochodzie panowało milczenie. Śnieg pokrywał pastwiska, lecz gdy zjechali z Błękitnego Pasma, warstwa puchu wyraźnie stopniała. Był dwudziesty drugi grudnia. Z radia cichutko płynęły kolędy.

– Mógłbyś to wyłączyć? – skrzywił się Nate.

– Co?

– Radio.

Josh dotknął przycisku i muzyka, której wcześniej w ogóle nie słyszał, umilkła.

– Jak się czujesz? – zagadnął.

– Czy mógłbyś się zatrzymać przy najbliższym sklepie?

– Nie ma sprawy. Po co?

– Chcę kupić whisky.

– Bardzo śmieszne.

– Zabiłbym za dużą coca-colę.

Kupili napoje i orzeszki. Kasjerka pożegnała ich radosnym „wesołych świąt", lecz Nate nie odpowiedział. Kiedy znaleźli się z powrotem w samochodzie, Josh natychmiast ruszył w kierunku Dulles oddalonego o dwie godziny drogi.

– Lecisz do São Paulo, gdzie zaczekasz trzy godziny na samolot, który zabierze cię do miasta o nazwie Campo Grande.

– Czy mieszkańcy mówią po angielsku?

– Nie. To Brazylijczycy. Mówią po portugalsku.

– No tak.

– Ale na lotnisku poradzisz sobie po angielsku.

– Jak duże jest Campo Grande?

– Pół miliona. To nie koniec podróży. Stamtąd polecisz samolotem do miejsca o nazwie Corumbá. Miasteczka będą się robić coraz mniejsze.

– Samoloty też.

– Tak samo jak tutaj.

– Z pewnych względów pomysł z miejscowymi liniami brazylijskimi nie bardzo do mnie przemawia. Zrób coś, Josh. Denerwuję się.

– Albo to, albo sześciogodzinna przejażdżka autobusem.

– Przestań.

– W Corumbá spotkasz się z prawnikiem. Nazywa się Valdir Ruiz. Mówi po angielsku.

– Rozmawiałeś z nim?

– Tak.

- Mogłeś go zrozumieć?
- Tak, prawie wszystko. Bardzo miły człowiek. Pracuje za jakieś pięćdziesiąt dolców za godzinę, jeśli możesz w to uwierzyć.
- Jak duża jest Corumbá?
- Dziewięćdziesiąt tysięcy.
- Więc będą tam mieli jedzenie i wodę, no i miejsce do spania.
- Tak, Nate, będziesz miał tam pokój. Czyli więcej niż to, na co mógłbyś liczyć tutaj.
- Ho, ho.
- Przepraszam. Chcesz się wycofać?
- Tak, ale nie zrobię tego. W tej chwili chcę uciec z tego kraju, zanim usłyszę *Jingle Bells*. Spałbym w jakimś zasypanym śniegiem rowie przez następne dwa tygodnie, żeby uniknąć *Cichej nocy*.
- Zapomnij o rowie. To miły hotel.
- Co mam zrobić z tym Valdirem?
- On znajdzie przewodnika, który zabierze cię do Pantanalu.
- Jak? Samolotem? Helikopterem?
- Prawdopodobnie łodzią. Z tego, co wiem o tym rejonie, nie ma tam nic prócz bagien i rzek.
- I węży, aligatorów, piranii.
- Co za tchórz z ciebie. Myślałem, że chcesz jechać.
- Chcę. Jedź szybciej.
- Rozluźnij się. – Josh wskazał na walizkę za siedzeniem pasażera. – Otwórz – polecił. – Masz ją ze sobą zabrać.

Nate pociągnął za uchwyt i jęknął.
- Waży tonę. Co w niej jest?
- Same dobre rzeczy.

Waliza z brązowej skóry, nowa, lecz stylizowana na używaną, była dostatecznie duża, aby pomieścić niewielką prawniczą biblioteczkę. Nate postawił ją sobie na kolanach i otworzył.
- Zabawki – rzucił.
- Tamten mały, szary instrument to najnowszy telefon cyfrowy – powiedział Josh, dumny ze sprzętu, jaki zgromadził. – Valdir podłączy ci go na miejscu, jak dotrzesz do Corumby.
- Więc w Brazylii są telefony.
- Całe mnóstwo. Systemy telekomunikacyjne przeżywają tam okres rozkwitu. Każdy ma komórkę.

71

– Biedni ludzie. A to co?

– Komputer.

– Po co, do diabła?

– To najnowsze cacko. Popatrz, jaki mały.

– Nie mogę odczytać niczego na klawiaturze.

– Możesz go podłączyć do telefonu i odebrać pocztę elektroniczną.

– No, no. I mam to zrobić w środku bagna pod okiem jadowitych węży i aligatorów?

– To już zależy od ciebie.

– Josh, nawet w biurze nie korzystam z tej poczty.

– To nie jest dla ciebie, tylko dla mnie. Chcę mieć z tobą stały kontakt. Kiedy ją znajdziesz, muszę od razu o tym wiedzieć.

– Co to jest?

– To najlepsza z zabawek. Telefon satelitarny. Możesz go używać wszędzie, w każdym zakątku Ziemi. Pamiętaj, żeby baterie były naładowane, a zawsze będziesz się mógł ze mną skontaktować.

– Przecież powiedziałeś przed chwilą, że telekomunikacja świetnie u nich działa.

– Ale nie w Pantanalu. To setki tysięcy kilometrów kwadratowych bez miast i z bardzo niewielkim zaludnieniem. Telefon satelitarny będzie jedynym połączeniem ze światem, gdy opuścisz Corumbę.

Nate otworzył twarde, plastikowe pudełko i przyjrzał się lśniącemu, małemu telefonowi.

– Ile cię to kosztowało? – zapytał.

– Mnie ani centa.

– W porządku, ile to kosztowało Phelana?

– Cztery tysiące czterysta dolców. Warte każdego centa.

– Czy moi Indianie mają elektryczność? – Nate przekartkowywał instrukcję obsługi.

– Jasne, że nie.

– To jak mam ładować baterie?

– Jest dodatkowa bateria. Wymyślisz coś.

– To niewiele jak na spokojną ucieczkę.

– Myślę, że będzie spokojna. Podziękujesz mi za te zabawki, kiedy tam dotrzesz.

– Mogę ci od razu podziękować?

– Nie.

– Dzięki, Josh. Za wszystko.

– Nie ma o czym mówić.

Na zatłoczonym terminalu, przy małym stoliku w pełnym spieszących się ludzi barze wypili lurowatą kawę z ekspresu i przejrzeli gazety. Josh przyjrzał się uważnie barowi, Nate wydawał się obojętny. Trudno jednak było nie zauważyć dużej świetlnej reklamy Heinekena.

Minął ich zmęczony i kościsty Mikołaj: szukał dzieci, które mógłby obdarować tanimi prezentami ze swojego worka. W szafie grającej Elvis śpiewał *Blue Christmas*. Ludzie biegali we wszystkich kierunkach, hałas wyprowadzał z równowagi. Spieszyli się do domu na święta.

– Wszystko w porządku? – zapytał Josh.

– Tak, czuję się dobrze. Możesz już jechać. Jestem pewien, że masz ciekawsze rzeczy do robienia.

– Zostanę.

– Posłuchaj, Josh, czuję się dobrze. Jeśli myślisz, że czekam tylko, aż odjedziesz, i rzucę się do baru, żeby nażłopać się wódy, to jesteś w błędzie. Nie mam ochoty na alkohol. Jestem czysty i bardzo z tego dumny.

Josh spojrzał nieco głupkowato, głównie dlatego, że Nate czytał w jego myślach. Pijatyki przyjaciela przeszły do legendy. Gdyby się uparł, w barze na lotnisku nie starczyłoby dla niego alkoholu.

– Nie martwię się o to – skłamał.

– To idź. Jestem dużym chłopcem.

Pożegnali się przy bramce, wymienili ciepłe objęcia i obietnice telefonów o określonej porze. Nate niecierpliwie czekał, aż usadowi się w swoim gniazdku w pierwszej klasie. Na Josha czekało tysiące spraw w biurze.

Dla bezpieczeństwa Josh zastosował dwa niewielkie środki ostrożności. Po pierwsze, zarezerwował sąsiednie miejsce w samolocie. Nate będzie siedział przy oknie; miejsce zewnętrzne pozostanie puste. Nie było sensu, żeby usiadł obok Nate'a jakiś spragniony biznesmen i popijał szkocką czy wino. Miejsca kosztowały ponad siedem tysięcy dolarów za każde w obie strony, lecz pieniądze nie grały tu roli.

Po drugie, odbył długą rozmowę z szefem lotniska na temat kuracji Nate'a. Pod żadnym pozorem nie wolno było podać mu choćby odrobiny alkoholu. List od Josha do linii lotniczych znajdował się na pokładzie, na wypadek gdyby trzeba było przekonać Nate'a. Stewardesa podała mu sok pomarańczowy i kawę. Otulił się cienkim kocem i patrzył, jak maleje rozległy Waszyngton, w miarę jak samolot pnie się pośród chmur.

Poczuł ulgę, że ucieka od Walnut Hill i Sergia, od miasta i jego chaosu, od kłopotów z ostatnią żoną i bankructwem oraz od historii z urzędem skarbowym. Na wysokości dziesięciu tysięcy metrów prawie postanowił, że nigdy już do tego nie wróci.

Każdy powrót do świata wymaga jednak odporności nerwowej. Zawsze pozostaje strach przed załamaniem, czający się tuż pod powierzchnią. Przerażało go, że tych powrotów było tyle, iż czuł się jak weteran. Mógł je porównywać jak byłe żony albo wygrane procesy. Czy zawsze będzie następny?

Podczas obiadu zdał sobie sprawę, że Josh działał za jego plecami: ani razu nie podano mu wina. Zabrał się do jedzenia z ostrożnością kogoś, kto cztery miesiące cieszył się jedzeniem największej ilości sałaty na świecie. Jeszcze parę dni temu nie jadł tłuszczu ani cukru. Niestrawność była ostatnią rzeczą, jakiej sobie teraz życzył.

Zdrzemnął się chwilę, ale sen go zmęczył. Jako pracowity prawnik, przesiadujący do późna w nocy, nauczył się żyć z minimum snu. W pierwszym miesiącu w Walnut Hill faszerowano go pigułkami i spał dziesięć godzin na dobę. Nie mógł walczyć, znajdując się w półśnie.

Ułożył swoje zabawki na pustym siedzeniu obok i zaczął czytać instrukcje obsługi. Intrygował go telefon satelitarny, chociaż trudno mu było uwierzyć, że z niego skorzysta.

Nagle zwrócił uwagę na inny telefon – najnowszy wynalazek dla potrzeb podróży lotniczych – małe urządzenie, praktycznie ukryte w ścianie przy fotelu. Uruchomił go i zadzwonił do Sergia. Sergio jadł właśnie późny obiad, lecz ucieszył się, słysząc głos swojego pacjenta.

– Gdzie jesteś? – zapytał.

– W barze – odparł Nate cichym głosem, ponieważ światła w kabinie samolotu były przygaszone.

– Bardzo śmieszne.

– Prawdopodobnie jestem nad Miami i mam jeszcze przed sobą osiem godzin lotu. Właśnie znalazłem ten telefon na pokładzie i postanowiłem go wypróbować.

– A zatem czujesz się dobrze.

– Jak najbardziej. Tęsknisz za mną?

– Jeszcze nie. A ty?

– Żartujesz? Jestem wolnym człowiekiem, lecę do dżungli na cudowną przygodę. Potęsknię za tobą później, zgoda?

– Zgoda. I zadzwonisz w razie kłopotów.

– Żadnych kłopotów, Sergio. Nie tym razem.

– Rozumiem, Nate.

– Dzięki.

– Nie ma o czym mówić. Po prostu do mnie zadzwoń.

Puszczono film, ale nikt go nie oglądał. Stewardesa przyniosła kolejną kawę. Sekretarka Nate'a, cierpliwa kobieta imieniem Alice, obsługiwała go przez blisko dziesięć lat. Mieszkała z siostrą w starym domu w Arlington. Zadzwonił teraz właśnie do niej. W ciągu ostatnich czterech miesięcy rozmawiali ze sobą tylko raz.

Rozmowa trwała pół godziny. Alice ucieszyła się, słysząc jego głos, jak również z tego, że go zwolnili. Nie miała pojęcia o jego podróży do Ameryki Południowej, co było dość dziwne, ponieważ zwykle wiedziała o wszystkim. Przez telefon zachowywała jednak rezerwę, a nawet ostrożność. Nate, stary praktyk z sal sądowych, wyczuł pismo nosem i zaatakował krzyżowym ogniem pytań.

Wciąż siedziała za tym samym biurkiem, robiła niemal te same rzeczy, ale dla innego szefa.

– Dla kogo? – pytał Nate.

To nowy adwokat. Starannie dobierała każde słowo. Nate wiedział, że Josh opowiedział jej o wszystkim. Nie ulegało wątpliwości, że Nate zadzwoni do niej zaraz po wyjściu na wolność.

W którym biurze był ten nowy? Kto był jego asystentem? Skąd przyszedł? Ile czasu siedział w błędach lekarskich? Czy pracuje dla niego tylko tymczasowo?

Alice nie udzielała jednoznacznych odpowiedzi.

– Kto siedzi w moim gabinecie? – zapytał.

– Nikt. Nikt tam nawet nie wszedł. Wciąż we wszystkich kątach leżą sterty akt.

– Co robi Kerry?

– Dużo pracuje. Czeka na ciebie. – Kerry był ulubionym asystentem Nate'a.

Alice miała stosowne odpowiedzi na każde pytanie, jednocześnie nie ujawniając zbyt wiele. Szczególnie powściągliwie mówiła o nowym prawniku.

– Szykuj się – zakończył, kiedy rozmowa zaczęła się rwać. – Niedługo wracam.

– Daj spokój, Nate.

Odłożył powoli słuchawkę i powtórzył w myślach jej słowa. Wyczuwał, że coś się zmieniło. Josh po cichu robił przegrupowania w firmie. Czy Nate zaginie podczas tych przetasowań? Prawdopodobnie nie, lecz z pewnością może się pożegnać z salą rozpraw.

Postanowił, że będzie się tym martwił później. Miał do załatwienia jeszcze sporo telefonów. Znał sędziego, który kopnął alkohol przed dziesięcioma laty, i zapragnął usłyszeć jego wspaniałe sprawozdanie z odwyku. Pierwsza była żona Nate'a zasługiwała na karczemną awanturę, ale nie miał teraz nastroju. Chciał też zadzwonić do każdego z czworga swoich dzieci i zapytać, dlaczego nie zadzwoniły ani nie napisały.

Zamiast to zrobić, wyjął z walizki dokumenty i zaczął czytać o Troyu Phelanie i swojej obecnej misji. O północy, gdzieś nad Karaibami, zapadł w sen.

Rozdział 11

Godzinę przed świtem samolot zaczął schodzić w dół. Nate przespał śniadanie, a kiedy się zbudził, stewardesa pospiesznie przyniosła mu kawę.

Pod nimi pojawiło się São Paulo, ogromne miasto rozlane na obszarze trzystu dwudziestu kilometrów kwadratowych.

Nate przyglądał się morzu świateł, zastanawiając się nad tym, jak jedno miasto może pomieścić dwadzieścia milionów ludzi.

Pilot powitał pasażerów po portugalsku i wypowiedział kilka standardowych zdań, które zupełnie nie dotarły do Nate'a. Tłumaczenie angielskie, jakie po tym nastąpiło, nie było dużo lepsze. Z pewnością nie miał ochoty posługiwać się w tym kraju wyłącznie gestykulowaniem i chrząkaniem. Przeraziła go na chwilę bariera językowa, niepokój rozwiał się jednak szybko, gdy ładna, brazylijska stewardesa poprosiła go, by zapiął pas.

Na lotnisku rojącym się od ludzi panował dokuczliwy upał. Nate wziął swoją nową brezentową torbę i walizkę, nie zaczepiany przez nikogo przeszedł przez odprawę celną i ponownie odprawił bagaż na samolot lecący do Campo Grande. Znalazł kafejkę z menu wypisanym na ścianie.

– Espresso – powiedział, wskazując palcem, i został szybko obsłużony. Kobieta zmarszczyła brwi na widok amerykańskiej waluty, lecz wymieniła ją. Jeden brazylijski real odpowiadał jednemu dolarowi amerykańskiemu. Nate znalazł się więc w posiadaniu kilku realów.

Sączył kawę, stojąc tuż obok grupy gadatliwych japońskich turystów. Dokoła rozbrzmiewał wielojęzyczny gwar: niemiecki i hiszpański mieszały się z portugalskim dochodzącym z mikrofonów. Żałował, że nie zaopatrzył się w rozmówki, żeby zrozumieć jedno czy dwa słowa.

Ogarniało go poczucie izolacji. Z początku powoli. Był samotny pośród tłumu. Nie znał nikogo. Prawie nikt nie wiedział, gdzie się w tej chwili znajduje, i cholernie niewielu ludzi to obchodziło. Otaczał go dym z papierosów turystów, więc szybko przeszedł do głównej hali, skąd widział sufit dwa poziomy wyżej i parter poniżej. Przedzierał się przez tłum bez celu, wlokąc ciężką torbę i walizkę. Przeklinał Josha za to, że wypełnił je taką ilością szpargałów.

Usłyszał głośny angielski i ruszył w tamtą stronę. Kilku biznesmenów czekało na samolot. Znalazł miejsce w pobliżu. W Detroit padał śnieg i obawiali się, czy dotrą na święta do domu. Do Brazylii ściągnęły ich sprawy rurociągu. Nate'a szybko zmęczyła bzdurna paplanina. W każdym razie błyskawicznie wyleczyli go z tęsknoty za ojczyzną.

Brakowało mu Sergia. Po ostatniej kuracji klinika umieściła Nate'a na tydzień w zajeździe, aby ułatwić mu powrót do świata. Nie cierpiał tego miejsca i odbębnianej tam rutyny, lecz po dłuższym zastanowieniu stwierdził, że ta koncepcja ma wiele zalet. Potrzebował kilku dni, aby ponownie się odnaleźć. Może Sergio miał słuszność. Nate zadzwonił do niego z automatu. Zbudził go. W São Paulo była szósta trzydzieści, w Wirginii dopiero czwarta trzydzieści.

Sergio nie miał nic przeciwko temu.

W samolocie do Campo Grande nie było pierwszej klasy ani żadnych wolnych miejsc. Nate poczuł się przyjemnie zaskoczony, widząc wszystkie twarze pasażerów skryte za porannymi wydaniami gazet. Dzienniki wyglądały równie nowocześnie jak w Stanach i czytali je ludzie wyraźnie zgłodniali informacji. Być może Brazylia nie była aż tak zacofana, jak początkowo sądził. Tubylcy potrafili czytać! Samolot 727 był czysty i niedawno odnowiony. W menu z napojami Nate znalazł coca-colę i sprite; poczuł się prawie jak w domu.

Siedział przy oknie w dwudziestym rzędzie, zignorował więc leżącą na kolanach broszurę o Indianach i podziwiał krajobrazy: ogromne połacie ziemi, soczyście zielone, pofałdowane wzgórzami, nakrapiane farmami, pokrzyżowane czerwonymi, bitymi drogami. Gleba miała żywy ciemnopomarańczowy kolor, a drogi biegły od jednego niewielkiego siedliska do kolejnego. Autostrady prawdopodobnie nie istniały.

Pojawiła się nawet asfaltowa szosa, na której panował jakiś ruch. Samolot schodził w dół i pilot powiadomił pasażerów, że zbliżają się do Campo Grande. Nate ujrzał wysokie budynki, zatłoczone centrum, obowiązkowy stadion piłkarski, mnóstwo ulic i samochodów; dachy domów kryte czerwoną dachówką. Dzięki rzutkości, tak typowej dla dużej firmy, zaopatrzono go przed wyjazdem w informację, przygotowaną bez wątpienia przez najbardziej zielonego z asesorów pracujących za trzysta dolarów za godzinę, w której Campo Grande zanalizowano tak dokładnie, jak gdyby te dane były sprawą największej wagi. Sześćset tysięcy mieszkańców. Centrum handlu bydłem. Wielu kowbojów. Szybki rozwój. Nowoczesne udogodnienia. Miło o tym wiedzieć, ale jakie to ma znaczenie? Nate nie miał nawet zamiaru zatrzymywać się tutaj na noc.

Lotnisko wydawało mu się niezwykle małe jak na duże miasto. Uświadomił sobie, że na wszystko patrzy przez pryzmat Stanów Zjednoczonych. Musi z tym skończyć. Kiedy wysiadał z samolotu, uderzył go upał. Było co najmniej pięćdziesiąt stopni. Dwa dni przed Bożym Narodzeniem, a na południowej półkuli wrzało. Zmrużył oczy porażony intensywnością promieni słonecznych i zszedł po schodkach, mocno trzymając się poręczy.

W restauracji na lotnisku udało mu się zamówić lunch, a kiedy mu go przyniesiono do stolika, z przyjemnością dostrzegł, że posiłek nadaje się do jedzenia: kurczak z rożna w bułce, jakiej nigdy w życiu nie widział, oraz chrupiące frytki, takie jakie sprzedawano zwykle w barach szybkiej obsługi w Stanach. Jadł powoli, obserwując oddalony pas startowy, na którym wylądował dwusilnikowy odrzutowiec Air Pantanal i teraz powoli kołował na terminal. Wysiadło z niego sześć osób.

Nate przestał przeżuwać, zalany nagłą falą strachu. O lokalnych liniach czytał w prasie i dowiadywał z CNN z tym wyjątkiem, że gdy któryś samolot spadł, w ojczyźnie nikt o tym nie słyszał.

Ten odrzutowiec sprawiał wrażenie solidnego i czystego, nawet dość nowoczesnego, a dobrze ubrani piloci wyglądali na profesjonalistów. Nate ponownie skupił się na jedzeniu. Myśl pozytywnie, zganił się w duchu.

Przez godzinę błąkał się po małym terminalu. W kiosku kupił rozmówki portugalsko-angielskie i zaczął się uczyć słówek. Przeczytał reklamy biur podróży oferujące przygody w Pantanalu – ekoturystykę, jak to się nazywało po angielsku. Była też wypożyczalnia samochodów, kantor wymiany walut, bar z reklamami piwa i butelkami whisky ustawionymi rzędem na półce. W pobliżu głównego wejścia stała zgrabna sztuczna choinka z jednym łańcuszkiem światełek. Nate patrzył, jak mrugają w rytm jakiejś brazylijskiej kolędy, i wbrew sobie pomyślał o dzieciach.

Jutro Wigilia. Nie wszystkie wspomnienia bolały.

Na pokład wszedł spięty wewnętrznie, zaciskając zęby. Przespał ponad godzinę – dokładnie tyle, ile trwał lot do Corumby. Małe, parne lotnisko roiło się od Boliwijczyków oczekujących na lot do Santa Cruz. Stali obładowani pudłami i workami pełnymi świątecznych prezentów.

Taksówkarz, którego udało mu się w końcu znaleźć, nie mówił ani słowa po angielsku, lecz nie miało to znaczenia. Nate pokazał mu kartkę z napisem „Hotel Palace" i stara brudna mazda pomknęła jak błyskawica.

Zgodnie z informacjami przygotowanymi przez pracownika Josha, Corumbá liczyła dziewięćdziesiąt tysięcy mieszkańców. Usytuowana nad rzeką Paragwaj na granicy z Boliwią, dawno temu ogłosiła się stolicą Pantanalu. Ruch rzeczny i handel zbudowały to miasto i sprzyjały jego rozwojowi.

Przez tylną szybę taksówki Corumbá sprawiała wrażenie leniwego, przyjemnego małego miasteczka. Szerokie brukowane ulice były ozdobione rzędami drzew. Handlarze siedzieli w cieniu swych sklepików i gawędzili w oczekiwaniu na klientów. Nastolatki przebijały się pośród samochodów na skuterach. Bosonogie dzieciaki jadły lody przy stolikach na chodniku.

Bliżej śródmieścia samochody gromadziły się w długie rzędy i stały w upale. Kierowca wymamrotał coś pod nosem, lecz nie przejął się zbytnio. Taksówkarz w Nowym Jorku czy Waszyngtonie już byłby gotów do rękoczynów.

To była jednak Brazylia, a Brazylia leżała w Ameryce Południowej. Zegary szły wolniej. Pilne sprawy nie istniały. Czas nie był ważny. Zdejmij zegarek, powiedział sobie Nate. Zamiast tego zamknął oczy i oddychał powoli ciężkim powietrzem.

Hotel Palace znajdował się w samym centrum, na ulicy, która opadała lekko w kierunku rzeki Paragwaj, płynącej majestatycznie w oddali. Nate dał taksiarzowi garść monet i czekał cierpliwie na resztę. Podziękował mu po portugalsku nieśmiałym *obrigado*. Kierowca uśmiechnął się i powiedział coś, czego on z kolei nie zrozumiał. Drzwi prowadzące do holu stały otworem, tak jak wszystkie drzwi wejściowe w Corumbie.

Pierwsze słowa, jakie usłyszał po wejściu, krzyknął ktoś z Teksasu. Grupka amerykańskich buraków akurat wyjeżdżała. Dużo wypili i teraz rozochoceni nie mogli się doczekać świąt w domu. Nate usiadł przy telewizorze i czekał, aż dopełnią formalności.

Dostał pokój na ósmym piętrze za osiemnaście dolarów dziennie, niewielką komórkę z wąskim i bardzo niskim łóżkiem;

jeśli miało materac, to wyjątkowo cienki. W pokoju znajdowało się ponadto biurko z krzesełkiem, klimatyzacja w oknie, mała lodówka z wodą, colą i piwem oraz czysta łazienka z mydłem i mnóstwem ręczników. Nieźle, pomyślał. Zaczyna się przygoda. Nie jest to hotel sieci Four Seasons, ale da się mieszkać.

Przez pół godziny próbował skontaktować się z Joshem, lecz bariera językowa okazała się nie do przebycia. Recepcjonista znał angielski dostatecznie dobrze, aby znaleźć operatora, lecz dalej można już było porozumieć się tylko po portugalsku. Nate próbował zadzwonić z nowego telefonu komórkowego, lecz miejscowa sieć nie została jeszcze uruchomiona.

Wyciągnął zmęczone ciało na niewielkim łóżku i zasnął.

Valdir Ruiz, niski, cienki w talii mężczyzna o jasnobrązowej skórze i niewielkiej głowie, na której pozostało tylko kilka pasemek zaczesanych do tyłu i napomadowanych włosów, miał czarne, otoczone zmarszczkami oczy – rezultat trzydziestu lat nałogowego palenia. Skończył pięćdziesiąt dwa lata. W wieku siedemnastu lat wyjechał z domu, aby spędzić rok u pewnej rodziny w Iowa na zasadzie wymiany szkolnej. Szczycił się swoją angielszczyzną, chociaż w Corumbie nie używał jej zbyt często. Aby nie stracić kontaktu z językiem, codziennie wieczorem oglądał CNN i amerykańską telewizję.

Po roku w Iowa ukończył szkołę w Campo Grande, a potem prawo w Rio. Niechętnie powrócił do Corumby, gdzie podjął pracę w małej kancelarii adwokackiej swojego wuja, opiekując się starymi rodzicami. Od wielu lat Valdir znosił powolne tempo życia adwokata w Corumbie, marząc o jakimkolwiek wielkim mieście.

W gruncie rzeczy był jednak pogodnym człowiekiem, zadowolonym z życia w sposób typowy dla większości Brazylijczyków. W małym biurze pracował tylko on i sekretarka, która odbierała telefony i pisała na maszynie. Valdir lubił sprawy związane z nieruchomościami: tytuły posiadania, kontrakty i tak dalej. Nigdy nie chodził do sądu, głównie dlatego, że sale sądowe nie stanowiły nieodłącznej części praktyki prawniczej w Brazylii. Rozprawy należały do rzadkości. Procesy sądowe w stylu amerykańskim nie zaszły aż tak daleko na południe;

nadal były specjalnością pięćdziesięciu stanów. Valdira dziwiło to, co prawnicy mówili i robili w CNN. Często zastanawiał się, dlaczego z takim zapałem próbują zwrócić na siebie uwagę. Adwokaci organizowali konferencje prasowe i gnali z jednego studia telewizyjnego do drugiego, gawędząc z klientami. W Brazylii takie rzeczy były nie do pomyślenia.

Kancelaria znajdowała się trzy przecznice od hotelu Palace, na szerokiej, zacienionej parceli, którą wuj kupił wiele dziesiątków lat temu. Gęste korony drzew szczelnie osłaniały dach budynku, więc bez względu na upał Valdir zawsze zostawiał otwarte okna. Lubił odgłosy ulicznego zgiełku. O piętnastej piętnaście mężczyzna, którego nigdy wcześniej nie widział, zatrzymał się i patrzył na jego biuro. Nieznajomy wyglądał na Amerykanina i Valdir zrozumiał, że to pan O'Riley.

Sekretarka przyniosła im cafezinho – mocną, słodką czarną kawę, jaką Brazylijczycy popijają przez cały dzień w maleńkich filiżankach. Nate natychmiast ją polubił. Siedział w gabinecie Valdira – mówili sobie już po imieniu – i podziwiał otoczenie: skrzypiący wentylator pod sufitem, otwarte okna, stłumione odgłosy ulicy, równe rzędy zakurzonych dokumentów na półkach za plecami Valdira, zniszczone deski podłogowe pod nogami. W pokoju było ciepło, ale nie gorąco. Nate poczuł się jak w filmie kręconym pięćdziesiąt lat temu.

Valdir zadzwonił do Waszyngtonu i skontaktował się z Joshem. Rozmawiali przez chwilę, po czym przekazał słuchawkę nad biurkiem.

– Cześć, Josh – powiedział Nate, a mężczyzna po drugiej stronie z wyraźną ulgą zareagował na dźwięk jego głosu. Nate zrelacjonował podróż do Corumby, kładąc nacisk na fakt, że radzi sobie dobrze, jest trzeźwy i z niecierpliwością oczekuje kolejnych przygód.

Valdir przeglądał akta, jakby nie interesował się rozmową, jednocześnie chłonąc każde słowo. Dlaczego Nate O'Riley jest tak dumny ze swojej trzeźwości?

Kiedy skończyli rozmawiać, Valdir rozłożył na biurku dużą mapę stanu Mato Grosso do Sul, dorównującego wielkością Teksasowi, i wskazał na Pantanal. Obszar zajmował całą północno-zachodnią część stanu i rozciągał się do Mato Grosso na północy i Boliwii na zachodzie. Setki rzek i strumieni niczym żyły przecinały moczary. Na obszarze zaznaczonym na żółto nie było żadnych miast ani miasteczek. Żadnych dróg czy autostrad. Trzysta tysięcy kilometrów kwadratowych bagien, przypomniał sobie Nate z rozlicznych informacji, w jakie zaopatrzył go Josh.

Kiedy studiowali mapę, Valdir zapalił papierosa. Dobrze odrobił pracę domową. Wzdłuż zachodniego krańca mapy, w pobliżu Boliwii, postawił cztery czerwone krzyżyki.

– Tu są te plemiona – wyjaśnił, wskazując na czerwone punkty. – Guato i Ipica.

– Jak liczne? – zapytał Nate. Pochyliwszy się nad mapą, po raz pierwszy zobaczył obszar, który miał przeczesać w poszukiwaniu Rachel Lane.

– Nie wiemy – odparł Valdir, wymawiając słowa powoli i dokładnie. Starał wywrzeć na Amerykaninie wrażenie swoją angielszczyzną. – Sto lat temu było ich o wiele więcej, ale liczebność plemion maleje z każdym pokoleniem.

– Czy mają kontakt ze światem zewnętrznym?

– Prawie żadnego. Ich kultura nie zmieniła się od tysiąca lat. Trochę handlują ze statkami pływającymi po rzekach, ale nie mają zamiaru się zmieniać.

– Czy wiadomo, gdzie są misjonarze?

– Trudno powiedzieć. Rozmawiałem z ministrem zdrowia stanu Mato Grosso do Sul. Znam go osobiście. Jego urząd ma ogólne pojęcie o miejscach pracy misjonarzy. Rozmawiałem również z przedstawicielem FUNAI – to nasze Biuro do spraw Indian. – Valdir wskazał dwa krzyżyki. – Tutaj są Guato. Prawdopodobnie tam pracują misjonarze.

– Znasz ich nazwiska? – Nate wiedział, że to pytanie od początku skazane jest na niepowodzenie. Zgodnie z informacjami Josha Valdir nie znał nazwiska Rachel Lane. Powiedziano mu jedynie, że ta kobieta pracuje dla World Tribes, lecz na tym kończyły się jego wiadomości.

Brazylijczyk uśmiechnął się i pokręcił głową.

– To by było zbyt łatwe. Musisz zrozumieć, że w Brazylii działa przynajmniej dwadzieścia różnych amerykańskich i kanadyjskich organizacji misyjnych. Łatwo jest dostać się do naszego kraju i łatwo się po nim poruszać. Szczególnie po obszarach dziewiczych. Nikogo tak naprawdę nie obchodzi, kto tam jest i co robi. Zakładamy, że skoro są misjonarzami, muszą być dobrymi ludźmi.

Nate wskazał na Corumbę, a następnie na najbliższy czerwony krzyżyk.

– Ile zajmuje podróż stąd dotąd?

– To zależy. Samolotem około godziny. Statkiem od trzech do pięciu dni.

– Gdzie znajdę samolot?

– To nie takie proste. – Valdir pokręcił głową, sięgając po kolejną mapę. Rozwinął ją i rozłożył na pierwszej. – To mapa topograficzna Pantanalu. Tutaj są *fazendas*.

– Co takiego?

– *Fazendas*. Duże farmy.

– Sądziłem, że to tylko bagna.

– Nie. Wiele obszarów zostało w pewnym stopniu zagospodarowanych i możliwa jest na nich hodowla bydła. *Fazendas* powstały dwieście lat temu i wciąż pracują na nich *pantaneiros*. Tylko do kilku farm można dotrzeć łodzią, więc zwykle korzysta się z małych samolotów. Lądowiska zaznaczono na niebiesko.

Nate zauważył, że w pobliżu siedlisk indiańskich nie ma ich zbyt wiele.

Valdir mówił dalej:

– Nawet gdybyś doleciał na dany obszar, musiałbyś wynająć łódź, żeby dotrzeć do Indian.

– Jakie są te pasy startowe?

– Trawiaste. Trawę albo się ścina, albo nie. Jednak największym problemem są krowy.

– Krowy?

– Tak, krowy lubią trawę. Czasem trudno jest wylądować, ponieważ bydło pasie się na lądowisku. – Valdir nie silił się, by zabrzmiało to zabawnie.

– Nie mogą przemieścić gdzieś tych krów?

– Mogą, jeśli będą wiedzieć, że przylecisz. Ale nie mają telefonów.

– Na *fazendas* nie ma telefonów?

– Ani jednego. Są całkowicie odcięte.

84

– Więc nie mogę polecieć do Pantanalu, wynająć łodzi i od-szukać Indian?

– Nie. Łodzie są tutaj, w Corumbie. Przewodnicy też.

Nate utkwił wzrok w mapie. Patrzył na rzekę Paragwaj, zataczającą zakole w kierunku północnym, ku osadom indiań-skim. Gdzieś nad tą rzeką, miejmy nadzieję, że blisko brzegów, pośród tych niezmierzonych moczarów, pracowała w spokoju i ciszy prosta służebnica boża, niewiele myśląc o przyszłości i pokornie pełniąc duszpasterskie obowiązki wobec swojej trzódki. A on musiał ją znaleźć.

– Przynajmniej chciałbym polatać nad tym obszarem. – Westchnął.

Valdir zwinął mapę.

– Mogę zorganizować samolot i pilota.

– A łódź?

– Nad tym pracuję. To pora deszczowa i większość łodzi jest już wynajęta. Rzeki są przepełnione. O tej porze roku kwit-nie ruch wodny.

Jak to miło ze strony Troya, że zabił się akurat w porze deszczowej. Zgodnie z badaniami przeprowadzonymi przez pracowników Josha deszcze przychodziły w listopadzie i padały aż do lutego. Obecnie niżej położone tereny i wiele *fazendas* znajdowało się pod wodą.

– Muszę cię jednak ostrzec – odezwał się Valdir, zapalając kolejnego papierosa i składając pierwszą mapę. – Latanie wiąże się z pewnym ryzykiem. Samoloty są małe i jeśli trafi się jakaś awaria silnika, no cóż... – Przewrócił oczami, dając do zrozu-mienia, że w takim przypadku nadzieje są znikome.

– Co znaczy: „no cóż"?

– Nie ma miejsca na lądowanie awaryjne. W zeszłym mie-siącu spadł jeden samolot. Znaleziono go w pobliżu brzegu rzeki, był otoczony kordonem aligatorów.

– Co się stało z pasażerami? – zapytał Nate, przerażony ewentualną odpowiedzią.

– Zapytaj aligatory.

– Zmieńmy temat.

– Jeszcze kawy?

– Tak, poproszę.

Valdir krzyknął coś do sekretarki. Podeszli do okna i obserwowali ruch uliczny.

– Chyba znalazłem przewodnika – odezwał się po chwili.

– To dobrze. Mówi po angielsku?

– Tak, bardzo dobrze. To młody człowiek, dopiero co wyszedł z wojska. Fajny. Jego ojciec był pilotem rzecznym.

– Świetnie.

Valdir podszedł do biurka i podniósł słuchawkę. Sekretarka przyniosła kolejną małą filiżankę *cafezinho* i Nate zaczął sączyć czarny napój, stojąc w oknie. Po drugiej stronie ulicy widać było mały bar z trzema stolikami pod markizą na chodniku. W oczy rzucała się czerwona reklama piwa antartica. Dwóch mężczyzn w koszulach i krawatach siedziało przy stoliku, na którym stała duża butelka. Wprost idealne otoczenie – upalny dzień, świąteczny nastrój, zimne piwo w towarzystwie kumpla przy zacienionym stoliku.

Poczuł nagły zawrót głowy. Reklama piwa zamazała się, scena przed oczami odeszła. Usłyszał łomot własnego serca i urywany oddech. Dotknął parapetu, aby utrzymać równowagę. Ręce mu drżały, więc odstawił *cafezinho* na stolik. Valdir za jego plecami, nieświadomy, mówił coś po portugalsku.

Krople potu ułożyły się w równe rzędy nad brwiami Nate'a. Niemal czuł smak tego piwa. Zaczęło się załamanie. Szczelina w tamie. Pęknięcie w górze postanowienia, jaką wznosił przez ostatnie cztery miesiące przy pomocy Sergia. Odetchnął głęboko i się pozbierał. To minie; wiedział, że tak będzie. Przeżył to już wcześniej wielokrotnie.

Dopił szybko kawę. Valdir oznajmił, że pilot niechętnie odniósł się do pomysłu podróży w Wigilię. Nate wrócił na miejsce pod skrzypiącym wentylatorem.

– Zaproponuj mu więcej pieniędzy – powiedział.

Pan Stafford poinformował Valdira, że koszty nie stanowią przeszkody podczas tej misji.

– Zadzwoni do mnie za godzinę – odparł.

Nate szykował się do wyjścia. Wyjął swój nowiutki telefon komórkowy i Valdir pomógł mu w znalezieniu operatora AT&T, który mówił po angielsku. Nate na próbę wystukał numer Sergia i połączył się z jego automatyczną sekretarką. Potem zadzwonił do Alice, swojej byłej sekretarki, i złożył jej życzenia. Telefon działał bez zarzutu, co wyraźnie ucieszyło Nate'a. Podziękował Valdirowi i opuścił biuro. Mieli się skontaktować przed wieczorem.

Ruszył ku rzece płynącej zaledwie kilka przecznic od kancelarii i znalazł mały park, w którym robotnicy w pocie czoła ustawiali krzesła przed koncertem. Późne popołudnie było parne; mokra od potu koszula kleiła mu się do piersi. Epizod w gabinecie Valdira przeraził go bardziej, niż chciał przyznać. Usiadł na krawędzi stolika i spojrzał na leżący przed nim Pantanal. Chłopak, który pojawił się znikąd, zaproponował mu kupno marihuany: w maleńkich torebeczkach, w niewielkim drewnianym pudełku. Nate odprawił go machnięciem ręki. Może w innym wcieleniu.

Jakiś muzyk zaczął stroić gitarę, tłum gromadził się powoli, w miarę jak słońce zapadało w leżących niedaleko górach Boliwii.

Rozdział 12

Pieniądze podziałały. Pilot, aczkolwiek niechętnie, zgodził się polecieć, lecz nalegał, by wystartowali wcześnie i wrócili do Corumby przed południem; miał małe dzieci, gniewną żonę i, jakby na to nie patrzeć, była Wigilia. Valdir obiecał mu wszystko i uspokoił pokaźną zaliczką.

Zaliczkę otrzymał również Jevy, przewodnik, z którym Valdir prowadził przez tydzień negocjacje. Jevy, dwudziestoczteroletni kawaler, ciężarowiec z silnie umięśnionymi ramionami, wszedł do hotelu Palace w kapeluszu z szerokim rondem, szortach, czarnych, wojskowych butach i bezrękawniku. Lśniący nóż tkwił zatknięty za pasem, na wypadek gdyby jego właściciel musiał coś obrać ze skóry. Przewodnik niemal zmiażdżył w uścisku dłoń Nate'a.

– *Bom dia* – przywitał się z szerokim uśmiechem.

– *Bom dia* – odpowiedział Nate, zaciskając zęby, gdy poczuł, jak trzaskają mu palce. Nie można było nie zauważyć tego noża; zakrzywione ostrze miało około dwudziestu centymetrów długości.

– Mówisz po portugalsku? – zapytał Jevy.

– Nie. Tylko po angielsku.

– Nie ma problemu. – W końcu zwolnił śmiertelny uścisk. – Ja mówię po angielsku. – Miał silny akcent, ale na razie Nate rozumiał wszystkie słowa. – Nauczyłem się w wojsku – dodał dumnie Jevy.

Jevy od razu dał się lubić. Wziął bagaże Nate'a i powiedział coś dziewczynie za biurkiem. Zarumieniła się i chciała usłyszeć jeszcze więcej.

Jego pikap, ford rocznik 1978, z ładownością trzy czwarte tony, był największym pojazdem, jaki Nate dotychczas widział w Corumbie. Samochód był przystosowany do jazdy po lesie: miał wielkie koła, korbę na przednim zderzaku, grube kraty nad reflektorami, maskujący ciemny kolor drewna, bez chlapaczy. I bez klimatyzacji.

Przejechali hałaśliwie ulicami Corumby, zwalniając tylko nieznacznie na czerwonych światłach, zupełnie ignorując znaki stopu i ogólnie wzbudzając popłoch wśród innych kierowców, którzy umykali przed czołgiem Jevy'ego. Tłumik, czy to z powodu konstrukcji, czy też zaniedbania, działał kiepsko. Silnik warczał przeraźliwie i Jevy przekrzykiwał hałas, ściskając kierownicę jak kierowca rajdowy. Nate nie słyszał ani słowa. Uśmiechał się i kiwał głową jak idiota, nie zmieniając pozycji – ze stopami wpartymi w podłogę, jedną ręką trzymając się okna, w drugiej ściskając walizkę. Serce zamierało mu na każdym kolejnym skrzyżowaniu.

Kierowcy najwyraźniej doskonale znali system poruszania się po ulicach, pozbawiony wszelkich reguł. O dziwo, nie dochodziło do wypadków. Wszyscy, nie wyłączając Jevy'ego, potrafili się zatrzymać, ustępować pierwszeństwa czy skręcać w ostatniej chwili.

Lotnisko było puste. Zaparkowali przed małym terminalem i poszli na koniec pasa startowego, gdzie stały cztery niewielkie samoloty. Przy jednej z maszyn kręcił się pilot. Jevy go nie znał. Przywitali się po portugalsku. Nazwisko pilota brzmiało jak Milton. Zachowywał się przyjaźnie, ale widać było, że facet wolałby nigdzie nie lecieć ani w ogóle pracować w przededniu świąt.

Podczas gdy Brazylijczycy rozmawiali ze sobą, Nate obejrzał samolot, który wyraźnie domagał się pomalowania. Zaniepokoił się. Skoro zewnętrzna warstwa odchodziła płatami, czy można było liczyć na coś lepszego w środku? Opony były łyse, a dokoła komory silnika widniały plamy oleju. Była to stara jednosilnikowa cessna 206.

Tankowanie zajęło piętnaście minut i wczesny start przesuwał się stopniowo. Dochodziła dziesiąta. Nate wyjął telefon z głębokiej kieszeni szortów khaki i zadzwonił do Sergia.

Właśnie pił kawę z żoną, planując ostatnie zakupy. Nate znów poczuł ulgę, że jest z dala od kraju i świątecznego szaleństwa. Wzdłuż środkowego Atlantyku było zimno i padała marznąca mżawka. Nate zapewnił Sergia, że trzyma się dobrze; żadnych kłopotów.

Zwalczyłem pokusę, pomyślał. Obudził się z mocnym postanowieniem; to był tylko przelotny moment słabości. Więc nie wspomniał o nim Sergiowi. Powinien to zrobić, ale po co go martwić?

Kiedy rozmawiali, słońce skryło się za ciemną chmurą i kilka kropli deszczu spadło na ziemię obok Nate'a. Ledwie je dostrzegł. Wyłączył telefon po wymianie życzeń: „wesołych świąt".

Pilot zameldował, że jest gotów.

– Czujesz się tu bezpiecznie? – zapytał Nate Jevy'ego, kiedy ładowali bagaże.

Chłopak się roześmiał.

– Nie ma sprawy. Ten człowiek ma czworo małych dzieci i ładną żonę, tak przynajmniej mówi. Po co miałby ryzykować życie?

Jevy chciał wziąć lekcje latania, więc na ochotnika usiadł z prawej strony obok Miltona. Nate zgodził się chętnie. Usiadł za nimi na małym, zniszczonym fotelu, zapinając pasy możliwie jak najszybciej. Silnik ruszył z pewnymi wahaniami – w opinii Nate'a zbyt dużymi – i mała kabina zamieniła się w piekarnik, dopóki Milton nie otworzył okna. Wir powietrza od śmigła ułatwiał oddychanie. Wykołowali i podskakując, pojechali na drugi koniec pasa startowego. Zezwolenie na lot nie stanowiło najmniejszego problemu, ponieważ żaden inny samolot nie zamierzał startować. Kiedy wzbili się w powietrze, koszula przykleiła się Nate'owi na dobre do piersi, a strużki potu spływały po karku.

Corumba znalazła się pod nimi. Z góry równe rzędy małych domków przy ulicach wyglądały ładniej. W centrum panował ruch. Samochody stały w korkach, a piesi biegali we wszystkich kierunkach. Miasto leżało na cyplu. Polecieli wzdłuż rzeki na północ, wznosząc się powoli, w miarę jak Corumba nikła za nimi. Wysoko między chmurami zaczęli odczuwać lekkie turbulencje.

Na wysokości tysiąca dwustu metrów, gdy przedarli się przez dużą, złowrogą chmurę, zobaczyli majestatyczny Pantanal. Na wschód i na północ kilkanaście małych rzek zataczało kręgi, łącząc każde moczary z setką innych. Wezbrane w porze deszczowej rzeki w wielu miejscach łączyły się ze sobą. Woda miała różne odcienie. Stojące bagna były granatowe, miejscami prawie czarne, tam gdzie rosły gęste wodorosty. Głębsze rozlewiska były zielone. Mniejsze rzeczki niosły czerwonawy piach, a wielki rozlany Paragwaj był brązowy jak czekolada. Na horyzoncie, jak okiem sięgnąć, woda malowała się błękitem, a ziemia zielenią.

Nate spoglądał na wschód i północ, a jego dwaj towarzysze zerkali na zachód, ku odległym łańcuchom górskim Boliwii. Jevy pokazał je palcem, zwracając uwagę Nate'a: niebo za górami było znacznie ciemniejsze.

Po piętnastu minutach lotu Nate dostrzegł pierwszą farmę na brzegach rzeki Paragwaj. Mały i schludny domek miał dach z obowiązkowej czerwonej dachówki. Białe bydło pasło się na pastwisku, które przecinała rzeka – naturalny wodopój. Przed domem na długim sznurku suszyło się pranie. Żadnego śladu ludzkiej aktywności – pojazdów, anteny telewizyjnej czy linii wysokiego napięcia. Mały kwadratowy ogródek znajdował się kawałek drogi od domu, na końcu bitej ścieżki. Samolot wleciał w chmurę i farma zniknęła.

Pojawiło się więcej chmur i Milton opuścił maszynę na wysokość tysiąca metrów, aby się znaleźć pod nimi. Jevy powiedział mu, że chodzi o obserwowanie krajobrazu, więc powinien lecieć jak najniżej. Pierwsza wioska Indian Guato leżała jakąś godzinę drogi od Corumby.

Na kilka minut odbili od rzeki i przelecieli nad zabudowaniami. Jevy rozłożył mapę, zakreślił kółko i podał ją Nate'owi.

– Fazenda da Prata – wyjaśnił, wskazując poniżej. Wszystkie *fazendas* zaznaczone na mapie nosiły szumne nazwy, jakby były wielkimi posiadłościami. W rzeczywistości Fazenda da Prata nie była większa od farmy, którą Nate oglądał przed chwilą. Pasło się tu więcej krów obok kilku małych budynków, nieco większego domu i długiego pasa ziemi, który Nate w końcu rozpoznał jako lądowisko. W pobliżu nie było rzeki ani żadnych dróg. Dostęp wyłącznie drogą powietrzną.

Miltona coraz bardziej niepokoiło ciemniejące na zachodzie niebo; chmury płynęły na wschód, podczas gdy oni lecieli na północ. Spotkanie zdawało się nie do uniknięcia. Jevy odchylił się do tyłu i krzyknął:

– Nie podoba mu się niebo.

Nate'owi też się nie podobało, ale nie on siedział za sterami. Wzruszył ramionami, ponieważ nic innego nie przychodziło mu do głowy.

– Poobserwujemy je przez kilka minut – powiedział Jevy.

Milton chciał wracać do domu, Nate z kolei miał ochotę przynajmniej zobaczyć indiańskie wioski. Wciąż się łudził, że jakimś cudem ujrzy Rachel, porwie ją do Corumby, gdzie razem zjedzą obiad w ładnej kafejce i porozmawiają o majątku jej ojca. Nikłe nadzieje. Szybko ulatujące.

Lepszy byłby w tej sytuacji helikopter. Wielkość spadku z powodzeniem na to pozwalała. Gdyby Jevy znalazł właściwą wioskę i odpowiednie miejsce do lądowania, Nate natychmiast wynająłby helikopter.

Marzył.

Kolejna mała *fazenda*, tym razem nieco oddalona od rzeki Paragwaj. Krople deszczu zaczęły uderzać rytmicznie w szyby samolotu i Milton zszedł na siedemset metrów. Znacznie bliżej, po lewej stronie, wznosiło się wspaniałe pasmo gór, rzeka wiła się wśród gęstego lasu u ich podnóży.

Znad wierzchołków gór uderzyła w nich z dziką furią burza. Niebo pociemniało w jednej chwili; wicher złapał cessnę w drapieżne szpony i mały samolot spikował w dół. Nate rąbnął głową w sufit kabiny. W jednej chwili ogarnęło go przerażenie.

– Zawracamy – krzyknął Jevy. W jego głosie brakowało spokoju, który Nate pragnął usłyszeć. Milton siedział z kamienną twarzą, lecz profesjonalny optymizm zniknął z niej, a na czoło wystąpiły krople potu. Samolot skręcił ostro w prawo, na wschód, potem na południowy-wschód i kiedy wykonał koło, oczom mężczyzn ukazał się zatrważający widok: niebo w kierunku Corumby było czarne.

Milton nie zamierzał tam lecieć. Szybko wykonał zwrot na wschód i rzucił kilka słów Jevy'emu.

– Nie możemy lecieć do Corumby – wrzasnął przewodnik, obracając się do tyłu. – Chce poszukać *fazendy*. Wylądujemy i przeczekamy burzę. – Mówił wysokim, zaniepokojonym głosem, z mocniejszym akcentem.

Nate pokiwał głową najlepiej, jak mógł, podskakując i obijając się o ściany. Czaszka bolała go od pierwszego uderzenia w pułap kabiny. Żołądek podszedł pod gardło.

Przez kilka minut wydawało się, że cessna wyjdzie zwycięsko z morderczego wyścigu. Nate sądził, że każdy samolot, bez względu na rozmiary, może prześcignąć burzę. Otarł pot z czoła i znów postanowił spojrzeć za siebie. Ciemne chmury napływały jednak z obu stron.

Co za ciemny dupek z tego pilota, skoro wystartował, nie sprawdziwszy radaru? Z drugiej strony, radar, jeśli w ogóle był na lotnisku, miał pewnie ze dwadzieścia lat i wyłączono go na okres świąt.

Deszcz bębnił w samolot. Wicher wył dziko. Chmury kłębiły się, przelatując obok. Burza dopadła ich i wyprzedziła, miotając samolotem na boki, w górę i w dół. Przez bardzo długie dwie minuty turbulencji Milton nie panował nad maszyną. Jakby poskramiał rozszalałego byka, a nie sterował samolotem.

Nate wyglądał przez okno, lecz nie widział absolutnie nic: ani śladu wody, bagien czy przyjemnych małych *fazendas* z długimi pasami startowymi. Wcisnął się głębiej w fotel. Zacisnął zęby i ślubował sobie, że za żadne skarby nie zwymiotuje.

Kieszeń powietrzna cisnęła samolot w ciągu dwóch sekund trzydzieści metrów w dół. Trzej mężczyźni krzyknęli jednocześnie. Nate zaklął głośno: „O cholera!" Jego brazylijscy koledzy klęli po portugalsku. Z głosów przebijało przerażenie.

Na jedną krótką chwilę nastąpiła przerwa, powietrze się uspokoiło. Milton popchnął drążek sterowniczy w przód i samolot dał nura nosem w dół. Nate chwycił obiema rękami za oparcie fotela Miltona. Po raz pierwszy i, jak miał nadzieję, ostatni w życiu poczuł się jak kamikadze. Serce tłukło mu się w piersiach, a żołądek podszedł do gardła. Zamknął oczy i myślał o Sergiu i o instruktorze jogi w Walnut Hill, który uczył go modlitwy i medytacji. Spróbował medytować i modlić się, lecz okazało się to niemożliwe w spadającym samolocie. Do śmierci pozostały sekundy.

Uderzenie pioruna tuż nad cessną oszołomiło ich zupełnie. Przypominało huk wystrzału w ciemnym pokoju. Nate poczuł, że pękły mu bębenki w uszach.

Pikowanie zakończyło się na wysokości stu pięćdziesięciu metrów, gdy Milton wygrał potyczkę z wiatrami.

– Szukaj *fazendas*! – wrzasnął Jevy z przodu i Nate niechętnie wyjrzał przez okno. Na ziemi szalał deszcz i wicher. Drzewa gięły się, na małych rozlewiskach pędziły białe grzywacze. Jevy patrzył na mapę, lecz zgubili się i nie miał pojęcia, gdzie się obecnie znajdują.

Deszcz atakował białymi zasłonami, które ograniczały widoczność do kilkudziesięciu metrów. Od czasu do czasu Nate nie widział ziemi. Zalewały ich masy wody, targane szalonymi podmuchami wiatru. Małym samolotem rzucało jak latawcem. Milton walczył z kontrolkami, a Jevy rozglądał się rozpaczliwie we wszystkich kierunkach. Nie spadną bez walki.

Nate jednak się poddał. Skoro nie widzieli ziemi, jak mogli liczyć na bezpieczne lądowanie? Epicentrum burzy dopiero ich doganiało. To był koniec.

Nie będzie się targował z Bogiem. Swoim marnotrawnym życiem zasłużył sobie na taką śmierć. Co roku setki ludzi giną w katastrofach lotniczych. Nie jest od nich lepszy.

Przez mgnienie oka widział rzekę tuż poniżej i nagle przypomniał sobie o aligatorach i anakondach. Przeraziła go myśl o lądowaniu na bagnach. Wyobraził sobie, jak żywy, lecz ciężko ranny walczy o przeżycie, starając się uruchomić ten cholerny telefon satelitarny, jednocześnie odpychając wygłodniałe gady.

Kolejny piorun zatrząsł kabiną i Nate postanowił mimo wszystko walczyć. Wpatrywał się w ziemię w daremnej próbie znalezienia *fazendy*. Przez chwilę oślepiła go błyskawica. Silnik zaterkotał i prawie zgasł, lecz po chwili doszedł do siebie i na powrót zaczął pracować miarowo. Milton zszedł na sto dwadzieścia metrów – bezpieczną wysokość w normalnych warunkach. W Pantanalu przynajmniej nie musieli się martwić o wzgórza ani góry.

Nate zacieśnił pasy i zwymiotował między nogi. Nie czuł jednak ani krztyny wstydu. Jedynie wszechogarniający strach. Otoczyły ich zupełne ciemności. Milton i Jevy wrzeszczeli, podskakując i walcząc o odzyskanie kontroli nad samolotem. Ich pasy się splątały. Całkowicie bezużyteczna mapa spadła pod nogi Jevy'ego.

Pod nimi szalała burza. Milton zszedł na sześćdziesiąt metrów, skąd widać było nieregularne plamy lądu. Niespodziewanie silny podmuch cisnął cessną w bok i Nate uświadomił sobie, jak bardzo są bezradni. Poniżej dostrzegł coś białego i krzyknął wskazując:

– Krowa! Krowa! – Jevy, wrzeszcząc, przetłumaczył to Miltonowi.

Spadli przez chmury do trzydziestu metrów pośród oślepiającego deszczu i przelecieli tuż nad czerwonym dachem domu. Jevy ponownie krzyknął i wskazał coś po swojej stronie samolotu. Lądowisko długości podjazdu do podmiejskiego domu było niebezpieczne nawet przy dobrych warunkach pogodowych. Ale to nie miało znaczenia. Nie mieli wyboru. W razie kraksy przynajmniej mogli liczyć na pomoc mieszkających tam ludzi.

Dostrzegli pas za późno, aby wylądować z wiatrem, więc Milton ustawił samolot dziobem do burzy. Wicher uderzył w cessnę, praktycznie ją unieruchamiając. Deszcz prawie całkowicie ograniczał widoczność. Nate wychylił się, aby spojrzeć na lądowisko, lecz widział tylko zalewającą przednie szyby wodę.

Na wysokości piętnastu metrów wiatr przewrócił cessnę na bok. Milton w ostatniej chwili odzyskał kontrolę nad sterami.

– *Vaca*! *Vaca*! – krzyknął Jevy i Nate natychmiast zrozumiał, że chodzi o krowę. I on ją zobaczył. Minęli pierwszą.

Na chwilę przed uderzeniem Nate ujrzał chłopca z kijkiem, biegnącego przez wysoką trawę, przemokniętego do suchej nitki i przerażonego. Widział też krowę uciekającą z pasa. Jevy szykował się do lądowania, z obłędem w oczach i rozdziawionymi w niemym strachu ustami wpatrując się w szybę. Uderzyli w trawę, lecz sunęli dalej. Przez ułamek sekundy Nate miał nadzieję, że nie zginą. Kolejny podmuch podniósł ich trzy metry w powietrze, by znów grzmotnąć nimi o ziemię.

– *Vaca! Vaca!*

Śmigło ugodziło w dużą, wyraźnie zaciekawioną krowę. Samolot szarpnął się gwałtownie, wszystkie szyby wyleciały jak na komendę, a z trzech męskich gardeł wydostały się ostatnie krzyki.

Nate ocknął się, leżąc na boku, zalany krwią, przestraszony, lecz żywy. Niespodziewanie uświadomił sobie, że ulewa jeszcze się nie skończyła. Wicher hulał w szczątkach samolotu. Milton i Jevy leżeli dziwacznie objęci, lecz również zaczęli się w końcu poruszać, próbując wypiąć się z pasów.

Nate znalazł okno i wystawił głowę na zewnątrz. Cessna leżała na boku z potrzaskanym skrzydłem, zagiętym pod kabiną. Wokół wszędzie była krew – na szczęście krowy, nie pasażerów. Deszcz wciąż lejący strugami zmywał ją szybko.

Chłopak z kijkiem zaprowadził ich do małej stajni w pobliżu pasa startowego. Milton upadł na kolana i bełkotał szczere słowa dziękczynnej modlitwy do Matki Boskiej. Nate patrzył na niego i w pewnym sensie modlił się wraz z nim.

Nikt nie doznał poważnych obrażeń. Milton miał niewielką ciętą ranę na czole. Jevy'emu spuchł prawy nadgarstek. Zwykle ból przychodził później.

Długo siedzieli na ziemi, patrząc na deszcz, wsłuchując się w gwizd wiatru, myśląc o tym, co mogło się zdarzyć. Milczeli.

Rozdział 13

Właściciel krowy pojawił się po dobrej godzinie, kiedy burza zaczęła cichnąć, a deszcz na chwilę ustał. Był bosy, ubrany jedynie w szorty i podkoszulkę klubową Chicago Bulls. Miał na imię Marco i wcale nie roztaczał świątecznego nastroju.

Odprawił chłopaka i wdał się z Jevym i Miltonem w gorącą dyskusję na temat wartości krowy. Pilota bardziej niepokoił stan samolotu, Jevy'ego spuchnięty nadgarstek. Nate stał przy oknie, zastanawiając się, jak to się stało, że oto znajduje się w środku brazylijskiego interioru, w wigilię Bożego Narodzenia, w jakiejś cuchnącej stajence, posiniaczony i obolały, oblepiony krowią krwią, słuchając, jak trzech mężczyzn sprzecza się w obcym języku, szczęśliwy, że wciąż żyje. Żadna jednoznaczna odpowiedź nie przychodziła mu do głowy.

Sądząc z wyglądu pasących się w pobliżu krów, ich wartość nie mogła być wysoka.

– Zapłacę za to cholerne stworzenie. – Nate zwrócił się do Jevy'ego.

Jevy zapytał o cenę, po czym powiedział:

– Sto reali.

– Przyjmuje American Express? – zapytał Nate, lecz żart przeszedł bez echa. – Zapłacę za nią. – Sto dolców. Zapłaciłby je choćby po to, żeby Marco przestał gadać.

Dobili targu i farmer zmienił się w gościnnego gospodarza. Zaprowadził ich do domu, gdzie niska, bosonoga kobieta przygotowywała właśnie wczesny obiad. Rozpromieniła się na widok gości i powitała ich nader życzliwie. Z wiadomych powodów w Pantanalu goście bywają rzadkością i kiedy gospodarze się dowiedzieli, że Nate pochodzi ze Stanów, posłali po dzieciaki. Chłopiec z kijkiem miał jeszcze dwóch braci. Ich matka powiedziała, żeby dobrze przyjrzeli się Nate'owi, ponieważ jest Amerykaninem.

Wzięła od gości koszule i przeprała je w miednicy z mydłem i deszczówką. Rozebrani do pasa, lecz zupełnie się tym nie przejmując, jedli przy małym stoliku ryż i czarną fasolę. Nate był dumny ze swych kształtnych bicepsów i płaskiego brzucha. Jevy wyglądał na prawdziwego atletę. Tylko po biednym Miltonie widać było oznaki szybko nadciągającego wieku średniego, ale on wyraźnie nic sobie z tego nie robił.

Podczas posiłku mało się do siebie odzywali. Szok po wypadku ustępował powoli. Dzieci siedziały na podłodze przy stoliku, jadły chleb i ryż i obserwowały każdy ruch Nate'a.

Pół kilometra dalej płynęła niewielka rzeczka, a Marco miał łódź motorową. Rzeka Paragwaj była oddalona o pięć godzin drogi. Może wystarczy paliwa, może nie, ale i tak wszyscy trzej nie będą mogli popłynąć.

Kiedy niebo się przejaśniło, Nate wraz z dzieciakami poszli do wraku i wyjęli walizkę. Po drodze nauczył ich liczyć do dziesięciu po angielsku. Oni z kolei nauczyli go po portugalsku. Byli to mili chłopcy, z początku straszliwie nieśmiali, ale z każdą minutą coraz serdeczniejsi dla Nate'a. Dzisiaj Wigilia, przypomniał sobie. Czy Święty Mikołaj odwiedza Pantanal? Chyba nikt na niego nie czekał.

Na gładkim, płaskim pniaku na podwórku ostrożnie rozpakował i podłączył telefon satelitarny. Talerz odbiorczy miał powierzchnię dziewięćdziesięciu centymetrów kwadratowych, a sam telefon nie był większy od laptopa. Obydwa urządzenia łączył przewód. Nate włączył zasilanie, wklepał swoje dane i kod dostępu, potem powoli obracał talerzem, aż złapał sygnał satelity Astar-East krążącego gdzieś nad Atlantykiem, w pobliżu równika. Sygnał był silny, potwierdził to ciągły dźwięk. Gospodarze wraz z dziećmi ścieśnili się jeszcze bardziej wokół gościa. Zastanawiał się, czy kiedykolwiek widzieli telefon.

Jevy podał numer do domu Miltona w Corumbie. Nate wystukał go powoli, wstrzymał oddech i czekał. Jeśli telefon nie działa, będą musieli spędzić święta u Marca. Dom był mały; Nate uznał, że przyzwyczai się do spania w stajni. Doskonale.

Według planu B Jevy miał popłynąć z Markiem łodzią. Dochodziła trzynasta. Pięć godzin drogi do rzeki Paragwaj, dotarliby tam tuż przed zapadnięciem zmroku, o ile starczy im paliwa. Na dużej rzece będą szukać pomocy, co zajmie kolejne kilka godzin. Gdyby nie starczyło paliwa, utknęliby gdzieś w głębi Pantanalu. Jevy nie odrzucił tego planu od razu, ale nikt jakoś nie próbował go forsować.

Były też inne względy. Marco niechętnie odnosił się do tak późnego wyjazdu. Swoje handlowe wyprawy na Paragwaj rozpoczynał bladym świtem. Istniała co prawda szansa, że dostanie trochę paliwa od sąsiada mieszkającego o godzinę drogi od jego domu, lecz nie było to nic pewnego.

– *Oi* – odezwał się w słuchawce kobiecy głos i wszyscy się uśmiechnęli. Nate podał słuchawkę Miltonowi. Pilot przywitał się z żoną i wdał się w smutną opowieść o wypadku. Jevy szeptem tłumaczył wszystko Nate'owi. Dzieci zachwycały się brzmieniem angielskiego.

Rozmowa stawała się coraz bardziej napięta i nagle się urwała.

– Szuka numeru telefonu – wyjaśnił Jevy. Kobieta podała numer znajomego pilota. Milton obiecał, że będzie w domu na obiedzie, i się rozłączył.

Pilota nie było w domu. Jego żona powiedziała, że wyjechał służbowo do Campo Grande i powinien wrócić przed zmrokiem. Milton wyjaśnił, co się stało i gdzie się znajduje, więc podała mu inne numery, pod którymi można było złapać jej męża.

– Poproś go, żeby się streszczał. – Nate szturchnął Jevy'ego, kiedy Milton wystukiwał kolejny numer. – Bateria nie wystarczy na długo.

Tym razem numer nie odpowiadał. Pod następnym pilot podszedł do telefonu i zaczął właśnie wyjaśniać, że jego samolot jest w naprawie, gdy połączenie zostało nagle przerwane.

Nad ich głowami wisiały czarne, ciężkie chmury.

Nate spojrzał z niedowierzaniem na ciemniejące niebo. Milton prawie płakał.

Nadeszła krótka przelotna ulewa. Dzieci bawiły się na zewnątrz, a dorośli siedzieli na werandzie, obserwując je w milczeniu.

Jevy wymyślił inny plan. Na obrzeżach Corumby znajdowała się baza wojskowa. Ćwiczył w niej z kilkoma oficerami. Kiedy znów się przejaśniło, mężczyźni powrócili do pniaka i skupili się wokół telefonu. Jevy zadzwonił do znajomego, który znalazł mu numer telefonu.

Wojsko dysponowało helikopterami. W końcu była to katastrofa lotnicza. Kiedy drugi oficer odebrał telefon, Jevy od razu wyjaśnił, co się stało, i poprosił o pomoc.

Oczekiwanie na rezultat rozmowy było dla Nate'a istną torturą. Nie rozumiał ani słowa, lecz mimika twarzy i gesty przewodnika opowiedziały mu całą historię: uśmiechy, zmarszczenia brwi, ponaglenia i błagania, frustrujące przerwy, a potem powtórzenie wszystkiego od początku.

Gdy Jevy skończył, powiedział do Nate'a:

– Zadzwoni do swojego komendanta. Mam oddzwonić za godzinę.

Godzina wydawała się tygodniem. Wyjrzało słońce i przypiekało mokrą trawę. Powietrze było gęste od wilgoci. Nate, wciąż bez koszuli, zaczął odczuwać piekące ostre promienie. Skryli się w cieniu drzewa. Kobieta poszła sprawdzić koszule, które podczas ulewy wisiały na sznurku i wciąż były mokre.

Jevy i Milton mieli skórę o kilka odcieni ciemniejszą od Nate'a i zupełnie nie odczuwali słońca. Marco również się nie przejmował i we trójkę poszli do samolotu ocenić rozmiary szkód. Nate został pod bezpiecznym parasolem drzewa. Popołudniowy upał sprawiał, że brakowało powietrza. Klatka piersiowa i barki zaczęły mu sztywnieć i pomyślał o drzemce. Chłopcy mieli jednak inne plany. W końcu Nate zapamiętał ich imiona – Luis, najstarszy, przegonił krowę z pasa startowego zaledwie kilka sekund przed ich lądowaniem, średni brat miał na imię Oli, a najmłodszy – Tomas. Korzystając z rozmówek, które trzymał w walizce, powoli przełamał barierę językową. Cześć. Jak się miewasz? Jak masz na imię? Ile masz lat? Dzień dobry. Chłopcy powtarzali zwroty po portugalsku, więc Nate mógł nauczyć się wymowy. Potem kazał im robić to samo po angielsku.

Jevy wrócił z mapami i zadzwonili powtórnie. Wojsko najwyraźniej okazało trochę zainteresowania. Milton wskazał na mapę, mówiąc:

– *Fazenda Esperanca* – co Jevy powtórzył z wielkim entuzjazmem. Radość rozwiała się jednak kilka sekund później, kiedy się rozłączył.

– Nie może znaleźć komendanta – powiedział po angielsku, starając się, by wypadło to pogodnie. – No wiesz, święta.

Boże Narodzenie w Pantanalu. Pięćdziesiąt trzy stopnie przy wysokiej wilgotności. Piekące słońce i brak kremu z filtrem. Robaki, owady i żadnego środka odstraszającego. Wesołe, małe dzieciaki, które nie czekają na prezenty. Nie ma muzyki, bo nie ma elektryczności. Nie ma choinki. Nie ma świątecznych potraw ani wina, ani szampana.

To jest przygoda, powtarzał sobie Nate. Gdzie podziało się twoje poczucie humoru?

Włożył telefon do pokrowca i zamknął go z łoskotem. Milton i Jevy poszli do samolotu. Kobieta zniknęła w domu. Marco miał coś do zrobienia na podwórzu. Nate znów schował się w cieniu i myślał, że dobrze byłoby usłyszeć choćby jedną linijkę *Białego Bożego Narodzenia*, sącząc szampana.

Luis pojawił się z trzema najbardziej kościstymi końmi, jakie Nate kiedykolwiek widział. Jeden miał siodło, a raczej straszliwe urządzenie, wykonane ze skóry i drewna, spoczywające na jasnopomarańczowej derce, która okazała się starym dywanikiem. Siodło było dla Nate'a. Luis i Oli wskoczyli na oklep bez najmniejszego wysiłku: krótki wymach nogą, skok i siedzieli, idealnie łapiąc równowagę.

Nate przyglądał się swojemu wierzchowcowi.

– *Onde*? – zapytał. – Gdzie?

Luis wskazał na ścieżkę. Nate dowiedział się w trakcie obiadu, że ścieżka ta wiodła do rzeki, nad którą Marco trzymał łódź. Czemu nie? To przygoda. Co innego miał do roboty, gdy godziny wlokły się w nieskończoność? Zdjął koszulkę ze sznurka. Udało mu się dosiąść biednego konia, nie spadając z niego ani nie robiąc sobie krzywdy.

Pod koniec października Nate wraz z kilkoma innymi nałogowcami z Walnut Hill spędził miłą niedzielę na koniach, jeżdżąc po górach Błękitnego Pasma i rozkoszując się chwalebnymi upadkami. Pośladki i mięśnie nóg bolały go przez tydzień, lecz w końcu przełamał strach przed końmi. W pewnym sensie.

Walczył ze strzemionami, aż włożył w nich stopy. Ściągnął wodze tak mocno, że zwierzę nie mogło się ruszyć. Chłopcy patrzyli na to z rozbawieniem i ruszyli kłusem na swoich rumakach. Koń Nate'a również w końcu pokłusował powolnym, nierównym krokiem, który wciskał Nate'a w siodło i rzucał nim z boku na bok. Po chwili wiedział już, że zdecydowanie woli jechać stępa, więc ściągnął wodze i koń zwolnił. Chłopcy zawrócili i zrównali się z nim.

Ścieżka prowadziła przez małe pastwisko, dalej zakręcała, więc niebawem dom zniknął z pola widzenia. Wokół ciągnęły się bagna, takie same, jak te, które Nate widział z samolotu. Nie przeraziło to chłopców, ponieważ szlak wiódł dokładnie przez jego środek, a konie przechodziły tędy wielokrotnie. Nawet nie zwolnili. Woda z początku miała zaledwie kilkanaście centymetrów głębokości, potem kilkadziesiąt, w końcu sięgnęła strzemion. Chłopcy byli boso i zupełnie nie przejmowali się wodą ani tym, co w niej pływało. Nate miał na sobie ulubione buty nike, które błyskawicznie przemakały.

Piranie – straszliwe małe rybki o zębach ostrych jak brzytwa – występowały na całym obszarze Pantanalu.

Nate osobiście wolałby zawrócić, lecz nie miał pojęcia, jak o tym powiedzieć.

– Luis. – Jego głos zdradzał strach. Chłopcy spojrzeli na niego bez najmniejszego zainteresowania.

Zwolnili nieco, kiedy woda sięgnęła koniom do piersi. Po kilku krokach Nate ponownie zobaczył swoje stopy. Konie wynurzyły się po drugiej stronie bajora i ruszyły dalej ścieżką.

Po lewej stronie minęli szczątki ogrodzenia. Dalej zawalone domostwo. Szlak się rozszerzał, przechodząc w stare koryto rzeki. Niegdyś *fazenda* musiała być ruchliwa i zatrudniać wielu pracowników.

Nate wiedział ze swoich materiałów, że Pantanal został zasiedlony ponad dwieście lat temu. Od tej pory niewiele się tu zmieniło. Zdumiewało go osamotnienie ludzi. Nie widział ani śladu sąsiadów, ani innych dzieci i zaczął się zastanawiać, w jaki sposób rozwiązano tu problem edukacji. Czy chłopcy, gdy dorosną, uciekną do Corumby w poszukiwaniu pracy i żon? Czy zajmą się swoim małym gospodarstwem jako kolejne pokolenie *pantaneiros*? Czy Marco i jego żona potrafią czytać i pisać, a jeśli tak, to czy uczą swoje dzieci?

Zapyta Jevy'ego. Przed sobą ujrzał jeszcze więcej wody, obszerne rozlewisko z przegniłymi, splątanymi drzewami po obu stronach. Ścieżka biegła oczywiście przez sam środek. Panowała pora deszczowa, więc woda była wysoka. W suchych miesiącach bagno wyglądało jak plama błota i nawet nowicjusz mógł je przejechać, nie obawiając się, że coś go pożre. A zatem wracajmy, powiedział w duchu Nate. Nie mamy szans.

Konie brnęły przed siebie jak maszyny, nie przejmując się bagnem i wodą sięgającą im kolan. Chłopcy na wpół drzemali. Tempo wędrówki malało w miarę podnoszenia się poziomu wody. Kiedy Nate poczuł, że ma mokre kolana i właśnie w rozpaczy chciał coś krzyknąć do Luisa, Oli wskazał od niechcenia na prawo, gdzie dwa zbutwiałe pnie sterczały trzy metry nad wodą. Pomiędzy nimi nisko w wodzie czaił się duży, czarny gad.

– *Jacaré* – rzucił Oli przez ramię, jakby nie był pewien, czy Amerykanina to interesuje. Aligator.

Oczy gada wystawały nad resztę ciała i Nate był pewien, że zwierzę obserwuje głównie jego. Poczuł, jak serce zaczyna mu bić coraz szybciej. Chciał krzyczeć, wołać o pomoc. Luis odwrócił się i wyszczerzył zęby. Wiedział, że jego gość jest przerażony. Nate próbował się uśmiechnąć, jakby poczuł niewysłowioną radość, że w końcu widzi coś takiego z bliska.

Konie uniosły łby, gdy poziom wody sięgnął ich pysków. Nate spiął swojego wierzchowca pod wodą, lecz koń nie zareagował. Aligator zanurzył się powoli, aż widać było tylko jego oczy, zaczął płynąć w ich kierunku i zniknął w ciemnej wodzie. Nate wyszarpnął stopy ze strzemion i podciągnął kolana do klatki piersiowej. Chłopcy powiedzieli coś i zaczęli chichotać, ale Nate'a to nie obchodziło.

Kiedy minęli środek bagna, woda opadła najpierw do kolan, a później do kopyt końskich. Nate odprężył się dopiero wtedy, gdy bezpiecznie znalazł się na drugim brzegu. Śmiał się z siebie. Mógł to sprzedać, gdy wróci. Miał kumpli uprawiających ryzykowne sporty w czasie wakacji – spływali na tratwach, poszukiwali goryli, buszowali na safari. Zawsze starali się prześcignąć resztę opowieściami o tym, jak o włos uniknęli śmierci na drugiej półkuli. Za dziesięć tysięcy dolarów z radością wskoczyliby na konia i przemierzali moczary, fotografując węże i aligatory.

Wciąż nie było widać rzeki, więc Nate zdecydował, że czas wracać. Wskazał na zegarek i Luis poprowadził ich do domu.

Przy telefonie był sam komendant. Przez pięć minut prowadzili z Jevym wojskową rozmowę: o miejscach, gdzie stacjonowali, i ludziach, których znali. Wskaźnik zużycia baterii migał coraz szybciej. Nate pokazał to przewodnikowi; Jevy tłumaczył komendantowi, że jest ich ostatnią szansą.

Nie było problemu. Helikopter stał gotowy do lotu; załogę można szybko zebrać. Jak poważne są obrażenia ludzi?

– Wewnętrzne – odparł Jevy, zerkając na Miltona.

Wedle opinii pilotów śmigłowca *fazenda* leżała czterdzieści minut od bazy. Dajcie nam godzinę, powiedział komendant. Milton uśmiechnął się, po raz pierwszy tego dnia.

Minęła godzina i optymizm przygasł. Słońce szybko opadało na zachodzie; nadchodził zmierzch. Ratunek w nocy był niemożliwy.

Podeszli do wraku samolotu, przy którym Milton i Jevy pracowali wytrwale przez całe popołudnie. Usunęli zniszczone skrzydło i śmigło: leżały teraz w trawie wciąż zbroczone krwią. Prawe podwozie było wygięte, ale nie wymagało wymiany.

Marco wraz z żoną oporządzili zabitą krowę. Mięso porozwieszali na krzakach w pobliżu lądowiska.

Zgodnie z tym, co mówił Jevy, Milton chciał wrócić łodzią, gdy tylko zorganizuje nowe skrzydło i śmigło. Nate'owi wydawało się to zupełnie niemożliwe. Jak można doholować coś tak wielkiego jak skrzydło samolotu łodzią na tyle małą, aby można nią było przepłynąć strumienie w Pantanalu, a następnie przetransportować to przez bagna, które Nate widział z grzbietu konia?

Ale to był problem Miltona. Nate miał inne zmartwienia.

Kobieta przyniosła ciepłą kawę i świeże ciasteczka. Usiedli na trawie obok stajni, prowadząc miłą pogawędkę. Trzech małych przyjaciół Nate'a trzymało się blisko, jakby w obawie, że może im zniknąć. Znów minęła godzina.

Tomas, najmłodszy z rodzeństwa, pierwszy usłyszał buczący odgłos. Powiedział coś, wstał i wskazał na niebo. Pozostali zamarli. Dźwięk przybierał na sile i wkrótce rozpoznali charakterystyczny terkot helikoptera. Wybiegli na środek lądowiska i patrzyli na niebo.

Maszyna wylądowała. Z otwartych drzwi wyskoczyło czterech żołnierzy i podbiegło do grupki. Nate ukląkł między chłopcami i dał każdemu po dziesięć reali.

– *Feliz Natal* – powiedział. Wesołych świąt. Potem przytulił ich krótko, podniósł walizkę i pobiegł do śmigłowca.

Jevy i Nate machali do farmerów, kiedy maszyna unosiła się w powietrze. Milton był zbyt zajęty, dziękował pilotom i żołnierzom. Z wysokości stu pięćdziesięciu metrów Pantanal obejmował cały horyzont. Na wschodzie zapadł już zmrok.

Ciemności panowały również w Corumbie, kiedy pół godziny później lecieli nad miastem. To był wspaniały widok: budynki i domy, świąteczne światła, ruch uliczny. Wylądowali w bazie wojskowej na zachód od miasta, na cyplu nad rzeką Paragwaj. Komendant wyszedł im na spotkanie i otrzymał podziękowania, na które zasłużył. Zdziwił się, nie widząc rannych, lecz ucieszył z pomyślnego zakończenia misji. Odesłał ich dżipem z młodym cywilem.

Kiedy wjechali do miasta, samochód skręcił niespodziewanie i zatrzymał się przed małym sklepikiem. Jevy wszedł do środka i wrócił z trzema butelkami piwa brahma. Jedną dał Miltonowi, drugą Nate'owi.

Nate po krótkim wahaniu podniósł butelkę do ust. Piwo było mokre i zimne, wspaniałe. Poza tym, do diabła, były święta. Panował nad sytuacją.

Gdy tak jechał na tylnym siedzeniu dżipa zakurzonymi ulicami i czuł, jak wilgotne powietrze owiewa mu twarz, z zimnym piwem w dłoni, przypomniał sobie, jak wielkie ma szczęście, że żyje.

Cztery miesiące wcześniej próbował popełnić samobójstwo. Siedem godzin temu cudem przeżył katastrofę samolotową.

Ale dzień nie przyniósł sukcesu. Nate nie był bliżej Rachel Lane niż wczoraj.

Pierwszym przystankiem był hotel. Nate złożył wszystkim życzenia świąteczne, poszedł do swojego pokoju, rozebrał się i przez dwadzieścia minut brał prysznic.

W lodówce znalazł cztery butelki piwa. Wypił je w ciągu godziny, zapewniając się przy każdej, że nie ma to nic wspólnego z załamaniem i nie prowadzi do niczego złego. Kontrolował sytuację. Oszukał śmierć, więc dlaczego nie uczcić tego świątecznym toastem? Nikt się nie dowie. Sam sobie z tym poradzi.

Poza tym trzeźwość nigdy nie wychodziła mu na dobre. Udowodni sobie, że może zapanować nad niewielką ilością alkoholu. Nie ma sprawy. Kilka piw tu, kilka tam. Co to szkodzi?

Rozdział 14

Nate, wyrwany ze snu, nie od razu odebrał telefon. Piwo zdążyło mu już wywietrzeć z głowy, pozostało tylko poczucie winy, ale przygoda w cessnie dawała się we znaki. Szyja, barki i pas przybrały ciemnoniebieską barwę – rzędy siniaków pojawiły się tam, gdzie pasy bezpieczeństwa trzymały go w miejscu, gdy samolot uderzył o ziemię.

Nate miał na głowie przynamniej dwa potężne guzy, ale pamiętał tylko pierwsze uderzenie. Kolanami grzmotnął w tył fotela pilota – z początku obrażenia nie były bolesne, lecz w nocy dały o sobie znać. Ramiona i szyję spaliło słońce.

– Wesołych świąt. – Poznał głos Valdira. Dochodziła dziewiąta.

– Dziękuję – odparł Nate. – Nawzajem.

– Jak się czujesz?

– Dzięki, dobrze.

– Tak, no cóż, Jevy dzwonił do mnie wczoraj wieczorem i opowiedział o wypadku. Milton jest chyba szalony, skoro wylatuje podczas burzy. Nigdy już nie skorzystam z jego usług.

– Ja też nie.

– Dobrze się czujesz?

– Tak.

– Wezwać lekarza?

– Nie.

– Jevy mówił, że chyba nic ci się nie stało.

– Wszystko w porządku, trochę boli w paru miejscach.

Nastąpiła krótka przerwa.

– Dziś po południu urządzamy w domu małe przyjęcie. Tylko moja rodzina i kilku znajomych. Chciałbyś przyjść?

W zaproszeniu wyczuwało się pewną rezerwę. Nate nie umiał stwierdzić, czy Valdir tylko stara się być uprzejmy, czy może jest to sprawa języka i akcentu.

– To bardzo miłe z twojej strony – odrzekł. – Ale mam mnóstwo roboty.

– Na pewno?

– Tak, dziękuję.

– Rozumiem. Mam dobre wieści. Wczoraj wynająłem łódź. – Przejście od przyjęcia do wynajęcia łodzi nie zajęło dużo czasu.

– Świetnie. Kiedy wyruszam?

– Może jutro. Przygotowują ją. Jevy zna tę łódź.

– Nie mogę się doczekać, kiedy wypłyniemy. Szczególnie po wczorajszej przygodzie.

Valdir zaczął się rozwodzić nad tym, jak targował się z właścicielem łodzi, znanym skąpcem, który początkowo zażądał tysiąc reali tygodniowo. Stanęło na sześciuset. Nate słuchał, ale nic go to nie obchodziło. Spuścizna Phelana poradzi sobie z tą sumą.

Valdir pożegnał się, ponownie życząc mu wesołych świąt.

Nate włożył szorty i podkoszulek. Buty jeszcze nie wyschły, ale mimo to je założył. Spróbuje pobiegać, ale jeśli się okaże, że jest zbyt obolały, wystarczy mu spacer. Potrzebował świeżego powietrza i ruchu. Snując się po pokoju, dostrzegł puste puszki po piwie w koszu na śmieci.

Zajmie się tym później. To nie było załamanie i nie prowadzi do katastrofy. Wczoraj całe życie błysnęło mu przed oczami, a to wiele zmienia. Mógł zginąć. Każdy dzień był teraz podarunkiem, każdą chwilę należało docenić. Dlaczego nie ma cieszyć się paroma przyjemnościami, jakie niesie życie? Trochę piwa i wina, nic mocniejszego, a już na pewno nie narkotyki.

Poczuł znajomy grunt kłamstw, którymi żył wcześniej.

Zażył dwie tabletki przeciwbólowe i posmarował odkryte partie skóry kremem z filtrami przeciwsłonecznymi. Na korytarzu stał telewizor; właśnie leciało jakieś przedstawienie świąteczne, którego nikt nie oglądał. Młoda kobieta za biurkiem powitała go miłym uśmiechem. Ciężkie, lepkie powietrze napływało przez otwarte szklane drzwi. Zatrzymał się na łyk małej, słodkiej kawy. Termos stał na kontuarze, obok umieszczono maleńkie, papierowe kubeczki, czekające na każdego, kto reflektował na krótką przerwę przy odrobinie *cafezinho*.

Po dwóch kawach pot lał się z niego strumieniami. Wyszedł z hotelu. Na chodniku starał się rozciągnąć zastałe mięśnie, lecz ból zmusił go do przerwania próby. Wyzwaniem nie był bieg, lecz spacer bez wyraźnego utykania.

Ale nikt nie zwracał na niego uwagi. Sklepy były pozamykane, a ulice świeciły pustkami, tak jak się zresztą spodziewał.

Przeszedł dwie przecznice i podkoszulek przywarł mu na dobre do pleców. Czuł się jak w saunie.

Avenida Rondon była ostatnią brukowaną ulicą biegnącą wzdłuż cypla nad rzeką. Szedł chodnikiem przez dłuższy czas, lekko utykając, aż mięśnie rozluźniły się niechętnie, a stawy przestały trzeszczeć. Znalazł ten sam mały park, w którym zatrzymał się dwa dni temu, dwudziestego trzeciego grudnia, kiedy tłum zbierał się na słuchanie muzyki i śpiewanie kolęd. Wciąż stało tu kilka składanych krzesełek. Nogi odmówiły mu posłuszeństwa. Usiadł na tym samym stołku i rozejrzał się, szukając nastolatka, który próbował sprzedać mu narkotyki.

Tym razem nie zauważył żywej duszy. Delikatnie potarł kolana i spojrzał na wielki Pantanal, ciągnący się przed nim aż po skraj horyzontu. Wspaniałe pustkowie. Pomyślał o chłopcach: Luisie, Olim i Tomasie – jego małych przyjaciołach z dziesięcioma realami w kieszeniach, którzy nie mogli ich nawet wydać. Święta nic dla nich nie znaczyły; każdy dzień był podobny do poprzedniego.

Gdzieś na moczarach rozpościerających się przed jego oczami znajdowała się Rachel Lane, obecnie pokorna służebnica boża, która wkrótce miała zostać jedną z najbogatszych kobiet na świecie. Jeżeli uda mu się ją odszukać, jak zareaguje na wieść o wielkiej fortunie? Jak zareaguje na spotkanie z nim, amerykańskim prawnikiem, któremu udało się ją odnaleźć?

Ewentualne odpowiedzi zaniepokoiły go.

Po raz pierwszy przyszło mu do głowy, że może Troy naprawdę był szaleńcem. Czy rozsądny człowiek o sprawnie działającym umyśle dałby jedenaście miliardów osobie, której w ogóle nie interesowało bogactwo? Osobie nieznanej nikomu, nie wyłączając tego, kto podpisał nabazgrany odręcznie testament? Ten czyn wydał mu się bardziej szalony, gdy tak siedział i patrzył na bezmiar Pantanalu, sześć tysięcy kilometrów od ojczyzny.

Niewiele dowiedziano się o Rachel. Jej matka Evelyn Cunningham pochodziła z małego miasteczka Delhi w Luizjanie. W wieku dziewiętnastu lat przeprowadziła się do Baton Rouge i znalazła pracę jako sekretarka w firmie zajmującej się poszukiwaniem i wydobyciem złóż gazu naturalnego. Firma należała do Troya Phelana. Podczas jednej z rutynowych wizyt z Nowego

Jorku dostrzegł Evelyn. Najwidoczniej była śliczną kobietą, naiwną prowincjuszką. Jak każdy drapieżnik, Troy zaatakował szybko i po kilku miesiącach Evelyn zorientowała się, że jest w ciąży. Było to wiosną 1954 roku.

W listopadzie tego samego roku zaufani pracownicy Troya ulokowali Evelyn w Szpitalu Katolickim w Nowym Orleanie, gdzie urodziła się Rachel. Evelyn nigdy nie zobaczyła dziecka.

Przy pomocy mnóstwa prawników i z wielkim pośpiechem Troy załatwił szybką adopcję Rachel przez pastora i jego żonę w Kalispell w Montanie. W tym stanie kupował kopalnie miedzi i cynku i miał rozliczne kontakty poprzez tamtejsze przedsiębiorstwa. Przybrani rodzice nie wiedzieli, kim są rodzice biologiczni.

Evelyn nie chciała dziecka. Nie chciała też mieć nic do czynienia z Troyem Phelanem. Wzięła dziesięć tysięcy dolarów i wróciła do Delhi, gdzie, jak to zwykle bywa, już krążyły pogłoski o jej występku. Wprowadziła się do rodziców i razem czekali cierpliwie, aż burza trochę ucichnie. Nie ucichła. Okrucieństwo, tak charakterystyczne dla małych miasteczek, sprawiło, że Evelyn stała się wyrzutkiem wśród ludzi, których najbardziej potrzebowała. Rzadko wychodziła z domu, a z czasem zaszyła się jeszcze dalej, w ciemności sypialni. To właśnie tam, w swym posępnym własnym światku, Evelyn zaczęła tęsknić za córeczką.

Pisała do Troya listy, na które nie odpowiadał. Jego sekretarka chowała je i odsyłała z powrotem. Dwa tygodnie po samobójstwie potentata, jeden z detektywów Josha znalazł je w osobistych papierach Troya w jego mieszkaniu.

W miarę upływu lat Evelyn pogrążała się coraz głębiej we własnej otchłani. Plotki pojawiały się sporadycznie, lecz nigdy nie ustały na dobre. Wizytom jej rodziców w kościele czy w sklepie zawsze towarzyszyły spojrzenia i szepty, więc w końcu i oni zaczęli się izolować.

Evelyn odebrała sobie życie drugiego listopada 1959 roku, w piątą rocznicę urodzin Rachel. Pojechała samochodem rodziców na koniec miasta i skoczyła z mostu.

Nekrolog i notatka o śmierci Evelyn zamieszczone w miejscowej gazecie dotarły do biura Troya w New Jersey, gdzie również odłożono je na bok i schowano.

Niewiele informacji dotyczyło dzieciństwa Rachel. Pastor Lane wraz z żoną przeprowadzali się dwukrotnie: z Kalispell do Butte, potem z Butte do Heleny. Pastor umarł na raka, gdy Rachel miała siedemnaście lat. Była ich jedynym dzieckiem.

Z przyczyn, których nikt poza Troyem nie mógł wyjaśnić, biologiczny ojciec postanowił wkroczyć ponownie w jej życie, kiedy kończyła szkołę średnią. Może czuł wyrzuty sumienia? Może martwił się o jej dalszą edukację? Rachel wiedziała, że jest adoptowanym dzieckiem, lecz nigdy nie wykazała najmniejszego zainteresowania prawdziwymi rodzicami.

Nie znano żadnych szczegółów, lecz stwierdzono ponad wszelką wątpliwość, że Troy spotkał się z Rachel latem 1972 roku. Cztery lata później skończyła uniwersytet stanowy w Montanie. Dalej były różne niejasności, ogromne luki w jej życiorysie i tych żadne dochodzenie nie było w stanie uzupełnić.

Nate podejrzewał, że tylko dwie osoby potrafiłyby wiarygodnie opisać ich związek. Jedna nie żyła; druga wiodła egzystencję Indianki gdzieś daleko, nad brzegiem jednej z tysiąca rzek.

Chciał przebiec jedną przecznicę, lecz ból nie pozwolił mu na to. Chodzenie również sprawiało trudność. Minęły go dwa samochody, ludzie zaczęli się rozglądać w panice, słysząc nadciągający z tyłu huk. Nate nie zdążył nawet zareagować. Jevy ostro zahamował tuż przy chodniku.

– *Bom dia* – wrzasnął, przekrzykując pracujący silnik.

Nate skinął głową.

– *Bom dia.*

Jevy przekręcił kluczyk w stacyjce i silnik zamilkł.

– Jak się czujesz?

– Obolały. A ty?

– Nic mi nie jest. Dziewczyna z recepcji powiedziała, że biegasz. Przejedźmy się.

Nate mimo bólu wolał bieganie niż przejażdżkę z Jevym, ale teraz nie było ruchu i jazda wydawała się bezpieczna.

Przejechali przez centrum, całkowicie lekceważąc światła i znaki stopu. Jevy nigdy się nie rozglądał na skrzyżowaniach.

– Chcę, żebyś zobaczył tę łódź – odezwał się w pewnej chwili. Jeśli nawet coś go bolało po wczorajszej kraksie, nie dał tego po sobie poznać. Nate tylko pokiwał głową.

Przystań leżała na wschodnim krańcu miasta, u nasady cypla, w małej zatoczce, w której woda była mętna i splamiona ropą. Smutne łodzie kołysały się łagodnie na rzece – niektórych od dziesiątków lat nikt nie ruszał, inne wyglądały na rzadko używane. Dwie, z drewnianymi, zabłoconymi boksami na pokładzie, najwyraźniej przystosowano do przewozu bydła.

– Jest tam. – Jevy wskazał w kierunku rzeki. Zaparkowali na ulicy i zeszli na nabrzeże, gdzie cumowało kilka łodzi rybackich, których właściciele albo właśnie przyszli, albo mieli zamiar odejść. Nate nie potrafił tego stwierdzić. Jevy zawołał dwóch z nich, a oni odpowiedzieli mu jakimś żartem.

– Mój ojciec był szyprem – wyjaśnił. – Przychodziłem tu codziennie.

– Gdzie teraz jest? – zapytał Nate.

– Utonął podczas sztormu.

Cudownie, pomyślał Nate. Burze dopadają cię i w powietrzu, i na wodzie.

Uginająca się deska pełniła funkcję pomostu nad brudną wodą i prowadziła do łodzi. Zatrzymali się na brzegu, aby podziwiać „Santa Lourę".

– Jak ci się podoba? – zapytał Jevy.

– Nie wiem – odparł Nate. Niewątpliwie była ładniejsza niż łodzie obok. Ktoś walił młotkiem na rufie.

Można by ją było pomalować. Łódź miała co najmniej dwadzieścia metrów długości, dwa pokłady i mostek, na który prowadziły schodki. Była większa, niż się spodziewał.

– Płynę tylko ja, tak? – zapytał.

– Zgadza się.

– Nie zabieramy innych pasażerów?

– Nie. Tylko ty, ja i marynarz, który potrafi gotować.

– Jak mu na imię?

– Welly.

Deska zatrzeszczała, ale nie pękła. Łódź zanurzyła się nieco, kiedy wskoczyli na pokład. Wzdłuż dziobu stały beczki z ropą i wodą. Zeszli po dwóch schodkach do kabiny, która mieściła cztery koje – z białą pościelą i cienką warstwą gumowej pianki zamiast materaca. Nate wzdrygnął się na myśl o tygodniu spania na czymś takim. Niski sufit i zamknięte okna. Pierwszy poważny problem to brak klimatyzacji. Kabina mogła równie dobrze służyć jako piekarnik.

– Zorganizujemy wentylator – powiedział Jevy, jakby czytając w jego myślach. – Nie jest tak źle, kiedy łódź płynie. – Trudno w to uwierzyć. Wąskim korytarzem przeszli na rufę, mijając kambuz ze zlewem i kuchenką gazową, maszynownię oraz niewielką łazienkę. W maszynowni ponury, spocony facet bez koszuli wpatrywał się w trzymany w ręku klucz tak, jakby go obraził.

Jevy znał gościa, ale powiedział chyba coś niewłaściwego, bo poleciały w powietrze grube przekleństwa. Nate wycofał się na rufę. Znalazł tam małą aluminiową łódkę, zaopatrzoną w wiosła i motor za burtą. Nagle wyobraził sobie, jak wraz z Jevym przebijają się na niej przez wodorosty i pnie, walcząc z aligatorami w ślepym przesmyku. Przygoda stawała się coraz bardziej emocjonująca.

Jevy roześmiał się i napięcie opadło. Wyszedł na rufę i powiedział:

– Potrzebuje pompy paliwowej. Sklep jest dzisiaj zamknięty.

– A jutro? – zapytał Nate.

– Nie ma problemu.

– Do czego służy ta łódź?

– Do mnóstwa rzeczy.

Wspięli się po schodkach na mostek i Jevy przyjrzał się pulpitowi sterowniczemu. Za mostkiem znajdowała się mała otwarta kajuta z dwiema kojami; Jevy i marynarz będą tu spać na zmianę. Dalej był skrawek śródpokładu wielkości mniej więcej półtora metra kwadratowego, zacieniony jaskrawozielonym daszkiem. Nad śródpokładem wisiał wygodny hamak, który od razu przyciągnął uwagę Nate'a.

– Jest twój – roześmiał się Jevy. – Będziesz miał dużo czasu na czytanie i spanie.

– Jak to miło – odparł Nate.

– Tej łodzi czasami używają turyści, zwykle Niemcy, którzy chcą zobaczyć Pantanal.

– Prowadziłeś taką wyprawę?

– Tak, parę razy. Kilka lat temu. Właściciel nie jest zbyt przyjemny.

111

Nate usiadł ostrożnie na hamaku, przerzucił obolałe nogi i ułożył się wygodnie. Jevy rozbujał go lekko i znów poszedł pogadać z mechanikiem.

Rozdział 15

Marzenia Lillian Phelan o miłej, świątecznej kolacji rozwiały się, kiedy w domu pojawił się spóźniony, pijany Troy Junior, kłócąc się zawzięcie z Biff. Przyjechali oddzielnie, każde prowadziło swoje porsche w odmiennym kolorze. Krzyki przybrały na sile, kiedy Rex, który również wypił kilka drinków, zwymyślał starszego brata za to, że zepsuł matce święta. Dom był wypełniony po brzegi: czwórka dzieci Lillian – Troy Junior, Rex, Libbigail i Mary Ross – oraz jej jedenaścioro wnucząt wraz z przyjaciółmi, których Lillian wcale nie zaprosiła.

Wnuki Phelanów, podobnie jak ich rodzice, po śmierci Troya miały coraz więcej przyjaciół i wielbicieli.

Przed przyjazdem Troya Juniora w domu panował miły, świąteczny nastrój. Nigdy dotąd nie wymieniono tylu wspaniałych prezentów. Spadkobiercy Phelana kupowali dla siebie i dla Lillian, nie licząc się z kosztami, firmowe ubrania, biżuterię, urządzenia elektroniczne, nawet dzieła sztuki. Przez kilka godzin pieniądze podkreślały to, co w nich było najlepsze. Hojność nie znała granic.

Za dwa dni miał zostać otwarty testament.

Mąż Libbigail, Spike, były ćpun, którego poznała na odwyku, spróbował się wtrącić w kłótnię Reksa z Troyem Juniorem i w efekcie sam został zwymyślany przez Troya, który przypomniał mu, że jest „tłustym hipisem z mózgiem wyżartym przez LSD". To uraziło Libbigail, która nazwała Biff dziwką. Lillian uciekła do swej sypialni i zamknęła się na klucz. Wnuki ze świtą uciekły do piwnicy, gdzie ktoś napełnił lodówkę piwem.

Mary Ross, bezsprzecznie najrozsądniejsza i najmniej zwichrowana z całej czwórki, przekonała braci i Libbigail, żeby na chwilę przestali się kłócić i wrócili do narożnika między kolejnymi rundami. Rozeszli się grupkami; niektórzy do gabinetu, inni do salonu. Zapanował niespokojny rozejm.

Prawnicy nie pomagali im się pogodzić. Pracowali teraz osobno, reprezentując to, co nazywali najlepszym interesem każdego ze spadkobierców. Spędzali długie godziny na wymyślaniu sposobów zagarnięcia większej działki. Cztery odrębne armie prawników – sześć, licząc doradców Geeny i Ramble'a – pracowały gorączkowo. Im więcej czasu spadkobiercy Phelana spędzali z prawnikami, tym bardziej tracili do siebie zaufanie.

Po godzinnym zawieszeniu broni Lillian wyłoniła się z sypialni, by ocenić sytuację. Bez słowa poszła do kuchni i dokończyła przygotowywanie kolacji. Sensownym rozwiązaniem był bufet. Krewni mogli jeść na zmianę, przychodzić grupkami, napełniać talerze i wracać do swych bezpiecznych kątów.

Tak więc pierwsza rodzina Phelana spożyła względnie spokojnie świąteczny posiłek. Troy Junior w samotności pochłaniał szynkę i słodkie ziemniaki w barku przy patio na tyłach domu. Biff jadła z Lillian w kuchni. Rex i jego żona Amber, striptizerka, pałaszowali indyka w sypialni, oglądając transmisję meczu. Libbigail, Mary Ross i ich mężowie jedli w gabinecie na jednorazowych tackach.

A wnuki z kolegami wzięły sobie mrożoną pizzę do piwnicy, gdzie piwo lało się strumieniami.

Druga rodzina nie obchodziła Bożego Narodzenia, w każdym razie nie spędzała go razem. Janie nigdy nie przepadała za świętami, więc umknęła z kraju do Klosters w Szwajcarii, gdzie europejskie towarzystwo przyjeżdżało pojeździć na nartach i pokazać się – albo raczej pokazać się i pojeździć na nartach. Zabrała ze sobą dwudziestoośmioletniego kulturystę Lance'a, co prawda o połowę od niej młodszego, ale zadowolonego z wycieczki.

Jej córka Geena musiała spędzać święta z teściami w Connecticut. Normalnie byłaby to dość ponura perspektywa, lecz tyle spraw uległo diametralnej zmianie. Dla męża Geeny, Cody'ego, był to triumfalny powrót do podupadłego ze starości majątku rodzinnego w pobliżu Waterbury.

Rodzina Strongów dorobiła się przed laty pokaźnej fortuny na budowaniu statków, lecz po wiekach złego zarządzania i niedoinwestowania strumień pieniędzy praktycznie wysechł. Nazwisko w dalszym ciągu gwarantowało przyjęcie do dobrych szkół i odpowiednich klubów. Koryto jednak nie miało nieograniczonej pojemności i żywiło się z niego zbyt wiele pokoleń.

Aroganccy, dumni ze swojego nazwiska, akcentu i pochodzenia, pozornie nie zwracali uwagi na topniejący majątek rodzinny. Robili kariery w Nowym Jorku i w Bostonie. Wydawali wszystko, co zarobili, ponieważ fortuna rodzinna zawsze stanowiła bezpieczną przystań.

Ostatni Strong, który posiadał umiejętność przewidywania, najwyraźniej dostrzegł nadchodzący koniec i ustanowił fundusze na edukację. Strzegły ich szwadrony prawników, były to więc fundusze nienaruszalne, żelazne i zdolne wytrzymać desperackie ataki przyszłych pokoleń Strongów. Ataki oczywiście nastąpiły; fundusze nie poddały się i wszyscy młodzi Strongowie otrzymywali doskonałe wykształcenie. Cody uczył się w szkole z internatem w Taft, był przeciętnym studentem w Dartmouth, dyplom zaś uzyskał na Uniwersytecie Columbia.

Jego małżeństwo z Geeną Phelan nie zostało dobrze przyjęte przez rodzinę głównie dlatego, że był jej drugim mężem. Fakt, że jej ojciec, z którym nie utrzymywała stosunków, był wiele wart – w chwili ślubu sześć miliardów dolarów – nieco osłodził jej wtargnięcie do klanu. Zawsze jednak patrzyli na nią z góry, ponieważ była rozwódką, uczęszczała do gorszych szkół, a także dlatego, że Cody był nieco dziwny.

Rodzina przybyła jednak licznie, aby ją powitać pierwszego dnia świąt. Nigdy nie widziała tylu uśmiechów na twarzach ludzi, których nie cierpiała; tak wiele sztywnych przytuleń, niezręcznych całusów w policzek i poklepywania po plecach. Nienawidziła ich jeszcze bardziej za ten fałsz.

Kilka drinków rozwiązało Cody'emu język. Mężczyźni zebrali się wokół niego w gabinecie i ktoś wkrótce zapytał:

– Ile?

Cody zmarszczył brwi, jakby pieniądze już stanowiły ciężar.

– Prawdopodobnie pół miliarda – odrzekł, wypowiadając bez zająknięcia słowa, które przećwiczył przed lustrem w łazience.

Niektórzy mężczyźni jęknęli. Inni skrzywili się, ponieważ znali Cody'ego. Wszyscy byli Strongami i wiedzieli, że nigdy nie zobaczą ani centa z tej fortuny. Wszyscy w milczeniu zacisnęli zęby z zazdrości. Ktoś puścił dalej wiadomość i niebawem kobiety rozproszone po domu szeptały już o połowie miliarda.

Matka Cody'ego, mała kobietka, której zoperowane zmarszczki pękały, kiedy się uśmiechała, była wyraźnie oszołomiona nieprzyzwoitością takiej fortuny.

– To nowe pieniądze – powiedziała do jednej z córek. Nowe pieniądze zarobione przez obrzydliwego starego capa z trzema żonami i kupą złych dzieci, z których żadne nie chodziło do porządnej szkoły.

Stare czy nowe, pieniędze budziły największą zazdrość w młodszych kobietach. Wyobrażały sobie samoloty, domy na plaży i spotkania rodzinne na odległych wyspach oraz fundusze dla siostrzenic i bratanków, a może nawet prezenty w gotówce.

Pieniądze topiły serca Strongów, które jak nigdy dotąd stały się ciepłe dla obcej, aż rozpłynęły się zupełnie. Nauczyły ich serdeczności i miłości, usposabiając do spędzenia ciepłych, miłych świąt.

Późnym popołudniem, kiedy rodzina zgromadziła się wokół świątecznego stołu, zaczął padać śnieg. Co za cudowne święta – mówili Strongowie. Geena nienawidziła ich bardziej niż kiedykolwiek.

Ramble spędził święta z prawnikiem biorącym sześćset dolarów za godzinę, co zostało zatajone tak, jak tylko prawnicy umieją ukryć podobne rzeczy.

Tira również wyjechała z kraju z młodym żigolakiem. Opalała się gdzieś na plaży topless, a prawdopodobnie również bottomless, i absolutnie nie przejmowała się tym, co porabia jej czternastoletni synek.

Prawnik Yancy był samotny, dwukrotnie rozwiedziony. Dorobił się dwóch jedenastoletnich synków bliźniaków z drugiego małżeństwa. Chłopcy byli, jak na swój wiek, wyjątkowo bystrzy. Ramble, jak na swój, był straszliwie powolny, więc razem świetnie się bawili przy grach komputerowych w sypialni, podczas gdy Yancy samotnie oglądał mecze.

Jego klient miał otrzymać obowiązkowe pięć milionów dolarów na dwudzieste pierwsze urodziny, a biorąc pod uwagę poziom dojrzałości chłopaka i wychowanie, na jakie mógł liczyć w domu, pieniądze stopnieją szybciej niż pozostałym dzieciom Phelana.

Yancy jednak nie przejmował się byle pięcioma milionami; do diabła, tyle zarobi z samych procentów od działki, jaką Ramble otrzyma po otwarciu testamentu.

Miał inne zmartwienia. Tira wynajęła nową, wyjątkowo agresywną firmę prawniczą, niedaleko Kapitolu, mającą wszystkie stosowne koneksje. Jako była żona, nie dziecko, otrzyma część o wiele mniejszą niż to, co dostanie Ramble.

Nowi prawnicy oczywiście zdawali sobie z tego sprawę. Wywierali naciski na Tirę, żeby wykopała Yancy'ego i przyciągnęła do nich młodego Ramble'a. Na szczęście matka nie dbała o swego dzieciaka, a Yancy skutecznie nim manipulował, chroniąc przed wpływem matki.

Śmiech chłopców działał jak balsam na jego uszy.

Rozdział 16

Późnym popołudniem zatrzymał się przy małym sklepie, kilka przecznic od hotelu. Wałęsał się po ulicach i gdy zobaczył, że sklep jest otwarty, wszedł do środka z nadzieją, że znajdzie tam piwo. Nic innego tylko piwo, może dwa. Był sam na drugim końcu świata, a do tego nie miał z kim obchodzić świąt. Dopadła go fala samotności i depresji i zaczął odczuwać pierwsze oznaki załamania. Litował się nad sobą.

Dostrzegł rzędy pełnych, zamkniętych butelek: whisky, dżin, wódka, ustawionych karnie jak żołnierze w błyszczących mundurach. W jednej chwili zaschło mu w ustach. Zamknął oczy i rozchylił wargi. Przytrzymał się lady, żeby nie stracić równowagi. Twarz wykrzywił mu grymas bólu, kiedy pomyślał o Sergiu w Walnut Hill i Joshu, byłych żonach, i wszystkich tych, których tyle razy zranił, gdy wpadał w delirium. W głowie zawirowało dziko i pewnie straciłby przytomność, gdyby nie drobny mężczyzna, który coś do niego zagadnął. Nate spojrzał na niego gniewnie, zagryzł wargę i pokazał wódkę. Dwie butelki, osiem reali.

Każdy upadek wyglądał inaczej. Niektóre nadchodziły powoli: tu drink, tam drugi, szczelina w tamie, potem kolejne szpary. Kiedyś nawet sam pojechał do kliniki. Innym razem obudził się przywiązany do łóżka z wenflonem w nadgarstku. Podczas ostatniego dołka pokojówka znalazła go w stanie śpiączki w pokoju taniego motelu za trzydzieści dolców dziennie.

Ścisnął papierową torbę i poszedł do hotelu, mijając grupkę spoconych chłopców dryblujących na chodniku. Dzieci są takie szczęśliwe, pomyślał. Żadnych obciążeń. Jutro po prostu kolejny mecz.

Za godzinę miał zapaść zmrok i Corumbá powoli budziła się do życia. Otwierały się przyuliczne kafejki i bary, minęło go kilka samochodów. W hotelu znad basenu płynęła muzyka i przez chwilę odczuwał pokusę, by usiąść przy stoliku i wysłuchać ostatniego utworu.

Nie zrobił tego. Poszedł do pokoju, gdzie zamknął drzwi na klucz i napełnił wysoki plastikowy kubek lodem. Ustawił butelki obok siebie, otworzył jedną, powoli zalał lód wódką i poprzysiągł sobie, że nie przerwie, dopóki nie opróżni obu butelek.

Jevy czekał na przystani na handlarza, który przyjechał o ósmej. Słońce wytoczyło się leniwie ponad horyzont, lecz z trudem przebijało się przez zasłonę chmur. Chodniki biły gorącem.

Nie było pompy olejowej, przynajmniej do diesla. Handlarz wykonał dwa telefony i Jevy odjechał hałaśliwie pikapem. Na skraju Corumby pewien sprzedawca łodzi miał złomowisko, zawalone pordzewiałymi wrakami. Jakiś chłopak wręczył Jevy'emu porządnie zużytą pompę olejową, uwalaną olejami, smarami i zapakowaną w brudną ścierkę. Jevy z radością zapłacił dwadzieścia reali.

Wrócił nad rzekę i zaparkował na nabrzeżu. „Santa Loura" wciąż tam cumowała. Ucieszył się na widok Welly'ego. Welly był nowicjuszem na pokładzie, nie miał jeszcze osiemnastu lat i twierdził, że potrafi gotować, pilotować, sterować, sprzątać, zajmować się nawigacją i robić wszelkie inne rzeczy. Jevy wiedział, że kłamie, lecz taka fanfaronada nie należała do rzadkości wśród chłopaków szukających pracy na rzece.

– Widziałeś pana O'Rileya? – zapytał.

– Amerykanina? – zapytał Welly.

– Tak, Amerykanina.

– Nie. Nie pojawił się.

Rybak w drewnianej łodzi wrzasnął coś do Jevy'ego, ale on myślał o czymś innym. Wszedł na łódź po chybotliwym trapie. Na rufie znów rozległo się stukanie. Ten sam ponury mechanik mocował się z silnikiem. Pochylał się nad nim, na wpół kucając, bez koszuli, zlany potem. W maszynowni było duszno. Jevy podał mu pompę olejową i mechanik obmacał ją krótkimi, grubymi palcami.

Pięciocylindrowy, rzędowy diesel z pompą na dnie skrzyni korbowej spoczywał tuż poniżej kratownicy w podłodze. Mężczyzna wzruszył ramionami, jakby powątpiewał, czy zakup Jevy'ego mógł istotnie w czymś pomóc, wymanewrował brzuchem dokoła przewodu rurowego, opadł powoli na kolana i zgiął się nisko, opierając czoło na rurze wydechowej.

Chrząknął i Jevy podał mu klucz. Pompa powoli wsunęła się na swoje miejsce. Koszula i szorty Jevy'ego spłynęły potem w ciągu kilku minut.

Widząc, że obaj mężczyźni wcisnęli się do maszynowni, Welly postanowił zapytać, czy go nie potrzebują. Nie, nie był potrzebny.

– Wypatruj Amerykanina – rzucił Jevy, ocierając pot z czoła.

Mechanik klął i rzucał kluczami przez pół godziny. W końcu oświadczył, że pompa jest gotowa do użytku. Uruchomił silnik i przez kilka minut sprawdzał poziom oleju. Wreszcie uśmiechnął się i pozbierał narzędzia.

Jevy pojechał do hotelu szukać Nate'a.

Nieśmiała dziewczyna w recepcji nie widziała jeszcze pana O'Rileya. Zadzwoniła do jego pokoju, lecz nikt nie odpowiedział. Zapytali przechodzącą przez hol pokojówkę: nie, o ile wie, nie wychodził z pokoju. Niechętnie wręczyła Jevy'emu klucz.

Drzwi były zamknięte, ale nie na łańcuch, i Jevy wszedł powoli. Pierwszą dziwną rzeczą, jaką dostrzegł, było puste łóżko i zmięta pościel. Potem zobaczył butelki: pusta leżała na podłodze, druga, do połowy pełna, stała na szafce. W pokoju panował chłód – klimatyzacja działała na pełnych obrotach.

Zobaczył gołą stopę. Podszedł bliżej i ujrzał całkiem nagiego Nate'a, wciśniętego między łóżko a ścianę. Ściągnięte z łóżka prześcieradło miał owinięte dokoła kolan. Jevy delikatnie kopnął go w stopę i noga drgnęła.

Przynajmniej żył.

Jevy przemówił i szarpnął mężczyznę za ramię. Po kilku sekundach usłyszał chrząknięcie. Niski, bolesny dźwięk. Usiadł na łóżku i ostrożnie wsunął ręce pod pachy Nate'a. Po ścianie wciągnął go na łóżko i szybko zakrył mu genitalia prześcieradłem.

Kolejny bolesny jęk. Nate leżał na plecach, jedna noga zwisała mu z łóżka. Oczy miał zamknięte i zapuchnięte, włosy w dzikim nieładzie, oddychał powoli i z wysiłkiem. Jevy stanął w nogach i wpatrywał się w niego.

W szparze drzwi pojawiły się pokojówka i dziewczyna z recepcji. Jevy odprawił je machnięciem ręki. Zamknął drzwi na klucz i wziął do ręki pustą butelkę.

– Czas jechać – odezwał się, lecz nie otrzymał żadnej odpowiedzi.

Może powinien zadzwonić do Valdira, on z kolei przekazałby informacje Amerykanom, którzy wysłali tego żałosnego pijaka do Brazylii. Może później.

– Nate! – powiedział głośno. – Odezwij się do mnie!

Brak odpowiedzi. Jeżeli facet wkrótce nie dojdzie do siebie, Jevy zadzwoni po doktora. Półtorej butelki wódki w jedną noc może zabić człowieka. Może się zatruł i powinien trafić do szpitala.

W łazience namoczył ręcznik zimną wodą i owinął go wokół szyi pacjenta, który poruszył się i otworzył usta.

– Gdzie jestem? – wycharczał, jakby miał gruby i lepki język.

– W Brazylii. W pokoju hotelowym.

– Żyję.

– Mniej więcej.

Jevy przetarł mu twarz i oczy rąbkiem ręcznika.

– Jak się czujesz? – zapytał.

– Chcę umrzeć – odparł Nate, sięgając po ręcznik. Wsadził go sobie do ust i zaczął ssać.

– Przyniosę trochę wody – zaproponował Jevy. Otworzył lodówkę i wyjął butelkę. – Możesz podnieść głowę? – zapytał.

– Nie.

Jevy zaczął Nate'owi sączyć wodę na wargi i język. Część spłynęła po policzkach i dalej na ręcznik. Nie zwrócił na to uwagi. Głowa mu pękała. Cały czas zastanawiał się, w jaki sposób się obudził.

Otworzył jedno oko, prawe, odrobinkę. Powieka na lewym wciąż była zlepiona. Światło wtargnęło do mózgu i fala mdłości przelała się przez niego od kolan aż po gardło. Z zaskakującą szybkością przechylił się na jedną stronę i na czworakach gwałtownie zwymiotował.

Jevy odskoczył i pobiegł po drugi ręcznik. Zaczekał w łazience, aż ustanie gulgotanie i kasłanie. Z chęcią darowałby sobie widok nagiego mężczyzny na czworakach rzygającego do łóżka. Odkręcił kurek prysznica i ustawił ciepłotę wody.

Wedle umowy, jaką zawarł z Valdirem, miał otrzymać tysiąc reali za zabranie pana O'Rileya do Pantanalu, znalezienie poszukiwanej osoby i dostarczenie go z powrotem do Corumby. Były to dobre pieniądze, lecz nie najął się jako pielęgniarka. Łódź czekała. Jeżeli facet nie potrafi otwierać drzwi bez eskorty, Jevy woli poszukać innej pracy.

Nastąpiła przerwa w wymiotach i Jevy pomógł Nate'owi przejść do łazienki pod prysznic, gdzie mężczyzna osunął się na plastikową podłogę.

– Tak mi przykro – powtarzał. Jevy go zostawił. Niech się nawet utopi, mało go to obchodzi. Poskładał pościel i spróbował przywrócić porządek w pokoju, potem zszedł na dół po dzbanek mocnej kawy.

Kiedy Welly usłyszał, że nadjeżdżają, dochodziła czternasta. Jevy zaparkował na brzegu. Jego olbrzymia furgonetka, zatrzymując się z łoskotem, wznieciła grad kamieni i pobudziła drzemiących rybaków. Ani śladu Amerykanina.

Nagle z wozu podniosła się powoli głowa: oczy zakryte dużymi okularami przeciwsłonecznymi, czapka naciągnięta możliwie jak najniżej. Jevy otworzył drzwi od strony pasażera i pomógł panu O'Rileyowi stanąć. Welly podszedł do wozu i z tyłu samochodu wyjął torbę i walizkę. Chciał przywitać się z panem O'Rileyem, lecz chwila nie wydawała się odpowiednia. Facet sprawiał wrażenie chorego. Na bladej skórze lśniły krople potu i wyraźnie nie mógł iść o własnych siłach. Welly poszedł za nimi na brzeg i pomógł im przejść do łodzi po chybotliwej desce. Jevy właściwie wniósł pana O'Rileya po schodkach na mostek, a potem na mały śródpokład. Tam wrzucił go na hamak. Kiedy wrócili na dziób, Jevy uruchomił silnik, a Welly rzucił cumy.

– Co mu się stało? – zapytał chłopak.

– Upił się.

– Przecież dopiero druga.

– Jest pijany od dawna.

„Santa Loura" odbiła od brzegu i kierując się w górę rzeki, powoli płynęła przez Corumbę.

Nate przyglądał się mijanemu miastu. Daszek nad jego głową stanowiło zielone, zniszczone płótno rozciągnięte się nad metalową ramą, przymocowaną do pokładu za pomocą czterech słupków. Dwa z nich utrzymywały hamak, który zaczął się lekko kołysać wraz z ruchem łodzi. Nudności wróciły. Starał się nie ruszać. Pragnął, żeby wszystko dokoła zastygło w bezruchu. Łódź sunęła łagodnie po spokojnej powierzchni rzeki. W tej chwili nie było najmniejszego wiatru, więc Nate mógł leżeć w hamaku i wpatrując się w ciemnozielone płótno nad głową, starał się przemyśleć wiele spraw. To myślenie okazało się jednak dość trudne z uwagi na zawroty i ból głowy. Koncentracja stanowiła nie lada zadanie.

Zadzwonił do Josha z hotelowego pokoju tuż przed wypłynięciem. Z lodem na karku i koszem na śmieci między nogami wykręcił numer, starając się za wszelką cenę, by głos brzmiał normalnie. Jevy nie wygadał się przed Valdirem, który z kolei nie mógł nic powiedzieć Joshowi. Nikt oprócz Nate'a i Jevy'ego nic nie wiedział, a oni zgodzili się, że potraktują to w ten sposób. Na łodzi nie było alkoholu i Nate obiecał zachować wstrzemięźliwość aż do powrotu. Skąd zresztą miałby znaleźć drinka w Pantanalu?

Jeżeli Josha coś zaniepokoiło, nie dał tego po sobie poznać. Firma miała świąteczną przerwę i tak dalej, ale on sam pracował jak mrówka. Jak zwykle.

Nate zapewnił go, że wszystko przebiega pomyślnie. Znaleźli odpowiednią łódź, teraz już całkowicie sprawną. Z niecierpliwością oczekiwali rzucenia cum. Odłożył słuchawkę i zwymiotował.

Potem wziął kolejny prysznic. Jevy pomógł mu wsiąść do windy i przejść przez hol.

Rzeka zakręciła lekko raz i drugi. Corumbá zniknęła nagle z pola widzenia. Ruch rzeczny malał, w miarę jak oddalali się od miasta. Nate obserwował z hamaka ślad pozostawiany przez łódź oraz brązową, błotnistą wodę. Paragwaj miał tu niecałe dziewięćdziesiąt metrów szerokości i zwężał się raptownie na zakolach. Minęli łódź obładowaną zielonymi bananami; dwóch małych chłopców zamachało w ich kierunku.

Równomierne pukanie w silniku nie ustąpiło, mimo nadziei Nate'a, zmieniając się w niskie buczenie, nieustanne wibracje, rozchodzące się po całej łodzi. Musiał się do tego przyzwyczaić. Spróbował pokołysać hamakiem – poczuł delikatną bryzę na twarzy. Nudności minęły.

Nie myśl o świętach, domu, dzieciach, smutnych wspomnieniach i zapomnij o swoich nałogach. Załamanie minęło, powiedział sobie w duchu. Łódź stała się ośrodkiem rehabilitacyjnym. Jevy był jego psychoanalitykiem. Welly – pielęgniarką. W Pantanalu odzwyczai się od picia, a potem już nigdy nie weźmie kropli alkoholu do ust.

Ile razy mógł się tak okłamywać?

Aspiryna, którą dał mu Jevy, przestała działać i w głowie znów pojawił się łomot. Prawie zasnął. Zbudził się, kiedy Welly wszedł z butelką wody i miską ryżu. Nate jadł drżącymi rękami i sporo ryżu wysypało mu się na koszulę i na hamak. Ryż był ciepły i słony i Nate zjadł każde ziarenko.

– *Mais*? – zapytał Welly.

Nate pokręcił głową, zanim zaczął sączyć wodę. Wyciągnął się wygodnie i starał się zdrzemnąć.

Rozdział 17

Zmęczenie związane z długim lotem, ogólne wyczerpanie i wypita wódka zwyciężyły. Ryż też się przysłużył i wkrótce Nate zapadł w mocny, twardy sen. Welly zaglądał do niego co godzinę.

– Chrapie – zakomunikował Jevy'emu siedzącemu w sterówce.

Nic mu się nie śniło. Drzemka trwała cztery godziny. W tym czasie „Santa Loura" płynęła na północ pod prąd i wiatr. Nate'a zbudził równomierny stukot silnika i wrażenie, że łódź zastygła w bezruchu. Podniósł się lekko w hamaku i ponad burtą patrzył na brzegi, szukając punktów odniesienia świadczących o tym, że jednak posuwają się naprzód. Oba brzegi porastała gęsta roślinność, a rzeka zdawała się całkowicie pusta. Łódź pozostawiała słaby ślad na wodzie. Obserwując jedno z drzew, doszedł do wniosku, że istotnie dokądś zmierzają. Niezmiernie wolno. Z powodu opadów utrzymywał się wysoki poziom wody; nawigacja nie przedstawiała trudności, lecz nurt skutecznie spowalniał ich podróż.

Nudności i bóle głowy minęły, lecz Nate w dalszym ciągu poruszał się ostrożnie i powoli. Z wysiłkiem spróbował zejść z hamaka, głównie z powodu przepełnionego pęcherza. Udało mu się bezpiecznie postawić stopy na pokładzie, a kiedy odpoczywał, Welly pojawił się jak duch, niosąc mały kubeczek kawy.

Nate wziął ciepły kubek i przez chwilę upajał się aromatem. Nic nigdy nie pachniało przyjemniej.

– *Obrigado* – powiedział. – Dzięki.

– *Sim* – odparł Welly z promiennym uśmiechem.

Nate sączył wspaniałą, słodką kawę, starając się nie odwzajemniać spojrzenia Welly'ego. Chłopak nosił zwykłe ciuchy marynarza: stare gimnastyczne spodenki, starą podkoszulkę i tanie gumowe sandały, ochraniające stwardniałe, pokryte bliznami stopy. Podobnie jak Jevy i Valdir oraz większość Brazylijczyków, jakich Nate dotychczas spotkał, Welly miał czarne włosy i ciemne oczy, indiańskie rysy i odcień skóry jaśniejszy od innych, ciemniejszy od jeszcze innych i całkowicie własny.

Żyję i jestem trzeźwy, pomyślał Nate, pociągając tęgi łyk kawy. Po raz kolejny stanąłem na krawędzi piekła i przeżyłem. Stoczyłem się na dno, miałem załamanie, spojrzałem na zamazane wyobrażenie własnej twarzy i powitałem śmierć, a mimo to siedzę tu i oddycham. Dwukrotnie w ciągu trzech dni wypowiedziałem ostatnie słowa. Może jeszcze nie czas.

– *Mais?* – zapytał Welly, pokazując pusty kubek.

– *Sim* – odparł Nate, wręczając mu naczynie. Dwa kroki i chłopak zniknął z pola widzenia.

Nate, zesztywniały po kraksie samolotowej i roztrzęsiony po wódce, zebrał się w sobie i stanął samodzielnie pośrodku pokładu, trzęsąc się jak galareta na zgiętych kolanach. Ale potrafił stać, a to już bardzo wiele. Dochodzenie do zdrowia było serią małych kroczków, małych zwycięstw. Jeśli zrobi się je wszystkie, bez potknięć i porażek, można się uważać za podleczonego. Nie uleczonego, tylko podleczonego na jakiś czas. Rozwiązał już wcześniej ten problem; trzeba się cieszyć każdym małym krokiem.

Płaskodenna łódź przejechała po płyciźnie, uniosła się i Nate runął na hamak. Przekoziołkował przez niego i upadł na pokład, uderzając głową w deski. Zaczął się gramolić, trzymając jedną ręką barierkę, a drugą masując się po czaszce. Nie wyczuł krwi, zaledwie mały guz – kolejna mała rana. Uderzenie rozbudziło go niemal całkowicie, a kiedy wzrok mu się wyostrzył, ruszył powoli przy barierce na mały, zagracony mostek, gdzie na stołku siedział Jevy z jedną ręką opartą na kole sterowym.

Posłał gościowi krótki brazylijski uśmiech.

– Jak się czujesz?

– Dużo lepiej – odpowiedział Nate prawie zawstydzony. Uczucie wstydu stracił wiele lat temu. Nałogowcy nie wiedzą, co to wstyd. Upadlają się tyle razy, że są całkowicie na to uodpornieni.

Welly wszedł po schodkach, niosąc w obu rękach kubki z kawą. Podał jedną Nate'owi, drugą Jevy'emu i usiadł na wąskiej ławce obok kapitana.

Słońce chowało się za odległymi górami Boliwii, a na północy zbierały się chmury. Powietrze było lekkie i znacznie chłodniejsze. Jevy znalazł i założył swoją podkoszulkę. Nate obawiał się kolejnej burzy, lecz rzeka na szczęście nie była szeroka. Niewątpliwie mogli dobić tą cholerną łupiną do brzegu i przycumować ją do drzewa.

Zbliżyli się do małego domu. Było to pierwsze domostwo, jakie Nate zobaczył od Corumby. Dostrzegli tam oznaki życia: konia i krowę, pranie na sznurku, czółno przy brzegu. Mężczyzna w słomianym kapeluszu, prawdziwy *pantaneiro*, wyszedł na ganek i zamachał leniwie w ich kierunku.

Kiedy minęli dom, Welly wskazał na miejsce, w którym gęste poszycie wdzierało się do rzeki.

– *Jacarés* – powiedział. Jevy spojrzał, lecz najwidoczniej nic go to nie obeszło. Widział w życiu miliony aligatorów. Nate widział tylko jednego, z końskiego grzbietu, i kiedy patrzył na oślizgłe gady obserwujące ich z błota, zdumiał się, o ile mniejsze wydawały mu się z pokładu łodzi. Zdecydowanie wolał dystans.

Coś mu jednak mówiło, że zanim ta podróż dobiegnie końca, nieraz zapragnie znaleźć się w cywilizowanym otoczeniu. Łódź ciągnąca się za „Santa Lourą" przyda się w trakcie poszukiwania Rachel Lane. Wraz z Jevym będą płynąć małymi rzeczkami, przedzierać się przez krzaki i ciemne, pełne wodorostów wody. Niewątpliwie napotkają tam nie tylko *jacarés*, ale i inne gatunki drapieżnych gadów, czekających na obiadek.

Co dziwne, Nate wcale się tym nie przejmował. W głębi Brazylii udowodnił, że potrafi być wytrzymały. To była przygoda, a jego przewodnik sprawiał wrażenie nieustraszonego.

Schwyciwszy za poręcz barierki, zszedł ostrożnie po schodkach i powlókł się wąskim przejściem, mijając kabinę i kuchnię, w której Welly postawił jakiś garnek na kuchence. Diesel w maszynowni ryczał wniebogłosy. Ostatnim przystankiem była toaleta, małe pomieszczeniem z muszlą klozetową, brudną umywalką w rogu i paskudnym prysznicem, kołyszącym się kilkanaście centymetrów nad głową. Załatwił swoje potrzeby, przyglądając się przewodowi od prysznica. Odwrócił się i pociągnął. Ciepła woda o lekko brązowawym zabarwieniu popłynęła dość wartko. Niewątpliwie czerpano wodę prosto z rzeki – nieograniczonego źródła – i przypuszczalnie jej nie filtrowano. Nad drzwiami wisiał metalowy koszyk z zapasowymi ręcznikami i ubraniami, więc trzeba było się rozebrać, w jakiś sposób stanąć okrakiem nad ubikacją i jednocześnie pociągać jedną ręką za linkę od prysznica, a drugą się myć.

Do diabła, zaklął w duchu. Po prostu nie będzie zbyt wielu kąpieli.

Zajrzał do garnka na kuchni i zobaczył, że jest pełen ryżu i czarnej fasoli. Zastanawiał się, czy wszystkie posiłki będą takie same. Ale nie dbał o to. Jedzenie nie stanowiło dla niego problemu. W Walnut Hill prowadzono terapie odwykowe, jednocześnie łagodnie głodząc pacjentów. Już wiele miesięcy temu przestał mieć apetyt.

Usiadł na schodkach prowadzących na mostek, tyłem do kapitana i Welly'ego, i patrzył, jak rzeka pogrąża się w mroku. O zmierzchu zwierzęta przygotowywały się do nocy. Ptaki latały nisko nad wodą, przenosząc się z drzewa na drzewo. Szukały ostatniego piskorza czy innego posiłku na noc. Nawoływały się, a ich piski wznosiły się nad równomiernym terkotem silnika. Aligatory wylegujące się na brzegach zrywały się i pędziły do wody. Może były tam również węże, olbrzymie anakondy, lecz Nate wolał o nich nie myśleć. Czuł się bezpiecznie na pokładzie „Santa Loury". Łagodna i ciepła bryza wiała mu prosto w twarz. Burza zniknęła.

Gdzie indziej czas pędził jak zwariowany, lecz w Pantanalu nie miał znaczenia. Nate powoli się do tego przyzwyczajał. Pomyślał o Rachel Lane. Jak zmienią ją te pieniądze? Nikt, niezależnie od siły wiary i stopnia poświęcenia, nie mógł pozostać obojętny w obliczu takiej fortuny. Czy poleci razem z nim do Stanów, by się zająć majątkiem ojca? Zawsze mogłaby wrócić do swoich Indian.

Welly brzdąkał na starej gitarze, a Jevy wtórował mu niskim i niezbyt czystym głosem. Miło było słuchać tego osobliwego duetu. Muzyka działała kojąco – piosenka prostych ludzi żyjących z dnia na dzień, a nie z minuty na minutę. Ludzi, którzy niewiele myśleli o dniu jutrzejszym, a na pewno nie zastanawiali się nad tym, co przyniesie kolejny rok. Zazdrościł im, przynajmniej kiedy śpiewali.

Niezły powrót jak na człowieka, który poprzedniego dnia próbował zapić się na śmierć. Radował się chwilą, był szczęśliwy, że żyje, i niecierpliwie czekał na dalszy rozwój wydarzeń. Jego przeszłość leżała w jakimś zupełnie innym świecie, lata świetlne stąd, na zimnych, mokrych ulicach Waszyngtonu.

Nie czekało go tam nic dobrego. Udowodnił jasno, że nie mógł zachować abstynencji, spotykając tych samych ludzi, wykonując tę samą pracę, lekceważąc stare przyzwyczajenia, sprzed załamania. Zresztą tam musiało nastąpić załamanie.

Welly zagrał solówkę, która wyrwała Nate'a ze wspomnień. Powolna, żałosna ballada trwała do chwili, gdy rzeka zatonęła w ciemnościach. Jevy włączył dwie małe lampy po obu stronach dziobu. Łatwo było manewrować po rzece – poziom wody podnosił się i opadał w zależności od pory roku i nigdy nie była zbyt głęboka. Płaskodenne łodzie dobrze sobie radziły z łachami piasku, które często stawały im na drodze. Jevy wpłynął na jedną z nich tuż po zapadnięciu zmroku i „Santa Loura" stanęła na mieliźnie. Kapitan dał całą wstecz, potem ruszył w przód i po pięciu minutach manewrowania uwolnił się z łachy. Łódź wydawała się niezatapialna.

W rogu kabiny, tuż przy czterech kojach, Nate zjadł posiłek, siedząc samotnie przy przytwierdzonym do podłogi stole. Welly podał mu fasolę z ryżem oraz gotowanego kurczaka i pomarańczę, a do popicia zimną wodę w butelce. Nad stołem leniwie dyndała żarówka na przewodzie. W kabinie panował straszny upał. Welly zaproponował spanie w hamaku.

Jevy przyszedł do Nate'a z mapą nawigacyjną Pantanalu. Chciał, by ustalili jakiś plan i w końcu posunęli się do przodu, bo na razie trudno było o tym mówić. Przesuwali się centymetr po centymetrze Paragwajem i na mapie nie oddalili się nawet od Corumby.

– Wysoka woda – wyjaśnił Jevy. – Z powrotem będziemy płynąć szybciej.

Nate nie myślał o powrocie.

– Nie szkodzi – powiedział.

Przewodnik wskazywał różne kierunki, obliczając dokładniej drogę.

– Pierwsza wioska indiańska leży w tym rejonie – powiedział, pokazując palcem miejsce oddalone o kilka tygodni, jeśli wziąć pod uwagę ich obecne tempo podróżowania.

– Wioska Indian Guato?

– *Sim*. Tak. Myślę, że tam powinniśmy dotrzeć najpierw. Jeśli jej tam nie ma, może się dowiemy, gdzie jej szukać.

– Kiedy tam dopłyniemy?

– Za dwa, może za trzy dni.

Nate wzruszył ramionami. Czas się zatrzymał. Zegarek tkwił w kieszeni. Jego zestaw godzinnych, dziennych, tygodniowych, miesięcznych grafików poszedł w zapomnienie. Kalendarz procesowy, jedyna nienaruszalna mapa jego życia, leżał wciśnięty w jakąś szufladę biurka sekretarki. Nate oszukał śmierć i każdy kolejny dzień traktował jak dar.

– Mam mnóstwo do czytania – powiedział.

Jevy ostrożnie złożył mapę.

– Dobrze się czujesz? – zapytał.

– Tak. Zupełnie dobrze.

Brazylijczyk wyraźnie chciał spytać o wiele innych rzeczy, lecz Nate nie był w nastroju do zwierzeń.

– Czuję się dobrze – powtórzył. – Mała wycieczka świetnie mi zrobi.

Przez godzinę czytał przy stole pod kołyszącą się żarówką, póki nie uświadomił sobie, że jest mokry od potu. Zdjął ze swej koi środek owadobójczy, latarkę i plik informacji od Josha, ostrożnie przeszedł na dziób i dalej po schodkach do sterówki, gdzie czuwał Welly i drzemał Jevy. Spryskał sobie ramiona i nogi i dopiero wtedy wgramolił się na hamak. Po paru minutach wiercenia się i zmieniania pozycji udało mu się ułożyć głowę wyżej niż siedzenie. Kiedy uzyskał już całkowitą równowagę, a hamak kołysał się łagodnie w rytm rzecznych fal, zapalił latarkę i pogrążył się w lekturze.

Rozdział 18

Było to najzwyklejsze otwarcie testamentu, ale decydujące znaczenie miały szczegóły. Podczas świąt F. Parr Wycliff myślał głównie o nich. Wszystkie miejsca na sali sądowej będą zajęte, a obserwatorzy stłoczą się pod ścianami. Przejmował się tak bardzo, że drugiego dnia świąt kilkakrotnie obszedł pustą salę, zastanawiając się, gdzie wszystkich usadzić.

Oczywiście prasa zupełnie wyrwała się spod kontroli. Chcieli wejść do środka z kamerami, lecz zdecydowanie odmówił. Chcieli wejść z kamerami na korytarz, żeby zaglądać przez małe, kwadratowe okienka w drzwiach, ale i tym razem powiedział im: nie. Chcieli mieć miejsca uprzywilejowanych, ale znów się spotkali z odmową. Chcieli przeprowadzać z nim wywiady, lecz na razie trzymał ich na dystans.

Prawnicy również pokazywali rogi. Jedni żądali, by wydarzenie odbyło się przy drzwiach zamkniętych, inni, z oczywistej przyczyny, chcieli, aby przyjechała telewizja. Jedni twierdzili, że akta powinny zostać opieczętowane, inni chcieli, aby przefaksować im kopie testamentu, by mogli zapoznać się z tekstem. Wysuwali wnioski o to, o tamto, żądania, aby siedzieć tu czy tam, niepokoili się, kto będzie mógł wejść na salę, a kto nie. Kilku posunęło się dalej, proponując swoje uczestnictwo w otwarciu i odczytaniu ostatniej woli. „Wie pan, testament jest pokaźnych rozmiarów, więc może będziemy zmuszeni wyjaśnić pewne zawiłości podczas czytania".

Wycliff przyjechał wcześnie i spotkał się z zastępcami. Chodzili za nim, wraz z jego sekretarką i sekretarzem po sali sądowej, a on przydzielał miejsca, sprawdzał system nagłośnienia i liczył krzesła. Przykładał ogromną wagę do szczegółów. Ktoś powiedział, że ekipa wiadomości telewizyjnych usiłuje rozłożyć się w korytarzu, więc szybko wysłał zastępcę, aby oczyścił teren.

Po przygotowaniu i zabezpieczeniu sali wrócił do swojego gabinetu, aby dopilnować innych spraw. Nie mógł się skupić. Nigdy dotąd żadne z posiedzeń nie zapowiadało się tak sensacyjnie. W głębi duszy całkiem egoistycznie miał nadzieję, że ostatnia wola Troya Phelana okaże się skandalicznie kontrowersyjna; na przykład jedna rodzina nie otrzyma nic, a inna wszystko. A może stary lis wykiwa wszystkie swoje szalone dzieci i kogoś innego uczyni bogaczem. Długi, paskudny proces o zakwestionowany testament niewątpliwie ożywiłby karierę prawniczą Wycliffa. To on znalazłby się w epicentrum kataklizmu, w oku cyklonu, który bez wątpienia szalałby przez wiele lat, zważywszy, że na szali leżało jedenaście miliardów dolarów.

Był pewien, że coś takiego się wydarzy. Sam, przy zamkniętych na klucz drzwiach, przez piętnaście minut prasował togę.

Jako pierwszy przybył tuż po ósmej reporter jednej z gazet i ponieważ był pierwszy, został starannie obsłużony przez ochronę stojącą na straży podwójnych drzwi sali sądowej. Powitano go burkliwie, poproszono, aby pokazał identyfikator i podpisał się na specjalnym kwestionariuszu dla dziennikarzy, sprawdzono mu dyktafon, jakby zawierał granat, a następnie przepuszczono przez bramkę wykrywacza metalu. Dwóch potężnych strażników wyglądało na rozczarowanych, kiedy przejściu delikwenta nie towarzyszył ryk syren. Dziennikarz cieszył się w duchu, że nie skierowano go na kontrolę osobistą. Już w środku jakiś inny strażnik w mundurze zaprowadził go głównym przejściem do miejsca w trzecim rzędzie. Dziennikarz usiadł z ulgą. Sala sądowa świeciła pustkami.

Testament miał zostać odczytany o dziesiątej, a do dziewiątej przed salą zgromadził się już pokaźny tłumek. Ochrona miała pełne ręce roboty z papierami i przeszukiwaniem. W korytarzu uformowała się długa kolejka.

Niektórzy prawnicy spadkobierców Phelana przybyli w pośpiechu i od razu zirytowały ich kłopoty z wejściem do sali. Wymieniano ostre słowa i epitety; padały groźby. Ktoś posłał po Wycliffa, lecz on był zajęty polerowaniem butów i nie życzył sobie, by mu przeszkadzano. Co więcej, niczym panna młoda przed ślubem nie chciał, żeby ktokolwiek z gości go zobaczył. Spadkobiercy i prawnicy zostali potraktowani priorytetowo, co w pewnym stopniu rozładowało napiętą sytuację.

Sala powoli wypełniała się ludźmi. Stoły ustawiono w kształcie litery U, umieszczając ławę sędziowską na otwartym końcu tak, żeby Wysoki Sąd mógł wszystkich widzieć ze swojego miejsca: prawników, spadkobierców i widzów. Po lewej stronie, naprzeciwko ławy przysięgłych, znajdował się długi stół, za którym posadzono Phelanów. Troy Junior wszedł pierwszy, tuż za nim Biff. Skierowano ich na miejsca najbliżej ławy. Usiedli i przywitali się ciepło z trzema prawnikami ze swej ekipy. Starali się sprawiać wrażenie chłodnych, nie patrząc na nikogo z zebranych na sali. Biff była wściekła, ponieważ ochrona odebrała jej telefon komórkowy i nie mogła dzwonić do swojej agencji.

Następny pojawił się Ramble. Z tej okazji szczególnie zaniedbał włosy, nadal ozdobione zielonymi pasemkami i nie myte od dwóch tygodni. Udekorował też licznymi kolczykami uszy, nos i brwi. Był w skórzanym czarnym bezrękawniku, z kościstymi ramionami upstrzonymi zmywalnym tatuażem, podartych dżinsach i starych butach z wysokimi cholewkami. Olewał wszystkich. Przeszedł głównym przejściem, zwracając uwagę dziennikarzy. Jego prawnik Yancy, podstarzały hipis, któremu jakimś cudem udało się utrzymać swojego cennego klienta, nadskakiwał mu na każdym kroku.

Yancy szybko się zorientował w przydziale miejsc i poprosił o krzesło możliwie jak najdalej Troya Juniora. Urzędnik zgodził się i posadził ich przy drugim końcu stołu. Ramble opadł na fotel, zielone kosmyki spłynęły na oparcie. Widzowie patrzyli na niego ze zgrozą. Czyżby to coś miało odziedziczyć pół miliarda dolarów?

Jako następna zjawiła się Geena Phelan Strong z mężem Codym i dwójką prawników. Zobaczywszy dystans dzielący Troya Juniora i Ramble'a, usiedli jak najdalej od obydwu. Cody, szczerze przejęty, natychmiast zaczął wertować jakieś ważne papiery, konsultując się z jednym z prawników. Geena posłała Ramble'owi pełne dezaprobaty spojrzenie, jakby nie mogła uwierzyć, że był jej przyrodnim bratem.

Striptizerka Amber zrobiła wielkie wejście w krótkiej spódniczce i głęboko wydekoltowanej bluzce, odsłaniającej większość kosztownego biustu. Eskortujący ją urzędnik nie mógł uwierzyć w swoje szczęście. Zabawiał Amber nieustanną rozmową ze wzrokiem przylepionym do jej dekoltu. Rex, w ciemnym garniturze, niósł za nimi spory neseser, jakby właśnie dzisiaj oczekiwała go wyjątkowo poważna praca. Tuż za nim szedł Hark Gettys, najbardziej znany prawnik z całej grupy. Prowadził ze sobą dwóch nowych asystentów; jego firma rozrastała się z tygodnia na tydzień. Amber i Biff nie rozmawiały ze sobą, więc Rex szybko wybrał miejsca między Ramble'em a Geeną.

Stoły zapełniały się szybko; puste miejsca znikały. Niebawem niektórzy Phelanowie będą musieli siedzieć obok siebie.

Matka Ramble'a, Tira, przyprowadziła ze sobą dwóch młodych mężczyzn, mniej więcej w tym samym wieku. Jeden, z owłosioną klatką piersiową, miał na sobie obcisłe dżinsy. Drugi był ubrany w elegancki garnitur w drobne prążki. Sypiała z żigolakiem. Prawnik trzymał się z tyłu.

Zniknęło kolejne wolne miejsce. Za barierą sala wrzała od plotek i spekulacji.

– Nie ma się co dziwić, że staruszek wyskoczył – powiedział jeden reporter do drugiego, patrząc na Phelanów.

Wnukom Troya przydzielono miejsca obok prasy i publiczności. Otoczeni swymi świtami i obstawami, chichotali nerwowo na myśl o przyszłej fortunie.

Libbigail Jeter przyjechała z mężem Spikiem, stupięćdziesięciokilogramowym byłym ćpunem, członkiem gangu motocyklowego. Idąc głównym przejściem, czuli się równie niezręcznie jak inni, chociaż nie po raz pierwszy przebywali na sali sądowej. Szli za Wallym Brightem, swoim prawnikiem z przedmieścia. Wally miał na sobie jednorazowy płaszcz nieprzemakalny, który wlókł się po podłodze, i dwudziestoletni poliestrowy krawat. Gdyby urządzić głosowanie wśród widzów, z pewnością wygrałby konkurs na najgorzej ubranego prawnika. Niósł papiery w obszernej aktówce, wyeksploatowanej w rozlicznych sprawach rozwodowych. Z jakiejś przyczyny Bright nigdy nie kupił neseseru. Studia wieczorowe ukończył na dziesiątym miejscu w swojej grupie.

Skierowali się prosto do największej luki i kiedy zajmowali miejsca, Bright rozpoczął hałaśliwy obrządek zdejmowania płaszcza. Poszarpany dół musnął kark jednego z bezimiennych asystentów Harka, młodego człowieka, który już i tak krzywił się z niechęcią, czując przykry zapach ciała Brighta.

– Zechciałby pan uważać! – Zamachnął się w kierunku adwokata, lecz chybił. Ostre słowa padły w napiętej do granic możliwości atmosferze. Głowy podskoczyły ku górze, a ważne dokumenty w okamgnieniu przestały być ważne. Wszyscy nienawidzili się nawzajem.

– Przepraszam! – odpowiedział sarkastycznie Bright. Dwóch urzędników ruszyło z pomocą, lecz płaszcz znalazł miejsce pod stołem bez dalszych przykrych zdarzeń, a prawnik usadowił się wygodnie między Libbigail a Spikiem, który gładził się po brodzie i wpatrywał w Troya Juniora, jakby miał przemożną ochotę walnąć go w pysk.

Niewielu spośród zgromadzonych w sali sądowej spodziewało się, że to ostatnia potyczka Phelanów.

Gdy umiera ktoś posiadający jedenaście miliardów, ludzie przejmują się jego ostatnią wolą. Szczególnie jeżeli nadarza się okazja, aby jedna z największych fortun na świecie została rozdzielona między sępy. W sali sądowej brukowce stawiły się obok miejscowych gazet i poważnych czasopism finansowych.

Trzy rzędy, które Wycliff przeznaczył dla prasy, zapełniły się do godziny dziewiątej trzydzieści. Dziennikarze bawili się wspaniale, obserwując kolejnych Phelanów. Trzech rysowników pracowało gorączkowo; widok, jaki roztaczał się przed nimi, stanowił niewyczerpane źródło inspiracji. Zielonowłosy punk stał się natchnieniem rozlicznych szkiców.

Josh Stafford pojawił się o dziewiątej pięćdziesiąt. Był z nim Tip Durban, dwaj inni pracownicy firmy i kilku doradców. Z kamiennymi twarzami zasiedli przy swoim stole, pustym w porównaniu z zajmowanym przez Phelanów i ich prawników. Josh położył przed sobą grubą aktówkę i wzrok wszystkich zebranych natychmiast spoczął na niej. Wewnątrz było coś, co wyglądało na dokument gruby na pięć centymetrów i bardzo podobny do tego, który stary Troy podpisał przed dziewiętnastoma dniami pod czujnymi obiektywami kamer.

Phelanowie nie mogli oderwać od niego wzroku. Wszyscy oprócz Ramble'a. Prawo Wirginii pozwalało nieletnim spadkobiercom odbierać spadek, jeśli majątek był płynny i nie ciążyły na nim wierzytelności i opłaty podatkowe. Szacunkowo, według prawników, chodziło o nie mniej niż dziesięć milionów na głowę. Bright twierdził, że po pięćdziesiąt milionów. W całym swoim życiu nie widział pięćdziesięciu tysięcy.

O dziesiątej urzędnicy zamknęli drzwi na klucz i sędzia Wycliff wyłonił się z wejścia za ławą sędziowską. W sali zaległa cisza. Usiadł na krześle, świeżo wyprasowana toga spłynęła na podłogę. Uśmiechnął się.

– Dzień dobry – powiedział do mikrofonu.

Wszyscy odwzajemnili uśmiech. Ku wielkiemu zadowoleniu Wycliffa sala była wypełniona po brzegi. Spojrzał na swoich ośmiu pomocników, uzbrojonych i czujnych. Popatrzył na Phelanów; ani jednego wolnego miejsca. Niektórzy z adwokatów dosłownie stykali się ramionami.

– Czy wszystkie strony są obecne? – zapytał. Głowy nad stolikami pokiwały w niemym potwierdzeniu. – Muszę wszystkich zidentyfikować – oznajmił, sięgając po dokumenty. – Pierwszy wniosek został wniesiony przez Reksa Phelana. – Zanim jeszcze przebrzmiały słowa, Hark Gettys zerwał się na równe nogi i odchrząknął.

– Wysoki Sądzie, nazywam się Hark Gettys – zagrzmiał w kierunku ławy. – I reprezentuję pana Reksa Phelana.

– Dziękuję. Może pan usiąść.

W ten sam sposób Wycliff sprawdził pozostałych spadkobierców i ich prawników. Wszystkich prawników. Dziennikarze zapisywali ich nazwiska równie szybko jak sędzia. Ogółem sześciu spadkobierców, trzy eksżony. Wszyscy obecni.

– Dwudziestu dwóch prawników – mruknął Wycliff do siebie pod nosem, po czym zapytał: – Czy ma pan testament, panie Stafford?

Josh wstał, trzymając w ręku dokument.

– Tak, Wysoki Sądzie.

– Czy zechce pan zająć miejsce dla świadków?

Prawnik wyszedł zza stolika, minął protokolanta, doszedł do miejsca wyznaczonego dla świadków, podniósł do góry prawą rękę i przysiągł mówić prawdę.

– Pan reprezentował Troya Phelana? – zapytał Wycliff.

– Tak. Przez wiele lat.

– Czy przygotował pan dla niego testament?

– Przygotowywałem kilka.

– Czy przygotowywał pan jego ostatnią wolę?

Nastąpiła przerwa i w miarę jej trwania Phelanowie jeszcze bardziej wytężyli słuch.

– Nie, nie przygotowywałem – powiedział powoli Josh, spoglądając na sępy. Słowa brzmiały miękko, lecz przecięły powietrze niczym grom. Prawnicy Phelanów zareagowali znacznie szybciej niż spadkobiercy, którzy w większości nie byli pewni, o co chodzi. Wiedzieli tylko, że dzieje się coś ważnego i nieprzewidzianego. W sali zapadła śmiertelna cisza.

– Kto przygotował jego ostatnią wolę i testament? – zapytał Wycliff jak kiepski aktor, który czyta swoją kwestię ze scenariusza.

– Pan Phelan osobiście.

To nieprawda. Widzieli, jak starzec siedział za stołem w towarzystwie prawników i tych trzech psychiatrów – Zadela, Flowe'a i Theishena. Na miejscu stwierdzono, że jest w pełni władz umysłowych, a w kilka sekund później wziął gruby dokument przygotowany przez Stafforda i jednego z asystentów, stwierdził wyraźnie, że jest to jego ostatnia wola, i podpisał go.

Tego nie można było kwestionować.

– O mój Boże – jęknął Hark Gettys pod nosem, lecz na tyle głośno, by wszyscy słyszeli.

– Kiedy go podpisał? – spytał Wycliff.

– Kilka chwil przed wyskoczeniem przez okno.

– Czy jest napisany odręcznie?

– Tak.

– Czy podpisał go w pańskiej obecności?

– Tak. Byli też inni świadkowie. Zostało to również nagrane na taśmie wideo.

– Proszę podać mi ten testament.

Josh starannie wysunął cienką kopertę z akt i wręczył ją sędziemu. Była straszliwie mała. Nie mogła zawierać dostatecznie dużo treści, aby przekazać Phelanom to, co im się prawnie należało.

– Co to jest, do cholery? – syknął Troy Junior do najbliższego prawnika, który nie potrafił odpowiedzieć na to pytanie.

Koperta zawierała jedynie pojedynczą kartkę żółtego papieru. Wycliff wyjął ją powoli, rozłożył i przyglądał się jej przez chwilę.

Panika ogarnęła wszystkich Phelanów, lecz nie mogli nic zrobić. Czyżby staruch wykiwał ich ten jeszcze jeden, ostatni raz? Czyżby fortuna przeleciała im koło nosa? Może zmienił zdanie i dał im jeszcze więcej. Szturchali znacząco swych prawników, ci jednak zachowywali niecodzienny spokój.

Wycliff odchrząknął i pochylił się bliżej mikrofonu.

– Trzymam w ręku jednostronicowy dokument, będący ostatnią wolą spisaną odręcznie przez Troya Phelana. Przeczytam go w całości:

„Ostatnia wola Troya L. Phelana. Ja, Troy L. Phelan, będący w pełni władz umysłowych i przy dobrej pamięci, stanowczo unieważniam wszystkie poprzednie testamenty i kodycyle spisane przeze mnie i postanawiam rozporządzić moim majątkiem jak następuje:

Moim dzieciom, Troyowi Phelanowi Juniorowi, Reksowi Phelanowi, Libbigail Jeter, Mary Ross Jackman, Geenie Strong oraz Ramble'owi Phelanowi daję każdemu z osobna sumę pieniędzy konieczną do spłacenia wszystkich długów, jakie zaciągnęli do dnia dzisiejszego. Wszelkie długi zaciągnięte po dzisiejszym dniu nie zostaną pokryte przez ten dar. Jeśli którekolwiek z wymienionych dzieci spróbuje zakwestionować ten testament, legat dla niego zostanie unieważniony".

Nawet Ramble usłyszał i zrozumiał te słowa. Geena i Cody zaczęli cicho popłakiwać. Rex pochylił się do przodu, oparł łokcie na stole i ukrył twarz w dłoniach. Libbigail spojrzała ponad Brightem na Spike'a i wycedziła:

– A to sukinsyn. – Spike podzielał jej zdanie. Mary Ross zakryła ręką oczy, kiedy jej prawnik pogłaskał ją po kolanie. Mąż pogłaskał ją po drugim. Tylko Troy Junior zachował twarz pokerzysty, ale nie na długo.

To nie był koniec katastrofy. Wycliff nie skończył.

– „Moim byłym żonom Lillian, Janie i Tirze nie daję nic. Otrzymały dostatecznie dużo podczas rozwodów".

W tym momencie Lillian, Janie i Tira zastanawiały się, co, u diabła, robią na sali sądowej. Czy naprawdę spodziewały się, że otrzymają więcej gotówki od człowieka, którego tak nienawidziły? Czując na sobie spojrzenia tłumu, starały się ukryć za prawnikami.

Reporterom i dziennikarzom zakręciło się w głowach. Chcieli notować, lecz obawiali się, że umknie im jakieś słówko. Niektórzy nie potrafili ukryć uśmiechów.

– „Resztę majątku pozostawiam mojej córce Rachel Lane, urodzonej drugiego listopada 1954 roku w Szpitalu Katolickim w Nowym Orleanie w stanie Luizjana, przez Evelyn Cunningham, obecnie nieżyjącą".

Wycliff umilkł, lecz nie dla wywarcia dramatycznego wrażenia. Chociaż pozostały jeszcze dwa małe akapity, katastrofa już się dokonała. Jedenaście miliardów powędrowało do nieślubnej spadkobierczyni. Siedzący przed nim Phelanowie zostali oskubani. Nie mógł się powstrzymać, żeby na nich nie spojrzeć.

– „Wyznaczam mojego zaufanego prawnika, Joshuę Stafforda, na wykonawcę tego testamentu i udzielam mu szerokiej dyskrecjonalnej władzy do jego zrealizowania".

Przez chwilę zapomnieli o Joshu, ale on siedział nadal na swoim miejscu jak niewinny świadek katastrofy, i teraz zwrócili na niego nienawistny wzrok. Czy wiedział wcześniej? Czy brał udział w spisku? Na pewno mógł coś zrobić, żeby temu zapobiec. Josh starał się zachować niewzruszoną minę.

– „Ten dokument jest z zamierzenia testamentem rękopiśmiennym. Każde słowo zostało napisane przeze mnie własnoręcznie i w tym miejscu go podpisuję". – Wycliff opuścił kartkę, dodając na zakończenie: – Testament został podpisany przez Troya L. Phelana o godzinie piętnastej dziewiątego grudnia 1996 roku.

Sędzia położył dokument na blacie i rozejrzał się po sali. Szok mijał, dojrzewając do właściwej reakcji. Phelanowie siedzieli nadal, niektórzy przecierali oczy i czoła, inni wpatrywali się dziko w ścianę. Żaden z dwudziestu dwóch prawników nie był w stanie wykrztusić z siebie słowa.

Fala zaskoczenia przetoczyła się również przez twarze zgromadzonych widzów. Na niektórych, to dziwne, dostrzec można było uśmiech. No tak, to reporterzy, oczekujący z niecierpliwością chwili, kiedy będą mogli wybiec z sali, i rozgłosić rewelacyjne wiadomości.

Amber zaniosła się szlochem, ale zdołała się pohamować. Spotkała Troya tylko raz, a on potraktował ją grubiańsko. Jej płaczu nie wywołał żal za kochaną osobą. Geena płakała cicho, Mary Ross też. Libbigail i Spike zaczęli urągać.

– Nie martwcie się – powiedział Bright, machając ręką lekceważąco, jakby w ciągu kilku dni potrafił znaleźć radę na tę niesprawiedliwość.

Biff zgromiła wzrokiem Troya Juniora, siejąc pierwsze nasiona rozwodu. Od czasu samobójstwa ojca zachowywał się wobec niej wyjątkowo arogancko i wzgardliwie. Tolerowała to, lecz teraz koniec. Rozkoszowała się smakiem pierwszej potyczki, która niewątpliwie rozpocznie się tuż za drzwiami.

Na podatną glebę padły też inne nasiona. Prawnicy o grubej skórze wysłuchali nieoczekiwanych wieści, przyjęli je i strząsnęli równie instynktownie, jak kaczka otrzepuje się z kropel wody. Niebawem się wzbogacą. Ich klienci tkwili po uszy w długach, bez żadnej nadziei na ratunek. Nie mieli wyboru. Musieli oprotestować testament. Proces będzie się toczył latami.

– Kiedy zamierza pan zatwierdzić testament? – zapytał Wycliff.

– W ciągu tygodnia – odparł Josh.

– Dobrze. Może pan wrócić na miejsce.

Josh usiadł z wyrazem triumfu na twarzy, a prawnicy zaczęli przeglądać papiery, udając, że wszystko znajduje się pod kontrolą.

– Odraczam posiedzenie sądu.

Rozdział 19

Na korytarzu po odroczeniu rozprawy rozgorzały trzy potyczki. Na szczęście nie między Phelanami. Te miały nastąpić później.

Tłum reporterów czekał przed drzwiami sali sądowej. Prawnicy pocieszali swoich klientów. Troy Junior wyszedł pierwszy. Natychmiast otoczyło go stado wilków, a kilka mikrofonów przyjęło pozycję do ataku. Nie zdążył jeszcze wyleczyć kaca i teraz, dodatkowo uboższy o pół miliarda dolarów, nie był usposobiony do rozmowy o ojcu.

– Jest pan zaskoczony? – zapytał jakiś idiota zza mikrofonu.

– Cholernie słusznie – odburknął, próbując przepchnąć się przez tłum.

– Kim jest Rachel Lane? – zapytał inny.

– Chyba moją siostrą – warknął.

Jakiś kościsty chłopaczek o głupkowatym spojrzeniu i niezdrowej cerze stanął przed nim, podsunął mu magnetofon prosto pod nos i spytał:

– Ile nieślubnych dzieci miał pana ojciec?

Troy Junior odepchnął magnetofon. Aparat wylądowało gwałtownie na twarzy chłopaka, który zatoczył się do tyłu. Troy Junior wypuścił niespodziewanie lewego sierpowego i trafił chłopaka w ucho, przewracając go na podłogę. W zamieszaniu urzędnik sądowy odciągnął Troya Juniora w innym kierunku i razem z nim umknął przed czekającymi hienami.

Ramble opluł jakiegoś reportera, któremu kolega po fachu musiał przypomnieć, że chłopak jest niepełnoletni.

Trzecie starcie nastąpiło, kiedy Libbigail i Spike wypadli z sali rozpraw za Wallym.

– Bez komentarzy! – wrzasnął Bright do zacieśniającego się wokół tłumu. – Bez komentarzy! Proszę nas przepuścić!

Zapłakana Libbigail zaplątała się w kabel telewizyjny i wpadła na reportera, który pod jej ciężarem przewrócił się na podłogę. Rozległy się krzyki i przekleństwa, a kiedy reporter na czworakach starał się podnieść, Spike kopnął go między żebra.

Facet zawył z bólu i runął jak długi, a gdy ponownie gramolił się z podłogi, przydepnął rąbek sukienki Libbigail. Rozwścieczona kobieta wymierzyła mu ostry policzek. Spike też miał zamiar dać mu po gębie, czemu przeszkodziła interwencja jednego z urzędników.

Pracownicy załagodzili wszystkie potyczki, zawsze stając po stronie Phelanów, a nie reporterów. Pomagali rozczarowanym spadkobiercom i ich prawnikom zejść po schodach, przejść korytarzem, wyjść z budynku.

Grita, który reprezentował Mary Ross Phelan Jackman, zdopingował widok reporterów. Przyszła mu do głowy Pierwsza Poprawka, albo raczej jego własne, powierzchowne rozumienie jej treści, i poczuł się zmuszony do wolności słowa.

Otoczywszy ramieniem zrozpaczoną klientkę, w ponurych słowach wyraził swoje zdanie o zaskakującym testamencie. To dokument spisany przez umysłowo chorego człowieka. Jak inaczej można wyjaśnić przekazanie tak wielkiej fortuny zupełnie nieznanej spadkobierczyni? Jego klientka ubóstwiała swojego ojca, kochała go głęboko, szanowała i w miarę jak Grit bredził o niewiarygodnej miłości między ojcem a córką, Mary Ross w końcu załapała i zaczęła płakać. Sam Grit wyglądał, jakby powstrzymywał łzy. Tak, będą walczyć. Poskarżą się na tę niesłychaną niesprawiedliwość w Sądzie Najwyższym Stanów Zjednoczonych. Dlaczego? Ponieważ nie było to dzieło Troya Phelana, jakiego znali. Panie, błogosław mu. On kochał swoje dzieci i one również go kochały. Łączyła ich niewiarygodna więź, wykuta mimo tragedii i doświadczeń losu. Będą walczyć, ponieważ ich ukochany tatuś nie był sobą, kiedy spisywał ten upiorny dokument.

Josh Stafford nie spieszył się z wyjściem. Rozmawiał spokojnie z Harkiem Gettysem i kilkoma prawnikami. Obiecał, że prześle im kopie tego ohydnego testamentu. Rozmowa rozpoczęła się w przyjaznym tonie, lecz wrogość rosła z każdą minutą.

Znajomy reporter z „Posta" czekał na korytarzu i Josh spędził z nim dziesięć minut, praktycznie nic nie mówiąc. Wszystkich interesowała szczególnie osoba Rachel Lane; jej historia i miejsce pobytu. Zadawali mnóstwo pytań, lecz Josh nie miał dla nich odpowiedzi.

Miejmy nadzieję, że Nate znajdzie ją przed tymi hienami.

Historia nabierała rozgłosu. Wystrzeliła z sądu na falach najnowszych zabawek i sprzętu telekomunikacyjnego. Reporterzy wysyłali swoją bezmyślną paplaninę przez telefony komórkowe, laptopy i pagery.

Główne stacje zaczęły podawać wiadomości już w dwadzieścia minut po zamknięciu posiedzenia, a w godzinę później pierwszy program nadający wiadomości o parzystych godzinach przerwał bieżący serwis, ukazując reporterkę stojącą przed salą sądową.

– Przekażemy państwu naprawdę szokujące wiadomości... – zaczęła relację, podając niemal prawdziwą wersję wydarzeń.

Na końcu sali sądowej siedział Pat Solomon, ostatnia osoba wybrana przez Troya do prowadzenia Grupy Phelana. Od sześciu lat pełnił funkcję prezesa – było to sześć bardzo monotonnych i bardzo korzystnych pod kątem finansowym lat.

Wyszedł z sądu nierozpoznany przez reporterów. Odjeżdżając na tylnym siedzeniu swojej limuzyny, próbował przeanalizować ostatnią bombę podłożoną przez Troya. Nie był zdziwiony. Po dwudziestu latach pracy z tym człowiekiem nic nie było go w stanie zdumieć. Reakcja zidiociałych dzieci Troya i ich prawników była pocieszająca. Solomonowi przydzielono kiedyś niemożliwe do wykonania zadanie znalezienia w obrębie firmy jakiejś pracy, którą Troy Junior mógłby wykonywać, nie powodując jednocześnie spadków w kwartalnych zyskach. Istny koszmar. Zepsuty, niedojrzały, bez odpowiedniego wykształcenia, nieposiadający podstawowych umiejętności zarządzania, Troy Junior znęcał się nad całym wydziałem, zanim Solomon nie otrzymał zielonego światła z góry i nie wyrzucił go.

Kilka lat później miał podobny epizod z Reksem i jego próbami pozyskania aprobaty i pieniędzy ojca. Rex udał się nawet do Troya, żeby wymusić na ojcu usunięcie Solomona.

Żony i pozostałe dzieci mąciły wodę przez wiele lat, lecz Troy zawsze szybko wyrównywał straty. Jego życie prywatne okazało się kompletnym fiaskiem, lecz nic nie mogło naruszyć ukochanej firmy.

Solomona i Troya nigdy nie łączyły bliskie stosunki. W rzeczywistości nikomu, może z wyjątkiem Josha Stafforda, nie udało się kiedykolwiek zostać zaufanym szefa. Parada blondynek oczywiście dzieliła z nim intymność innego rodzaju, lecz Troy nie miał przyjaciół. A kiedy się wycofał i podupadł na zdrowiu, dyrektorzy zaczęli szeptać o prawie do udziałów. Wiedzieli, że Troy nie chciał pozostawić firmy swoim dzieciom.

I nie pomylili się.

Zarząd czekał na czternastym piętrze w tej samej sali konferencyjnej, w której Troy Phelan przedstawił swój testament i wyfrunął przez okno. Solomon opisał scenę z sądu, jego relacja przybrała nieco humorystyczne zabarwienie. Obawy, że spadkobiercy przejmą kontrolę, wywołały zaniepokojenie wśród członków zarządu. Troy Junior oświadczył publicznie, że zarówno on, jak i jego rodzeństwo mają dostatecznie dużo głosów, aby znaleźć się w większości, i że planuje oczyścić firmę z brudów, by osiągnęła w końcu prawdziwe zyski.

Dopytywali się o Janie. Pracowała w firmie jako sekretarka do czasu awansu na kochankę, a następnie żonę. Będąc już na szczycie, zachowywała się w sposób szczególnie ordynarny w stosunku do wielu pracowników. Troy zabronił jej wejścia na teren siedziby korporacji.

– Wychodząc, płakała – powiedział radośnie Solomon.

– A Rex? – zapytał dyrektor finansowy, którego zepsuty młody Phelan wyrzucił kiedyś z pracy w trakcie jazdy windą.

– Chłopiec jest zmartwiony. Prowadzone jest przeciw niemu dochodzenie.

Obgadali większość dzieci i wszystkie żony Troya. Spotkanie stopniowo nabierało świątecznego charakteru.

– Naliczyłem dwudziestu dwóch prawników – odezwał się z uśmiechem Solomon.

Skoro było to nieformalne spotkanie zarządu, nieobecność Josha nie miała znaczenia. Przewodniczący stwierdził, że ten testament należy traktować jako dar losu. Teraz mogli się martwić tylko jedną, nieznaną spadkobierczynią, a nie sześcioma idiotami.

– Czy wiadomo, gdzie może być ta kobieta?

– Absolutnie nie – odparł Solomon. – Może Josh będzie wiedział.

Późnym popołudniem Josh został wywołany z gabinetu i udał się do małej biblioteki w podziemiach budynku. Jego sekretarka przestała liczyć telefony po stu dwudziestu rozmowach. Hol przy głównym wejściu od późnego ranka roił się od reporterów. Josh pozostawił sekretarkom wyraźne instrukcje, żeby nikt nie przeszkadzał mu przez godzinę. Pukanie do drzwi szczególnie go rozeźliło.

– Kto tam? – burknął opryskliwie.

– To bardzo pilne, proszę pana – odpowiedziała sekretarka.

– Proszę wejść.

Kobieta wetknęła głowę dostatecznie daleko, aby spojrzeć mu w twarz i powiedzieć:

– To pan O'Riley. – Josh przestał pocierać palcami skronie i na jego twarzy pojawił się uśmiech. Rozejrzał się po pomieszczeniu i przypomniał sobie, że nie ma w nim ani jednego telefonu. Sekretarka zbliżyła się dwa kroki, położyła aparat bezprzewodowy na stole i wyszła z biblioteki.

– Tak, Nate – odezwał się do słuchawki.

– To ty, Josh? – nadeszła odpowiedź. Głośność była zadowalająca, lecz słowa wydawały się nieco chrapliwe. Odbiór był jednak lepszy niż z większości telefonów samochodowych.

– Tak, słyszysz mnie?

– Tak.

– Gdzie jesteś?

– Rozmawiam z rufy małego jachtu płynącego rzeką Paragwaj. Słyszysz mnie?

– Tak, i to dobrze. Wszystko w porządku?

– Cudownie, mamy tylko niewielkie kłopoty z łodzią.

– Jakie kłopoty?

– Cóż, śruba natrafiła na jakąś starą linę i silnik siadł. Moja załoga próbuje to naprawić. Ja nadzoruję.

– Fantastycznie.

– To tylko przygoda, zgadza się, Josh?

– Oczywiście. Są jakieś ślady tej dziewczyny?

– Na razie nie. W najlepszym razie jesteśmy o kilka dni drogi od jakiejś wioski, ale teraz spływamy do tyłu. Nie jestem pewien, czy kiedykolwiek tam dotrzemy.

– Musisz, Nate. Dzisiaj rano podczas jawnego posiedzenia sądu odczytaliśmy testament. Cały świat będzie niebawem szukał Rachel Lane.

– O to bym się nie martwił. Jest bezpieczna.

– Szkoda, że nie ma mnie tam z tobą.

Chmura stłumiła sygnał.

– Co powiedziałeś? – zapytał głośniej Nate.

– Nic. A zatem zobaczysz się z nią za parę dni, tak?

– Jeśli szczęście nam dopisze. Płyniemy pod prąd, a jest pora deszczowa, więc rzeki są głębokie i nurt silny. W dodatku nie bardzo wiemy, dokąd płyniemy. Dwa dni to optymistyczny wariant, zakładając, że uda nam się naprawić tę cholerną śrubę.

– A zatem macie kiepską pogodę – powiedział Josh ni stąd, ni zowąd. Nie było o czym rozmawiać. Nate żył, czuł się dobrze i zmierzał mniej więcej w obranym kierunku.

– Jest gorąco jak w piekle i pada pięć razy dziennie. Poza tym jest wspaniale.

– Węże?

– Kilka. Anakondy większe niż nasza łódź. Mnóstwo aligatorów. Szczury wielkości psów. Nazywają je *capivaras*. Zamieszkują brzegi rzeki wraz z aligatorami i kiedy tubylcy naprawdę są głodni, zabijają je i zjadają.

– Ale ty masz dość jedzenia?

– O tak. Nasze kargo to czarna fasola i ryż. Welly gotuje je dla mnie trzy razy dziennie.

Głos Nate'a brzmiał zdecydowanie i słychać w nim było smak przygody.

– Kto to jest Welly?

– Mój marynarz. Teraz jest pod wodą na głębokości jakichś czterech metrów. Wstrzymuje oddech i nurkuje, próbując odciąć linę od śruby. Tak jak mówiłem, ja nadzoruję.

– Trzymaj się z dala od wody, Nate.

143

– Żartujesz? Jestem na górnym pokładzie. Posłuchaj, muszę lecieć. Zużywam baterię, a na razie nie wymyśliłem sposobu na jej ładowanie.

– Kiedy znowu zadzwonisz?

– Chyba dopiero gdy znajdę Rachel Lane.

– Dobrze. Ale dzwoń w razie jakichś trudności.

– Trudności? Po co mam do ciebie dzwonić, Josh? Nie ma ani jednej, cholernej rzeczy, którą mógłbyś stamtąd zrobić, żeby pomóc.

– Masz rację. W takim razie nie dzwoń.

Rozdział 20

Burza rozpętała się o zmierzchu, kiedy Welly gotował ryż w kambuzie, a Jevy obserwował ciemniejącą rzekę. Nate'a obudził wiatr. Nagły wyjący podmuch zatrząsł hamakiem i kazał mu zerwać się na nogi. Potem nastąpiły błyskawice i gromy. Nate poszedł do Jevy'ego i spojrzał na północ w niezmierzone ciemności.

– Potężna burza – powiedział Brazylijczyk pozornie obojętnym tonem.

Może powinniśmy gdzieś przycumować? – pomyślał Nate. Albo przynajmniej znaleźć jakąś płyciznę? Jevy nie sprawiał wrażenia zaniepokojonego; jego nonszalancja w pewnym sensie działała uspokajająco. Kiedy lunął deszcz, Nate zszedł na dół po swój ryż z fasolą. Jadł w milczeniu. Welly siedział w rogu kabiny. Żarówki nad ich głowami kołysały się w rytm wiatru rzucającego łodzią. Ciężkie krople bębniły w szyby bulajów.

Na mostku Jevy w żółtym poncho poplamionym smarami walczył z chłostającym wiatrem i deszczem. Maleńka sterówka nie miała okien. Dwie lampki, których zadaniem było rozpraszać ciemności przed dziobem, wyławiały jedynie piętnaście metrów wrzącej kipieli tuż przed nimi. Jevy znał dobrze rzekę i przeżył gorsze burze.

W rozkołysanej łodzi czytanie akt stanowiło nie lada wyzwanie. Po kilku minutach Nate poczuł mdłości. W worku znalazł długie do kolan poncho z kapturem. Josh pomyślał o wszystkim. Trzymając się kurczowo barierki, wspiął się powoli po schodkach na mostek, gdzie przemoczony Welly tulił się do sterówki.

Rzeka zakręcała na wschód ku sercu Pantanalu i gdy minęli szerokie zakole, wicher uderzył w nich od strony burty. Łódź przechyliła się gwałtownie, rzucając Nate'a i Welly'ego na reling. Jevy objął drzwi sterówki; tylko umięśnione ramiona trzymały go w miejscu i pomagały zachować równowagę.

Podmuchy stały się bezlitosne. Atakowały niezmordowanie, jeden po drugim, bez przerwy na wytchnienie. „Santa Loura" przestała płynąć pod prąd. Burza cisnęła nią w kierunku brzegu. Krople deszczu, twarde i zimne, spadały na nich falami. W skrzynce przy kole sterowym Jevy znalazł długą latarkę i podał ją Welly'emu.

– Szukaj brzegu! – wrzasnął, starając się przekrzyczeć wycie wichru i dudnienie deszczu.

Nate przesunął się wzdłuż burty, aby wypatrywać razem z Wellym, ponieważ też chciał zobaczyć, dokąd zmierzają. Jednak snop światła wyławiał z mroku jedynie strugi deszczu tak gęstego, że wyglądał jak mgła wirująca nad wodą.

Wtedy z pomocą przyszła im błyskawica. Błysnęło i dostrzegli gęste, czarne zarośla porastające niedaleki brzeg. Wiatr pchał ich w tym kierunku. Welly krzyknął i Jevy coś mu odpowiedział, kiedy kolejny podmuch groźnie przechylił łódź na sterburtę. Niespodziewane szarpnięcie wyrwało z rąk Welly'ego latarkę i chwilę później zobaczyli, jak małe światełko znika w wodzie.

Kucając i trzymając się kurczowo poręczy, Nate dygoczący z zimna uświadomił sobie, że niebawem może zdarzy się jedna z dwóch rzeczy, na które nie mają wpływu. Łódź mogła się wywrócić do góry dnem. Jeżeli tak się nie stanie, zostaną rzuceni na brzeg, do królestwa gadów. Odczuł zaledwie przedsmak strachu i pomyślał o dokumentach.

W żadnym wypadku nie mogą zaginąć. Wstał dokładnie w chwili, gdy łódź ponownie się przechyliła, i o mały włos nie wypadł za burtę.

– Muszę zejść na dół! – wrzasnął do Jevy'ego, który ściskał koło, nie ukrywając już przerażenia.

Plecami do wiatru Nate ześlizgiwał się po kratownicach schodków. Deski pokładu były śliskie od paliwa. Beczka przewróciła się i przeciekała. Nate próbował ją podnieść, ale do tego potrzeba było dwóch mężczyzn. Wskoczył do kabiny, cisnął poncho w kąt i wsadził rękę pod koję, by wydobyć walizkę. Wiatr ponownie uderzył w burtę. Łajba przechyliła się w momencie, gdy Nate niczego się nie trzymał. Wylądował na ścianie nogami do góry, obijając się mocno.

Stwierdził, że dwóch rzeczy nie może stracić. Po pierwsze, papierów; po drugie, telefonu satelitarnego. Skarby te znajdowały się w walizce, nowej i ładnej, ale niewątpliwie nie wodoszczelnej. Przycisnął ją do piersi i położył się na koi, podczas gdy „Santa Loura" ujeżdżała burzę.

Stukanie ustało. Miał nadzieję, że Jevy po prostu wyłączył silnik. Usłyszał kroki bezpośrednio nad sobą. Zaraz uderzymy o brzeg, pomyślał, i najlepiej, by śruba nie działała. Silnik z pewnością nie nawalił.

Światła zgasły. W kajucie zapanowały nieprzeniknione ciemności.

Gdy tak leżał na wznak, czekając, aż „Santa Loura" zderzy się z brzegiem rzeki, straszliwa myśl pojawiła się w jego umyśle. Jeśli Rachel nie zechce podpisać przyjęcia albo zrzeczenia się spadku, konieczna może być powtórna podróż. Po miesiącach, a może latach tułaczki ktoś, prawdopodobnie Nate, będzie zmuszony znów popłynąć Paragwajem i poinformować najbogatszą na świecie misjonarkę, że formalności zostały zakończone i pieniądze należą do niej.

Czytał, że misjonarze brali urlopy – długie przerwy w pracy, kiedy wracali do Stanów naładować baterie. Dlaczego Rachel nie mogłaby wziąć urlopu czy nawet polecieć z nim do ojczyzny i zostać dopóty, dopóki bałagan jej tatusia nie zostanie uporządkowany? Dla jedenastu miliardów to niewielka fatyga. Nate zasugeruje jej to, oczywiście jeżeli będzie miał okazję się z nią spotkać.

Nastąpił gwałtowny wstrząs i Nate przeturlał się po wewnętrznym pokładzie. Siedzieli na mieliźnie.

Płaskodenna „Santa Loura", zbudowana tak samo jak wszystkie łodzie w Pantanalu, prześlizgiwała się po piaszczystych łachach i mieliznach, nie zahaczając o rzeczne śmieci. Po burzy Jevy uruchomił silnik i przez pół godziny manewrował łodzią w przód i w tył, systematycznie uwalniając ją z piachu i błota. Gdy ruszyli, Welly i Nate oczyścili pokład z konarów i krzaków. Przeszukali łódź, lecz nie znaleźli na niej nowych pasażerów, węży ani *jacarés*. Podczas krótkiej przerwy na kawę Jevy opowiedział historię o anakondzie, która przed wieloma laty wślizgnęła się na pokład i zaatakowała śpiącego marynarza.

Nate uznał, że nie fascynują go historie o wężach, i jeszcze raz przeszukał łódź, tym razem powoli i bardzo skrupulatnie.

Wiatr rozwiał chmury, ukazując półksiężyc zawieszony nad rzeką. Welly zaparzył dzbanek kawy. Po burzy Pantanal zastygł w bezruchu. Rzeka była gładka jak szkło. Księżyc wskazywał podróżnikom drogę. Znikał, kiedy skręcali w zakolach, ale zawsze trwał na posterunku, gdy znów obierali kierunek północny.

Nate, teraz niemal Brazylijczyk, odzwyczaił się od zegarka. Czas niewiele tu znaczył. Było późno, prawdopodobnie północ. Deszcz nie dawał im spokoju jeszcze przez cztery godziny.

Nate przespał kilka godzin na hamaku i obudził się tuż po świcie. Jevy chrapał na koi w małej kabinie za sterówką. Welly stał za kołem, na wpół drzemiąc. Nate wysłał go po kawę i przejął ster „Santa Loury".

Chmury wróciły, lecz nie zanosiło się na deszcz. Rzeka pokryta konarami i liśćmi – pozostałościami nocnej burzy – płynęła szeroko, a ponieważ nie mijali żadnych łodzi, Nate wysłał Welly'ego na hamak, żeby się zdrzemnął, a sam przejął dowodzenie.

Ta przygoda biła na głowę procesy sądowe. Bez koszuli, bez butów, sącząc słodką kawę, prowadził wyprawę w samo serce największych na świecie moczarów. W chwalebnych dla siebie dniach pędziłby teraz na jakąś rozprawę, żonglując dziesięcioma rzeczami naraz, z telefonami wciśniętymi w każdą kieszeń. Naprawdę za tym nie tęsknił; żaden zdrowy psychicznie prawnik nie tęskni za salą sądową. Nigdy jednak się do tego nie przyzna.

Łódź płynęła praktycznie sama. Używając lornetki Jevy'ego, obserwował brzeg w poszukiwaniu *jacarés*, węży i *capivaras*. Liczył też *tuiuius*, wysokie, białe ptaki o długich szyjach i czerwonej głowie, które stały się symbolem Pantanalu. Na jakiejś piaszczystej łasze zgromadziło się ich dwanaście. Stały nieruchomo, obserwując przepływającą łódź.

Kapitan i jego śpiąca załoga zmierzali na północ. Niebo przybrało pomarańczową barwę i zaczął się nowy dzień. Wpływali coraz głębiej w Pantanal, niepewni, dokąd zawiedzie ich los.

Rozdział 21

Neva Collier była koordynatorem misji południowoamerykańskich. Urodziła się w igloo w Nowej Fundlandii, gdzie jej rodzice od dwudziestu lat pracowali pośród rdzennych Inuitów. Ona sama spędziła jedenaście lat w górach Nowej Gwinei, więc miała pojęcie, czego można się spodziewać po mniej więcej dziewięciuset osobach, których zajęcia koordynowała.

Tylko ona wiedziała, że Rachel Porter nazywała się kiedyś Rachel Lane i była nieślubną córką Troya Phelana. Po ukończeniu szkoły medycznej Rachel zmieniła nazwisko, próbując wymazać swoją przeszłość. Nie miała rodziny; ludzie, którzy ją zaadoptowali, zmarli. Nie miała rodzeństwa, żadnych ciotek, wujków czy kuzynów. Przynajmniej nie wiedziała o istnieniu takowych. Miała tylko Troya, którego za wszelką cenę chciała usunąć ze swojego życia. Po ukończeniu seminarium w World Tribes Rachel zwierzyła się ze swojej tajemnicy Nevie Collier.

Wyżej stojący w hierarchii organizacji znali tajemnicę Rachel, lecz nie uważali, by mogło to źle wpłynąć na jej służbę Bogu. Pomyślnie ukończyła ich seminarium, była lekarką, a przy tym oddaną i pokorną służebnicą Chrystusa, która z radością pragnęła nieść światło potrzebującym. Obiecali, że nigdy nie zdradzą czegokolwiek na temat Rachel, nie wyłączając miejsca pobytu w Ameryce Południowej.

Siedząc w małym, schludnym gabinecie w Houston, Neva czytała podniecającą relację z otwarcia testamentu Phelana. Śledziła wydarzenia od czasu jego samobójstwa.

Ograniczone możliwości sprawiały, że pisywały do siebie dwa razy do roku, w marcu i sierpniu, a Rachel zazwyczaj dzwoniła z Corumby, gdzie raz do roku uzupełniała zapasy. Neva rozmawiała z nią przed dwunastoma miesiącami. Ostatni urlop Rachel wzięła w 1992 roku. Po sześciu tygodniach zrezygnowała z niego i wróciła do Pantanalu. Nie interesował ją pobyt w Stanach Zjednoczonych, jak zwierzała się Nevie. To nie był jej dom. Należała do tamtych ludzi.

Sądząc z zawartych w artykule komentarzy prawników, sprawa dopiero się rozpoczęła. Neva odłożyła papiery. Postanowiła czekać. W odpowiednim czasie poinformuje swych przełożonych o tożsamości Rachel.

Miała nadzieję, że ten moment nigdy nie nastąpi. Ale jak można zataić jedenaście miliardów dolarów?

Nikt tak naprawdę nie oczekiwał, że prawnicy dojdą do zgody. Każda kancelaria chciała decydować o miejscu spotkania na szczycie. Fakt, że w ogóle postanowiono się zebrać po tak krótkim czasie, był doniosły.

Wybrano hotel Ritz w Tysons Corner. W sali bankietowej pospiesznie złączono stoły, aby tworzyły idealny kwadrat. Kiedy wreszcie zamknięto drzwi, w sali znajdowało się blisko pięćdziesiąt osób, jako że każda firma czuła się zobligowana przyprowadzić dodatkowych asystentów, a nawet sekretarki dla wywarcia większego wrażenia.

Napięcie stało się prawie namacalne. Nie zaproszono ani jednego członka rodziny Phelanów. Wyłącznie ich ekipy prawnicze.

Hark Gettys przywołał wszystkich do porządku i postąpił mądrze, wygłaszając zabawny dowcip. Podobnie jak żarty na sali sądowej, gdzie ludzie są niespokojni i nie spodziewają się elementów komicznych, śmiech brzmiał gromko i zdrowo. Hark zaproponował, aby zachować kolejność zgodną z miejscami zajmowanymi przy stole i aby jeden reprezentant każdego ze spadkobierców Phelana powiedział, co leży mu na sercu. On sam zabierze głos jako ostatni.

Wniesiono sprzeciw.

– Kogo mamy na myśli, mówiąc o spadkobiercach?

– Sześcioro dzieci Phelana – odparł Hark.

– A co z trzema żonami?

– One nie są spadkobierczyniami. To były żony, prawda?

Poirytowani prawnicy reprezentujący żony po zagorzałej walce słownej zagrozili, że opuszczą spotkanie. Ktoś zaproponował, żeby jednak wypowiedzieli swoje opinie, co rozwiązało problem.

Grit, zręczny adwokat Mary Ross Phelan Jackman i jej męża, wstał i zażądał otwartej wojny.

– Nie mamy wyboru i musimy zakwestionować ten testament – powiedział. – Nie ma mowy o zastraszeniu, więc należy udowodnić, że stary dziwak był szalony. Do diabła, wyskoczył, żeby się zabić. I przekazał jedną z największych fortun świata jakiejś nieznanej kobiecie. Według mnie to zakrawa na szaleństwo. Możemy znaleźć psychiatrów, którzy to poświadczą.

– A tych trzech, którzy go badali, zanim wyskoczył? – krzyknął ktoś z przeciwnej strony stołu.

– To było głupie – warknął Grit. – Zastawiono pułapkę, a wy, panowie, daliście się w nią zapędzić.

Harkowi i innym prawnikom, którzy zgodzili się na badanie, ta wypowiedź nie przypadła do gustu.

– Idealny spóźniony refleks – żachnął się Yancy, co na moment zamknęło Gritowi usta.

Grupą prawników Geeny i Cody'ego Strongów dowodziła kobieta o nazwisku Langhorne, wysoka, mocno zbudowana, ubrana w sukienkę od Armaniego. Kiedyś była profesorem prawa na uniwersytecie w Georgetown, więc kiedy zwróciła się do zgromadzonych, zrobiła to jak ktoś, kto zna się na wszystkim. Punkt pierwszy: w Wirginii istnieją tylko dwie podstawy unieważnienia testamentu – udowodnienie, że został podpisany pod przymusem, lub zakwestionowanie zdolności umysłowej do sporządzenia ostatniej woli. Skoro nikt nie zna Rachel Lane, należy założyć, że osoba ta pozostawała w niewielkim albo w ogóle nie pozostawała w kontakcie z Troyem. A zatem udowodnienie, że wywarła nacisk na ojca w chwili, gdy spisywał testament, byłoby niezmiernie trudne, jeśli w ogóle możliwe. Punkt drugi: jedyną nadzieją jest zakwestionowanie zdolności umysłowej do sporządzenia testamentu. Punkt trzeci: zapomnijmy o oszustwie. Niewątpliwie skłonił ich podstępnie do przeprowadzenia badania psychicznego, ale ostatniej woli nie można podważać, powołując się na oszustwo. Kontrakt tak, ale nie testament. Poczyniła w tej materii badania i dysponuje przykładami podobnych spraw, jeżeli ktokolwiek byłby zainteresowany.

Zaglądała do notatek i robiła wrażenie doskonale przygotowanej. Sześć osób z jej kancelarii skupiło się przy niej, okazując pełne poparcie.

Punkt czwarty: trudno będzie zakwestionować badanie psychiatryczne. Widziała nagranie wideo. Prawdopodobnie przegrają tę wojnę, ale dostaną niezłe pieniądze za walkę. Jej wniosek: zaatakować testament i liczyć na intratne rozwiązania pozasądowe.

Jej wykład trwał dziesięć minut i niewiele wniósł. Nie przerywano jej, ponieważ była kobietą.

Następny był Wally Bright, ten po wieczorowych studiach. W ostrym przeciwieństwie do pani Langhorne wściekał się i grzmiał ogólnie na jawną niesprawiedliwość. Nie był przygotowany – nie miał konspektu, notatek, żadna myśl nie wypływała z poprzedniej, po prostu wylał z siebie trochę gorącego jadu.

Dwóch prawników Lillian wstało jednocześnie, sprawiając wrażenie, że są zrośnięci biodrami. Obydwaj mieli czarne garnitury i blade twarze agentów nieruchomości, którzy rzadko oglądają światło słoneczne. Jeden rozpoczynał zdanie, drugi podejmował je i kończył. Jeden zadawał pytanie retoryczne, drugi znajdował na nie odpowiedź. Jeden wspominał o jakimś dokumencie, a drugi wyjmował go z teczki. Dwuosobowa załoga działała skutecznie do pewnego momentu i powtórzyła w treściwy, zwięzły sposób to, co zostało już wcześniej powiedziane.

Powoli wyłaniał się konsensus: walczmy, ponieważ: (a) mamy niewiele do stracenia, (b) nie ma innego wyjścia, (c) to jedyny sposób rozwiązania sprawy. Nie wspominając o tym, że (d) otrzymamy godziwą zapłatę za każdą godzinę walki.

Szczególnie Yancy upierał się przy procesie. I słusznie. Ramble, jedyny niepełnoletni pośród spadkobierców, nie miał poważnych długów. Fundusz, który wypłaci mu pięć milionów na dwudzieste pierwsze urodziny, został ustanowiony wiele lat temu i nie można go zmienić. Mając zagwarantowane pięć milionów, Ramble znajdował się w o wiele lepszej kondycji finansowej niż którekolwiek z rodzeństwa. Skoro nie ma nic do stracenia, czemu nie powalczyć o więcej?

Dopiero po godzinie ktoś wspomniał o klauzuli. Spadkobiercy, z wyjątkiem Ramble'a, w przypadku oprotestowania testamentu ryzykowali utratę tej niewielkiej części, którą zostawiał im Troy. Prawnicy podeszli do tej sprawy z nonszalancją. Postanowili walczyć i wiedzieli, że ich chciwi klienci się z nimi zgodzą.

O wielu rzeczach nie mówiono. Rozpoczęty proces to ciężkie zadanie. Najrozsądniejszym i najmniej kosztownym posunięciem byłoby wybranie jednej, doświadczonej firmy, która obsługiwałaby proces. Pozostali powinni się wycofać, nie rezygnując z ochrony interesów swoich klientów, i być informowani na bieżąco o rozwoju sprawy. Taka strategia wymagałaby jednak dwóch rzeczy: (1) współpracy i (2) świadomej zgody na spuszczenie z tonu w przypadku większości pieniaczy obecnych na sali.

Ani razu podczas trzygodzinnego spotkania nie wspomniano o tym.

Zamiast ustalić ogólny schemat działania prawnikom udało się tak podzielić spadkobierców, że nie było dwóch zatrudniających tę samą firmę. Dzięki zręcznym manipulacjom, jakich nie uczą na studiach, ale ich znajomość przychodzi z czasem, przekonali klientów, aby spędzali więcej czasu na rozmowach z nimi, a nie z innymi spadkobiercami. Phelanowie nie wiedzieli, co to zaufanie, podobnie zresztą jak ich adwokaci.

Wszystko wskazywało na to, że rozpoczyna się długie, chaotyczne postępowanie sądowe.

Ani jeden odważny głos nie zaproponował, aby zostawić testament w spokoju. Nikogo nie interesowało spełnienie życzenia człowieka, którego fortunę starali się teraz potajemnie oskubać.

Podczas trzeciej czy czwartej wędrówki dokoła stołów poczyniono pewne wysiłki oszacowania sumy długów każdego z sześciu spadkobierców w chwili śmierci Troya Phelana. Próba ta jednak zniknęła w nawale prawniczych kłótni o nieistotne szczegóły.

– Czy wchodzą w to długi współmałżonków? – zapytał Hark, prawnik Reksa, którego żona, striptizerka Amber, była właścicielką nocnych klubów i zaciągnęła większość długów.

– A co ze zobowiązaniami w stosunku do urzędu skarbowego? – zapytał prawnik Troya Juniora, który od piętnastu lat miał kłopoty z podatkami.

– Moi klienci nie upoważnili mnie do udzielania informacji o stanie ich finansów – powiedziała stanowczo mecenas Langhorne, skutecznie ucinając dyskusję.

Ta wstrzemięźliwość potwierdzała fakt, o którym wiedzieli wszyscy – spadkobiercy Phelana grzęźli po uszy w długach i hipotekach.

Wszyscy prawnicy, jako prawnicy z krwi i kości, głęboko przejmowali się autoreklamą i tym, jak nadchodząca batalia zostanie przedstawiona w mediach. Ich klienci nie byli zwyczajną bandą zepsutych, chciwych dzieci, które ojczulek odciął od żłobu. Adwokaci obawiali się jednak, że prasa może właśnie w taki sposób opisać sprawę, a opinia publiczna odgrywała bardzo ważną rolę.

– Sugeruję, by wynająć firmę zajmującą się public relations – oświadczył Hark. Kilku innych prawników natychmiast uznało ten wspaniały pomysł za własny. Trzeba wynająć profesjonalistów, którzy ukażą spadkobierców Phelana jako dzieci o złamanych sercach, kochające człowieka poświęcającego im tak mało czasu. Ekscentryka, rozpustnika, szaleńca... Tak! O to właśnie chodzi! Troy jako czarny charakter! Ich klienci jako ofiary!

Pomysł rozkwitał, a fikcja krążyła gładko wokół stołów, dopóki nie padło pytanie, kto pokryje koszty tej usługi.

– Są potwornie drodzy – powiedział prawnik, który brał honorarium sześćset dolarów za godzinę dla siebie i po czterysta za godzinę dla każdego z trzech bezużytecznych asystentów.

Pomysł tracił na atrakcyjności, dopóki Hark nie podpowiedział, że każda kancelaria mogłaby wciągnąć to w koszty. Spotkanie nagle ucichło. Ci, którzy do tej pory mieli wiele do powiedzenia o wszystkim, zagłębili się jak zahipnotyzowani w magiczny język swoich notatek i precedensów.

– Możemy porozmawiać o tym później – zaproponował Hark, starając się zachować twarz. Bez wątpienia nigdy nie powrócą do tej sprawy.

Potem zaczęli rozmawiać o Rachel i o tym, gdzie może być. Czy powinni zatrudnić pierwszorzędną agencję detektywistyczną, która zajęłaby się jej odszukaniem? Tak się złożyło, że prawie każdy prawnik znał odpowiednią firmę. Ten ciekawy pomysł spotkał się z większym zainteresowaniem, niż powinien. Ale który prawnik nie chciałby reprezentować właściwego spadkobiercy?

Postanowili w końcu, że nie będą szukali Rachel, przede wszystkim dlatego, że nie umieli uzgodnić, co zrobią, kiedy ją znajdą. I tak niebawem wypłynie na powierzchnię, niewątpliwie z własną świtą prawników.

Spotkanie skończyło się przyjemną nutą. Prawnicy osiągnęli dla siebie to, czego chcieli. Opuścili salę z zamiarem natychmiastowego poinformowania swych klientów o poczynionych postępach. Mogli stwierdzić jednogłośnie, że dzięki połączeniu sił testament zostanie zaatakowany z całą mocą i zajadłością.

Rozdział 22

W ciągu dnia poziom rzeki podnosił się stopniowo i w niektórych miejscach woda przelewała się przez brzegi, połykając piaszczyste łachy, wznosząc się do gęstych zarośli, zalewając małe, błotniste podwórza domostw, które mijali raz na trzy godziny. Rzeka niosła coraz więcej śmieci: chwastów, trawy, gałęzi, a nawet młodych drzewek. Wraz z rozszerzaniem się koryta nurt przybierał na sile, spowalniając coraz bardziej bieg łodzi.

Nikt jednak nie patrzył na zegarek. Nate został uprzejmie zwolniony z obowiązków kapitana, gdy w „Santa Lourę" uderzył niesforny pniak drzewa. Nie ponieśli żadnych szkód, ale uderzenie sprawiło, że Jevy i Welly popędzili na oślep ku sterówce. Amerykanin powrócił na swój śródpokład z rozwieszonym hamakiem i spędził poranek na obserwacji dzikiej przyrody.

Jevy przyszedł do niego na kawę.

– No i co sądzisz o Pantanalu? – zapytał. Siedzieli obok siebie. Przewiesiwszy ręce za reling, dyndali gołymi stopami za burtą.

– Naprawdę imponujący.

– Znasz Kolorado?

– Tak, byłem tam.

– Podczas pory deszczowej rzeki Pantanalu wylewają. Zalany obszar ma wielkość Kolorado.

– Byłeś w Kolorado?

– Tak. Mam tam kuzyna.

– Gdzie jeszcze byłeś?

– Trzy lata temu razem z kuzynem przejechaliśmy wielkim autobusem, greyhoundem, przez cały kraj. Zwiedziliśmy wszystkie stany oprócz sześciu.

Jevy był biednym dwudziestoczteroletnim brazylijskim chłopcem. Nate był dwukrotnie od niego starszy i zwykle dysponował dużymi pieniędzmi, a mimo to Jevy zwiedził więcej w Stanach Zjednoczonych niż Nate.

Jeśli miał pieniądze, z reguły podróżował po Europie. Miał nawet ulubione restauracje w Rzymie i Paryżu.

– Kiedy kończą się powodzie – mówił dalej Jevy – nadchodzi pora sucha. Zostają pastwiska, bagna i niezliczone laguny i sadzawki. Ten cykl – pora deszczowa i pora sucha – sprzyja dzikiej przyrodzie bardziej niż gdziekolwiek na świecie. Mamy tu sześćset pięćdziesiąt gatunków ptaków, więcej niż w Kanadzie i Stanach Zjednoczonych razem wziętych. Przynajmniej dwieście sześćdziesiąt gatunków ryb. W tych wodach żyją węże, kajmany, aligatory, a nawet gigantyczne wydry.

Jakby na potwierdzenie tych słów wskazał na zarośla na skraju niewielkiego lasu.

– Patrz, to jeleń – wyjaśnił. – Mamy tu mnóstwo jeleni. I mnóstwo jaguarów, gigantycznych mrówkojadów, są kapibary, tapiry i papugi ary. Pantanal jest pełen zwierząt.

– Urodziłeś się tutaj?

– Urodziłem się w szpitalu w Corumbie, ale jestem dzieckiem tych rzek. To mój dom.

– Mówiłeś, że twój ojciec był pilotem rzecznym.

– Tak. Zacząłem z nim pływać jako mały chłopak. Wcześnie rano, kiedy wszyscy spali, ojciec pozwalał mi stawać przy kole sterowym. Znałem wszystkie główne rzeki, zanim skończyłem dziesięć lat.

– I umarł na tej rzece.

– Nie na tej, ale na Taquiri, na wschodzie. Prowadził łódź z niemieckimi turystami, kiedy dopadła ich burza. Ocalał tylko majtek.

– Kiedy to było?

155

– Pięć lat temu.

Jak każdy prawnik stający w sądzie Nate miał kilkanaście dodatkowych pytań dotyczących wypadku. Chciał poznać szczegóły – szczegóły pozwalają wygrać proces. Ale powiedział tylko: „Tak mi przykro" i dał spokój.

– Chcą zniszczyć Pantanal. – Jevy westchnął.

– Kto?

– Mnóstwo ludzi. Kompanie rolnicze, które mają tu duże farmy. Na północy i wschodzie Pantanalu przygotowują ogromne połacie ziemi pod farmy. Głównie pod uprawę soi. Chcą ją eksportować. Im więcej wycinają lasów, tym więcej wody zbiera się w Pantanalu. W naszych rzekach z roku na rok zwiększa się ilość osadów. Gleba na farmach nie jest dobra, więc przedsiębiorstwa używają nawozów sztucznych, aby zbierać większe plony. Do rzek przenikają chemikalia. Wiele gospodarstw buduje tamy na rzekach, aby tworzyć nowe pastwiska. To burzy cykl powodziowy. A rtęć zabija ryby.

– Skąd bierze się rtęć?

– Z kopalń. Na północy wydobywają złoto, a przy okazji rtęć. Dostaje się ona do rzek, rzeki zaś przepływają przez Pantanal. Nasze ryby połykają ją i zdychają. Wszystkie śmieci i odpady zbierają się w Pantanalu. Cuiaba, milionowe miasto na wschodzie, nie neutralizuje ścieków. Zgadnij, gdzie spływają ścieki.

– A rząd nie pomaga?

Jevy zdobył się na gorzki śmiech.

– Słyszałeś o Hidrovii?

– Nie.

– To wielki kanał, który ma przeciąć Pantanal. Ma połączyć Brazylię, Boliwię, Paragwaj, Argentynę i Urugwaj. Ma uratować Amerykę Południową. Ale osuszy Pantanal. A nasz rząd popiera ten pomysł.

Nate o mały włos nie powiedział czegoś współczującego na temat odpowiedzialności za środowisko, lecz przypomniał sobie, że jego rodacy byli największymi marnotrawcami energii, jakich świat kiedykolwiek oglądał.

– Ale teraz jest tu pięknie – stwierdził.

– Tak. – Jevy dopił kawę. – Czasami myślę, że Pantanal jest zbyt duży, żeby go zniszczyli.

156

Minęli wąski dopływ. Jego wody powiększały wysokość Paragwaju. Małe stadko jeleni, obojętne na hałas dochodzący z rzeki, brodziło w wodzie, skubiąc zielone pnącza. Siedem dorodnych zwierząt, w tym dwie cielne łanie.

– Kilka godzin stąd znajduje się faktoria – powiedział Jevy, wstając z miejsca. – Będziemy tam przed zmrokiem.

– Co będziemy kupować?

– Chyba nic. Właściciel, Fernando, wie o wszystkim, co się dzieje na rzece. Może słyszał coś o misjonarzach.

Jevy wylał resztę kawy do rzeki i rozprostował ramiona.

– Czasem ma do sprzedania piwo. *Cerveja*.

Nate nie odrywał wzroku od wody.

– Sadzę, że nie powinniśmy go kupować – stwierdził Jevy na odchodnym.

Ja też, pomyślał Nate. Opróżnił kubek, wyssawszy słodkie fusy. Zimna, brązowa butelka, może antartica albo brahma, dwa rodzaje, które wypróbował w Brazylii. Doskonałe piwo. Jego najbardziej ulubionym miejscem był bar obok college'u w Georgetown, ze stu dwudziestu gatunkami zagranicznego piwa. Wypróbował wszystkie. Koszami serwowali tam prażone orzeszki i można było rzucać łupinki na podłogę. Kiedy jego kumple ze studiów pojawili się w tym mieście, zawsze się spotykali w barze i gawędzili o dawnych czasach. Piwo było lodowate, dziewczyny młode i swobodne, a orzeszki gorące i słone; łupiny na podłodze chrzęściły pod stopami. Ten bar trwał od zawsze i czy to na odwyku, czy w okresie trzeźwości, Nate najbardziej tęsknił za nim.

Zaczął się pocić, chociaż słońce schowało się za chmurami i wiała chłodna bryza. Wtulił się w hamak i modlił o sen, głęboki sen, który pogrążyłby go w ciemnościach nocy. Pocił się coraz bardziej, aż w końcu koszulka przemokła do suchej nitki. Zabrał się do książki o brazylijskich Indianach. Wkrótce znów spróbował zasnąć.

Nie spał, kiedy wyłączono silnik, a łódź przybiła do brzegu. Usłyszał jakieś głosy, a potem delikatne uderzenie, kiedy przycumowali do pomostu faktorii. Powoli zsunął się z hamaka i usiadł przy burcie.

Był to rodzaj wiejskiego sklepu, zbudowanego na palach: niewielki budynek, wykonany z niepomalowanych, drewnianych płyt, z dachem pokrytym cynkowaną blachą i wąskim wejściem, gdzie, zgodnie z przewidywaniami, stała grupka miejscowych, paląc papierosy i popijając herbatę. Za sklepem widać było małą rzeczkę, która niknęła gdzieś w Pantanalu. Do jednej ze ścian przymocowano duży zbiornik z paliwem.

Lichy pomost wchodził w rzekę. Służył do cumowania łodzi. Jevy i Welly bardzo powoli, z uwagi na silny prąd, przybili do tego prowizorycznego molo. Pod drzwiami zamienili kilka słów z *pantaneiros* i weszli do środka.

Nate przyrzekł sobie wcześniej, że pozostanie na łodzi. Przeszedł na drugą stronę pokładu, usiadł na przeciwległej burcie, zwiesił ręce i nogi przez barierkę i przyglądał się rzece. Zostanie na tym pokładzie, na tej burcie, z rękami i nogami zwisającymi z relingu. Najzimniejsze piwo na świecie nie odciągnie go od tego miejsca.

Nauczył się już, że w Brazylii nie istnieje coś takiego jak krótka wizyta. Szczególnie na rzece, gdzie odwiedziny są rzadkością. Jevy kupił trzydzieści galonów ropy, aby uzupełnić to, co przepadło podczas burzy. Silnik ruszył.

– Fernando mówi, że jest jakaś misjonarka. Pracuje z Indianami. – Jevy podał Nate'owi butelkę zimnej wody. Znów płynęli.

– Gdzie?

– Nie jest pewien. Na północy są jakieś osady, przy granicy z Boliwią. Ale Indianie nie pływają tą rzeką, więc Fernando niewiele o nich wie.

– Jak daleko jest do najbliższej osady?

– Powinniśmy tam być jutro rano. Ale nie dopłyniemy tą łodzią. Musimy skorzystać z małej.

– Fajnie.

– Pamiętasz Marca, tego rolnika, któremu zabiliśmy samolotem krowę?

– No pewnie. Miał trzech małych chłopców.

– Tak. Był tam wczoraj – powiedział Jevy, wskazując znikający za zakolem sklep. – Przypływa raz na miesiąc.

– Chłopcy też z nim byli?

– Nie. To zbyt niebezpieczne.

Jaki ten świat mały. Nate miał nadzieję, że chłopcy wydali pieniądze, które im dał w prezencie. Patrzył na faktorię, póki nie zniknęła z pola widzenia.

Może w drodze powrotnej będzie w na tyle dobrej formie, żeby się tam zatrzymać i kupić jedno zimne piwko. No, ze dwa, żeby uczcić zakończoną sukcesem podróż. Ponownie wpełzł na hamak i sklął się za wewnętrzną słabość. Na gigantycznym bagiennym pustkowiu zbliżał się do alkoholu i przez kilka godzin jego myśli zajęte były tylko tym: oczekiwanie, strach, pot i poszukiwanie sposobu na wypicie jakiegoś drinka. Potem okazja oddaliła się, ucieczka nie była jednak wynikiem jego silnej woli i w rezultacie znów snuł marzenia o romansie z alkoholem. Kilka drinków zrobiłoby mu dobrze, ponieważ przestałby marzyć. To jego ulubione kłamstwo.

Był tylko alkoholikiem. Można go było umieszczać w eleganckich klinikach rehabilitacyjnych za tysiące dolców dziennie, a on i tak pozostał nałogowcem. Można go było wysyłać na spotkania klubu AA we wtorkowe wieczory w podziemiach kościoła, a on i tak pozostał zwyczajnym pijakiem.

Nałogi schwyciły go w swe bezlitosne szpony i poczuł, jak otacza go dokoła rozpacz. Płacił za tę cholerną łódź; zatrudniał Jevy'ego. Gdyby się uparł, żeby zawrócili i popłynęli prosto do sklepu, zrobiliby to. Mógł wykupić całe piwo, jakie ma Fernando, załadować je na lód pod pokładem i sączyć brahmę przez całą drogę do Boliwii. I nikt, cholera, nie mógłby mu nic zrobić.

Uśmiechnięty Welly pojawił się z kubkiem świeżej kawy jak zjawa.

– *Vou cozinhar* – powiedział. Idę gotować.

Jedzenie mi pomoże, pomyślał Nate. Nawet kolejna porcja fasoli, ryżu i gotowanego kurczaka. Jedzenie zaspokoi smak, a przynajmniej odwróci uwagę od innych pragnień.

Jadł powoli na górnym pokładzie, sam w ciemnościach, odpędzając od twarzy tłuste komary. Po posiłku popryskał się od szyi aż po bose stopy środkiem odstraszającym owady. Załamanie minęło, pozostawiając po sobie jedynie niewielkie ślady. Nie czuł już smaku piwa i zapachu orzeszków w ulubionym barze.

Wrócił do swojego sanktuarium. Znów padał deszcz, spokojny deszcz bez wiatru czy piorunów. Josh zapakował mu cztery książki do poczytania dla przyjemności. Wszystkie notatki i informacje Nate przeczytał już wielokrotnie. Nie pozostało nic prócz tych kilku książek. Zdążył już przeczytać połowę najcieńszej.

Zagłębił się w hamaku i powrócił do smutnej historii rdzennych mieszkańców Brazylii.

Kiedy portugalski odkrywca Pedro Alvares Cabral po raz pierwszy postawił stopę na brazylijskiej ziemi, na wybrzeżu Bahia w kwietniu 1500 roku, w kraju mieszkało pięć milionów Indian rozproszonych w dziewięciuset plemionach. Posługiwali się tysiącem stu siedemdziesięcioma pięcioma narzeczami i pominąwszy międzyplemienne waśnie, byli ludźmi nastawionymi pokojowo.

Po pięciu wiekach „cywilizowania" przez Europejczyków populacja Indian została zdziesiątkowana. Przeżyło zaledwie dwieście siedemdziesiąt tysięcy tubylców w dwustu sześciu plemionach, mówiących stu siedemdziesięcioma językami. Wojny, mordy, niewolnictwo, zagrożenie terytorium, choroby – cywilizowani ludzie nie pominęli żadnej okazji eksterminacji Indian.

Były to chore i okrutne dzieje. Jeśli Indianie byli przyjaźni i starali się współpracować z kolonistami, padali ofiarą nieznanych tu chorób: czarnej ospy, odry, żółtej febry, grypy, gruźlicy – na które nie byli odporni. Gdy nie współpracowali, ginęli w rzeziach, mordowani przez ludzi używających broni o wiele bardziej wydajnej niż łuki, dmuchawy i zatrute strzały. Kiedy się bronili, zabijając swych oprawców, nazywano ich krwiożerczymi dzikusami.

Brali ich w niewolę właściciele kopalni, posiadłości ziemskich, wielkich plantacji kauczuku. Wypędzały ich z odwiecznych domostw uzbrojone w strzelby bandy. Księża palili ich na stosach, bandyci i żołnierze urządzali na nich polowania, każdy mężczyzna w potrzebie mógł gwałcić i bezkarnie zabijać ich kobiety. W każdym momencie dziejów, czy to przełomowym, czy mało ważnym, kiedy dochodziło do konfliktu interesów rdzennych Brazylijczyków z interesami białych, przegrywali Indianie.

Jeśli przegrywa się przez pięćset lat, niewiele oczekuje się od życia. Największym problemem, z jakim borykają się obecnie niektóre plemiona, są samobójstwa młodych ludzi.

Po wielu wiekach ludobójstwa rząd brazylijski w końcu postanowił chronić swych „zacnych dzikusów". Dzisiaj masakra wywołuje międzynarodowe potępienie, ustanowiono struktury biurokratyczne i wprowadzono ustawy. Z wielką pompą niektóre plemienne ziemie trafiły na powrót do rąk tubylców, a na rządowych mapach nakreślono linie wytyczające bezpieczne strefy – rezerwaty.

Ale wrogiem były również władze. W 1967 roku dochodzenie w sprawie działalność Agencji do spraw Indian wprawiło w osłupienie większość Brazylijczyków. Raport ujawnił, że agenci, spekulanci ziemscy i farmerzy – ludzie, którzy albo pracowali w agencji, albo wykorzystywali jej pracę – systematycznie używali broni chemicznej i bakteriologicznej, aby usuwać Indian. Sprzedawano Indianom odzież zarażoną czarną ospą i gruźlicą. Z samolotów i helikopterów bombardowano wioski indiańskie śmiercionośnymi bakteriami.

W dorzeczu Amazonki i w całym interiorze właściciele gospodarstw i górnicy nie przejmowali się liniami na mapie.

W 1986 roku jeden z farmerów w Rondonii użył opylacza do spryskania pobliskich terenów indiańskich trującymi chemikaliami. Chciał zmienić ten obszar w pola uprawne, lecz najpierw musiał wyeliminować mieszkańców. Zmarło trzydziestu tubylców, a farmer nigdy nie stanął przed sądem. W 1989 roku inny farmer z Mato Grosso oferował spore sumy łowcom nagród za uszy zamordowanych tubylców. W 1993 roku poszukiwacze złota w Manaus zaatakowali spokojne plemię, ponieważ jego członkowie nie chcieli się wynieść ze swojej ziemi. Zamordowano trzynastu Indian, a nikt z oprawców nie został nawet aresztowany.

W latach dziewięćdziesiątych rząd czynił starania, aby otworzyć dorzecze Amazonki – obszar wielkich bogactw mineralnych, leżący na północy Pantanalu. Na drodze stali Indianie. Większość tych, którzy przeżyli prześladowania, zamieszkiwała w dorzeczu; oszacowano, że pięćdziesiąt szczęśliwych plemion uniknęło jakiegokolwiek kontaktu z cywilizacją.

Teraz cywilizacja ponowiła atak. Nadużycia wobec Indian stawały się coraz częstsze, w miarę jak górnicy i farmerzy, przy poparciu rządu, wnikali coraz głębiej w serce Amazonii.

Ta historia była tyleż fascynująca, co przygnębiająca. Nate czytał bez przerwy przez cztery godziny, póki nie skończył książki.

Poszedł do sterówki i wypił kawę z Jevym. Deszcz przestał padać.

– Dopłyniemy tam rano? – zapytał.

– Tak sądzę.

Światła łodzi kołysały się łagodnie w górę i w dół wraz z ruchem nurtu. Wydawało się, że łódź stoi w miejscu.

– Masz w sobie indiańską krew? – zapytał Nate po chwili wahania. Była to bardzo osobista sprawa i w Stanach Zjednoczonych nikt nie śmiałby o to zapytać.

Jevy uśmiechnął się, nie odrywając wzroku od rzeki.

– Wszyscy mamy w sobie indiańską krew. Dlaczego pytasz?

– Czytałem historię Indian brazylijskich.

– I co o tym sądzisz?

– To tragiczne.

– No tak. Sądzisz, że Indian traktowano tu gorzej?

– Oczywiście.

– A w twoim kraju?

Nie wiadomo dlaczego przyszedł mu do głowy generał Custer. Przynajmniej Indianie coś wygrali. I my nie paliliśmy ich na stosach ani nie rozpylaliśmy na nich żadnych chemikaliów, nie sprzedawaliśmy w niewolę. Czy na pewno? A co z tymi wszystkimi rezerwatami? Ziemie niczyje.

– Obawiam się, że nie było lepiej – powiedział z pokorą. Nie chciał o tym rozmawiać.

Po długiej chwili milczenia Nate zszedł do toalety. Skończywszy swoje sprawy, pociągnął za wiszący nad nim łańcuszek. Jasnobrązowa woda spłynęła do muszli klozetowej, wymywając wszystko prosto do rzeki.

Rozdział 23

Wciąż było ciemno, kiedy silnik stanął i obudził Nate'a. Dotknął lewego nadgarstka i przypomniał sobie, że nie nosi zegarka. Nasłuchiwał przez chwilę, jak Welly i Jevy krzątają się na rufie. Rozmawiali ze sobą półgłosem.

Był z siebie dumny za kolejny trzeźwy ranek, za kolejny zdrowy dzień do czytania książek. Pół roku wcześniej codziennie budził się z zapuchniętymi oczami, plątaniną myśli, wypalonymi wargami, suchym językiem, gorzkim oddechem i nieodmiennym pytaniem: „Po co mi to było?" Często wymiotował pod prysznicem, czasami świadomie wywołując mdłości, żeby szybciej dojść do siebie. Potem pojawiał się dylemat, co zjeść na śniadanie. Coś ciepłego i tłustego, aby ukoić żołądek, albo może „krwawą Mary" dla uspokojenia nerwów? W końcu wychodził do pracy i zawsze o ósmej siadał za biurkiem, aby rozpocząć kolejny brutalny dzień adwokata.

Codziennie. Bez wyjątków. Pod koniec ostatniego załamania miał za sobą długie tygodnie bez trzeźwego poranka. W geście rozpaczy odwiedził psychologa, a kiedy zadano mu pytanie, czy mógłby sobie przypomnieć ostatni dzień, który spędził w trzeźwości, przyznał, że takiego nie pamięta.

Brakowało mu alkoholu, ale nie kaca.

Welly przyciągnął szalupę do burty „Santa Loury" i przywiązał ją mocno. Kiedy Nate zszedł po schodkach, ładowali na nią zapasy. Przygoda wkraczała w nową fazę. Nate był gotów na zmianę scenerii.

Zachmurzone niebo groziło kolejną ulewą. Około szóstej słońce przedarło się przez zasłonę. Wiedział, że była szósta, ponieważ ponownie uzbroił się w zegarek.

Zapiał kogut. Cumowali nieopodal niewielkich zabudowań, uwiązawszy uprzednio linę do kłody, która kiedyś była pomostem. Na zachód, po lewej stronie, mała rzeczka wpływała do Paragwaju.

Zadanie polegało na załadowaniu łódki bez przeciążenia. Mniejsze dopływy, które dopiero mieli napotkać, wylały, więc zanosiło się na to, że nie zawsze będzie widać brzeg. Gdyby łódka osiadła zbyt głęboko w wodzie, mogli wpłynąć na mieliznę, albo, co gorsza, uszkodzić śrubę. Ta łódź miała tylko jeden silnik i tylko dwa wiosła, którym Nate przyglądał się z pokładu, pijąc kawę. Doszedł do wniosku, że zdadzą egzamin, szczególnie gdyby ścigali ich dzicy Indianie albo wygłodniałe zwierzęta.

Trzy pięciogalonowe kanistry z benzyną stały równo pośrodku łodzi.

– Powinno wystarczyć na jakieś piętnaście godzin – wyjaśnił Jevy.

– To sporo.

– Wolę się zabezpieczyć.

– Jak daleko do tej osady?

– Nie jestem pewien. – Wskazał na dom. – Ten farmer twierdzi, że cztery godziny.

– Zna tych Indian?

– Nie. On nie lubi Indian. Mówi, że nigdy ich nie widuje na rzece.

Jevy zapakował mały namiot, dwa koce, dwie moskitiery, dwa wiadra do wylewania deszczówki oraz swoje poncho. Welly dodał pudło jedzenia i skrzynkę z butelkami wody.

Siedząc na koi w kabinie, Nate wyjął z walizeczki kopię testamentu i dokumenty potwierdzenia oraz zrzeczenia się spadku, złożył je razem i umieścił w małej, oficjalnej kopercie Kancelarii Adwokackiej Stafforda. Z braku lepszego opakowania owinął kopertę w kawałek gumowego poncho, który wcześniej wyciął, zalepił taśmą klejącą i po sprawdzeniu swojego dzieła stwierdził, że paczka jest wodoszczelna. Wtedy, również za pomocą taśmy, przykleił ją sobie do koszulki na piersiach i przykrył lekkim pulowerem.

W walizce znajdowały się kopie tych dokumentów, lecz zdecydował, że je zostawi. „Santa Loura" sprawiała wrażenie o wiele bardziej bezpiecznej niż mała łódka, więc postanowił również zostawić telefon satelitarny. Jeszcze raz sprawdził dokumenty i telefon, potem zamknął walizkę i zostawił na koi. Możliwe, że to właśnie dzisiaj, pocieszył się w duchu. Myślom o spotkaniu Rachel Lane towarzyszyło podekscytowanie.

Szybkie śniadanie, składające się z bułki z masłem, zjadł na pokładzie obok szalupy, obserwując chmury. Cztery godziny w Brazylii oznaczało sześć lub osiem godzin i Nate nie mógł się doczekać, kiedy odbiją od brzegu. Ostatnią rzeczą, jaką Jevy załadował na łódź, była lśniąca maczeta o długiej rękojeści.

– To na anakondy – wyjaśnił ze śmiechem. Nate usiłował zignorować ten żart. Machnął na pożegnanie do Welly'ego i zajął się ostatnim kubkiem kawy. Dryfowali do momentu, gdy Jevy uruchomił silnik za burtą.

Mgła zawisła nad wodą i powiało chłodem. Od czasu opuszczenia Corumby Nate obserwował rzekę z bezpiecznego górnego pokładu; teraz praktycznie siedział w niej. Rozejrzał się dokoła, ale nie dostrzegł ani jednej kamizelki ratunkowej. Woda chlupotała o kadłub. Starał się przebić wzrokiem mgłę, wypatrując przeszkód; jeden pokaźny pieniek drzewa o ostrym końcu, a szalupa przejdzie do historii.

Poruszali się w poprzek rzeki, aż wpłynęli do ujścia dopływu, który miał ich doprowadzić do Indian. Woda płynęła tu o wiele spokojniej. Silnik za burtą wył, pozostawiając kipiący ślad. Paragwaj szybko znikał z pola widzenia.

Na mapie Jevy'ego dopływ był oficjalnie oznaczony jako Cabixa. Chłopak nigdy wcześniej nim nie płynął, ponieważ nie miał takiej potrzeby. Rzeka, wijąc się, przepływała z Brazylii do Boliwii i najwyraźniej prowadziła donikąd. Koryto przy ujściu miało trzydzieści metrów w najszerszym miejscu, a dalej zwężało się do około dwudziestu. Na niektórych odcinkach wody rozlewały, gdzie indziej zarośla porastały brzegi gęściej niż na Paragwaju.

Po piętnastu minutach Nate zerknął na zegarek. Postanowił kontrolować czas. Jevy zwolnił, gdy zbliżyli się do pierwszego rozwidlenia, pierwszego z tysiąca. Rzeka tej samej wielkości odbijała w lewo i kapitan musiał powziąć decyzję, która nitka należy do Cabixy. Wybrali prawą odnogę, lecz poruszali się wolniej i wkrótce wpłynęli na jezioro. Jevy wyłączył silnik.

– Zaczekaj. – Stanął na kanistrach i zlustrował otaczające ich rozlewiska. Łódź nie wydawała żadnego odgłosu. Jego uwagę zwrócił rząd korkowatych drzewek. Wskazał w tamtym kierunku i wymamrotał coś pod nosem.

Nate nie umiałby powiedzieć, czy to tylko domniemania. Jevy studiował mapy i mieszkał na tych rzekach – wszystkie prowadziły do Paragwaju. Gdyby obrali zły kurs i zgubili się, niewątpliwie prąd w końcu zaprowadziłby ich z powrotem do Welly'ego.

Popłynęli wzdłuż drzew i zalanych zarośli, które w porze suchej porastały brzeg rzeki, i niebawem znaleźli się pośrodku płytkiego strumienia w tunelu gałęzi. Nie wyglądało to na Cabixę, lecz twarz kapitana wyrażała pełne przekonanie i spokój.

Po godzinie podróży napotkali pierwsze domostwo – zachlapaną błotem, małą chatkę z mułu, krytą czerwoną dachówką, zanurzoną w wodzie głębokiej na metr. Nie dostrzegli śladów bytności ani ludzi, ani zwierząt. Jevy zwolnił, więc mogli spokojnie porozmawiać.

– W porze deszczowej wielu mieszkańców Pantanalu przenosi się na wyżej położone obszary. Ładują krowy i dzieciaki i na trzy miesiące wynoszą się stąd.

– Nie widziałem tu wyżej położonych terenów.

– Nie ma ich dużo. Ale każdy *pantaneiro* ma miejsce, do którego się przenosi o tej porze roku.

– A Indianie?

– Też się przemieszczają.

– Cudownie. Nie wiemy, gdzie są, a na dodatek lubią się przemieszczać.

Jevy zachichotał.

– Znajdziemy ich.

Minęli chatkę bez drzwi i okien. Nie bardzo było do czego wracać.

Po dziewięćdziesięciu minutach podróży, gdy Nate całkowicie zapomniał, że ktoś może go zjeść, po pokonaniu kolejnego zakola zbliżyli się do stada aligatorów, śpiących razem w wodzie głębokiej na dwadzieścia centymetrów. Pojawienie się łodzi wyrwało je z drzemki i wystraszyło. Gady poruszyły ogonami, wzniecając fontanny wody. Nate zerknął na maczetę, na wszelki wypadek, i roześmiał się z własnej głupoty.

Gady nie atakowały. Obserwowały spokojnie przepływającą łódkę.

Przez kolejne dwadzieścia minut nie zobaczyli zwierząt. Rzeka znów się zwężała. Brzegi zbliżyły się do siebie tak bardzo, że drzewa rosnące po obu stronach stykały się ponad wodą. Nagle zrobiło się ciemno. Płynęli tunelem. Nate zerknął na zegarek. Oddalili się o dwie godziny od „Santa Loury".

Teraz posuwali się zygzakiem po bagnach, od czasu do czasu dostrzegając horyzont. Zdawało im się, że w oddali majaczą bliskie góry Boliwii. Rzeka się rozszerzyła, drzewa rozstąpiły i wpłynęli na rozległe jezioro, do którego wpadało kilkanaście małych rzeczek. Za pierwszym razem opłynęli rozlewisko powoli, za drugim jeszcze wolniej. Wszystkie dopływy wyglądały tak samo. Cabixa była jednym z nich, ale Brazylijczyk nie miał pojęcia, którym.

Znów stanął na kanistrach i powiódł wzrokiem po okolicy. Nate siedział bez ruchu. W zaroślach po drugiej stronie jeziora przycupnął jakiś rybak. Fakt, że go zauważyli, był największym uśmiechem losu tego dnia.

Mężczyzna siedział bez ruchu w małej dłubance, wyciosanej z jednego pnia wiele lat temu. Poszarpany słomiany kapelusz zakrywał mu twarz. Kiedy podpłynęli na odległość kilku metrów, Nate dostrzegł, że rybak łowi ryby bez wędki czy żyłki. W ogóle nie miał żadnego kija. Linkę przywiązał do ręki.

Jevy powitał go po portugalsku i podał butelkę wody. Nate uśmiechnął się tylko i słuchał miękkich, płynnych dźwięków dziwnego języka. Mowa była nieco wolniejsza od hiszpańskiego, a prawie równie nosowa jak francuski.

Jeżeli nawet rybak ucieszył się na widok istot ludzkich na tym pustkowiu, nie dał tego po sobie poznać. Gdzie mógł mieszkać ten biedak?

Zaczęli wskazywać na góry, ale zanim skończyli rozmawiać, mały człowieczek zdążył zakreślić palcem całe jezioro. Pogawędzili jeszcze chwilę. Nate odniósł wrażenie, że Jevy wyciąga z niego każdy szczegół. Na pewno miną godziny, zanim ujrzą kolejną twarz. Nawigacja po bagnach i wezbranych rzekach okazała się trudną sztuką. Zdążyli się zgubić zaledwie po dwóch i pół godzinie.

Opadła ich chmura małych, czarnych komarów i Nate sięgnął po środek owadobójczy. Rybak obserwował go z zaciekawieniem.

Pożegnali się i powiosłowali dalej, dryfując przy lekkim wietrze.

– Jego matka była Indianką – wyjaśnił Jevy.

– To miło – odparł Nate, rozprawiając się z komarami.

– Kilka godzin stąd leży jakaś wioska.

– Kilka godzin?

– Może trzy.

Paliwa wystarczy im na piętnaście godzin i Nate zamierzał odliczać każdą minutę. Cabixa rozpoczęła ponownie swój bieg w pobliżu miejsca, gdzie inna, prawie identyczna rzeka wypływała z jeziora. Koryto się rozszerzyło i popłynęli pełną parą.

Nate zsunął się niżej i ulokował wygodnie na dnie łodzi, oparty o burtę między pudłem z żywnością a wiadrami. W tym miejscu woda nie pryskała mu na głowę. Rozważał właśnie możliwość drzemki, kiedy silnik zacharczał histerycznie i umilkł. Łódź szarpnęła się i zwolniła. Nate utkwił wzrok w wodzie, obawiając się odwrócić i spojrzeć na Jevy'ego.

Do tej pory nie martwił się silnikiem. Ich podróż i tak obfitowała w drobne niebezpieczeństwa. Wiosłowanie do Welly'ego zajęłoby im kilka dni. Musieliby spać na łodzi, jeść to, co ze sobą przywieźli, aż do wyczerpania zapasów, wylewać z łódki wodę w czasie deszczu i mieć cholerną nadzieję, że znajdą wędkującego kolesia, który wskaże im bezpieczną drogę.

Niespodziewanie Nate'a ogarnął strach.

Po chwili jednak znów płynęli, a motor terkotał jak gdyby nigdy nic. W końcu przerwy stały się rutyną; co mniej więcej dwadzieścia minut, akurat kiedy Nate zamierzał się zdrzemnąć, równomierne rzężenie silnika ustawało. Dziób łodzi zanurzał się w wodzie. Nate spoglądał na brzegi rzeki, wypatrując dzikich stworzeń. Jevy klął po portugalsku, bawił się przez chwilę przy motorze i wszystko wracało do normy na kolejne dwadzieścia minut.

Pod drzewem na małym rozwidleniu zjedli drugie śniadanie – ser, krakersy i ciastka. Padał deszcz.

– Ten mały rybak – odezwał się Nate. – Zna Indian?

– Tak. Raz na miesiąc płyną łodzią na Paragwaj na handel. Widuje ich.

– Pytałeś, czy kiedykolwiek widział jakąś misjonarkę?

– Tak. Ale nie widział. Ty jesteś pierwszym Amerykaninem, jakiego kiedykolwiek spotkał.

– Facet ma szczęście.

Pierwsze oznaki ludzkich siedzib zauważyli po blisko siedmiu godzinach. Nate dostrzegł cienką smużkę błękitnego dymu wznoszącą się nad drzewami rosnącymi u stóp wzgórza. Jevy był pewien, że są w Boliwii. Teren się wznosił, znajdowali się u podnóża gór. Zalane obszary zostawili za sobą.

Dopłynęli do zagajnika i w prześwicie między drzewami zobaczyli dwa czółna. Jevy skierował łódkę ku prześwitowi. Nate wyskoczył na brzeg, nie mogąc się doczekać, kiedy rozprostuje nogi i poczuje grunt pod stopami.

– Nie ruszaj się – ostrzegł Jevy, przestawiając kanistry. Nate spojrzał na niego. Ich oczy spotkały się i Jevy wskazał na drzewa. Obserwował ich Indianin – ciemnoskóry mężczyzna z nagą klatką piersiową, i jakąś słomianą spódniczką wokół pasa. Nie widać było broni. To, że tubylec nie miał broni, było okolicznością sprzyjającą, gdyż w pierwszej chwili Nate przeraził się na jego widok. Indianin miał długie czarne włosy i czerwone paski na czole. Gdyby trzymał w ręku jakąś włócznię, Nate natychmiast by się poddał.

– Jest przyjaźnie nastawiony? – zapytał, nie odrywając od niego wzroku.

– Tak sądzę.

– Mówi po portugalsku?

– Nie wiem.

– Czemu go nie spytasz?

– Rozluźnij się.

Jevy wysiadł z łodzi.

– Wygląda na kanibala – szepnął, lecz żart pozostał bez echa.

Podeszli kilka kroków w kierunku Indianina, a on zbliżył się o tyle samo kroków do nich. Cała trójka stanęła w bezpiecznej odległości od siebie. Nate'a kusiło, żeby unieść dłoń i powiedzieć „Cześć".

– *Fala portugues?* – Jevy uśmiechnął się uprzejmie.

Indianin długi czas się zastanawiał, lecz wkrótce stało się boleśnie oczywiste, że nie mówi po portugalsku. Wyglądał młodo, prawdopodobnie nie miał nawet dwudziestu lat i akurat znajdował się w pobliżu rzeki, kiedy usłyszał odgłos silnika.

Lustrowali się nawzajem z odległości siedmiu metrów. Jevy rozważał poszczególne możliwości. W zaroślach za plecami Indianina zarejestrował jakiś ruch. Na linii drzew wyłonili się trzej tubylcy, wszyscy bez broni. Zważywszy na przewagę liczebną i fakt, że wszedł na czyjś teren, Nate był gotów wziąć nogi za pas. Indianie nie odznaczali się wyjątkową tężyzną fizyczną, ale mieli przewagę własnego terenu. Nie należeli też do przyjaznych – ani śladu uśmiechów czy powitań.

Jakaś młoda kobieta wychynęła niespodziewanie spośród drzew i stanęła obok pierwszego Indianina. Ona również była brązowa i naga do pasa, więc Nate starał się zbytnio nie wpatrywać.

– *Falo* – powiedziała.

Jevy powoli i wyraźnie wyjaśnił, w jakim celu się tu znaleźli, i poprosił o spotkanie z wodzem plemienia. Przetłumaczyła jego słowa mężczyznom, którzy zbili się w ścisłą grupkę i ponuro rozmawiali między sobą.

– Niektórzy chcą nas zjeść od razu – szepnął Jevy pod nosem. – Inni wolą zaczekać do jutra.

– Bardzo śmieszne.

Kiedy mężczyźni skończyli obrady, przekazali wnioski kobiecie. Ona z kolei powiedziała intruzom, że muszą zaczekać nad rzeką, podczas gdy wieść o ich przybyciu zostanie przekazana współplemieńcom. Ten pomysł bardzo się spodobał Nate'owi, lecz Jevy wydawał się nieco zaniepokojony. Zapytał, czy mieszka z nimi jakaś misjonarka.

– Musicie zaczekać – powtórzyła kobieta.

Indianie zniknęli w lesie.

– Co o tym sądzisz? – zapytał Nate po ich odejściu. Ani on, ani Jevy nawet nie drgnęli. Stali w wysokiej po kostki trawie i spoglądali na drzewa. Nate był pewien, że ich obserwowano.

– Nieznajomi często przynoszą choroby – wyjaśnił Jevy. – Dlatego są tacy ostrożni.

– Nie mam zamiaru nikogo dotykać.

Wrócili do łódki, gdzie Brazylijczyk zajął się czyszczeniem świec. Nate zdjął obie koszulki i sprawdził zawartość wodoszczelnego worka. Dokumenty wciąż były suche.

– To papiery dla tej kobiety? – zapytał Jevy.

– Tak.

– Dlaczego? Co się z nią stało?

Sztywne reguły nakazujące poufność w stosunku do klienta w obecnej sytuacji nie wydawały się stosowne. W normalnej praktyce stanowiły żelazną zasadę, lecz w samym sercu Pantanalu, kiedy najbliższy Amerykanin był Bóg wie gdzie, można je było rozluźnić. Dlaczego by nie? Komu Jevy mógł powiedzieć? Cóż może zaszkodzić mała plotka?

Zgodnie z surowymi instrukcjami Josha przekazanymi Valdirowi, Jevy wiedział tylko, że w Ameryce czekała jakaś ważna sprawa natury prawnej, która wymagała odnalezienia Rachel Lane.

– Jej ojciec zmarł kilka tygodni temu. Zostawił dużo pieniędzy.

– Ile?

– Kilka miliardów.

– Miliardów?

– Tak.

– Był bardzo zamożny.

– Tak.

– Miał jakieś inne dzieci?

– Chyba sześcioro.

– Im też dał kilka miliardów?

– Nie. Im zostawił bardzo niewiele.

– Dlaczego jej dał tak dużo?

– Nikt tego nie wie. Wszyscy są zaskoczeni.

– Czy ona wie, że jej ojciec umarł?

– Nie.

– Kochała go?

– Wątpię. Była nieślubnym dzieckiem. Wygląda na to, że starała się uciec od niego i wszystkiego innego. Nie odnosisz takiego wrażenia? – Nate wskazał ręką Pantanal.

– Tak. To dobre miejsce na kryjówkę. Wiedział, gdzie ona jest, kiedy umierał?

– Nie bardzo. Wiedział, że pracuje gdzieś tutaj jako misjonarka wśród Indian.

Jevy zapomniał o świecy, którą trzymał w ręku, i chłonął informacje. Miał wiele pytań. Granice zaufania prawnika poszerzały się z każdą chwilą.

– Po co zostawiałby taką fortunę dziecku, które go nie kochało?

– Może był szalony. Wyskoczył przez okno.

Tego było za wiele dla Jevy'ego. Zmrużył oczy i spojrzał głęboko zamyślony na rzekę.

Rozdział 24

Indianie Guato, pradawni mieszkańcy tych ziem, podobnie jak ich przodkowie unikali kontaktów z przybyszami z zewnątrz.

Żyli z uprawy roślin, łowili ryby w rzekach i polowali za pomocą łuków i strzał.

Byli też wyraźnie bardzo ostrożni. Po godzinie Jevy wyczuł dym. Wspiął się na rosnące nieopodal drzewo i z wysokości dwunastu metrów dostrzegł dachy chat. Poprosił Nate'a, aby do niego dołączył.

Nate nie siedział na drzewie od ponad czterdziestu lat, lecz w tej chwili nie mieli nic innego do roboty. Wspiął się z większym trudem niż Jevy i wreszcie zasapany przysiadł na kruchej gałęzi. Otoczył pień jedną ręką.

Widzieli wierzchołki trzech domostw, pokrytych równymi pasami ściśle splecionej słomy. Błękitny dym wznosił się między dwoma chatami z miejsca, którego nie mogli dostrzec.

Czy to możliwe, że dotarł aż tak blisko Rachel Lane? Czy to ona słuchała swych ludzi, zastanawiając się, co uczynić? Czy wyśle wojownika, aby ich przyprowadził, czy też po prostu przejdzie przez las i powie „Witajcie"?

– To mała osada – ocenił Nate, starając się nie poruszać.

– Może być więcej chat.

– Jak myślisz, co teraz robią?

– Rozmawiają. Po prostu rozmawiają.

– Cóż, nie chciałbym o tym mówić, ale musimy zrobić jakiś ruch. Zostawiliśmy łódź osiem i pół godziny temu. Chciałbym się zobaczyć z Wellym przed zapadnięciem zmroku.

– Nie ma sprawy. Wrócimy z prądem. W dodatku teraz znam drogę. Będzie znacznie szybciej.

– Nie martwisz się?

Jevy pokręcił głową, jakby w ogóle nie myślał o powrocie przez Cabixę po ciemku. Ale Nate myślał. Niepokoiły go dwa duże jeziora, które napotkali po drodze, każde z licznymi dopływami, identycznymi w świetle dnia.

Zaplanował sobie, że przywita się z panią Lane, przybliży jej rodzinną historię, dopełni formalności prawnych, pokaże dokumenty, odpowie na podstawowe pytania, uzyska jej podpis, podziękuje i możliwie jak najszybciej zakończy spotkanie.

Niepokoiła go późna pora, rozklekotany silnik łódki oraz podróż powrotna na „Santa Lourę". Prawdopodobnie Rachel będzie chciała porozmawiać, a może właśnie nie będzie chcia-

172

ła. Może powie bardzo niewiele i zażyczy sobie, by odpłynęli i nigdy nie wracali.

Zszedł na ziemię, usadowił się wygodnie w łodzi i właśnie szykował do krótkiej drzemki, kiedy Jevy zobaczył Indian. Powiedział coś i wskazał palcem. Nate spojrzał na las.

Zbliżali się do rzeki, idąc gęsiego za wodzem, najstarszym z Guato, o ile mógł to ocenić z odległości. Krępy mężczyzna, z wydatnym brzuchem, niósł w ręku długi kij – który nie wydawał się ani ostry, ani niebezpieczny – ozdobiony przy czubku pękiem piór. Nate domyślił się, że to prawdopodobnie włócznia obrzędowa.

Wódz szybko zmierzył wzrokiem dwóch intruzów i zwrócił się do Jevy'ego.

– Dlaczego tu jesteście? – zapytał po portugalsku. Nie miał przyjaznej miny, ale nie był wrogi. Nate przyjrzał się włóczni.

– Szukamy amerykańskiej misjonarki, kobiety – wyjaśnił Jevy.

– Skąd jesteście? – zapytał wódz, patrząc na Nate'a.

– Z Corumby.

– A ten? – Wszystkie spojrzenia spoczęły na białym.

– Jest Amerykaninem. Musi znaleźć tę kobietę.

– Dlaczego musi ją znaleźć?

Był to pierwszy znak świadczący o tym, że Indianie mogą coś wiedzieć o Rachel Lane. Czyżby się ukrywała gdzieś w pobliżu, w wiosce, a może w lesie, podsłuchując?

Jevy zagłębił się w zawiły monolog, wyjaśniając, jak Nate przebył wielkie odległości i prawie przypłacił tę podróż życiem. Chodziło o sprawę bardzo ważną w pojęciu Amerykanów, nic, co Jevy i Indianie potrafiliby zrozumieć.

– Czy grozi jej niebezpieczeństwo?

– Nie. Żadne.

– Nie ma jej tutaj.

– Mówi, że nie ma jej tutaj – przetłumaczył Jevy.

– Powiedz mu, że myślę, że jest kłamliwym skurczybykiem – odpowiedział miękko Nate.

– Nie sądzę, żeby tak było.

– Czy kiedykolwiek widzieliście tu jakąś misjonarkę? – zapytał Jevy.

Wódz pokręcił głową.

– Czy kiedykolwiek o takiej słyszeliście?

Z początku nie padła żadna odpowiedź. Oczy wodza natychmiast zmieniły się w dwie szparki, gdy patrzył na Jevy'ego, lustrując go od stóp do głowy, jakby się zastanawiał, czy można ufać temu człowiekowi. Wreszcie lekko skinął głową.

– Gdzie ona jest?

– W innej wiosce.

– Gdzie?

Indianin nie był pewien, ale wskazał palcem gdzieś na północ i na zachód, a następnie zatoczył włócznią nad połową Pantanalu.

– Guato? – zapytał Jevy.

Indianin zmarszczył brwi i pokręcił głową, jakby mieszkała wśród niemiłych mu ludzi.

– Ipica – odparł, krzywiąc się.

– Jak to daleko?

– Dzień drogi.

Jevy spróbował wyciągnąć od niego dokładniejsze dane co do odległości, lecz wkrótce się zorientował, że godziny nic nie znaczą dla Indian. Dzień nie równał się dwudziestu czterem godzinom. Był to po prostu dzień. Jevy spróbował wprowadzić połowę dnia i uczynił znaczny postęp.

– Dwanaście do piętnastu godzin – wyjaśnił Nate'owi.

– W jednej z tych małych piróg, prawda? – szepnął Nate.

– Tak.

– Więc jak szybko możemy się tam dostać?

– Za trzy do czterech godzin, jeśli w ogóle znajdziemy to plemię.

Jevy wyjął dwie mapy i rozłożył je na trawie. Indianie się zaciekawili. Przykucnęli tuż przy swoim przywódcy.

Aby się dowiedzieć, dokąd zmierzają, musieli ustalić obecne położenie. Nie było to łatwe, szczególnie kiedy się dowiedzieli od wodza, że rzeka, którą przypłynęli, to nie Cabixa. Najwidoczniej po spotkaniu z rybakiem obrali zły kurs i przypadkiem natknęli się na Indian Guato. Jevy z ciężkim sercem przyjął tę nowinę i powtórzył ją Amerykaninowi.

Nate przejął się jeszcze bardziej. Złożył swoje życie w ręce Jevy'ego.

Dla Indian ładnie pokolorowane mapy nawigacyjne znaczyły niewiele. Zapomnieli o nich w chwili, gdy Jevy zaczął szkicować własną mapę. Rozpoczął od nienazwanej rzeki płynącej przed nimi i rozmawiając nieustannie z wodzem, powoli przesuwał się na papierze na północ. Wódz korzystał z pomocy dwóch młodych mężczyzn, którzy, jak wyjaśnił Jevy'emu, byli doskonałymi rybakami i od czasu do czasu zapędzali się na Paragwaj.

– Wynajmij ich – szepnął Nate.

Jevy spróbował, lecz w trakcie negocjacji dowiedział się, że obaj nigdy nie widzieli Indian Ipica, nie bardzo tego chcieli, nie wiedzieli, gdzie dokładnie są, i nie rozumieli koncepcji zapłaty za pracę. A wódz nie życzył sobie, by opuszczali wioskę.

Szlak prowadził najpierw jedną rzeką, potem drugą, wijąc się ku północy. W końcu wódz i jego rybacy nie mogli się zgodzić co do dalszego kierunku. Jevy porównał rysunki z mapami.

– Mamy ją – powiedział do Nate'a.

– Gdzie?

– Jest tu osada Indian Ipica – wyjaśnił, wskazując na mapę. – Na południe od Porto Indio, na skraju gór. Wskazówki Indian doprowadziły mnie tu.

Nate pochylił się niżej i przyjrzał oznaczeniom.

– Jak się tam dostaniemy?

– Myślę, że wrócimy do dużej łodzi i popłyniemy pół dnia na północ Paragwajem. Potem znów skorzystamy z małej łódki i dotrzemy do osady.

Paragwaj płynął stosunkowo blisko miejsca, do którego zmierzali, a podróż na „Santa Lourze" wydawała się Nate'owi wspaniałym pomysłem.

– Ile godzin będziemy płynąć małą łódką? – zapytał.

– Mniej więcej cztery.

„Mniej więcej" w Brazylii mogło oznaczać wszystko. Odległość wydawała się jednak krótsza niż dystans, jaki przebyli od rana.

– No to na co czekamy? – zapytał, wstając i uśmiechając się do Indian.

Jevy dziękował gospodarzom, jednocześnie składając mapy. Teraz, kiedy przybysze zbierali się do odejścia, Indianie poczuli się swobodniej i usiłowali okazać gościnność. Zaproponowali jedzenie, za co Jevy podziękował i wytłumaczył, że nagle zaczęło im się bardzo spieszyć, ponieważ chcieli dopłynąć do wielkiej rzeki przed zmrokiem.

Nate szczerzył się do nich, gdy łódź odbijała od brzegu. Wszyscy chcieli ją koniecznie zobaczyć. Stali na brzegu rzeki, patrząc z zaciekawieniem, jak Jevy przygotowuje silnik. Kiedy go uruchomił, cofnęli się o krok.

Rzeka, jakkolwiek się nazywała, wyglądała zupełnie inaczej, gdy się płynęło z prądem. Kiedy dotarli do pierwszego zakola, Nate zerknął przez ramię. Guato wciąż stał w wodzie.

Dochodziła szesnasta. Przy odrobinie szczęścia Nate i Jevy miną duże jeziora przed zmrokiem, a potem wpłyną na Cabixę. Welly będzie na nich czekał z fasolą i ryżem. I gdy Nate robił w myślach te szybkie obliczenia, poczuł na twarzy pierwsze krople deszczu.

Okazało się, że przyczyną częstych przestojów nie były brudne świece zapłonowe. Po pięćdziesięciu minutach drogi powrotnej silnik umilkł na dobre. Łódź dryfowała z prądem. Jevy zdjął pokrywę i zaatakował gaźnik śrubokrętem. Nate spytał, czy mu pomóc, i szybko dowiedział się, że nie. W każdym razie na pewno nie przy silniku. Mógł za to wziąć wiadro i wylewać deszczówkę albo złapać za wiosło i starać się utrzymać łódź pośrodku bezimiennej rzeki.

Nate zrobił i jedno, i drugie. Prąd popychał ich do przodu, chociaż o wiele wolniej, niż sobie tego życzyli. Deszcz padał z przerwami. Kiedy zbliżyli się do ostrego zakrętu, rzeka zrobiła się płytka, lecz Jevy był zbyt zaprzątnięty pracą przy silniku, aby to dostrzec. Łódź nabrała prędkości, a bystry nurt rzucił nią w kępę gęstych zarośli.

– Pomóż mi! – krzyknął Nate.

Jevy chwycił wiosło. Odwrócił łódkę, by uderzyła dziobem w chaszcze i nie wywróciła się.

– Trzymaj się! – krzyknął, kiedy rąbnęli o brzeg. W jednej chwili otoczyły ich pnącza i konary i Nate zasłonił się wiosłem.

Mały wąż upadł na dno łodzi tuż za plecami Nate'a, który nie zauważył tego. Jevy poderwał gada piórem wiosła i wrzucił do wody. Wolał o tym nie wspominać.

Przez kilka minut walczyli z prądem i ze sobą. Nate młócił wodę w złym kierunku. Jego entuzjazm do wiosłowania sprawił, że łódź znajdowała się na skraju wywrotki.

Kiedy wreszcie udało im się odbić od zarośniętego brzegu, Jevy skonfiskował obydwa wiosła i znalazł Nate'owi nowe zajęcie. Poprosił go, żeby stanął nad silnikiem i rozłożył szeroko poncho, zasłaniając gaźnik przed deszczem. Tak więc Nate stał jak anioł z rozpostartymi ramionami, jedną stopą opierając się o kanister, drugą o niską burtę, zmartwiały ze strachu.

Po dwudziestu minutach nadal dryfowali po wąskiej rzece. Spuściznę Phelana stać było na najbardziej lśniący, najnowocześniejszy silnik w Brazylii, a teraz Nate przyglądał się, jak mechanik amator próbuje naprawić taki, który ma więcej lat niż on.

Jevy zamknął pokrywę i w nieskończoność mocował się z przepustnicą. Szarpnął linkę startera. Nate złapał się na tym, że podświadomie powtarza słowa modlitwy. Za czwartym razem zdarzył się cud. Silnik zaterkotał, chociaż nie tak równomiernie jak poprzednio. Umilkł i znów zawarczał, a Jevy spróbował ustawić przepustnicę, bez większego powodzenia.

– Musimy płynąć wolniej – stwierdził, nie patrząc na Nate'a.

– Dobrze. Póki wiemy, gdzie jesteśmy.

– Nie ma sprawy.

Znad wierzchołków gór Boliwii wypełzła burza i zawisła groźnie nad Pantanalem jak ta, która omal nie zabiła ich w samolocie. Nate siedział na dnie łodzi, osłonięty poncho. Obserwował rzekę na wschodzie, wypatrując czegoś znajomego, kiedy poczuł pierwszy gwałtowny podmuch wichru. Deszcz nagle przybrał na sile. Nate obrócił się powoli i spojrzał za siebie. Jevy zdążył już zobaczyć, co się dzieje, lecz nie odezwał się ani słowem.

Niebo zrobiło się ciemnoszare, prawie czarne. Chmury kłębiły się tak nisko nad ziemią, że nie było widać gór. Deszcz chłostał ich bezlitośnie. Nate czuł się całkowicie bezbronny wobec ataków żywiołu.

Nie było gdzie się schronić: żadnej bezpiecznej przystani, w której mogliby przycumować i przeczekać burzę. Wiele kilometrów wokół nich była tylko woda. Znajdowali się pośrodku rozlewiska i jedynie wierzchołki krzaków i kilku drzew wskazywały koryto rzek i brzegi jezior. Musieli zostać w łodzi, bo nie mieli innej możliwości.

Nawałnica uderzyła od tyłu, popychając łódkę i miażdżąc ulewnym deszczem plecy. Niebo pociemniało jeszcze bardziej.

Nate, skulony, chciał wsunąć się pod aluminiową burtę, przycisnąć do siebie koło ratunkowe i możliwie jak najszczelniej zakryć się połami poncho. Ale woda gromadziła się szybko u jego stóp. Zapasy żywności mokły. W końcu wziął wiadro i zaczął wybierać deszczówkę.

Dotarli do rozwidlenia, którego, Nate był o tym przekonany, nie mijali wcześniej, i popłynęli do zbiegu rzek, ledwie widocznego w strugach deszczu. Jevy zmniejszył przepustnicę, aby mogli lepiej przyjrzeć się okolicy, potem zwiększył obroty i skręcił ostro w prawo, jakby dokładnie wiedział, dokąd płynąć. Nate był pewien, że się zgubili.

Po kilku minutach rzeka zniknęła w gąszczu drzew. Nie widzieli ich wcześniej, więc Jevy pospiesznie zawrócił. Teraz pędzili wprost w paszczę burzy, a był to widok przerażający: czarne niebo wisiało tuż nad kipiącym nurtem.

Dotarli na powrót do zbiegu rzek i przez chwilę wymieniali spostrzeżenia, przekrzykując wicher i deszcz. W końcu wybrali inną rzekę.

Tuż przed zmrokiem wpłynęli na dużą, zalaną równinę, okresowe jezioro, z grubsza przypominające miejsce, gdzie poprzednio spotkali rybaka. Teraz nigdzie go nie było.

Jevy wybrał jeden z kilku dopływów i pokierował łodzią tak, jakby pływał po tym skrawku Pantanalu codziennie. Wtem niebo rozbłysło błyskawicą i przez chwilę dostrzegli wyraźnie, gdzie się znajdują. Deszcz osłabł. Burza mijała powoli.

Jevy wyłączył silnik i przyglądał się brzegom rzeki.

– Co o tym sądzisz? – zapytał Nate. W czasie burzy prawie ze sobą nie rozmawiali. Zgubili się na pewno, ale Nate nie zamierzał zmuszać Jevy'ego, aby się do tego przyznał.

– Powinniśmy rozbić obozowisko – odezwał się przewodnik. Brzmiało to bardziej jak propozycja niż konkretny plan.

– Po co?

– Bo musimy się gdzieś przespać.

– Możemy na zmianę drzemać w łodzi – odparł Nate. – Tu jest bezpieczniej. – Powiedział to z przekonaniem godnym wytrawnego pilota rzecznego.

– Możliwe. Ale powinniśmy się zatrzymać. Zgubimy się, jeśli dalej będziemy płynąć po ciemku.

Zgubiliśmy się już trzy godziny temu, miał ochotę powiedzieć Nate.

Jevy poprowadził łódź w stronę majaczących w oddali krzaków. Dryfowali z nurtem, trzymając się blisko brzegu, latarkami wyławiając z mroku płycizny. Dwie małe czerwone plamki jarzące się nad powierzchnią wody oznaczałyby, że aligator też czuwa, lecz, na szczęście, nic takiego nie dostrzegli. Przycumowali łódź do grubego konara trzy metry od brzegu.

Kolacja składała się z rozmokłych herbatników, puszki małych rybek, których Nate nigdy nie próbował, bananów i sera.

Kiedy wiatr ustał, pojawiły się komary. Środek owadobójczy przechodził z rąk do rąk. Nate natarł nim sobie szyję i twarz, nawet powieki i włosy. Szybkie, zajadłe maleńkie owady atakowały czarnymi chmurami, przelatując z jednego końca łodzi na drugi. Chociaż deszcz ustał, żaden z mężczyzn nie zdecydował się na zdjęcie poncho. Moskity nacierały bezlitośnie, lecz nie udawało im się sforsować grubej warstwy plastiku.

Około dwudziestej trzeciej niebo rozchmurzyło się nieco, ale w dalszym ciągu nie było widać księżyca. Nurt lekko kołysał łodzią. Jevy zaproponował, że odbędzie pierwszą wachtę, i Nate, zgodziwszy się skwapliwie, postanowił znaleźć najwygodniejszą pozycję do drzemki. Oparł głowę o namiot i wyciągnął nogi. Poncho rozchyliło się i kilkanaście moskitów skorzystało z okazji. Coś plusnęło, może jakiś gad. Aluminiowej łódki nie zaprojektowano jako pływającej sypialni.

O śnie nie było mowy.

Rozdział 25

Flowe, Zadel i Theishen, psychiatrzy, którzy badali Phelana zaledwie kilka tygodni wcześniej i przedstawili zgodną opinię na wideo, a później w długich, pisemnych oświadczeniach złożonych pod przysięgą, że jest on w pełni władz umysłowych, wylecieli z pracy. I nie tylko zostali wyrzuceni. Prawnicy jednogłośnie okrzyknęli ich zgrają czubków, a nawet oszustów.

Zatrudniono nowych psychiatrów. Hark kupił pierwszego za trzysta dolców za godzinę. Jego nazwisko znalazł w czasopiśmie dla prawników procesowych, pomiędzy ogłoszeniami o ekspertach powypadkowych i specjalistach od prześwietleń. Doktor Sabo przeszedł na emeryturę i obecnie z chęcią zaoferował sprzedaż swojej opinii. Jedno krótkie spojrzenie na taśmę wideo z panem Phelanem wystarczyło do wystosowania wstępnej diagnozy: chory wyraźnie nie był zdolny do spisania testamentu. Skok przez okno nie świadczył bynajmniej o przejrzystym i zdrowym umyśle. Nie mówiąc już o pozostawieniu jedenastomiliardowej fortuny nieznanej spadkobierczyni, co stanowiło niepodważalny dowód poważnej choroby umysłowej pana Phelana.

Sabo z radością myślał o zajęciu się tą sprawą. Obalenie diagnozy trzech psychiatrów było nie lada wyzwaniem. Reklama kusiła. Nigdy nie zajmował się słynnym przypadkiem, a honorarium wystarczy z powodzeniem na wycieczkę na Daleki Wschód.

Prawnicy Phelanów starali się doprowadzić do obalenia diagnozy Flowe'a, Zadela i Theishena. Jedynym sposobem zdyskredytowania ich było znalezienie nowych ekspertów z nowymi opiniami.

Pojawiły się jednak niespodziewane wydatki. Spadkobiercy nie byli w stanie płacić pokaźnych miesięcznych honorariów, więc prawnicy łaskawie zgodzili się pójść im na rękę, biorąc procent od wywalczonych sum. Rozrzut był niewiarygodny: Hark chciał czterdzieści procent, lecz Rex zbeształ go za chciwość. W końcu zgodzili się na dwadzieścia pięć. Grit wycisnął dwadzieścia pięć z Mary Ross Phelan Jackman.

Niewątpliwym zwycięzcą okazał się Wally Bright, uliczny rozbójnik, który upierał się przy równym podziale z Libbigail i Spikiem. Miał zamiar zagarnąć połowę ich części.

W bałaganie towarzyszącym zakładaniu spraw w sądzie ani jeden ze spadkobierców Phelana nie zastanowił się, czy postępuje słusznie. Ufali swoim prawnikom. Poza tym inni też chcieli obalić testament. Nikt nie mógł pozwolić wyrzucić się poza margines. Na szali leżało tak wiele.

Hark, najgłośniejszy z prawników Phelanów, zwrócił uwagę Sneada, długoletniego służącego Troya. Nikt nie widział Sneada po samobójstwie. Zapomniano też o nim w sądowym chaosie. Jego praca dobiegła końca. Kiedy odczytywano testament, Snead został na sali rozpraw z twarzą ukrytą pod okularami słonecznymi i kapeluszem. Nikt go nie rozpoznał. Wyszedł, płacząc.

Nienawidził dzieci Phelana, ponieważ Troy ich nienawidził. Przez te wszystkie lata Snead musiał wykonywać nieprzyjemną robotę, by chronić swojego szefa przed rodzinami. Snead załatwiał aborcje, przekupywał gliniarzy, kiedy chłopców przyłapano z narkotykami. Okłamywał żony, by chronić kochanki, a kiedy kochanki stawały się żonami, wówczas biedny Snead okłamywał je również, aby ochraniać kolejne sympatie.

W zamian za dobrą robotę dzieci i żony nazwały go fagasem.

A w zamian za wierną służbę pan Phelan nie pozostawił mu nic. Ani centa. Przez te wszystkie lata Snead otrzymywał dobre wynagrodzenie i zdołał trochę odłożyć, lecz nie tyle, by móc żyć z procentów. Dla swojego szefa i pracy poświęcił wszystko. Nie miał normalnego życia, ponieważ pan Phelan oczekiwał, że będzie do dyspozycji o każdej porze dnia. Założenie rodziny nie wchodziło w grę. Nie mógł nawet powiedzieć, że miał jakichś prawdziwych przyjaciół.

Pan Phelan był jego przyjacielem, powiernikiem, jedyną osobą, której mógł ufać.

Staruszek wielokrotnie obiecywał, że o nim nie zapomni, i Snead wiedział, że jego nazwisko znalazło się w jednym testamencie. Widział ten dokument na własne oczy. W razie śmierci pana Phelana miał odziedziczyć milion dolarów. Majątek Troya szacowano wówczas na trzy miliardy i Snead przypomniał sobie, jak pomyślał, że milion to niewiele. W miarę jak staruszek się bogacił, Snead wyobrażał sobie, że jego udziały w spadku rosną z każdym kolejnym testamentem.

Czasami napomykał o tej sprawie delikatnie, łagodnie i, jak sądził, w odpowiednim momencie. Pan Phelan jednak wymyślał mu i groził, że go całkowicie pominie.

– Jesteś równie zły jak moje dzieci – powiedział kiedyś, co bardzo przybiło biednego Sneada.

A więc zszedł z miliona do zera i czuł wzbierającą gorycz. Dołączy do wrogów Phelana po prostu dlatego, że nie pozostawiono mu wyboru.

Znalazł nowe biuro Harka Gettysa w pobliżu Dupont Circle. Sekretarka wyjaśniła, że pan Gettys jest bardzo zajęty.

– Ja też – odburknął Snead. Będąc tak blisko Troya, spędził większość życia w otoczeniu prawników. Zawsze byli zajęci.

– Proszę mu to przekazać – powiedział, wręczając jej kopertę. – To dość pilne. Zaczekam tu dziesięć minut, a potem pójdę do konkurencji na tej samej ulicy.

Usiadł na krześle i utkwił wzrok w podłodze – tani, nowy dywan. Sekretarka zawahała się, ale po chwili zniknęła za drzwiami. Koperta zawierała małą, odręcznie napisaną wiadomość: „Przez trzydzieści lat pracowałem dla Troya Phelana. Wiem wszystko. Malcolm Snead".

Hark pojawił się błyskawicznie z kartką w ręku, uśmiechając się przymilnie, jakby przyjazne powitanie mogło wywrzeć wrażenie na Sneadzie. Wkrótce niemal biegli korytarzem do obszernego gabinetu. Sekretarka podążyła za nimi. Nie, Snead nie chce kawy, herbaty, wody ani coli. Hark zatrzasnął drzwi i przekręcił klucz w zamku.

W gabinecie pachniało świeżą farbą. Biurko i półki były nowe i zupełnie niedobrane. Pudła z aktami i innymi papierami piętrzyły się pod ścianami. Snead starannie, powoli rejestrował szczegóły.

– Dopiero się wprowadziliście? – zapytał.

– Kilka tygodni temu.

Sneadowi strasznie się nie podobało to miejsce, nie mówiąc o samym prawniku, który miał na sobie tani wełniany garnitur, o wiele tańszy niż garnitur Sneada.

– Trzydzieści lat, tak? – odezwał się Hark, nie wypuszczając kartki z rąk.

– Istotnie.

– Był pan z nim, kiedy wyskoczył?

– Nie. Wyskoczył sam.

Fałszywy śmieszek.

– Miałem na myśli to, czy był pan w tym samym pokoju?

– Tak. Prawie go złapałem.

– To musiało być straszne.

– Było straszne. I wciąż jest.

– Widział pan, jak Phelan podpisywał testament, ten ostatni testament?

– Tak.

– Widział pan, jak pisał ten cholerny kawałek?

Snead doskonale przygotował się na kłamstwa. Prawda nie znaczyła nic, ponieważ starzec też go okłamał. Zresztą, co miał do stracenia?

– Widziałem mnóstwo rzeczy – powiedział. – A wiem o wiele więcej. Ta wizyta wiąże się wyłącznie z pieniędzmi. Pan Phelan obiecał, że weźmie mnie pod uwagę w swoim testamencie. Padło wiele obietnic i żadnej nie dotrzymał.

– A więc jedzie pan na tym samym wózku co mój klient – stwierdził Hark.

– Mam nadzieję, że nie. Gardzę pańskim klientem i jego godnym pożałowania rodzeństwem. Wyjaśnijmy to sobie na wstępie.

– Myślę, że wyraził się pan jasno.

– Nikt nie był bliżej z Troyem Phelanem niż ja. Widziałem i słyszałem rzeczy, których nikt inny nie jest w stanie poświadczyć.

– A więc chce pan wystąpić w roli świadka?

– Ja jestem świadkiem. Ekspertem. I jestem bardzo drogi.

Ich oczy spotkały się na sekundę. Wiadomość została wysłana i odebrana.

– Prawo mówi, że laicy nie mogą wydawać opinii co do zdolności umysłowych do sporządzania testamentu, ale niewątpliwie może pan opowiedzieć o konkretnych czynach i zachowaniach świadczących o chorobie umysłowej.

– Wiem o tym – mruknął Snead.

– Był szalony?

– Był albo nie był. Dla mnie to bez znaczenia. Mogę mówić tak albo tak.

Hark w milczeniu rozważał słowa rozmówcy. Podrapał się po policzku i zapatrzył na ścianę.

Snead postanowił mu pomóc.

– Widzę to tak. Pański chłopiec został wyrolowany, wraz z bratem i siostrami. Każde z nich dostało pięć milionów dolców po skończeniu dwudziestego pierwszego roku życia i wiemy, co zrobili z tymi pieniędzmi. Wszyscy są straszliwie zadłużeni i nie mają innego wyjścia prócz podważenia wiarygodności testamentu. Jednak żadna ława przysięgłych nie okaże im współczucia. Są przegraną bandą chciwych degeneratów. Taką sprawę bardzo trudno wygrać. Ale pan i inne prawnicze orły zaatakujecie testament i stworzycie zamieszanie wokół rozprawy, a cała historia szybko trafi do brukowców, ponieważ na szali leży jedenaście miliardów. Pan natomiast ma nadzieję na godziwy dochód przed procesem.

– Szybko pan łapie.

– Nie. Przez trzydzieści lat obserwowałem pana Phelana. Tak czy owak, rozmiary tego honorarium zależą ode mnie. O ile sobie przypominam, być może, mój stary szef, sporządzając ostatni testament, nie był w najlepszej kondycji umysłowej.

– A więc pańska pamięć odchodzi i powraca.

– Moja pamięć jest taka, jak chcę. Nikt jej nie zakwestionuje.

– Czego pan chce?

– Pieniędzy.

– Ile?

– Pięć milionów.

– To bardzo dużo.

– To nic. Wezmę je od tej strony albo tej drugiej.

– Jak mam załatwić dla pana te pięć milionów?

– Nie wiem. Ja nie jestem prawnikiem. Domyślam się, że pan i pańscy podopieczni możecie wymyślić jakiś mały brudny plan.

Nastąpiło długie milczenie. Hark zaczął kombinować. Miał wiele pytań, ale podejrzewał, że nie otrzyma wielu odpowiedzi. Przynajmniej nie teraz.

– Są jeszcze jacyś inni świadkowie? – zapytał.

– Tylko jeden. Nicolette. Ostatnia sekretarka pana Phelana.

– Co ona wie?

– To zależy. Ją można kupić.

– Już pan z nią rozmawiał.

– Codziennie. Stanowimy zespół.

– Ile dla niej?

– Jest wliczona w te pięć milionów.

– To prawdziwa okazja. Jeszcze ktoś?

– Nikt naprawdę ważny.

Hark przymknął oczy i pomasował skronie.

– Nie mam obiekcji co do tych pańskich pięciu milionów – powiedział, marszcząc nos. – Ja po prostu nie wiem, skąd je panu wziąć.

– Jestem pewnien, że coś panu przyjdzie do głowy.

– Proszę mi dać trochę czasu, dobrze? Muszę o tym pomyśleć.

– Dam panu tydzień. Jeśli pan powie „nie", zwrócę się do drugiej strony.

– Nie ma żadnej drugiej strony.

– Niech pan nie będzie taki pewny.

– Wie pan coś o Rachel Lane?

– Wiem wszystko – odparł Snead i wyszedł z gabinetu.

Rozdział 26

Pierwsze przebłyski świtu nie przyniosły niespodzianek. Łódź stała przywiązana do drzewa na brzegu małej rzeki, która wyglądała dokładnie tak samo, jak wszystkie inne, które dotychczas widzieli. Ciężkie chmury znów przesłoniły niebo; światło dnia przedzierało się przez nie z trudem.

Na śniadanie zjedli małe pudełko ciastek – ostatnią z racji żywnościowych zapakowanych przez Welly'ego. Nate jadł powoli, zastanawiając się za każdym kęsem, kiedy będzie mógł znów coś zjeść.

Nurt był silny, więc dryfowali z nim, aż wzeszło słońce. Słyszeli jedynie szmer wody. Oszczędzali paliwo i odwlekali moment, w którym Jevy będzie musiał spróbować uruchomić silnik.

Wpłynęli na zalany obszar, na którym spotykały się trzy strumienie, i przez chwilę siedzieli nieruchomo.

– Chyba się zgubiliśmy, prawda? – rzucił Nate.

– Wiem, gdzie jesteśmy.

– Gdzie?

– W Pantanalu. Wszystkie rzeki wpadają do Paragwaju.

– W końcu.

– Tak, w końcu. – Jevy zdjął pokrywę silnika i osuszył gaźnik. Ustawił przepustnicę, sprawdził olej i spróbował uruchomić motor. Przy piątym kopnięciu linki silnik załapał, zaterkotał i umilkł.

Umrę tu, powiedział sobie w duchu Nate. Utonę, zginę z głodu albo zostanę pożarty, ale nastąpi to tu, na tym bezgranicznym bagnie wyzionę ducha.

Ku ich zdumieniu usłyszeli ostry krzyk. Głos był wysoki, jakby należał do młodej dziewczyny. Terkotanie silnika ściągnęło uwagę jakiejś istoty ludzkiej. Głos dochodził z zarośniętych błot, ciągnących się wzdłuż brzegu strumienia wpadającego do rzeki. Jevy wrzasnął i za kilka sekund otrzymał odpowiedź.

Z zarośli wynurzył się może piętnastoletni chłopak. Stał w maleńkiej pirodze wyciosanej z jednego pnia. Z zaskakującą łatwością i szybkością ciął wodę ręcznie struganym, zgrabnym wiosłem.

– *Bom dia* – powitał ich z szerokim uśmiechem. Mała, śniada, kwadratowa twarz wydała się Nate'owi najpiękniejszym obliczem, jakie widział od wielu lat. Chłopak rzucił linę, spinając dwie łodzie.

Po chwili długiej, leniwej rozmowy Nate poczuł podniecenie.

– Co on mówi? – rzucił do Jevy'ego.

Chłopak spojrzał na Nate'a.

– *Americano* – wyjaśnił Jevy. – Mówi, że jesteśmy bardzo daleko od rzeki Cabixa – dodał po chwili.

– To ci sam mogłem powiedzieć.

– Mówi, że Paragwaj jest o pół dnia drogi na wschód.

– Czółnem, tak?

– Nie, samolotem.

– Zabawne. Ile to nam zajmie?

– Cztery godziny, mniej więcej.

Pięć, może sześć godzin. I to przy sprawnym silniku. Tydzień, jeśli będą musieli wiosłować.

W pirodze leżał zwój linki rybackiej obwiązanej wokół blaszanej puszki oraz słoik błota, który, jak przypuszczał Nate, zawierał robaki albo jakąś inną przynętę. Co wiedział o wędkowaniu? Podrapał się po swędzących od ukąszeń miejscach.

Portugalczycy niespiesznie rozmawiali. Rok temu jeździł z chłopcami na nartach w Utah. Drinkiem dnia była tequila, którą Nate popijał zazwyczaj z upodobaniem do chwili utraty przytomności. Kac zwykle trwał dwa dni.

Nastąpiło jakieś ożywienie w pogawędce. Niespodziewanie zaczęli coś pokazywać palcami. Jevy mówił o czymś, patrząc na Nate'a.

– O co chodzi? – zapytał Nate.

– Indianie są niedaleko.

– Co to znaczy niedaleko?

– Godzinę, może dwie.

– Może nas do nich zaprowadzić?

– Znam drogę.

– W to nie wątpię, ale czułbym się lepiej, gdyby popłynął z nami.

Był to lekki afront w stosunku do Jevy'ego, ale ze względu na okoliczności Brazylijczyk postanowił to przemilczeć.

– Może chcieć pieniędzy.

– Ile tylko zapragnie. – Gdybyż ten chłopak wiedział. Majątek Phelana po jednej stronie stołu, a mały kościsty *pantaneiro* po drugiej. Nate uśmiechnął się, w wyobraźni kreśląc tę scenę. A może nająć całą flotę piróg z żyłkami, kołowrotkami i miernikami głębokości? Powiedz tylko, czego chcesz, synu, a spełni się twoje marzenie.

– Dziesięć reali – powiedział Jevy po krótkich negocjacjach.

– Dobrze. – Za dziesięć dolców dotrę do Rachel Lane.

Obmyślili plan: Jevy przechylił silnik tak, że śruba znalazła się nad wodą, a oni chwycili za wiosła. Przez dwadzieścia minut płynęli za pirogą chłopca, póki nie dotarli do małego, płytkiego strumienia o silnym nurcie. Nate podniósł wiosło, odetchnął głęboko i otarł pot z twarzy. Serce waliło mu mocno i czuł zmęczenie słabych mięśni. Chmury się rozpraszały, wyszło słońce.

Jevy spróbował uruchomić silnik. Tym razem motor załapał, więc ruszyli za chłopcem, który z łatwością dystansował ich i ich terkoczący złom.

Około trzynastej wpłynęli na wyżej położone tereny. Rozlewiska stopniowo zniknęły i po obu stronach rzeki widać było wyraźnie rzędy gęstych zarośli i drzew. Chłopak był zręczny i kierował się według położenia słońca.

– Już niedaleko – powiedział do Jevy'ego. – Tuż za zakrętem. – Wyraźnie obawiał się płynąć dalej.

– Ja tu zostanę – oznajmił. – Muszę wracać do domu.

Nate wręczył mu pieniądze i podziękował. Chłopak zawrócił z prądem, szybko znikając im z oczu. Oni zaś posuwali się dalej, silnik stawał, pracował na pół gwizdka, ale pomagał im płynąć pod prąd.

Rzeka wpłynęła do lasu, gałęzie drzew wisiały nisko nad wodą, tak nisko, że splatały się nad ich głowami, tworząc tunel zasłaniający światło. Było ciemno, a nierówny warkot silnika odbijał się echem od brzegów. Nate miał upiorne wrażenia, że ktoś ich obserwuje. Prawie czuł wycelowane w siebie strzały. Czekał na atak śmiercionośnych strzał wydmuchiwanych przez dzikusów pomalowanych w wojenne barwy, wyszkolonych w zabijaniu białych twarzy.

Najpierw jednak dostrzegli dzieci, szczęśliwe, małe, brązowe ciałka pluskające się w wodzie. Tunel kończył się w pobliżu osady.

Matki kąpały się także, równie nagie jak ich dzieci i równie na to obojętne. Z początku na widok łodzi gromadka cofnęła się do brzegu. Jevy wyłączył silnik i kiedy dryfowali, zaczął coś mówić z szerokim uśmiechem na twarzy. Jakaś starsza dziewczynka pobiegła w kierunku wioski.

– *Fala portugués?* – zapytał Jevy wianuszek złożony z czterech kobiet i siedmiorga dzieci. Odpowiedziały mu tylko zaciekawione spojrzenia. Mniejsze dzieci ukryły się za matkami. Kobiety były niskie, krępe i miały małe piersi.

– Są przyjaźnie nastawieni? – zapytał Nate.

– To powiedzą nam mężczyźni.

Mężczyźni przybyli po kilku minutach: było ich trzech, równie niskich, krępych i muskularnych. Na szczęście intymne części ciała ukryli w małych skórzanych woreczkach.

Najstarszy twierdził, że mówi językiem Jevy'ego, lecz jego znajomość portugalskiego można było w najlepszym wypadku określić jako podstawową. Nate został w łódce, gdzie czuł się bezpieczniej, a Jevy, oparty o nadbrzeżne drzewo, starał się dogadać z członkami plemienia. Indianie otoczyli przewodnika, który górował nad nimi ponad trzydzieści centymetrów.

Po kilku minutach powtarzania i gestykulacji Nate powiedział.

– Proszę o tłumaczenie.

Indianie spojrzeli na niego.

– *Americano* – wyjaśnił Jevy i znów pogrążył się w konwersacji.

– Co z kobietą? – zapytał Nate.

– Aż tak daleko nie zaszliśmy. Nadal próbuję ich przekonać, żeby nie spalili cię żywcem.

– Postaraj się.

Indian przybywało. W odległości około stu metrów, na skraju lasu widać było ich chaty. Dalej, w górę rzeki, tuż przy brzegu przycupnęło kilka piróg. Dzieci zaczęły się nudzić. Powoli odchodziły od swych mam i brodząc w wodzie, podchodziły do łódki. Ciekawił je również mężczyzna z białą twarzą. Nate uśmiechnął się i mrugnął do nich, co zostało odwzajemnione. Gdyby Welly nie poskąpił ciasteczek, Nate miałby się teraz czym podzielić.

Rozmowa toczyła się dalej. Indianin, który mówił w imieniu pozostałych, od czasu do czasu odwracał się do swych ziomków, nieodmiennie budząc pełną skupienia uwagę. Ich język składał się z prymitywnych dźwięków, wydawanych z możliwie jak najbardziej nieruchomych warg.

– Co mówi? – warknął Nate.

– Nie wiem – odparł Jevy.

Mały chłopczyk oparł rękę o burtę łodzi i przyglądał się białemu mężczyźnie wielkimi czarnymi oczami.

– Cześć – powiedział cicho i Nate zrozumiał, że dotarli do celu.

Tylko on usłyszał chłopca. Pochylił się do przodu i odpowiedział cicho:

– Cześć.

– Do widzenia – powiedział chłopiec, nie poruszając się. Rachel Lane nauczyła go przynajmniej dwóch angielskich zwrotów.

– Jak się nazywasz? – zapytał Nate ledwo słyszalnym szeptem.

– Cześć – powtórzył malec.

189

Tłumaczenie pod drzewem najwyraźniej osiągnęło ten sam postęp. Mężczyźni wdali się w ożywioną dyskusję. Indianki milczały.

– Co z tą kobietą? – powtórzył Nate.

– Pytałem. Nie odpowiedzieli.

– Co to oznacza?

– Nie jestem pewien. Myślę, że ona tu jest, ale z jakiejś przyczyny niechętnie o tym mówią.

– Dlaczego niechętnie?

Jevy zmarszczył brwi i odwrócił wzrok. Skąd miał wiedzieć?

Rozmowa dobiegła końca i Indianie się oddalili, najpierw mężczyźni, potem kobiety, a na końcu dzieci. Szli jedyną ścieżką prowadzącą do wioski, kolejno znikając z oczu.

– Obraziłeś ich?

– Nie. Chcą się naradzić.

– Myślisz, że ona tu jest?

– Tak. – Jevy usiadł na swoim miejscu w łodzi i przygotował się do drzemki. Dochodziła trzynasta w każdej strefie czasowej. Lunch składał się z pokruszonego herbatnika.

Wędrówka rozpoczęła się około piętnastej. Mała grupka młodych mężczyzn poprowadziła ich w głąb lądu po piaszczystej ścieżce do osady, między chatami, których mieszkańcy wybiegli obejrzeć niecodzienny pochód, potem dalej, inną ścieżką w las.

To marsz śmierci, pomyślał Nate. Zabierają nas do dżungli na jakiś krwawy rytuał z epoki kamienia łupanego. Podążał za spokojnym Jevym, który szedł zamaszystym krokiem.

– Gdzie, do diabła, idziemy? – Nate zasyczał jak jeniec wojenny, który nie chce rozdrażnić swych oprawców.

– Spokojnie.

W lesie ukazał się prześwit i znów znaleźli się w pobliżu rzeki. Indianin na czele stanął nagle i wskazał coś ręką. Nad brzegiem wody wielka anakonda wygrzewała się na słońcu. Była czarna z żółtymi plamkami na podbrzuszu i miała co najmniej trzydzieści centymetrów w obwodzie.

– Jaka jest długa? – zapytał niespokojnie Nate.

– Ma sześć, może siedem metrów. Wreszcie zobaczyłeś anakondę – powiedział Jevy.

Pod Nate'em ugięły się kolana i zaschło mu w ustach. Żartował sobie o wężach, ale widok prawdziwego, długiego i potężnego gada był wstrząsający.

– Niektórzy Indianie czczą węże – poinformował Jevy.

To co tu robią nasi misjonarze? – pomyślał Nate. Musi zapytać Rachel o te praktyki.

Miał wrażenie, że komary zajmują się tylko nim. Indianie wyglądali na całkowicie odpornych. Jevy'ego też ani razu nie uderzył się po skórze. Nate tłukł się po całym ciele i drapał do krwi. Środek owadobójczy został w łodzi wraz z namiotem, maczetą i wszystkim, co w tym momencie posiadali, a co, bez wątpienia, przeszukiwały teraz dzieci.

Wędrówka miała posmak przygody przez pierwsze pół godziny, lecz później upał i komary wprowadziły pewną monotonię.

– Daleko jeszcze? – zapytał Nate, nie oczekując zresztą dokładnej odpowiedzi.

Jevy powiedział coś do przewodnika, który też coś mu odpowiedział.

– Niedaleko – przetłumaczył. Przecięli kolejną dróżkę, potem inną, szerszą. Wkrótce zobaczyli pierwsze chaty i poczuli dym.

Jakieś dwieście metrów od wioski indiański przewodnik wskazał na zacieniony teren w pobliżu rzeki. Zaprowadzono Nate'a i Jevy'ego do pomostu zrobionego z trzciny cukrowej powiązanej sznurkiem. Zostawiono ich pod nadzorem dwóch Indian, pozostali ruszyli do wioski.

Po pewnym czasie dwaj Indianie poczuli znużenie i postanowili się zdrzemnąć. Oparli się o pień drzewa i niedługo potem zasnęli.

– Chyba moglibyśmy uciec – odezwał się Nate.

– Dokąd?

– Jesteś głodny?

– W pewnym sensie. A ty?

– Nie, ja jestem obżarty – żachnął się Amerykanin. – Dziewięć godzin temu zjadłem siedem cienkich pysznych ciastek. Przypomnij mi, żebym dowalił Welly'emu, jak go zobaczę.

– Mam nadzieję, że ma się dobrze.

– Dlaczego miałby się nie mieć? Wyleguje się w moim hamaku, popija świeżą kawkę, suchy, bezpieczny i najedzony.

Gdyby Rachel nie było w pobliżu, Indianie nie prowadziliby ich tak daleko. Leżąc na pomoście i patrząc na odległe dachy chat, Nate rozmyślał o niej. Ciekaw był, jak wygląda – jej matka była ponoć bardzo piękna. Troy Phelan miał dobre oko do kobiet. Jak się ubiera? Indianie Ipica, którym niosła Słowo Boże, chadzali nago. Jak długo nie miała kontaktu z cywilizacją? Czy był pierwszym Amerykaninem, ktory odwiedził tę wioskę? Jak zareaguje na jego widok? A na pieniądze?

Czas wlókł się niemiłosiernie i Nate coraz bardziej się denerwował tym spotkaniem.

Zarejestrowali jakiś ruch od strony wioski. Obydwaj strażnicy spali, więc Jevy rzucił w nich kamykiem i cicho zagwizdał. Zerwali się na równe nogi, przybierając właściwą pozycję.

Chwasty wzdłuż ścieżki sięgały kolan i dobrze widzieli nadchodzących nią ludzi. Rachel była wśród nich; wśród brązowych torsów wyróżniała się jasnożółta koszula i jaśniejsza twarz pod kapeluszem. Z odległości stu metrów Nate widział ją stosunkowo wyraźnie.

– Znaleźliśmy naszą dziewczynkę – odezwał się.

– Tak, myślę, że tak.

Nie spieszyli się: trzech młodych mężczyzn szło z przodu i trzech z tyłu. Rachel, nieco wyższa od Indian, poruszała się z naturalnym wdziękiem. Równie dobrze mogłaby spacerować w ogrodzie pełnym kwiatów.

Nate obserwował każdy jej krok. Była szczupła, z szerokimi ramionami. Spojrzała w ich kierunku dopiero, gdy podeszła bliżej. Nate i Jevy wstali, aby się przywitać.

Indianie przystanęli na skraju cienia, Rachel szła dalej. Zdjęła kapelusz. Miała krótkie, brązowe, lekko siwiejące włosy. Zatrzymała się o kilka metrów od przybyszów.

– *Boa tarde, senhor* – zwróciła się do Jevy'ego, a potem spojrzała na Nate'a ciemnoniebieskimi, niemal granatowymi oczami. Ani śladu zmarszczek i makijażu. Przy swoich czterdziestu dwu latach wyglądała bardzo dobrze, jakby nie zaznała stresu.

– *Boa tarde.*

Nie wyciągnęła ręki ani się nie przedstawiła. Następny ruch należał do nich.

– Nazywam się Nate O'Riley. Jestem prawnikiem z Waszyngtonu.

– A pan? – zwróciła się do Jevy'ego.

– Jevy Cardozo z Corumby. Jestem jego przewodnikiem.

Zmierzyła ich od stóp do głów z lekkim uśmiechem. Była zupełnie swobodna. Wyraźnie bawiło ją to spotkanie.

– Co was tu sprowadza? – zapytała. Mówiła amerykańskim angielskim bez wyraźnego akcentu z Montany czy Luizjany, po prostu zwykłą angielszczyzną z Sacramento albo Saint Louis.

– Słyszeliśmy, że ryby tu biorą – zagadnął Nate.

Brak odpowiedzi.

– Trzymają się go kiepskie żarty – bąknął skruszony Jevy.

– Przepraszam. Szukam Rachel Lane. Mam powody przypuszczać, że pani i ona to ta sama osoba.

Jej twarz nie zmieniła wyrazu.

– Dlaczego szuka pan Rachel Lane?

– Ponieważ jestem prawnikiem, a moja firma ma ważną sprawę do Rachel Lane.

– Co to za sprawa?

– Mogę to powiedzieć tylko jej.

– Ja nie jestem Rachel Lane. Przykro mi.

Jevy westchnął, a Nate wyraźnie się zgarbił. Kobieta rejestrowała każdy ruch, każdą reakcję, każde drgnienie.

– Jesteście głodni? – zapytała.

Obydwaj skinęli głową. Zawołała Indian i o coś poprosiła.

– Jevy – powiedziała – idź z nimi do wioski. Nakarmią cię i dadzą jedzenie dla pana O'Rileya.

Usiedli na pomoście w gęstniejącym cieniu, patrząc w milczeniu, jak Indianie zabierają Jevy'ego do osady. Brazylijczyk odwrócił się, sprawdzając, czy Nate'owi nic nie grozi.

Rozdział 27

Nie wydała mu się tak wysoka z dala od Indian. Uniknęła też zapewne łakomstwa – powodu nadmiernej tuszy kobiet. Miała szczupłe, długie nogi. Nosiła skórzane sandały, co było dość osobliwe tam, gdzie nikt nie miał butów. Skąd je wzięła? I skąd wzięła ten żółty podkoszulek i szorty koloru khaki? Ileż pytań cisnęło mu się do głowy.

Jej ubranie było proste i znoszone. Jeżeli nie była Rachel Lane, to na pewno wiedziała, gdzie jest Rachel.

Ich kolana prawie się zetknęły.

– Rachel Lane przestała istnieć wiele lat temu. – Spojrzała na wioskę w oddali. – Zatrzymałam imię Rachel, lecz porzuciłam nazwisko Lane. To musi być poważna sprawa, inaczej nie byłoby tu pana. – Mówiła miękko i powoli, ważyła każde słowo, nie omijając żadnej sylaby.

– Troy nie żyje. Zabił się trzy tygodnie temu.

Pochyliła lekko głowę, zamknęła oczy. Miał wrażenie, że się modli. Po krótkiej modlitwie zapadła cisza. Milczenie wyraźnie jej nie przeszkadzało.

– Znał go pan? – zapytała w końcu.

– Spotkałem go raz, wiele lat temu. Nasza firma zatrudnia wielu prawników i ja osobiście nigdy nie zajmowałem się jego sprawami. Nie, nie znałem go.

– Ja też nie. Był moim ziemskim ojcem i wiele godzin spędziłam na modlitwach w jego intencji, ale zawsze był mi obcy.

– Kiedy widziała go pani po raz ostatni? – Nate również wymawiał słowa łagodniej i wolniej. Kobieta wywierała na niego kojący wpływ.

– Wiele lat temu. Zanim poszłam na studia... Co pan o mnie wie?

– Niewiele. Nie zostawia pani za sobą śladów.

– To jak mnie pan znalazł?

– Pomógł w tym Troy. Starał się panią znaleźć przed śmiercią, ale mu się nie udało. Wiedział, że jest pani misjonarką World Tribes, mniej więcej w tej części świata. Reszta należała do mnie.

– Skąd wiedział?

– Miał straszliwie dużo pieniędzy.

– I dlatego pan tu jest.

– Tak, dlatego tu jestem. Musimy porozmawiać o interesach.

– Troy pewnie zostawił mi coś w spadku.

– Można to tak określić.

– Nie chcę mówić o interesach. Chcę pogawędzić. Wie pan, jak często słyszę tu angielski?

– Wyobrażam sobie, że rzadko.

– Raz do roku jeżdżę do Corumby po zapasy. Dzwonię do Houston i przez mniej więcej dziesięć minut rozmawiam po angielsku. To zawsze mnie przeraża.

– Dlaczego?

– Denerwuję się. Ręce mi się trzęsą, kiedy trzymam słuchawkę. Znam ludzi, z którymi rozmawiam, ale obawiam się, że użyję nieodpowiednich słów. Czasami się nawet jąkam. Dziesięć minut rocznie.

– Teraz idzie pani dobrze.

– Jestem bardzo zdenerwowana.

– Proszę się uspokoić. Jestem swój człowiek.

– Ale znalazł mnie pan. Godzinę temu badałam pacjenta. Chłopcy przyszli mi powiedzieć, że jest tu jakiś Amerykanin. Pobiegłam do chaty i zaczęłam się modlić. Boże, dodaj mi sił.

– Przybywam tu z misją pokojową.

– Wydaje się pan dobrym człowiekiem.

Gdybyś tylko wiedziała, pomyślał Nate.

– Dzięki… Mówiła pani, że badała pacjenta.

– Tak.

– Myślałem, że jest pani misjonarką.

– Jestem również lekarką.

Specjalnością Nate'e były procesy z lekarzami. Nie był to jednak czas ani miejsce na dyskusję o nadużyciach medycyny.

– Nie wiedziałem o tym.

– Zmieniłam nazwisko po ukończeniu college'u, przed szkołą medyczną i seminarium. Prawdopodobnie tam urwał się ślad.

– Pewnie tak. Dlaczego zmieniła pani nazwisko?

– To skomplikowane, a przynajmniej wtedy takie się wydawało. Teraz nie jest to już ważne.

Od rzeki powiała lekka bryza. Dochodziła siedemnasta. Ciężkie chmury wisiały nisko nad lasem. Spostrzegła, że zerknął na zegarek.

– Chłopcy przyniosą tu wasz namiot. Dziś tu będziecie spać.

– Dziękuję. Będziemy tu bezpieczni, prawda?

– Tak. Bóg pana ochroni. Niech pan się pomodli.

Od tej chwili Nate chciałby modlić się jak kaznodzieja. Najbardziej niepokoiła go bliskość rzeki. Oczami wyobraźni widział anakondę wślizgującą się do namiotu.

– Modli się pan, prawda, panie O'Riley?

– Proszę mówić mi Nate. Tak, modlę się.

– Jest pan Irlandczykiem?

– Jestem mieszańcem. Najbardziej Niemcem. Chyba mój ojciec miał irlandzkich przodków. Nigdy nie interesowała mnie historia rodziny.

– Do jakiego kościoła należysz?

– Do episkopalnego. – Katolicki, luterański, episkopalny, co za różnica. Nate nie widział wnętrza kościoła od swego drugiego ślubu.

Wolał pominąć sprawy swojego życia duchowego. Teologia nie należała do jego mocnych stron i nie chciał o tym dyskutować z misjonarką. Umilkła, jak zwykle. Zmienił tory rozmowy.

– Czy to przyjaźni Indianie?

– Raczej tak. Ipica nie są wojownikami, ale nie ufają białym.

– A tobie?

– Jestem tu od jedenastu lat. Zaakceptowali mnie.

– Ile czasu to trwało?

– Miałam szczęście, ponieważ przede mną była tu już para misjonarzy. Nauczyli się języka Indian i przetłumaczyli Nowy Testament. Poza tym jestem lekarzem. Szybko nawiązałam przyjaźnie, pomagając kobietom przy porodach.

– Odniosłem wrażenie, że dobrze mówisz po portugalsku.

– Posługuję się nim biegle. Mówię również po hiszpańsku, w języku Ipica i Machiguenga.

– Co to takiego?

– Machiguenga to tubylcy zamieszkujący góry Peru. Spędziłam tam sześć lat. Kiedy się zaznajomiłam z językiem na tyle, że mogłam się swobodnie porozumiewać, ewakuowano mnie.

– Dlaczego?

– Partyzanci.

Zupełnie jakby węże, aligatory, choroby i powodzie nie wystarczyły.

– Porwano dwóch misjonarzy z wioski niedaleko od mojej. Ale Bóg uratował ich. Wypuszczono ich po czterech latach, całych i zdrowych.

– A tu są partyzanci?

– Nie. To Brazylia. Ludzie są bardzo spokojni. Jest trochę handlarzy narkotyków, ale nie zapędzają się aż tak głęboko w Pantanal.

– Doszliśmy do interesującego miejsca. Jak daleko stąd płynie rzeka Paragwaj?

– O tej porze roku o osiem godzin drogi.

– Brazylijskich godzin?

Uśmiechnęła się.

– Nauczyłeś się, że czas biegnie tu wolniej. Osiem do dziesięciu godzin czasu amerykańskiego.

– Pirogą?

– Tak się przemieszczamy. Kiedyś miałam łódź z silnikiem, ale była stara i w końcu się rozpadła.

– A jakby się płynęło łodzią motorową, ile czasu zajęłaby podróż?

– Około pięciu godzin. To pora deszczowa i łatwo zabłądzić.

– Tego też się nauczyłem.

– Rzeki się zlewają. Kiedy będziecie odpływać, przyda wam się jeden z rybaków. Bez przewodnika nie znajdziecie Paragwaju.

– A ty wyruszasz stąd raz do roku?

– Tak, ale ja wypływam w porze suchej, w sierpniu. Wtedy jest chłodniej, nie ma tylu moskitów.

– Podróżujesz sama?

– Nie. Zabieram Lako, mojego indiańskiego przyjaciela, który płynie ze mną na Paragwaj. Pirogą zabiera to około sześciu godzin przy niskim poziomie wody. Czekam na statek i docieram do Corumby. Jestem tam kilka dni, załatwiam interesy, potem łapię statek z powrotem.

Nate pomyślał o tym, jak niewiele statków widział na Paragwaju.

– Wszystko jedno jaki statek?

– Zazwyczaj statek do przewozu bydła. Kapitanowie chętnie zabierają pasażerów.

Podróżuje pirogą, ponieważ jej stara łódka się rozpadła. Zabiera się na statki z bydłem, żeby odwiedzić Corumbę, i jest to jej jedyny kontakt z cywilizacją. Jak zmienią ją pieniądze? Nate nie umiał sobie odpowiedzieć.

Powie jej jutro, kiedy będzie chłodniej, kiedy będzie wypoczęty, najedzony i będą mieli dużo czasu na rozmowy o ważnych sprawach. Na skraju wioski pojawiły się jakieś postacie. Nadchodziła grupa mężczyzn.

– Już są – powiedziała. – Jemy kolację przed zapadnięciem zmroku, potem idziemy spać.

– Przypuszczam, że później nie ma tu co robić.

– Nic, o czym moglibyśmy podyskutować – odparła szybko i było to zabawne.

Jevy przyszedł z Indianami. Jeden z nich wręczył Rachel mały kwadratowy koszyk. Podała go Nate'owi, a ten wyjął z niego mały bochenek twardego chleba.

– To maniok – wyjaśniła. – Nasze podstawowe pożywienie.

I najwyraźniej ich jedyne pożywienie, przynajmniej na ten posiłek. Nate zaczynał drugi bochenek, kiedy dołączyli do nich Indianie z pierwszej wioski. Przynieśli namiot, moskitierę, koce i butelki wody z łodzi.

– Tu spędzimy noc – poinformował Jevy'ego.

– Kto tak powiedział?

– To najlepsze miejsce – wtrąciła Rachel. – Zaproponowałabym wam nocleg w wiosce, ale wódz musi się najpierw zgodzić na wizytę białych ludzi.

– To znaczy moją – powiedział Nate.

– Tak.

– A jego nie? – wskazał na Jevy'ego.

– On przyszedł po pożywienie, nie żeby spać. Te zasady są nieco skomplikowane.

Nate uznał to za zabawne – prymitywne ludy mają jeszcze przed sobą odkrycie ubrań, ale postępują zgodnie ze skomplikowanym systemem zasad.

– Chciałbym wypłynąć jutro przed południem – zwrócił się do Rachel.

– To również będzie zależało od wodza.

– To znaczy, że nie możemy wyjechać, kiedy będziemy chcieli?

– Wyjedziecie, kiedy on powie, że możecie wyjechać. Nie martw się.

– Jesteś w bliskich stosunkach z wodzem?

– Dobrze się rozumiemy.

Wysłała Indian z powrotem do wioski. Słońce znikło za górami. Cienie od lasu objęły ludzi długimi mackami.

Przez kilka minut Rachel patrzyła, jak Jevy i Nate mocują się z namiotem. Zwinięty wyglądał na mały, po rozłożeniu okazał się niewiele większy. Nate nie był pewien, czy Jevy zmieści się w nim w całości, nie mówiąc już o nich obu. Rozstawiony sięgał mu do pasa i zwężał się po bokach. Zdawał się przeraźliwie mały dla dwóch dorosłych mężczyzn.

– Idę – oświadczyła Rachel. – Będziecie tu bezpieczni.

– Obiecujesz? – zapytał z obawą w głosie Nate.

– Mogę powiedzieć kilku chłopcom, żeby stanęli na warcie, jeśli bardzo chcecie.

– Poradzimy sobie – odparł Jevy.

– O której rano wstajecie? – zapytał Nate.

– Godzinę przed świtem.

– Jestem pewien, że nie będziemy już spać – stwierdził, patrząc na namiot. – Możemy się spotkać wcześnie? Mamy bardzo dużo spraw do obgadania.

– Tak. O świcie przyślę wam śniadanie. Potem pogawędzimy.

– Byłoby fajnie.

– Niech pan się pomodli, panie O'Riley.

– Na pewno.

Zagłębiła się w ciemnościach i zniknęła. Przez chwilę Nate widział zarys jej postaci na krętej ścieżce. Wkrótce wioska zatonęła w czarnej, nieprzebranej nocy.

Wiele godzin siedzieli na pomoście, czekając, aż powietrze się ochłodzi. Obawiali się chwili, kiedy będą musieli wgramolić się do namiotu i spać plecy w plecy, obydwaj śmierdzący i spoceni. Nie mieli wyboru. Namiot jaki jest, taki jest, ale przynajmniej chroni przed moskitami i innymi owadami. Zatrzyma również pełzających przybyszów.

Rozmawiali o wiosce. Jevy opowiadał indiańskie historie, z których wszystkie kończyły się czyjąś śmiercią. W końcu zapytał:

– Powiedziałeś jej o tych pieniądzach?

– Nie. Zrobię to jutro.

– Widziałeś ją. Co pomyśli o takiej forsie?

– Nie mam pojęcia. Jest tutaj szczęśliwa. Wtargnięcie w jej życie jest okrutne.

– No to mi daj te pieniądze. Mnie nie zdenerwujesz.

Nate pierwszy wpełzł do namiotu. Poprzednią noc spędził na obserwowaniu nieba z dna łodzi, więc szybko zmógł go sen.

Kiedy zaczął chrapać, Jevy powoli rozsunął zamek błyskawiczny od wejścia i zaczął się mościć, aż znalazł sobie miejsce. Jego towarzysz spał jak kamień.

Rozdział 28

Po dziewięciu godzinach snu Indianie Ipica wstali przed świtem, aby rozpocząć nowy dzień. Kobiety rozpalały przed chatami małe ogniska, szły z dziećmi nad rzekę po wodę i żeby się wykąpać. Z reguły czekały na pierwsze światło dnia, zanim podążyły po piaszczystych ścieżkach. Lepiej widzieć, co leży pod nogami.

Po portugalsku węże nazywano *urutu*. Indianie mówili na nie *bima*. Występowały głównie na rozlewiskach południowej Brazylii i często ich jad był śmiertelny. Dziewczynka nazywała się Ayesh, miała siedem lat i biała misjonarka pomagała przy jej narodzinach. Ayesh szła przed swoją mamą zamiast za nią, jak nakazywał zwyczaj, i nagle poczuła pod bosą stopą wijącego się *bima*.

Ukąsił ją poniżej kostki i mała krzyknęła z bólu. Zanim ojciec dobiegł do niej, była już w stanie szoku, a jej prawa noga spuchła dwa razy. Najszybszy biegacz w plemieniu, piętnastoletni chłopiec, pobiegł po Rachel.

Wzdłuż dwóch rzek, które zbiegały się blisko miejsca, gdzie spali Nate i Jevy, leżały cztery małe osady Indian Ipica. Odległość dzieląca rozwidlenie rzek i ostatnią chatę nie przekraczała dziesięciu kilometrów. Wioski różniły się między sobą i mieszkały w nich odmienne, małe społeczności, lecz wszyscy należeli do szczepu Ipica, mówili tym samym językiem, mieli tę samą tradycję i zwyczaje. Kontaktowali się i żenili między sobą.

Ayesh mieszkała w trzeciej osadzie od rozwidlenia, Rachel w drugiej, największej. Chłopak zastał ją na czytaniu Pisma Świętego w małej chatce, w której mieszkała od jedenastu lat. Szybko zapakowała niewielką torbę medyczną.

Tę część Pantanalu zamieszkiwały cztery gatunki jadowitych węży i czasem Rachel miała surowicę na jady każdego z nich. Ale nie tym razem. Chłopiec powiedział jej, że to był *bima*. Surowicę produkowała pewna brazylijska firma, lecz podczas ostatniej podróży do Corumby Rachel nie udało się zdobyć leku. W aptekach nie znalazła nawet połowy niezbędnych środków.

Zasznurowała skórzane buty i z torbą w ręku wybiegła z chaty. Lako i dwóch innych chłopców z wioski dołączyli do niej, kiedy przedzierała się przez wysokie zarośla i dalej przez las.

Zgodnie ze statystykami Rachel w czterech osadach mieszkało osiemdziesiąt sześć dorosłych kobiet, osiemdziesięciu jeden dorosłych mężczyzn i siedemdziesięcioro dzieci, w sumie dwustu trzydziestu dziewięciu Indian Ipica. Kiedy jedenaście lat temu zaczęła pracować wśród Ipica, było ich dwustu osiemdziesięciu. Malaria rokrocznie zabierała najsłabszych. Wybuch epidemii cholery w 1991 roku zabił dwadzieścia osób w jednej z wiosek. Gdyby Rachel nie uparła się przy kwarantannie, większość Indian straciłaby życie.

Ze skrupulatnością godną antropologa prowadziła dokładny rejestr urodzeń, zgonów, ślubów, pokrewieństwa, chorób i leczenia. W większości przypadków wiedziała, kto miał romanse na boku i z kim. Znała wszystkich po imieniu. Chrzciła rodziców Ayesh w rzece, w której się kąpali.

Ayesh, drobna i chuda, prawdopodobnie będzie musiała umrzeć, bo nie było leku. Surowica, łatwo dostępna w Stanach i większych miastach Brazylii nie była droga. Nawet skromne środki z World Tribes starczyłyby na ten zakup. Trzy zastrzyki w ciągu sześciu godzin i można było wyprzedzić śmierć. Bez leku dziecko dostanie gwałtownego ataku wymiotów, następnie gorączki, wpadnie w śpiączkę i w końcu umrze.

Od trzech lat Indianie nie widzieli zgonu z powodu ukąszenia węża. I po raz pierwszy od dwóch lat Rachel nie miała surowicy.

Rodzice Ayesh byli nowymi chrześcijanami, borykającymi się z nową religią. Mniej więcej jedna trzecia Indian Ipica się nawróciła. Dzięki pracy Rachel i jej poprzedników połowa z nich potrafiła czytać i pisać.

Modliła się, biegnąc za chłopcami. Była szczupła i sprężysta. Przemierzała dziennie wiele kilometrów i niewiele jadła. Indianie podziwiali jej niezwykłą witalność.

Jevy mył się w rzece, gdy Nate odpiął moskitierę i wyswobodził się z namiotu. Wciąż miał na ciele siniaki po kraksie samolotowej. Spanie na łódce i na ziemi nie złagodziło dolegliwości. Rozprostował obolałe plecy i nogi. Poczuł swoje czterdzieści osiem lat. Jevy stał po pas w wodzie, wyraźnie czystszej niż w pozostałej części Pantanalu.

Zgubiłem się, wyszeptał do siebie. Jestem głodny. Nie mam papieru toaletowego. Ostrożnie dotknął palców u nóg, jakby reasumując swoje smutne odkrycie.

To przecież przygoda, do cholery! Dla wszystkich prawników nastał czas, by życzyć sobie na nowy rok większej liczby godzin na rachunkach, wygrania więcej spraw i zarobienia więcej pieniędzy. Takie życzenia składał sobie co roku, a teraz wydawały mu się strasznie głupie. Przy odrobinie szczęścia dzisiejszą noc spędzi w hamaku kołysany wiatrem, popijając kawę. Z tego, co sobie przypominał, nigdy przedtem nie tęsknił tak bardzo za czarną fasolą i ryżem.

Jevy wrócił, gdy z wioski nadszedł patrol Indian. Wódz chciał ich widzieć.

– On chce nam dać chleb – powiedział Jevy.

– Chleb jest w porządku. Zapytaj, czy mają jajka na bekonie.

– Jedzą małpy.

Nie wydawało się, by żartował. Grupka dzieci na skraju wioski czekała, by zobaczyć nieznajomych. Nate posłał im sztywny uśmiech. Nigdy w życiu nie czuł się tak biały, a chciał, żeby go lubili. Kilka nagich matek wyjrzało z pierwszej chaty. Gdy wraz z Jevym weszli na szeroki plac, wszyscy znieruchomieli i gapili się na nich.

Małe ogniska dopalały się; śniadanie dobiegło końca. Dym wisiał nad dachami jak mgła i wilgotne powietrze stawało się jeszcze bardziej lepkie. Było parę minut po siódmej, a już panował niemiłosierny upał.

Budowniczy wioski wykonał dobrą robotę. Każda chata była idealnie kwadratowa i miała stromy dach kryty słomą, sięgający prawie ziemi. Niektóre domy były większe od innych, lecz nie różniły się konstrukcją. Otaczały osadę pierścieniem w kształcie owalu i wszystkie były zwrócone frontem do centralnego placu. Na środku znajdowały się cztery duże budowle – dwie okrągłe i dwie prostokątne – wszystkie miały takie same grube słomiane dachy.

Wódz czekał. Jego dom był oczywiście największą chatą w osadzie, a on sam wydawał się najpotężniejszy pośród Indian. Był młody, brakowało mu grubych zmarszczek przecinających czoło i wydatnego brzucha – dumy starszych mężczyzn. Wstał i obrzucił Nate'a wzrokiem, który przeraziłby samego Johna Wayne'a. Starszy wojownik tłumaczył *a vista* i po kilku minutach poproszono, by goście usiedli przy ognisku, gdzie naga żona wodza przygotowywała śniadanie.

Kiedy zgięła się wpół, jej piersi zafalowały. Biedny Nate nie potrafił się powstrzymać od zerknięcia, choć tylko na chwilę. W tej nagiej kobiecie ani w jej piersiach nie było nic szczególnie seksownego. Chodziło o to, że w ogóle nie przejmowała się nagością.

Gdzie się podział jego aparat? Chłopcy z biura nigdy w to nie uwierzą bez dowodu.

Podała Nate'owi drewniany talerz, na którym leżało coś, co przypominało gotowane ziemniaki. Zerknął na Jevy'ego, który szybko skinął głową, jakby wiedział wszystko na temat indiańskiej kuchni. Wodza obsłużyła na końcu, a kiedy zaczął jeść palcami, Nate poszedł w jego ślady. Jedli coś pośredniego między rzepą a czerwonym ziemniakiem, o bardzo delikatnym smaku.

Jevy rozmawiał, nie przerywając jedzenia. Wodzowi najwyraźniej podobała się ta pogawędka. Co kilka zdań Brazylijczyk przerywał i tłumaczył je na angielski. Potem mówił dalej.

Tej wioski nigdy nie zalewała woda. Są tu od ponad dwudziestu lat. Ziemia jest dobra. Wolą się nie przemieszczać, ale czasami jakość gleby ich do tego zmusza. Jego ojciec też był wodzem. Wódz, według wodza, był najmądrzejszym, najsprytniejszym i najuczciwszym człowiekiem z plemienia i nie mógł się wplątywać w pozamałżeńskie związki. Większość pozostałych mężczyzn to robi, ale nie wódz.

Nate podejrzewał, że poza tym nie mieli zbyt wiele do roboty.

Wódz nigdy nie widział rzeki Paragwaj. Wolał polowanie od łowienia ryb, więc spędzał więcej czasu w lesie niż na rzekach. Nauczył się podstaw portugalskiego od swego ojca i białych misjonarzy.

Nate jadł, słuchał i popatrywał, czy w wiosce dostrzeże jakiś ślad Rachel.

Nie ma jej tu, wyjaśnił wódz. Jest w sąsiedniej osadzie, zajmuje się dzieckiem, które ukąsił wąż. Nie wie, kiedy wróci.

Cudownie, pomyślał Nate.

– On chce, żebyśmy tej nocy zostali w wiosce – wyjaśnił Jevy. Żona wodza ponownie napełniała miski.

– Nie wiedziałem, że jeszcze zostajemy – zdziwił się Nate.

– On mówi, że tak.

– Powiedz mu, że to przemyślę.

– Ty mu powiedz.

Nate przeklinał się w duchu za to, że nie wziął ze sobą telefonu satelitarnego. Josh pewnie chodził teraz tam i z powrotem po gabinecie, chory ze zmartwienia. Nie rozmawiali ze sobą od blisko tygodnia.

Jevy powiedział coś żartobliwego, co po przetłumaczeniu wyszło bardzo zabawnie. Wódz ryknął śmiechem i wkrótce wszyscy pozostali przyłączyli się do niego. Włącznie z Nate'em, który śmiał się z siebie, że śmieje się razem z Indianami.

Podziękowali za zaproszenie na polowanie. Grupa młodych mężczyzn poprowadziła ich z powrotem do pierwszej osady, do ich łodzi. Jevy chciał przeczyścić świece zapłonowe i pomajstrować przy gaźniku. Nate nie miał nic do roboty.

Bardzo wcześnie rano Valdir odebrał telefon od pana Stafforda. Uprzejmości trwały zaledwie sekundy.

– Od wielu dni nie miałem żadnych wiadomości od Nate'a O'Rileya – powiedział Stafford.

– Przecież ma telefon – odparł obronnie Valdir, jakby jego obowiązkiem była opieka nad panem O'Rileyem.

– Tak, ma. Dlatego właśnie się martwię. Może dzwonić o każdej porze, z każdego miejsca.

– Czy może go używać przy złej pogodzie?

– Nie. Chyba nie.

– Mieliśmy tu dużo burz. Koniec końców, to pora deszczowa.

– Nie miał pan wiadomości od pańskiego chłopaka?

– Nie. Są razem. Przewodnik jest bardzo dobry. Łódź jest bardzo dobra. Jestem pewien, że są cali i zdrowi.

– To dlaczego nie zadzwonił?

– Nie potrafię odpowiedzieć. Ale niebo jest ciągle zachmurzone. Chyba nie może korzystać z telefonu.

Umówili się, że Valdir zadzwoni od razu, jak tylko będzie miał jakieś wiadomości. Valdir podszedł do otwartego okna i spojrzał na zatłoczone ulice Corumby. Rzeka Paragwaj płynęła u stóp wzgórza. Krążyło mnóstwo historii o ludziach, którzy nigdy nie powrócili z Pantanalu. Pantanal był i przynętą, i pułapką.

Ojciec Jevy'ego pracował jako pilot na rzekach przez trzydzieści lat, a jego ciała nigdy nie odnaleziono.

Welly trafił do biura godzinę później. Nie znał pana Valdira, ale wiedział od Jevy'ego, że ten prawnik opłaca ekspedycję.

– To bardzo ważne – zwrócił się do sekretarki. – I pilne.

Valdir usłyszał zamieszanie i stanął w drzwiach.

– Kim jesteś?

– Nazywam się Welly. Jevy wynajął mnie jako majtka na „Santa Lourze".

– „Santa Loura"?

– Tak.

– Gdzie jest Jevy?

– W Pantanalu.

– A gdzie łódź?

– Zatonęła.

Valdir zauważył, że chłopiec jest zmęczony i przerażony.

– Usiądź – powiedział, a sekretarka pobiegła po wodę. – Opowiedz mi wszystko po kolei.

Welly ścisnął poręcze fotela i zaczął szybko mówić:

– Odpłynęli w małej łodzi, żeby znaleźć Indian. Jevy i pan O'Riley.

– Kiedy?

– Nie wiem. Kilka dni temu. Ja zostałem na „Santa Lourze". Nadeszła burza, największa, jaką przeżyłem. W środku nocy łódź zerwała się z cumy, a potem wywróciła. Wpadłem do wody i wyłowiła mnie barka z bydłem.

– Kiedy tu przyjechałeś?

– Pół godziny temu.

Sekretarka przyniosła szklankę wody. Welly podziękował i poprosił o kawę. Valdir oparł się o biurko i patrzył na biedaka: był brudny i cuchnął krowim łajnem.

– A więc łodzi już nie ma? – odezwał się.

– Tak. Nie mogłem nic zrobić. Nigdy nie widziałem takiej burzy.

– Gdzie był Jevy w czasie tej burzy?

– Gdzieś na rzece Cabixa. Boję się o niego.

Valdir poszedł do gabinetu, zamknął za sobą drzwi i wrócił do okna. Pan Stafford znajdował się sześć tysięcy kilometrów stąd. Jevy mógł przetrwać w tej małej łodzi. Nie ma sensu wysnuwać pochopnych wniosków.

Postanowił nie dzwonić przez kilka dni. Dać Jevy'emu trochę czasu. Z pewnością powróci do Corumby.

Indianin stał w łodzi, opierając się o ramię Nate'a. Silnik nie pracował ani trochę lepiej, wciąż rzęził i przerywał, a na pełnej przepustnicy wyciskał o połowę mniejszą moc niż wówczas, gdy opuszczali „Santa Lourę".

Minęli pierwszą osadę i rzeka wygięła się dużym łukiem, niemal zataczając krąg. Dalej rozwidlała się, Indianin pokazał drogę. Dwadzieścia minut później ujrzeli swój mały namiot. Zacumowali w miejscu, gdzie wcześniej kąpał się Jevy. Rozbili obóz i zanieśli bagaże do wioski, w której, wedle życzenia wodza, mieli przenocować.

Rachel wciąż nie wracała.

Biała kobieta nie należała do społeczności, więc jej chatka stała poza owalem, trzydzieści metrów bliżej lasu, samotna. Wyglądała na mniejszą od pozostałych, a kiedy Jevy zapytał o to Indianina wyznaczonego im do pomocy, usłyszał, że to dlatego, iż biała kobieta nie ma rodziny. We trójkę – Nate, Jevy i Indianin – usiedli pod drzewem na skraju wioski, skąd przez dwie godziny obserwowali krzątających się tubylców i wypatrywali Rachel.

Indianin nauczył się portugalskiego od państwa Cooperów, misjonarzy, którzy byli tu przed Rachel. Znał też kilka słówek po angielsku i od czasu do czasu wypróbowywał je na Amerykaninie. Cooperowie byli pierwszymi białymi ludźmi, jakich widzieli Indianie Ipica. Pani Cooper umarła na malarię, a pan Cooper powrócił tam, skąd przybył.

Mężczyźni polują i łowią ryby, opowiadał Indianin swoim gościom, a młodsi pewnie umawiają się gdzieś ze swoimi dziewczynami. Kobiety ciężko pracują: gotują, pieką, sprzątają, doglądają dzieci. Praca toczy się spokojnym torem. Na południe od równika czas biegnie wolniej, a Indianie nie mają zegarków.

Drzwi chat stały otworem i dzieci przebiegały z jednej do drugiej. W cieniu młode dziewczęta przystrajały włosy, a ich matki pracowały przy ogniskach.

Indianie mieli obsesję czystości. Brudy ze wspólnego placu zamiatano słomianymi miotłami. Zewnętrzne ściany chat były schludne i czyste. Kobiety i dzieci kąpały się trzy razy dziennie w rzece; mężczyźni dwa razy i nigdy z kobietami. Wszyscy chodzili nago, przysłaniając intymne miejsca.

Późnym popołudniem mężczyźni zebrali się przed domem wojowników – większą z dwóch prostokątnych chat pośrodku osady. Przez jakiś czas pracowali nad fryzurami – podcinając i czyszcząc włosy – potem rozpoczęli zapasy. Walczyli jeden na jednego, a celem było przyparcie przeciwnika do ziemi. Ta ostra gra rządziła się surowymi zasadami, ale po zakończeniu walki przeciwnicy uśmiechali się do siebie. Wódz zażegnywał ewentualne spory. Kobiety stojące w drzwiach nie wykazywały większego zainteresowania. Mali chłopcy naśladowali ojców.

Nate siedział na niskim pniaku pod drzewem i oglądał spektakl z innej epoki, zastanawiając się, nie po raz pierwszy, gdzie naprawdę jest.

Rozdział 29

Niewielu Indian wiedziało, że dziewczynka nazywa się Ayesh. Była tylko dzieckiem i mieszkała w innej wiosce. Wszyscy jednak słyszeli, że ukąsił ją wąż. Plotkowali o tym przez cały dzień, trzymając mocniej niż zwykle swoje dzieci za rękę.

Podczas obiadu rozeszła się wieść o jej śmierci. Przyniósł ją zdyszany posłaniec i powiedział o tym wodzowi, dalej wiadomość rozeszła się lotem błyskawicy. Matki przywoływały swoje maleństwa.

Obiad trwał dalej, aż dostrzeżono jakiś ruch na drodze. Wracała Rachel z Lako i innymi ludźmi, którzy byli z nią cały dzień. Kiedy weszła do wioski, jedzenie i rozmowy ustały, gdyż wszyscy wstali i patrzyli na nią. Spuszczali głowy, kiedy mijała ich chaty. Uśmiechała się do niektórych, szeptała coś innym, zatrzymała się dość długo, aby porozmawiać z wodzem, wreszcie poszła do swojej chaty, a za nią Lako, jeszcze bardziej utykając.

Minęła drzewo, pod którym Nate, Jevy i ich Indianin przesiedzieli popołudnie, ale ich nie dostrzegła. Nie patrzyła w tym kierunku. Była zmęczona, smutna i wyraźnie chciała znaleźć się w domu.

– Co teraz będziemy robić? – zapytał Nate Jevy'ego, który przetłumaczył pytanie na portugalski.

– Zaczekamy – padła odpowiedź.

– Cóż za niespodzianka.

Lako znalazł ich, kiedy słońce chowało się za górami. Jevy i Indianin poszli dojeść resztki kolacji. Nate podążył za chłopcem do chaty Rachel. Stała w drzwiach i wycierała twarz ręcznikiem. Miała mokre włosy, Nate zauważył, że się przebrała.

– Dobry wieczór, panie O'Riley. – Niski głos i rozwlekła mowa nie zdradzały absolutnie niczego.

– Witaj, Rachel. Proszę, mów do mnie Nate.

– Usiądź tutaj, Nate. – Wskazała na niski, kwadratowy pieniek, uderzająco podobny do tego, na którym przesiedział sześć godzin. Stał przed domem, w pobliżu kamiennego kręgu, gdzie zwykle paliła ognisko. Usiadł, choć wciąż nie czuł siedzenia.

– Przykro mi z powodu tej dziewczynki – odezwał się.

– Jest z Panem.

– Ale jej nieszczęśliwi rodzice nie są.

– Nie. Lamentują. To bardzo smutne.

Usiadła w progu, złożyła ręce na kolanach, wpatrując się gdzieś daleko przed siebie. Chłopiec stał na straży pod pobliskim drzewem, prawie niewidoczny w ciemności.

– Zaprosiłabym cię do mojego domu – powiedziała. – Ale nie postąpiłabym właściwie.

– Nie ma sprawy.

– O tej porze tylko żonaci i mężatki mogą przebywać sam na sam wewnątrz chat. Taki jest zwyczaj.

– Kiedy jesteś w Rzymie, bądź rzymianinem.

– Rzym jest daleko.

– Wszystko jest daleko stąd.

– Tak, to prawda. Jesteś głodny?

– A ty?

– Nie. Ale ja nie jadam dużo.

– Mną się nie przejmuj. Musimy porozmawiać.

– Przepraszam za dzisiejszy dzień. Wiem, że to zrozumiesz.

– Oczywiście.

– Mam trochę manioku i soku, gdybyś chciał.

– Nie, naprawdę nic mi nie trzeba.

– Co dzisiaj robiliście?

– Spotkaliśmy się z wodzem, zjedliśmy u niego śniadanie, zwiedziliśmy pierwszą wioskę, popracowaliśmy przy łodzi, rozbiliśmy namiot za chatą wodza i czekaliśmy na ciebie.

– Spodobaliście się wodzowi?

– Najwyraźniej. Chce, żebyśmy zostali.

– Co myślisz o moich ludziach?

– Wszyscy są nadzy.

– Zawsze tak było.

– Jak długo się do tego przyzwyczajałaś?

– Nie wiem. Kilka lat. Stopniowo zaczyna ci to powszednieć, jak wszystko inne. Trzy lata tęskniłam za domem i teraz też czasami chciałabym poprowadzić samochód, zjeść pizzę i zobaczyć dobry film. Ale człowiek się przystosowuje.

– Nie umiem sobie tego nawet wyobrazić.

– To kwestia powołania. Mając czternaście lat, stałam się chrześcijanką i wtedy zrozumiałam, że Bóg chce, żebym została misjonarką. Nie wiedziałam dokładnie gdzie, ale powierzyłam Mu swoją wiarę.

– Wybrał cholerne miejsce.

– Miło mi rozmawiać z tobą po angielsku, ale, proszę, nie przeklinaj.

– Przepraszam. Możemy porozmawiać o Troyu? – Cienie szybko znikały. Siedzieli trzy metry od siebie i wciąż się widzieli, ale ciemność wkrótce ich rozdzieli.

– Proszę bardzo – odezwała się z rezygnacją w głosie.

– Troy miał trzy żony i sześcioro dzieci – przynajmniej o sześciorgu wiedzieliśmy. Ty, oczywiście, byłaś zaskoczeniem. Nie lubił pozostałej szóstki, ale widać lubił ciebie. Nie pozostawił im praktycznie nic, tylko pieniądze na pokrycie długów. Cała reszta została przekazana Rachel Lane, urodzonej drugiego listopada 1954 roku w Szpitalu Katolickim w Nowym Orleanie, jako córka obecnie nieżyjącej Evelyn Cunningham. Ta Rachel to ty.

Słowa tonęły ciężko w gęstym powietrzu; poza nimi nie słychać było innych dźwięków. Przyjęła je i jak zwykle długo myślała, zanim się odezwała.

– Troy nie mógł mnie lubić. Nie widzieliśmy się od dwudziestu lat.

– To nieważne. Zostawił ci fortunę. Nikt nie mógł go spytać dlaczego, ponieważ wyskoczył oknem tuż po podpisaniu testamentu. Mam dla ciebie kopię.

– Nie chcę jej oglądać.

– I chciałbym, żebyś podpisała dokumenty, które też mam przy sobie, może jutro, jak tylko się zobaczymy. Potem znikam.

– Co to za papiery?

– Prawnicze, wszystkie bardzo korzystne dla ciebie.

– Nie interesuje cię moje dobro. – Powiedziała to szybko i ostro, co na chwilę zbiło Nate'a z tropu.

– To nieprawda – odparł słabo.

– Oczywiście, że tak jest. Nie wiesz, czego chcę czy potrzebuję, co lubię albo czego nie lubię. Nie znasz mnie, Nate, więc skąd możesz wiedzieć, co będzie dla mnie korzystne, a co nie?

– No dobrze, masz rację. Nie znam cię, ty nie znasz mnie. Jestem tutaj w sprawie majątku twego ojca. Trudno mi uwierzyć, że siedzę w ciemnościach przed chatą w prymitywnej wiosce indiańskiej, zagubionej na moczarach wielkości stanu Kolorado, w kraju Trzeciego Świata, którego nigdy wcześniej nie widziałem, i rozmawiam z bardzo ładną misjonarką, a przy tym – przypadkowo – najbogatszą kobietą na świecie. Tak, masz

210

rację, nie wiem, co jest dla ciebie korzystne, ale powinnaś zobaczyć te papiery i je podpisać.

– Niczego nie podpiszę.

– Och, daj spokój.

– Nie interesują mnie twoje dokumenty.

– Jeszcze ich nie widziałaś.

– Opowiedz mi o nich.

– To tylko formalności. Moja firma musi potwierdzić testament twojego ojca. Wszyscy spadkobiercy wymienieni w testamencie muszą poinformować sąd, albo osobiście, albo w formie pisemnej, że zostali powiadomieni o postępowaniu sądowym i otrzymali okazję wzięcia w nim udziału. Tego wymaga prawo.

– A jeżeli odmówię?

– Szczerze mówiąc, nie zastanawiałem się nad tym. To taka rutyna, że nikt tego nie kwestionuje.

– A więc mam się zdać na orzeczenia sądu w...?

– W Wirginii. Sąd zatwierdzający ważność testamentów przejmuje nad tobą jurysdykcję pomimo twojej nieobecności.

– Nie jestem pewna, czy mi się to podoba.

– Dobrze, to wskakuj do łodzi i płyniemy do Waszyngtonu.

– Nie ruszę się stąd. – Po tych słowach nastąpiła długa chwila ciszy, przerwa, którą potęgowały ciemności. Chłopiec pod drzewem stał absolutnie nieruchomo. Indianie pochowali się do chat. Od czasu do czasu zapłakało jakieś niemowlę.

– Przyniosę trochę soku – niemal szepnęła, wchodząc do chaty.

Nate wstał, przeciągnął się i zaczął machać rękami. Środek odstraszający komary został w namiocie.

W chacie pojawiło się maleńkie, migoczące światełko. Rachel trzymała gliniane naczynie z małym płomykiem pośrodku.

– To liście z tego drzewa – wyjaśniła, ustawiając garnek na ziemi przy drzwiach. – Palimy je, aby odganiać moskity. Usiądź bliżej.

Zrobił, jak kazała. Wróciła z dwoma kubkami pełnymi napoju, którego nie znał.

– To *macajuno*, podobne do soku pomarańczowego. – Usiedli razem na ziemi, oparci plecami o chatę, prawie się dotykając. Liście paliły się u ich stóp.

– Mów cicho – powiedziała. – Głos niesie się w ciemnościach, a Indianie próbują zasnąć. I są bardzo ciekawi.

– Przecież nic nie zrozumieją.

– Tak, ale będą słuchać.

Już od kilku dni nie miał w ręku mydła i nagle przejął się tym. Wypił łyk, potem następny.

– Masz rodzinę? – zapytała.

– Miałem dwie. Dwa małżeństwa, dwa rozwody, czworo dzieci. Teraz mieszkam sam.

– O rozwód tak łatwo, prawda?

Nate sączył ciepły napój. Dotychczas udało mu się uniknąć biegunki szalejącej wśród cudzoziemców przybywających na ten obszar. Ten napój był chyba nieszkodliwy.

Dwoje Amerykanów w środku dziczy, sam na sam. Tyle mieli do obgadania, a nie potrafili uniknąć tematu rozwodu?

– To dość bolesne przeżycie.

– Ale brniemy dalej. Bierzemy ślub, potem kolejny rozwód. Znajdujemy kogoś innego, zawieramy związek małżeński, potem się rozwodzimy. Znajdujemy kogoś innego.

– Znajdujemy?

– Po prostu użyłam zaimka. My, czyli ludzie cywilizowani. Wykształceni, skomplikowani ludzie. Indianie nigdy się nie rozwodzą.

– Nie widzieli mojej pierwszej żony.

– Była nieprzyjemna?

Nate westchnął i wypił kolejny łyk. Spróbuj zrozumieć, powiedział do siebie w duchu. Rozpaczliwie chce porozmawiać z kimś takim jak ona.

– Bardzo przepraszam – powiedziała. – Nie jestem wścibska. To nieważne.

– Nie była złą osobą, na pewno nie na początku. Pracowałem dużo, piłem jeszcze więcej. Kiedy nie było mnie w biurze, siedziałem w barze. Najpierw czuła się dotknięta, potem się obrażała, a pod koniec wściekała. Sprawy wymknęły się nam spod kontroli i zaczęliśmy się nawzajem nienawidzić.

Małe wyznanie prysło jak bańka mydlana i nagle obydwoje mieli dość wynurzeń. Jego małżeńskie brudy zdawały się całkowicie niestosowne w tym czasie i miejscu.

– Nigdy nie wyszłaś za mąż? – zapytał.

– Nie. – Napiła się. Była leworęczna i kiedy podniosła kubek do ust, łokciem dotknęła łokcia Nate'a. – Paweł nigdy się nie ożenił, wiesz przecież.

– Jaki Paweł?

– Apostoł Paweł.

– Aaa, ten Paweł.

– Czytujesz Biblię?

– Nie.

– Raz myślałam, że się zakochałam, jeszcze w szkole. Chciałam wyjść za niego za mąż, ale Pan mnie od tego odwiódł.

– Dlaczego?

– Ponieważ Pan chciał mnie tutaj. Chłopiec, którego kochałam, był dobrym chrześcijaninem, lecz słabym fizycznie. Nie przetrwałby na misji.

– Jak długo tu zostaniesz?

– Nie zamierzam stąd wyjeżdżać.

– A więc pochowają cię Indianie?

– Tak przypuszczam. O takie rzeczy się nie martwię.

– Czy większość misjonarzy World Tribes umiera w trakcie misji?

– Nie. Większość wraca do domu. Ale mają rodziny, które mogą ich pogrzebać.

– Miałabyś dużą rodzinę i wielu przyjaciół, gdybyś teraz wróciła do domu. Byłabyś sławna.

– To kolejny powód, aby tu pozostać. Tu jest mój dom. Nie chcę tych pieniędzy.

– Nie bądź głupia.

– Nie jestem głupia. Pieniądze nic dla mnie nie znaczą. To powinno być jasne.

– Nawet nie wiesz, ile ich jest.

– Bo nie spytałam. Poszłam dzisiaj do pracy, nie myśląc o tych pieniądzach. Zrobię to samo jutro i pojutrze.

– To jedenaście miliardów! Bierzesz albo oddajesz.

– I to ma wywrzeć na mnie wrażenie?

– Ja zwróciłem na to uwagę.

– Ale ty czcisz pieniądze, Nate. Jesteś częścią kultury, w której wszystko mierzy się pieniędzmi. To religia.

– Masz rację. Ale seks też odgrywa ważną rolę.

– W porządku, pieniądze i seks. Co jeszcze?

– Sława. Każdy chce być sławny.

– To smutna kultura. Ludzie żyją w amoku. Cały czas pracują, aby zarabiać pieniądze. Kupują za nie rzeczy, które mają wywierać wrażenie na innych ludziach. Wartość ludzi mierzy się tym, co posiadają.

– Ja też taki jestem?

– A jesteś?

– Chyba tak.

– Więc żyjesz bez Boga. Jesteś bardzo samotny, Nate, czuję to. Nie znasz Boga.

Prawie spłonął ze wstydu i zastanowił się nad szybką obroną, lecz ta prawda go rozbroiła. Nie miał żadnej broni, żadnych argumentów ani solidnych zasad, na których mógłby się oprzeć.

– Wierzę w Boga – powiedział szczerze, lecz słabo.

– Łatwo to powiedzieć – stwierdziła swoim łagodnym, cichym głosem. – I nie wątpię w to, co mówisz. Ale mówienie to jedna rzecz, a życie to zupełnie inna sprawa. Ten ułomny chłopiec pod drzewem to Lako. Ma siedemnaście lat, jest mały jak na swój wiek i ciągle choruje. Jego matka powiedziała mi, że przyszedł na świat za wcześnie. Lako pierwszy łapie wszelkie choroby, które nas trapią. Wątpię, żeby dożył trzydziestki. Ale Lako się nie przejmuje. Przed kilkoma laty został chrześcijaninem i ma najsłodszą duszę ze wszystkich. Całe dnie rozmawia z Bogiem; teraz prawdopodobnie też się modli. Nie martwi się i nie boi. Jeśli ma jakiś kłopot, zwraca się prosto do Boga i tam go zostawia.

Nate spojrzał w ciemności, gdzie modlił się Lako, ale nic nie dostrzegł.

Mówiła dalej:

– Ten mały Indianin nie ma nic na tej ziemi, lecz odkłada bogactwa w niebie. Wie, że kiedy umrze, spędzi wieczność w niebie ze swym Stwórcą. Lako jest bogaty.

– A Troy?

– Wątpię, czy Troy w chwili śmierci wierzył w Chrystusa. Jeśli nie, to teraz smaży się w piekle.

– Nie wierzysz w to.

– Piekło to bardzo realne miejsce, Nate. Przeczytaj Biblię. Z pewnością Troy oddałby teraz swoje jedenaście miliardów za odrobinę zimnej wody.

Nate nie umiałby polemizować z misjonarką o teologii i zdawał sobie z tego sprawę. Przez chwilę milczał. Zrozumiała, o co chodzi. Zaledwie przed kilkoma minutami zasnęło ostatnie niemowlę w wiosce. Noc była doskonale czarna i nieruchoma, bez księżyca i gwiazd. Jedyne światełko pochodziło od cieniutkiego, żółtego płomyka u ich stóp.

Dotknęła go bardzo delikatnie, poklepała po ramieniu i powiedziała:

– Przepraszam. Nie powinnam mówić, że jesteś samotny. Skąd mam to wiedzieć?

– Nie ma sprawy.

Nie odrywała dłoni od jego ramienia, jakby bardzo chciała czegoś dotykać.

– Jesteś dobrym człowiekiem, prawda, Nate?

– Nie, nie jestem dobry. Robię mnóstwo złych rzeczy. Jestem słaby, chwiejny i nie chcę o tym rozmawiać. Nie przyjechałem tu w poszukiwaniu Boga. Znalezienie ciebie okazało się dostatecznie trudne. Prawo wymaga, żebym ci dał te dokumenty.

– Nie podpiszę ich i nie chcę tych pieniędzy.

– Daj spokój...

– Nie proś mnie. Moja decyzja jest ostateczna. Nie rozmawiajmy już o tych pieniądzach.

– Jestem tu tylko z powodu tych pieniędzy.

Cofnęła palce, ale przysunęła się o kilka centymetrów w jego stronę, tak że ich kolana się zetknęły.

– Przykro mi, że musiałeś tu przyjechać. Daremny trud.

Kolejna przerwa w rozmowie. Musiał się udać za potrzebą, choć przerażała go sama myśl o zrobieniu kroku w jakimkolwiek kierunku.

Lako powiedział coś, zaskakując Nate'a. Chłopiec stał nie dalej jak cztery metry od nich, a mimo to nie było go widać.

– Musi iść do swojej chaty – odezwała się, wstając. – Pójdź za nim.

Nate rozprostował się powoli, czując, jak strzela mu w stawach, a mięśnie niechętnie się napinają.

– Jutro chciałbym wyjechać.

– Dobrze. Porozmawiam z wodzem.

– Nie będzie problemu, prawda?

– Raczej nie.

– Zajmę ci jakieś pół godziny. Przynajmniej pokażę ci te dokumenty i kopię testamentu.

– Możemy porozmawiać. Dobranoc.

Z nosem wpartym w jego kark szedł za Lako krótkim szlakiem do wioski.

– Tutaj – wyszeptał w ciemnościach Jevy. W jakiś sposób udało mu się zarezerwować dwa hamaki na małej werandzie budynku mężczyzn. Nate zapytał, jak to zrobił. Jevy obiecał mu to wyjaśnić rankiem.

Lako zniknął w mrokach nocy.

Rozdział 30

F. Parr Wycliff siedział w sali sądowej i wysłuchiwał nudnych protokołów. Josh, z kasetą wideo, czekał w gabinecie sędziego. Przechadzał się po zagraconym pokoju, ściskając telefon komórkowy, myślami na drugiej półkuli. Nadal nie miał żadnych wieści od Nate'a.

Zapewnienia Valdira brzmiały wciąż tak samo – Pantanal to rozległy obszar, przewodnik jest bardzo dobry, łódź duża, Indianie się przemieszczają, Indianie nie chcą, żeby ich ktokolwiek znajdował, wszystko w porządku. Zadzwoni, jak tylko będzie miał jakieś wiadomości od Nate'a.

Josh myślał o wysłaniu ekipy ratunkowej. Ale samo dotarcie do Corumby było dostatecznie trudne, a spenetrowanie Pantanalu w poszukiwaniu zagubionego prawnika wydawało się wprost niemożliwe. Mógł jedynie pojechać tam i razem z Valdirem czekać na wieści.

Pracował dwanaście godzin dziennie przez sześć dni w tygodniu, a sprawa Phelana miała wybuchnąć niebawem. Josh ledwie znajdował czas na krótki lunch, podróż do Brazylii w ogóle nie wchodziła w rachubę.

Spróbował połączyć się z Valdirem przez telefon komórkowy, lecz linia była zajęta.

Wycliff wszedł do gabinetu, przepraszając i jednocześnie zdejmując togę. Wyraźnie chciał zrobić wrażenie na tak znanym prawniku, jakim był Stafford.

Zostali sami. Obejrzeli pierwszą część kasety bez słowa komentarza. Dokument rozpoczął się od obrazu Troya siedzącego na wózku inwalidzkim. Josh ustawiał przed nim mikrofon, trzej psychiatrzy siedzieli ze stertą kartek z pytaniami. Przesłuchanie trwało dwadzieścia jeden minut i zakończyło się zgodnymi opiniami, że pan Phelan dokładnie wie, co robi. Wycliff nie mógł ukryć uśmiechu.

Pokój opustoszał. Pracowała tylko kamera ustawiona naprzeciwko Troya. Starzec wyjął rękopiśmienny testament i podpisał go cztery minuty po skończeniu badania psychiatrycznego.

– Teraz skacze – wyjaśnił Josh.

Kamera nie poruszyła się. Uchwyciła moment, kiedy Troy niespodziewanie odepchnął się od stołu i wstał. Zniknął z ekranu, a Josh, Snead i Tip Durban zamarli w osłupieniu przez sekundę, po czym puścili się w pogoń za starcem. Scena wyglądała dramatycznie.

Pięć i pół minuty przerwy. Kamera rejestruje jedynie puste krzesła i głosy. Potem biedny Snead zajmuje miejsce Troya przy stole. Wyraźnie wstrząśnięty, na granicy płaczu, usiłuje jednak powiedzieć do kamery o tym, czego przed chwilą był świadkiem. Josh i Tip Durban robią to samo.

Trzydzieści dziewięć minut filmu.

– Jak zamierzają to załatwić? – zapytał Wycliff po pokazie. Było to pytanie bez odpowiedzi. Dwoje spadkobierców – Rex i Libbigail – zdążyło już wnieść pozew o unieważnienie testamentu. Ich prawnicy – Hark Gettys i Wally Bright – zdołali sprawnie ściągnąć na siebie uwagę publiczną, udzielić kilku wywiadów oraz pozować do zdjęć w prasie.

Pozostali spadkobiercy niebawem zaczną zakładać sprawy. Josh rozmawiał z ich prawnikami i zorientował się, że toczą się przygotowania do walki sądowej.

– Każdy trzeciorzędny psychiatra w tym kraju chce złapać jakiś ochłap z tej sprawy – powiedział Josh. – Będziemy mieli mnóstwo opinii.

– Martwi się pan tym samobójstwem?

– Oczywiście. Ale on tak skrupulatnie wszystko planował, nawet własną śmierć. Wiedział dokładnie, jak i kiedy chce umrzeć.

– A ten drugi testament? Ten gruby, który podpisał najpierw.

– Nie podpisał go.

– Ale widziałem. To jest na filmie.

– Nie. Podpisał się Myszka Miki.

Wycliff robił notatki na papierze firmowym i ręka znieruchomiała mu w pół zdania.

– Myszka Miki? – powtórzył.

– No właśnie. Od 1982 do 1996 roku przygotowałem dla niego jedenaście testamentów. Niektóre były grube, inne cienkie, a dysponował w nich swoim majątkiem na więcej sposobów, niż może sobie pan wyobrazić. Prawo mówi, że przy każdym nowym testamencie stary musi zostać zniszczony. A więc przynosiłem nowy testament do biura, przez dwie godziny wnikliwie go czytaliśmy, potem go podpisywał. Trzymałem testamenty w swoim biurze i zawsze przynosiłem ze sobą stary. Kiedy podpisał nowy, stary wkładaliśmy – ja i pan Phelan – do niszczarki, którą trzymał przy biurku. Ta ceremonia najbardziej go cieszyła. Był uszczęśliwiony przez kilka miesięcy, dopóki któreś z dzieci nie wyprowadziło go z równowagi. Wtedy znów zaczynał mówić o zmianie testamentu. Jeśli spadkobiercy udowodnią, że nie posiadał odpowiedniej zdolności umysłowej, kiedy sporządzał odręcznie ostatnią wolę, to nie ma już innego testamentu. Wszystkie zostały zniszczone.

– W takim przypadku umarł, nie pozostawiwszy testamentu – dodał Wycliff.

– Tak, a jak pan wie, zgodnie z prawem obowiązującym w Wirginii, majątek dzieli się wówczas równo między jego dzieci.

– Siedmioro dzieci. Jedenaście miliardów dolarów.

– O siedmiorgu wiemy. Jedenaście miliardów wydaje się dość dokładną sumą. Czy pan nie starałby się podważyć takiego testamentu?

Wielka, paskudna rozprawa o testament była tym, czego najbardziej pragnął Wycliff. I wiedział, że prawnicy, włącznie z Joshem Staffordem, wzbogacą się na tej wojnie. Ale bitwa wymaga dwóch stron, a do tej pory na powierzchnię wypłynęła tylko jedna. Ktoś powinien bronić ostatniej woli pana Phelana.

– Czy ma pan jakieś wieści o Rachel Lane? – zapytał.

– Nie, ale wciąż jej szukamy.

– Gdzie ona jest?

– Przypuszczamy, że pracuje jako misjonarka gdzieś w Ameryce Południowej. Jeszcze jej nie znaleźliśmy. Wysłaliśmy tam naszych ludzi. – Josh zdał sobie sprawę, że używa określenia „naszych ludzi" niezwykle swobodnie.

Wycliff, głęboko zamyślony, spoglądał na sufit.

– Po co dawał jedenaście miliardów nieślubnej córce, która jest misjonarką?

– Nie umiem powiedzieć, sędzio. Zaskakiwał mnie tyle razy, że się uodporniłem całkowicie.

– To całkiem szalone, prawda?

– Istotnie, to dziwne.

– Wiedział pan o niej?

– Nie.

– Mogą być jacyś inni spadkobiercy?

– Wszystko jest możliwe.

– Sądzi pan, że był niezrównoważony?

– Nie. Dziwny, ekscentryczny, kapryśny, skąpy jak diabli. Ale dokładnie wiedział, co robi.

– Znajdź tę dziewczynę, Josh.

– Próbujemy.

W spotkaniu uczestniczyli jedynie Rachel i wódz. Nate z miejsca, w którym siedział pod swym hamakiem, widział ich twarze i słyszał głosy. Wodza niepokoiło coś w chmurach. Mówił, potem słuchał Rachel, a następnie wznosił oczy powoli w górę, jakby spodziewał się śmierci z niebios. Nate spostrzegł, że wódz nie tylko słuchał Rachel, lecz również liczył na jej radę.

Wokół nich poranny posiłek dobiegał końca i Indianie przygotowywali się do kolejnego dnia. Myśliwi zebrali się w małych grupach przy domu mężczyzn, aby naostrzyć strzały i naciągnąć łuki. Rybacy rozłożyli sieci i liny. Młode kobiety jak co dzień zajęły się zamiataniem brudów i kurzu dokoła swych chat, a ich matki szły do ogrodów i pól pod lasem.

– Uważa, że nadchodzi burza – wyjaśniła Rachel, gdy spotkanie dobiegło końca. – Mówi, że możecie płynąć, ale nie wyśle przewodnika. To zbyt niebezpieczne.

– Damy sobie radę bez przewodnika? – zapytał Nate.

– Tak – powiedział Jevy, a Nate rzucił mu wieloznaczne spojrzenie.

– To nie byłoby rozsądne – powiedziała. – Rzeki zlewają się i łatwo zabłądzić. Nawet Indianie tracą wielu rybaków podczas pory deszczowej.

– Kiedy może się skończyć ta burza? – spytał Nate.

– Trzeba czekać i patrzeć.

Nate westchnął głęboko i opuścił ramiona. Czuł się obolały i zmęczony, pokryty bąblami po ukąszeniach komarów, głodny. Miał dość tej przygody i martwił się, że Josh się martwi. Jego misja jak dotąd zakończyła się fiaskiem. Nie tęsknił za domem, ponieważ w domu nikt na niego nie czekał. Chciał jednak jeszcze raz zobaczyć Corumbę z jej przytulnymi, małymi kafejkami, ładnymi hotelami i leniwymi ulicami. Chciał znowu zostać sam. Zdrowy i trzeźwy, bez obaw, że zapije się na śmierć.

– Przykro mi – powiedziała.

– Naprawdę muszę już wracać. Ludzie w firmie czekają na wiadomości ode mnie. Ta podróż i tak trwa dłużej, niż przewidywaliśmy.

Słuchała, ale niewiele ją to obchodziło. Kilka zaniepokojonych osób w kancelarii adwokackiej w Waszyngtonie wcale jej nie wzruszało.

– Możemy porozmawiać? – zapytał.

– Muszę iść do sąsiedniej wioski na pogrzeb tej dziewczynki. Może pójdziesz ze mną? Będziemy mieli mnóstwo czasu na rozmowę.

Lako poprowadził. Prawa noga skręcona do wewnątrz sprawiała, że przy każdym kroku przechylał się w lewo, a potem w prawo. Przykro było na to patrzeć. Rachel szła za Indianinem, dalej Nate, który dźwigał jej torbę. Jevy został daleko z tyłu, by mimowolnie nie podsłuchiwać rozmowy.

Za owalnym kręgiem chat leżały małe kwadratowe pólka, obecnie porzucone, zarośnięte krzakami i zaroślami.

– Indianie Ipica żywią się z upraw, które sadzą na małych działkach wydartych dżungli – wyjaśniła. Nate szedł tuż za nią, starając się nie pozostawać w tyle. Jej szczupłe umięśnione nogi stawiały długie kroki. Czterokilometrowy spacer przez las wydawał się dla niej dziecinną igraszką. – Wykorzystują ziemię do maksimum, więc po kilku latach przestaje dawać plony. Porzucają ją, pozostawiają przyrodzie, a sami karczują dalsze połacie dżungli. Gleba powraca do normy, nie ma mowy o żadnej dewastacji. Ziemia jest dla Indian wszystkim. To ich życie. Większość jej zabrali jednak cywilizowani ludzie.

– Jakież to znajome.

– Tak. Wyniszczamy ich populacje, doprowadzając do rozlewu krwi i przynosząc choroby. Zabieramy im ziemię. Potem osadzamy ich w rezerwatach i nie możemy zrozumieć, dlaczego nie są zadowoleni.

Pozdrowiła dwie nagie Indianki, uprawiające ziemię nieopodal ścieżki.

– Kobiety naprawdę ciężko pracują – zauważył Nate.

– Tak. Ale ta praca jest łatwa w porównaniu z urodzeniem i wychowywaniem dziecka.

– Wolę patrzeć, jak pracują.

Powietrze było parne i wilgotne, choć nie czuło się w nim dymu, który nieustannie wisiał nad wioską. Kiedy weszli do lasu, Nate się spocił.

– A teraz opowiedz mi o sobie – rzuciła przez ramię. – Gdzie się urodziłeś?

– To może trochę potrwać.

– Mów tylko o najważniejszych sprawach.

– Kiedy więcej jest tych mniej ważnych.

– Daj spokój, Nate. Chciałeś pogadać, to rozmawiajmy. Ten spacer zajmie nam pół godziny.

– Urodziłem się w Baltimore, mam młodszego brata, rodzice się rozwiedli, kiedy miałem piętnaście lat, szkoła w St. Paul, college w Hopkins, prawo w Georgetown, potem nigdy nie wyjeżdżałem z Waszyngtonu.

– Miałeś szczęśliwe dzieciństwo?

– Chyba tak. Uprawiałem sport. Mój ojciec pracował przez trzydzieści lat dla National Brewery i zawsze miał bilety na Colts i Orioles. Baltimore to wielkie miasto. Porozmawiamy o twoim dzieciństwie?

– Jeśli chcesz. Ja nie byłam zbyt szczęśliwa.

A to ci niespodzianka, pomyślał Nate. Biedna kobieta, nigdy nie miała okazji być szczęśliwa.

– Chciałeś zostać prawnikiem, kiedy dorośniesz?

– Jasne, że nie. Żaden chłopak przy zdrowych zmysłach nie chce być prawnikiem. Miałem zamiar grać dla Colts albo Orioles, a może w obu drużynach.

– Chodziłeś do kościoła?

– Pewnie. W każde święta Bożego Narodzenia i na Wielkanoc.

Droga prawie ginęła w sztywnych trawach. Nate szedł, patrząc na skórzane buty kobiety, a kiedy zniknęły mu z oczu zapytał:

– Co to za wąż, który zabił dziewczynkę?

– *Bima*, ale nie przejmuj się.

– Dlaczego się mam nie przejmować?

– Bo masz na nogach wysokie buty. To mały wąż, może ukąsić tylko poniżej kostki.

– Duży też mnie znajdzie.

– Uspokój się.

– A Lako? Nigdy nie nosi butów.

– Tak, ale wszystko widzi.

– Ten *bima* jest śmiertelnie jadowitym wężem?

– Tak, ale jest surowica na jego jad. Miałam ją wcześniej i gdybym ją mogła podać wczoraj, dziewczynka nie umarłaby.

– Gdybyś miała dużo pieniędzy, mogłabyś kupić dużo surowicy. Mogłabyś zapchać półki wszystkimi niezbędnymi lekarstwami. Mogłabyś kupić ładny, mały silnik do łodzi, który ułatwiłby ci podróż do Corumby i z powrotem. Mogłabyś wybudować klinikę i kościół, i szkołę i szerzyć Ewangelię jak Pantanal długi i szeroki.

Stanęła i odwróciła się raptownie. Patrzyli sobie w oczy.

– Nie zrobiłam nic, żeby zarobić te pieniądze i nie znałam człowieka, który to uczynił. Proszę, nie mów o nich więcej. –

Słowa brzmiały stanowczo, ale na jej twarzy nie widać było zawziętości.

– Rozdaj je. Rozdaj je na cele charytatywne.

– Nie są moje, żebym je mogła rozdawać.

– Zmarnują się. Miliony pójdą w ręce prawników, a reszta zostanie podzielona między twoje rodzeństwo. Wierz mi, nie chciałabyś tego. Nie masz pojęcia, jakie szkody wyrządzą te pieniądze, jeśli się im dostaną. To, czego nie roztrwonią, przekażą swoim dzieciom. W ten sposób pieniądze Phelana zdemoralizują kolejne pokolenie.

Złapała go za rękę i powiedziała bardzo powoli:

– Nie dbam o to. Będę się za nich modlić.

Odwróciła się i ruszyła naprzód. Lako szedł daleko z przodu. Jevy'ego ledwo było widać za nimi. Szli w milczeniu przez pole w pobliżu strumienia, potem ścieżką obrośniętą wysokimi, grubymi drzewami. Gałęzie i konary splatały się, tworząc ciemny baldachim. Powietrze niespodziewanie się ochłodziło.

– Odpocznijmy – zaproponowała. Strumień wrzynał się w las i szlak przecinał bród z błękitnych i pomarańczowych kamieni. Rachel uklękła nad wodą i opryskała sobie twarz.

– Możesz się napić – powiedziała. – Woda płynie z gór.

Nate kucnął przy niej i zanurzył dłonie w strumieniu. Woda była zimna i przejrzysta.

– To moje ulubione miejsce – odezwała się. – Przychodzę tu prawie codziennie, żeby się wykąpać, pomodlić, medytować.

– Ciężko uwierzyć, że jesteśmy w Pantanalu. Tak tu chłodno.

– Jesteśmy na skraju Pantanalu. Góry Boliwii są już niedaleko. Pantanal zaczyna się gdzieś tu w pobliżu i ciągnie daleko na wschód.

– Wiem. Lecieliśmy tędy, próbując cię znaleźć.

– Naprawdę?

– Tak, to był krótki lot, ale doskonale widziałem Pantanal.

– I nie znalazłeś mnie?

– Nie. Trafiliśmy na burzę i musieliśmy lądować. Miałem szczęście, że wyszedłem z tego żywy. Nigdy już nie wsiądę do małego samolotu.

– Tu nie ma miejsca na lądowanie.

Zdjęli buty i skarpety i zanurzyli stopy w strumieniu. Usiedli na kamieniach, wsłuchując się w szemranie wody. Zostali sami; ani Lako, ani Jevy'ego nie było w zasięgu wzroku.

– Kiedy byłam dziewczynką, mieszkaliśmy w małym miasteczku w Montanie, gdzie mój ojciec, mój przybrany ojciec, był pastorem. Niedaleko miasta płynął mały potok, mniej więcej tych rozmiarów. Było tam miejsce pod wysokimi drzewami, podobnymi do tych, gdzie chodziłam moczyć stopy w wodzie. Przesiadywałam tam godzinami.

– Ukrywałaś się?

– Czasami.

– Teraz też się ukrywasz?

– Nie.

– Myślę, że tak.

– Nie, mylisz się. Mam tu doskonały spokój, Nate. Wiele lat temu oddałam swą duszę Chrystusowi i idę tam, gdzie mnie prowadzi. Jeśli myślisz, że jestem samotna – mylisz się. On jest ze mną na każdym kroku. Zna moje myśli, moje potrzeby i usuwa ode mnie troski i zmartwienia. Jestem w całkowitej i idealnej harmonii z tym światem.

– Nigdy czegoś takiego nie słyszałem.

– Powiedziałeś zeszłej nocy, że jesteś słaby i kruchy. Co przez to rozumiesz?

Wyznania są dobre dla duszy, mówił mu Sergio podczas terapii. Skoro chce wiedzieć, to spróbuje i zaszokuje ją prawdą.

– Jestem alkoholikiem – powiedział prawie z dumą, w sposób, w jaki w czasie rehabilitacji uczono go przyznawać się do tego. – W ciągu ostatnich dziesięciu lat cztery razy stoczyłem się na samo dno. Prosto z odwyku ruszyłem na tę wycieczkę. Nie mogę stwierdzić z całą pewnością, że nigdy więcej nie będę pił. Trzy razy miałem doświadczenia z kokainą i myślę, chociaż nie jestem tego pewien, że nigdy więcej nie tknę tego świństwa. Cztery miesiące temu, będąc w ośrodku rehabilitacyjnym, zgłosiłem wniosek o niewypłacalności. Obecnie jestem oskarżony o uchylanie się od płacenia podatku i mam pięćdziesiąt procent szans, że pójdę do więzienia i stracę pozwolenie na wykonywanie zawodu. O dwóch rozwodach wiesz. Obydwie żony bardzo mnie nie lubią i zatruły tą nienawiścią moje dzieci. Naprawdę przyłożyłem się, żeby sobie zrujnować życie.

Nie odczuwał ani przyjemności, ani ulgi, gdy tak się obnażał przed nią.

Ona też przyjęła to bez emocji.

– Coś jeszcze? – zapytała.

– O tak. Dwukrotnie próbowałem się zabić – przynajmniej te dwa razy pamiętam. Po próbie w sierpniu tego roku wylądowałem w ośrodku rehabilitacyjnym. A ostatnio próbowałem zaledwie kilka dni temu w Corumbie. Chyba to była Wigilia.

– W Corumbie?

– Tak, w pokoju hotelowym. Prawie zapiłem się na śmierć tanią wódką.

– Biedaku.

– Jestem chory, zgadza się. Zżera mnie choroba. Przyznałem się do tego wielokrotnie wielu psychologom.

– Wyznałeś to kiedykolwiek Bogu?

– Jestem pewien, że On o tym wie.

– Jestem pewna, że tak. Ale On ci nie pomoże, dopóki go o to nie poprosisz. Jest wszechpotężny, lecz musisz do Niego pójść, powiedzieć o tym w modlitwie, ze skruchą.

– I co się stanie?

– Twoje grzechy zostaną ci wybaczone. Twoja wola zostanie oczyszczona. Twoje nałogi zostaną ci odebrane. Pan wybaczy ci wszystkie słabości i staniesz się nowym wyznawcą Chrystusa.

– A co z urzędem skarbowym?

– To nie minie, lecz będziesz miał siłę, żeby się tym zająć. Dzięki modlitwie możesz pokonać wszystkie przeciwności losu.

Nate już wcześniej wysłuchiwał wielu kazań. Poddawał się Siłom Wyższym tak wiele razy, że mógł sam wygłaszać prelekcje i udzielać porad. Słuchał rad duszpasterzy, terapeutów, guru i wszelkiego rodzaju psychoanalityków. Kiedyś podczas trzyletniego okresu trzeźwości zaczął nawet pracować jako terapeuta we Wspólnocie Anonimowych Alkoholików, nauczając innych uzależnionych dwunastopunktowego planu uzdrawiania w podziemiach starego kościoła w Aleksandrii. Potem przeżył kolejne załamanie.

Czemu nie miałaby go uratować? Czyż nawracanie zagubionych nie jest jej życiowym powołaniem?

– Nie wiem, jak się modlić – wyznał.

Wzięła jego rękę i ścisnęła mocno.

– Zamknij oczy, Nate. Powtarzaj za mną: Dobry Boże, przebacz mi moje grzechy i pomóż mi wybaczyć tym, którzy zgrzeszyli przeciwko mnie. – Nate mamrotał słowa, ściskając jej dłoń coraz mocniej. Słowa przypominały Modlitwę Pańską. – Daj mi siłę, abym pokonał pokusy i nałogi oraz próby, które na mnie czekają. – Nate w dalszym ciągu mamrotał, powtarzając jej słowa, lecz ten mały rytuał trochę go żenował. Modlitwa łatwo przychodziła Rachel, która tak często rozmawiała z Bogiem. Dla niego był to dziwny obrządek.

– Amen – powiedziała. Otworzyli oczy, lecz wciąż trzymali się za ręce. Wsłuchiwali się w szmer wody łagodnie spływającej po kamieniach. Nate doznał dziwnego wrażenia, jakby spoczywający na nim ciężar spadł z ramion, umysł stał się przejrzysty, dusza mniej zatroskana. Nosił jednak na swych barkach tyle ciężarów, że nie był pewien, co zostało odjęte, a co pozostało.

Świat nadal go bardzo przerażał. Łatwo było o odwagę tutaj, w sercu Pantanalu, gdzie czyhało tak niewiele pokus, ale wiedział, co czeka go w domu.

– Twoje grzechy zostały ci przebaczone, Nate – powiedziała.

– Które? Jest ich tak wiele.

– Wszystkie.

– To za proste. Na pewno pozostało jeszcze wiele zła.

– Dziś wieczorem znów będziemy się modlić.

– Ze mną będzie trudniej niż z większością ludzi.

– Zaufaj mi, Nate. I ufaj Bogu. Widział rzeczy o wiele gorsze.

– Tobie ufam. Tylko nie wiem, jak to będzie z Bogiem.

Uścisnęła mu silnie dłoń i przez długą chwilę obserwowali tworzące się na wodzie bąbelki. W końcu powiedziała:

– Musimy iść. – Nie ruszyli się jednak.

– Myślałem o pogrzebie tej małej dziewczynki – odezwał się Nate.

– No i co?

– Zobaczymy jej ciało?

– Przypuszczam, że tak. Trudno by było nie spojrzeć na nie.

– Ja wolałbym nie patrzeć. Wrócę z Jevym do wioski i tam zaczekamy.

– Jesteś pewien, Nate? Moglibyśmy długo rozmawiać.

– Nie chcę patrzeć na umarłe dziecko.

– Dobrze. Rozumiem.

Pomógł jej wstać, chociaż z pewnością nie potrzebowała pomocy. Trzymali się za ręce, póki nie sięgnęła po buty. Lako, jak zwykle, zmaterializował się znikąd i oboje niebawem zniknęli w ciemnym lesie.

Jevy spał pod drzewem. Zawrócili ścieżką, na każdym kroku bacząc na węże, i powoli dotarli do wioski.

Rozdział 31

Wódz nie był dobry w przepowiadaniu pogody. Burza nie nadeszła. Dwukrotnie w ciągu dnia padał deszcz i Nate wraz z Jevym walczyli z nudą, drzemiąc w pożyczonych hamakach. Deszcze były krótkie, za każdym razem wracało słońce, przypalając wilgotną ziemię i zwiększając wilgotność powietrza. Nawet w cieniu, nie wykonując żadnych zbytecznych ruchów, obaj pocili się niemiłosiernie.

Pilnie obserwowali Indian, ilekroć ci podejmowali jakieś działania, ale w widoczny sposób praca i zabawa były związane z pogodą. Kiedy słońce świeciło z pełną siłą, Indianie ukrywali się w chatach albo w cieniu drzew. W czasie deszczu dzieci bawiły się na zewnątrz. Gdy słońce kryło się za chmurami, kobiety wychodziły do codziennych obowiązków i szły nad rzekę.

Po tygodniu w Pantanalu Nate przywykł do spokojnego toku życia. Każdy dzień był wierną kopią dnia poprzedniego. Od wieków nic się tu nie zmieniało.

Rachel wróciła po południu. Wraz z Lako poszli od razu do wodza i zdali mu relację z wydarzeń w sąsiedniej wiosce. Potem porozmawiała z Nate'em i Jevym. Była zmęczona i chciała się zdrzemnąć, zanim przejdą do interesów.

Jeszcze jedna godzina nudy, pomyślał Nate. Patrzył, jak Rachel odchodzi. Była szczupła, sprężysta i prawdopodobnie mogłaby uczestniczyć w maratonach.

– Na co patrzysz? – zapytał Jevy, uśmiechając się szeroko.

– Na nic.

– Ile ona ma lat?

– Czterdzieści dwa.

– A ty?

– Czterdzieści osiem.

– Miała męża?

– Nie.

– Myślisz, że kiedykolwiek była z mężczyzną?

– Dlaczego jej o to nie spytasz?

– A czemu ty tego nie zrobisz?

– Nie obchodzi mnie to.

Znowu zasnęli. Spali, ponieważ nie mieli nic innego do roboty. Za kilka godzin zaczną się zapasy, potem kolacja, potem ciemność. Nate'owi śniła się „Santa Loura", w rzeczywistości bardzo mizerna łajba, która z każdą mijającą godziną wydawała się mu coraz okazalsza. W snach łódź nabierała szybko cech wymuskanego, eleganckiego jachtu.

Kiedy mężczyźni zaczęli się gromadzić, aby ułożyć włosy i przygotować do walk, Nate i Jevy ruszyli w przeciwnym kierunku. Jeden z potężnych Indian krzyknął coś do nich i błyskając zębami, rzucił jakieś zdanie, które zapewne było zaproszeniem do zapasów.

Nate przyspieszył kroku. Wyobraził sobie, jak fruwa po wiosce, rzucany przez niskiego, przysadzistego wojownika, któremu genitalia podskakują we wszystkich kierunkach. Jevy też nie miał ochoty na zawody. Na ratunek przyszła im Rachel.

Poprowadziła Nate'a za chaty w kierunku rzeki, do starego miejsca na wąskim pomoście pod drzewami. Usiedli blisko siebie, tak że znów ich kolana się stykały.

– Mądrze postąpiłeś, że tam nie poszedłeś – odezwała się zmęczonym głosem. Drzemka najwidoczniej nie pomogła.

– Dlaczego?

– Każda wioska ma lekarza. Nazywa się go *shalyun*, gotuje zioła i korzenie na lekarstwa. Przywołuje też duchy, które mają pomóc w różnych problemach.

228

– Aha, znachor.

– Coś w tym rodzaju. Może bardziej czarownik. W indiańskim świecie pełno jest duchów, a *shalyun* podobno reguluje ich ruch. Tak czy owak, *shalyun* to moi naturalni wrogowie. Stanowię zagrożenie dla ich religii. Zawsze są mi przeciwni. Prześladują wierzących w Chrystusa. Ich ofiarą padają nowo nawróceni. Chcą, żebym stąd wyjechała, i dlatego zawsze przekonują wodzów, żeby mnie wyrzucili. To codzienna walka. W tej ostatniej wiosce nad rzeką miałam małą szkołę, w której uczyłam czytania i pisania. Szkoła była dla wierzących, ale drzwi stały otworem dla wszystkich zainteresowanych. Rok temu wybuchła malaria i zmarło troje ludzi. Miejscowy *shalyun* przekonał tamtejszego wodza, że choroba była karą, która spadła na wioskę przez moją szkołę. Teraz jest zamknięta.

Nate słuchał. Jej odwaga, i tak już godna podziwu, zyskała nowy wymiar. Spiekota i pozorny spokój życia kazały mu uwierzyć, że wśród Indian panuje idealna harmonia i zgoda. Nikt nie umiałby dostrzec walki toczonej o ich dusze.

– Rodzice Ayesh, dziewczynki, która umarła, są chrześcijanami i bardzo mocno wierzą. *Shalyun* rozpuścił pogłoskę, że mógł uratować dziewczynkę, lecz rodzice go nie wezwali. Oczywiście, woleli, żebym to ja ją ratowała. Węże *bima* zamieszkują te tereny od zawsze i Indianie mają domowe lekarstwa, które sporządził *shalyun*. Nigdy nie widziałam, żeby takie lekarstwo zadziałało. Kiedy dziecko umarło, a ja odeszłam, *shalyun* wezwał duchy i urządził ceremonię. Oskarżał mnie o śmierć małej. Oskarżał także Boga.

Słowa płynęły szybciej niż zazwyczaj, jakby się spieszyła, by jak najwięcej powiedzieć po angielsku.

– Dzisiaj podczas pogrzebu *shalyun* i kilku awanturników zaczęli skandować i tańczyć tuż obok grobu. Biedni rodzice pogrążeni w żalu i bólu zostali dodatkowo upokorzeni. Nie mogłam skończyć nabożeństwa. – Jej głos załamał się lekko i zagryzła wargę.

Nate pogładził ją po ramieniu.

– Już dobrze. Już przeszło.

Nie pozwoliłaby sobie na płacz przed Indianami. Musiała być silna i opanowana, dawać świadectwo wiary i odwagi w każdych okolicznościach. Lecz wobec Nate'a mogła płakać do woli, a on ją rozumiał. Spodziewał się tego.

Otarła oczy i powoli przywróciła się do porządku.

– Przepraszam.

– Już dobrze – pocieszył ją znowu, bardzo chcąc pomóc. Łzy kobiety zmywały fasadę chłodu, czy to w barze, czy nad rzeką.

Z wioski dochodziły jakieś krzyki. Zaczęły się zapasy. Nate pomyślał o Jevym. Niewątpliwie nie uległ pokusie zabawy z Indianami.

– Chyba powinieneś stąd odjechać – odezwała się raptownie, przerywając ciszę. Panowała już nad sobą, głos powrócił do normy.

– Co takiego?

– Tak, od razu. Jak najszybciej.

– Też chcę jechać, ale po co ten pośpiech? Za trzy godziny zrobi się ciemno.

– Jest pewien powód.

– Zamieniam się w słuch.

– Myślę, że widziałam dzisiaj w sąsiedniej wiosce przypadek malarii. Chorobę przenoszą moskity, więc bardzo szybko się rozprzestrzenia.

Nate zaczął się drapać i był gotów natychmiast wskoczyć do łodzi, ale przypomniał sobie o pigułkach.

– Jestem bezpieczny. Biorę chloro coś tam.

– Chlorochinę?

– O właśnie.

– Kiedy zacząłeś?

– Dwa dni przed wyjazdem ze Stanów.

– Gdzie masz teraz te pigułki?

– Zostawiłem je na dużej łodzi.

Pokręciła głowa z dezaprobatą.

– Powinno się brać je przed, w czasie i po podróży. – Mówiła autorytatywnym tonem lekarza, jakby śmierć zawisła tuż nad ich głowami. – A Jevy? – zapytała. – Czy on bierze jakieś pastylki?

– Jevy był w wojsku. Jestem pewien, że z nim jest wszystko w porządku.

– Nie mam zamiaru się sprzeczać, Nate. Rozmawiałam już z wodzem. Dziś rano, jeszcze przed wschodem słońca, wysłał dwóch rybaków. Zalane rzeki mogą być mylące przez pierwsze dwie godziny, potem nie powinny stanowić problemu. Da wam trzech przewodników w dwóch pirogach, a ja wyślę Lako jako tłumacza. Kiedy wpłyniecie na rzekę Xeco, stamtąd już prosto jak strzelił do Paragwaju.

– Czy to daleko?

– Xeco jest około czterech godzin stąd. Paragwaj – około sześciu. Poza tym płyniecie z prądem.

– Widzę, że wszystko zaplanowałaś.

– Zaufaj mi, Nate. Dwa razy miałam malarię i nie chciałbyś tego przeżywać. Za drugim razem o mało nie umarłam.

Nigdy nie przyszło mu do głowy, że mogłaby tu umrzeć. Sprawa majątku Phelana jest i tak wystarczajaco skomplikowana, jeśli Rachel będzie ukrywać się w dżungli i odmawiać przeczytania dokumentów. Gdyby umarła, załatwianie zajęłoby wiele lat.

Ale podziwiał ją. Uosabiała wszystko to, czego mu brakowało: była silna i odważna, miała mocną wiarę, była szczęśliwa, żyjąc w prostocie, pewna swego miejsca na tym i tamtym świecie.

– Nie umieraj, Rachel – szepnął.

– Nie boję się śmierci. Dla chrześcijanina śmierć jest nagrodą. Lecz proszę, módl się za mnie, Nate.

– Obiecuję, że będę się więcej modlił.

– Jesteś dobrym człowiekiem. Masz dobre serce i zdrowy umysł. Po prostu potrzebujesz pomocy.

– Wiem. Nie należę do silnych.

Papiery leżały w złożonej kopercie w kieszeni. Wyjął je.

– Porozmawiamy w końcu o tym?

– Tak, ale robię to tylko dla ciebie. Skoro już przebyłeś tę długą drogę, powinnam przynajmniej omówić sprawy prawne.

– Dziękuję. – Wręczył jej pierwszą kartkę, kopię jednostronicowego testamentu Troya. Odczytała ją wolno, odręczne pismo sprawiało jej kłopot. Kiedy skończyła, zapytała:

– Czy to ważny testament?

– Na razie tak.

– Ale jest taki prymitywny.

– Pisane odręcznie testamenty są ważne. Takie jest prawo.

Przeczytała dokument jeszcze raz. Nate dostrzegł cienie padające wzdłuż linii drzew. Nauczył się bać ciemności, zarówno na lądzie, jak i na wodzie. Chciał już odpłynąć.

– Troy nie dbał o pozostałe dzieci, prawda? – odezwała się rozbawionym głosem.

– Ty również byś się nimi nie przejmowała. Z drugiej strony wątpię, czy był dobrym ojcem.

– Pamiętam dzień, w którym moja mama opowiedziała mi o nim. Miałam siedemnaście lat. Był koniec lata. Mój tata właśnie zmarł na raka i życie przedstawiało się w dość ponurych barwach. Troy jakimś trafem mnie znalazł i nakłaniał mamę do odwiedzin. Powiedziała mi prawdę o moich biologicznych rodzicach, lecz nie miało to dla mnie żadnego znaczenia. Nie obchodzili mnie. Nigdy ich nie znałam i nie odczuwałam potrzeby ich poznania. Później dowiedziałam się, że moja prawdziwa matka popełniła samobójstwo. Jak ci się to podoba, Nate? Moi biologiczni rodzice popełnili samobójstwo. Obydwoje. Czyżbym miała coś w genach?

– Nie. Jesteś od nich o wiele silniejsza.

– Oczekuję śmierci z radością.

– Nie mów tak. Kiedy się spotkałaś z Troyem?

– Rok później. Zaczęli do siebie dzwonić – on i moja mama. Przekonał ją o swoich dobrych intencjach i pewnego dnia przyjechał do nas do domu. Zjedliśmy ciasto, wypiliśmy herbatę, a potem pojechał. Przesłał pieniądze na opłacenie szkoły. Nalegał, żebym zatrudniła się w jednej z jego firm. Zaczął się zachowywać tak, jakby był moim ojcem, a mnie się to nie podobało. Potem mama umarła i świat zamknął się dokoła mnie niczym klatka. Zmieniłam nazwisko i poszłam na medycynę. Przez te wszystkie lata modliłam się za Troya, tak jak modlę się za wszystkich zgubionych ludzi, których znam. Przypuszczałam, że o mnie zapomniał.

– Najwidoczniej nie – powiedział Nate. Czarny komar wylądował mu na udzie. Zmiażdżył go z taką zajadłością, jakby rąbał pieniek drzewa. Jeśli komar był nosicielem malarii, nie rozniesie jej dalej. Czerwony zarys dłoni pojawił się na skórze.

Podał Rachel dokumenty zrzeczenia się i potwierdzenia przyjęcia spadku. Odczytała je uważnie i oznajmiła:

- Niczego nie podpiszę. Nie chcę tych pieniędzy.
- Zatrzymaj je po prostu. Módl się nad nimi.
- Śmiejesz się ze mnie?
- Nie. Po prostu nie wiem, co mam dalej zrobić.
- Nie mogę ci pomóc. Ale poproszę cię o przysługę.
- Oczywiście. O wszystko.
- Nie mów nikomu, gdzie jestem. Błagam cię, Nate. Proszę, ochroń moją prywatność.
- Obiecuję. Ale musisz być realistką.
- Co chcesz przez to powiedzieć?
- Nie da się uniknąć rozgłosu. Jeśli weźmiesz te pieniądze, prawdopodobnie staniesz się najbogatszą kobietą na świecie. Jeśli z nich zrezygnujesz, historia stanie się jeszcze bardziej nęcąca.
- Kogo to interesuje?
- Jesteś naiwna. Żyjesz z dala od świata mediów. Wiadomości są teraz nadawane bez przerwy, dwadzieścia cztery godziny na dobę płyną informacje z całego świata o wszystkim. Całe godziny programów informacyjnych, wywiadów, wiadomości z ostatniej chwili. To wszystko śmieci. Nawet najmniej istotną sprawę można nagłośnić i wyolbrzymić.
- Jak mogą mnie tu znaleźć?
- To dobre pytanie. My mieliśmy szczęście, ponieważ Troy wpadł na twój ślad. O ile wiemy, nikomu innemu nic nie powiedział.
- A więc jestem bezpieczna, tak? Ty nie powiesz nikomu. Prawnicy z twojej firmy też nie mogą niczego wyjawić.
- To prawda.
- Poza tym dotarłeś tu tylko dlatego, że zabłądziłeś?
- Okropnie zabłądziłem.
- Musisz mnie ochraniać, Nate. To mój dom. To moi bliscy. Nie chcę znów uciekać.

„Skromna misjonarka z dżungli mówi »nie« fortunie wartej jedenaście miliardów dolarów". Cóż za nagłówek. Sępy zorganizują najazd na Pantanal, używając helikopterów i amfibii, żeby tylko mieć artykuł. Nate'owi zrobiło się żal Rachel.
- Uczynię, co w mojej mocy – zapewnił.
- Dajesz słowo?

– Tak, obiecuję.

Oddziałowi pożegnalnemu przewodniczył sam wódz, za nim szła jego żona, dalej kilkunastu mężczyzn, a parę kroków za nimi Jevy i przynajmniej dziesięciu członków plemienia. Szli ścieżką, kierując się ku rzece.

– Już czas – oznajmiła Rachel.

– Chyba tak. Jesteś pewna, że będziemy bezpieczni po ciemku?

– Tak. Wódz wysyła najlepszych rybaków. Bóg będzie was ochraniał. Módl się.

– Będę się modlił.

– Ja będę się za ciebie modlić codziennie, Nate. Jesteś dobrym człowiekiem o dobrym sercu. Warto, żebyś żył.

– Dziękuję. Chcesz wyjść za mąż?

– Nie mogę.

– Oczywiście, że możesz. Ja zajmę się pieniędzmi, a ty Indianami. Zbudujemy sobie większą chatę i wyrzucimy ubrania.

Obydwoje się roześmiali. Uśmiechali się nadal, gdy podszedł do nich wódz. Nate wstał, aby się pożegnać, i przez chwilę widział mroczki przed oczami. Od piersi ku głowie ruszyła fala słabości. Poczuł mdłości. Odzyskał równowagę, zamrugał i spojrzał na Rachel, żeby się przekonać, czy coś dostrzegła.

Najwidoczniej nie. Bolały go powieki. Stawy w łokciach tętniły bólem.

Rozległy się znajome pochrząkiwania w języku Indian Ipica i wszyscy weszli do rzeki. Żywność umieszczono w łodzi Jevy'ego i w dwóch wąskich czółnach, którymi mieli płynąć Lako i przewodnicy. Nate podziękował Rachel, która z kolei podziękowała wodzowi, a kiedy pożegnania dobiegły końca, nadszedł czas odjazdu. Nate, stojąc po kostki w wodzie, przytulił delikatnie Rachel, poklepując ją po plecach.

– Dzięki – powiedział cicho.

– Dzięki za co?

– Nie wiem. Dziękuję za kolosalne honoraria dla prawników.

Uśmiechnęła się i powiedziała:

– Lubię cię, Nate, ale te pieniądze i wszyscy prawnicy nic dla mnie nie znaczą.

– Ja też cię lubię.

– Proszę, nie wracaj tu.

– Nie obawiaj się.

Wszyscy czekali. Rybacy wypłynęli już na rzekę. Jevy trzymał w ręku wiosło.

Nate wsiadł do łodzi.

– Moglibyśmy spędzić miodowy miesiąc w Corumbie.

– Dobranoc, Nate. Po prostu powiedz swoim ludziom, że mnie nie znalazłeś.

– Tak zrobię. Do zobaczenia. – Odepchnął łódź od brzegu. Usiadł na dnie i poczuł, jak znów kręci mu się w głowie. Gdy już płynęli, pomachał do Rachel i Indian, lecz ich postacie zamazały mu się przed oczami.

Pirogi pomknęły po wodzie, popychane wartkim nurtem. Indianie wiosłowali, tworząc idealny tandem. Nie tracili ani siły, ani czasu. Spieszyło im się. Silnik zaskoczył po trzecim pociągnięciu i wkrótce Nate i Jevy dogonili swoich przewodników. Brazylijczyk przesunął przepustnicę i motor zaczął pracować nierówno, ale nie zgasł. Na pierwszym zakręcie Nate zerknął przez ramię. Rachel i Indianie stali nieruchomo.

Pocił się. Mimo chmur zasłaniających słońce, mimo przyjemnego powiewu na twarzy czuł, że się poci. Ramiona i nogi miał mokre. Przetarł szyję i czoło i zobaczył wilgoć na palcach. Zamiast słów modlitwy, którą obiecał Rachel, wymamrotał:

– Cholera. Jestem chory.

Gorączka na razie nie była wysoka, lecz rosła szybko. Zmarzł na wietrze. Skulił się i poszukał wzrokiem czegoś do ubrania. Jevy dostrzegł, że coś jest nie tak, i po paru minutach zapytał:

– Dobrze się czujesz?

Nate zaprzeczył ruchem głowy, a ból przeszył mu gwałtownie całe ciało od oczu aż po kręgosłup. Otarł gromadzącą się w nosie wilgoć.

Po dwóch zakrętach drzewa przerzedziły się, a teren obniżył. Rzeka stawała się coraz szersza, w końcu wylała w jezioro z trzema gnijącymi drzewami pośrodku. Nate wiedział, że nie mijali tych drzew w drodze do wiosek. Wracali inną drogą. Bez pomocy nurtu pirogi płynęły nieco wolniej, lecz wciąż cięły wodę ze zdumiewającą szybkością. Przewodnicy nie przyglądali się jezioru. Wiedzieli dokładnie, dokąd zmierzają.

– Jevy, chyba złapałem malarię – powiedział Nate, czując silny ból gardła. Jego głos brzmiał ochryple.

– Skąd wiesz? – Jevy przymknął na chwilę przepustnicę.

– Rachel mnie ostrzegała. Widziała chorego wczoraj w sąsiedniej wiosce. To dlatego tak szybko wyjechaliśmy.

– Masz gorączkę?

– Tak, i kłopoty ze wzrokiem.

Jevy zatrzymał łódź i krzyknął na Indian, którzy zdążyli już zniknąć z oczu. Przesunął puste kanistry i resztki zapasów, po czym szybko rozłożył namiot.

– Będziesz miał dreszcze – powiedział, nie przestając pracować. Łódź kołysała się na boki. – Chorowałeś już na malarię?

– Nie. Ale wielu moich kolegów umarło na nią.

– Co?

– Kiepski żart. Nieczęsto zabija, ale będziesz bardzo chory.

Delikatnie, próbując nie poruszać głową, Nate położył się w łodzi. Zwinięte koce służyły mu za poduszkę. Jevy rozpostarł na nim namiot i przycisnął krawędzie płachty dwoma pustymi kanistrami.

Indianie płynęli teraz obok nich, ciekawi tego, co się działo. Lako zapytał o coś po portugalsku. Nate usłyszał, jak Jevy mówi o malarii. Słowo to wywołało dyskusję między tubylcami. Potem odpłynęli.

Zdawało się, że łódź płynie szybciej. Może dlatego, że Nate leżał na dnie i czuł, jak przecina fale. Od czasu do czasu jakaś gałąź czy konar, których nie zauważył Jevy, dzgała Nate'a, lecz choremu było wszystko jedno. Głowa pękała mu z bólu bardziej niż przy najgorszym kacu, a wielu ich doświadczył w życiu. Mięśnie i stawy bolały coraz bardziej. Obawiał się wykonać choćby najmniejszy ruch. Było mu coraz zimniej. Zaczynały się dreszcze.

Z oddali doleciało niskie dudnienie. Nate uznał, że to grzmot. Cudownie, przemknęło mu przez myśl. Tego tylko nam teraz trzeba.

Deszcz przeszedł bokiem. Rzeka skręciła na zachód i Jevy dostrzegł pomarańczowe i żółte blaski zachodzącego słońca. Potem skręciła znów na wschód, ku nadciągającym nad Pantanal ciemnościom. Pirogi dwukrotnie zwalniały, kiedy Indianie naradzali się, który dopływ wybrać. Jevy utrzymywał łódź w odległości mniej więcej trzydziestu metrów za nimi, ale gdy zapadł zmrok, podpłynął bliżej. Nie mógł widzieć zagrzebanego pod namiotem Nate'a, lecz wiedział, że przyjaciel cierpi. Jevy istotnie znał człowieka, który umarł na malarię.

Po dwóch godzinach podróży przewodnicy poprowadzili ich przez plątaninę wąskich strumieni i spokojnych lagun, a kiedy wypłynęli na szerszą rzekę, łodzie zwolniły na chwilę. Potrzebowali odpoczynku. Lako zawołał do Jevy'ego, że teraz są już bezpieczni, pokonali najtrudniejszy odcinek drogi i reszta jest łatwa. Rzeka Xeco znajdowała się o jakieś dwie godziny stąd i prowadziła prosto do Paragwaju.

– Możemy sobie poradzić sami? – zapytał Jevy.

– Nie – padła odpowiedź. Wciąż mają przed sobą dużo rozwidleń, a co więcej, Indianie znają miejsce na Xeco, gdzie rzeka nie wylała. Tam przenocują.

– Jak się czuje Amerykanin? – zapytał Lako.

– Niezbyt dobrze – odparł Jevy.

Amerykanin słyszał ich głosy i wiedział, że łódź stoi w miejscu. Gorączka paliła go od stóp do czubka głowy. Ciało i ubranie miał mokre, aluminiowe dno łodzi pokrywał jego pot. Oczy spuchły tak, że nie mógł ich otworzyć, podobnie jak wyschniętych warg. Usłyszał, jak Jevy zadaje mu jakieś pytanie po angielsku, ale nie potrafił odpowiedzieć. To tracił, to odzyskiwał świadomość.

W ciemności czółna płynęły o wiele wolniej. Jevy podpłynął bliżej. Czasami włączał latarkę, żeby ułatwić przewodnikom obserwowanie rozwidleń i dopływów.

Pracujący nierówno silnik wył nieustannie. Zatrzymali się tylko raz, żeby zjeść bochenek chleba, wypić sok i załatwić potrzeby. Połączyli łodzie i przez dziesięć minut płynęli z nurtem.

Lako martwił się stanem Amerykanina.

– Co ja powiem misjonarce? – zapytał Jevy'ego.

– Powiedz jej, że złapał malarię.

Zygzak błyskawicy w oddali położył kres krótkiej kolacji i odpoczynkowi. Indianie wyruszyli dalej, wiosłując ze wszystkich sił. Od wielu godzin nie widzieli ani śladu lądu. Nie było tu miejsca na dobicie do brzegu i przeczekanie burzy.

W końcu silnik umilkł. Jevy opróżnił ostatni kanister i uruchomił motor. Na pół mocy paliwa powinno wystarczyć na jakieś sześć godzin – dostatecznie długo, aby dotrzeć do Paragwaju. Tam spotkają inne łodzie, zobaczą domy i „Santa Lourę". Wiedział, gdzie Xeco wpływa do Paragwaju. Płynąc z nurtem wielkiej rzeki, powinni przed świtem dotrzeć do Welly'ego.

Błyskawice nadal rozświetlały niebo, ale coraz dalej za nimi. Każdy błysk na niebie skłaniał przewodników do wytężonej pracy, lecz w końcu i oni zaczęli odczuwać zmęczenie. W pewnym momencie Lako schwycił burtę szalupy, drugi Indianin przytrzymał się z drugiej strony. Jevy uniósł latarkę nad głową i ruszyli naprzód jak barka.

Las i zarośla zrobiły się gęstsze, a rzeka szersza. Po obu jej stronach widać było brzegi. Indianie umilkli, a kiedy wpłynęli na Xeco, przestali wiosłować. Byli wyczerpani i chcieli się zatrzymać. Jevy pomyślał, że normalnie spaliby już od trzech godzin. Znaleźli odpowiednie miejsce i dobili do brzegu.

Lako wyjaśnił, że od wielu lat pełni funkcję asystenta misjonarki. Widział mnóstwo przypadków malarii; sam też przechodził ją trzykrotnie. Zsunął namiot z głowy i piersi Nate'a i dotknął jego czoła.

– Bardzo wysoka gorączka – powiedział Jevy'emu, który z zapaloną latarką stał w błocie, niecierpliwie czekając, aż wejdzie do łodzi. – Nie można nic poradzić – oznajmił po skończonym badaniu. – Gorączka minie, lecz zaatakuje po raz drugi w ciągu czterdziestu ośmiu godzin. – Martwiły go zapuchnięte oczy, czegoś takiego nigdy wcześniej nie widział u chorych na malarię.

Najstarszy przewodnik zaczął coś mówić do Lako, wskazując na ciemną rzekę. Lako przetłumaczył to Jevy'emu. Należy trzymać się środka rzeki, nie zwracać uwagi na małe rozwidlenia, szczególnie te po lewej, a za dwie godziny powinni dopłynąć do Paragwaju. Jevy podziękował im serdecznie i ruszył przed siebie.

Gorączka nie ustąpiła. Godzinę później Jevy sprawdził czoło Nate'a. Chory wciąż płonął. Leżał w pozycji embrionalnej i na wpół przytomny mamrotał coś nieskładnie. Jevy zmusił go do przełknięcia odrobiny wody, a resztą obmył mu twarz.

Xeco była szeroka i łatwa do żeglugi. Minęli jakiś dom – pierwszy, jaki widzieli od miesiąca. Księżyc, niczym światło latarni prowadzącej powracający z morza statek, przedarł się przez chmury i oświetlał im drogę.

– Słyszysz mnie, Nate? – odezwał się Jevy za cicho, aby chory go usłyszał. – Nasze szczęście się odmieniło.

Popłynęli drogą wskazywaną przez księżyc aż do Paragwaju.

Rozdział 32

Chalany, pływającego pudełka po butach, długości dziesięciu metrów, szerokości dwóch i pół metra, z płaskim dnem, używano do holowania ładunków przez Pantanal. Jevy wielokrotnie dowodził takimi łodziami. Dostrzegł światełko za burtą, a kiedy usłyszał warkot diesla, doskonale wiedział, jaka łódź nadpływa.

Znał też kapitana, śpiącego w koi, kiedy marynarz zatrzymał *chalanę*. Dochodziła trzecia nad ranem. Jevy przywiązał szalupę do dziobu barki i wskoczył na pokład. Poczęstowano go dwoma bananami, a on szybko zrelacjonował, co tu robi o tej porze. Marynarz przyniósł słodką kawę. Płynęli na północ do Porto Indio, do bazy wojskowej, aby handlować z żołnierzami. Mogli odstąpić pięć galonów paliwa. Jevy obiecał, że zapłaci im w Corumbie. Nie ma problemu. Na rzece wszyscy muszą sobie pomagać.

Otrzymał też trochę kawy i słodkich wafli. Wtedy zapytał o „Santa Lourę" i Welly'ego.

– Stoi u ujścia Cabixy – wyjaśnił. – Cumuje tam, gdzie kiedyś było stare molo – dodał.

Pokręcili przecząco głowami.

– Nie ma jej tam – powiedział kapitan. Marynarz potwierdził. Znali „Santa Lourę" i naprawdę jej nie widzieli. Nie mogli jej nie zauważyć.

– Musi tam być – upierał się Jevy.

– Nie. Minęliśmy Cabixę wczoraj w południe. Nie było tam śladu „Santa Loury".

Może Welly wpłynął parę kilometrów na Cabixę, żeby ich poszukać. Musiał się strasznie martwić. Jevy wybaczy mu, że ruszył „Santa Lourę", ale dopiero kiedy wszystko się wyjaśni.

Łódź musi tam być. Wypił jeszcze trochę kawy i powiedział im o chorym na malarię. W Corumbie krążyły pogłoski, że zaraza rozprzestrzenia się po całym Pantanalu. Jevy słyszał takie wieści przez całe życie.

Napełnili kanister z beczki stojącej na pokładzie *chalany*. Z reguły ruch rzeczny w porze deszczowej odbywał się trzykrotnie szybciej z nurtem niż pod prąd. Mała łódź z dobrym silnikiem powinna dotrzeć do Cabixy w ciągu czterech godzin, do faktorii – dziesięciu, a do Corumby – osiemnastu. „Santa Loura", gdy ją znajdą, jeżeli ją znajdą, będzie płynęła wolniej, ale tam czekały na nich hamaki i jedzenie.

Jevy zaplanował krótki odpoczynek na „Santa Lourze". Chciał przenieść Nate'a na łóżko i zadzwonić z telefonu satelitarnego do Valdira. Ten z kolei powinien znaleźć dobrego lekarza, który wiedziałby już, co robić, gdy dotrą do domu.

Kapitan dał mu pudełko wafli i papierowy kubek kawy. Jevy obiecał, że w przyszłym tygodniu odnajdzie ich w Corumbie. Podziękował i odwiązał szalupę. Nate żył, ale się nie ruszał. Gorączka nie opadała.

Kawa pomogła mu zwalczyć senność.

Pobawił się trochę z przepustnicą, podnosząc ją, aż silnik zaczął terkotać nierówno i po chwili umilkł. W miarę jak następowała ciemność, ciężka mgła osiadała na rzece.

Przypłynęli do ujścia Cabixy godzinę po świcie. „Santa Loury" nie było. Jevy zacumował przy starym molo i poszedł poszukać właściciela jedynego domu w okolicy. Znalazł go w oborze, gdzie doił krowę. Przypomniał sobie Jevy'ego i opowiedział mu o burzy, która zabrała łódź. Najgorsza burza, jaką przeżył. Nadciągnęła w środku nocy, więc wiele nie widział. Wicher był tak silny, że wraz z żoną i dzieckiem schowali się pod łóżkiem.

– Gdzie zatonęła? – zapytał Jevy.

– Nie wiem.

– A chłopak?

– Welly? Nie wiem.

– Nie rozmawiałeś z nikim? Może ktoś widział chłopca?

Nie. Nie rozmawiał z nikim na rzece od czasu zniknięcia Welly'ego. Było mu bardzo smutno, gdyż przypuszczał, że Welly zginął. Nate natomiast żył. Gorączka opadła. Kiedy się zbudził, było mu zimno i czuł pragnienie. Otworzył oczy, pomagając sobie palcami, i zobaczył wokoło wodę, zarośla na brzegu i dom.

– Jevy – odezwał się, czując suchość w gardle, zdumiony słabością własnego głosu. Wstał i przez kilka minut usiłował coś zobaczyć, ale wszystko było niewyraźne. Jevy nie odpowiadał. Nate'a bolał każdy centymetr ciała – mięśnie, stawy, krew przetaczająca się przez mózg. Na piersiach i szyi miał palącą wysypkę i zaczął się drapać aż do krwi. Zemdliło go, gdy poczuł odór własnego ciała.

Farmer i jego żona poszli za Jevym do łodzi. Nie mieli ani kropli benzyny, i to zirytowało gościa.

– Nate, jak się czujesz? – zapytał, wchodząc do łódki.

– Umieram. – Ledwie wytchnął te słowa.

Jevy dotknął jego czoła, delikatnie pomacał wysypkę.

– Gorączka opadła.

– Gdzie jesteśmy?

– Płyniemy po Cabiksie. Welly'ego nie ma. Łódź zatonęła podczas burzy.

– Nasz pech trwa nadal – odezwał się Nate i skrzywił, gdyż zakłuło go w głowie. – Gdzie Welly?

– Nie wiem. Wytrzymasz do Corumby?

– Wolałbym umrzeć od razu.

– Połóż się.

Odbili od brzegu. Chłop z żoną stali po kostki w błocie, machając rękami, lecz Jevy nie zwracał na nich uwagi.

Nate siedział przez chwilę bez ruchu. Wiatr muskał mu przyjemnie twarz. Niebawem znów poczuł chłód. Dreszcz przebiegł mu przez piersi, więc wsunął się delikatnie pod namiot. Próbował się modlić za Welly'ego, lecz po kilku sekundach myśli gdzieś uleciały. Po prostu nie mógł uwierzyć, że złapał malarię.

Hark zaplanował śniadanie bardzo szczegółowo. Przyjęcie odbyło się w prywatnej sali jadalnej hotelu Hay-Adams. Podano ostrygi i jajka à la minoza, kawior, łososia i szampana. Przed jedenastą wszyscy, w swobodnych strojach, usiedli wśród kwiatów.

Zapewnia ich, że to spotkanie największej wagi. Powinno pozostać tajemnicą. Znalazł bowiem jedynego świadka, który mógł dla nich wygrać sprawę.

Zostali zaproszeni tylko prawnicy reprezentujący dzieci Phelana. Żony nie wystąpiły jeszcze o unieważnienie testamentu i nie wykazywały ochoty do angażowania się w proces. Ich sytuacja prawna była bardzo słaba. Sędzia Wycliff rzucił pewnego razu mimochodem do jednego z ich prawników, że nie patrzy przychylnym okiem na wygłupy byłych żon.

Z wygłupami czy bez, sześcioro dzieci nie traciło czasu, aby podważyć testament. Cała szóstka popędziła do boju, wszyscy wskazali ten sam podstawowy zarzut – że Troy Phelan nie miał odpowiedniej sprawności umysłowej w chwili, gdy podpisywał testament.

Na spotkaniu mogło pojawić się najwyżej po dwóch prawników na spadkobiercę, a jeśli to możliwe, po jednym. Hark sam reprezentował Reksa. Wally Brigth, adwokat Libbigail, również przyszedł sam. Yancy był jedynym prawnikiem, jakiego znał Ramble. Grit przyszedł w imieniu Mary Ross. Pani Langhorne, były profesor prawa, reprezentowała Geenę i Cody'ego. Od czasu śmierci ojca Troy Junior wynajął i wyrzucił na bruk trzy firmy prawnicze. Jego aktualni prawnicy pracowali dla kancelarii zatrudniającej czterystu pracowników. Nazywali się Hemba i Hamilton i sami się przyłączyli do tej małej konfederacji.

Hark zamknął drzwi i powitał zebranych. Przedstawił im krótką biografię Malcolma Sneada, człowieka, z którym od pewnego czasu spotykał się prawie codziennie.

– Był przy panu Phelanie przez trzydzieści lat – stwierdził poważnym głosem. – Może nawet pomagał mu sporządzać ostatnią wolę. Może jest gotów powiedzieć, że staruszek był w tym czasie całkowicie obłąkany.

Prawnicy byli zaskoczeni. Hark obserwował przez chwilę ich uradowane twarze, po czym mówił dalej.

– Albo może jest gotów powiedzieć, że nic nie wiedział o spisanym odręcznie testamencie i że pan Phelan był idealnie zdrów na umyśle w dniu swojej śmierci.

– Ile chce? – zapytał Wally Bright, przechodząc do sedna sprawy.

– Pięć milionów dolarów. Dziesięć procent teraz, reszta po orzeczeniu sądu.

Cena Sneada nie zniechęciła prawników. Tak wiele pieniędzy leżało na szali. Ich własna chciwość wydała im się dość umiarkowana.

– Nasi klienci naturalnie nie mają tych pieniędzy – powiedział Hark. – A więc jeśli chcemy kupić jego zeznanie, wszystko zależy od nas. Za około osiemdziesiąt pięć tysięcy na spadkobiercę możemy podpisać z panem Sneadem kontrakt. Jestem przekonany, że złoży takie oświadczenie, dzięki któremu natychmiast wygramy sprawę albo dojdzie do ugody.

Stopień zamożności obecnych na sali był bardzo zróżnicowany. Firma Wally'ego Brighta była zadłużona. Nie zapłacił podatków. Z drugiej strony firma, w której pracowali Hemba i Hamilton, miała partnerów zarabiających ponad milion dolarów rocznie.

– Sugeruje pan, żebyśmy opłacili fałszywego świadka? – zapytał Hamilton.

– Nie wiemy, czy kłamie – odpowiedział Hark. Przewidział każde pytanie. – Nikt tego nie wie. Był sam z panem Phelanem. Nie ma innych świadków. Prawda będzie taka, jaką przedstawi pan Snead.

– To brzmi dość niejasno – wtrącił Hemba.

– Ma pan lepszy pomysł? – warknął Grit. Był przy swoim czwartym jajku.

Hemba i Hamilton, prawnicy z wielkiej firmy, nie byli przyzwyczajeni do brudu ulicy. Nie oznaczało to, oczywiście, że oni czy ich firma nie podlegali korupcji, lecz ich klientami były bogate korporacje, które dzięki legalnym łapówkom dawanym lobbystom otrzymywały rządowe kontrakty i ukrywały pieniądze na szwajcarskich kontach, a wszystko przy pomocy swych uczciwych prawników. Ponieważ jednak byli prawnikami z wielkiej firmy, w całkiem naturalny sposób gardzili nieetycznym postępowaniem zasugerowanym przez Harka, całkowicie zrozumiałym dla Grita i Brighta oraz innych kmiotków.

– Nie jestem pewien, czy nasz klient się na to zgodzi – powiedział Hamilton.

– Wasz klient schwyci się tej sposobności jak koła ratunkowego – odparował Hark. Zestawienie etyki z osobą TJ Phelana wydawało się wręcz zabawne. – Znamy go lepiej niż panowie. Pozostaje kwestia, do jakiego stopnia wy chcecie to zrobić.

– Sugeruje pan, że my, prawnicy, mamy wyłożyć pierwsze pięćset tysięcy? – zapytał Hemba z odrazą.

– Tak jest – przyznał Hark.

– A zatem nasza firma nigdy nie przystanie na taki plan.

– A więc waszą firmę niebawem zastąpi inna – uciął Grit. – Pamiętajcie, że jesteście czwartą ekipą Troya w tym miesiącu.

Prawdę mówiąc, Troy Junior już zagroził, że zwolni ich z pracy. Ucichli i słuchali. Głos miał Hark.

– Aby uniknąć wykładania przez każdego z nas gotówki, znalazłem bank, który zgadza się udzielić nam rocznej pożyczki w wysokości pięciuset tysięcy dolarów. Potrzeba tylko sześciu podpisów. Ja już się podpisałem.

– Podpiszę to cholerstwo – wykrzyknął walecznie Bright. Był nieustraszony, ponieważ nie miał nic do stracenia.

– Pozwólcie, że coś wyjaśnię – odezwał się Yancy. – Najpierw zapłacimy Sneadowi, a dopiero potem będzie mówił. Czy tak?

– Zgadza się.

– Czy nie powinniśmy najpierw wysłuchać jego wersji?

– Jego wersja musi ulec obróbce. Na tym polega urok tej umowy. Kiedy mu zapłacimy, jest nasz. My zajmiemy się sporządzeniem jego oświadczenia tak, aby nam odpowiadało. Pamiętajcie, nie ma innych świadków, no, może z wyjątkiem sekretarki.

– Ile kosztuje sekretarka? – zapytał Grit.

– Nic. Wchodzi w cenę Sneada.

Ile jeszcze razy w swej karierze będą mieli okazję wyszarpnąć procent z dziesiątej co do wielkości fortuny na świecie? Prawnicy umieli liczyć. Teraz trochę ryzyka, później kopalnia złota.

Pani Langhorne zdziwiła wszystkich, mówiąc:

– Polecę mojej firmie, żeby poszli na ten układ. Ale to musi być ścisła tajemnica.

– Absolutna tajemnica – powtórzył Yancy. – Wszyscy możemy zostać skreśleni z listy adwokatów, postawiono by nas też w stan oskarżenia. Nakłanianie do krzywoprzysięstwa jest przestępstwem.

– Pewnej rzeczy pan nie zrozumiał – odezwał się Grit. – Nie ma tu mowy o krzywoprzysięstwie. Prawdę przedstawić może

244

wyłącznie pan Snead. Jeśli powie, że pomagał sporządzać testament i że staruszek szwankował na umyśle, to kto się zdecyduje zakwestionować te słowa? To wspaniały układ. Ja się podpiszę.

– To jest nas już czterech – powiedział Hark.

– Ja też podpiszę – stwierdził Yancy.

Hemba i Hamilton kręcili się niespokojnie na miejscach.

– Będziemy musieli przedyskutować sprawę z firmą – oznajmił Hamilton.

– Czy mamy panom przypominać, że nasze spotkanie ma charakter wyjątkowo poufny? – zapytał Bright. To było komiczne. Kauzyperda po wieczorówce przypominał innym prawnikom o etyce.

– Nie – powiedział Hemba. – Nie musicie nam o tym przypominać.

Hark zadzwoni do Reksa, powie mu o układzie, a Rex skontaktuje się ze swoim bratem, TJ-em, i poinformuje go, że jego nowi prawnicy chcieli spieprzyć sprawę. Hemba i Hamilton przeminą w ciągu czterdziestu ośmiu godzin.

– Działajcie szybko – ostrzegł ich Hark. – Pan Snead równie chętnie podpisze taką umowę z przeciwną stroną.

– Skoro już przy tym jesteśmy – włączyła się pani Langhorne. – Czy wiemy coś o tym, kto stoi po przeciwnej stronie? Wszyscy chcemy podważyć testament. Ktoś musi go bronić. Gdzie się podziewa Rachel Lane?

– Ukrywa się – stwierdził Hark. – Josh zapewnił mnie, że znają miejsce jej pobytu, że są z nią w kontakcie i że ona również wynajmie prawników, którzy będą chronić jej interesy.

– Nie dziwię się. Dla jedenastu miliardów... – dodał Grit.

Sycili się tą sumą, każdy z nich dzielił ją przez różne wielokrotności cyfry sześć, a następnie obliczał własny procentowy udział. Pięć milionów dla Sneada wydawało się całkiem rozsądną kwotą.

Jevy i Nate dotarli do faktorii wczesnym popołudniem. Silnik za burtą przerywał i rzężił paskudnie, a wskaźnik paliwa opadł nisko. Fernando, właściciel sklepu, leżał w hamaku na ganku, próbując ukryć się przed palącym słońcem. Był to stary wodniak, weteran rzeczny, który znał ojca Jevy'ego.

Obaj pomogli Nate'owi wyjść z łódki. Znów paliła go gorączka. Odrętwiałe nogi odmawiały posłuszeństwa i cała trójka posuwała się krok za krokiem po wąskim pomoście i dalej po schodkach na ganek. Kiedy ułożyli chorego w hamaku, Jevy streścił wydarzenia zeszłego tygodnia. Fernando wiedział o wszystkim, co działo się na rzece.

– „Santa Loura" zatonęła – powiedział. – Była potężna burza.

– Widziałeś Welly'ego? – zapytał Jevy.

– Tak. Wyciągnęła go z rzeki barka do przewozu bydła. Zatrzymali się u mnie. Opowiedział mi o wszystkim. Jestem pewien, że teraz jest już w Corumbie.

Jevy'emu wyraźnie ulżyło na wieść, że Welly żyje. Strata łodzi zmartwiła go jednak poważnie. „Santa Loura" była jedną z lepszych w Pantanalu. Zatonęła, a on był za nią odpowiedzialny.

Fernando przypatrywał się Nate'owi podczas rozmowy. Amerykanin prawie nie słyszał ich słów. Z pewnością nie mógł ich zrozumieć. Nawet mu na tym nie zależało.

– To nie malaria – powiedział Fernando, dotykając wysypki na szyi Nate'a. Jevy przysunął się do hamaka i spojrzał na przyjaciela. Biedak miał zszarzałe, wilgotne włosy, a oczy znów zamknięte od opuchlizny.

– A co to jest? – zapytał.

– Malaria nie wywołuje takiej wysypki. To *denga*.

– *Denga*? Gorączka tropikalna?

– Tak. Jest podobna do malarii – gorączka i dreszcze, ból mięśni i stawów. Roznoszą ją też komary. Ale jeśli jest wysypka, to *denga*.

– Mój ojciec miał to kiedyś. Był bardzo chory.

– Musisz go zawieźć jak najszybciej do Corumby.

– Mogę pożyczyć twój silnik?

Łódź Fernanda cumowała pod rozsypującym się budynkiem. Silnik nie był tak zardzewiały jak motor Jevy'ego i miał o pięć koni mechanicznych więcej. Zakrzątnęli się przed drogą: zamiana silników, napełnianie zbiorników paliwem i po godzinie spędzonej w hamaku, prawie w stanie śpiączki, Nate został ponownie zaniesiony na pomost i położony w łodzi pod namiotem. Był zbyt chory, aby wiedzieć, co się wokoło dzieje.

Dochodziła czternasta trzydzieści. Od Corumby dzieliło ich dziewięć do dziesięciu godzin. Jevy zostawił u Fernanda numer Valdira. Czasami, choć bardzo rzadko, łodzie pływające po Paragwaju miały radio. Gdyby się zdarzyło, że Fernando napotka taką łódź, miał skontaktować się z Valdirem i przekazać mu wieści.

Ruszył pełnym gazem, dumny, że znów dysponuje łodzią, która szybko mknęła po wodzie. Ślad za rufą kipiał za nimi.

Denga mogła być śmiertelna. Jego ojciec walczył ze śmiercią przez tydzień, cierpiąc na straszliwie bóle głowy i gorączkę. Oczy bolały go tak strasznie, że matka przez wiele dni trzymała go w ciemnym pokoju. Był twardym człowiekiem rzeki, przyzwyczajonym do ran i bólu, i kiedy Jevy usłyszał, jak zawodzi niczym dziecko, myślał, że jego ojciec umiera. Lekarz przychodził do niego codziennie, aż wreszcie gorączka opadła.

Widział stopy Nate'a wystające spod namiotu. Nic poza tym. Na pewno nie chciał umierać.

Rozdział 33

Obudził się raz, ale nic nie widział. Potem ocknął się znowu i zobaczył ciemność. Starał się powiedzieć Jevy'emu, że napiłby się chociaż odrobinę i zjadł kawałek chleba. Nie mógł jednak wydobyć z siebie głosu. Mówienie wymagało wysiłku i ruchu, szczególnie kiedy trzeba było przekrzyczeć wycie silnika. Stawy i mięśnie zbiły się w jeden węzeł. Leżał wciśnięty w aluminiową skorupę łodzi.

Rachel leżała obok niego pod cuchnącym namiotem, jej kolana dotykały jego kolan tak jak wtedy, gdy siedzieli razem na ziemi przed chatą i później na pomoście pod drzewem nad rzeką. Ostrożny, nieśmiały kontakt kobiety zgłodniałej niewinnego dotyku innego ciała. Żyła między Indianami Ipica przez jedenaście lat, ich nagość tworzyła dystans miedzy nimi a cywilizowanymi ludźmi. Nawet proste przytulenie wydawało jej się skomplikowanym gestem. Gdzie uścisnąć? Po czym poklepać? Jak długo? Niewątpliwie nigdy nie dotknęła żadnego z mężczyzn.

Chciał ją pocałować choćby w policzek, ponieważ od wielu lat nikt nie okazał jej takiej czułości.

– Rachel, kiedy się ostatni raz całowałaś? – chciał zapytać. – Byłaś zakochana. Czy także fizycznie?

Zachował te pytania dla siebie i zaczęli rozmawiać o ludziach, których nie znali. Miała kiedyś nauczyciela gry na pianinie. Jego oddech był tak paskudny, że klawisze z kości słoniowej całkowicie pożółkły. On miał trenera hokeja na trawie. Został sparaliżowany od pasa w dół, ponieważ pękł mu kręgosłup podczas gry. Jakaś dziewczynka należąca do jej kościoła zaszła w ciążę, a ojciec potępił ją z kazalnicy. Zabiła się tydzień później. Nate stracił brata, który chorował na białaczkę.

Pogładził ją po kolanach i najwidoczniej sprawiło jej to przyjemność. Ale nie posunął się dalej. Takie rzeczy z misjonarką nie kończą się dobrze.

Była tu, żeby nie umarł. Sama dwukrotnie zwalczyła malarię. Gorączka podnosi się i opada, dreszcze uderzają niczym bryła lodu w żołądek i odchodzą. Mdłości napływają falami. Potem przez wiele godzin nic. Poklepała go po ramieniu i obiecała, że nie umrze. Pomyślał, że wszystkim tak mówi. Śmierć byłaby wytchnieniem.

Dotyk ustał. Otworzył oczy i poszukał Rachel, ale ona zniknęła.

Jevy dwa razy słyszał, jak Nate majaczy. Za każdym razem zatrzymywał łódź i ściągał namiot z chorego. Wlewał mu wodę w usta i polewał delikatnie spocone włosy przyjaciela.

– Już prawie jesteśmy – powtarzał nieustannie. – Prawie jesteśmy.

Pierwsze światła Corumby wycisnęły mu łzy z oczu. Widział je wielokrotnie, wracając z wypraw do północnej części Pantanalu, lecz nigdy tak bardzo ich nie wyczekiwał. Migotały w oddali na wzgórzu. Liczył je, póki nie zlały się w całość.

Tuż przed dwudziestą trzecią wskoczył do płytkiej wody i pociągnął cumę na popękany beton. Przystań była pusta. Pobiegł pod górę do automatu telefonicznego.

Valdir w piżamie oglądał akurat telewizję, paląc ostatniego papierosa przed snem i starając się nie słuchać zrzędliwej żony, gdy zadzwonił telefon. Odebrał, nie wstając, i nagle zerwał się na równe nogi.

– Co się stało? – zapytała żona, kiedy biegł do sypialni.

– Jevy wrócił – rzucił przez ramię.

– Kto to jest Jevy?

Mijając ją w biegu, powiedział:

– Jadę nad rzekę. – I tak jej to nie obchodziło.

Po drodze zadzwonił do znajomego lekarza, który właśnie zdążył położyć się spać, i uprosił go o spotkanie w szpitalu.

Jevy chodził tam i z powrotem po pomoście. Amerykanin siedział na kamieniu, trzymając głowę na kolanach. Bez słowa, delikatnie przenieśli go na tylne siedzenie samochodu i odjechali z piskiem opon.

Valdirowi cisnęło się na usta tyle pytań, że nie wiedział, od czego zacząć.

– Kiedy zachorował? – zapytał po portugalsku.

Jevy siedział obok niego, przecierał oczy i walczył ze snem. Ostatni raz spał w indiańskiej wiosce.

– Nie wiem – powiedział. – Wszystkie dni zlały mi się w jedną całość. To *denga*. Wysypka pojawia się czwartego lub piątego dnia, a myślę, że ma ją od dwóch dni. Nie wiem.

Pędzili przez centrum, lekceważąc światła i znaki. Właśnie zamykano kafejki po obu stronach ulicy, na której panował niewielki ruch.

– Znaleźliście tę kobietę?

– Tak.

– Gdzie?

– Niedaleko gór. Chyba w Boliwii. Zajęło to dzień drogi na południe od Porto Indio.

– Wioska była na mapie?

– Nie.

– To jak ją znaleźliście?

Żaden Brazylijczyk nie przyznałby się nigdy, że zabłądził, a szczególnie tak wytrawny przewodnik jak Jevy. Zraniłoby to jego dumę i być może źle wpłynęło na interesy.

– Byliśmy na zalanym obszarze, gdzie mapy nic nie znaczą. Znalazłem jakiegoś rybaka, który nam pomógł. Jak się czuje Welly?

– Dobrze. Łódź utonęła. – Valdir bardziej przejmował się łodzią niż jakimś majtkiem.

– Nigdy nie widziałem takich burz. Przeżyliśmy trzy.

– Co mówiła ta kobieta?

– Nie wiem. Ja właściwie z nią nie rozmawiałem.

– Zdziwiła się na wasz widok?

– Nie sprawiała takiego wrażenia. Dość obojętna. Myślę, że polubiła naszego kolegę.

– Jak przebiegło spotkanie?

– Jego zapytaj.

Nate leżał skurczony na tylnym siedzeniu, nic nie słysząc. Jevy teoretycznie nie był wtajemniczony, więc Valdir nie naciskał. Prawnicy mogli porozmawiać później, gdy tylko Nate dojdzie do siebie.

Kiedy dojechali do szpitala, na chodniku czekał wózek. Wcisnęli do niego Nate'a i ruszyli chodnikiem za sanitariuszem. Powietrze wciąż było ciepłe i lepkie. Na schodkach przed wejściem pielęgniarki i asystenci w białych kitlach palili papierosy, cicho rozmawiając. W szpitalu nie było klimatyzacji.

Znajomy lekarz okazał się niegrzeczny i bardzo oficjalny. Robotę papierkową załatwi nazajutrz. Przepchnęli Nate'a przez pusty hol i dalej korytarzami do małej izby przyjęć, gdzie zajęła się nim zaspana pielęgniarka. Jevy i Valdir, stojąc w rogu, patrzyli, jak lekarz wraz z pielęgniarką rozbierają pacjenta do naga. Pielęgniarka umyła go alkoholem i białą gazą. Lekarz przyjrzał się wysypce, która zaczynała się na podbródku, a kończyła w okolicy pasa. Amerykanin cały był pokryty ukąszeniami komarów, których wiele rozdrapał do krwi. Sprawdzali temperaturę, ciśnienie krwi i puls.

– Wygląda na *dengę* – powiadomił po dziesięciu minutach lekarz. Następnie wyrecytował pielęgniarce listę szczegółowych zaleceń. Kobieta prawie go nie słuchała, ponieważ robiła to już wiele razy. Zaczęła myć pacjentowi włosy.

Nate bełkotał coś, co nie miało żadnego związku z obecnymi. Oczy miał nadal opuchnięte; nie golił się od tygodnia.

– Ma wysoką gorączkę – stwierdził lekarz. – Majaczy. Zaczniemy od kroplówki z antybiotykami i środkami przeciwbólowymi, dużo wody do picia, może później trochę jedzenia.

Pielęgniarka położyła na oczach Nate'a ciężki opatrunek z gazy, a następnie przykleiła go taśmą od ucha do ucha. Wyjęła żółtą piżamę z szuflady i ubrała go. Znalazła żyłę, wbiła wenflon i podłączyła go do kroplówki.

Lekarz ponownie sprawdził temperaturę.

– Wkrótce powinna zacząć spadać – zwrócił się do pielęgniarki. – Jeśli nie, zadzwoń do mnie do domu. – Zerknął na zegarek.

– Dzięki – powiedział Valdir.

– Jutro rano sprawdzę, jak się czuje – dodał lekarz i wyszedł.

Jevy mieszkał na skraju miasta, gdzie domy były małe, a ulice niebrukowane. Dwukrotnie zasnął, zanim Valdir dowiózł go do domu.

Pani Stafford kupowała antyki w Londynie. Telefon zadzwonił w nocy kilkanaście razy, zanim Josh podniósł słuchawkę. Zegar pokazywał drugą dwadzieścia.

– Tu Valdir – oznajmił głos.

– Ach tak, Valdir. – Josh przeczesał włosy i zamrugał oczami. – Lepiej, żeby to były dobre wieści.

– Wrócił twój chłopiec.

– Dzięki Bogu.

– Ale jest bardzo chory.

– Co takiego? Co mu się stało?

– Złapał *dengę*, podobną do malarii. Przenoszą ją komary. Nie jest tu rzadkością.

– Myślałem, że się zaszczepił na wszystko. – Josh stał pochylony, wciąż szarpiąc włosy.

– Nie ma szczepionki przeciw gorączce tropikalnej.

– Nie umrze, prawda?

– Nie. Jest w szpitalu. Mam dobrego przyjaciela, lekarza. Zajmuje się nim. Według niego wszystko będzie dobrze.

– Kiedy będę mógł z nim porozmawiać?

– Może jutro. Ma wysoką gorączkę i jest nieprzytomny.

– Znalazł tę kobietę?

– Tak.

A to chłopak, pomyślał Josh. Westchnął, czując wyraźną ulgę, i siadł na skraju łóżka. A więc rzeczywiście tam jest.

– Podaj mi numer jego pokoju.

– No cóż, nie ma tu telefonów w salach.

– To separatka, prawda? Valdir, pieniądze nie grają roli. Powiedz mi, czy dobrze się nim zajmują?

– Jest w dobrych rękach. Ale ten szpital trochę się różni od waszych.

– Powinienem tam przyjechać?

– Jak sobie życzysz. To nie jest konieczne. Nie zmienisz tego szpitala. Nate ma jednak dobrego lekarza.

– Jak długo tam będzie?

– Kilka dni. Rano powinniśmy wiedzieć więcej.

– Zadzwoń do mnie od razu, Valdir. Naprawdę mi na tym zależy. Muszę jak najszybciej z nim porozmawiać.

– Dobrze, zadzwonię z samego rana.

Josh poszedł do kuchni po wodę z lodem. Potem zaczął chodzić po sypialni. O trzeciej dał za wygraną, zaparzył sobie kubek mocnej kawy i poszedł do gabinetu w suterenie.

Był bogatym Amerykaninem, więc w niczym się nie ograniczali. Wtłaczano mu do żył najlepsze leki dostępne w aptekach. Gorączka nieco opadła, poty ustąpiły. Bóle minęły, rozmyte falą najlepszych amerykańskich preparatów. Nate chrapał głośno, kiedy pielęgniarka i salowy przewieźli go do sali dwie godziny po przybyciu.

Tej nocy dzielił pokój z pięcioma innymi pacjentami. Na szczęście miał przepaskę na oczach i nic do niego nie docierało. Nie mógł zatem widzieć otwartych ran, dygotania staruszka obok oraz leżącej bez życia powyginanej postaci naprzeciwko. Nie mógł czuć odoru odchodów.

Rozdział 34

Rex Phelan nie miał własnego majątku i przez większą część dorosłego życia znajdował się w finansowych tarapatach. Miał wszakże talent do liczb. Była to jedna z niewielu cech, jakie odziedziczył po ojcu. Tylko on spośród spadkobierców miał odpowiednią wiedzę i energię, by przeczytać sześć pozwów o unieważnienie testamentu Troya. Kiedy skończył, zrozumiał, że sześć firm prawniczych mniej więcej powtarza pracę. Niektóre sformułowania prawne brzmiały tak, jakby zostały przepisane z innych pozwów.

Sześć firm toczyło tę samą walkę i każda żądała wygórowanych honorariów. Nadszedł czas na małą, rodzinną idyllę. Postanowił zacząć od swojego brata, TJ-a, który stanowił najłatwiejszy cel; jego prawnicy mieli zasady etyczne.

Dwaj bracia umówili się na spotkanie w sekrecie; ich żony się nienawidziły i wszelkich rozdźwięków można było łatwo uniknąć, po prostu nic im nie mówiąc. Rex powiedział Troyowi Juniorowi, że czas zakopać topór wojenny. Wymaga tego oszczędność.

Spotkali się na śniadaniu w podmiejskim barze i po kilku minutach nic nieznaczącej paplaniny o pogodzie i futbolu wzajemna niechęć minęła. Rex przeszedł od razu do sedna sprawy, opowiadając historię Sneada.

– To nadzwyczajne – ekscytował się. – Facet może dosłownie rozwalić albo wygrać naszą sprawę. – Nakreślił sytuację, powoli dochodząc do prośby o kredyt bankowy, którą chcieli podpisać wszyscy prawnicy z wyjątkiem adwokatów Troya Juniora. – Twoi ludzie spieprzą tę sprawę – odezwał się ponuro, rzucając spojrzenia we wszystkie strony, jakby podły bar roił się od szpiegów.

– Ten skurczybyk chce pięć milionów? – zapytał Troy Junior, wciąż nie mogąc uwierzyć w tupet Sneada.

– To okazja. Posłuchaj, on jest gotów powiedzieć, że był jedyną osobą, która towarzyszyła ojcu przy spisywaniu testamentu. Teraz chce tylko pół miliona. Z reszty możemy go wymiksować potem.

Ten argument trafił do Troya Juniora. Zmiana prawnika nie była dla niego nowością. Musiał jednak uczciwie przyznać, że firma Hemby i Hamiltona wywierała wrażenie. Czterystu prawników. Marmurowe foyer. Obrazy na ścianach. Ktoś płacił na ten dobry gust.

Rex zmienił temat.

– Czytałeś te wszystkie pozwy?

Troy Junior włożył truskawkę do ust i pokręcił przecząco głową. Nie czytał nawet pozwu napisanego w jego imieniu. Hemba i Hamilton rozmawiali z nim o tym. Bez czytania złożył podpis, bo dokument był gruby, a jemu się spieszyło, gdyż Biff czekała w samochodzie.

– No cóż, ja je przeczytałem powoli i uważnie. Wszystkie są takie same. Mamy sześć firm prawniczych, które robią dla nas tę samą robotę, to znaczy atakują ten sam testament. To absurd.

– Też o tym myślałem – dodał usłużnie Troy Junior.

– I wszystkie te firmy spodziewają się mnóstwa forsy, kiedy sytuacja rozwiąże się na naszą korzyść. Ile dostają twoi chłopcy?

– A ile dostaje Hark Gettys?

– Dwadzieścia pięć procent.

– Moi chcieli trzydzieści. Stanęło na dwudziestu. – Troy Junior poczuł, jak rozpiera go duma. Wykazał większe umiejętności negocjacji.

– Pobawmy się w liczby – ciągnął Rex. – Powiedzmy, że wynajmiemy Sneada, on powie to, co trzeba, przyciśniemy naszych psychiatrów, sprawa się ruszy i pieniądze trzeba będzie podzielić. Powiedzmy, że każdy spadkobierca dostanie, no nie wiem, załóżmy dwadzieścia milionów. Czyli my przy tym stole mamy czterdzieści. Pięć Hark. Cztery biorą twoi chłopcy. Razem dziewięć, więc my dostajemy trzydzieści jeden.

– Biorę.

– Ja też. Ale jeżeli usuniemy twoich chłopców ze sceny i połączymy siły, to Hark zmniejszy procent. TJ, nie potrzebujemy tylu prawników. Jeżdżą sobie nawzajem na grzbietach i tylko szukają sposobności, by rozdrapać naszą forsę.

– Nienawidzę Harka Gettysa.

– No i dobrze. Pozwól, że ja będę z nim załatwiał sprawy. Nie proszę cię, żebyś się z nim przyjaźnił.

– Dlaczego nie możemy wywalić Harka i zostawić moich chłopaków?

– Bo Hark znalazł Sneada. Bo Hark znalazł bank, który zapewni nam pożyczkę na kupienie Sneada. Bo Hark jest gotów podpisać te papiery, a twoi chłopcy są za bardzo etyczni. To brudny interes, TJ. Hark to rozumie.

– Według mnie to oszukańczy skurczybyk.

– Zgadza się! Ale to nasz oszust. Jeśli połączymy siły, będzie musiał zejść z dwudziestu pięciu do dwudziestu. Jeżeli uda nam się wprowadzić w to Mary Ross, obetniemy opłatę do siedemnastu i pół. Przy Libbigail spuści do piętnastu.

– Libbigail nigdy na to nie pójdzie.

– Zawsze jest jakaś szansa. Jeśli będzie nas troje, może pójdzie.

– A co z tym palantem, za którego wyszła? – zapytał szczerze Troy Junior. Rozmawiał z bratem, który ożenił się ze striptizerką.

– Zaraz. Najpierw dobijmy targu, potem pójdziemy do Mary Ross. Jej prawnikiem jest ten Grit. Nie wydaje mi się specjalnie bystry.

– Nie ma sensu walczyć ze sobą – odezwał się ze smutkiem Troy Junior.

– To by nas kosztowało prawdziwą fortunę. Najwyższy czas zawrzeć przymierze.

– Mama będzie dumna.

Od dziesiątków lat Indianie wykorzystywali wyżej położone tereny nad Xeco. Rybacy rozbijali tam obóz na noc, zatrzymywały się łodzie płynące po rzece. Rachel, Lako i Indianin imieniem Ten schowali się przed burzą pod byle jak skleconą przybudówką ze słomianym dachem. Kapało im na głowy, a wiatr zacinał strugi deszczu prosto w twarz. Piroga leżała u ich stóp, wyciągnięta z Xeco po przerażającej, trwającej całą godzinę walce z burzą. Rachel miała przemoczone ubranie, ale deszcz był ciepły. Indianie nie nosili ubrań, nie licząc sznurka nad biodrami i skórzanego woreczka okrywającego genitalia.

Kiedyś miała drewnianą łódź ze starym silnikiem. Należała do Cooperów, jej poprzedników. Gdy było paliwo, Rachel pływała nią po rzekach między czterema osadami Indian Ipica. Tamtą łodzią mogła dopłynąć do Corumby w dwa dni, a w cztery być z powrotem.

W końcu silnik zepsuł się na dobre, nie było też pieniędzy na nowy. Co roku, kiedy przedstawiała swój skromny kosztorys World Tribes, prosiła usilnie o nowy silnik albo przynajmniej dobry używany. Znalazła taki w Corumbie za trzysta dolarów, lecz nie starczyło na niego funduszy. Wszystko, co dostała, poszło na uzupełnienie zapasu leków i literaturę biblijną. Nie przestawaj się modlić, mówiono jej. Może w przyszłym roku.

Przyjmowała to bez protestu. Gdyby Pan chciał, żeby miała nowy silnik, dostałaby go. Pytania czy i kiedy pozostawiła Jemu. Nie jej w tym głowa.

Bez łodzi chodziła do wiosek piechotą. Prawie zawsze towarzyszył jej kuśtykający Lako. Raz do roku, w sierpniu, przekonywała wodza, żeby wypożyczył jej pirogę i przewodnika na podróż do rzeki Paragwaj. Tam czekała na barkę do przewozu bydła albo zmierzającą na południe *chalanę*. Dwa lata temu czekała trzy dni, śpiąc w stajni małej *fazendy* nad rzeką. W ciągu tych trzech dni z nieznajomej przeobraziła się w znajomą, a następnie w misjonarkę i w rezultacie gospodarz wraz z żoną zostali chrześcijanami.

Jutro zatrzyma się u nich i zaczeka na łódź do Corumby.

Wicher z wyciem wdzierał się do przybudówki. Rachel trzymała Lako za rękę i modlili się wspólnie, nie o własne bezpieczeństwo, lecz o zdrowie dla ich przyjaciela Nate'a.

Śniadanie podano panu Staffordowi na biurko: płatki owsiane i owoce. Nie chciał wychodzić z biura, a kiedy oświadczył, że przesiedzi tam cały dzień, obydwie sekretarki ograniczyły jego zajęcia do sześciu spotkań. O dziesiątej bułka. Potem zadzwonił do Valdira i dowiedział się, że nie ma go w biurze. Wyszedł na spotkanie gdzieś w innej części miasta. Valdir miał telefon komórkowy. Dlaczego nie dzwonił?

Asystent dostarczył mu dwustronicowy opis gorączki tropikalnej, który znalazł w Internecie. Powiedział, że ma do załatwienia sprawy w sądzie i zapytał, czy pan Stafford ma jeszcze dla niego jakieś medyczne polecenia. Pan Stafford nie załapał żartu.

Przeczytał informacje, jedząc bułkę. Cały tekst był napisany wersalikami, z podwójnym odstępem i z marginesem szerokości dwóch centymetrów. Miał mniej więcej półtorej strony. *Denga* to infekcja wirusowa powszechna we wszystkich tropikalnych rejonach świata. Przenoszą ją komary z gatunku *Aedes*, które latają w ciągu dnia. Pierwszym objawem jest zmęczenie, potem silny ból głowy za gałkami ocznymi, niewysoka gorączka, która szybko narasta, silne poty, mdłości i wymioty. W miarę podwyższania się gorączki zaczynają się bóle mięśni łydek i pleców. Choroba jest znana również jako gorączka łamiąca kości, z uwagi na wyjątkowo silne bóle mięśni i stawów. Wysypka pojawia się po wymienionych objawach. Gorączka może ustąpić na dzień bądź na trochę dłużej, ale zwykle powraca ze zwiększoną intensywnością. Po tygodniu infekcja ustępuje. Nie ma lekarstwa ani szczepionki przeciw tej chorobie. Powrót do zdrowia wymaga miesiąca odpoczynku i przyjmowania dużej ilości płynów.

To opis łagodnego przypadku. *Denga* może rozwinąć się w gorączkę krwotoczną albo *dengę* syndromu wstrząsowego, obydwie śmiertelne, szczególnie u dzieci.

Josh był gotów wysłać po Nate'a odrzutowiec pana Phelana. Na pokładzie będzie lekarz i pielęgniarka, i wszystko, czego pacjent mógłby potrzebować.

– Dzwoni pan Valdir – odezwała się sekretarka przez interkom. Akurat nie przyjmowała innych rozmów.

Telefonował ze szpitala.

– Właśnie byłem u pana O'Rileya, żeby zobaczyć, jak się czuje – powiedział powoli, dokładnie. – Czuje się lepiej, ale nie jest zbyt przytomny.

– Może mówić? – zapytał Josh.

– Nie. Jeszcze nie teraz. Dają mu środki przeciwbólowe.

– Ma dobrego lekarza?

– Najlepszego. To mój znajomy. Jest teraz przy nim.

– Proszę go zapytać, kiedy pan O'Riley będzie mógł wrócić do kraju. Wyślę do Corumby prywatny odrzutowiec i lekarza.

W tle słychać było krótką rozmowę.

– Nie tak szybko – padła odpowiedź. – Będzie musiał odpocząć po wyjściu ze szpitala.

– Kiedy wyjdzie?

Kolejna wymiana zdań.

– Teraz nie może tego stwierdzić.

Josh pokręcił głową i cisnął resztkę chleba do kosza na śmieci.

– Rozmawiał pan z panem O'Rileyem? – warknął do Valdira.

– Nie. Sądzę, że chyba śpi.

– Niech pan posłucha, Valdir, chcę z nim rozmawiać jak najszybciej. To bardzo ważne, rozumie pan?

– Rozumiem, ale musi pan być cierpliwy.

– Nie jestem cierpliwy.

– Rozumiem, ale musi pan spróbować.

– Proszę zadzwonić do mnie dziś po południu.

Josh rzucił słuchawkę i zaczął chodzić po pokoju. Wysłanie Nate'a nie było mądrym posunięciem – osłabiony i chwiejny człowiek nie jest odporny na niebezpieczeństwa tropiku. Wybrał go, bo mu to odpowiadało. Trzeba go było wysłać gdzieś na kilka tygodni, dać mu zajęcie, żeby firma mogła uregulować jego sprawy. Poza Nate'em w firmie było czterech młodszych partnerów, których Josh wybrał osobiście, zatrudnił i których zdanie uwzględniał w pewnych sprawach związanych z zarządzaniem. Tip był jednym z nich i tylko on popierał Nate'a. Pozostali trzej chcieli, żeby odszedł z kancelarii.

Sekretarkę Nate'a przydzielono komu innemu. Jego gabinet tymczasowo zajmował asystent z widokiem na awans i mówiono, że coraz bardziej się tam zadomawia.

Jeżeli *denga* nie zabije biednego Nate'a, czeka na niego urząd skarbowy.

Kroplówka opróżniła się bezszelestnie około południa, ale nikt tego nawet nie zauważył. Nikt nie zadał sobie trudu, żeby tego dopilnować. Kilka godzin później Nate się obudził. Czuł lekkość i spokój w głowie. Gorączka spadła. Był zesztywniały, ale przestał się pocić. Miał ciężką gazę na oczach i taśmę utrzymującą opatrunek. Po chwili postanowił się rozejrzeć. W lewej ręce miał wenflon, więc zaczął manipulować przy taśmie palcami prawej dłoni. Słyszał głosy dochodzące z innego pokoju i kroki na twardej posadzce. Na korytarzu krążyli zaaferowani ludzie. Bliżej ktoś jęczał niskim, równomiernym, obolałym głosem.

Powoli odkleił taśmę od skóry i z włosów, przeklinając w duchu tego, kto ją tam przymocował. Przełożył bandaż na jedną stronę tak, żeby zwisał mu na lewym uchu. Pierwsze, co zobaczył, to odchodząca płatami farba – wyblakły odcień żółci na ścianie tuż nad nim. Światła były zgaszone, promienie słońca sączyły się z okna. Farba na suficie już dawno popękała, a duże, czarne szpary były pełne pajęczyn i kurzu. Pośrodku sufitu zwisał uszkodzony wentylator, drgający w rytm wirowania.

Uwagę Nate'a zwróciły dwie stopy; dwie stare, brudne stopy usiane ranami i odciskami. Stopy sterczały w powietrzu, a kiedy podniósł lekko głowę, zobaczył, że należą do pomarszczonego, małego mężczyzny, którego łóżko prawie stykało się z jego łóżkiem. Nate odniósł wrażenie, że ten człowiek nie żyje.

Jęki dochodziły z łóżka przy oknie. Ten nieszczęśnik był równie nieduży i równie wysuszony. Siedział zwinięty wpół i straszliwie cierpiał.

Unoszący się w sali zapach był mieszaniną odoru starego moczu, odchodów i ciężkiej woni antyseptyków. Pielęgniarki na korytarzu roześmiały się głośno. Farba odchodziła ze wszystkich ścian. W sali Nate'a stało pięć łóżek, wszystkie na kółkach, ustawione to tu, to tam, bez widocznego planu.

Trzeci towarzysz niedoli leżał przy drzwiach. Był nagi. Intymne miejsca przesłaniał mu tylko mokry pampers, a całe ciało pokrywały otwarte, czerwone rany. On również wyglądał na martwego i Nate miał nadzieję, że istotnie tak jest. Dla dobra tego człowieka.

Nie zauważył żadnego przycisku, przewodu czy telefonu wewnętrznego. Praktycznie nie mógł wezwać pomocy. Pozostawał tylko krzyk, ale ten musiałby obudzić umarłych. Mogliby wstać i zapragnąć z nim porozmawiać.

Chciał uciekać, przerzucić nogi przez łóżko na podłogę, wyrwać sobie igłę z ręki i popędzić na wolność. Lepiej byłoby mu na ulicy. Tam z pewnością nie ma tylu chorób i zarazków. Każde miejsce jest lepsze niż ten oddział trędowatych.

Wydawało mu się, że zamiast nóg ma ciężkie cegły. Próbował ze wszystkich sił unieść je do góry, jedną po drugiej, lecz nawet nie drgnęły.

Oparł głowę na poduszce, zamknął oczy i zachciało mu się płakać. Jestem w szpitalu w kraju Trzeciego Świata, powtarzał sobie nieustannie. Wyszedłem z Walnut Hill, tysiąc dolców za dzień, wszędzie przyciski, dywany, prysznice, terapeuci na każde zawołanie.

Mężczyzna z ranami chrząknął i Nate zagłębił się jeszcze bardziej w posłanie. Potem ostrożnie wziął w palce opatrunek i położył go sobie na oczach, a następnie przykleił taśmą dokładnie tak jak przedtem, tyle że jeszcze mocniej.

Rozdział 35

Snead przyjechał na spotkanie z własnym kontraktem, który sporządził bez pomocy prawników. Hark przeczytał dokument i musiał przyznać, że to niezła robota. Snead nazwał to „Kontraktem za usługi świadka posiadającego specjalną wiedzę". Eksperci wydają opinie. Snead chciał omówić fakty, lecz Hark nie dbał o treść umowy. Podpisał ją i przekazał lokajowi potwierdzony czek na pół miliona. Snead wziął go delikatnie, przeczytał każde słowo, a następnie złożył i wsunął do kieszeni płaszcza.

– Od czego zaczynamy? – odezwał się z uśmiechem.

Musieli tyle rzeczy ustalić. Pozostali prawnicy Phelana chcieli uczestniczyć w tym spotkaniu. Hark dostał czas na początku.

– Ogólnie mówiąc – zaczął – w jakim stanie umysłu znajdował się stary człowiek rankiem, kiedy zginął?

Snead zmienił pozycję, zmarszczył brwi, jakby głęboko myślał. Naprawdę chciał mówić to, co trzeba. Czuł, jakby na barkach ciążyło mu cztery i pół miliona dolarów.

– Nie był przy zdrowych zmysłach – powiedział. Słowa zawisły w powietrzu, a on czekał na aprobatę.

Hark pokiwał głową. Na razie dobrze.

– Czy wyjątkowo w tym dniu?

– Nie. Pod koniec życia prawie nie zdarzało mu się myśleć rozsądnie.

– Ile czasu pan z nim spędzał?

– Dwadzieścia cztery godziny na dobę. Byłem całkowicie do jego dyspozycji, z naturalnymi przerwami.

– Gdzie pan sypiał?

– W pokoju na tym samym korytarzu, a on miał brzęczyk, żeby zawsze móc mnie przywołać. Czasami wstawał w środku nocy, bo chciał się napić soku czy zażyć pigułkę. Po prostu naciskał guzik, brzęczyk mnie budził i przynosiłem mu to, czego chciał.

– Kto jeszcze z nim mieszkał?

– Nikt.

– Z kim spędzał czas?

– Może z tą młodą Nicolette, sekretarką. Bardzo ją lubił.

– Odbywał z nią stosunki?

– Czy to może wpłynąć korzystnie na sprawę?

– Tak.

– A zatem gzili się jak króliki.

Hark nie potrafił ukryć uśmiechu. Oświadczenie, że Troy uganiał się za swoją ostatnią sekretarką, nikogo nie zdziwi. Znalezienie wspólnej płaszczyzny nie zabrało im wiele czasu.

– Niech pan posłucha, Snead. Właśnie tego było nam trzeba; jak najwięcej kaprysów, dziwactw, luk w pamięci, dziwnych rzeczy, jakie powiedział czy zrobił, które przekonają każdego, że ten człowiek nie był przy zdrowych zmysłach. Ma pan czas. Niech pan usiądzie i zacznie pisać. Proszę poskładać fragmenty w całość. Pogadać z Nicolette, upewnić się, że na pewno się kochali, posłuchać, co ona ma do powiedzenia.

– Ona powie, co tylko będziemy chcieli.

– To dobrze. A więc poćwiczcie i postarajcie się, żeby nie było żadnych luk, które mogą znaleźć inni prawnicy. Wasze zeznania muszą być spójne.

– Nie ma nikogo, kto mógłby im zadać kłam.

– Nikogo? Żadnego kierowcy czy służącej, byłej kochanki, a może jakiejś innej sekretarki?

– Oczywiście, byli, ale na czternastym piętrze mieszkał tylko pan Phelan i ja. Był bardzo samotny. I prawie szalony.

– A więc dlaczego dał taki świetny popis przed trzema psychiatrami?

Snead pomyślał chwilę. W tym momencie wyobraźnia go zawiodła.

– Co pan sugeruje? – zapytał.

– Sugerowałbym, że pan Phelan wiedział, że to badanie będzie trudne, ponieważ zdawał sobie sprawę, że cierpi na zaburzenia umysłowe. Dlatego też poprosił pana, żeby przygotował mu pan listę ewentualnych pytań. Przez cały ranek powtarzaliście tak proste sprawy jak datę, której nie mógł zapamiętać, oraz imiona i nazwiska dzieci, których w ogóle nie pamiętał. Gdzie chodzili do szkoły, z kim wzięli ślub i tak dalej. Potem przeszliście do pytań o jego zdrowie. Po tych ogólnych przepytywankach spędziliście przynajmniej dwie godziny na wkuwaniu struktury Grupy Phelana, oceny majątku, przedsiębiorstw, którymi zarządzał, ceny akcji niektórych spółek w chwili zamknięcia dogrywek. Coraz bardziej polegał na panu w zakresie finansów i dlatego nie miał pan z tym problemu. Dla staruszka były to istne męczarnie, ale pan bardzo się starał i dobrze przygotował swego chlebodawcę na badanie. Czy tak właśnie było?

Sneadowi bardzo się to spodobało. Talent prawnika do wymyślania na poczekaniu zawiłych kłamstw wywarł na nim ogromne wrażenie.

– Tak, tak, dokładnie tak było! Właśnie tak pan Phelan wykiwał psychiatrów.

– Niech pan jeszcze nad tym popracuje. Im więcej będzie pan pracował nad swoim zeznaniem, tym lepszym będzie pan świadkiem. Prawnicy przeciwnej strony wystąpią przeciwko panu. Zaatakują pańskie zeznania i nazwą pana kłamcą, na to także musi pan być przygotowany. Proszę wszystko to spisać, żeby zawsze miał pan zapisaną całość zeznań.

– Słusznie.

– Daty, miejsca, wypadki, zdarzenia, dziwactwa. Wszystko, panie Snead. To samo, jeśli chodzi o Nicolette. Niech ona również wszystko zapisze.

– Ona nie pisze zbyt dobrze.

– Proszę jej pomóc. To już należy do pana, panie Snead. Jeśli chce pan dostać resztę pieniędzy, musi pan na nią zapracować.

– Ile mam czasu?

– Chcielibyśmy, to znaczy pozostali prawnicy i ja, nagrać pana zeznanie na wideo za kilka dni. Posłuchamy pańskich zeznań, zarzucimy pana gradem pytań i zobaczymy, jak pan sobie radzi. Zapewne zmienimy niektóre szczegóły. Poprowadzimy pana, może nagramy więcej filmów. Kiedy wszystko będzie gotowe, przystąpi pan do działania.

Snead wyszedł w pośpiechu. Chciał ulokować pieniądze w banku i kupić nowy samochód. Nicolette też potrzebowała samochodu.

Sanitariusz na nocnej zmianie podczas obchodu oddziału zauważył pustą kroplówkę. Wydrukowane instrukcje na odwrocie mówiły, że nie powinno się przerywać wtłaczania płynów. Zaniósł butelkę do szpitalnej apteki, gdzie pracująca tam na pół etatu uczennica szkoły pielęgniarskiej ponownie zmieszała składniki. W szpitalu krążyły pogłoski o bogatym amerykańskim pacjencie.

W czasie snu Nate otrzymał dawkę leków, które nie były mu potrzebne.

Jevy przyszedł do niego przed śniadaniem. Nate leżał na wpół rozbudzony. Oczy wciąż miał zasłonięte, ponieważ wolał ciemność.

– Welly tu jest – szepnął Jevy.

Dyżurna pielęgniarka pomogła Jevy'emu wytoczyć łóżko z sali i wyjechać korytarzem na małe, słoneczne podwórko. Przekręciła dźwignię, podnosząc połowę łóżka. Zdjęła gazę i taśmę, a Nate ani razu się nie wzdrygnął. Powoli otworzył oczy i przez kilka chwil czekał, aż poprawi się ostrość widzenia. Jevy, stojący kilkanaście centymetrów od niego, powiedział:

– Opuchlizna zeszła.

– Cześć, Nate – odezwał się Welly. Stał z drugiej strony łóżka. Pielęgniarka już sobie poszła.

– Cześć, Welly – odpowiedział powoli Nate niskim głosem. Był strasznie słaby, ale szczęśliwy. Uczucie, że język mu zdrewniał, znał aż nadto dobrze.

Jevy dotknął mu czoła i oświadczył:

– Gorączka też minęła. – Brazylijczycy uśmiechnęli się do siebie. Czuli ulgę, że Amerykanin nie umarł w czasie wyprawy do Pantanalu.

– Co się z tobą działo? – Nate zwrócił się do Welly'ego. Starał się wyraźnie wymawiać słowa i nie robić wrażenia pijanego. Jevy przetłumaczył pytanie na portugalski. Welly natychmiast się ożywił i zaczął długą opowieść o burzy i zatonięciu „Santa Loury". Jevy przerywał mu co trzydzieści sekund, by przetłumaczyć to, co mówił. Nate słuchał, walcząc z opadającymi powiekami; zasypiał i budził się co chwilę.

Valdir znalazł ich na dziedzińcu. Gorąco powitał Nate'a, zachwycony, że jego gość siedzi prosto na łóżku i wygląda znacznie lepiej. Wyjął telefon komórkowy i wystukał odpowiedni numer.

– Musisz porozmawiać z panem Staffordem. Bardzo się niepokoi.

– Nie jestem pewien, czy... – Słowa uwięzły choremu w gardle, ponownie zamknął oczy i odpłynął.

– Proszę usiąść, jest pan Stafford – powiedział Valdir, podając mu telefon i poprawiając poduszkę. Nate wziął słuchawkę.

– Halo.

– Nate! – usłyszał. – To ty!

– Josh.

– Nate, obiecaj mi, że nie umrzesz. Proszę, obiecaj.

– Nie jestem pewien – odparł. Valdir delikatnie przysunął mu telefon do ucha i pomógł trzymać aparat. – Mów głośniej – szepnął. Jevy i Welly odeszli na bok.

– Nate, znalazłeś Rachel Lane? – wrzasnął do telefonu Josh.

Nate umilkł na chwilę. Zmarszczył mocno brwi, starając się skoncentrować.

– Nie.

– Co takiego!

– Ona nie nazywa się Rachel Lane.

– A jak, do cholery?

Nate myślał intensywnie, lecz dopadła go kolejna fala wyczerpania. Opadł na poduszkę. Próbował przypomnieć sobie nazwisko Rachel. Może nigdy mu go nie podała.

– Nie wiem – wybełkotał, prawie nie poruszając ustami. Valdir mocniej przycisnął telefon do jego ucha.

– Nate, odpowiedz mi! Czy znalazłeś właściwą kobietę?

– O, tak. Wszystko w porządku, Josh. Uspokój się.

– Co z nią?

– Jest wspaniała.

Josh zawahał się przez chwilę, ale nie na długo.

– To miło, Nate. Czy podpisała dokumenty?

– Nie mogę sobie przypomnieć, jak się nazywała.

– Czy podpisała papiery?

Nastąpiła długa chwila ciszy, Nate opuścił głowę na piersi i zdawało się, że znów drzemie. Valdir szturchnął go w ramię i spróbował telefonem poruszyć mu głowę.

– Naprawdę ją polubiłem – wymamrotał nagle Nate. – Bardzo.

– Jesteś otumaniony, prawda, Nate? Dają ci środki przeciwbólowe?

– Tak.

– Posłuchaj, Nate. Zadzwoń do mnie, kiedy rozjaśni ci się w głowie, dobra?

– Nie mam telefonu.

– Skorzystaj z telefonu Valdira. Proszę, zadzwoń do mnie.

Nate pokiwał bezwiednie głową i zamknął oczy.

– Poprosiłem, żeby za mnie wyszła – odezwał się do telefonu i podbródek opadł mu na piersi.

Valdir odszedł na bok i przyłożył słuchawkę do ucha. Starał się opisać stan zdrowia Nate'a.

– Czy muszę przyjeżdżać? – wrzasnął Josh trzeci czy czwarty raz.

– Ależ nie. Proszę zachować cierpliwość.

– Zmęczyło mnie to gadanie o cierpliwości.

– Rozumiem.

– Zrób coś, żeby wyzdrowiał, Valdir.

– Ma się dobrze.

– Nieprawda. Zadzwoń do mnie później.

Tip Durban zastał Josha stojącego w oknie gabinetu. Wpatrywał się w las budynków stanowiący widok z jego pokoju. Tip zamknął drzwi, usiadł i zapytał:

– Co powiedział?

Josh nie przestał wyglądać oknem.

– Powiedział, że ją znalazł, że jest wspaniała i że poprosił ją o rękę. – W jego głosie nie było cienia żartu.

Mimo to Tip potraktował te słowa jako dobry żart. Jeśli chodzi o kobiety, Nate był mało wybredny, szczególnie między rozwodami.

– Jak się czuje?

– Nie odczuwa bólu, szprycują go środkami znieczulającymi. Jest na wpół przytomny. Valdir powiedział, że gorączka minęła i wygląda znacznie lepiej.

– A więc nie umrze?

– Chyba nie.

Durban zachichotał.

– To cały nasz chłopiec, Nate. Każda spódniczka mu się podoba.

Kiedy Josh się odwrócił, wyglądał na rozbawionego.

– To fantastyczne – powiedział. – Nate jest bankrutem. Ta kobieta ma tylko czterdzieści dwa lata i prawdopodobnie od lat nie widziała białego faceta.

– Nate'owi jest wszystko jedno. Mogłaby być brzydka jak noc. Tak się składa, że jest najbogatszą kobietą na świecie.

– Tak. Teraz, kiedy o tym myślę, wcale mnie to nie dziwi. Sądziłem, że wyświadczam mu przysługę, wysyłając go w tę podróż. Nigdy nie przyszło mi do głowy, że będzie próbował uwieść misjonarkę.

– Myślisz, że ją przeleciał?

– Kto wie, co tam robili w dżungli?

– Wątpię – rzucił Tip po namyśle. – Znamy Nate'a, ale nie znamy jej. A do tego trzeba dwojga.

Josh usiadł na skraju biurka, wciąż rozbawiony, uśmiechając się do podłogi.

– Masz rację. Nie wiem, czy poleciałaby na niego. Za dużo kłopotów.

– Podpisała dokumenty?

– Aż tak daleko nie zaszliśmy. Ręczę, że je podpisała. W przeciwnym razie by jej nie zostawił.

– Kiedy wraca do kraju?

– Jak tylko zdrowie mu pozwoli.

– Nie bądź taki pewny. Dla jedenastu miliardów może i ja zostałbym tam.

Rozdział 36

Lekarz znalazł swego pacjenta w cieniu na dziedzińcu. Nate chrapał, siedząc na łóżku, ze zdjętym opatrunkiem i głową przekrzywioną na bok. Jego przyjaciel z rzeki drzemał w pobliżu na ziemi. Lekarz przyjrzał się workowi z kroplówką i przerwał przepływ. Dotknął czoła Nate'a i nie wyczuł gorączki.

– Senior O'Riley – odezwał się głośno, klepiąc lekko pacjenta po ramieniu.

Jevy zerwał się na równe nogi. Lekarz nie mówił po angielsku.

Chciał, żeby pacjent wrócił do sali, lecz kiedy Jevy to przetłumaczył, Nate nie wyraził entuzjazmu. Błagał Jevy'ego, a Jevy błagał lekarza. Jevy widział pacjentów i ich otwarte rany, ludzi umierających na korytarzu. Obiecał, że do zmroku będzie siedział w cieniu ze swoim przyjacielem. Lekarz zgodził się. Prawdę mówiąc, było mu to obojętne.

Po drugiej stronie podwórza znajdował się mały budynek otoczony grubymi, czarnymi prętami zatopionymi w cemencie. Co jakiś czas pacjenci wychodzili, aby popatrzeć przez nie na podwórze. Nie mogli uciec. W południe pojawił się jakiś krzykacz, który poczuł się dotknięty obecnością Nate'a i Jevy'ego. Miał brązową, pryszczatą skórę i rude, nierówno przerzedzone włosy. Wyglądał na takiego szaleńca, jakim był. Schwycił za dwa pręty, wetknął między nie twarz i zaczął się wydzierać. Jego przenikliwy głos odbijał się echem na dziedzińcu i korytarzach.

– Co on mówi? – zapytał Nate. Wrzaski szaleńca przestraszyły go i pomogły otrzeźwieć.

– Nie rozumiem ani słowa. Jest obłąkany.

– Trzymają mnie w jednym szpitalu z wariatami?

– Tak. Przykro mi. To małe miasto.

Wrzaski się wzmogły. Z otwartej części szpitala przyszła jakaś pielęgniarka i krzyknęła, żeby się uspokoił. Ryknął na nią tak, że czym prędzej uciekła. Znów skupił się na dwóch mężczyznach na dziedzińcu. Ściskał pręty, aż pobielały mu kłykcie, podskakiwał i wrzeszczał.

– Biedak. – Nate westchnął.

Krzyki przeszły w zawodzenie. Po kilku minutach zza pleców chorego wyłonił się pielęgniarz i próbował go odciągnąć. Szaleniec nie chciał iść, nastąpiła krótka, ostra wymiana zdań. Przy świadkach pielęgniarz zachowywał się stanowczo, choć ostrożnie. Ręce chorego, ściskające pręty, ani drgnęły. Zawodzenie przeszło w pisk, w miarę jak pielęgniarz ciągnął go od tyłu.

W końcu santariusz dał za wygraną i zniknął. Obłąkany zdjął majtki i zaczął sikać przez kraty. Śmiał się głośno, celował w kierunku Nate'a i Jevy'ego, ale oni znajdowali się za daleko. Już nie trzymał się rękoma prętów i pielęgniarz niespodziewanie zaatakował od tyłu, chwycił go pełnym nelsonem i odciągnął do budynku. Zniknęli z pola widzenia, wrzaski ucichły w jednej chwili.

Kiedy dramat dnia zakończył się i na dziedzińcu ponownie zapanował spokój, Nate się odezwał:

– Jevy, wyciągnij mnie stąd.

– Jak to?

– Wyciągnij mnie stąd. Już mi lepiej. Nie mam gorączki. Wracają mi siły. Chodźmy.

– Nie możemy wyjść, dopóki lekarz cię nie zwolni. Poza tym masz to – dodał, wskazując na wenflon w lewym przedramieniu.

– To nie ma znaczenia – powiedział Nate i szybko wyciągnął igłę z żyły. – Zorganizuj mi jakieś ciuchy, Jevy. Wypisuję się stąd.

– Nie znasz *dengi*. Mój ojciec ją miał.

– Skończyła się. Czuję to.

– Wcale nie. Gorączka powróci i będzie jeszcze gorsza. O wiele gorsza.

– Nie wierzę. Zabierz mnie do hotelu, Jevy, proszę cię. Tam mi będzie dobrze. Zapłacę ci, żebyś ze mną został i jeżeli gorączka wróci, możesz mi dawać lekarstwa. Proszę, Jevy.

Chłopak stał w nogach łóżka. Rozejrzał się dokoła, jakby ktoś mógł zrozumieć ich angielszczyznę.

– No nie wiem – powiedział z wahaniem w głosie. Pomysł nie był taki najgorszy.

– Zapłacę ci dwieście dolarów, jeśli załatwisz mi jakieś ubrania i zabierzesz do hotelu. Będę ci płacił pięćdziesiąt dolarów dziennie za opiekę, dopóki nie wyzdrowieję.

– Nie chodzi o pieniądze, Nate. Jestem twoim przyjacielem.

– I ja jestem twoim przyjacielem, Jevy. A przyjaciele sobie pomagają. Nie mogę wrócić do tej sali. Widziałeś tych chorych nieszczęśników. Wszyscy gniją, umierają i szczą na siebie. Cuchnie ludzkimi odchodami. Pielęgniarki nic sobie z tego nie robią. Lekarze nikogo nie badają. Obok jest oddział dla umysłowo chorych. Proszę, Jevy, wyciągnij mnie stąd. Dobrze ci zapłacę.

– Twoje pieniądze poszły na dno z „Santa Lourą".

Nate'a zmroziło. Do tej pory nawet nie pomyślał o „Santa Lourze" i swoich rzeczach: ubraniach, pieniądzach, paszporcie, walizce z wszystkimi urządzeniami i dokumentami, jakie przekazał mu Josh. Od rozstania z Rachel miał niewiele przebłysków świadomości, myślał wtedy o życiu i śmierci, a nie o rzeczach i pieniądzach.

– Mogą mi przysłać mnóstwo forsy ze Stanów, Jevy. Proszę, pomóż mi.

Jevy wiedział, że *denga* rzadko bywa śmiertelna. Poza tym stan Nate'a wyraźnie się poprawił, chociaż wiadomo było, że gorączka wróci. Nikt nie powinien się dziwić, że chce uciec z tego szpitala.

– W porządku – zdecydował w końcu, rozglądając się dokoła. Nikogo nie było w pobliżu. – Wrócę za kilka minut.

Nate zamknął oczy i zastanawiał się nad konsekwencjami braku paszportu. Nie miał też gotówki, ani centa. Żadnych ubrań, nawet szczoteczki do zębów. Nie miał telefonu satelitarnego, komórkowego i kart telefonicznych. A w kraju sprawy nie przedstawiały się lepiej. Był bankrutem. Miał jedynie wzięty na raty samochód, ubrania, skromne meble oraz trochę odłożonych pieniędzy. Nic poza tym. Umowa sprzedaży leasingowej jego małego apartamentu w Georgetown została zerwana, gdy był w ośrodku rehabilitacyjnym. Po powrocie nie miał dokąd iść. Nie ma co mówić o rodzinie. Dwójka starszych dzieci nie utrzymywała z nim kontaktów i nie przejmowała się losem ojca. Dwoje młodszych, w wieku szkolnym, z drugiego małżeństwa, zabrała matka. Nie widział ich od sześciu miesięcy i nawet nie przypomniał sobie o nich przy okazji świąt Bożego Narodzenia.

W swoje czterdzieste urodziny Nate wygrał sprawę wartą dziesięć milionów przeciwko lekarzowi, który postawił błędną diagnozę i nie wykrył raka. Był to największy wyrok w jego karierze i kiedy dwa lata później skończyły się apelacje, firma zagarnęła ponad cztery miliony. Tamtego roku dochód Nate'a wyniósł półtora miliona dolarów. Przez kilka miesięcy był milionerem, póki nie kupił nowego domu. Były też futra, brylanty, samochody, wycieczki i niepewne inwestycje. Potem zaczął się spotykać z pewną młodą studentką, która lubiła kokainę, i mur zaczął pękać. Stoczył się na dno, dwa miesiące spędził w zamknięciu. Druga żona porzuciła go, zabierając pieniądze, a potem na krótko wróciła, ale już bez nich.

Kiedyś był milionerem. Teraz wyobrażał sobie, jak wygląda z dachu nad dziedzińcem: chory, samotny, złamany, postawiony w stan oskarżenia, przerażony na myśl o powrocie do domu i oczekujących go tam pokusach.

Poszukiwanie Rachel utrzymywało go w stanie pozytywnej gotowości i koncentracji. Odczuwał podniecenie myśliwego. Teraz napięcie opadło, a on znów leżał na wznak, myślał o Sergiu, ośrodku rehabilitacyjnym, nałogach i wszystkich tych problemach. Znów nadchodziła ciemność.

Nie mógł spędzić reszty życia na pływaniu *chalanas* Paragwajem z Jevym i Wellym, z dala od alkoholu, narkotyków i kobiet, nie dbając o swoje sprawy. Musi wrócić. Musi jeszcze raz stawić temu wszystkiemu czoło.

Przeszywający krzyk brutalnie wyrwał go ze snu na jawie. Rudowłosy szaleniec wrócił.

Jevy wtoczył łóżko na ganek i dalej korytarzem, kierując się ku głównemu wyjściu. Zatrzymał się przy pakamerze i pomógł pacjentowi zejść. Nate był słaby, chwiał się na nogach, lecz zdecydowany na ucieczkę. W pakamerze ściągnął piżamę i założył za duże spodenki piłkarskie, czerwoną podkoszulkę, obowiązkowe gumowe sandały, czapkę i plastikowe okulary przeciwsłoneczne. Chociaż wyglądał jak Brazylijczyk, wcale się nim nie czuł. Jevy niewiele wydał na ten strój. Nate właśnie wkładał czapkę, gdy stracił przytomność.

Jevy usłyszał, jak coś uderza o drzwi. Otworzył je szybko; Nate leżał pomiędzy wiadrami, szczotkami i szmatami do podłogi. Chwycił go pod pachy i zaciągnął z powrotem do łóżka. Wytoczył je na zewnątrz i przykrył prześcieradłem.

Nate otworzył oczy i zapytał:

– Co się stało?

– Zasłabłeś. – Łóżko jechało, Jevy był za jego głową. Minęli dwie pielęgniarki, które nie zwróciły na nich uwagi.

– To kiepski pomysł – powiedział Jevy.

– Jedź.

Zatrzymali się w holu. Nate wygramolił się z łóżka, poczuł, że znów robi mu się słabo, lecz zebrał się w sobie i zaczął iść. Jevy otoczył go mocno ręką i przytrzymywał, ściskając za ramię.

– Spokojnie – powtarzał. – Powolutku.

Nie zaszczyciło ich ani jedno spojrzenie pracowników rejestracji czy chorych starających się o przyjęcie do szpitala. Nie wzbudzali zdziwienia pielęgniarek i sanitariuszy palących papierosy na schodach przed wejściem. Blask słońca i upał oszołomił Nate'a. Całym ciężarem oparł się na Jevym. Przeszli na drugą stronę ulicy, gdzie parkował potężny ford Brazylijczyka. O włos uniknęli śmierci na pierwszym skrzyżowaniu.

– Jedź wolniej. Proszę – wycharczał Nate. Pocił się, w żołądku wrzało.

– Przepraszam – rzucił Jevy i furgonetka zwolniła.

Używając wdzięku osobistego i obietnic hojnej zapłaty, Jevy wynegocjował dwuosobowy pokój od młodej dziewczyny z recepcji hotelu Palace.

– Mój przyjaciel jest chory – szepnął do niej, wskazując na Nate'a, który niewątpliwie wyglądał na takiego. Jevy nie chciał, żeby ta ładna kobieta źle o nich pomyślała. Nie mieli ze sobą bagaży.

W pokoju Nate opadł na łóżko. Ucieczka wyczerpała go bezgranicznie. Jevy znalazł w telewizji powtórkę meczu piłkarskiego, ale po pięciu minutach się znudził. Wyszedł flirtować dalej.

Nate dwukrotnie próbował otrzymać międzynarodowe połączenie. Przypominał sobie niewyraźnie, że usłyszał w słuchawce głos Josha, ale że coś jeszcze jest potrzebne. Po drugiej próbie uszy wypełniła mu potoczysta portugalska mowa. Dziewczyna z centrali spróbowała z kolei mówić po angielsku. Odniósł wrażenie, że usłyszał słowa: „karta telefoniczna". Odłożył słuchawkę i zasnął.

Lekarz zadzwonił do Valdira. Valdir znalazł wóz Jevy'ego na ulicy przed hotelem Palace. Przewodnik popijał piwo w basenie.

Valdir kucnął na skraju basenu.

– Gdzie O'Riley? – zapytał. Z jego głosu wyraźnie przebijała irytacja.

– Na górze w pokoju – odpowiedział chłopak i pociągnął kolejny łyk.

– Dlaczego tam jest?

– Bo chciał wyjść z tego szpitala. Dziwisz się?

Valdira operowano tylko raz. W Campo Grande, cztery godziny drogi stąd. Nikt, kto miał pieniądze, z własnej nieprzymuszonej woli nie poszedłby do szpitala w Corumbie.

– Jak się czuje?

– Chyba dobrze.

– Bądź przy nim.

– Ja już dla pana nie pracuję, panie Valdir.

– Wiem, ale została jeszcze sprawa łodzi.

– Nie mogę jej podnieść z dna. Ja jej nie zatopiłem. Zrobiła to burza. Co pan chce, żebym zrobił?

– Chcę, żebyś pilnował pana O'Rileya.

– On potrzebuje pieniędzy. Może pan załatwić, żeby mu je przysłano?

– Chyba tak.

– Potrzebuje też paszportu. Stracił wszystko.

– Po prostu go pilnuj. Ja zajmę się resztą.

Gorączka wróciła w nocy, po cichu, rozgrzewając mu twarz w czasie snu, bez pośpiechu budując podstawy nadchodzącego spustoszenia. Zwiastunami były maleńkie kropelki potu, które zawisły w idealnym szeregu nad linią brwi. Po chwili pot z włosów wsiąkł w poduszkę. Choroba nadchodziła spokojnie, stopniowo przygotowując się do wybuchu, wysyłała fale dreszczy wstrząsających ciałem śpiącego. Nate był wyczerpany i zbyt nafaszerowany lekami, by cokolwiek odczuwać. Denga wzmagała napięcie pod powiekami tak, że po ich uniesieniu chory wył z bólu. Całkowicie osuszyła usta.

W końcu Nate jęknął. Czuł łomot w skroniach. Otworzył oczy i zobaczył czającą się śmierć. Leżał w kałuży potu z rozpaloną twarzą; kolana i łokcie rozdzierał druzgoczący ból.

– Jevy – wyszeptał. – Jevy!

Chłopak nacisnął przycisk nocnej lampki stojącej między łóżkami i Nate jęknął głośniej.

– Wyłącz to! – wydusił z siebie. Jevy pobiegł do łazienki i znalazł mniej bezpośrednie źródło światła. Wcześniej kupił butelki wody, lód, aspirynę, środki przeciwbólowe i termometr. Uważał, że jest przygotowany na wszystko.

Minęła godzina, podczas której Jevy odliczał każdą minutę. Gorączka wzrosła do czterdziestu stopni; dreszcze nadchodziły tak gwałtownymi falami, że małe łóżko stukało o podłogę. Kiedy Nate przestawał się trząść, Jevy wtykał mu do ust pigułki i wlewał wodę. Przecierał twarz mokrymi ręcznikami. Nate cierpiał w milczeniu, dzielnie zagryzał zęby, pokonywał ból, zdecydowany pozostać we względnym komforcie małego, hotelowego pokoju. Za każdym razem, kiedy otwierał usta do krzyku, przypominał sobie odpadający tynk i smród szpitala.

O czwartej rano gorączka podskoczyła jeszcze o pół stopnia i Nate zaczął odpływać. Kolanami dotykał podbródka. Rękami opasywał łydki. Wtedy dopadały go dreszcze i wstrząsały gwałtownie prężące się ciało.

Następne wskazanie termometru oscylowało w granicach czterdziestu jeden i pół stopnia i Jevy wiedział, że za chwilę jego przyjaciel skona. Chłopaka ogarnęła panika, nie ze względu na temperaturę, ale na widok potu skapującego z prześcieradeł na podłogę. Jego przyjaciel już dość się nacierpiał. W szpitalu mieli lepsze lekarstwa.

Na trzecim piętrze znalazł śpiącego portiera i wspólnie zaciągnęli Nate'a do windy, wlekli przez pusty hol do furgonetki. O szóstej rano Jevy zadzwonił do Valdira. Obudził go.

Kiedy prawnik skończył wymyślać Jevy'emu, zdecydował się zadzwonić po lekarza.

Rozdział 37

Lekarz wydał odpowiednie polecenia, nie wstając z łóżka. Trzeba napełnić kroplówkę całym mnóstwem specyfików, wbić pacjentowi igłę w rękę, poszukać lepszej sali. Wszystkie sale były pełne, więc Nate'a zostawiono w korytarzu oddziału męskiego w pobliżu zagraconego biurka, które szumnie nazywano stanowiskiem pielęgniarek. Przynajmniej teraz nie mogły go ignorować. Jevy'ego poproszono o wyjście. Nie miał tam nic do zrobienia, mógł jedynie czekać.

Rankiem, w przerwie między innymi zajęciami, pojawił się sanitariusz z nożyczkami. Rozciął nowe spodenki gimnastyczne i nową czerwoną podkoszulkę, zastępując je kolejną żółtą piżamą. W trakcie jego pracy Nate przez całe pięć minut leżał nago na oczach wszystkich. Nikt nie zwrócił na niego uwagi, a jemu było wszystko jedno. Zmieniono mu pościel, bo stara była mokra od potu. Resztki szortów i podkoszulka wyrzucono do śmieci i Nate O'Riley znów nie miał własnych ubrań.

Gdy dygotał zbyt gwałtownie albo za głośno jęczał, najbliższy lekarz czy pielęgniarka delikatnie przyspieszali kroplówkę. Gdy za głośno chrapał, ktoś lekko zmniejszał przepływ leków.

Jakiś nowotwór zebrał żniwo i zwolniło się miejsce w pobliskiej sali. Łóżko Nate'a przewieziono i ustawiono między pacjentem, który dopiero co stracił stopę, a mężczyzną umierającym na niewydolność nerek. Tego dnia lekarz odwiedził go dwukrotnie. Gorączka wahała się od czterdziestu do czterdziestu jeden stopni. Valdir wpadł późnym popołudniem, żeby zamienić parę słów, ale Nate był nieprzytomny. Brazylijczyk zrelacjonował wydarzenia dnia panu Staffordowi, który nie sprawiał wrażenia zadowolonego.

– Lekarz mówi, że to normalne – zapewnił Valdir, rozmawiając na korytarzu przez komórkę. – Pan O'Riley wyzdrowieje.

– Nie pozwól mu umrzeć, Valdir – warknął Josh.

Pieniądze już szły do Brazylii. Teraz pracowali nad paszportem.

Po raz drugi worek kroplówki opróżnił się całkowicie i nikt tego nie zauważył. Minęło wiele godzin i działanie lekarstw w końcu osłabło. Był środek nocy. W sali panowały nieprzenikione ciemności i całkowity bezruch. Nate wyswobodził się z pajęczyn śpiączki i zaczął dawać oznaki życia. Ledwie dostrzegał w ciemnościach towarzyszy niedoli. Drzwi były otwarte i w korytarzu paliło się słabe światło. Nie słychać żadnych głosów, żadnych szurających po podłodze stóp.

Dotknął piżamy – zmoczonej potem – i uświadomił sobie, że pod spodem jest nagi. Przetarł zapuchnięte powieki i spróbował wyprostować zesztywniałe nogi. Czoło miał bardzo gorące. Dokuczało mu pragnienie i nie mógł sobie przypomnieć, kiedy ostatni raz coś jadł. Starał się nie ruszać, żeby nie zbudzić śpiących obok. Niewątpliwie jakaś pielęgniarka zajdzie tu niebawem.

Prześcieradła były mokre, więc kiedy znów targnęły nim dreszcze, nie mógł się ogrzać. Trząsł się i drżał, nacierał ramiona i nogi, słyszał, jak szczękają mu zęby. Dreszcze ustąpiły i spróbował zasnąć. Udało mu się na chwilę zdrzemnąć, ale gorączka wzrosła ponownie. W skroniach łomotało mu tak mocno, że zaczął płakać. Otulił głowę poduszkę i ścisnął z całej siły.

W ciemnej sali pojawiła się jakaś postać, która przechodząc od łóżka do łóżka, zatrzymała się w końcu przy nim. Patrzyła, jak wije się i walczy pod prześcieradłami, tłumiąc jęki w poduszce. Dotknęła delikatnie jego ramienia.

– Nate – szepnęła.

W zwykłych okolicznościach byłby zdumiony, ale zdążył się już przyzwyczaić do halucynacji. Opuścił poduszkę na piersi i próbował skupić wzrok na postaci.

– To ja, Rachel – wyszeptała.

– Rachel? – Westchnął, oddychając z trudem. Spróbował usiąść. Palcami podpierał powieki.

– Rachel?

– Jestem tutaj, Nate. Bóg przysłał mnie, żebym cię chroniła. Sięgnął ku jej twarzy i kobieta ujęła go za rękę. Pocałowała wewnętrzną stronę dłoni.

– Nie umrzesz, Nate – zapewniła. – Bóg ma wobec ciebie pewne plany.

Nie mógł powiedzieć ani słowa. Powoli oczy się zsynchronizowały i w końcu ją zobaczył.

– To ty – wyszeptał. Czy kolejny sen?

Opadł do tyłu, oparł głowę na poduszce, czując, jak mięśnie i stawy miękną. Zamknął oczy, nie wypuszczając jej ręki. Łomotanie za gałkami ocznymi osłabło. Ciepło spływało z czoła i twarzy. Gorączka wyssała z niego wszystkie siły i znów odpłynął w głęboki sen, tym razem nie na skutek działania leków, lecz skrajnego wyczerpania.

Śniły mu się anioły – młode dziewczęta w białych szatach, unoszące się w chmurach ponad nim, aby go ochraniać. Cicho śpiewały hymny, których wprawdzie nigdy nie słyszał, ale były w dziwny sposób znajome.

Opuścił szpital nazajutrz w południe, uzbrojony w zalecenia lekarza. Towarzyszyli mu Jevy i Valdir. Po gorączce i wysypce nie zostało ani śladu. Trochę bolały go mięśnie i stawy. Upierał się, że chce wyjść, i lekarz się zgodził. Właściwie pozbył się go z radością.

Pierwszym przystankiem była restauracja, gdzie zjadł dużą miskę ryżu i talerz gotowanych ziemniaków. Unikał steków i kotletów. Jevy przeciwnie. Od czasu podróży do Pantanalu obydwaj wciąż odczuwali głód. Valdir sączył kawę, palił papierosy i patrzył, jak jedli.

Nikt nie widział, jak Rachel wchodziła i wychodziła ze szpitala. Nate podzielił się swoją tajemnicą z Jevym, który wypytał pielęgniarki i salowe. Po obiedzie chłopak pożegnał się i zaczął kręcić po mieście, próbując ją znaleźć. Poszedł nad rzekę porozmawiać z marynarzami, którzy niedawno przypłynęli barką do przewozu bydła. Nie płynęła z nimi. Rybacy również jej nie widzieli. Nikt nie wiedział o przybyciu białej kobiety z Pantanalu.

Nate został sam w gabinecie Valdira. Wykręcił numer do Stafforda, który z trudem sobie przypomniał. Wyciągnął Josha z jakiegoś spotkania.

– Nate, porozmawiajmy wreszcie – odezwał się Josh. – Jak się czujesz?

– Gorączka minęła – powiedział, kołysząc się na fotelu Valdira. – Czuję się dobrze. Jestem trochę obolały i zmęczony, ale poza tym czuję się dobrze.

– To świetnie. Chciałbym, żebyś wrócił do kraju.

– Daj mi jeszcze kilka dni.

– Wysyłam odrzutowiec, Nate. Startuje dziś wieczorem.

– Nie. Nie rób tego, Josh. To nie jest dobry pomysł. Wrócę, kiedy będę chciał.

– No, dobrze. Opowiedz mi o tej kobiecie.

– Znaleźliśmy ją. Jest nieślubną córką Troya Phelana i nie jest zainteresowana tymi pieniędzmi.

– To jak ją namówiłeś, żeby je przyjęła?

– Josh, tej kobiety nie można do niczego namówić. Próbowałem, nie udało się, więc przestałem.

– Daj spokój, Nate. Nikt nie zrezygnuje z takiej forsy. Chyba wbiłeś jej trochę rozumu do głowy.

– Nie, Josh. To najszczęśliwsza osoba, jaką kiedykolwiek spotkałem, absolutnie zadowolona z tego, że spędzi resztę życia, pracując wśród tych ludzi. To Bóg chce, żeby tam była.

– Ale podpisała dokumenty?

– Nie.

Przez długą chwilę Josh trawił informację.

– Chyba żartujesz – powiedział w końcu, ledwie słyszalny w Brazylii.

– Nie. Przykro mi, szefie. Starałem się najlepiej, jak potrafię, przekonać ją do podpisania tych papierów, ale jest nieugięta. Nigdy ich nie podpisze.

– Czytała testament?

– Tak.

– I mówiłeś jej, że chodzi o jedenaście miliardów dolarów?

– Tak. Mieszka sama w chacie ze słomianym dachem, bez kanalizacji i elektryczności, je proste jedzenie, nosi proste ubrania, nie ma telefonów czy faksów i nie martwi się o to, czego nie ma. Josh, ona żyje w epoce kamiennej i właśnie tam chce pozostać. Żadne pieniądze tego nie zmienią.

– To kompletnie niezrozumiałe.

– Też tak sądziłem, ale byłem tam.

– Jest inteligentna?

– Jest lekarzem, doktorem medycyny. Ukończyła też jakieś seminarium. Mówi pięcioma językami.

– Lekarzem?

– Tak, ale nie rozmawialiśmy o procesach przeciwko lekarzom.

– Mówiłeś, że jest wspaniała.

– Tak mówiłem?

– Tak, przez telefon, dwa dni temu. Chyba byłeś oszołomiony lekami.

– Byłem, ale rzeczywiście taka jest.

– Spodobała ci się?

– Zaprzyjaźniliśmy się. – Nie było sensu opowiadać Joshowi, że Rachel jest teraz w Corumbie. Nate miał nadzieję, że szybko ją odszuka i korzystając z tego, że znajdują się na terenie cywilizowanym, spróbuje porozmawiać z nią na temat majątku Troya.

– To była niezła przygoda – stwierdził. – Skromnie mówiąc.

– Nie mogłem przez ciebie spać.

– Odpręż się. Wciąż jestem w jednym kawałku.

– Wysłałem pięć tysięcy dolarów. Valdir je ma.

– Dzięki, szefie.

– Zadzwoń do mnie jutro.

Valdir zaprosił Nate'a na obiad, ale on odmówił. Wziął pieniądze i wyszedł na ulice Corumby. Czuł się wolny. Pierwszym przystankiem był sklep odzieżowy, w którym kupił bieliznę, szorty safari, kilka białych podkoszulków i sportowe buty. Zanim dotargał swoją nową odzież przez cztery przecznice do hotelu Palace, poczuł się skrajnie wyczerpany. Przez dwie godziny spał jak kamień.

Jevy nie wpadł na żaden ślad Rachel. Obserwował tłumy na zatłoczonych ulicach. Nad rzeką rozmawiał ze znajomymi, lecz nie dowiedział się niczego. Zachodził do hoteli w centrum i flirtował z recepcjonistkami. Żadna nie widziała samotnie podróżującej czterdziestodwuletniej Amerykanki.

Późnym popołudniem zwątpił w relację przyjaciela. *Denga* sprawia, że widzi się różne rzeczy, słyszy dziwne głosy, wierzy w duchy. Szczególnie w nocy. Mimo to szukał dalej.

Po drzemce i skromnym posiłku Nate też ruszył do miasta. Szedł powoli, kontrolując ruchy. Trzymał się cienia i zawsze miał w ręku butelkę wody. Odpoczął na urwisku nad rzeką, podziwiając rozciągający się przed nim na setki kilometrów Pantanal.

Zmęczenie dało mu się we znaki i pokuśtykał z powrotem do hotelu na kolejny odpoczynek. Znów zasnął. Obudziło go pukanie Jevy'ego. Umówili się, że zejdą na kolację o siódmej. Minęła już ósma, więc kiedy Jevy wszedł do pokoju, natychmiast zaczął się rozglądać za pustymi butelkami. Nie dostrzegł ani jednej.

W ulicznej kafejce zjedli pieczonego kurczaka. Noc tętniła muzyką i gwarem tłumu. Rodzice kupowali dzieciom lody, wracając niespiesznie do domów. Grupy młodzieży wałęsały się bez widocznego celu. Bary wylały na zewnątrz, zajmując chodnik aż po krawężnik. Młodzi mężczyźni i kobiety przenosili się z baru do baru. Ulice były ciepłe i bezpieczne; nikt nie się obawiał, że zostanie napadnięty czy postrzelony.

Mężczyzna przy najbliższym stoliku popijał zimne piwo Brahma z brązowej butelki i Nate obserwował każdy łyk.

Po deserze pożegnali się i umówili, że nazajutrz spotkają się wcześnie i zaplanują kolejny dzień poszukiwań. Rozeszli się w różne strony. Czuł się wypoczęty, miał już dosyć łóżka.

Uliczki nad rzeką były spokojniejsze. Pozamykane sklepy, ciemne domy, mniejszy ruch uliczny. Przed sobą dostrzegł światełka małej kaplicy. Tam będzie, powiedział niemal na głos. Drzwi wejściowe stały otworem, więc już z chodnika Nate dostrzegł rzędy drewnianych ławek, pustą ambonę, malowidło ścienne przedstawiające ukrzyżowanego Chrystusa oraz plecy kilku wiernych pochylonych w modlitwie i medytacji. Niski, delikatny dźwięk organów popchnął go do środka. Zatrzymał się w drzwiach i naliczył pięcioro modlących się; siedzieli osobno, w różnych miejscach. Żadna z osób nawet trochę nie przypominała Rachel. Ławka pod malowidłem była pusta. Muzyka dochodziła z głośnika.

Mógł czekać. Miał czas. Może przyjdzie. Powlókł się do ostatniego rzędu i usiadł. Przyglądał się Ukrzyżowanemu, gwoździom w Jego rękach, włóczni w boku, twarzy wyrażającej agonię. Czy naprawdę zabito Go w tak straszliwy sposób? W pewnym okresie swego nieszczęsnego, bezbożnego życia Nate czytał lub słyszał o najważniejszych wydarzeniach z życia Chrystusa: narodziny z Dziewicy – stąd święta Bożego Narodzenia; chodzenie po wodzie; może jeszcze o jednym czy dwu cudach; czy to jego połknął wieloryb, czy kogoś innego? Potem zdrada Judasza; proces przed Piłatem; ukrzyżowanie – stąd Wielkanoc. W końcu Wniebowstąpienie.

Tak, Nate miał pewne podstawy. Może mówiła o tym matka. Żadna z jego żon nie była pobożna, chociaż druga była katoliczką i co roku chodzili razem na pasterkę.

Z ulicy weszło troje ludzi. Młody mężczyzna z gitarą wyłonił się z bocznych drzwi i wszedł na kazalnicę. Była dwudziesta pierwsza trzydzieści. Zagrał kilka akordów i zaczął śpiewać. Słowa pieśni na chwałę Boga rozjaśniły jego twarz. Drobna, niska kobieta z rzędu przed Nate'em klasnęła w dłonie i przyłączyła się do śpiewu.

Może muzyka przywabi Rachel. Musi tęsknić za kościołem z drewnianą podłogą, witrażami, za widokiem ubranych ludzi, czytających Biblię w cywilizowanym języku. Na pewno odwiedzała kościoły, kiedy była w Corumbie.

Po skończonej pieśni młody mężczyzna odczytał urywki z Pisma Świętego i zaczął nauczać. Nate nie słyszał dotąd tak powolnej portugalskiej mowy. Miękkie, zlewające się dźwięki i niespieszna intonacja miały hipnotyczny wpływ. Choć nie rozumiał ani słowa, starał się powtarzać całe zdania. Po jakimś czasie jego myśli odpłynęły gdzie indziej.

Ciało zwalczyło gorączkę i leki. Czuł się najedzony i wypoczęty. Znów był sobą i ten fakt niespodziewanie go przygnębił. Teraźniejszość stanęła ramię w ramię z przyszłością. Ciężki bagaż doświadczeń, jaki zostawił u Rachel, odnalazł ponownie, tu, w tej kaplicy. Potrzebował Rachel, chciał, żeby przy nim usiadła, wzięła za rękę i pomogła mu się modlić.

Nie cierpiał swoich słabości. Nazywał je po imieniu, jedną po drugiej. Przybiła go ich długa lista. W kraju czekały demony: dobrzy i źli przyjaciele, nałogi, przyzwyczajenia, napięcia, którym by już nie podołał. Życia nie można przeżyć w towarzystwie ludzi takich jak Sergio, za tysiąc dolców dziennie. Życia nie można też przeżyć na ulicy, samemu.

Młody mężczyzna modlił się, zaciskając mocno powieki i lekko unosząc ramiona w górę. Nate też zamknął oczy i wzywał imienia Bożego. Bóg czekał.

Obiema rękami ścisnął oparcie ławki stojącej przed nim. Powtarzał swoją listę, mamrocząc po cichu każdą słabość, skazę, nałóg i zło, które pustoszyło jego ciało i duszę. Wyznał je wszystkie. W jednym długim, chwalebnym wyznaniu winy obnażył się całkowicie przed Bogiem. Niczego nie zataił. Ciężar grzechów zdruzgotałby trzech ludzi. Gdy wreszcie skończył, uświadomił sobie, że ma łzy w oczach.

– Przepraszam – wyszeptał do Boga. – Proszę, pomóż mi.

Poczuł, że bagaż zmartwień opuszcza jego duszę równie szybko, jak wcześniej gorączka opuściła jego ciało. Jednym, delikatnym ruchem został oczyszczony z brudów. Odetchnął z ogromną ulgą, choć serce mu waliło.

Ponownie usłyszał dźwięki gitary. Otworzył oczy i otarł policzki. Zamiast młodego mężczyzny za kazalnicą ujrzał twarz Chrystusa, w agonii i bólu, umierającego na krzyżu. Umierającego za niego.

Jakiś głos wzywał Nate'a, głos z głębi niego, głos prowadzący go nawą główną. Ale nie przyjął zaproszenia. Nagle ogarnęły go sprzeczne uczucia. Oczy mu wyschły.

Dlaczego płaczę w małej, dusznej kaplicy, słuchając muzyki, której nie rozumiem, w mieście, którego już nigdy nie zobaczę? Pytania posypały się gradem i nie znalazł na nie odpowiedzi.

Bóg z łatwością przebaczył mu tę straszliwą ilość grzechów i Nate czuł, że spadł mu z barków wielki ciężar. Ale o wiele trudniejszym krokiem było to, by Nate uwierzył w Boga. To muzyka go zmyliła. Niemożliwe, żeby Bóg go wzywał. Przecież był Nate'em O'Rileym – alkoholikiem, nałogowcem, kochankiem wielu kobiet, nieobecnym ojcem, fatalnym mężem, chciwym prawnikiem, oszustem podatkowym. Smutna lista ciągnęła się w nieskończoność.

Kręciło mu się w głowie. Muzyka zamilkła, a młody mężczyzna zagrał wstępne akordy kolejnej pieśni. Nate pospiesznie wyszedł z kaplicy. Skręcając za róg, spojrzał za siebie przez ramię w nadziei, że zobaczy Rachel, ale również dlatego, żeby się przekonać, czy Bóg kogoś za nim wysłał.

Potrzebował osoby, z którą mógłby porozmawiać. Wiedział, że Rachel jest w Corumbie, i poprzysiągł sobie, że ją odnajdzie.

Rozdział 38

Despachante to integralna część brazylijskiego życia. Żadna firma, bank, kancelaria adwokacka, zespół lekarski czy dowolna osoba mająca pieniędze nie może działać bez usług *despachante*. Jest to ktoś wprost nieoceniony. W kraju, w którym biurokrację można określić jako rozlazłą i przestarzałą, *despachante* to człowiek, który zna miejskich urzędników, pracowników sądu, celników. Zna zasady działania systemu i wie, jak go udrażniać. W Brazylii nie otrzyma się żadnego urzędowego dokumentu bez oczekiwania w długich kolejkach. *Despachantes* zajmują w nich miejsca. Za niewielką opłatą czekają osiem godzin, aby odnowić przegląd samochodu, a potem zatkną odpowiedni dokument za wycieraczkę wozu, kiedy właściciel jest zajęty w biurze. Oddają za innych głos w wyborach, chodzą do banku, pakują i nadają przesyłki – lista nie ma wprost końca.

Żadna biurokratyczna przeszkoda ich nie odstrasza.

Biura zatrudniające *despachantes* wywieszają ich nazwiska w oknach tak, jak robią to prawnicy czy lekarze. *Despachantes* są w książce telefonicznej. Ten zawód nie wymaga formalnego wykształcenia. Trzeba tylko mieć ostry język, cierpliwość i sporo drobnych.

Despachante Valdira w Corumbie znał wpływowego człowieka z São Paulo, który za dwa tysiące dolarów zgodził się załatwić Nate'owi nowy paszport.

Jevy spędził kilka kolejnych poranków nad rzeką, pomagając przyjacielowi naprawić chalanę. Miał oczy szeroko otwarte i słuchał wszelkich plotek. Nie padło ani jedno słowo na temat białej kobiety. Do południa w piątek był święcie przekonany, że Rachel wcale nie przypłynęła do Corumby, a przynajmniej nie w ciągu ostatnich dwóch tygodni. Jevy znał wszystkich rybaków, kapitanów i majtków. A oni wprost uwielbiali gadać. Gdyby Amerykanka mieszkająca wśród Indian niespodziewanie pojawiła się w mieście, wiedzieliby o tym.

Nate szukał jej aż do końca tygodnia. Chodził ulicami, przyglądał się ludziom, sprawdzał w hotelach i kafejkach, patrzył na twarze przechodzących kobiet, lecz nie zauważył żadnej choćby w niewielkim stopniu przypominającej Rachel.

O trzynastej ostatniego dnia pobytu w Corumbie zaszedł do biura Valdira, żeby odebrać nowy paszport. Pożegnali się z prawnikiem jak starzy znajomi i obiecali, że wkrótce znów się spotkają. Obydwaj wiedzieli, że to nigdy nie nastąpi. O czternastej Jevy odwiózł Nate'a na lotnisko. Przez pół godziny siedzieli w hali odlotów, przyglądając się rozładunkowi, a następnie przygotowaniom do wejścia na pokład jedynego samolotu na lotnisku. Jevy chciał odwiedzić Stany i prosił o pomoc Nate'a.

– Będę potrzebował pracy – powiedział. Nate słuchał go ze współczuciem, ale sam nie wiedział, czy nadal ma zajęcie.

– Zobaczę, co da się zrobić.

Rozmawiali o Kolorado i zachodzie Stanów oraz miejscach, w których Nate nigdy nie był. Jevy uwielbiał góry, a po dwóch tygodniach spędzonych w Pantanalu Nate rozumiał tę miłość.

Kiedy nadszedł czas odlotu, uścisnęli się serdecznie i pożegnali. Nate poszedł rozgrzanym chodnikiem do samolotu, niosąc całą swoją garderobę w małej sportowej torbie.

Turbo z dwudziestoma miejscami na pokładzie lądował dwukrotnie, zanim dotarł do Campo Grande. Tam pasażerowie przesiedli się do odrzutowca lecącego do São Paulo. Kobieta siedząca obok Nate'a zamówiła piwo. Przyglądał się puszce z odległości dwudziestu kilku centymetrów. Nigdy więcej, poprzysiągł sobie w duchu. Zamknął oczy i prosił Boga, aby dał mu siłę. Zamówił kawę.

Samolot do Dulles wyleciał o północy. W Waszyngtonie miał być o dziewiątej następnego dnia. Poszukiwanie Rachel wyrwało Nate'a z kraju na prawie trzy tygodnie.

Nie był pewien, gdzie znajduje się jego samochód. Nie miał gdzie mieszkać, nie miał za co kupić mieszkania. Ale nie powinien się martwić. Josh zadba o szczegóły.

Samolot zszedł przez chmury na trzy tysiące metrów. Nate nie spał. Sączył kawę, myśląc o ulicach swojego miasta. Zimnych i białych ulicach. Ziemię pokrywała gruba warstwa śniegu. Przez kilka minut, kiedy zbliżali się do Dulles, podziwiał piękny widok, lecz szybko przypomniał sobie, jak bardzo nie cierpi zimy. Miał na sobie cienkie spodnie, tanie pepegi bez skarpetek oraz podróbkę koszulki polo, za którą zapłacił sześć dolarów na lotnisku w São Paulo. Nie miał natomiast kurtki.

Tę noc się gdzieś prześpi, prawdopodobnie w hotelu, po raz pierwszy bez nadzoru od czwartego sierpnia, czyli od nocy, kiedy chwiejnym krokiem wszedł do podmiejskiego motelu. To zdarzenie było zwieńczeniem długiego, żałosnego załamania. Bardzo starał się o nim zapomnieć.

Ale to był dawny Nate, a teraz pojawił się nowy. Skończył czterdzieści osiem lat, trzynaście miesięcy dzieliło go od pięćdziesiątki i był gotów na inne życie. Bóg wzmocnił go i utwierdził w postanowieniach. Nate ma przed sobą jeszcze trzydzieści lat życia. Nie spędzi ich na ściskaniu pustych butelek. Ani na uciekaniu przed światem.

Śnieżne chmury pędziły pchane wiatrem, kiedy samolot kołował przed terminalem. Śnieg wciąż sypał na mokre pasy startowe. Nate wysiadł z samolotu, wszedł do tunelu i poczuł uderzenie zimy. Przypomniał sobie parne ulice Corumby. Josh czekał przy odbiorze bagażu i, oczywiście, miał ze sobą dodatkowy płaszcz.

– Wyglądasz okropnie – powiedział na powitanie.

– Dzięki. – Nate wziął płaszcz i narzucił go na siebie.

– Jesteś strasznie chudy.

– Chcesz zrzucić dziesięć kilo, znajdź właściwego komara.

Wraz z tłumem przepłynęli ku wyjściu, obijając się o pasażerów, którzy utknęli w pobliżu drzwi. Witamy w domu, powiedział sobie w duchu.

– Nie masz zbyt dużo bagażu – stwierdził Josh, wskazując na sportową torbę.

– To wszystko, co posiadam na tej Ziemi.

Bez skarpet i rękawiczek Nate o mało nie zamarzł, stojąc na krawężniku i czekając, aż Josh podjedzie samochodem. W nocy przeszła gwałtowna burza śnieżna i zaspy przy ścianach budynków sięgały pół metra.

– Wczoraj w Corumbie było pięćdziesiąt stopni – powiedział Nate, kiedy wyjeżdżali z lotniska.

– Nie mów mi, że za tym tęsknisz.

– Tęsknię. Nagle poczułem, że tęsknię.

– Posłuchaj, Gayle jest w Londynie. Pomyślałem, że mógłbyś u nas pomieszkać parę dni.

W domu Josha mogło spać piętnaście osób.

– Dzięki. Pewnie. Gdzie jest mój wóz?

– U mnie w garażu.

Jaguar na raty z pewnością był zadbany, umyty, nawoskowany, a Nate nie musiał się martwić o zaległości w miesięcznych opłatach.

– Dzięki, Josh.

– Umieściłem twoje meble w magazynie. Ubrania i rzeczy są w samochodzie.

– Dzięki. – Nate się nie zdziwił.

– Jak się czujesz?

– Dobrze.

– Posłuchaj, Nate. Czytałem o gorączce tropikalnej. Rekonwalescencja trwa około miesiąca.

Miesiąc. Znany argument w sporze dotyczącym przyszłości Nate'a w firmie. Poczekaj jeszcze miesiąc, stary. Chyba jesteś zbyt chory, żeby pracować. Nate znał to na pamięć.

Nie będzie żadnej walki.

– Jestem tylko trochę osłabiony, to wszystko. Sporo śpię, piję dużo płynów.

– Jakich płynów?

– Od razu przechodzisz do sedna, co?

– Jak zawsze.

– Jestem trzeźwy, Josh. Nie bój się. Żadnych potknięć.

Josh słyszał to wielokrotnie. Wymiana zdań była nieco bardziej ostra, niż obydwaj chcieli, więc przez chwilę jechali w milczeniu. Samochody posuwały się wolno.

Potomac był w połowie zamarznięty. Wielkie kry unosiły się na powierzchni, płynąc zwolna ku Georgetown. Kiedy stali w korku na moście Chain, Nate oświadczył jakby nigdy nic:

– Nie wrócę do firmy, Josh. To już się skończyło.

Nie zauważył widocznej reakcji na twarzy przyjaciela. Josh mógł być rozczarowany, ponieważ stary kumpel i dobry prawnik postanowił odejść. Mógł też odczuwać radość, ponieważ główny problem spokojnie odchodził z firmy. A mogło mu być wszystko jedno, ponieważ odejście Nate'a wydawało się nieuniknione. Uchylanie się od płacenia podatków i tak będzie go kosztować utratę licencji.

– Dlaczego? – spytał po prostu.

– Z mnóstwa powodów, Josh. Powiedzmy, że jestem zmęczony.

– Większość prawników procesowych wypala się po dwudziestu latach.

– Tak słyszałem.

I to był koniec rozmowy o odejściu. Nate podjął decyzję, a Josh nie chciał jej zmieniać. Za dwa tygodnie rozgrywki Super Bowl, a Redskini nie weszli do finału. Przeszli do futbolu, jak to zwykle czynią mężczyźni, kiedy muszą podtrzymać rozmowę.

Ulice, nawet pod grubą warstwą śniegu, wydawały się Nate'owi brudne.

Staffordowie mieli duży dom w Wesley Heights, w północno-zachodniej części dystryktu Columbia. Mieli też domek w Chesapeake oraz chatkę w Maine. Czwórka dorosłych dzieci już z nimi nie mieszkała. Pani Stafford lubiła podróżować, jej mąż wolał pracę.

Nate wyjął ciepłe ubrania z bagażnika. Potem długo rozkoszował się gorącym prysznicem. W Brazylii ciśnienie wody jest słabe. Z prysznica w hotelowym pokoju nigdy nie leciała naprawdę gorąca ani naprawdę zimna woda. Kostki mydła były mniejsze. Porównywał prawie wszystkie rzeczy. Rozbawiła go myśl o prysznicu na „Santa Lourze" i o łańcuszku nad muszlą klozetową, po którego pociągnięciu rzygała rzeczna woda. Okazało się, że jest większym twardzielem, niż sądził; ta przygoda nauczyła go wiele o nim samym.

Ogolił się, a potem umył zęby, wykonując te czynności z przyjemnością. Mimo wszystko dobrze jest wrócić do domu.

Gabinet Josha w suterenie był większy niż ten w mieście, ale równie zagracony. Spotkali się tam na kawie. Przyszedł czas na relację z wyprawy. Nate zaczął od zakończonej niepowodzeniem próby znalezienia Rachel z powietrza, mówił o awaryjnym lądowaniu, zabitej krowie, trzech małych chłopcach, smutnym Bożym Narodzeniu w Pantanalu. Ze szczegółami opisał konną przejażdżkę i spotkanie z aligatorem na moczarach, w końcu zbawczy wojskowy helikopter. Przemilczał swoją wigilijną słabość. Nie miała żadnego związku z późniejszymi wydarzeniami, a bardzo się jej wstydził. Opisał Jevy'ego, Welly'ego, „Santa Lourę" oraz wyprawę na północ. Kiedy wraz z Jevym zabłądził w małej szalupie, był przerażony, lecz zbyt zajęty, aby się dać pokonać strachowi. Teraz, w bezpiecznym zaciszu cywilizacji, te przeżycia wydawały mu się naprawdę przerażające.

Josh słuchał tych opowieści z zapartym tchem. Chciał przeprosić Nate'a, że wysłał go w tak zdradliwe miejsce, ale wyprawa okazała się bardzo podniecająca. Aligatory, w miarę rozwoju opowieści, przybierały coraz większe rozmiary. Do samotnej anakondy wygrzewającej się nad rzeką dołączyła kolejna, która płynęła przy łódce.

Nate opisał Indian: ich nagość, proste jedzenie i spokojny tryb życia, wodza, który początkowo nie pozwalał im odpłynąć.

Sporo miejsca poświęcił Rachel. W tym momencie Josh wziął notes i zaczął robić zapiski. Nate odmalował ją szczegółowo, począwszy od cichego głosu po sandały i skórzane sportowe buty. Mówił o jej chacie i torbie medycznej, kuśtykającym Lako, sposobie, w jaki patrzyli na nią Indianie, kiedy przechodziła obok nich. Opowiedział o dziecku, które umarło od ukąszenia węża. Wspomniał też o tych fragmentach jej życia, którymi się z nim podzieliła.

Z precyzją godną weterana sali sądowej Nate opowiedział o Rachel wszystko, czego się dowiedział w czasie wizyty. Przytaczał dokładnie jej słowa, mówiąc o pieniądzach i dokumentach. Przypomniał sobie, jak prymitywny wydał się jej testament Troya.

Zrelacjonował również te skromne urywki, które zapamiętał z podróży powrotnej z Pantanalu. Opisał grozę gorączki tropikalnej. Przeżył, ale sam się temu dziwił.

Pokojówka podała lunch złożony z zupy i gorącej herbaty.

– Oto jak sprawy stoją – odezwał się Josh po kilku łyżkach. – Jeżeli odrzuci spadek gwarantowany testamentem Troya, pieniądze pozostaną w masie spadkowej. Jeśli z jakiejś przyczyny ostatnia wola zostanie unieważniona, testamentu nie będzie wcale.

– Dlaczego testament miałby być nieważny? Na kilka minut przed śmiercią Phelan rozmawiał z psychiatrami.

– Obecnie pojawili się inni psychiatrzy, dobrze opłaceni, o zupełnie odmiennych poglądach. Sprawa będzie się coraz bardziej gmatwała. Poprzednie testamenty trafiły do niszczarki. Jeśli pewnego dnia okaże się, że Troy umierając, nie pozostawił po sobie ważnego testamentu, wówczas jego dzieci, cała siódemka, zostaną w równych częściach obdzielone całym majątkiem. Jeżeli Rachel zrezygnuje ze swojej części, przypadające jej pieniądze zostaną podzielone między pozostałą szóstkę.

– Ci głupcy dostaną po miliardzie dolarów.

– Coś koło tego.

– Jakie są szanse unieważnienia testamentu?

– Niezbyt duże. Nie chciałbym reprezentować ich interesów, ale wszystko może ulec zmianie.

Nate zaczął chodzić po pokoju, gryząc słone orzeszki.

– Po co walczyć o jego zatwierdzenie, skoro Rachel z wszystkiego rezygnuje?

– Z trzech powodów – odpowiedział szybko Josh. Jak zwykle przeanalizował wszelkie możliwości. Zaczął wyłuszczać Nate'owi mistrzowski plan krok po kroku. – Po pierwsze i najważniejsze, mój klient przygotował ważny testament. Rozdysponował swoje aktywa tak, jak chciał. Jako prawnik nie mam innego wyboru, jak walczyć, aby ochraniać integralność tego testamentu. Po drugie, wiem, jaki był stosunek Troya Phelana do dzieci. Przerażała go myśl, że w jakiś sposób dorwą się do jego pieniędzy. Podzielam te uczucia i trzęsie mnie na myśl, co się stanie, gdy każde z nich otrzyma po miliardzie. Po trzecie, zawsze istnieje możliwość, że Rachel zmieni zdanie.

– Nie licz na to.

– Posłuchaj, Nate, ona jest tylko człowiekiem. Ma przy sobie te dokumenty. Za kilka dni zacznie o nich myśleć. Może myśli o bogactwie nigdy nie przyszły jej do głowy, ale w pewnym momencie rozważy, ile dobrego mogłaby zrobić z pieniędzmi. Wyjaśniłeś jej sens funduszy i fundacji charytatywnych?

– Sam niewiele wiem na ten temat, Josh. Byłem prawnikiem procesowym, pamiętasz?

– Będziemy walczyć w obronie testamentu pana Phelana. Problem w tym, że najważniejsze miejsce przy stole jest puste. Rachel potrzebuje przedstawiciela.

– Wcale go nie potrzebuje. Te sprawy jej nie interesują.

– Rozprawa nie może się zacząć, dopóki nie będzie miała prawnika.

Nate nie mógł się równać z mistrzem strategii. Czarna otchłań pojawiła się znikąd i już do niej wpadał. Zamknął oczy i odezwał się:

– Chyba żartujesz.

– Nie. I nie możemy długo zwlekać. Troy zmarł miesiąc temu. Sędzia Wycliff kategorycznie chce wiedzieć, gdzie przebywa Rachel Lane. Do sądu wpłynęło sześć pozwów o unieważnienie testamentu, co świadczy, że przeciwnicy bardzo się śpieszą. Gazety rejestrują każdy ruch. Jeżeli puścimy parę z ust, że Rachel rezygnuje z tych pieniędzy, stracimy panowanie nad sytuacją. Spadkobiercy Phelana i ich prawnicy oszaleją. Wysoki Sąd nagle przestanie się interesować popieraniem ostatniej woli Troya.

– I to ja mam być jej prawnikiem?

– Nie ma innej możliwości, Nate. Jeśli chcesz odejść, w porządku, ale musisz wziąć tę jedną, ostatnią sprawę. Po prostu usiądź za stołem i broń jej interesów. My zajmiemy się resztą.

– Widzę tu pewien konflikt. Jestem partnerem w twojej firmie.

– To niewielki problem, ponieważ nasze interesy są zbieżne. My – to znaczy reprezentanci majątku Phelana i Rachel – mamy ten sam cel, a mianowicie ochronę testamentu. Zasiadamy przy tym samym stole. Z technicznego punktu widzenia możemy twierdzić, że opuściłeś firmę w sierpniu.

– Jest w tym wiele racji.

Obydwaj pogodzili się z tą smutną prawdą. Josh sączył herbatę, nie spuszczając oka z Nate'a.

– W pewnym momencie pójdziemy do Wycliffa i powiemy mu, że znalazłeś Rachel, która nie chce się teraz ujawniać, nie jest pewna, co ma zrobić, ale chce, byś ochraniał jej interesy.

– A zatem okłamiemy sędziego.

– To małe kłamstewko, Nate, i on nam za nie później podziękuje. Z niecierpliwością czeka na rozpoczęcie sprawy, ale nie może zacząć bez jakichkolwiek wieści o Rachel. Jeśli jesteś jej prawnikiem, wojna się zaczęła. Kłamstwo pozostaw mnie.

– Mam być zatem teraz jednoosobową firmą, pracującą nad ostatnią sprawą w sądzie.

– Zgadza się.

– Wyjeżdżam z miasta, Josh. Nie zostanę tutaj. – Nate powiedział to i roześmiał się. – Zresztą gdzie miałbym mieszkać?

– Dokąd pojedziesz?

– Nie wiem. Tak daleko jeszcze nie wybiegłem myślami.

– Mam pomysł.

– Zdziwiłbym się, gdybyś nie miał.

– Zamieszkaj w moim domu nad zatoką Chesapeake. Zimą i tak z niego nie korzystamy. Jest w St. Michaels, dwie godziny stąd. Możesz przyjeżdżać, kiedy będziesz potrzebny, i zatrzymywać się tutaj. Nate, powtarzam jeszcze raz: to my odwalimy całą robotę.

Nate przez chwilę przyglądał się książkom na półkach. Dwadzieścia cztery godziny wcześniej jadł kanapkę na ławce w parku w Corumbie, przyglądając się przechodniom w nadziei, że zobaczy Rachel. Ślubował sobie, że nigdy więcej z własnej woli nie wejdzie do sali rozpraw.

Musiał jednak przyznać, że plan miał mocne strony. Z pewnością nie można było wyobrazić sobie lepszego klienta. Ta sprawa nigdy nie zamieni się w proces. Na szali leżały zaś takie pieniądze, że przez kilka miesięcy mógł godziwie zarabiać na życie.

Josh skończył zupę i przeszedł do kolejnego punktu.

– Proponuję dziesięć tysięcy dolarów miesięcznie.

– Hojnie, Josh.

– Myślę, że możemy to wycisnąć z majątku starego. To powinno postawić cię na nogi.

– Dopóki...

– Zgadza się, dopóki nie załatwimy sprawy z urzędem skarbowym.

– Miałeś jakieś wiadomości od sędziego?

– Co jakiś czas do niego dzwonię. W zeszłym tygodniu zjedliśmy razem lunch.

– To twój kumpel?

– Znamy się od dawna. Zapomnij o więzieniu, Nate. Rząd zgodzi się na wysoką grzywnę i pięć lat zawieszenia prawa wykonywania zawodu.

– Mogą odebrać mi licencję.

– Na razie nie. Potrzebujesz jej do jeszcze jednej sprawy.

– Jak długo władze będą czekać?

– Rok. To nie jest ważna sprawa.

– Dzięki, Josh. – Nate znów poczuł się zmęczony. Całonocny lot, trudy wyprawy, potyczki z Joshem. Zapragnął ciepłego, miękkiego łóżka w ciemnym pokoju.

Rozdział 39

W niedzielę o szóstej rano Nate wziął gorący prysznic, trzeci w ciągu dwudziestu czterech godzin, i zaczął planować jak najszybszy wyjazd. Po jednej nocy w mieście nie mógł się doczekać, kiedy wyjedzie. Nęcił go domek nad zatoką. Przez dwadzieścia sześć lat mieszkał w Waszyngtonie i gdy już podjął decyzję o wyjeździe, chciał się tam znaleźć jak najprędzej.

Kto nigdzie nie mieszka, łatwo podróżuje. Josh siedział za biurkiem w gabinecie. Rozmawiał z klientem w Tajlandii. Nate przysłuchiwał się fragmentowi rozmowy dotyczącej złóż gazu. Poczuł się szczęśliwy, że porzuca praktykę prawniczą. Josh, dwanaście lat od niego starszy i bardzo zamożny, dobrze się bawił, siedząc za biurkiem o szóstej trzydzieści w niedzielny ranek.

Nie chciałbym, żeby mnie to spotkało, powiedział sobie w duchu Nate, ale wiedział, że to niemożliwe. Gdyby wrócił do firmy, nie uniknąłby przykrego schematu. Cztery ośrodki rehabilitacyjne oznaczały, że gdzieś po drodze czeka na niego piąty. Nate nie był tak silny jak Josh. Nie przeżyłby nawet dziesięciu lat.

Było coś podniecającego w tym zerwaniu. Ściganie lekarzy to paskudna robota, bez której z powodzeniem mógł żyć. Nie będzie tęsknił za stresem związanym z pracą w ambitnej firmie. Karierę i triumfy miał już za sobą. Sukces zawodowy nie przyniósł mu niczego poza nieszczęściem, z którym nie potrafił sobie poradzić. Sukces rzucił go do rynsztoka.

Teraz, kiedy zniknęło widmo więzienia, mógł się cieszyć nowym życiem.

Wyjechał, zabierając całe mnóstwo ciuchów. Resztę pozostawił w pudle w garażu Josha. Śnieg przestał padać, ale warunki na drogach wciąż były niekorzystne. Jadąc śliskimi ulicami, uświadomił sobie, że od ponad pięciu miesięcy nie trzymał w rękach kierownicy. Na szczęście na drodze panował niewielki ruch. Minąwszy Wisconsin, wjechał do Chevy Chase, a stamtąd dostał się na obwodnicę, z której na bieżąco usuwano śnieg i lód.

Siedząc samotnie w swoim eleganckim samochodzie, ponownie poczuł się jak Amerykanin. Pomyślał o jeździe z Jevym hałaśliwym, niebezpiecznym fordem i zastanawiał się, jak długo ten grat utrzymałby się na obwodnicy. Pomyślał też o Wellym, biedaku, którego rodzina nie miała wcale samochodu. Nate planował w najbliższych dniach napisać sporo listów, jeden do swoich kumpli z Corumby.

Jego uwagę przyciągnął telefon. Podniósł słuchawkę; okazało się, że działa. No oczywiście, Josh dbał, aby opłacano wszystkie rachunki. Nate zadzwonił do Sergia do domu i przegadali dwadzieścia minut. Terapeuta zwymyślał go za to, że nie zadzwonił wcześniej. Naprawdę się martwił. Nate wyjaśnił, jak to jest z telekomunikacją w Pantanalu. Sprawy potoczyły się innym torem, wciąż jest wiele niewiadomych, ale przygoda trwa nadal. Rozstawał się z zawodem i uniknął więzienia.

Sergio nie zadał ani jednego pytania na temat trzeźwości. Nate wydawał się wolny od nałogów i silny. Podał mu numer do domu Josha i postanowili, że wkrótce zjedzą razem lunch.

Zadzwonił do swojego najstarszego syna w Evanston i zostawił wiadomość na automatycznej sekretarce. Gdzie mógł się podziewać dwudziestotrzyletni student o siódmej rano w niedzielny ranek? Na pewno nie na mszy. Nate nie chciał wiedzieć. Jego syn, cokolwiek robi, niewątpliwie nie stoczy się tak fatalnie jak jego ojciec. Córka miała dwadzieścia jeden lat i ze zmiennym powodzeniem studiowała w Pittsburghu. Ostatnia ich rozmowa dotyczyła prywatnych lekcji. Było to w przeddzień pamiętnej przygody Nate'a w motelu, gdzie zamknął się z butelką rumu i fiolką pełną pigułek.

Nie mógł znaleźć jej numeru.

Ich matka od czasu rozstania z Nate'em wyszła dwukrotnie za mąż. Była bardzo nieprzyjemną osobą, do której dzwonił tylko wtedy, gdy było to absolutnie konieczne. Zaczeka jeszcze kilka dni, a potem zapyta ją o numer telefonu ich córki.

Postanowił odbyć bolesną wyprawę na zachód, do Oregonu, aby zobaczyć się przynajmniej z dwojgiem młodszych dzieci. Ich matka wyszła ponownie za mąż, o dziwo za prawnika, lecz takiego, który najwyraźniej wiódł nienaganne życie. Poprosi dzieci o przebaczenie i postara się nawiązać między nimi cienką nić związku. Nie wiedział, jak to zrobić, ale poprzysiągł sobie, że spróbuje.

W Annapolis zatrzymał się na śniadanie w małej kafejce. Słuchał prognoz pogody wygłaszanych przez krzykliwych bywalców lokalu i bezmyślnie przeglądał „Post". W tytułach i wiadomościach z pierwszej strony nie znalazł nic interesującego. Wiadomości nigdy się nie zmieniały: problemy na Bliskim Wschodzie, problemy w Irlandii, skandale w Kongresie, zwyżkujące albo zniżkujące tendencje na giełdzie, wyciek ropy naftowej, kolejne lekarstwo na AIDS, partyzanci mordują chłopów w Ameryce Łacińskiej, upały w Rosji.

Ubranie wisiało na nim luźno, więc zjadł trzy jajka na bekonie i biszkopty. Przy sąsiednim stoliku zapowiadano dalsze opady śniegu.

Przeciął zatokę Chesapeake, przejeżdżając przez Bay Bridge. Autostrady na Wschodnim Wybrzeżu nie zostały odśnieżone. Jaguar dwukrotnie wpadł w poślizg i Nate zwolnił. Samochód miał rok. Nate nie mógł sobie przypomnieć, kiedy kończy się umowa leasingowa. Pracą papierkową zajmowała się zawsze sekretarka. On wybrał kolor. Postanowił sprzedać wóz jak najszybciej i poszukać rzęcha z napędem na cztery koła. Elegancka limuzyna wydawała mu się kiedyś nieodłącznym atrybutem prawnika. Teraz jej nie potrzebował.

W Easton skręcił w autostradę stanową 33, pokrytą kilkoma centymetrami śniegu. Starał się jechać śladem innych pojazdów i wkrótce wjechał między senne małe osiedla, gdzie na przystaniach tłoczyły się żaglówki. Brzegi Chesapeake pokrywała gruba warstwa białego puchu, a woda miała ciemnogranatową barwę.

St. Michaels liczyło tysiąc trzysta mieszkańców. Autostrada stanowa 33 na przestrzeni kilku przecznic stawała się Main Street. Po obu jej stronach stały sklepy, stare domy, wszystko dobrze zachowane i gotowe do fotografowania.

Nate przez całe życie słyszał o St. Michaels; Muzeum Morskie, festiwal ostryg, port, kilkanaście małych hotelików, które przyciągały mieszczuchów na długie weekendy. Minął pocztę i mały kościółek, przed którym dozorca odgarniał łopatą śnieg ze schodków.

Domek Josha stał przy Green Street, dwie przecznice od Main Street, zwrócony na północ, z widokiem na port. Zbudowany był w stylu wiktoriańskim, z bliźniaczymi kolumnami i długim gankiem otaczającym go po bokach, i pomalowany na szaroniebieski kolor z białymi oraz żółtymi wykończeniami. Zaspy sięgały prawie do drzwi wejściowych. Niewielki trawnik przed domkiem i podjazd pokrywała półmetrowa warstwa śniegu. Nate zaparkował na krawężniku i przedostał się na ganek. Gdy dotarł do tylnego wejścia, zapalił światła. W komórce za drzwiami znalazł plastikową łopatę.

Spędził wspaniałą godzinę na odśnieżaniu ganku, podjazdu i chodnika, starając się oczyścić teren aż do samochodu.

Zgodnie z przewidywaniem, dom był bogato wyposażony w sprzęty z epoki, schludny i zadbany. Josh mówił mu, że w każdą środę przychodzi gospodyni, żeby odkurzyć i posprzątać. Pani Stafford spędzała tu dwa tygodnie wiosną i jeden jesienią, a Josh nocował trzy razy w ciągu ostatnich osiemnastu miesięcy. Były tu cztery sypialnie i cztery łazienki. Niezły domek.

Nate nie mógł jednak znaleźć w nim kawy, co było pierwszą przeciwnością w tym wspaniałym dniu. Zamknął drzwi na klucz i poszedł do miasta. Oczyszczone chodniki były mokre od topniejącego śniegu. Termometr w oknie zakładu fryzjerskiego wskazywał dwa stopnie ciepła. Sklepy pozamykano. Nate szedł przed siebie, przyglądając się wystawom. Wtedy usłyszał dźwięk dzwonów.

Zgodnie z ulotką, którą wręczył Nate'owi starszy woźny, parafią kierował ojciec Phil Lancaster, niski, żylasty mężczyzna z kręconymi rudo-siwymi włosami. Nosił okulary w grubych rogowych oprawkach. Mógł mieć równie dobrze trzydzieści pięć, jak pięćdziesiąt lat. W niewielkiej grupce wiernych zgromadzonych na mszy o jedenastej przeważali ludzie starsi. Bez wątpienia wielu nie dotarło do kościoła ze względu na złą pogodę. Nate naliczył dwadzieścia jeden osób z Philem i organistą włącznie. Zobaczył kilka siwych głów.

Kościół prezentował się ładnie z łukowatym sklepieniem, ławkami i podłogą z ciemnego drewna, czterema witrażami. Kiedy jedyny woźny zajął miejsce w ostatnim rzędzie, ubrany w czarną sutannę Phil wstał i powitał ich w kościele Świętej Trójcy, w którym wszyscy powinni czuć się jak w domu. Miał wysoki, nosowy głos i nie potrzebował mikrofonu. W modlitwie podziękował Bogu za śnieg i zimę, za pory roku, które przypominają nam, że Bóg zawsze trzyma pieczę nad wszystkimi rzeczami.

Odśpiewali hymny, zmówili modlitwy. Podczas kazania ojciec Phil dostrzegł Nate'a, jedynego gościa, który siedział w przedostatnim rzędzie. Wymienili uśmiechy i przez jedną przerażającą chwilę Nate obawiał się, że zostanie przedstawiony niewielkiemu zgromadzeniu.

Ksiądz mówił o entuzjazmie, co wydawało się dość osobliwym wyborem, wziąwszy pod uwagę średnią wieku wiernych. Nate starał się koncentrować na słowach kapłana, lecz wkrótce przestał słuchać. Myślami powrócił do małej kapliczki w Corumbie, do jej otwartych drzwi, umieszczonych wysoko okien, przez które napływało duszne powietrze ulicy, umierającego na krzyżu Chrystusa, młodego mężczyzny z gitarą.

Żeby nie obrazić Phila, utkwił wzrok w okrągłych przymglonych lampach na ścianie za i nad kazalnicą. Zważywszy jednak grubość okularów księdza, wszelki brak zainteresowania mógł umknąć jego uwagi.

Siedząc w ciepłym, małym kościółku, wreszcie daleki od niebezpieczeństw swojej wielkiej przygody, od gorączki i burz, dżungli Waszyngtonu, nałogów, duchowej pustki, Nate uświadomił sobie, że po raz pierwszy, odkąd pamięta, czuje wewnętrzny spokój. Nie obawiał się niczego. Bóg prowadził go w odpowiednim kierunku. Nate nie był pewien dokąd, ale nie lękał się. Bądź cierpliwy, powiedział sobie w duchu.

Zaczął szeptać słowa modlitwy. Dziękował Bogu za uratowanie życia i modlił się za Rachel, ponieważ wiedział, że ona modliła się o niego.

Wewnętrzny spokój i radość wywołały uśmiech na jego twarzy. Po skończeniu modlitwy otworzył oczy i zobaczył, że Phil uśmiecha się do niego.

Po błogosławieństwie wierni rozmawiali z Philem, który stał przy wejściu, chwalili kazanie i rozmawiali z nim o sprawach parafii. Kolejka przesuwała się powoli – należała do rytuału.

– Jak się czuje twoja ciocia? – zapytał Phil jednego z parafian i z uwagą wysłuchał relacji o najnowszych dolegliwościach cioci.

– Jak biodro? – zapytał innego. – Jak było w Niemczech? – Ściskał im dłonie i nachylał się do każdego, aby nie umknęło mu żadne słowo. Znał ich problemy.

Nate czekał cierpliwie na końcu kolejki. Nie spieszyło mu się. Nie miał nic innego do roboty.

– Witaj – powiedział Phil, ujmując rękę i ramię Nate'a. – Witaj w parafii Świętej Trójcy. – Ścisnął go tak mocno, że Nate zastanowił się, czy nie jest przypadkiem pierwszym gościem od wielu lat.

– Nazywam się Nate O'Riley – powiedział i dodał: – Z Waszyngtonu – jakby miało to pomóc w określeniu jego osoby.

– Cieszę się, że mogłeś tu z nami być dziś rano – powiedział Phil, a jego wielkie oczy prawie zatańczyły za szkłem okularów. Z bliska zmarszczki świadczyły, że raczej zbliża się do pięćdziesiątki. Na głowie miał więcej siwych niż rudych loków.

– Przez kilka dni zamieszkam w domu Staffordów – wyjaśnił Nate.

– Tak, to piękny dom. Kiedy przyjechałeś?

– Dziś rano.

– Jesteś sam?

– Tak.

– To musisz zjeść z nami lunch.

Ta agresywna gościnność rozbawiła Nate'a.

– No... dziękuję, ale...

Phil również się śmiał.

– Nie, bardzo cię proszę. Moja żona za każdym razem, gdy pada śnieg, robi duszoną jagnięcinę. Właśnie teraz gotuje. Zimą mamy tak niewielu gości. Proszę, plebania jest tuż za kościołem.

Nate wpadł w ręce człowieka, który dzielił swój niedzielny stół z setkami wiernych.

– Ależ naprawdę, przechodziłem tylko obok i...

– Cała przyjemność po naszej stronie – przerwał mu Phil i ciągnąc go za ramię, poprowadził w kierunku kazalnicy. – Czym zajmujesz się w Waszyngtonie?

– Jestem prawnikiem – odparł Nate. Wyczerpująca odpowiedź byłaby bardziej skomplikowana.

– Co cię tu sprowadza?

– To długa historia!

– Ach, to cudownie! Razem z Laurą uwielbiamy długie historie. Zjedzmy wspólny lunch i poopowiadajmy sobie różne historie. Będziemy się świetnie bawić. – Jego entuzjazm był nie do odparcia. Biedakowi brakowało rozmowy. Czemu nie? – pomyślał Nate. W domku nie znalazł jedzenia. Wszystkie sklepy najwyraźniej były zamknięte.

Minęli kazalnicę i przeszli przez drzwi prowadzące na tyły kościoła. Laura wyłączała światła.

– To pan O'Riley z Waszyngtonu – powiedział głośno Phil do żony. – Zgodził się zjeść z nami lunch.

Laura uśmiechnęła się i uścisnęła Nate'owi rękę. Miała krótkie, siwe włosy i wyglądała na dziesięć lat starszą od męża. Jeżeli nawet niespodziewany gość przy stole ją zaskoczył, nie dała tego po sobie poznać. Nate odniósł wrażenie, że zdarza się to niejednokrotnie.

– Proszę mówić mi Nate – zaproponował.

– A zatem Nate – oświadczył Phil, zdejmując sutannę.

Plebania przylegała do budynku kościoła i wychodziła na boczną uliczkę. Uważnie stąpali po śniegu.

– Jak ci się podobało moje kazanie? – zapytał Phil żonę, kiedy weszli na ganek.

– Wspaniałe, kochanie – odezwała się bez cienia entuzjazmu.

Nate słuchał i uśmiechnął się, przekonany, że co niedziela od wielu lat Phil zadawał jej to samo pytanie w tym samym miejscu i czasie i otrzymywał tę samą odpowiedź.

Wszelkie wahanie co do lunchu rozwiało się, kiedy przekroczył próg domu. Z kuchni dolatywał bowiem bogaty, ciężki aromat duszonej jagnięciny. Phil poruszył żar w kominku, a Laura przygotowywała posiłek.

W wąskiej jadalni między kuchnią a pokojem dziennym stał stół zastawiony na cztery osoby. Nate był zadowolony, że przyjął zaproszenie, choć zupełnie nie miał szansy na odmowę.

– Cieszymy, że tu jesteś – zapewnił Phil, kiedy zajęli miejsca. – Przeczuwałem, że będziemy mieli dzisiaj gościa.

– Dla kogo jest tamto miejsce? – zapytał Nate, wskazując na puste krzesło.

– W każdą niedzielę przygotowujemy cztery miejsca – odezwała się Laura, kończąc wyjaśnienia. Złożyli ręce, a Phil ponownie podziękował Bogu za śnieg i pory roku oraz za jedzenie.

– I spraw, abyśmy zawsze pamiętali o potrzebach i pragnieniach innych – zakończył, budząc jakieś wspomnienie Nate'a. Słyszał te słowa już wcześniej, wiele, wiele lat temu.

Podawali sobie potrawy, rozmawiając o codziennych sprawach. Na mszę o jedenastej przychodziło średnio czterdziestu wiernych. Istotnie, śnieg powstrzymał część osób. Co więcej, na półwyspie panowała grypa. Nate chwalił surowe piękno świątyni. Mieszkali w St. Michaels od sześciu lat. Laura odezwała się:

– Jesteś ładnie opalony jak na styczeń. To pewnie nie z Waszyngtonu? – zauważyła.

– Nie. Właśnie wróciłem z Brazylii. – Obydwoje przestali jeść i przysunęli się bliżej. Przygoda na nowo ożyła w wyobraźni Nate'a. Nałożył sobie dużą porcję potrawy, która wyjątkowo mu smakowała, po czym rozpoczął opowieść.

– Proszę, jedz – przypominała mu co kilka minut Laura. Nate brał kęs, przeżuwał powoli i ciągnął dalej opowieść. Rachel określał wyłącznie jako „córkę klienta". Burze przybrały na sile, węże wydłużyły się, łódka zmniejszyła, Indianie stali się mniej przyjaźni. Oczy Phila mrugały ze zdumienia, kiedy gość opisywał kolejne przygody.

Od czasu powrotu Nate po raz drugi opowiadał o przeżyciach w Pantanalu. Mimo że nieznacznie upiększał pewne rzeczy, zasadniczo trzymał się faktów. A one zdumiewały nawet jego samego. Gospodarze usłyszeli długą, bogatą wersję tej doprawdy niecodziennej historii. Zadawali pytania, kiedy tylko nadarzała się sposobność.

Gdy Laura posprzątała ze stołu i postawiła ciasteczka, Nate i Jevy właśnie przybyli do pierwszej osady Indian Ipica.

– Zdziwiła się na twój widok? – zapytał Phil, kiedy Nate opowiedział, jak grupą Indian przyprowadziła kobietę na spotkanie białych nieznajomych.

– Nie bardzo – odparł. – Zdawało się, że wie, iż przyjedziemy.

Nate starał się jak najlepiej opisać Indian i ich kulturę z epoki kamienia łupanego, ale słowa nie oddawały rzeczywistości.

Zjadł dwa ciasteczka, pochłonięte dużymi kęsami w trakcie krótkich przerw w opowiadaniu.

Odstawili talerze i napili się kawy. Niedzielny lunch dla Phila i Laury polegał bardziej na rozmowie niż jedzeniu. Nate zastanawiał się, kim był poprzedni gość, którego spotkało niewątpliwie zaszczytne zaproszenie na opowieści i posiłek.

Trudno było odmalować wiernie okropność *dengi*, lecz Nate robił, co mógł. Kilka dni w szpitalu, lekarstwa i powrót do sił. Kiedy skończył opowieść, posypały się pytania. Phil chciał się dowiedzieć wszystkiego na temat tej misjonarki, jej wiary, pracy z Indianami. Siostra Laury przez piętnaście lat mieszkała w Chinach, pracując w przykościelnym szpitalu. Stało się to źródłem kolejnych opowieści.

Dochodziła piętnasta, gdy Nate zaczął zbierać się do wyjścia. Jego gospodarze chętnie siedzieliby przy stole czy w pokoju gościnnym do zmierzchu, ale Nate chciał się przejść. Podziękował za gościnę i kiedy oddalał się od machających z ganku gospodarzy, czuł się tak, jakby znał ich od wielu lat.

Dojście do St. Michaels zajęło mu godzinę. Po obu stronach wąskich uliczek stały rzędy stuletnich domów. Nie zauważył tu nic, co wydawałoby się nie na miejscu: żadnych błąkających się psów, ziejących pustką mieszkań, opuszczonych budynków. Nawet śnieg z odśnieżonych ulic i chodników wyglądał schludnie. Nate zatrzymał się przy molo i podziwiał żaglówki. Nigdy nie siedział w żaglówce.

Postanowił nie wyjeżdżać z St. Michaels, chyba że zmusi go do tego sytuacja. Będzie mieszkał w domu Josha, dopóki kumpel grzecznie go stamtąd nie wyrzuci. Będzie oszczędzał pieniądze, a kiedy sprawa Phelana dobiegnie końca, znajdzie jakiś sposób na dalsze życie.

W pobliżu portu natknął się na mały sklep spożywczy, który właśnie zamykano. Kupił kawę, zupę w puszkach i chleb owsiany na śniadanie. Na ladzie stał rząd butelek piwa. Uśmiechnął się w ich kierunku, szczęśliwy, że te czasy ma już za sobą.

Rozdział 40

Grit dowiedział się z faksu i poczty elektronicznej, że jest wylany. Mary Ross zrobiła mu to wczesnym rankiem w poniedziałek, po pracowitym weekendzie spędzonym z braćmi.

Grit nie odszedł z honorem. Niezwłocznie wysłał jej odpowiedź faksem, przypominając o opłacie za usługi w kwocie całkowitej osiemdziesięciu ośmiu tysięcy ośmiuset dolarów, czyli sto czterdzieści osiem godzin po sześćset dolarów. Ten rachunek powinien zastąpić mu procent od udziału w spadku i inne korzyści. Grit nie chciał sześciuset dolarów za godzinę, lecz spory kawałek świątecznego ciasta i godziwy procent od udziału swej klientki, dwadzieścia pięć, które z nią wcześniej wynegocjował. Grit chciał milionów, i kiedy zamknięty na klucz w gabinecie siedział wpatrzony w faks, nie mógł wprost uwierzyć, że fortuna umknęła mu sprzed nosa. Naprawdę myślał, że po kilku miesiącach twardych, bezkompromisowych rozgrywek w sali sądowej sprawa Phelana zostanie rozwiązana na korzyść jego dzieci. Dwadzieścia milionów dla każdego z szóstki, na które rzucą się jak wygłodniałe psy, nie spowodowałoby nawet najmniejszego uszczerbku w fortunie Phelana. Dwadzieścia milionów dla klienta oznaczało pięć milionów dla niego i Grit musiał przyznać, że zaplanował już kilka sposobów rozdysponowania tej kwoty.

Zadzwonił do Harka, żeby go zwymyślać, ale powiedziano mu, że pan Gettys jest w tej chwili zajęty.

Pan Gettys reprezentował teraz trzech z czworga spadkobierców z pierwszej rodziny. Jego udział procentowy spadł z dwudziestu pięciu na dwadzieścia, a potem na siedemnaście i pół procenta. W rzeczywistości honorarium poszło znacznie w górę.

Pan Gettys wszedł do sali konferencyjnej kilka minut po dziesiątej i powitał pozostałych prawników Phelana, zebranych tam na ważne spotkanie.

– Mam informację – obwieścił radośnie. – Pan Grit został odsunięty od sprawy. Jego była klientka Mary Ross Phelan Jackman poprosiła mnie, abym ją reprezentował i po rozpatrzeniu wszystkich za i przeciw się zgodziłem.

Jego słowa uderzały w salę jak małe bomby. Yancy podrapał się po szorstkim zaroście, zastanawiając się, jakiej użyto metody, aby wyszarpnąć kobietę z zachłannych macek Grita. On sam czuł się dość bezpiecznie. Matka Ramble'a używała wszelkich możliwych sposobów, aby odciągnąć chłopca do innego prawnika. Dzieciak jednak nienawidził matki.

Pani Langhorne była zdumiona, szczególnie kiedy Hark dodał do grona swych klientów Troya Juniora. Po krótkotrwałym szoku poczuła się jednak bezpieczna. Jej klientka, Geena Phelan Strong, nie cierpiała swoich starszych przyrodnich braci i sióstr. Niewątpliwie nie zdecyduje się na odejście do ich prawnika. Uważała jednak, że potrzebne jest spotkanie robocze. Zaraz zadzwoni do Geeny i Cody'ego. Zjedzą obiad w Promenadzie niedaleko Kapitolu i może zerkną na potężnego wiceprzewodniczącego podkomisji.

Wiadomość o zmianach spowodowała, że kark Wally'ego Brighta zrobił się purpurowy. Hark zdobywał coraz to nowych klientów. Z pierwszej rodziny pozostała jedynie Libbigail. Wally Bright zabiłby Harka, gdyby ten próbował mu ją skraść.

– Trzymaj się z daleka od mojej klientki, dobrze? – powiedział głośno i cierpko, a cała sala zamarła.

– Rozluźnij się.

– Rozluźnij się?! Do cholery. Jak możemy się rozluźnić, gdy kradniesz nam klientów?

– Ja nie ukradłem pani Jackman. To ona do mnie zadzwoniła. Ja do niej nie dzwoniłem.

– Wiemy, jakie prowadzisz rozgrywki, Hark. Nie jesteśmy głupi. – Wally wypowiedział te słowa, spoglądając na swych kolegów prawników. Oni niewątpliwie nie uważali się za głupców, ale nie byli pewni co do Wally'ego. Prawdę mówiąc, nikt nie mógł nikomu ufać. Na szali leżały zbyt duże pieniądze, by nie przypuszczać, że siedzący obok adwokat nie wyciągnie nagle noża.

Wprowadzono Sneada, co zmieniło klimat rozmowy. Hark przedstawił go zebranym. Biedny Snead wyglądał jak skazaniec stojący przed plutonem egzekucyjnym. Usiadł na końcu stołu, dwie kamery wideo mierzyły wprost w niego.

– To tylko próba – zapewnił go Hark. – Proszę się rozluźnić. – Prawnicy wyjęli notesy pełne pytań i zbliżyli się do Sneada.

Hark stanął za nim, poklepał go po ramieniu i powiedział:

– A teraz, panie Snead, niech pan posłucha. Kiedy będzie pan składał zeznanie, prawnicy drugiej strony otrzymają prawo zadawania panu pytań na początku. Przez godzinę czy coś koło tego niech pan uważa, że jesteśmy pana wrogami. W porządku?

Według Sneada nie było to w porządku, ale wziął już pieniądze i musiał brnąć dalej.

Hark otworzył notes i zaczął zadawać pytania: proste sprawy dotyczące miejsca urodzin, rodziny, szkoły, rzeczy, które Snead dobrze znał i które pozwoliły mu się uspokoić. Następnie pytano go o początkowe lata z panem Phelanem; padło tysiące pytań, często całkowicie nieistotnych.

Po przerwie na wyjście do toalety pani Langhorne przejęła pałeczkę i drążyła Sneada, pytając o rodzinę Phelanów, żony, dzieci, rozwody i kochanki. Snead uważał, że nie trzeba komiecznie wywlekać brudów, ale prawnicy najwyraźniej dobrze się bawili.

– Czy wiedział pan o Rachel Lane? – zapytała pani Langhorne.

Snead zastanowił się przez chwilę.

– O tym nie pomyślałem. – Innymi słowy, proszę o pomoc przy odpowiedzi. – A jak się panu zdaje? – zwrócił się do Gettysa.

Hark umiał szybko zmyślać.

– Wydaje mi się, że wiedział pan wszystko o panu Phelanie, w szczególności o jego kobietach i ich dzieciach. Nic nie umknęło pana uwagi. Staruszek zwierzał się panu ze wszystkiego, włącznie z faktem istnienia nieślubnej córki. Miała dziesięć czy jedenaście lat, kiedy zaczął pan pracę u Phelana. Przez wiele lat starał się z nią kontaktować, ale ona nie chciała mieć z nim nic wspólnego. Wydaje mi się, że to go bardzo bolało. Ten człowiek zawsze dostawał wszystko, czego chciał. Więc kiedy Rachel nim wzgardziła, ból przemienił się w złość. Domyślam się też, że bardzo jej za to nie lubił. A zatem fakt, że zostawił jej wszystko, był aktem czystego szaleństwa.

Snead z podziwem słuchał zmyślonych na poczekaniu opowieści Harka. Pozostali prawnicy również byli pod wrażeniem.

– Co o tym sądzicie? – zapytał Hark.

Pokiwali z aprobatą głowami.

– Lepiej przekazać mu wszystkie informacje dotyczące dzieciństwa Rachel Lane – odezwał się Bright.

Snead powtórzył przed kamerami tę samą historię, którą przed chwilą podsunął mu Hark. Czyniąc to, wykazał praktyczne umiejętności rozszerzania i ubarwiania tematu. Kiedy skończył, prawnicy nie kryli radości. Ta glista powie wszystko. A nikt nie będzie mógł zaprzeczyć jego słowom.

Kiedy zadawano Sneadowi jakieś pytanie, na które nie znał odpowiedzi, mówił:

– Cóż, nad tym się nie zastanawiałem. – Prawnicy spieszyli mu z pomocą. Hark, który jakby przewidywał słabe punkty Sneada, zwykle miał pod ręką szybką, płynną historyjkę. Często jednak inni prawnicy wtrącali swoje błyskotliwe kawałki, prześcigając się jeden przez drugiego w demonstrowaniu umiejętności kłamania.

Fabrykowano warstwę za warstwą, skrupulatnie je obrabiano, aby nie pozostawało nawet cienia wątpliwości, że pan Phelan był niespełna rozumu w dniu, w którym nagryzmolił swój testament. Prawnicy kierowali Sneadem, a on okazał się szczególnie podatny na manipulacje. Może zbyt podatny i obawiali się, że powie za dużo. Nie mogli sobie pozwolić na podważenie jego wiarygodności. W zeznaniach tego człowieka nie powinno być ani jednej luki.

Przez trzy godziny tworzyli zeznanie, przez dwie kolejne starali się je zdyskredytować w bezlitosnym, krzyżowym ogniu pytań. Nie dali mu obiadu. Szydzili z niego i nazywali kłamcą. W pewnym momencie pani Langhorne doprowadziła go prawie do łez. Wyczerpanego, słaniającego się na nogach, wysłali do domu z kilkoma filmami wideo i poleceniami, aby oglądał je na okrągło.

Nie był jeszcze gotowy do składania zeznań, powiedzieli mu na koniec. Jego historie nie były idealnie wiarygodne. Biedny Snead pojechał do domu nowym range roverem, zmęczony i oszołomiony, ale zdecydowany, by ćwiczyć kłamstwa dopóty, dopóki nie zyska aprobaty prawników.

Sędzia Wycliff lubił spokojne, skromne śniadania w swoim gabinecie. Jak zwykle Josh kupił kanapki w greckim barze w pobliżu Dupont Circle. Odpakował je i postawił obok mrożonej herbaty i pikli. Zabrali się do jedzenia, gawędząc z początku o tym, jak bardzo są zapracowani, a potem szybko przechodząc do spraw związanych z majątkiem Phelana. Coś się zdarzyło, w przeciwnym razie Josh by nie zadzwonił.

– Znaleźliśmy Rachel Lane – zaczął.

– Cudownie. Gdzie? – Na twarzy Wycliffa odmalowała się ulga.

– Kazała nam obiecać, że tego nie zdradzimy. Przynajmniej nie teraz.

– Jest w kraju? – Sędzia zapomniał o wołowinie z puszki na bułeczce.

– Nie. Przebywa w bardzo odległym miejscu i jest tam szczęśliwa.

– Jak ją znalazłeś?

– Jej prawnik ją odszukał.

– Kto to jest?

– Facet, który kiedyś pracował w mojej firmie. Nazywa się Nate O'Riley, były partner. Odszedł od nas w sierpniu.

Wycliff zmrużył oczy, rozważając te słowa.

– Cóż za zbieg okoliczności. Wynajęła byłego partnera firmy prawniczej, z której usług korzystał jej tatuś.

– Nie ma tu żadnego zbiegu okoliczności. Jako adwokat majątku musiałem ją znaleźć. To ja wysłałem Nate'a O'Rileya. Odszukał ją, a ona go wynajęła. To bardzo proste.

– Kiedy ta pani się ujawni?

– Wątpię, czy kiedykolwiek to zrobi.

– A co z przyjęciem lub zrzeczeniem się spadku?

– Dokumenty są w drodze. Pani Lane jest bardzo rozważna i, szczerze mówiąc, nie wiem do końca, jakie ma plany.

– Chodzi o unieważnienie testamentu, Josh. Wojna już wybuchła. Nie można dłużej czekać. Sąd musi przejąć nad nią jurysdykcję.

– Panie sędzio, ona ma prawnego pełnomocnika. Jej interesy będą chronione. Ruszajmy do boju. Jeśli zaczniemy, zobaczymy, co druga strona chowa w zanadrzu.

– Czy mogę z nią porozmawiać?

– To wykluczone.

– Daj spokój, Josh.

– Słowo daję. Posłuchaj, to misjonarka. Pracuje na innej półkuli. Nie mogę powiedzieć ci nic więcej.

– Chcę się widzieć z panem O'Rileyem.

– Kiedy?

Wycliff podszedł do biurka i wziął do ręki najbliżej leżący kalendarz z grafikiem. Tak wiele miał zajęć. Życiu wytyczał rytm kalendarz z rejestrem spraw sądowych, kalendarz posiedzeń sądu oraz kalendarz pozwów. Jego sekretarka prowadziła osobny kalendarz biurowy.

– Może w środę?

– Dobrze. Na lunchu? Tylko my trzej, absolutnie nieformalnie.

– Oczywiście.

Mecenas O'Riley zamierzał czytać i pisać przez cały ranek. Plany zniweczył telefon od proboszcza.

– Jesteś zajęty? – zapytał ojciec Phil silnym i dźwięcznym głosem.

– Cóż, nie, nie specjalnie – odparł Nate. Siedział w głębokim skórzanym fotelu przy kominku i popijając kawę, czytał Marka Twaina.

– Na pewno?

– Oczywiście.

– Dobrze, jestem w kościele, pracuję w piwnicy i przydałby mi się ktoś do pomocy. Pomyślałem, że może ci się nudzi, no wiesz, w St. Michaels nie ma zbyt wiele do roboty, przynajmniej zimą. Dzisiaj znów ma padać śnieg.

Nate'owi przypomniała się duszona jagnięcina. Zostało jej sporo.

– Będę za dziesięć minut.

Piwnica znajdowała się bezpośrednio pod kościołem. Nate usłyszał stukot młotka i ostrożnie zszedł po chwiejnych schodkach do przestronnego pomieszczenia z niskim sufitem. Remont ciągnął się już bardzo długo, a wciąż nie było widać końca pracy. Chodziło o wykonanie kilku małych pomieszczeń wokół murów i dużej sali pośrodku. Phil z miarką w ręku stał między dwiema piłami. Miał na sobie flanelową koszulę oprószoną trocinami, dżinsy i wysokie buty. Z powodzeniem mógł uchodzić za cieślę.

– Dziękuję, że przyszedłeś – powiedział, uśmiechając się szeroko.

– Nie ma sprawy. Nudziło mi się.

– Wieszam płyty – wyjaśnił, machając ręką w kierunku konstrukcji. – Łatwiej robić to we dwójkę. Kiedyś pomagał mi pan Fuqua, ale ma osiemdziesiąt lat i plecy dają mu się we znaki.

– Co ojciec buduje?

– Sześć salek dla dzieci na lekcje religii. Środkowa część będzie salą wspólną. Zacząłem dwa lata temu. Nasz budżet nie uwzględnia prac budowlanych, więc robię to sam. Dzięki temu przynajmniej trzymam linię.

Ojciec Phil już od wielu lat nie trzymał linii.

– Proszę mi mówić, co mam robić – zaproponował Nate. – I niech ojciec pamięta, że jestem prawnikiem.

– Niezbyt uczciwa praca, co?

– Niestety.

Każdy z nich złapał za koniec płyty i przenieśli ją do robionej akurat salki. Płyta miała metr dwadzieścia na metr osiemdziesiąt i kiedy ją podnieśli, Nate zdał sobie sprawę, że istotnie praca wymaga co najmniej dwóch osób. Phil sapnął, zmarszczył brwi i zagryzł wargi, a kiedy wpasował płytę w otwór, powiedział:

– Teraz tylko ją tak trzymaj. – Nate przycisnął płytę, a Phil szybko przymocował ją gwoździami. Na koniec wbił sześć gwoździ w ramę i podziwiał swą pracę. Po chwili wyjął miarkę i zaczął mierzyć kolejne wolne miejsce.

– Gdzie nauczył się ojciec stolarstwa? – zapytał Nate, obserwując go z zainteresowaniem.

– Mam to we krwi. Józef był cieślą.

– Kto to jest?

– Ojciec Jezusa.

– Aha, ten Józef.

– Czytujesz Biblię, Nate?

– Rzadko.

– Powinieneś czytać.

– Chciałbym zacząć.

– Mogę ci pomóc, jeśli chcesz.

– Dziękuję.

Phil nagryzmolił wymiary na płycie, którą właśnie zainstalowali. Zmierzył dokładnie, po czym jeszcze raz sprawdził pomiar. Wkrótce Nate uświadomił sobie, dlaczego praca zabiera tak wiele czasu. Phil się nie spieszył i wierzył w odświeżający efekt przerw na kawę.

Po godzinie weszli po schodach do pokoju, w którym było o pięć stopni cieplej niż w podziemiu. Phil zostawił dzbanek z mocną kawą na maszynce. Napełnił dwie filiżanki i zaczął przeglądać rzędy książek na półkach.

– Oto wspaniały modlitewnik na każdy dzień, jeden z moich ulubionych – powiedział, delikatnie wysuwając książeczkę. Przetarł ją z wyimaginowanego kurzu i wręczył Nate'owi. Był to tomik w twardej oprawie z nietkniętą obwolutą. Phil ze szczególnym pietyzmem odnosił się do swych książek.

Wybrał jeszcze jedną i również podał ją Nate'owi.

– To studa biblijne dla ludzi zajętych. Bardzo dobre.

– Dlaczego uważa ojciec, że jestem zajęty?

– Przecież jesteś prawnikiem w Waszyngtonie?

– Teoretycznie tak, ale to już nie potrwa długo.

Phil złączył opuszki palców obu dłoni i spojrzał na Nate'a w sposób, w jaki może patrzeć tylko duszpasterz. Jego oczy mówiły: powiedz mi więcej. Jestem tu, aby ci pomóc.

Nate zwierzył się z części kłopotów, przeszłych i obecnych, kładąc nacisk na problem z urzędem skarbowym i złowrogą możliwość utraty prawa wykonywania zawodu. Uniknie więzienia, ale każą mu zapłacić grzywnę, na jaką go nie stać.

Mimo to nie patrzył w przyszłość z rezygnacją. W gruncie rzeczy odczuwał ulgę, że żegna się z zawodem.

– Co będziesz robił? – zapytał Phil.

– Nie mam pojęcia.

– Ufasz Bogu?

– Tak, myślę, że tak.

– To się nie przejmuj. On wskaże ci drogę.

Rozmawiali tak długo, że ranek przeciągnął się do pory lunchu. W końcu poszli na plebanię, gdzie znów raczyli się duszoną jagnięciną. Laura dołączyła do nich później. Prowadziła zajęcia w przedszkolu i mogła poświęcić na lunch tylko trzydzieści minut.

Około czternastej wrócili do piwnicy, gdzie niechętnie wzięli się na nowo do pracy. Obserwując Phila, Nate doszedł do wniosku, że remont nie zostanie ukończony za życia pastora. Może

Józef był dobrym stolarzem, ale miejsce Phila to zdecydowanie kazalnica. Każda otwarta przestrzeń na ścianie musiała zostać wymierzona, ponownie zmierzona, następnie należało się nad nią zastanowić, popatrzeć z różnych kątów, a potem znów zmierzyć. Każdy fragment płyty, który miał wypełnić lukę, podlegał tym samym procedurom. W końcu, po nakreśleniu ołówkiem dostatecznie dużej liczby znaków, żeby zmylić każdego architekta, Phil z wielkim samozaparciem wziął w ręce piłę elektryczną i przyciął płytę. Zanieśli ją do otworu, przymierzyli i przymocowali. Zawsze pasowało idealnie i każda wypełniona luka szczerze cieszyła Phila.

Dwie salki zostały prawie skończone i gotowe do malowania. Późnym popołudniem Nate zdecydował, że nazajutrz zostanie malarzem.

Rozdział 41

Dwa dni przyjemnej pracy nie wpłynęły na wyraźną zmianę wyglądu podziemi kościoła Świętej Trójcy. Zużyto za to zapasy kawy, skończyła się duszona jagnięcina, kilka płyt wypełniło otwory, pomalowano część ścian i zawiązała się przyjaźń.

We wtorek wieczorem Nate zeskrobywał sobie farbę z paznokci, gdy zadzwonił telefon. Josh wyrwał go z nierealnego świata.

– Sędzia Wycliff chce się z tobą jutro spotkać – powiedział. – Próbowałem zadzwonić wcześniej.

– Czego chce? – zapytał przerażonym głosem Nate.

– Jestem pewien, że będzie pytał o twoją nową klientkę.

– Jestem zajęty, Josh. Wciągnąłem się w prace dekoratorskie, malowanie, tego typu sprawy.

– Ach tak.

– Tak, pracuję w podziemiach kościoła. Czas to pieniądz.

– Nie wiedziałem, że masz takie zdolności.

– Muszę przyjeżdżać, Josh?

– Raczej tak. Zgodziłeś się wziąć tę sprawę. Powiedziałem o tym sędziemu. Jesteś potrzebny tutaj, stary.

– Kiedy i gdzie?

– Bądź o jedenastej w moim biurze. Pojedziemy razem.

– Nie chcę oglądać tego biura, Josh. Mam same złe wspomnienia. Spotkamy się w sądzie.

– Dobrze. Bądź tam w południe. W pokoju sędziego Wycliffa.

Nate dołożył do ognia w kominku i patrzył, jak płatki śniegu wirują na werandzie. Mógł włożyć garnitur, zawiązać krawat, wziąć do ręki neseser. Mógł wyglądać i mówić jak prawnik. Potrafił mówić „Wysoki Sądzie" i „Może to ucieszy sąd". Mógł też wykrzykiwać sprzeciwy i wystawiać świadków na straszliwe męki. Mógł robić te wszystkie rzeczy, które wykonywały miliony jego kolegów po fachu, ale przestał się uważać za prawnika. To już skończone, dzięki Bogu.

Zrobi to jeszcze raz, ale tylko raz. Próbował się przekonać, że to dla klientki, dla Rachel, ale wiedział, że jej na tym nie zależało.

Wciąż nie napisał do niej listu, chociaż zabierał się do niego wielokrotnie. List do Jevy'ego – na półtorej strony – kosztował go dwie godziny mozolnej pracy.

Po trzech śnieżnych dniach zatęsknił do parnych ulic Corumby, leniwego ruchu na ulicach, ulicznych kafejek, do tempa życia, które mówiło, że wszystko może zaczekać do jutra. Z każdą minutą śnieg sypał coraz mocniej. Może to kolejna burza śnieżna, pomyślał. Zamkną drogi i wcale nie będę musiał jechać do Waszyngtonu.

Więcej kanapek z greckiej knajpki, więcej pikli i herbaty. Josh przygotował stół, kiedy czekali na sędziego Wycliffa.

– Oto akta sprawy – powiedział, wręczając Nate'owi gruby, czerwony binder. – A oto twoja odpowiedź – dodał, podając mu akta w brązowej kopercie. – Musisz to przeczytać i jak najszybciej podpisać.

– Czy sąd już się ustosunkował? – zapytał Nate.

– Jutro. Odpowiedź Rachel Lane jest tutaj w środku, już przygotowana, tylko czeka na twój podpis.

– Coś tu nie gra, Josh. Wnoszę odpowiedź na pozew w sprawie o unieważnienie testamentu w imieniu klienta, który w ogóle o tym nie wie.

– Prześlij jej kopię.

– Dokąd?

– Pod jedyny znany adres, Misje World Tribes w Houston, w Teksasie. Wszystko jest w środku.

Nate pokręcił głową niezadowolony z pracy Josha. Czuł się jak pionek w grze. Odpowiedź proponenta, Rachel Lane, miała cztery strony i odrzucała, zarówno ogólnie, jak i szczegółowo, domniemania przedstawione w sześciu pozwach podważających ważność testamentu. Nate przeczytał sześć petycji, podczas gdy Josh rozmawiał przez telefon komórkowy.

Po odrzuceniu wszystkich powtarzających się oświadczeń i zarzutów problem przedstawiał się dość prosto: czy Troy Phelan wiedział, co robi, kiedy spisywał testament? To będzie istny cyrk. Prawnicy ściągną psychiatrów wszystkich gatunków. Pracownicy, byli pracownicy, dawne kochanki, służący, służące, szoferzy, piloci, ochroniarze, lekarze, prostytutki, każdy, kto spędził choćby pięć minut ze staruszkiem, zostanie zaciągnięty na salę sądową, aby złożyć zeznania.

Nate poczuł, że ma tego dość, zanim jeszcze naprawdę się zaczęło. Akta piętrzyły się w miarę czytania. Kiedy wojna się skończy, cały ten pokój nie pomieści wszystkich dokumentów sprawy.

Sędzia Wycliff zrobił charakterystyczne dla siebie wejście o dwunastej trzydzieści. Zdejmując togę, przepraszał, że jest tak strasznie zajęty.

– Pan jest Nate O'Riley – powiedział, wyciągając rękę.

– Tak, Wysoki Sądzie, miło mi pana poznać.

Joshowi udało się oderwać od komórki. Zasiedli przy małym stoliku i zaczęli jeść.

– Josh mówił mi, że znalazł pan najbogatszą kobietę na świecie – rzucił Wycliff z pełnymi ustami.

– Tak, to prawda. Jakieś dwa tygodnie temu.

– I nie może mi pan powiedzieć, gdzie ona jest.

– Błagała mnie, żebym tego nie zrobił. Obiecałem.

– Czy pojawi się w sądzie, żeby w odpowiednim czasie złożyć zeznania?

– Nie będzie musiała – wtrącił Josh. Oczywiście miał przy sobie notatki, dotyczące jej obecności podczas procesu. – Skoro nic nie jest jej wiadome na temat umysłowych zdolności pana Phelana, nie może być świadkiem.

– Ale przecież jest jedną ze stron – zdziwił się Wycliff.

310

– Tak, ale jej obecność nie jest obowiązkowa. Możemy prowadzić proces bez jej udziału. Można ją usprawiedliwić.

– Kto ją usprawiedliwi?

– Pan, Wysoki Sądzie.

– Zamierzam wystąpić z wnioskiem w odpowiednim czasie – odezwał się Nate – i poprosić, aby sąd wyraził zgodę na rozprawę bez jej obecności.

Josh posłał mu uśmiech przez stół. A to wyga z tego Nate'a.

– Chyba o to będziemy się martwić później – stwierdził Wycliff. – Bardziej interesuje mnie sama rozprawa. Niewątpliwie wszyscy zainteresowani nie mogą się już jej doczekać.

– Pełnomocnik spadku da odpowiedź jutro – zapewnił Josh. – Jesteśmy gotowi do walki.

– A proponent?

– Jeszcze pracuję nad jej odpowiedzią – odpowiedział trzeźwo Nate, jakby od wielu dni zajmował się tą sprawą. – Ale mogę ją złożyć jutro.

– Jest pan gotowy do przedłożenia dokumentów?

– Tak.

– Kiedy możemy się spodziewać dokumentów potwierdzenia bądź odrzucenia testamentu przez pańską klientkę?

– Nie umiem powiedzieć.

– Z teoretycznego punktu widzenia nie mam nad nią jurysdykcji, dopóki ich nie otrzymam.

– Tak, rozumiem. Jestem pewien, że wkrótce nadejdą. Poczta pracuje tam bardzo wolno.

Josh uśmiechnął się do swego protegowanego.

– Pan ją znalazł, pokazał jej kopię ostatniej woli, wyjaśnił znaczenie dokumentów potwierdzenia i zrzeczenia się oraz zgodził się ją reprezentować?

– Tak – przyznał Nate, ale tylko dlatego, że musiał.

– Zamieści pan to w dobrowolnym oświadczeniu złożonym pod przysięgą?

– To dość nietypowy sposób załatwiania takich spraw, prawda? – zapytał Josh.

– Możliwe, ale jeżeli zaczniemy bez dokumentów z jej podpisem, chcę jakiegoś poświadczenia w aktach, że skontaktowaliśmy się z nią i że wie, co robimy.

– Dobry pomysł, sędzio – odezwał się Josh, jakby podzielał jego zdanie od samego początku. – Nate podpisze to oświadczenie.

Nate skinął głową i ugryzł porządny kęs kanapki, mając nadzieję, że pozwolą mu jeść, nie zmuszając do kolejnych kłamstw.

– Była blisko z Troyem? – zapytał Wycliff.

Nate przeżuwał tak długo, jak pozwalała przyzwoitość.

– Jesteśmy tu nieformalnie, prawda? – odpowiedział pytaniem.

– Oczywiście. To tylko rozmowa.

Takie rozmowy pozwalają wygrywać i przegrywać sprawy sądowe.

– Nie sądzę, żeby byli zbyt blisko. Od wielu lat go nie widziała.

– Jak zareagowała, przeczytawszy testament?

Wycliff mówił swobodnie, jakby rzeczywiście tylko gawędzili, lecz Nate wiedział doskonale, że sędzia chce wyciągnąć z niego jak najwięcej szczegółów.

– Była co najmniej zaskoczona – odparł sucho.

– Założę się, że tak było. Zapytała, o jaką sumę chodzi?

– W końcu tak. Myślę, że była oszołomiona, tak jak każdy na jej miejscu.

– Ma męża?

– Nie.

Josh uświadomił sobie, że pytania dotyczące Rachel mogą się przeciągnąć. A były coraz bardziej niebezpieczne. Wycliff nie mógł się dowiedzieć, przynajmniej na tym etapie, że Rachel nie jest zainteresowana pieniędzmi. Jeśli będzie w dalszym ciągu drążył, a Nate wciąż mówił prawdę, w końcu nastąpi jakiś przeciek.

– Wie pan, sędzio – odezwał się, delikatnie nakierowując rozmowę na inne tory – to nie jest skomplikowana sprawa. Proces nie powinien trwać w nieskończoność. Oni się niecierpliwią. My się niecierpliwimy. Na stole leży sterta pieniędzy i wszyscy chcą je dostać. Dlaczego by nie przyspieszyć rozprawy, ustalając konkretną datę?

Pośpiech w sprawach majątkowych był rzeczą niespotykaną. Prawnicy spadkowi otrzymywali wynagrodzenie od godziny. Po co się spieszyć?

– To interesujące – odezwał się Wycliff. – Co pan ma na myśli?

– Ustalmy datę rozprawy wstępnej tak szybko, jak to możliwe. Zbierzmy wszystkich prawników w jednej sali, niech każdy z nich przedstawi listę świadków i dokumentów. Wyznaczmy trzydzieści dni na dostarczenie wszystkich pisemnych zeznań i ustalmy datę posiedzenia sądu na dziewięćdziesiąt dni później.

– To strasznie mało czasu.

– Zawsze tak postępujemy w sądzie federalnym. To działa. Chłopcy po drugiej stronie pójdą na to, ponieważ ich klienci nie mają pieniędzy.

– A co z panem, panie O'Riley? Czy pańska klientka również z niecierpliwością czeka na te pieniądze?

– A pan by nie czekał, sędzio? – zapytał Nate.

Roześmiali się.

Grit w końcu pokonał telefoniczne zasieki Harka.

– Zamierzam pójść do sędziego – oznajmił na wstępie.

Hark nacisnął przycisk magnetofonu w telefonie i dopiero wtedy się odezwał.

– Dzień dobry, Grit.

– Mogę powiedzieć sędziemu prawdę. Że Snead sprzedał swoje zeznanie za pięć milionów dolarów i nic, co powie, nie jest prawdą.

Hark się roześmiał.

– Nie możesz tego zrobić, Grit.

– Oczywiście, że mogę.

– Nie jesteś specjalnie bystry, prawda? Posłuchaj mnie, Grit, i to posłuchaj uważnie. Po pierwsze, podpisałeś z nami wszystkimi tę umowę, a więc jesteś bezpośrednio wmieszany w ten bezprawny czyn, o którym wspominasz. Po drugie i najważniejsze, wiesz o Sneadzie, ponieważ miałeś związek ze sprawą jako adwokat Mary Ross. To poufny związek. Wyjawiając jakiekolwiek informacje, o których dowiedziałeś się jako adwokat, złamiesz zasadę poufności. Jeśli zrobisz coś głupiego, ona wniesie skargę do sądu i dopilnuję, żeby twoja dupa została skreślona z listy adwokatów. Odbiorę ci prawo wykonywania zawodu, Grit, rozumiesz?

– Jesteś skurwysynem, Gettys. Ukradłeś mi klientkę.

– Skoro twoja klientka była z ciebie zadowolona, to dlaczego szukała innego prawnika?

– Jeszcze z tobą nie skończyłem.

– Nie rób niczego głupiego.

Grit rzucił słuchawkę. Hark przez chwilę rozkoszował się triumfem, po czym wrócił do pracy.

Nate jechał przez miasto w długim rzędzie samochodów. Minął Potomac, pomnik Lincolna. Nie spieszył się. Płatki śniegu osiadały na przedniej szybie, ale na razie nie zanosiło się na silniejszą zadymkę. Stojąc na czerwonym świetle na Pennsylvania Avenue, zerknął w lusterko wsteczne i dostrzegł budynek, wciśnięty między kilkanaście innych, w którym spędził większą część ostatnich dwudziestu trzech lat. Na szóstym piętrze widać było okna jego gabinetu.

Na ulicy M prowadzącej do Georgetown rozpoznał stare miejsca: bary, knajpy, gdzie przesiedział długie godziny z ludźmi, których już nie pamiętał. Przypominał sobie jednak imiona barmanek i barmanów. Każdy pub miał swoją historię. Za pijackich czasów ciężki dzień w biurze czy na sali rozpraw musiał zakończyć się kilkoma godzinami z alkoholem. Nate nie mógł bez tego wrócić do domu. Skręcił na północ w Wisconsin i zobaczył bar, gdzie kiedyś bił się z chłopakiem z uniwersytetu, bardziej pijanym od niego. Barman wywalił ich na zewnątrz. Nazajutrz Nate przyszedł obandażowany do sali sądowej.

Była też mała kafejka, w której kupował kokainę w ilościach potrzebnych samobójcy. Oddział narkotykowy zrobił tam nalot, kiedy przebywał na odwyku. Dwóch znajomych maklerów trafiło do mamra.

Na tych ulicach mijały dni jego chwały, podczas gdy jego żony czekały w domu, a dzieci dorastały bez ojca. Wstydził się krzywd, które wyrządził. Kiedy minął Georgetown, ślubował sobie, że już nigdy tam nie powróci.

W domu Staffordów załadował do samochodu ciuchy i rzeczy osobiste i pospiesznie wyjechał.

W kieszeni miał czek na dziesięć tysięcy dolarów. Urząd skarbowy chciał sześćdziesiąt tysięcy zwrotu podatku. Grzywna będzie opiewać na drugie tyle. Drugiej żonie wisiał trzydzieści tysięcy na utrzymanie dziecka, zobowiązanie nałożono na niego, kiedy dochodził do siebie pod bacznym okiem Sergia.

Bankructwo nie zwalniało go od spłacania długów. Uświadomił sobie, że jego przyszłość finansowa rzeczywiście wygląda ponuro. Alimenty na młodsze dzieci kosztowały go trzy tysiące miesięcznie na każde. Dwoje starszych prawie tyle samo – koszty prywatnego kształcenia, mieszkania i pensjonatu szkolnego. Przez kilka miesięcy mógł żyć z pieniędzy Phelana, ale z rozmowy Josha i Wycliffa wynikało, że rozprawa odbędzie się dość szybko. Kiedy sprawa zostanie wreszcie zakończona, Nate pójdzie do sądu federalnego, przyzna się do uchylania od płacenia podatku i odda licencję na wykonywanie zawodu.

Ojciec Phil uczył go, żeby nie martwił się przyszłością. Bóg się o nią zatroszczy.

Nate po raz kolejny zastanowił się, czy Bóg dostaje w zamian więcej niż to, o co się Go prosi.

Nate potrafił pisać tylko na firmowym papierze prawniczym z szerokimi liniami i dużym marginesem. Wziął kartkę i próbował zacząć list do Rachel. Miał adres World Tribes w Houston. Na kopercie napisze „Wiadomość Osobista i Poufna". Zaadresuje ją do Rachel Lane i dołączy wyjaśniającą notkę.

Ktoś z World Tribes wie przecież, kim jest Rachel i gdzie przebywa. Może nawet ktoś wie, że Troy był jej ojcem. Może ten ktoś poskładał fragmenty w logiczną całość i wie, że Rachel jest spadkobierczynią.

Nate zakładał również, że Rachel skontaktuje się z World Tribes, o ile dotychczas tego nie zrobiła. Musiała być w Corumbie, skoro przyszła do niego do szpitala. Prawdopodobnie zadzwoniła do Houston i poinformowała kogoś o jego wizycie. Wspomniała coś o rocznym rozliczeniu w World Tribes. Musiał istnieć jakiś sposób na przesyłanie korespondencji pocztą. Jeśli jego list dostanie się w odpowiednie ręce w Houston, być może dotrze do Corumby.

Napisał datę, a potem „Droga Rachel".

Przez godzinę patrzył w ogień, starając się znaleźć słowa, które brzmiałyby sensownie. W końcu zaczął list zdaniem na temat śniegu. Czy brakowało jej białego puchu z dzieciństwa? Jak było w Montanie? Na zewnątrz za oknem leżała trzydziestocentymetrowa warstwa bieli.

Musiał się przyznać, że występuje jako jej adwokat, a kiedy już wpadł w prawniczy rytm, zdania popłynęły same. Wyjaśnił najprościej, jak potrafił, co się dzieje w sprawie.

Opisał ojca Phila, kościół i podziemia. Wspomniał, że czyta Biblię i bardzo mu się to podoba. Modli się za Rachel.

Kiedy skończył pisać, list miał trzy strony. Nate był dumny z siebie. Przeczytał go jeszcze dwa razy i ocenił, że jest wart wysłania. Jeżeli jakimś trafem dotrze do jej chaty, wiedział, że będzie go czytać nieustannie i nie dostrzeże ani jednego uchybienia stylu.

Nate bardzo chciał się z nią zobaczyć.

Rozdział 42

Jedną z przyczyn powolnego tempa robót w krypcie kościelnej było zamiłowanie ojca Phila do późnego wstawania. Laura mówiła, że codziennie rano wychodziła o ósmej do przedszkola, a pastor spał jeszcze zagrzebany pod kołdrą. Był sową, jak mawiał, usprawiedliwiając się, i uwielbiał oglądać stare, czarno-białe filmy po północy.

Kiedy więc zadzwonił w piątek o wpół do ósmej rano, Nate był nieco zaskoczony.

– Widziałeś „Post"? – zapytał.

– Nie czytam gazet – odparł Nate. Zerwał z tym przyzwyczajeniem w ośrodku rehabilitacyjnym. Phil natomiast czytał pięć gazet dziennie. Stanowiły źródło materiału do jego kazań.

– Może powinieneś – powiedział.

– Dlaczego?

– Jest tam artykuł o tobie.

Nate włożył buty i poszedł do pobliskiego kiosku na Main Street. Na pierwszej stronie wiadomości stołecznych zobaczył miłą historyjkę o odnalezieniu zagubionej spadkobierczyni majątku Troya Phelana. Wieczorem poprzedniego dnia wpłynęły do sądu okręgowego hrabstwa Fairfax dokumenty, w których, działając przez swego adwokata, pana Nate'a O'Rileya, odpowiada ona na zarzuty zawarte we wnioskach o unieważnienie testamentu jej ojca. Ponieważ o niej samej nie można było zbyt wiele powiedzieć, artykuł dotyczył przede wszystkiem jej adwokata. Zgodnie z jego oświadczeniem, również wniesionym do sądu, odszukał on Rachel Lane, pokazał jej kopię odręcznie spisanego testamentu, omówił z nią różne prawnicze problemy i załatwił dla siebie pełnomocnictwo. Gazeta nie podawała ani jednej wzmianki o ewentualnym miejscu pobytu pani Lane.

Pan O'Riley, były partner w Kancelarii Adwokackiej Stafforda, niegdyś wybitny prawnik procesowy, opuścił firmę w sierpniu; w październiku ogłosił bankructwo; został oskarżony w listopadzie i wciąż wisiało nad nim oskarżenie urzędu skarbowego o uchylanie się od płacenia podatków. Urząd Skarbowy twierdził, że Nate jest mu winien sześćdziesiąt tysięcy dolarów. Dziennikarz podał też nieistotną informację o dwóch rozwodach pana O'Rileya. Aby dopełnić upokarzającego obrazu, do artykułu dołączono paskudne zdjęcie sprzed kilku lat, na którym Nate siedział z drinkiem w ręku w jednym z waszyngtońskich barów. Przyjrzał się swojej podobiźnie: błyszczące oczy, policzki pociemniałe od alkoholu, głupkowaty uśmiech, jakby dobrze się bawił w towarzystwie stałych bywalców knajpy. Było okropne, ale należało już do innego życia.

Oczywiście w artykule nie mogło zabraknąć krótkiego przytoczenia poplątanej statystyki życia i śmierci Troya – trzy żony, siedmioro znanych dzieci, majątek szacowany na jedenaście miliardów albo coś koło tego oraz skok z czternastego piętra.

Pana O'Rileya nie znaleziono, więc nie mógł dać swojego komentarza. Pan Stafford nie miał nic do powiedzenia. Prawnicy spadkobierców Phelana najwyraźniej powiedzieli już tak dużo, że nie poproszono ich o wypowiedź.

Nate złożył gazetę i wrócił do domu. Dochodziło pół do dziewiątej. Do rozpoczęcia prac w piwnicy kościoła pozostało jeszcze około półtorej godziny.

Te krwiożercze hieny znają teraz jego nazwisko, ale niełatwo wpadną na jego trop. Josh załatwił, żeby poczta do Nate'a trafiała do skrytki pocztowej w Waszyngtonie. Miał nowy numer telefonu do biura, do adwokata Nathana F. O'Rileya. Telefony odbierała sekretarka w biurze Josha, która następnie odsyłała wiadomości.

W St. Michaels tylko proboszcz i jego żona wiedzieli, kim jest. Plotka głosiła, że jest zamożnym prawnikiem z Baltimore i że pisze książkę.

Ukrywanie się uzależniało jak narkotyk. Może dlatego Rachel to robiła.

Kopie odpowiedzi Rachel Lane zostały przesłane pocztą do wszystkich zainteresowanych prawników, którzy zostali zelektryzowani wiadomościami. Okazało się, że ta kobieta naprawdę istnieje, żyje, a co najważniejsze zamierza walczyć, chociaż wybór prawnika był dość irytujący. O'Riley miał wyrobioną reputację skutecznego, niezwykle błyskotliwego prawnika procesowego, który nie wytrzymał stresu związanego z zawodem. Prawnicy Phelanów, a także sędzia Wycliff podejrzewali, że to Josh Stafford pociąga za sznurki. To on wyciągnął Nate'a z ośrodka rehabilitacyjnego, załatwił jego sprawy, wetknął mu w ręce akta i skierował do sądu.

Prawnicy Phelanów spotkali się w piątek rano w biurze pani Langhorne w nowoczesnym budynku na Pennsylvania Avenue, usytuowanym między wieloma podobnymi domami w dzielnicy finansowej. Firma pani Langhorne starała się upodobnić do świetnie prosperujących, słynnych firm prawniczych, lecz z czterdziestoma prawnikami była zbyt mała, aby przyciągać najbardziej zamożną klientelę, choć zespół był bardzo ambitny. Krzykliwy, pretensjonalny wystrój wnętrz był pułapką zastawioną przez bandę prawników żądnych sukcesu.

Postanowiono spotykać się raz w tygodniu, w każdy piątek o ósmej, na nie więcej niż dwie godziny, aby dyskutować o sprawie Phelana i strategii, jaką należało przyjąć. Pomysł podsunęła pani Langhorne. Uznała, że powinna pełnić rolę mediatora. Chłopcy trwonili za dużo czasu na kłótnie i walkę. A w procesie, w którym zawodnicy te samej drużyny wbijają sobie noże w plecy, można było stracić mnóstwo pieniędzy.

Wydawało się, przynajmniej pani Langhorne, że napięcie minęło. Jej klienci Geena i Cody zostali przy niej. Yancy najwidoczniej przywiązał do siebie Ramble'a. Hark miał pozostałych trzech – Troya Juniora, Reksa i Mary Ross – i sprawiał wrażenie usatysfakcjonowanego. Kurz osiadł wokół spadkobierców. Stosunki stały się wręcz rodzinne. Jasno określono strategię. Prawnicy wiedzieli, że przegrają, jeśli nie będą grać w zespole. Najważniejszy był teraz Snead. Spędzili długie godziny na oglądaniu nagrań z jego początkowych występów i każdy prawnik sporządził mnóstwo notatek z propozycjami udoskonalenia zeznania. Kłamstwo nie budziło zażenowania. Yancy, niegdyś adept scenopisarstwa, napisał pięćdziesięciostronicowy scenariusz dla Sneada, pełen tak poważnych zarzutów, że biedny Troy wyszedł w nim na człowieka zupełnie pozbawionego mózgu.

Numerem drugim była Nicolette, sekretarka. Za kilka dni uwiecznią ją na wideo. Ona również miała do powiedzenia wiele ciekawych rzeczy. Bright wpadł na pomysł, że staruszek mógł dostać udaru, kochając się z nią zaledwie kilka godzin przed badaniem trzech psychiatrów. Zarówno Nicolette, jak i Snead mogli to poświadczyć. Udar oznaczał zmniejszoną zdolność umysłową. Pomysł, uznany za całkiem niezły, został ogólnie dobrze przyjęty i wywołał długą dyskusję na temat sekcji zwłok. Jeszcze nie widzieli kopii tego dokumentu. Nieszczęśnik roztrzaskał się o bruk, co spowodowało rozległe uszkodzenia głowy. Czy sekcja zwłok mogła ujawnić przebyty udar?

Numerem trzecim byli nowi eksperci. Psychiatra Grita odpadł wraz z adwokatem, a więc pozostało czterech – jeden na każdą firmę. Czwórka psychiatrów to niezbyt dużo jak na taki proces, ale wszyscy czterej mogli okazać się przekonywający, szczególnie jeżeli różnymi drogami dochodzili do tych samych wniosków. Prawnicy zgodzili się, że powinni także przeświczyć ich zeznania, wypróbować na nich krzyżowy ogień pytań i starać się ich złamać, wywierając presję.

Numerem czwartym byli pozostali świadkowie. Należało znaleźć ludzi, którzy przebywali w towarzystwie starca w ostatnich dniach jego życia. Snead mógł w tym pomóc.

Ostatnia sprawa to pojawienie się Rachel Lane i jej prawnika.

– W żadnym miejscu w aktach nie ma podpisu tej kobiety – oznajmił Hark. – To pustelnica. Nikt nie wie, gdzie przebywa, oczywiście poza jej adwokatem, ale on nie chce tego ujawnić.

Znalezienie jej zabrało mu miesiąc. Nic nie podpisała. Teoretycznie nie podlega więc jurysdykcji. Dla mnie jest oczywiste, że ta kobieta z niechęcią odnosi się do przyjazdu i wystąpienia w sądzie.

– Tak jak niektórzy wygrani na loterii – wtrącił Bright. – Chcą utrzymać sprawę w tajemnicy, w przeciwnym razie każdy złodziej w okolicy zapuka do ich drzwi.

– A jeśli ona nie chce tych pieniędzy? – zapytał Hark i wszyscy oniemieli.

– To szaleństwo – wykrzyknął spontaniczne Bright, a zaraz potem zastanowił się nad tym nieprawdopodobnym rozwiązaniem.

Kiedy drapali się po głowach, Hark ciągnął dalej:

– To tylko ewentualność, ale powinniśmy ją rozważyć. W świetle prawa Wirginii można zrzec się spadku. Jeśli testament zostanie obalony i skoro nie ma innych testamentów, siedmioro dzieci Troya Phelana bierze wszystko. Ponieważ Rachel Lane nie chce nic, to nasi klienci dzielą majątek między siebie.

Obliczali pospiesznie, czując zawrót głowy: jedenaście miliardów minus podatki, podzielone na sześć. Od tego odpowiednie procenty. Zapachniało grubą forsą. Honoraria siedmiocyfrowe staną się ośmiocyfrowe.

– To trochę zbyt daleko idące przypuszczenia – powiedziała powoli pani Langhorne, wciąż czując, jak jej mózg płonie od tych wyliczeń.

– Nie jestem taki pewny – sprzeciwił się Hark. Było jasne, że wiedział więcej niż reszta. – Bardzo łatwo otrzymać dokument potwierdzający przyjęcie spadku. Czy mamy wierzyć, że pan O'Riley pojechał do Brazylii, odszukał Rachel Lane, opowiedział jej o Troyu, został przez nią zatrudniony, ale nie otrzymał podpisu na krótkim dokumencie, który dałby sądowi jurysdykcję? Coś tu nie gra.

Yancy odezwał się pierwszy.

– Brazylia?

– Tak. Właśnie wrócił z Brazylii.

– Skąd o tym wiesz?

Hark sięgnął powoli do akt i wyjął kilka kartek.

– Mam bardzo dobrego detektywa – powiedział i w pokoju zapanowała absolutna cisza. – Wczoraj otrzymałem kopię jej odpowiedzi i oświadczenia O'Rileya, tak samo zresztą jak wy. Zadzwoniłem do tego detektywa. W ciągu trzech godzin dowiedział się, co następuje: dwudziestego drugiego grudnia Nate O'Riley wyleciał z Dulles samolotem varig, lot osiemset osiemdziesiąt dwa, bez przesiadek do São Paulo. Stamtąd poleciał varigiem, lot sto czterdzieści sześć, do Campo Grande, a potem lokalną linią Air Pantanal do małego miasteczka o nazwie Corumba, gdzie był dwudziestego trzeciego. Po prawie trzech tygodniach wrócił do Dulles.

– Może urządził sobie wakacje – wymamrotał Bright zdumiony.

– Możliwe, ale osobiście szczerze w to wątpię. Pan O'Riley spędził jesień w ośrodku rehabilitacyjnym, już nie po raz pierwszy. Wypuścili go dwudziestego drugiego i tego samego dnia poleciał do Brazylii. Jego podróż miała tylko jeden cel, a było nim odnalezienie Rachel Lane.

– Skąd to wszystko wiesz? – zapytał Yancy.

– To naprawdę nie takie trudne. Szczególnie informacja dotycząca lotów. Każdy dobry haker może ją załatwić.

– Skąd wiedziałeś, że był w ośrodku?

– Mam swoich szpiegów.

Umilkli, trawiąc ostatnie informacje. Pogardzali Harkiem, jednocześnie go podziwiając. Zdawało się, że zawsze miał wiadomości, jakich oni nie mieli. Ale teraz stał po ich stronie. Tworzyli zespół.

– Ruszamy pełną parą. Zaatakujemy testament z całą siłą – powiedział. – Przemilczymy brak jurysdykcji nad Rachel Lane. Jeśli ta kobieta nie pojawi się osobiście lub nie przedstawi potwierdzenia, wtedy będziemy wiedzieć na pewno, że nie chce tych pieniędzy.

– Nigdy w to nie uwierzę. – Bright pokręcił głową.

– Dlatego, że jesteś prawnikiem.

– A ty kim jesteś?

– Tym samym, ale nie tak chciwym. Możesz mi wierzyć bądź nie, Wally, są ludzie na tym świecie, dla których pieniądze nie są najważniejsze.

– Jest ich około dwudziestu – wtrącił Yancy. – Wszyscy są moimi klientami.

Lekkie uśmiechy rozładowały napięcie.

Przed końcem spotkania ponownie z wielką surowością podkreślano, że wszystko, co tutaj powiedziano, jest absolutnie poufne. Każdy to rozumiał, ale nie ufali sobie nawzajem. Informacje o Brazylii były szczególnie delikatną sprawą.

Rozdział 43

Koperta była brązowa i trochę cięższa niż zwyczajne pisma urzędowe. Obok adresu World Tribes w Houston widniała napisana czarny atramentem adnotacja: Dla Rachel Lane, misjonarki w Ameryce Południowej, Osobiste i Poufne.

List otrzymał urzędnik przyjmujący pocztę, przez kilka chwil go oglądał, po czym wysłał na górę do kierownika. Przesyłka podróżowała przez cały ranek, aż wylądowała, wciąż zamknięta, na biurku Nevy Collier, koordynatorki Misji Południowoamerykańskich. Spojrzała na nią z niedowierzaniem – nikt nie wiedział, że Rachel Lane jest misjonarką World Tribes. Nikt oprócz niej.

Najwidoczniej ci, którzy dostarczyli list, nie dostrzegli związku między nazwiskiem na kopercie a nazwiskiem, które pojawiło się w ostatnich wiadomościach. W poniedziałkowy ranek praca w biurach toczyła się powoli i spokojnie.

Neva zamknęła drzwi na klucz. Otworzyła kopertę; w środku znajdował się list zaadresowany: „Do każdego, kogo dotyczy ta sprawa" oraz mniejsza, opatrzona pieczęcią koperta. Przeczytała list na głos, zdumiona faktem, że ktoś znał nawet częściowo tożsamość Rachel Lane.

„Do każdego, kogo dotyczy ta sprawa:

W środku załączony jest list do Rachel Lane, jednej z waszych misjonarek w Brazylii. Proszę go jej przekazać, nie otwierając.

Spotkałem Rachel mniej więcej dwa tygodnie temu. Znalazłem ją w Pantanalu, wśród Indian Ipica, gdzie, jak państwo wiecie, mieszka od jedenastu lat. Celem mojej wizyty była niecierpiąca zwłoki sprawa natury prawnej.

Dla państwa informacji podaję, że Rachel radzi sobie bardzo dobrze. Obiecałem jej, że pod żadnym pozorem nie zdradzę nikomu miejsca jej pobytu. Nie chce, żeby ją nękano podobnymi sprawami prawnymi, przystałem więc na jej warunek.

Ona naprawdę potrzebuje pieniędzy na nową łódź i silnik oraz dodatkowych funduszy na lekarstwa. Z przyjemnością przekażę waszej organizacji czek na te wydatki; proszę tylko o podanie mi adresu, pod który mam go wysłać.

Zamierzam ponownie napisać do Rachel, chociaż nie mam pojęcia, w jaki sposób dociera do niej poczta. Czy mogliby mi państwo napisać, że otrzymaliście ten list i przekazali go Rachel? Z góry dziękuję. Podpisano Nate O'Riley".

Na dole kartki znajdował się numer telefonu w St. Michaels, Maryland, oraz adres firmy prawniczej w Waszyngtonie.

Korespondowanie z Rachel było sprawą niezwykle prostą. Dwa razy do roku, pierwszego marca i pierwszego sierpnia, z World Tribes wysyłano paczki na pocztę w Corumbie. Zawierały one zapasy medyczne, literaturę na święta Bożego Narodzenia i inne rzeczy, których Rachel mogła potrzebować. Poczta zgodziła się przechowywać paczki z sierpnia przez okres trzydziestu dni, a gdyby po tym czasie w dalszym ciągu nie zostały odebrane, miały być zwracane do Houston. Nigdy się tak nie stało. Co roku w sierpniu Rachel wyruszała na wyprawę do Corumby, skąd dzwoniła do Houston i przez dziesięć minut mówiła po angielsku. Odbierała paczki i wracała do wioski Indian Ipica. W marcu, po porze deszczowej, paczki wysyłano w górę rzeki *chalanami* i wyładowywano w *fazendzie* w pobliżu ujścia rzeki Xeco. Tam odbierał je Lako. Marcowe paczki były zawsze mniejsze niż sierpniowe.

W ciągu jedenastu lat Rachel nigdy nie otrzymała żadnego listu, a przynajmniej nie za pośrednictwem World Tribes.

Neva wpisała do notesu numer telefonu i adres i schowała list do szuflady. Wyśle go za jakiś miesiąc, razem z marcową przesyłką.

Pracowali przez niemal godzinę, tnąc płyty o wymiarach dwa na cztery metry do następnej małej sali. Gruba warstwa wiórów pokrywała podłogę. Phil miał ich sporo we włosach. Zgrzyt piły wciąż dźwięczał w uszach obu mężczyzn. Przyszedł czas na kawę. Usiedli na podłodze, opierając się plecami o ścianę w pobliżu przenośnego grzejnika. Phil nalał mocnej kawy z termosu.

– Wczoraj straciłeś wspaniałe kazanie – odezwał się z uśmiechem.

– Gdzie?

– Jak to gdzie? Naturalnie tutaj.

– Na jaki temat?

– O cudzołóstwie.

– Za czy przeciw?

– Jak zawsze, przeciw.

– Nie przypuszczam, żeby ten problem dotyczył twojej trzódki.

– Wygłaszam takie kazanie raz do roku.

– To samo?

– Tak, ale zawsze odświeżone.

– Kiedy ostatnim razem twój parafianin miał problem z cudzołóstwem?

– Kilka lat temu. Jedna z naszych młodszych wiernych podejrzewała, że jej mąż ma jakąś kobietę w Baltimore. Jeździł tam raz w tygodniu w interesach i zauważyła, że wracał do domu całkiem odmieniony. Miał więcej energii, więcej entuzjazmu. Trwało to przez dwa, trzy dni, a potem stawał się tym samym beznamiętnym facetem. Była pewna, że się zakochał.

– A co się okazało?

– Chodził na zabiegi do kręgarza.

Phil roześmiał się głośno, dziwnym, nosowym śmiechem, wyjątkowo zabawnym i zaraźliwym. Kiedy przestali się śmiać, zaczęli w milczeniu sączyć kawę.

– A w twoim dawnym życiu miałeś kiedykolwiek problem z cudzołóstwem? – zapytał Phil.

– Nigdy. To nie był problem, to był mój styl życia. Uganiałem się za wszystkim, co chodziło. Każda mniej więcej atrakcyjna kobieta była potencjalną kochanką. Miałem żonę, ale nigdy nie uważałem, że cudzołożę. To nie był grzech, tylko gra. Byłem chory, Phil.

– Nie powinienem pytać.

– Nie, spowiedź jest dobra dla duszy. Wstydzę się, że kiedyś byłem taki. Kobiety, alkohol, narkotyki, bójki, rozwody, zaniedbane dzieci – jeden wielki bałagan. Chciałbym wymazać ten czas. Ale teraz ważne jest, żebym zapamiętał, jak daleko mam to za sobą.

– Możliwe, że czeka cię wiele dobrych lat, Nate.

– Mam nadzieję. Po prostu nie bardzo wiem, co robić.

– Bądź cierpliwy. Bóg cię poprowadzi.

– Oczywiście, przy prędkości, z jaką tu żyjemy, mógłbym zrobić naprawdę bardzo długą karierę.

Phil uśmiechnął się, ale nie wybuchnął swoim chichotem.

– Czytaj Biblię, Nate, i módl się. Bóg potrzebuje takich jak ty.

– Tak przypuszczam.

– Zaufaj mi. Znalezienie woli bożej zajęło mi dziesięć lat. Przez jakiś czas biegałem, potem przestałem i zacząłem słuchać. Powoli poprowadził mnie do duszpasterstwa.

– Ile miałeś wtedy lat?

– Trzydzieści sześć, gdy wstąpiłem do seminarium.

– Byłeś najstarszy?

– Nie. W seminarium nierzadko widuje się ludzi po czterdziestce. To się zdarza zawsze.

– Ile lat trwa takie seminarium?

– Cztery.

– To gorsze niż prawo.

– Wcale nie było mi źle. Naprawdę przyjemnie się studiowało.

– Czego nie można powiedzieć o uczelni prawniczej.

Pracowali kolejną godzinę. Potem przyszła pora na lunch. Śnieg w końcu stopniał do reszty, a w Tilghman Phil miał swój ulubiony bar. Nate zaprosił go z radością.

– Ładny samochód – powiedział Phil, zapinając pasy bezpieczeństwa. Wióry osypały się z jego ramion na nieskazitelnie czysty skórzany fotel jaguara. Nate nie przejął się tym nawet w najmniejszym stopniu.

– To samochód adwokata, oczywiście na raty, nie stać mnie było na kupno. Osiemset dolców miesięcznie.

– Przepraszam.

– Marzę, żeby się go pozbyć i zafundować sobie małego, przyjemnego blazera, czy coś podobnego.

Autostrada 33 skończyła się za miastem i wkrótce jechali krętą drogą wzdłuż brzegów zatoki.

Leżał w łóżku, ale nie spał, kiedy zadzwonił telefon. Sen spóźnił się o godzinę. Była dopiero dwudziesta druga, lecz jego ciało przywykło do rutyny Walnut Hill, a podróż na południe nie zmieniła tego. Czasami dawało mu się też we znaki zmęczenie gorączką tropikalną.

Trudno uwierzyć, że przez większość życia zawodowego pracował do dziewiątej czy dziesiątej wieczorem, potem jadł późną kolację w barze i pił do pierwszej w nocy. Męczyła go sama myśl o takim życiu.

Telefon dzwonił tu rzadko, więc szybko złapał słuchawkę z przeczuciem, że nadciągają kłopoty. Usłyszał kobiecy głos.

– Proszę z Nate'em O'Rileyem.

– Przy telefonie.

– Dobry wieczór. Nazywam się Neva Collier. Otrzymałam od pana list zaadresowany do naszej znajomej w Brazylii.

Rozbudził się do końca i jednym susem wyskoczył z łóżka.

– Tak! Dostała pani ten list?

– Dostaliśmy. Przeczytałam go dziś rano i wyślę list Rachel.

– Wspaniale. W jaki sposób dostaje pocztę?

– Wysyłam ją do Corumby w określonych porach roku.

– Dziękuję. Chciałbym jeszcze do niej napisać.

– Oczywiście, ale proszę nie umieszczać jej nazwiska na kopertach.

Do Nate'a dotarło, że w Houston jest dwudziesta pierwsza. Dzwoniła z domu, co było bardziej niż dziwne. Głos brzmiał dość miło, ale obojętnie.

– Czy to coś złego? – zapytał.

– Nie, z wyjątkiem tego, że nikt tutaj nie wie, kim ona jest. Nikt oprócz mnie. Teraz, kiedy pan się w to wmieszał, już dwoje ludzi wie, gdzie jest i kim jest.

– Zobowiązała mnie do zachowania tajemnicy.

– Czy trudno było ją znaleźć?

– Można tak powiedzieć. Nie martwiłbym się, że jeszcze ktoś inny zdoła tego dokonać.

– Ale jak to się panu udało?

– To jej ojcu się udało. Słyszała pani o Troyu Phelanie?

– Tak. Śledzę wiadomości.

– Zanim odszedł z tego świata, odszukał ją w Pantanalu. Nie mam pojęcia, w jaki sposób.

– Miał na to środki.

– Tak, miał. Wiedzieliśmy mniej więcej, gdzie przebywa Rachel. Pojechałem tam, wynająłem przewodnika, zabłądziliśmy i znalazłem ją. Dobrze ją pani zna?

– Nie jestem pewna, czy ktokolwiek zna Rachel dobrze. Rozmawiam z nią raz do roku w sierpniu. Dzwoni z Corumby. Pięć lat temu próbowała zrobić sobie urlop i pewnego dnia zjadłam z nią lunch. Ale nie, nie znam jej zbyt dobrze.

– Czy ostatnio miała pani od niej jakieś wieści?

– Nie.

Rachel była w Corumbie dwa tygodnie temu. Wiedział o tym, ponieważ odwiedziła go szpitalu. Mówiła do niego, dotykała go, a potem zniknęła wraz z gorączką. I nie zadzwoniła do biura? Dziwne.

– Nieźle sobie radzi – powiedział. – Ma dobre stosunki z Indianami.

– Dlaczego jej pan szukał?

– Ktoś musiał. Wie pani, co zrobił jej ojciec?

– Próbuję to zrozumieć.

– Ktoś musiał zawiadomić Rachel i musiał to być prawnik. Tak się złożyło, że w naszej firmie akurat ja nie miałem nic lepszego do roboty.

– A teraz pan reprezentuje Rachel?

– Jest pani na bieżąco, prawda?

– Przykładamy wagę do tej sprawy. Rachel jest jedną z nas i nie należy, jak mawiamy, do kierownictwa.

– To jest niedomówienie.

– Co Rachel ma zamiar zrobić ze spadkiem?

Nate przetarł oczy i umilkł, żeby się zastanowić. Miła pani po drugiej stronie linii przekroczyła pewne granice. Przypuszczał, że nie robi tego z rozmysłem.

– Nie chcę być niegrzeczny, pani Collier, ale nie mogę rozmawiać z panią o sprawach Rachel, do których należy dysponowanie spadkiem po jej ojcu.

– To oczywiste. Nie próbowałam nic od pana wyciągać. Chodzi o to, że nie wiem, co World Tribes powinno zrobić na tym etapie.

– Nic. Nie macie z tym nic wspólnego, dopóki Rachel nie poprosi was o wkroczenie do sprawy.

– Rozumiem. Po prostu będę śledziła w prasie postępy sprawy.

– Jestem pewien, że proces zostanie starannie omówiony.

– Wspominał pan o rzeczach, które są jej potrzebne.

Nate opowiedział jej historię dziewczynki, która musiała umrzeć, ponieważ Rachel nie miała surowicy przeciw jadowi węża.

– W Corumbie nie może znaleźć wszystkich niezbędnych lekarstw. Chciałbym jej przesłać wszystko, czego potrzebuje.

– Dziękuję. Proszę przesłać pieniądze na mój adres, a dopilnuję osobiście, żeby dostała te leki. Na świecie mamy cztery tysiące takich Racheli, a nasz budżet musi wystarczyć dla wszystkich.

– Czy pozostali są równie wyjątkowi?

– Tak. Zostali wybrani przez Boga.

Umówili się, że będą w kontakcie. Nate mógł wysyłać tyle listów, ile chciał. Neva obiecała, że będzie je przesyłać do Corumby. Jeżeli Rachel odezwie się do któregoś z nich, od razu zadzwonią do siebie.

W łóżku odtworzył sobie rozmowę telefoniczną. To, o czym nie było mowy, zdumiało go. Rachel dowiedziała się od niego, że jej ojciec umarł i pozostawił jej jedną z największych fortun świata. Potem dotarła do Corumby, ponieważ dowiedziała się od Lako, że Nate leży chory w szpitalu. A potem wyjechała, nie dzwoniąc do nikogo z World Tribes, żeby poradzić się w sprawie spadku.

Żegnając się z nią na brzegu rzeki, wierzył, że nie interesują jej te pieniądze. Teraz jeszcze bardziej umocnił się w swoim przekonaniu.

Rozdział 44

Składanie zeznań rozpoczęło się w poniedziałek siedemnastego lutego w długiej, pustej sali sądu okręgowego hrabstwa Fairfax.

Pomieszczenie to zwykle służyło jako pokój świadków, ale sędzia Wycliff porozmawiał z kim trzeba i zarezerwował je na ostatnie dwa tygodnie miesiąca. Przynajmniej piętnaście osób widniało na liście składających zeznania i prawnicy nie potrafili dojść do porozumienia co do miejsca i terminów posiedzeń. Interweniował Wycliff. Zeznania będą składane kolejno jedno po drugim, godzina po godzinie, dzień po dniu, aż do ostatniego świadka. Takie maratony należały do rzadkości, ale to samo można było powiedzieć o wysokości stawki. Prawnicy wykazali zdumiewającą umiejętność oczyszczenia kalendarzy na czas rozprawy wstępnej w procesie spadkobierców Phelana. Przekładali na inne terminy rozprawy sądowe; wykręcali się z innych zeznań; ostateczne terminy ponownie uległy przesunięciu; ciężar innych obowiązków spadł na partnerów; wakacje z radością przełożono do lata. Do mniej ważnych spraw posyłano asystentów. Bałagan Phelana był najważniejszy.

Dla Nate'a perspektywa spędzenia dwóch tygodni w sali pełnej prawników dręczących świadków stanowiła przedsionek do piekła.

Skoro jego klientka nie chce tych pieniędzy, po co ma się przejmować tym, kto je dostanie?

Jego stosunek do sprawy uległ jednak zmianie, gdy zobaczył spadkobierców Phelana.

Jako pierwszy składał zeznanie Troy Phelan Junior. Sekretarz nakazał mu mówić tylko prawdę, lecz rozbiegane oczy i poczerwieniałe policzki Troya sprawiły, że stracił wiarygodność natychmiast po zajęciu miejsca przy stole. Kamera umieszczona po przeciwległej stronie sali zatrzymała się na jego twarzy.

Pracownicy Josha przygotowali dla Nate'a setki pytań, którymi miał przygwoździć świadka. Całą tę pracę i zbieranie materiałów o Troyu Juniorze wykonało kilku asystentów, których Nate nigdy nie widział na oczy. Poradziłby sobie bez tego i bez żadnego przygotowania. W początkowej fazie składania zeznań to adwokat wyciągał informacje od świadka. Nate robił to tysiące razy.

Przedstawił się Troyowi Juniorowi, który posłał mu nerwowy uśmiech, podobny do tego, z jakim skazaniec patrzy na kata. Nie będzie bolało, prawda? – zdawał się pytać.

– Czy jest pan obecnie pod wpływem narkotyków, zaleconych leków lub alkoholu? – zaczął uprzejmie Nate. Prawnicy Phelanów, siedzący po przeciwnej stronie, spojrzeli po sobie zdegustowani. Tylko Hark zrozumiał. Przyjął przecież co najmniej tyle zeznań co Nate.

Uśmiech zgasł.

– Nie – warknął Troy Junior. W głowie dudniło mu od kaca, ale w tej chwili był trzeźwy.

– I rozumie pan, że przysiągł pan mówić tylko prawdę?

– Tak.

– Rozumie pan, czym jest krzywoprzysięstwo?

– Oczywiście.

– Kto jest pańskim adwokatem? – zapytał Nate, wskazując ręką na grupkę ludzi naprzeciwko.

– Hark Gettys.

Arogancja pana O'Rileya ponownie dotknęła prawników, tym razem włącznie z Harkiem. Nate nie zadał sobie trudu, by zapamiętać, który adwokat reprezentuje danego klienta. Jego pogarda dla całej grupy była wręcz obraźliwa.

W ciągu pierwszych paru minut Nate przybrał paskudny ton, który miał mu towarzyszyć przez resztę dnia. Wykazał, że zupełnie nie ufa Troyowi Juniorowi i że uważa, iż zeznający może być pod wpływem środków odurzających. Stara sztuczka.

– Ile razy był pan żonaty?

– A pan? – odparował Junior, po czym spojrzał na swego prawnika, oczekując aprobaty. Hark pilnie studiował jakiś dokument.

Nate zachował zimną krew. Kto wie, co prawnicy Phelanów szeptali za jego plecami? Nie dbał o to.

– Pozwoli pan, że coś panu wyjaśnię, panie Phelan – powiedział bez cienia irytacji w głosie. – Będę mówił powoli i proszę słuchać uważnie. Ja jestem prawnikiem, a pan jest świadkiem. Czy to jest zrozumiałe?

Troy Junior skinął powoli głową.

– Ja zadaję pytania, a pan udziela odpowiedzi. Czy to jasne?

– Tak.

– A zatem nie sądzę, żeby miał pan kłopoty z odpowiedziami, o ile będzie się pan koncentrował na pytaniach. Dobrze?

Junior ponownie przytaknął.

– Czy nadal jest pan niepewny?

– Nie.

– Świetnie. Jeżeli znowu się pan zagubi, proszę się nie obawiać i skonsultować z pańskim adwokatem. Czy wyrażam się jasno?

– Tak.

– Wspaniale. Spróbujmy jeszcze raz. Ile raz był pan żonaty?

– Dwa razy.

Godzinę później skończyli z małżeństwami, dziećmi i rozwodem. Junior pocił się i zastanawiał, ile jeszcze czasu potrwa przesłuchanie. Prawnicy Phelanów wpatrywali się w milczeniu w dokumenty i zadawali sobie to samo pytanie. Nate'owi zostało kilka kartek z pytaniami. Obedrze ze skóry każdego świadka, po prostu patrząc mu prosto w oczy i zadając pytania, z których wynikają następne. Nie było dla niego nieistotnych szczegółów. Gdzie pańska pierwsza żona chodziła do liceum, do college'u, jaka była jej pierwsza praca? Czy było to jej pierwsze małżeństwo? Proszę nam opowiedzieć o jej zatrudnieniu. Porozmawiajmy o rozwodzie. Jakie alimenty przysądzono na dziecko? Czy zapłacił pan wszystko?

To bezwartościowe zeznanie służyło nie wyciągnięciu informacji, lecz raczej onieśmieleniu świadka i uzmysłowieniu mu, że być może w szafie tkwi szkielet. To on złożył sprawę do sądu. Musi więc cierpliwie znosić katusze przesłuchania.

Historia pracy zawodowej Troya Juniora trwała do lunchu. Plątał się strasznie, kiedy Nate pytał go o stanowiska, jakie zajmował w firmach ojca. Wielu świadków mogłoby zadać kłam wersji, jak bardzo był tam potrzebny. Przy każdej posadzie Nate pytał o nazwiska wszystkich współpracowników i przełożonych. Pułapka została skrupulatnie przygotowana. Dostrzegł to Hark i poprosił o przerwę. Wyszedł na korytarz ze swoim klientem i przećwiczył go w mówieniu prawdy.

Sesja popołudniowa okazała się brutalna. Nate zapytał o pięć milionów dolarów, które Troy Junior otrzymał na dwudzieste pierwsze urodziny. Rząd adwokatów Phelanów zesztywniał.

– To było tak dawno – powiedział Troy Junior z rezygnacją w głosie. Po czterech godzinach z Nate'em O'Rileyem wiedział, że kolejna runda będzie jeszcze bardziej bolesna.

– No cóż, spróbujmy sobie przypomnieć – stwierdził Nate z uśmiechem. Nie było po nim widać śladu zmęczenia. Występował w tej roli tyle razy, że wydawało się, iż rzeczywiście z pasją odgrzebuje kolejne fakty.

Ale to było tylko wspaniałe przedstawienie. Nienawidził katowania ludzi, których miał nadzieję nigdy więcej nie spotkać. Im więcej zadawał pytań, tym bardziej był zdecydowany zmienić zawód.

– W jaki sposób przekazano panu te pieniądze? – zapytał.

– Początkowo zostały umieszczone na koncie bankowym.

– Miał pan dostęp do tego konta?

– Tak.

– Czy ktokolwiek inny miał jeszcze do niego dostęp?

– Nie. Tylko ja.

– Jak wyjmował pan pieniądze z konta?

– Wypisując czeki.

I wypisywał je. Na wstępie kupił sobie nowiutkie granatowe maserati. Przez piętnaście minut rozmawiali o tym przeklętym samochodzie.

Po otrzymaniu pieniędzy Troy Junior nie wrócił do szkoły, ale też żadna z uczelni, do których uczęszczał, nie starała się mieć go z powrotem w swoich murach. Po prostu bawił się, chociaż nie wyznał tego otwarcie. Nate nękał go pytaniami o pracę między dwudziestym pierwszym a trzydziestym rokiem życia i powoli wyciągnął z niego dość faktów, by stwierdzić, że przez te dziewięć lat Troy Junior wcale nie pracował. Grał w golfa i rugby, handlował samochodami, spędził rok na Bahamach i rok w Vail, żył ze zdumiewającą liczbą kobiet. Wreszcie w wieku dwudziestu dziewięciu lat ożenił się po raz pierwszy i zażywał luksusu w wielkim stylu, póki nie wyczerpały się fundusze.

Wtedy syn marnotrawny przyczołgał się do ojca i poprosił o pracę.

W miarę upływu czasu Nate zaczął sobie wyobrażać spustoszenie, jakie ten człowiek przyniósłby sobie i swoim bliskim, gdyby położył lepkie paluchy na fortunie Phelana. Te pieniądze by go zabiły.

O szesnastej Troy Junior poprosił o przerwę do końca dnia. Nate odmówił. Podczas krótkiej pauzy notatkę przesłano do sędziego Wycliffa. Czekając na decyzję sądu, Nate po raz pierwszy zerknął na pytania Josha.

W odpowiedzi sędzia nakazywał kontynuowanie przesłuchania.

Tydzień po samobójczej śmierci Troya Josh wynajął firmę detektywistyczną, aby przeprowadzić dochodzenie w sprawie spadkobierców Phelana. Zapuszczona sonda miała charakter bardziej finansowy niż osobisty. Nate przejrzał najważniejsze informacje, gdy świadkowie palili na korytarzu.

– Jakim samochodem jeździ pan teraz? – zapytał, kiedy wszyscy wrócili do sali. Przesłuchanie ruszyło w innym kierunku.

– Porsche'em.

– Kiedy je pan kupił?

– Mam je od jakiegoś czasu.

– Proszę sprecyzować odpowiedź. Kiedy pan je kupił?

– Kilka miesięcy temu.

– Przed czy po śmierci ojca?

– Nie jestem pewien. Chyba przed.

Nate wziął do ręki kartkę papieru.

– Którego dnia tygodnia zmarł pański ojciec?

– Zaraz, zaraz. To był poniedziałek, hm, dziewiątego grudnia.

– Kupił pan porsche przed czy po dziewiątym grudnia?

– Tak jak mówiłem, chyba przed.

– Nie, źle. Czy we wtorek dziesiątego grudnia poszedł pan do Irving Motors w Arlington i zakupił czarne porsche carrera turbo dziewięćset jedenaście za dziewięćdziesiąt tysięcy dolarów? – Nate zadał to pytanie, czytając z kartki.

Troy Junior poruszył się na krześle, jakby nie mógł sobie znaleźć miejsca. Spojrzał na Harka, który wzruszył ramionami, jakby chciał powiedzieć „Odpowiedz na pytanie. On ma w ręku papiery".

– Tak, kupiłem.

– Czy kupił pan tego dnia jakieś inne samochody?

– Tak.

– Ile?

– Razem dwa.

– Dwa porsche'a?

– Tak.

333

– Za sumę całkowitą stu osiemdziesięciu tysięcy dolarów?

– Coś koło tego.

– W jaki sposób pan zapłacił?

– Nie zapłaciłem.

– W takim razie otrzymał pan te samochody w prezencie od Irving Motors?

– Nie całkiem. Kupiłem je na kredyt.

– Kwalifikował się pan do zaciągnięcia kredytu?

– Tak, przynajmniej w Irving Motors.

– Chcą dostać pieniądze z powrotem?

– Można tak powiedzieć.

Nate podniósł inne kartki.

– Domagają się w sądzie natychmiastowego zwrotu pieniędzy albo samochodów, prawda?

– Tak.

– Czy przyjechał pan na to przesłuchanie porsche'em?

– Tak. Stoi na parkingu.

– Pozwoli pan, że wyjaśnię pewną kwestię. Dziesiątego grudnia, dzień po śmierci pańskiego ojca, poszedł pan do Irving Motors i zakupił dwa kosztowne samochody na jakiegoś rodzaju kredyt. Minęły dwa miesiące i nie zapłacił pan jeszcze ani centa. Obecnie toczy się przeciw panu sprawa w sądzie. Zgadza się?

Świadek skinął głową.

– To nie jest jedyna sprawa sądowa przeciwko panu, prawda?

– Nie – przyznał z porażką w głosie Troy Junior. Nate'owi prawie zrobiło się go żal.

Firma wynajmująca meble założyła sprawę o niewywiązywanie się z umowy ratalnej. American Express żądał ponad tysiąca pięciuset dolarów. Bank wytoczył proces przeciwko Troyowi Juniorowi w tydzień po odczytaniu testamentu jego ojca. Junior namówił bank na pożyczkę dwudziestu pięciu tysięcy dolarów, zabezpieczonych nazwiskiem ojca. Nate miał kopie wszystkich spraw, włącznie ze sprawozdaniem z ich przebiegu.

O siedemnastej nastąpiła kolejna kontrowersja, po której wysłano następną notatkę do Wycliffa. Tym razem sędzia pojawił się osobiście i zapytał o postępy w przesłuchiwaniu.

– Kiedy zamierza pan skończyć z tym świadkiem? – zapytał Nate'a.

– Nie widać końca – odparł Nate, wpatrując się w Juniora, który wpadł w trans i modlił się w duchu o alkohol.

– Dziś skończy pan o osiemnastej – stwierdził Wycliff.

– Możemy jutro rano zacząć od ósmej? – zapytał Nate, jakby umawiali się na plażę.

– O ósmej trzydzieści – zawyrokował Wysoki Sąd i wyszedł z sali.

Przez ostatnią godzinę Nate zarzucał Juniora pozornie przypadkowymi pytaniami na różne tematy. Świadek nie miał pojęcia, do czego zmierza przesłuchujący. Nate prowadził go po mistrzowsku. Kiedy skupili się na jednym temacie i Junior zaczynał czuć się w nim swobodnie, Nate zmieniał kierunek i zaskakiwał go czymś zupełnie nowym.

Ile pieniędzy wydał między dziewiątym a dwudziestym siódmym grudnia, dniem odczytania ostatniej woli? Co kupił żonie na święta i jak zapłacił za prezenty? Co kupił dzieciom? Wracając do tych pięciu milionów, czy ulokował jakąś część pieniędzy w akcjach czy obligacjach? Ile w zeszłym roku zarobiła Biff? Dlaczego jej pierwszemu mężowi przyznano opiekę nad dziećmi? Ilu prawników zmienił od czasu śmierci ojca? I tak dalej.

Dokładnie o osiemnastej Hark wstał i oświadczył, że przesłuchanie zostaje odroczone. Dziesięć minut później Troy Junior siedział w barze hotelowym oddalonym o cztery kilometry od sądu.

Nate spał w pokoju gościnnym Staffordów. Pani Stafford przebywała w domu, ale ani razu jej nie spotkał. Josh wyjechał do Nowego Jorku w interesach.

Drugi dzień przesłuchań zaczął się punktualnie. Obsada była taka sama, chociaż prawnicy ubrali się o wiele mniej oficjalnie. Junior miał na sobie czerwoną bluzę.

Nate rozpoznał od razu twarz pijaka – czerwone zapuchnięte oczy, popękane naczynka na policzkach i nosie, krople potu nad brwiami. Przez wiele lat on również miał taką twarz. Leczenie kaca było zwykłą poranną czynnością, taką, jak prysznic i mycie zębów. Kilka pigułek, litry wody i mocna kawa. Skoro się pije, trzeba się wyleczyć.

– Wie pan o tym, że wciąż obowiązuje pana przysięga, panie Phelan? – zaczął.

– Tak.

– Czy znajduje się pan pod wpływem jakichś leków czy alkoholu?

– Nie, proszę pana.

– Świetnie. Powróćmy do dziewiątego grudnia, dnia, w którym umarł pański ojciec. Gdzie pan był, kiedy badali go trzej psychiatrzy?

– Byłem w jego budynku, w sali konferencyjnej wraz z moją rodziną.

– Oglądał pan całe badanie, prawda?

– Tak.

– W sali były dwa kolorowe monitory, zgadza się? Oba dwudziestosześciocalowe?

– Skoro pan tak twierdzi. Nie mierzyłem ich.

– Ale niewątpliwie je pan widział, czy tak?

– Tak.

– Nic nie przesłaniało panu widoku?

– Tak, widziałem wyraźnie.

– I miał pan powód, aby przyglądać się dokładnie pańskiemu ojcu?

– Miałem.

– Miał pan jakieś kłopoty z usłyszeniem go?

– Nie.

Prawnicy wiedzieli, dokąd zmierza Nate. Był to niemiły aspekt ich sprawy, ale jeden z tych, których nie da się uniknąć. Każdy z sześciu spadkobierców zostanie poprowadzony tą ścieżką.

– A zatem widział pan i słyszał całe badanie?

– Tak.

– Nic nie uszło pańskiej uwagi?

– Nic.

– Jeden spośród tych trzech psychiatrów, doktor Zadel, został zatrudniony przez pańską rodzinę, zgadza się?

– Zgadza się.

– Kto go znalazł?

– Prawnicy.

– Powierzył pan prawnikom zatrudnienie psychiatry?

– Tak.

Przez dziesięć minut Nate wypytywał dokładnie, w jaki sposób prawnicy wybrali doktora Zadela do tego rozstrzygającego badania, i uzyskał to, czego chciał. Zadel został zatrudniony, ponieważ miał wspaniałe referencje i był bardzo doświadczonym lekarzem.

– Czy był pan zadowolony ze sposobu, w jaki przeprowadził badanie? – indagował świadka.

– Raczej tak.

– Czy w postępowaniu doktora Zadela było coś, co się panu nie podobało?

– Nie przypominam sobie niczego takiego.

Wycieczka na brzeg przepaści trwała, póki Troy Junior nie przyznał, że był zadowolony z badania, zadowolony z Zadela, usatysfakcjonowany wnioskami, do których doszli wszyscy trzej lekarze, oraz że opuścił budynek, nie mając cienia wątpliwości, że jego ojciec wie, co robi.

– Kiedy po badaniu po raz pierwszy zwątpił pan w równowagę umysłową pańskiego ojca?

– Kiedy skoczył.

– Dziewiątego grudnia?

– Tak.

– A więc miał pan wątpliwości natychmiast.

– Tak.

– Co powiedział doktor Zadel, kiedy wyraził pan swoje obawy?

– Nie rozmawiałem z doktorem Zadelem.

– Nie rozmawiał pan?

– Nie.

– Ile razy rozmawiał pan z doktorem Zadelem między dziewiątym a dwudziestym siódmym grudnia, dniem odczytania testamentu w sądzie?

– Nie przypominam sobie żadnej rozmowy.

– Czy w ogóle się pan z nim widział?

– Nie.

– Czy dzwonił pan do jego gabinetu?

– Nie.

– Czy widział się pan z nim od dziewiątego grudnia?

– Nie.

Zaprowadziwszy Troya Juniora na skraj urwiska, Nate postanowił go zrzucić.

– Dlaczego wyrzucił pan z pracy doktora Zadela?

Junior został w pewnym stopniu przygotowany do tego pytania.

– O to będzie pan musiał zapytać mojego adwokata – powiedział, mając nadzieję, że Nate na jakiś czas zostawi go w spokoju.

– Nie przesłuchuję pańskiego prawnika, panie Phelan. Pytam pana, dlaczego wyrzucił pan doktora Zadela.

– Będzie pan musiał zapytać prawników. To część naszej prawnej strategii.

– Czy prawnicy omawiali z panem tę sprawę, zanim doktor Zadel został zwolniony?

– Nie jestem pewien. Naprawdę nie pamiętam.

– Czy cieszy się pan, że doktor Zadel już dla pana nie pracuje?

– Oczywiście, że tak.

– Dlaczego?

– Bo się pomylił. Proszę posłuchać, mój ojciec był mistrzem oszustwa, rozumie pan. W trakcie badania blefował tak samo, jak to robił przez całe życie, a potem wyskoczył oknem. Wykiwał Zadela i pozostałych. Dali się nabrać. To jasne, że miał nie po kolei w głowie.

– Dlatego że wyskoczył?

– Tak, ponieważ wyskoczył, ponieważ zapisał wszystko nikomu nieznanej spadkobierczyni, ponieważ nie zrobił najmniejszego wysiłku, aby uchronić majątek przed podatkami, ponieważ od jakiegoś czasu był nienormalny. A pan sądzi, że po co w ogóle poddawaliśmy go badaniu? Gdyby nie był obłąkany, czy potrzebni byliby nam trzej psychiatrzy, żeby sprawdzać go przed spisaniem testamentu?

– Ale trzech psychiatrów stwierdziło, że wszystko z nim w porządku.

– Tak i grubo się mylili. Wyskoczył oknem. Normalni ludzie nie wylatują przez okno.

– A gdyby pański ojciec podpisał ten gruby testament, a nie ten spisany własnoręcznie? I potem wyskoczył? Czy wówczas też byłby szalony?

– Nie byłoby nas tu.

Po raz pierwszy i ostatni w czasie dwudniowego przesłuchania Troy Junior wygrał potyczkę słowną. Nate wiedział, że musi drążyć dalej, by wkrótce wrócić do tego samego.

– Porozmawiajmy o Rooster Inns – powiedział i ramiona świadka opadły o dziesięć centymetrów. Było to kolejne z bankrutujących przedsięwzięć Juniora. Nate chciał znać wszystkie szczegóły. Jedno bankructwo prowadzi do następnego. Każda porażka prowokuje pytania o pozostałe skazane na niepowodzenie interesy.

Junior prowadził smutne życie. Chociaż trudno było mu współczuć, Nate zdał sobie sprawę, że biedak naprawdę nigdy nie miał ojca. Bardzo pragnął aprobaty Troya, ale nigdy jej nie zaznał. Josh powiedział kiedyś Nate'owi, że Troy czerpał po prostu rozkosz z nieudanych inwestycji dzieci.

Prawnik zwolnił świadka o siedemnastej trzydzieści. Przyszła kolej na Reksa. Przez cały dzień tkwił na korytarzu i był bardzo zdenerwowany, że znów musi czekać do jutra.

Josh wrócił z Nowego Jorku. Nate spotkał się z nim na wczesnej kolacji.

Rozdział 45

Rex Phelan większą część poprzedniego dnia rozmawiał przez komórkę na korytarzu, podczas gdy jego brat pocił się w ogniu pytań Nate'a O'Rileya. Rex brał udział w wielu rozprawach i wiedział, że sprawa sądowa oznacza czekanie: czekanie na adwokatów, sędziów, świadków, ekspertów, na daty rozpraw, sądy apelacyjne, czekanie na korytarzach na swoją kolej, aby złożyć zeznania. Kiedy podniósł prawą rękę i przysiągł mówić prawdę, gardził Nate'em.

Hark i Troy Junior ostrzegali go przed tym, co miało nadejść. Ten prawnik potrafił zaleźć za skórę i dokuczać tam jak wrzód.

Nate ponownie zaczął od newralgicznych pytań i w ciągu dziesięciu minut w sali zapanowało napięcie. Przez trzy lata Rex stanowił cel dochodzenia prowadzonego przez FBI. W 1990 roku padł bank, którego Rex był inwestorem i dyrektorem. Depozytariusze stracili pieniądze. Wierzyciele stracili pożyczki. Rozprawy toczyły się przez długie lata i w dalszym ciągu nie było widać końca. Prezes banku siedział w więzieniu, a ci, którzy znajdowali się blisko epicentrum, uważali, że Rex niedługo do niego dołączy. Brudów wystarczyłoby na wiele godzin przesłuchania.

Dla efektu komicznego nieprzerwanie przypominał Reksowi, że jest zobowiązany przysięgą. Istniało duże prawdopodobieństwo, że FBI zobaczy jego zeznania.

Późnym popołudniem Nate doszedł do nocnych klubów ze striptizem. Rex był właścicielem sześciu – wszystkie na nazwisko żony – w rejonie Fort Lauderdale. Kupił je od człowieka zabitego w strzelaninie. Nie można się było oprzeć temu tematowi. Nate brał się za jeden lokal po drugim – Lady Luck, Lolita's Club Tiffany i tak dalej. Zadawał setki pytań. Pytał o dziewczyny, striptizerki, skąd pochodziły, ile zarabiały, czy używały narkotyków, jakich narkotyków, czy dotykały klientów i tym podobne. Zadawał coraz bardziej szczegółowe pytania na temat opłacalności „gołych" interesów. Po trzech godzinach skrupulatnego odmalowywania portretu najbardziej niemoralnego biznesu na świecie zapytał:

– Czy pańska obecna żona nie pracowała w jednym z tych klubów?

Odpowiedź brzmiała: tak, ale Rex nie mógł po prostu tego powiedzieć. Krew uderzyła mu do głowy, szyja i twarz silnie poczerwieniały i przez chwilę zdawało się, że ma ochotę rzucić się przez stół na swojego rozmówcę.

– Była księgową – wycedził.

– Czy kiedykolwiek tańczyła na stołach?

Znów zapadła cisza. Rex zaciskał palce na krawędzi stołu.

– Z pewnością nie. – Wszyscy w sali wiedzieli, że to kłamstwo.

Nate przewertował kilka kartek, poszukując dowodów prawdy. Przyglądali mu się badawczo, niemal pewni, że wyciągnie jakieś zdjęcie Amber w wysokich kozakach na obcasach, w sznureczkach zamiast majtek.

O osiemnastej ponownie odroczono posiedzenie z obietnicą ponowienia zeznań nazajutrz. Kiedy wyłączono kamerę i sekretarz sądu zbierała sprzęt, Rex zatrzymał się przy drzwiach, wskazał palcem na Nate'a i powiedział:

– Ani jednego pytania na temat mojej żony, rozumiemy się?

– To niemożliwe, Rex. Wszystkie aktywa są na jej nazwisko. – Nate zamachał mu jakimiś dokumentami, jakby miał tam wszystkie ich dane. Hark wypchnął swojego klienta za drzwi.

Nate siedział sam przez godzinę, przeglądając notatki i wertując akta. Chciał znaleźć się w St. Michaels, usiąść na werandzie domu z widokiem na zatokę. Chciał porozmawiać z Philem.

To twoja ostatnia sprawa, powtarzał sobie nieustannie. I robisz to dla Rachel.

W południe następnego dnia prawnicy Phelanów otwarcie dyskutowali o tym, czy zeznania Reksa potrwają trzy czy cztery dni. Miał ponad siedem milionów dolarów długów w zastawach i wyrokach zasądzonych na jego niekorzyść, lecz mimo to wierzyciele nie mogli ich wyegzekwować, ponieważ wszystkie aktywa były na nazwisko jego żony Amber, byłej striptizerki. Nate oglądał każdą sprawę, kładł dokumentację na stole, patrzył na nią ze wszystkich stron i odkładał na bok. Być może z niej skorzysta, a może nie. Nuda i dłużyzny wyprowadzały z równowagi wszystkich oprócz Nate'a, który parł powoli i konsekwentnie do przodu.

Na sesję popołudniową wybrał temat skoku Troya i wydarzeń do tego prowadzących. Podążył tą samą drogą, którą obrał w przypadku Troya Juniora i po chwili stało się jasne, że Hark zdążył przygotować Reksa. Odpowiedzi dotyczące doktora Zadela były przećwiczone i pasowały do pytań. Opinie Reksa popierały linię strony, do której należał – trzej psychiatrzy po prostu się mylili, ponieważ Troy wyskoczył kilka minut po diagnozie.

Wkroczyli na bardziej znajomy grunt, kiedy Nate zaczął go pytać o karierę w Grupie Phelana. Przez następne dwie bolesne godziny rozmawiali o pięciu milionach, które Rex otrzymał na dwudzieste pierwsze urodziny.

O siedemnastej trzydzieści Nate niespodziewanie stwierdził, że to mu wystarczy i wyszedł z sali.

Dwóch świadków w ciągu czterech dni. Dwóch mężczyzn obnażonych na nagraniu wideo, a widok nie był specjalnie miły. Prawnicy Phelanów wrócili do swoich samochodów i odjechali. Może najgorsze mieli za sobą, a może nie.

Ich klientów zmarnowano w młodości; ojciec lekceważył dzieci, wypchnął je w świat z pokaźnymi sumami na kontach w wieku, w którym nie byli w stanie dobrze gospodarować pieniędzmi, podczas gdy on oczekiwał od nich, by porobili kariery. Dokonywali złych wyborów, ale cała wina spadała ostatecznie na Troya. Tak brzmiała jednomyślna opinia ich prawników.

Libbigail zajęła miejsce dla świadka w piątkowy ranek. Włosy miała ścięte prawie na jeża: na skroniach ogolone do samej skóry i dwa centymetry siwizny na czubku głowy. Z szyi i nadgarstków zwieszało się tyle taniej biżuterii, że kiedy podniosła rękę do przysięgi, metal zadzwonił o metal.

Patrzyła z przerażeniem na Nate'a. Bracia powiedzieli jej, że może się spodziewać najgorszego.

Ale był piątek, Nate zamierzał wyjechać z miasta i bardziej niż zazwyczaj chciało mu się jeść. Uśmiechnął się do niej i zaczął od łatwych pytań. Dzieci, praca, małżeństwa. Przez trzydzieści minut było przyjemnie. Potem zaczął wnikać w przeszłość. W pewnym momencie spytał:

– Ile razy trafiała pani do ośrodków rehabilitacyjnych z powodu narkotyków i alkoholu?

Pytanie wyraźnie ją zdumiało, więc Nate dodał:

– Ja sam przebywałem w nich cztery razy, więc proszę się nie wstydzić. – Ta szczerość zupełnie ją rozbroiła.

– Naprawdę nie pamiętam – wyznała. – Ale jestem czysta od sześciu lat.

– Wspaniale – powiedział Nate jak nałogowiec do nałogowca. – To dobrze dla pani.

Od tej chwili rozmawiali, jakby znajdowali się na sali sami. Nate musiał wściubiać nos w nieswoje sprawy i przeprosił ją za to. Zapytał o pięć milionów i z dużą dawką humoru opowiedziała mu o dobrych narkotykach i złych mężczyznach. W przeciwieństwie do swych braci Libbigail ustatkowała się. Jej mąż nazywa się Spike, jest byłym hipisem, byłym członkiem gangu motocyklowego i również przymusowo trafił na odwyk. Mieszkają w małym domku na przedmieściach Baltimore.

– Co by pani zrobiła, gdyby dostała jedną szóstą majątku ojca? – zapytał.

– Kupiłabym mnóstwo rzeczy – odpowiedziała. – Tak jak pan. Tak jak każdy. Ale tym razem rozsądnie dysponowałabym tymi pieniędzmi.

– Co by pani kupiła na początku?

– Największego harleya na świecie dla Spike'a. Potem ładniejszy dom, chociaż nie, rezydencję. – Oczy jej błyszczały, kiedy w wyobraźni wydawała pieniądze.

Zeznanie trwało niecałe dwie godziny. Jej siostra, Mary Ross Phelan Jackman, była następna w kolejności i ona również patrzyła na Nate'a, jakby miał długie, ostre kły. Z pięciorga dorosłych spadkobierców Phelana Mary Ross była jedyną, która nie zmieniła partnera życiowego, chociaż on miał już wcześniej żonę. Był ortopedą. Ubrana ze smakiem, nosiła ładną biżuterię.

Początkowe pytania ujawniły, jak zwykle, przedłużoną edukację w szkołach, ale bez aresztowań, nałogów czy relegowania z uczelni. Mary wzięła pieniądze i przez trzy lata mieszkała we Włoszech w Toskanii, przez kolejne dwa w Nicei. W wieku dwudziestu ośmiu lat poślubiła lekarza, urodziła dwie dziewczynki, z których obecnie jedna ma siedem, a druga pięć lat. Nie było jasne, jaka część z pięciu milionów pozostała na koncie. Lekarz zajmował się inwestycjami, więc Nate się domyślił, że praktycznie byli na krawędzi bankructwa. Zamożni, ale po uszy w długach. Informacje na temat Mary Ross podane przez Josha mówiły o olbrzymim domu z importowanymi samochodami na podjazdach, apartamencie na Florydzie. Szacowany dochód doktora wynosił siedemset pięćdziesiąt tysięcy dolarów rocznie. Płacił dwadzieścia tysięcy dolarów miesięcznie do banku jako zadośćuczynienie części szkód za nieudaną spółkę – myjnię samochodową w północnej Wirginii.

Lekarz miał też apartament w Aleksandrii, w którym utrzymywał swoją kochankę. Mary Ross rzadko pokazywała się z mężem. Nate postanowił nie rozmawiać o tych sprawach. Niespodziewanie zaczęło mu się spieszyć, ale uważał, aby nie dać tego po sobie poznać.

Ramble wszedł na salę po przerwie na lunch. Adwokat wprowadził go, wymachując rękami i z wielkim szumem, najwyraźniej przerażony faktem, że klient zostanie teraz zmuszony do prowadzenia inteligentnej rozmowy. Włosy chłopca, obecnie jaskrawoczerwone, w pewnym sensie pasowały do krost na twarzy, na której trudno było znaleźć nieokaleczone miejsce – kolczyki i ćwieki zaśmiecały ją prawie w całości. Kołnierz czarnej skórzanej kurtki postawiony był do góry, w stylu Jamesa Deana, tak że dotykał kolczyków dyndających z uszu.

Po kilku pytaniach stało się jasne, że chłopak jest równie głupi, jak na to wygląda. Jak dotąd nie miał okazji do roztrwonienie pieniędzy, więc Nate zostawił go w spokoju. Ustalili, że rzadko chodzi do szkoły, mieszka sam w piwnicy, nigdy nie miał pracy, za którą otrzymywałby wynagrodzenie, lubi grać na gitarze i zamierza zostać gwiazdą rocka w niedalekiej przyszłości. Jego nowa grupa nazywała się Demoniczne Małpy, ale chłopak jeszcze nie wiedział, czy będą nagrywać pod tą nazwą. Nie uprawia sportów, nigdy nie widział kościoła od środka, jak najrzadziej rozmawia z matką i najbardziej lubi oglądać MTV, oczywiście kiedy nie śpi i nie gra swojej muzyki.

Wyprostowanie charakteru tego dzieciaka wymagałoby miliarda dolarów utopionych w rozlicznych terapiach, pomyślał Nate. Skończył z nim w niecałą godzinę.

Geena była ostatnim świadkiem w tym tygodniu. Cztery dni po śmierci ojca podpisała wraz z mężem Codym umowę na zakup domu za trzy miliony osiemset tysięcy dolarów. Kiedy Nate zaatakował ją tą informacją zaraz po przysiędze, zaczęła się jąkać i spoglądać na swoją adwokatkę, panią Langhorne, która sprawiała wrażenie równie zaskoczonej. Klientka nie powiedziała jej o tej umowie.

– Jak zamierzała pani zapłacić za ten dom? – indagował Nate.

Odpowiedź była oczywista, lecz nie mogła jej przejść przez gardło.

– Mamy pieniądze – zaczęła się bronić, otwierając Nate'owi furtkę.

– Porozmawiajmy o pani pieniądzach – odezwał się. – Ma pani trzydzieści lat. Dziewięć lat temu otrzymała pani pięć milionów dolarów, prawda?

– Tak.

– Ile zostało z tej sumy?

Przez długą chwilę mocowała się z odpowiedzią. Nie była taka prosta. Cody zarobił sporo pieniędzy. Część zainwestowali, mnóstwo wydali, to wszystko jest takie pogmatwane, nie można po prostu spojrzeć na stan konta i powiedzieć, że ileś tam zostało z pięciu milionów. Nate podał jej stryczek i powoli powiesiła się sama.

– Ile pieniędzy mają państwo dzisiaj na swoich kontach? – zapytał.

– Musiałabym sprawdzić.

– Proszę policzyć mniej więcej. Podać szacunkową kwotę.

– Sześćdziesiąt tysięcy dolarów.

– Ile posiadacie w nieruchomościach?

– Tylko nasz dom.

– Jaka jest wartość tego domu?

– Musiałabym go kazać wycenić.

– Szacunkowo.

– Trzysta tysięcy.

– Ile płacicie hipoteki?

– Dwieście tysięcy.

– Jaka jest przybliżona wartość portfolio?

Nagryzmoliła coś na kartce i zamknęła oczy.

– W przybliżeniu dwieście tysięcy dolarów.

– Jakieś inne istotne aktywa?

– Nie.

Nate policzył szybko.

– A zatem w ciągu dziewięciu lat pięć milionów stopniało do około trzystu, czterystu tysięcy dolarów. Zgadza się?

– Oczywiście, że nie. To znaczy, wydaje się, że to za mało.

– A więc proszę nam powiedzieć jeszcze raz, jak zamierzała pani zapłacić za nowy dom?

– Z zarobków Cody'ego.

– A majątek pani ojca? Myślała pani o nim?

– Może trochę.

– Sprzedawca domu wniósł sprawę do sądu, tak?

– Tak, a my założyliśmy sprzeciw. To bardzo skomplikowana sprawa.

Była przebiegła i nieuczciwa, zręcznie posługiwała się pół-prawdami. Pomyślał, że może być najbardziej niebezpieczna ze wszystkich Phelanów. Przebrnęli przez inwestycje Cody'ego i szybko stało się jasne, gdzie wsiąkły pieniądze. Stracił milion, stawiając na przyszłość miedzi w roku 1992. Włożył ponad pół miliona w mrożone kurczaki i stracił prawie wszystko. Farma dżdżownic w Georgii pochłonęła sześćset tysięcy dolarów, kiedy fala upałów ugotowała przynętę.

Stanowili parę niedojrzałych dzieciaków, żyjących z cudzych pieniędzy i marzących o wielkiej fortunie.

Pod koniec zeznania, gdy Nate wciąż podsuwał jej linę, której musiała się trzymać, oświadczyła z beznamiętną twarzą, że jej udział w sprawie o unieważnienie testamentu nie ma najmniejszego związku z pieniędzmi. Kochała ojca i on też ją kochał, i gdyby był przy zdrowych zmysłach, zaopiekowałby się swoimi dziećmi. Przekazanie całego majątku nieznajomej osobie stanowiło najlepszy dowód jego choroby. Przyszła tu, żeby walczyć o dobre imię swojego ojca.

Skrupulatnie przećwiczona mała oracja nikogo jednak nie przekonała. Nate puścił ją mimo uszu. O siedemnastej poczuł się zmęczony.

Kiedy wyjeżdżał z miasta i tkwił w korkach na autostradzie międzystanowej 95, prowadzącej do Baltimore, wciąż myślał o spadkobiercach Phelana. Wszedł z butami w ich życie, wystawiając ich na wstyd i pośmiewisko. Współczuł im, że zostali tak, a nie inaczej wychowani, że nie wskazano im odpowiednich wartości, że całe ich życie obracało się wokół pieniędzy.

Był jednak przekonany, że Troy wiedział, co robi, spisując ten testament. Pieniądze w rękach jego dzieci spowodowałyby ogromny chaos i nieszczęście. Pozostawił majątek Rachel, bo nie była nim w ogóle zainteresowana. Wydziedziczył tych, których zżerała żądza pieniędzy.

Zamierzał z uporem bronić ostatniej woli Troya. Wiedział jednak, że ostateczny podział majątku nie zależy od nikogo, kto mieszka na północnej półkuli.

Dotarł do St. Michaels późnym wieczorem i gdy mijał kościół Świętej Trójcy, miał ochotę zatrzymać się, wejść do środka, uklęknąć i w modlitwie prosić Boga, aby wybaczył mu wszystkie grzechy tygodnia. Spowiedź i gorąca kąpiel były konieczne po pięciu dniach przesłuchań.

Rozdział 46

Nate jako wzięty prawnik z wielkiego miasta nigdy nie zaznał rytuału długiego przesiadywania w jednym miejscu, Phil natomiast był tego obrzędu wybitnym praktykiem. Kiedy jakiś parafianin zachorował, oczekiwano od niego, że odwiedzi chorego i będzie przy nim siedział. Gdy ktoś umarł, przesiadywał z owdowiałym współmałżonkiem. Gdy któryś z sąsiadów zatrzymał się po drodze, bez względu na porę dnia Phil i Laura siadali i zaczynali z nim gawędzić. Czasami uprawiali tę sztukę sami, na werandzie na bujanej sofie. Dwóch starszych parafian oczekiwało od Phila, że będzie zachodził do nich raz w tygodniu i po prostu siedział przez godzinę, podczas gdy oni zdrzemną się przy kominku. Rozmowa była czymś miłym, ale nie koniecznym. Wystarczyło siedzieć i radować się ciszą.

Nate okazał się jednak pojętnym uczniem. Siedział z Philem na wejściowych schodkach domu Staffordów. Obydwaj w grubych swetrach i rękawicach pili gorące kakao, które Nate zagrzał w mikrofalówce. Patrzyli na rozpościerającą się przed nimi zatokę, na port i wzburzone fale. Od czasu do czasu któryś z nich się odzywał, ale głównie milczeli. Phil wiedział, że przyjaciel ma za sobą ciężki tydzień. Dotychczas Nate zdążył mu już przekazać większość szczegółów dotyczących sprawy Phelana. Mieli do siebie pełne zaufanie.

– Planuję wycieczkę – oświadczył cicho Nate. – Chcesz ze mną pojechać?

– Dokąd?

– Muszę się zobaczyć z dziećmi. Dwoje młodszych, Austin i Angela, mieszka w Salem w Oregonie. Prawdopodobnie tam pojadę najpierw. Mój starszy syn skończył college na północnym wschodzie, w Evanston. Mam też córkę w Pittsburghu. Zapowiada się niezła trasa.

– Jak długa?

– Nie spieszę się. Kilka tygodni. Ja prowadzę.

– Kiedy ostatni raz ich widziałeś?

– Minął rok od czasu, gdy widziałem Daniela i Kaitlin, dwójkę z pierwszego małżeństwa. W lipcu zabrałem młodszych na mecz Orioles. Spiłem się i nie pamiętam, jak wróciłem z powrotem do Arlington.

– Tęsknisz za nimi?

– No pewnie. Ale prawdę mówiąc, nigdy nie spędzałem z nimi wiele czasu. Tak mało o nich wiem.

– Dużo pracowałeś.

– Tak, i piłem jeszcze więcej. Nigdy nie było mnie w domu. Kiedy mogłem się wyrwać z biura, jechałem do Vegas z chłopakami albo na golfa, albo na ryby na Bahamy. Nigdy nie brałem ze sobą dzieci.

– Tego już nie możesz zmienić.

– Nie, nie mogę. Pojedziesz ze mną? Moglibyśmy długo porozmawiać.

– Dzięki, nie mogę wyjechać. Wreszcie prace w podziemiu nabrały rozpędu. Nie chciałbym tego przerywać.

Nate zdążył już tego ranka obejrzeć kryptę. Istotnie wydawało się, że prace posunęły się do przodu.

Jedyne dziecko Phila, dwudziestoparoletni nicpoń, zrezygnowało z nauki i uciekło na Zachodnie Wybrzeże. Laura wygadała się kiedyś, że nie mają pojęcia, gdzie się podziewa. Od ponad roku nie dzwonił do domu.

– Sądzisz, że to będzie udana podróż? – zapytał Phil.

– Nie wiem, czego mogę się spodziewać. Chcę tylko uściskać swoje dzieci i przeprosić, że byłem tak parszywym ojcem, ale nie bardzo wiem, jak im teraz pomóc.

– Nie robiłbym tego. Wiedzą, że byłeś parszywym ojcem. Skrucha nic tu nie pomoże. Ważne, że tam pojedziesz, że zrobisz pierwszy krok, żeby zbudować nową więź między wami.

– Tak strasznie zawiodłem swoje dzieci.

– Przestań się tym zamartwiać, Nate. Zapomnij o przeszłości. Bóg ci to zapomniał. Paweł mordował chrześcijan, zanim stał się jednym z nich, ale nie dręczył się tym, że to robił. Wszystko można przebaczyć. Pokaż dzieciom, kim jesteś teraz.

Mała łódź rybacka wypłynęła z portu i skierowała się ku zatoce. Z uwagą obserwowali jedyny ruch na dotychczas pustym horyzoncie. Nate myślał o Jevym i Wellym. Są teraz znowu na rzece, płyną *chalaną* załadowaną drobnicą. Równomierny stukot silnika diesla popycha ich w głąb Pantanalu. Jevy stoi przy sterze, a Welly brzdąka na gitarze. Cały świat tchnął spokojem.

Później, długo po tym, jak Phil poszedł do domu, Nate usiadł przy kominku i rozpoczął kolejny list do Rachel. Trzeci z kolei. Napisał datę: sobota, dwudziesty drugi lutego. „Droga Rachel – zaczął – właśnie spędziłem bardzo nieprzyjemny tydzień z twoimi braćmi i siostrami".

Opowiedział jej o wszystkim, od Troya Juniora poczynając, a kończąc, trzy strony dalej, na Ramble'u. Uczciwie przedstawiał ich przywary i szkody, jakie mogli uczynić sobie i bliskim, gdyby dostali pieniądze Troya. Przyznał też, że im współczuje.

Przesłał do World Tribes czek na pięć tysięcy dolarów na łódź, silnik i lekarstwa. Może dostać więcej, jeśli tylko będzie potrzebowała. Procenty od jej majątku wynoszą około dwóch milionów dolarów miesięcznie, poinformował ją, a z takimi pieniędzmi można uczynić wiele dobrego.

Hark Gettys i jego prawni współspiskowcy popełnili fatalny błąd, rezygnując z usług doktorów Flowe'a, Zadela i Theishena. Prawnicy, karcąc i obrażając lekarzy, narazili się na niepowetowane straty.

Nowa grupa psychiatrów stawiała diagnozę na podstawie sfabrykowanych zeznań Sneada.

– Kiedy Nate przesłuchiwał Flowe, Zadel i Theishennie w poniedziałek, zastosował jeden scenariusz w stosunku do wszystkich trzech. Zaczął od Zadela i pokazał mu nagranie wideo z badania pana Phelana. Zapytał, czy ma jakiekolwiek powody, by zmienić zdanie. Zadel, zgodnie z oczekiwaniami, zaprzeczył. Kamera zarejestrowała zdarzenia przed samobójstwem. Ośmiostronicowe oświadczenie zostało przygotowane zaledwie kilka godzin później, na prośbę Harka i pozostałych prawników. Nate poprosił Zadela, aby odczytał oświadczenie sekretarzowi sądu.

– Czy ma pan jakieś powody, aby zmienić którąkolwiek z opinii wymienionych w tym oświadczeniu? – zapytał Nate.

– Nie mam – odpowiedział Zadel, patrząc na Harka.

– Dzisiaj jest dwudziesty czwarty lutego. Od badania pana Phelana minęły ponad dwa miesiące. Czy dzisiaj również potwierdza pan, że stan jego umysłu zezwalał na sporządzenie testamentu?

– Tak – odparł Zadel, posyłając Harkowi jadowity uśmiech.

Flowe i Theishen uśmiechali się również, obaj radzi z nadarzającej się sposobności odwetu na prawnikach, którzy potraktowali ich w tak okrutny sposób. Nate pokazał każdemu ten sam film, zadawał te same pytania i otrzymał takie same odpowiedzi. Każdy odczytywał swoje oświadczenie. O szesnastej zakończyli spotkanie.

We wtorek, dokładnie o ósmej trzydzieści, na salę wprowadzono Sneada i kazano mu zająć miejsce dla świadków. Miał na sobie ciemny garnitur z muszką, który niesłusznie nadawał mu wygląd inteligenta. Prawnicy skrupulatnie dobrali mu ubranie. Formowali go, programowali przez wiele tygodni i biedak wątpił, czy potrafi jeszcze wypowiedzieć jakieś spontaniczne, uczciwe słowo. Każda sylaba musiała być prawidłowa. Miał stworzyć atmosferę wiarygodności, unikając jednocześnie choćby najsłabszych oznak arogancji. On i tylko on tworzył rzeczywistość i jego zeznania musiały być wiarygodne.

Josh znał Sneada od wielu lat. Pan Phelan często mówił, że chce się pozbyć tego służącego. Na jedenaście testamentów, które Josh przygotowywał dla Troya Phelana, tylko w jednym wymieniono Malcolma Sneada. Troy przeznaczył mu milion dolarów, legat ten cofnął kilka miesięcy później. Pan Phelan usunął jego nazwisko, ponieważ nieustannie wypytywał, ile otrzyma w spadku.

Sneada zbyt interesowały pieniądze, a to nie odpowiadało jego chlebodawcy. Nazwisko lokaja na liście świadków zeznających na rzecz osób obalających testament oznaczało tylko jedno – pieniądze. Zapłacono mu za zeznanie i Josh o tym wiedział. Dwa tygodnie prostej obserwacji ujawniły nowy range rover, apartament wzięty na raty w budynku, gdzie ceny czynszu zaczynały się od tysiąca ośmiuset dolarów za miesiąc, oraz wycieczkę do Rzymu pierwszą klasą.

Snead siedział twarzą do kamery i czuł się dość swobodnie. Wydawało mu się, jakby co najmniej od roku wpatrywał się w obiektyw. Spędził całą sobotę i pół niedzieli w biurze Harka, dręczony bezlitosnymi pytaniami. Wiele godzin oglądał film wideo z nagraniami swoich zeznań. Napisał wiele stron kłamstw dotyczących ostatnich dni Troya Phelana. Ćwiczył z Nicolette.

Snead był przygotowany. Prawnicy spodziewali się pytań o pieniądze. Gdy zostanie zapytany, czy płacą mu, aby składał zeznania, Snead miał udzielić fałszywej odpowiedzi. Rzecz wydawała się tak prosta, a nie można było jej uniknąć. Snead musiał skłamać na temat pół miliona dolców, które już miał w kieszeni, i musiał skłamać o obietnicy czterech i pół miliona po korzystnym zakończeniu sprawy. Miał zaprzeczyć, jakoby istniała umowa między nim a prawnikami. Skoro kłamał o panu Phelanie, dlaczego miałby nie kłamać na temat pieniędzy?

Nate przedstawił się i zapytał głośno:

– Panie Snead, ile płacą panu za to, że zeznaje pan w tej sprawie?

Prawnicy Sneada sądzili, że pytanie będzie brzmiało: „Czy panu płacą?", a nie: „Ile panu płacą?", Snead miał odpowiedzieć: „Nie, oczywiście, że nie!" Ale na pytanie, które wciąż jeszcze dźwięczało w sali, nie miał szybkiej odpowiedzi. Opadły go wątpliwości. Jęknął głucho i spojrzał na Harka, który zesztywniał i utkwił w świadku groźny wzrok.

Sneada ostrzegano, że pan O'Riley odrobił pracę domową i doskonale poznał temat, zanim zadał pytanie. W ciągu długich, bolesnych sekund ciszy, która zapadła, pan O'Riley zmarszczył brwi, przechylił głowę i podniósł jakieś papiery.

– No, proszę, panie Snead. Wiem, że panu płacą. Ile?

Snead przytykał palcami tak mocno, że o mały włos ich nie złamał. Krople potu pojawiły się w bruzdach czoła.

– No, cóż, hm, nikt mi nie...

– Niech pan da spokój, Snead. Kupił pan w zeszłym miesiącu nowego range rovera, tak czy nie?

– Tak, szczerze mówiąc...

– Wynajął pan dwuosobowy apartament w Palm Court?

– Tak.

– I wrócił pan właśnie z dziesięciodniowej wycieczki do Rzymu, tak?

– Tak.

Wszystko wiedział! Prawnicy Phelanów skurczyli się na krzesłach, chowając głowy w ramiona, tak jakby pytania mogły ugodzić ich rykoszetem.

– A zatem ile panu płacą? – zapytał gniewnie Nate. – Proszę pamiętać, że zeznaje pan pod przysięgą!

– Pięćset tysięcy dolarów – wyrzucił z siebie Snead. Nate spojrzał na niego z niedowierzaniem. Powoli otworzył usta. Nawet sekretarz sądu zamarła.

Kilku prawników wypuściło powietrze z płuc. Ta chwila była okropna, lecz mogło skończyć się o wiele gorzej. A gdyby Snead wpadł w panikę i przyznał się do pięciu milionów?

Była to jednak niewielka pociecha. Informacja, że zapłacili świadkowi pół miliona dolarów, sprawiła fatalne wrażenie.

Nate przejrzał papiery, jakby szukał jakiegoś dokumentu. Słowa wciąż odbijały się echem od ścian.

– Rozumiem, że już pan otrzymał te pieniądze? – zapytał.

Nie wiedząc, czy kłamać, czy mówić prawdę, Snead powiedział po prostu:

– Tak.

Nate zdecydował się pójść za ciosem.

– Pół miliona teraz, a ile później?

Snead nie mógł się doczekać, kiedy zacznie kłamać, i tym razem ochoczo zaprzeczył.

– Nic. – Ta swobodna odpowiedź wydawała się wiarygodna. Pozostali dwaj prawnicy Phelanów mogli odetchnąć.

– Jest pan pewien? – zapytał Nate, macając grunt. Gdyby zechciał, mógłby nawet zapytać Sneada, czy został oskarżony o rabowanie grobów.

Snead obstawał stanowczo przy swoim:

– Oczywiście, że jestem pewien – powiedział z takim oburzeniem, że trudno było mu nie wierzyć.

– Kto panu zapłacił?

– Prawnicy spadkobierców Phelana.

– Kto podpisał czek?

– Przyszedł z banku, potwierdzony.

– Czy nalegał pan, żeby panu zapłacili za zeznanie?

– Chyba można tak to ująć.

– Czy pan do nich poszedł, czy oni przyszli do pana?

– Ja poszedłem do nich.

– Dlaczego pan to zrobił?

W końcu weszli na znajomy grunt. Po stronie Phelanów dało się odczuć ogólne rozluźnienie. Prawnicy zaczęli sporządzać notatki.

Snead skrzyżował nogi pod stołem i zmarszczył brwi do kamery, jakby się głęboko zastanawiał.

– Ponieważ byłem z panem Phelanem tuż przed śmiercią i widziałem, że ten biedak oszalał.

– Jak długo był szalony?

– Przez cały dzień.

– Czy kiedy się obudził, był szalony?

– Kiedy podałem mu śniadanie, nie pamiętał, jak się nazywam.

– Jak pana nazwał?

– Wcale mnie nie nazwał, tylko chrząkał na mnie.

Nate oparł się na łokciach, nie zważając na leżące dokoła papiery. Zanosiło się na ostrą rozgrywkę i prawdę mówiąc, dobrze się bawił. Wiedział, dokąd zmierza, lecz biedny Snead nawet się tego nie domyślał.

– Widział pan, jak skoczył?

– Tak.

– I jak upadł?

– Tak.

– I jak uderzył o ziemię?

– Tak.

– Stał pan przy nim, kiedy badali go psychiatrzy?

– Tak.

– Była mniej więcej czternasta trzydzieści, zgadza się?

– Tak, o ile sobie przypominam.

– I był szalony przez cały dzień, tak?

– Obawiam się, że tak.

– Jak długo pracował pan dla pana Phelana?

– Trzydzieści lat.

– I wiedział pan o nim absolutnie wszystko, tak?

– Tyle, ile jeden człowiek może wiedzieć o drugim.

– A więc znał pan jego prawnika, pana Stafforda?

– Tak, spotkałem go wiele razy.

– Czy pan Phelan ufał panu Staffordowi?

– Przypuszczam, że tak.

– Myślałem, że wie pan wszystko.

– Jestem pewien, że ufał panu Staffordowi.

– Czy pan Stafford siedział przy nim podczas badania psychiatrycznego?

– Tak.

– W jakim stanie umysłu znajdował się pan Phelan w trakcie badania, według pańskiej opinii?

– Był chory, niepewny tego, gdzie się znajduje i co robi.

– Jest pan tego pewien?

– Tak.

– Komu pan o tym powiedział?

– Nie należało to do moich obowiązków.

– Dlaczego nie?

– Zostałbym wyrzucony z pracy. Częścią mojej pracy było trzymanie języka za zębami. Nazywa się to dyskrecją.

– Wiedział pan, że pan Phelan zamierza podpisać testament, w którym dzielił swój wielki majątek. W tym samym czasie był niezdrowy na umyśle, a jednak nie poinformował pan o tym jego prawnika, człowieka, któremu ufał?

– Nie należało to do moich obowiązków.

– Pan Phelan by pana wyrzucił?

– Natychmiast.

– A po tym, jak wyskoczył? Komu wtedy pan powiedział?

– Nikomu.

– Dlaczego?

Snead wziął głęboki oddech i wyprostował nogi. Pomyślał, że radzi sobie nie najgorzej.

– To była sprawa prywatności – powiedział poważnie. – Moje stosunki z panem Phelanem polegały na zaufaniu.

– Aż do teraz. Aż do chwili, gdy zaoferowano panu pół miliona dolców, tak?

Sneadowi nie przychodziła do głowy szybka odpowiedź i Nate nie dał mu szansy.

– Sprzedaje pan więc nie tylko swoje zeznanie, ale również pańskie pełne zaufania stosunki z panem Phelanem, zgadza się, panie Snead?

– Próbuję naprawić niesprawiedliwość.

– Jakież to szlachetne z pana strony. Czy naprawiałby ją pan, gdyby panu nie zapłacili?

Snead zdołał wyjąkać niepewne „tak" i Nate wybuchnął gromkim śmiechem. Śmiał się głośno i długo, patrząc jednocześnie na poważne i częściowo zakryte twarze prawników Phelanów. Śmiał się w twarz Sneadowi. Wstał i poszedł na koniec stołu, chichocząc sam do siebie.

– Co za proces – powiedział, siadając na swoim miejscu.

Zerknął w notatki i po chwili mówił dalej:

– Pan Phelan zmarł dziewiątego grudnia. Jego testament odczytano dwudziestego siódmego grudnia. Czy w tym czasie powiedział pan komukolwiek, że pan Phelan był niezdrowy na umyśle, kiedy podpisywał testament?

– Nie.

– Oczywiście, że nie. Czekał pan, aż odczytano testament, a potem wiedząc, że nie został pan uwzględniony, postanowił pan udać się do prawników i dobić targu, prawda, panie Snead?

Świadek zaprzeczył, lecz Nate kompletnie go zignorował.

– Czy pan Phelan był umysłowo chory?

– Nie jestem ekspertem na tym polu.

– Powiedział pan, że był szalony. Czy to był trwały stan jego psychiki?

– To przychodziło i mijało.

– Od jak dawna przychodziło i mijało?

– Od wielu lat.

– Ilu?

– Może dziesięciu. Zgaduję teraz.

– W ciągu ostatnich czternastu lat życia pan Phelan sporządził jedenaście testamentów; w jednym przeznaczał dla pana milion dolarów. Czy wówczas pomyślał pan o tym, żeby poinformować kogoś, że jest on niezdrowy na umyśle?

– Nie należało do moich obowiązków mówienie takich rzeczy.

– Czy kiedykolwiek radził się psychiatry?

– Nic o tym nie wiem.

– Czy kiedykolwiek umówił się na wizytę z jakimkolwiek profesjonalistą w zakresie zdrowia psychicznego?

– Nic o tym nie wiem.

– Czy kiedykolwiek zasugerował mu pan, aby poszukał pomocy specjalisty?

– Sugerowanie takich rzeczy nie należało do moich obowiązków.

– Gdyby znalazł go pan na podłodze z widocznymi objawami jakiegoś ataku czy udaru, czy zasugerowałby pan wtedy komuś, że należy udzielić mu pomocy?

– Oczywiście, że bym to uczynił.

– Gdyby zobaczył pan, że pluje krwią, czy powiedziałby pan o tym komuś?

– Tak.

Nate miał notes grubości kilku centymetrów w całości wypełniony notatkami o aktywach Troya Phelana. Przerzucił kilka stron, zatrzymał się na chybił trafił i zapytał Sneada, czy wie coś na temat Xion Drilling. Zapytany starał się bardzo, ale umysł miał tak przeładowany nowymi danymi, że pamięć go zawiodła. A Delstar Communications? Ponownie Snead zmarszczył brwi, ale nie udało mu się nic powiedzieć.

Piąta firma, którą wymienił Nate, z czymś mu się kojarzyła. Po chwili Snead z dumą poinformował prawnika, że ją zna. Pan Phelan był jej właścicielem od stosunkowo długiego czasu. Nate zadawał pytania dotyczące sprzedaży, produktów, aktywów, zarobków – niekończącą się listę statystyki finansowej. Snead nie podał ani jednej właściwej odpowiedzi.

– Co wiedział pan na temat spółek pana Phelana? – pytał co chwila Nate. Dalej zadawał pytania na temat struktury Grupy Phelana. Snead nauczył się na pamięć podstaw, ale szczegóły mu umknęły. Nie potrafił podać żadnego nazwiska osób średniego personelu. Nie znał nazwisk księgowych firmy.

Nate gnębił go bezlitośnie, pytając o sprawy, o których Snead nie miał zielonego pojęcia. Późnym popołudniem, kiedy świadek znalazł się na skraju wyczerpania i wyglądał jak pijany, Nate, w trakcie milionowego pytania o sprawy finansowe, rzucił ni stąd, ni zowąd:

– Czy podpisał pan umowę z prawnikami, kiedy odbierał pan te pół miliona?

Wystarczyłoby proste „nie", ale Snead nie do końca się kontrolował. Zawahał się, spojrzał na Harka, potem na Nate'a, który znów wertował papiery, jakby miał kopię tej umowy. Snead mówił prawdę od dwóch godzin i kłamstwo nie przyszło mu łatwo.

– Hm, oczywiście, że nie – wyjąkał, nie przekonując nikogo.

Nate zarejestrował nieprawdę i puścił ją mimochodem. Istniały sposoby na uzyskanie kopii tej umowy.

Prawnicy Phelanów spotkali się w ciemnym barze, aby lizać rany. Fatalne wystąpienie Sneada wydawało się jeszcze gorsze po dwóch kolejkach mocnych drinków. Mogli go lepiej przygotować do rozprawy, ale fakt, że tak dużo mu zapłacili, na zawsze zepsuł jego zeznanie.

Skąd O'Riley wiedział? Był tak pewny, że Snead dostał pieniądze.

– To Grit – stwierdził Hark. Grit, powtórzyli w duchu. Czyżby Grit przeszedł na drugą stronę?

– Tak to jest, jak się kradnie klientów – powiedział Wally Bright po długiej chwili milczenia.

– Zamknij się – warknęła pani Langhorne.

Hark był zbyt zmęczony, aby walczyć. Skończył drinka i zamówił następnego. W powodzi zeznań pozostali prawnicy Phelanów zapomnieli o Rachel. Z jej strony do akt sprawy wciąż nie wpłynął żaden oficjalny dokument.

Rozdział 47

Zeznanie Nicolette trwało osiem minut. Podała swoje nazwisko, adres i krótki przebieg zatrudnienia. Prawnicy Phelanów usiedli wygodnie na krzesłach, oczekując szczegółów jej seksualnych przygód z Troyem Phelanem. Miała dwadzieścia trzy lata i niewielkie kwalifikacje poza zgrabnym ciałem, ładnymi piersiami, miłą buzią i blond włosami. Nie mogli się doczekać tych kilku godzin, podczas których miała mówić o seksie.

Przechodząc od razu do sedna sprawy, Nate zapytał:

– Czy kiedykolwiek uprawiała pani seks z panem Phelanem?

Starała się wyglądać na zażenowaną pytaniem, ale w końcu przytaknęła.

– Ile razy?

– Nie liczyłam.

– Jak długo to trwało?

– Zwykle dziesięć minut.

– Nie, chodzi mi o okres, od kiedy zaczęliście to robić. Od jakiego miesiąca się zaczęło i w jakim skończyło?

– Pracowałam tam zaledwie pięć miesięcy.

– W przybliżeniu dwadzieścia tygodni. Przeciętnie ile razy w tygodniu uprawiała pani seks z panem Phelanem?

– Chyba dwa razy.

– A zatem w sumie około czterdziestu razy.

– Chyba tak. Zdaje się, że to dość dużo.

– Dla mnie nie. Czy pan Phelan zdejmował ubranie, kiedy to robiliście?

– Oczywiście. Obydwoje zdejmowaliśmy.

– A więc był kompletnie nagi?

– Tak.

– Czy miał jakieś widoczne znaki szczególne na ciele?

Kiedy świadkowie obmyślają kłamstwa, często umyka im to, co oczywiste. Podobnie bywa z prawnikami. Tak bardzo są pochłonięci tworzoną fikcją, że pomijają jakiś drobny szczegół. Hark i pozostali adwokaci kontaktowali się z żonami Phelana: Lillian, Janie, Tirą, z których każda mogła im powiedzieć, że Troy od urodzenia miał na górnej części prawej nogi, w pobliżu biodra, tuż poniżej pasa okrągłą purpurową plamkę wielkości srebrnej dolarówki.

– Nic takiego sobie nie przypominam – odpowiedziała Nicolette.

Ta odpowiedź zdumiała Nate'a, lecz po chwili stwierdził, że wcale nie jest zaskakująca. Z łatwością mógł uwierzyć, że Troy przelatywał swoją sekretarkę, ponieważ robił to od dziesiątków lat. I równie łatwo uwierzył w to, że Nicolette kłamie.

– Żadnych widocznych znaków szczególnych? – zapytał Nate.

– Żadnych.

Prawnicy Phelana siedzieli sztywno, wyraźnie zdjęci strachem. Czyżby kolejny niezawodny świadek znikał na ich oczach?

– Nie mam więcej pytań – rzekł Nate i wyszedł z sali, żeby napełnić filiżankę kawą.

Nicolette spojrzała na prawników. Wpatrywali się w stół, zastanawiając się, gdzie właściwie był ten znak szczególny.

Po wyjściu Nicolette Nate posłał przez stół do swych zdezorientowanych przeciwników zdjęcie z sekcji zwłok. Nie powiedział ani słowa, nie musiał. Stary Troy leżał na stole – pomarszczone, okaleczone ciało z wyraźnym znamieniem.

Resztę środy i cały czwartek spędzili z czterema nowymi psychiatrami, których wynajęto, by zeznawali, że trójka badająca pana Phelana nie wiedziała, co robi. Treść ich zeznań była łatwa do przewidzenia i jednakowa – ludzie o zdrowych zmysłach nie wyskakują przez okno.

Jako zespół wywierali mniejsze wrażenie niż Flowe, Zadel i Theishen. Dwóch było już na emeryturze. Jeden uczył w zatłoczonym college'u. Drugi dorabiał w małym gabinecie na przedmieściach.

Nie płacono im jednak za to, aby wywarli wrażenie; ich celem było raczej wprowadzenie zamieszania. Troy Phelan był znany z kapryśnego i ekscentrycznego charakteru. Czterech ekspertów stwierdziło, że nie miał zdolności umysłowych do sporządzenia testamentu. Trzech uważało, że miał. Niech sprawy wydają się zagmatwane, zawikłane, a pewnego dnia obrońcy testamentu poczują się znużeni i dadzą za wygraną. Jeśli nie, ława przysięgłych będzie musiała przebrnąć przez medyczny żargon i opowiedzieć się po jednej ze stron.

Nowi eksperci dostawali godziwe wynagrodzenie za to, aby stać wytrwale przy swoim zdaniu, którego Nate nie starał się zmieniać. Przesłuchiwał już dostatecznie wielu lekarzy, aby wiedzieć, że nie można sprzeczać się z nimi na ich terenie. Skłonił ich do obejrzenia filmu wideo i do krytykowania pierwszych trzech psychiatrów.

W czwartkowe popołudnie, kiedy się rozstawali, mieli już za sobą piętnaście zeznań. Kolejną rundę zaplanowano na koniec marca. Wycliff zdecydował, że rozprawa rozpocznie się w połowie lipca. Ci sami świadkowie będą zeznawać ponownie, lecz na jawnym posiedzeniu sądu, podczas którego publiczność i członkowie ławy przysięgłych rozważą każde słowo.

Nate uciekł z miasta. Pojechał na zachód przez Wirginię i dalej na południe przez Dolinę Shenandoah. Jego umysł był otępiały po dziewięciu dniach wtrącania się w życie osobiste innych. W pewnym trudnym do określenia momencie życia, zniewolony wymogami pracy i nałogów, zatracił poczucie przyzwoitości i wstydu. Nauczył się wówczas kłamać, oszukiwać, lawirować, ukrywać i atakować niewinnych świadków, nie wzbudzając przy tym w sobie najmniejszego poczucia winy.

Ale w samotni wnętrza samochodu i ciemności nocy Nate poczuł wstyd. Współczuł dzieciom Phelana. Zrobiło mu się żal Sneada – smutnego, małego człowieczka, który po prostu walczył o przeżycie. Żałował, że z taką zaciekłością zaatakował nowych ekspertów.

Poczucie wstydu wróciło i Nate cieszył się z tego. Nawet odczuwał dumę. Jednak był człowiekiem.

O północy zatrzymał się w tanim motelu w pobliżu Knoxville. Na środkowym zachodzie, w Kansas i Iowa, padał gęsty śnieg. Leżąc na łóżku z atlasem, zaznaczył na mapie szlak podróży na południowy zachód.

Drugą noc przespał w Shawnee w Oklahomie, trzecią w Kingman w Arizonie, a czwartą w Redding w Kalifornii.

Dzieci z drugiego małżeństwa, Austin i Angela, miały jedno dwanaście, drugie jedenaście lat i chodziły do siódmej i szóstej klasy. Ostatnim razem widział je w lipcu, trzy tygodnie przed ostatnim załamaniem, kiedy zabrał je na występ Orioles. Przyjemna wycieczka zakończyła się fatalnie. Nate wypił podczas gry sześć piw – dzieci liczyły, ponieważ mama im kazała – i jechał dwie godziny z Baltimore do Arlington pod wpływem alkoholu.

W tym czasie dzieci przeprowadzały się wraz z matką Christi i jej drugim mężem Theo do Oregonu. Ta wycieczka miała być

ich ostatnim spotkaniem na jakiś czas i na pożegnanie Nate naj-
zwyczajniej w świecie się urąbał. Na podjeździe domu wszczął
bijatykę ze swoją byłą żoną – jak zwykle na oczach dzieci. Theo
przegonił go miotłą na drewnianym kiju. Nate zbudził się w samochodzie, zaparkowanym przed McDonaldem, w miejscu dla
niepełnosprawnych z pustym sześciopakiem na tylnym siedzeniu.

Poznali się czternaście lat wcześniej, kiedy Christi była dy-
rektorką szkoły w Potomac. Zasiadała na ławie przysięgłych.
Nate był jednym z prawników. W drugim dniu procesu założyła
krótką czarną spódniczkę i rozprawa praktycznie się zakończyła. Pierwsza randka odbyła się tydzień później. Przez pierwsze
trzy lata Nate był trzeźwy – na tyle długo, aby zdążyć wziąć ślub
i dorobić się dwójki dzieci. Kiedy tama zaczęła pękać, przerażo-
na Christi chciała przed nim uciec. Gdy się przerwała, zabrała
dzieci i nie wróciła przez rok. Małżeństwo wytrzymało jeszcze
dziesięć chaotycznych lat.

Uczyła teraz w szkole w Salem. Theo pracował w małej prawniczej firmie. Nate zawsze uważał, że to on wygnał ich z Waszyngtonu. Nie mógł się dziwić, że umknęli na drugie wybrzeże.

Zadzwonił do szkoły z samochodu w pobliżu Medford,
cztery godziny drogi od Salem, i przez pięć minut kazano mu
czekać. Był pewien, że potrzebowała tego czasu na zamknięcie
się na klucz w gabinecie i pozbieranie myśli.

– Słucham – odezwała się w końcu.

– Christi, to ja, Nate. – Czuł się głupio, że musi się przed-
stawiać kobiecie, z którą mieszkał przez dziesięć lat.

– Gdzie jesteś? – zapytała, jakby wiedziała, że atak jest
nieunikniony.

– W pobliżu Medford.

– W Oregonie?

– Tak. Chciałbym się zobaczyć z dziećmi.

– Hm, kiedy?

– Dzisiaj wieczorem. Jutro. Nie spieszy mi się. Już od kilku
dni jestem w drodze. Tak sobie zwiedzam. Nie mam żadnego
planu.

– No cóż, oczywiście, Nate. Chyba coś wymyślimy. Ale
dzieci są bardzo zajęte, no wiesz, szkoła, balet, piłka nożna.

– Jak się czują?

– Radzą sobie bardzo dobrze. Miło, że pytasz.

– A ty? Jak ci się wiedzie?

– Dobrze. Kochamy Oregon.

– U mnie też dobrze. Miło, że pytasz. Jestem trzeźwy, Christi. Tym razem naprawdę. Wreszcie na dobre kopnąłem alkohol i narkotyki. Wygląda na to, że żegnam się z praktyką prawniczą, ale wiedzie mi się naprawdę dobrze.

Słyszała to już wcześniej.

– To świetnie, Nate. – Wypowiadała słowa ostrożnie. Planowała dwa zdania naprzód.

Umówili się, że następnego dnia wieczorem zjedzą wspólnie kolację. Będzie miała dość czasu, żeby przygotować dzieci, posprzątać w domu i uprzedzić Theo, by mógł zdecydować, jaką rolę odegra podczas spotkania. Dość czasu, aby przećwiczyć i zaplanować ewentualne drogi odwrotu.

– Nie będę wam wchodził w drogę – obiecał Nate, zanim odłożył słuchawkę.

Theo postanowił popracować do późna i nie brać udziału w rodzinnym spotkaniu. Nate przytulił mocno Angelę. Austinowi po prostu uścisnął dłoń. Wcześniej poprzysiągł sobie, że nie powie, jak bardzo urośli. Christi przez godzinę kręciła się po sypialni, a w tym czasie ojciec ponownie przyzwyczajał się do dzieci.

Nie męczył ich przeprosinami za rzeczy, których nie mógł zmienić. Siedzieli na podłodze w pokoju gościnnym i rozmawiali o szkole, balecie i piłce nożnej. Salem było ładnym miasteczkiem, o wiele mniejszym niż Waszyngton i dzieci bez problemu się przystosowały: miały mnóstwo przyjaciół, chodziły do dobrej szkoły z sympatycznymi nauczycielami.

Na kolację zjedli spaghetti i sałatkę. Poczęstunek trwał dokładnie godzinę. Nate opowiadał im o brazylijskiej dżungli i ciekawszych fragmentach swej podróży w poszukiwaniu zagubionej klientki. Najwyraźniej Christi nie wpadły w ręce odpowiednie gazety. Nie miała pojęcia o sprawie Phelana.

Punktualnie o dziewiętnastej stwierdził, że na niego już czas. Dzieci miały lekcje do odrobienia i musiały wstać wcześnie rano do szkoły.

– Mam jutro mecz, tato – powiedział Austin i Nate poczuł, jak zamiera w nim serce. Nie mógł sobie przypomnieć, kiedy po raz ostatni ktoś nazwał go tatą.

– W szkole – dodała Angela. – Mógłbyś przyjść?

Nastąpił niezręczny moment. Spoglądali po sobie, nie wiedząc, co o tym myśleć. Nate nie miał pojęcia, co powiedzieć. Christi przyszła mu z pomocą.

– Ja też tam będę. Moglibyśmy jeszcze trochę porozmawiać.

– Oczywiście, że przyjdę – zapewnił. Dzieci przytuliły się do niego przed wyjściem. Odjeżdżając, pomyślał sobie, że Christi chce zobaczyć go dwa dni z rzędu, żeby przyjrzeć się jego oczom. Dobrze znała oznaki picia.

Został w Salem przez trzy dni. Obejrzał mecz piłki nożnej i był bardzo z dumny ze swego syna. Znowu zaprosili go na kolację, ale zgodził się przyjść, pod warunkiem że Theo zje razem z nimi. Zjadł też lunch z Angelą i jej kolegami w szkole.

Po trzech dniach nadszedł czas wyjazdu. Dzieci musiały wrócić do codziennych zajęć, a Nate nie mógł im przeszkadzać. Christi zmęczyła się udawaniem, że nic nigdy się między nimi nie wydarzyło. A Nate zżył się z dziećmi. Obiecał, że wkrótce zadzwoni, prześle im wiadomość pocztą elektroniczną i że niedługo znów się zobaczą.

Wyjechał z Salem ze złamanym sercem. Jak nisko musiał upaść człowiek, który świadomie stracił tak wspaniałą rodzinę? Prawie nie pamiętał ich dzieciństwa: przedstawień szkolnych, kostiumów na Halloween, poranków w pierwszy dzień świąt Bożego Narodzenia, wspólnych zakupów. Teraz dzieci były już duże i wychowywał je inny mężczyzna.

Skręcił na wschód i wmieszał się w ruch uliczny.

W czasie gdy Nate jeździł po Montanie, myśląc o Rachel, Hark Gettys złożył do sądu wniosek o niewłączanie jej odpowiedzi do akt sprawy. Miał przejrzyste i oczywiste powody i na ich poparcie złożył również dwudziestostronicowy dokument, nad którym pracował od miesiąca. Był siódmy marca, prawie trzy miesiące po śmierci Troya Phelana. Nie minęły nawet dwa miesiące od zaangażowania się pana O'Rileya w sprawę. Blisko trzy tygodnie trwały przesłuchania świadków, cztery miesiące dzieliły ich od procesu, a sąd wciąż nie miał jurysdykcji nad Rachel Lane. Poza oświadczeniami jej adwokata nie otrzymali od niej znaku życia. Nie podpisała żadnego dokumentu w oficjalnych aktach sprawy.

Hark uznał, że jest ona „stroną – duchem". On i pozostali prawnicy walczyli z cieniem. Ta kobieta miała odziedziczyć jedenaście miliardów dolarów. Mogła chociaż podpisać potwierdzenie przyjęcia spadku. Jeżeli zadała sobie trud wynajęcia prawnika, niewątpliwie mogła się oddać pod jurysdykcję sądu.

Upływający czas działał na korzyść spadkobierców, chociaż ciężko im było zachować cierpliwość w obliczu tak niewyobrażalnego bogactwa. Każdy tydzień, który mijał bez wieści od Rachel, stanowił dalszy dowód na to, że w najmniejszym stopniu nie jest zainteresowana rozprawą. Jak zwykle w piątkowy poranek prawnicy Phelanów spotkali się, aby podyskutować o pierwszej fazie sprawy, o swych klientach i zaplanować strategię. Spędzili jednak większość czasu na spekulowaniu, dlaczego Rachel nie pojawiła się w sądzie. Rozkoszowali się z gruntu absurdalną możliwością, że nie chce tych pieniędzy. Ten oczywisty absurd jakimś sposobem pojawił się w ich piątkowych dyskusjach.

Tygodnie zamieniały się w miesiące. Zwyciężczyni nie zgłaszała się po swoją nagrodę.

Istniał jeszcze jeden ważny powód naciskania na obrońców testamentu Troya. Powodem tym był Snead. Hark, Yancy, Bright i pani Langhorne oglądali zeznanie świadka tak często, że nauczyli się go na pamięć i nie wierzyli, że Snead przekona ławę przysięgłych. Podczas wstępnych zeznań Nate O'Riley zrobił z niego głupca. Mogli sobie wyobrazić, co stanie się podczas rozprawy przed ławą przysięgłych, składającą się głównie z ludzi z klasy średniej, którzy martwią się, jak zapłacić co miesiąc za świadczenia. Snead schował w kieszeń pół miliona za opowiedzenie swej historyjki. Nie będzie łatwo ją sprzedać.

Problem ze Sneadem był oczywisty. Facet kłamał, a kłamców w końcu łapie się za język. Skoro wypadł tak fatalnie podczas wstępnego przesłuchania, prawnicy z przerażeniem myśleli o postawieniu go przed ławą przysięgłych. Kolejne kłamstwo czy dwa wypowiedziane na forum publicznym, a ich sprawa nadaje się do wyrzucenia.

Znak szczególny, o którym nie miała pojęcia Nicolette, zdyskredytował ją jako świadka.

Ich klienci w nikim nie budzili współczucia. Z wyjątkiem Ramble'a, który był najbardziej odrażający ze wszystkich, otrzymali po pięć milionów dolarów z osiągnięciem pełnoletności. Żaden z członków ławy przysięgłych nie miał szans, by zarobić tyle przez całe życie. Dzieci Troya mogły jęczeć i żalić się, że zaniedbywał je nieobecny ojciec, ale połowa ławników pochodziła z rozbitych rodzin.

Bitwa psychiatrów martwiła ich chyba najbardziej. Nate O'Riley przez ponad dwadzieścia lat zwalczał lekarzy na salach sądowych. Czwórka zmienników nie poradzi sobie w brutalnym krzyżowym ogniu pytań.

Aby uniknąć procesu, musieliby załatwić sprawę polubownie. Aby zawrzeć taką ugodę, musieli znaleźć jakiś słaby punkt. Wyraźny brak zainteresowania ze strony Rachel Lane wystarczył w zupełności i bezsprzecznie był ich największym atutem.

Josh przeczytał z podziwem wniosek o oddalenie odpowiedzi na powództwo. Uwielbiał prawnicze meandry, wybiegi, taktykę, a kiedy ktoś, nawet przeciwnik, robił to dobrze, Josh wyrażał w duchu swoją aprobatę. W posunięciu Harka wszystko było doskonałe: czas, argumentacja, krótko mówiąc, perfekcyjnie sporządzony dokument.

Strona przeciwna miała mnóstwo słabych punktów, ale ich problemy wydawały się małe w porównaniu z problemem Nate'a. Nate nie miał klienta. Wraz z Joshem udało im się to zataić przez dwa miesiące, ale fortel już się wyczerpał.

Rozdział 48

Najstarszy syn, Daniel, nalegał, żeby spotkali się w pubie. Nate trafił tam już po zmierzchu. Lokal znajdował się dwie przecznice od kampusu, na ulicy, po której obu stronach stały rzędy barów i klubów. Muzyka, połyskujące reklamy piwa, młodzi ludzie nawołujący się przez ulicę – wszystko to wydało mu się aż za bardzo znajome. Tak było zaledwie kilka miesięcy temu w Georgetown, ale ten styl już go nie pociągał. Rok temu przyłączyłby się do nich, wierząc, że wciąż ma dwadzieścia lat i może bawić się całą noc.

Daniel wraz z dziewczyną czekali w ciasnym kącie. Oboje palili. Na stole przed każdym z nich stały dwie butelki o długich, wąskich szyjkach. Ojciec i syn uścisnęli sobie ręce; bardziej uczuciowy gest wprawiłby chłopaka w zakłopotanie.

– To Stef – powiedział Daniel, przedstawiając dziewczynę. – Jest modelką – dodał szybko, dając staremu do zrozumienia, że poluje tylko na grubą zwierzynę.

Z jakiejś przyczyny Nate miał nadzieję, że spędzą tych kilka godzin sam na sam. Ale tak się nie stało.

Pierwszą rzeczą, jaką dostrzegł w Stef, była szara szminka pokrywająca grubo szerokie usta, które rzadko wykrzywiały się w posyłanym mu obowiązkowym półuśmiechu. Dziewczyna wydawała się dostatecznie płaska i chuda, aby być modelką; kościste ramiona przypominały kije od szczotki. Chociaż Nate nie mógł tego widzieć, domyślał się, że chude nogi kończyły się prawie pod pachami i nie wątpił, że w okolicach kostek miała przynajmniej dwa tatuaże.

Od razu poczuł do niej niechęć i odniósł wrażenie, że odwzajemnia to uczucie. Nie można było mieć wątpliwości, co naopowiadał jej Daniel.

Daniel rok temu skończył college w Grinnell. Lato spędził w Indiach. Nate nie widział go od trzynastu miesięcy. Nie przyszedł na rozdanie dyplomów, nie wysłał mu kartki ani prezentu, nawet nie zadzwonił z gratulacjami. Przy stole panowało nieprzyjemne napięcie; młodzi palili nieprzerwanie, wpatrując się w Nate'a.

– Chcesz piwa? – zapytał Daniel, kiedy kelnerka pojawiła się w polu widzenia. To było okrutne pytanie, szybki strzał, który miał zadać ból.

– Nie, tylko wody – odparł Nate. Daniel krzyknął na kelnerkę.

– Wciąż jedziesz na tym samym wózku, co? – zapytał ojca.

– Jak zawsze – odpowiedział z uśmiechem Nate, starając się odeprzeć atak.

– Miałeś załamanie od zeszłego lata?

– Nie. Porozmawiajmy o czymś innym.

– Dan mówił mi, że byłeś w ośrodku rehabilitacyjnym – odezwała się Stef, wypuszczając dym przez dziurki w nosie. Nate zdumiał się, że udało jej się rozpocząć i zakończyć zdanie. Wypowiadała słowa powoli, głosem równie pustym jak jej oczy.

– Byłem, kilka razy. Co jeszcze ci mówił?

– Zaliczyłam to już – powiedziała. – Ale tylko raz. – Zdawała się być z tego dumna, a zarazem zasmucona swym brakiem doświadczenia. Przed nią stały dwie puste butelki piwa.

– To miło. – Nate nawet nie próbował nawiązać z nią rozmowy. Nie potrafił udawać, że ją polubił. Poza tym za miesiąc czy dwa Daniel pozna swoją kolejną, poważną miłość.

– Jak tam szkoła? – zwrócił się do Daniela.

– Jaka szkoła?

– Ta, którą skończyłeś.

– Zrezygnowałem, zanim skończyłem. – Chłopak mówił z pewnym wysiłkiem i opryskliwie. Czuło się w nim nagromadzone napięcie. Nate musiał mieć związek z tą rezygnacją; nie był jednak pewien, w jaki sposób i dlaczego. Kelnerka przyniosła wodę.

– Jedliście coś? – zapytał Nate.

Stef unikała jedzenia, a Daniel nie był głodny. Nate umierał z głodu, ale nie chciał jeść sam. Rozejrzał się po pubie. Gdzieś w innym kącie palili trawkę. Mała knajpa buntowników jeszcze niedawno strasznie by mu się podobała.

Daniel zapalił kolejnego papierosa, camela bez filtra, najbardziej rakotwórczego peta na rynku, i buchnął chmurą gęstego dymu w tanią reklamę piwa wiszącą nad ich głowami. Był zły i spięty.

Nate doszedł do wniosku, że syn przyprowadził ze sobą dziewczynę z dwóch powodów. Miała zapobiegać ostrej wymianie słów i ewentualnej bójce. Nate podejrzewał, że jego syn nie śmierdział groszem, że chciał opieprzyć ojca za brak wsparcia, ale bał się to zrobić, ponieważ stary wydawał mu się kruchy, załamany i mógł przekroczyć normę. Stef miała kontrolować jego gniew i język.

Drugim powodem było skrócenie spotkania do minimum.

Nate wpadł na to po piętnastu minutach.

– Co u mamy? – zapytał.

Daniel zmusił się do słabego uśmiechu.

– W porządku. Widziałem ją na święta. Ciebie nie było.

– Byłem w Brazylii.

Minęła ich jakaś laska w obcisłych dżinsach. Stef zlustrowała ją od góry do dołu i w jej oczach pojawił się ślad życia. Dziewczyna była jeszcze chudsza niż Stef. Dlaczego chudość stała się taka modna?

– Co było w Brazylii? – zapytał Daniel.

– Klient. – Nate'a męczyły już opowieści o swoich przygodach.

– Mama mówi, że wpakowałeś się w jakieś tarapaty z urzędem skarbowym.

– Jestem pewien, że to ją cieszy.

– Chyba tak. Nie wydawała się specjalnie przejęta. Idziesz do paki?

– Nie. Moglibyśmy porozmawiać o czymś innym?

– W tym cały szkopuł, tato. Nie ma niczego innego, jest tylko przeszłość, a jej nie możemy tykać.

Stef, arbiter spotkania, wywróciła oczy do góry, jakby chciała powiedzieć: „Już dosyć".

– Dlaczego rzuciłeś szkołę? – zapytał Nate, chcąc to już mieć za sobą.

– Z kilku powodów. Zrobiło się nudno.

– Skończyła mu się forsa – pomogła Stef. Posłała Nate'owi najprzyjemniejsze spojrzenie, na jakie było ją stać.

– To prawda? – zapytał Nate.

– To jeden z powodów.

Nate instynktownie chciał sięgnąć po książeczkę czekową i rozwiązać problemy dziecka. Postępował tak zawsze. Rodzicielstwo dla niego było jedną, długą wycieczką na zakupy. Jeśli nie mogę tam być, prześlę pieniądze. Ale Daniel miał teraz dwadzieścia trzy lata, skończył studia, wałęsał się bez celu z osobami w rodzaju tej tu panny Bulimia i nadszedł czas, aby utonął albo nauczył się pływać samodzielnie.

A i książeczka czekowa nie była już taka jak kiedyś.

– Dobrze ci to zrobi – stwierdził Nate. – Popracuj trochę. Wtedy docenisz szkołę.

Stef nie zgadzała się z tym. Miała dwie przyjaciółki, które rzuciły szkołę. Kiedy terkotała dalej, Daniel wycofał się w swój kąt pod ścianą. Opróżnił trzecią butelkę. Nate miał w zanadrzu sporo wykładów na temat alkoholu, ale wiedział, jak fałszywie zabrzmią w jego ustach.

Po czterech piwach Stef nadęła się, a Nate nie miał nic więcej do powiedzenia. Nagryzmolił na serwetce numer telefonu w St. Michaels i podał go Danielowi.

– Tu będę na pewno przez kilka miesięcy. Zadzwoń, jak będziesz mnie potrzebował.

– Do zobaczenia – powiedział Daniel.

– Uważaj na siebie.

Nate wyszedł na rześkie powietrze i ruszył w kierunku jeziora Michigan.

Dwa dni później znalazł się w Pittsburghu, aby się umówić na trzecie i ostatnie spotkanie, do którego jednak nie doszło. Dwukrotnie rozmawiał z Kaitlin, córką z pierwszego małżeństwa, i uzgodnili wszelkie szczegóły. Mieli się spotkać na kolacji o dziewiętnastej trzydzieści przed restauracją, w holu hotelu, w którym się zatrzymał. Mieszkała dwadzieścia minut stamtąd. Zostawiła wiadomość na pagerze o dwudziestej trzydzieści; jej koleżanka miała wypadek samochodowy i w związku z tym pojechała do niej do szpitala, gdzie sprawy nie przedstawiały się dobrze.

Nate zaproponował lunch następnego dnia. Kaitlin powiedziała, że nie może, ponieważ koleżanka doznała urazu głowy i leży pod tlenem, więc postanowiła zostać, aż chora poczuje się lepiej. Skoro córka przeprowadziła odwrót na całej linii, Nate spytał, gdzie mieści się szpital. Najpierw nie wiedziała tego, potem nie była pewna, w końcu doszła do wniosku, że spotkanie w takich okolicznościach nie jest dobrym pomysłem, ponieważ nie wie, czy będzie mogła odejść od łóżka koleżanki.

Zjadł w swoim pokoju przy małym stoliku stojącym pod oknem z widokiem na centrum miasta. Dziobał jedzenie i rozmyślał o powodach, dla których córka nie chce się z nim widzieć. Kolczyk w nosie? Tatuaż na czole? Może dołączyła do jakiejś sekty i ogoliła się na łyso? Przytyła czterdzieści kilogramów, a może straciła dwadzieścia? Jest w ciąży?

Próbował ją obwiniać, żeby nie stanąć twarzą w twarz z oczywistym wnioskiem. Czyżby nienawidziła go aż tak bardzo?

W samotności hotelowego pokoju, w mieście, w którym nie znał nikogo, łatwo było mu się nad sobą użalać, cierpieć po raz kolejny za błędy przeszłości.

Podniósł słuchawkę i natychmiast poczuł się zajęty. Zadzwonił do ojca Phila, żeby zapytać, jak się mają sprawy w St. Michaels. Phil miał grypę, a ponieważ w kościelnych podziemiach było przenikliwie zimno, Laura nie pozwoliła mu tam pracować. To wspaniale, pomyślał Nate. Choć wiele niepewnych spraw leży na jego drodze, jedyną stałą rzeczą, przynajmniej na najbliższą przyszłość, była obietnica spokojnej pracy w piwnicach kościoła Świętej Trójcy.

Zadzwonił do Sergia, żeby odmeldować się jak co tydzień. Demony miał prawie pod ręką, a mimo to czuł się zdumiewająco bezpieczny. W jego pokoju hotelowym stał mały barek, a on nawet się do niego nie zbliżył.

Zadzwonił do Salem i przyjemnie pogawędził sobie z Angelą i Austinem. To dziwne, że młodsze dzieci chciały z nim rozmawiać, a starsze nie.

Zadzwonił wreszcie do Josha, który siedział akurat w swoim gabinecie w suterenie, dumając nad sprawą Phelanów.

– Musisz wrócić, Nate – powiedział. – Mam pewien plan.

Rozdział 49

Nate nie został zaproszony na pierwszą rundę negocjacji z kilku powodów. Po pierwsze, to Josh zorganizował spotkanie na szczycie i odbyło się ono na jego terenie. Nate'owi dotychczas udało się uniknąć widoku starej firmy i chciał, żeby taki stan rzeczy trwał nadal. Po drugie, prawnicy Phelanów uważali Josha i Nate'a za sprzymierzeńców, w czym mieli absolutną słuszność. Josh chciał jednak odegrać rolę rozjemcy i mediatora. Aby zyskać zaufanie jednej strony, musiał zignorować drugą, choćby na krótko. Zamierzał spotkać się z Harkiem i spółką, następnie z Nate'em, potem znów z prawnikami i tak dalej, i tak dalej, aż dojdzie do porozumienia.

Po długich wstępnych uprzejmościach i nic nieznaczącej paplaninie Josh poprosił o uwagę. Mieli sporo do przedyskutowania. Prawnicy Phelana nie mogli się doczekać oficjalnego rozpoczęcia spotkania.

Do ugody można dojść w ciągu kilku sekund podczas przerwy w gorącym procesie, kiedy jakiś świadek się potyka albo kiedy nowy sędzia chce zakończyć rozprawę. Z drugiej strony, dochodzenie do ugody może trwać całe miesiące, w miarę jak postępowanie sądowe posuwa się powoli w kierunku planowanej daty procesu. Wszyscy prawnicy Phelanów marzyli o szybkim dojściu do porozumienia, a spotkanie u Josha traktowali jako pierwszy krok ku niemu. Naprawdę wierzyli, że niebawem zostaną milionerami.

Josh rozpoczął dyplomatycznym stwierdzeniem, że ich sytuacja przedstawia się raczej niewesoło. Sam nie wiedział o planach swego klienta, który zdecydował się na napisanie odręcznego testamentu i, co za tym idzie, wzniecenie nieopisanego chaosu. Testament jest jednak ważny. W dniu poprzedzającym samobójczą śmierć pana Phelana spędził z nim dwie godziny, kończąc inny nowy testament, i dlatego jest gotów zeznawać, że starzec wiedział dokładnie, co robi. Zeznałby również, gdyby zaistniała taka konieczność, że kiedy się spotkali, nie widział w pobliżu Sneada.

Trzej psychiatrzy, którzy badali pana Phelana, zostali skrupulatnie wybrani przez jego dzieci i byłe żony oraz ich prawników. Co więcej, ci lekarze mogli się poszczycić nienagannymi referencjami. Obecni czterej nie byli wiarygodni, a ich osiągnięcia zawodowe można spisać na jednej kartce. Według jego opinii bitwę ekspertów wygraliby niechybnie pierwsi trzej specjaliści.

Wally Bright w swoim najlepszym garniturze, co niewiele mówiło, przyjął krytykę z zaciśniętymi szczękami. Zagryzał wargi, żeby nie powiedzieć czegoś głupiego i robił bezużyteczne notatki na firmowym papierze, ponieważ wszyscy je robili. Siedzenie z założonymi rękami i przyjmowanie obelg, nawet ze strony tak ogólnie szanowanego prawnika jak Josh Stafford, nie leżało w jego naturze. Dla pieniędzy był jednak w stanie zrobić wszystko. W zeszłym miesiącu, w lutym, jego mała firma zarobiła dwa tysiące sześćset dolarów honorarium, konsumując zwykłe cztery tysiące kosztów ogólnych. Wally nie przyniósł do domu praktycznie nic. Oczywiście, większość czasu poświęcił sprawie Phelana.

Josh wszedł na kruchy lód, podsumowując zeznania ich klientów.

– Oglądałem wideo z ich przesłuchań – powiedział ze smutkiem w głosie. – Szczerze mówiąc, z wyjątkiem Mary Ross, będą z nich marni świadkowie na rozprawie.

Prawnicy przyjęli i te gorzkie słowa. Była to konferencja ugodowa, a nie proces.

Nie rozwodził się zbyt długo nad spadkobiercami. Im mniej powiedziane, tym lepiej. Adwokaci wiedzieli, że ich świadkowie polegną przed ławą przysięgłych.

– To prowadzi nas do Sneada – kontynuował. – Jego zeznania również oglądałem i, szczerze mówiąc, powołując go na świadka na rozprawie, popełnicie straszliwy błąd. Moim zdaniem będzie to oscylować na granicy nadużycia praktyki prawniczej.

Bright, Hark, pani Langhorne i Yancy skulili się jeszcze bardziej nad swoimi notesami. Dla nich nazwisko Sneada było brzydkim słowem. Sprzeczali się między sobą, kto ponosi winę za porażkę. Nie spali, nie mogąc sobie wybaczyć tego zeznania. Stracili pół miliona, a Snead jako świadek był zupełnie bezwartościowy.

– Znam Sneada od blisko dwudziestu lat – mówił dalej Josh i przez następne piętnaście minut kreślił portret kiepskiego pracownika, człowieka, na którym nie zawsze można było polegać, służącego, którego pan Phelan nieraz chciał wylać z pracy. Uwierzyli w każde słowo.

Tyle na temat Sneada. Joshowi udało się wybebeszyć ich koronnego świadka ani razu nie wspominając, że zapłacono mu pół miliona dolarów za zmyślenie historyjki.

To samo z Nicolette. Kłamała na równi ze swoim kumplem Sneadem.

Nie byli w stanie zlokalizować innych świadków. Byli jacyś niezadowoleni pracownicy, ale nie chcieli brać udziału w rozprawie. Było dwóch rywali ze świata biznesu, którzy zostali usunięci z firmy po próbach współzawodniczenia z Troyem. Nie wiedzieli oni jednak nic na temat stanu jego umysłu.

Josh zakończył wnioskiem, że jego zdaniem ich sprawa nie jest mocna, lecz każda rozprawa przed ławą przysięgłych niesie ryzyko.

Mówił o Rachel Lane, jakby znał ją od lat. Niezbyt dużo szczegółów, ale dostatecznie dużo ogólników, aby odnieśli wrażenie, że zna ją dobrze. Była wspaniałą kobietą, która prowadziła proste życie w dalekim kraju i nie należała do ludzi znających się na istocie procesu. Uciekała od kontrowersji. Nie lubiła konfrontacji. I była bliżej ze starym Troyem, niż ktokolwiek przypuszcza.

Hark chciał zapytać, czy Josh kiedykolwiek ją spotkał. Czy kiedykolwiek ją widział? Czy kiedykolwiek słyszał jej imię, zanim odczytał testament? Ale nie był to czas ani miejsce na sprzeczki. Na stole miały się pojawić pieniądze, a część Harka wynosiła siedemnaście i pół procenta.

Pani Langhorne wyszukała informacje na temat Corumby i ponownie zastanawiała się, co czterdziestodwuletnia Amerykanka może robić w takim miejscu. Wraz z Harkiem za plecami Brighta i Yancy'ego po cichu nawiązali bardziej poufne stosunki. Rozmawiali sporo z pewnym dziennikarzem na temat przecieku informacji o miejscu pobytu Rachel Lane. Prasa ją tam znajdzie. W tej Corumbie. Wykurzą ją stamtąd i niebawem cały świat się dowie, co Rachel zamierza zrobić z pieniędzmi. Jeżeli, jak marzyli, odrzuci je, to ich klienci będą zabiegać o całą sumę.

Nieustannie o tym dyskutowali.

– Co Rachel Lane zamierza zrobić z pieniędzmi? – zapytał Yancy.

– Nie jestem pewien – odparł Josh tonem, jakby rozmawiał o tym z Rachel codziennie. – Prawdopodobnie zatrzyma trochę dla siebie, a większość przekaże na cele charytatywne. Moim zdaniem, dlatego właśnie Troy postąpił tak, jak postąpił. Domyślał się, że jeśli wasi klienci dostaną pieniądze, wystarczą im na dziewięćdziesiąt dni. Wybierając Rachel, wiedział, że zostaną przekazane najbardziej potrzebującym.

Nastąpiła długa przerwa w rozmowie. Marzenia powoli osypywały się w gruzy. Rachel Lane naprawdę istniała i nie zamierzała zrezygnować ze spadku.

– Dlaczego się nie pojawiła? – zapytał w końcu Hark.

– Cóż, trzeba ją znać, żeby odpowiedzieć na to pytanie. Pieniądze nic dla niej nie znaczą. Nie spodziewała się, że zostanie uwzględniona w ostatniej woli ojca. Nagle dowiaduje się, że odziedziczyła miliardy. Wciąż jest w szoku.

Zapadło kolejne długie milczenie, adwokaci notowali skrzętnie informacje.

– Jeśli zajdzie konieczność, jesteśmy gotowi zwrócić się do Sądu Najwyższego – odezwała się pani Langhorne. – Czy ona zdaje sobie sprawę, że to może potrwać lata?

– Zdaje sobie sprawę – odparł Josh. – I to jeden z powodów, dla których chciałaby rozeznać się w możliwościach załatwienia sprawy polubownie.

W końcu uczynili jakieś postępy.

– Od czego zaczynamy? – niecierpliwił się Wally Bright.

Było to trudne pytanie. Po jednej stronie stołu znajdował się garniec złota wart jedenaście miliardów dolarów. Podatki zabiorą ponad połowę, w stawce pozostanie pięć. Po drugiej stronie tkwili spadkobiercy Phelana, wszyscy oprócz Ramble'a po uszy w długach. Kto rzuci pierwszą sumę? Jaka to będzie kwota? Dziesięć milionów na spadkobiercę? Czy może sto?

Josh zaplanował wszystko.

– Zacznijmy od testamentu – powiedział. – Jeśli uznamy, że jest ważny, to zawiera on jasno wyrażoną klauzulę anulującą wszelkie legaty dla tych spadkobierców, którzy zechcą go obalić. Dotyczy to waszych klientów. A zatem zaczynacie od zera. W testamencie każdemu spadkobiercy zapisano kwotę równą jego długom w dniu śmierci pana Phelana. – Josh podniósł kolejną kartkę papieru i przyglądał się jej przez chwilę. – Zgodnie z tym, czego się dowiedzieliśmy dotychczas, Ramble Phelan nie ma żadnych długów. Geena Phelan Strong na dziewiątego grudnia ma długi w wysokości czterystu dwudziestu tysięcy. Libbigail i Spike są zadłużeni na prawie osiemdziesiąt tysięcy. Mary Ross wraz z mężem lekarzem mają długi w wysokości dziewięciuset tysięcy dolarów. Troy Junior anulował większość swych długów, ogłaszając bankructwo, ale mimo to jest winien sto trzydzieści tysięcy. Rex, jak wiadomo, wygrywa ten wyścig. On i jego piękna żona Amber dziewiątego grudnia byli winni łącznie siedem milionów sześćset tysięcy dolarów. Czy są jakieś zastrzeżenia co do tych liczb?

Nie. Liczby były nadzwyczaj dokładne. Prawnicy interesowali się bardziej następną kwotą.

– Nate O'Riley kontaktował się ze swoją klientką. Aby załatwić tę sprawę ugodowo, zaoferuje każdemu z sześciu spadkobierców dziesięć milionów dolarów.

Adwokaci nigdy równie szybko nie liczyli i pisali. Hark miał trzech klientów; siedemnaście i pół procenta dawało mu honorarium równe pięciu milionom dwustu pięćdziesięciu tysięcy. Geena i Cody zgodzili się na dwadzieścia procent dla pani Langhorne, a więc jej mała firma zebrałaby dwa miliony. Tyle samo przypadłoby Yancy'emu, za zgodą sądu, ponieważ Ramble był niepełnoletni. Wally Bright, który ciułał na życie, reklamując na siedzeniach autobusów szybkie rozwody, zabrałby połowę z dziesięciu milionów dolarów, zgodnie z kontraktem z Libbigail i Spikiem.

Wally zareagował pierwszy. Chociaż serce mu zamarło, a przełyk nadal był ściśnięty, udało mu się wykrztusić.

– Mój klient nie pójdzie na ugodę za mniej niż pięćdziesiąt milionów.

Pozostali również pokręcili głowami. Zmarszczyli brwi, próbując wyglądać na rozczarowanych śmieszną sumą, jaką im zaoferowano, chociaż w rzeczywistości już wydawali swoje honoraria.

Wally Bright nie potrafił napisać poprawnie sumy pięćdziesięciu milionów i miał kłopoty z rozstawieniem zer. Rzucił jednak kwotę z przebojowością hazardzisty z Vegas.

Przed spotkaniem zgodzili się nie schodzić poniżej pięćdziesięciu milionów na spadkobiercę. Brzmiało to nieźle przed spotkaniem. Teraz dziesięć milionów na stole wyglądało piekielnie nęcąco.

– To tylko jeden procent całej masy spadkowej – zauważył Hark.

– Można na to patrzeć w ten sposób – zgodził się Josh. – W rzeczywistości można spojrzeć na ten problem z wielu perspektyw. Ja jednak wolę zaczynać od zera, to znaczy punktu, w którym znajdujecie się w tej chwili, i piąć się w górę, niż oglądać się na cały majątek i schodzić w dół.

Josh chciał pozyskać ich zaufanie. Zaczekał, aż prawnicy skończą wymyślać coraz to inne sumy i powiedział:

– Osobiście, gdybym reprezentował jednego ze spadkobierców, nie wziąłbym dziesięciu milionów.

Zamarli, słuchając uważnie.

– Ona nie jest chciwą kobietą. Myślę, że Nate O'Riley mógłby ją przekonać, żeby poszła na ugodę za dwadzieścia milionów na głowę.

Stawka podwoiła się – ponad dziesięć milionów dla Harka, po cztery miliony dla pani Langhorne i Yancy'ego. Biedny Wally, czując w garści dziesiątkę, nagle dostał biegunki i zapytał, czy może na chwilę wyjść.

Nate z radością malował framugę drzwi, kiedy zadzwonił telefon komórkowy. Josh kazał mu zawsze trzymać pod ręką to piekielne urządzenie.

– Jeśli to do mnie, zapisz numer – poprosił ojciec Phil. Mierzył akurat skomplikowany róg kolejnego fragmentu płyty.

Dzwonił Josh.

– Nie mogło pójść lepiej – oświadczył. – Stanąłem na dwudziestu milionach, oni chcą pięćdziesiąt.

– Pięćdziesiąt? – powiedział z niedowierzaniem Nate.

– Tak, ale już wydają swoje pieniądze. Założę się, że przynajmniej dwójka siedzi teraz w salonie mercedesa.

– Kto wydaje szybciej? Prawnicy czy klienci?

– Ja stawiałbym na adwokatów. Posłuchaj, właśnie rozmawiałem z Wycliffem. Spotkanie odbędzie się u niego we środę o piętnastej. Do tego czasu powinniśmy zakończyć negocjacje.

– Nie mogę się doczekać – mruknął Nate i wyłączył się. Czas na kawę. Usiedli na podłodze oparci o ścianę i pili ciepłą kawę.

– Chcieli pięćdziesiąt? – zapytał Phil. Znał już wszystkie szczegóły sprawy. Pracując razem w podziemiu, mieli przed sobą niewiele sekretów zawodowych. Rozmowy cenili bardziej niż postępy w pracy. Phil był duchownym. Nate prawnikiem. Wszystko, co sobie powiedzieli, z założenia było poufne.

– Dobry punkt wyjścia – stwierdził Nate. – Ale dostaną o wiele mniej.

– Sądzisz, że dojdzie do ugody?

– Oczywiście. W środę spotkamy się z sędzią. Zwiększy nacisk. Zresztą do tego czasu adwokaci i ich klienci będą już liczyć pieniądze.

– Więc kiedy wyjeżdżasz?

– Chyba w piątek. Chcesz ze mną jechać?

– Nie stać mnie na taką podróż.

– Oczywiście, że cię stać. Moja klientka zapłaci rachunek. Możesz pełnić funkcję mojego doradcy duchowego. Pieniądze nie są przeszkodą.

– To nie byłoby w porządku.

– Daj spokój, Phil. Pokażę ci Pantanal. Spotkasz moich kumpli, Jevy'ego i Wally'ego. Popływamy łódką.

– Mówiłeś, że nie ma się do czego spieszyć.

– To nie jest niebezpieczna podróż. W Pantanalu rozwija się turystyka. To wielka ekologiczna oaza. Phil, jeżeli jesteś zainteresowany, mogę to załatwić.

– Nie mam paszportu – powiedział Phil i wypił łyk kawy. – W dodatku czeka mnie tu sporo roboty.

Nate wyjeżdżał na tydzień i jakoś liczył na to, że piwnica nie zmieni się do jego powrotu.

– Pani Sinclair może umrzeć lada dzień – odezwał się cicho Phil. – Nie mogę wyjechać.

Parafia czekała na śmierć pani Sinclair od co najmniej miesiąca. Phil obawiał się nawet wyjazdu do Baltimore. Nate zrozumiał, że jego przyjaciel nigdy nie opuści kraju.

– Znowu się z nią zobaczysz – powiedział pastor.

– Tak.

– Cieszysz się?

– Nie wiem. Nie mogę się doczekać, kiedy ją zobaczę, ale nie jestem pewien, czy ona chce mnie ujrzeć. Jest bardzo szczęśliwa i ten świat jej nie interesuje. Nie będzie chciała słuchać o prawniczych sprawach.

– To po co próbujesz?

– Nie mam nic do stracenia. Jeśli ponownie odrzuci pieniądze, znajdziemy się w tym samym punkcie co teraz. Druga strona dostanie wszystko.

– A to oznacza katastrofę.

– Tak. Trudno byłoby znaleźć grupę ludzi mniej przygotowaną do otrzymania dużej sumy pieniędzy niż spadkobiercy Phelana. Ta forsa ich zabije.

– Nie możesz wytłumaczyć tego Rachel?

– Próbowałem. Jej to nie interesuje.

– I nie zamierza zmienić zdania?

– Nie. Nigdy.

– A ta wyprawa do niej to w rzeczywistości strata czasu?

– Obawiam się, że tak. Ale przynajmniej spróbujemy.

Rozdział 50

Wszyscy spadkobiercy Phelana z wyjątkiem Ramble'a nalegali, aby na czas spotkania być albo w samym sądzie, albo gdzieś w pobliżu. Każdy miał telefon komórkowy, tak jak prawnicy w gabinecie Wycliffa.

Klienci i ich prawnicy niewiele spali w ciągu ostatnich kilku nocy.

Jak często zostaje się milionerem? Spadkobiercy Phelana przynajmniej dwukrotnie, toteż ślubowali sobie, że tym razem będą mądrzejsi. Kolejna okazja już nigdy się nie zdarzy.

Przechadzali się po korytarzach sądu, czekając niecierpliwie. Palili na zewnątrz przy drzwiach wejściowych. Ogrzewali się w samochodach na parkingu, nie mogąc znaleźć sobie miejsca. Zerkali na zegarki, próbowali czytać gazety, rozmawiali nerwowo, kiedy wpadali na siebie.

Nate i Josh siedzieli po jednej stronie pokoju. Josh oczywiście miał na sobie kosztowny ciemny garnitur. Nate włożył sztruksową koszulę z plamkami białej farby na kołnierzu, bez krawata. Dżinsy i sportowe buty dopełniały stroju.

Wycliff najpierw zwrócił się do siedzących po drugiej stronie pokoju adwokatów Phelanów. Poinformował ich, że nie zamierza odrzucić odpowiedzi Rachel Lane, przynajmniej nie teraz. Na szali leżało zbyt dużo, aby wyłączyć ją z rozprawy. Pan O'Riley dobrze reprezentuje jej interesy, a zatem rozprawa odbędzie się tak, jak zaplanowano.

Celem spotkania było omówienie ugody, czyli czegoś, czym każdy sędzia życzyłby sobie zakończyć każdą sprawę. Wycliffa pociągała wizja długiego, paskudnego, głośnego procesu, lecz oczywiście nigdy by się do tego nie przyznał. Do jego obowiązków należało skłanianie, popychanie i zachęcanie stron do zawarcia ugody.

Ponaglanie i zachęcanie nie było konieczne.

Sędzia przejrzał wszystkie zeznania i dokumenty, obejrzał też nagranie z każdej minuty przesłuchań. Po zapoznaniu się z materiałami sprawy przekazał Harkowi, Brightowi, Langhorne i Yancy'emu opinię, że nie mają szans na wygranie procesu.

Przyjęli to całkiem dobrze. Opinia sędziego wcale ich nie zdziwiła. Pieniądze leżały na stole i niecierpliwili się, kiedy położą na nich łapy. Mówili sobie w duchu, że mogą wytrzymać wszelkie obelgi, byle jak najszybciej otrzymać swoje honoraria.

Z drugiej strony, twierdził Wycliff, nigdy nie wiadomo, jaką decyzję podejmie ława przysięgłych. Mówił tak, jakby miał często do czynienia z ławą przysięgłych, chociaż wcale tak nie było. I prawnicy o tym wiedzieli.

Poprosił Josha o streszczenie wstępnej konferencji ugodowej z poniedziałku, sprzed dwóch dni.

– Chcę dokładnie wiedzieć, na czym stoimy – wyjaśnił.

Josh mówił krótko. Sprawa była prosta. Każdy ze spadkobierców chciał po pięćdziesiąt milionów. Rachel, jedyna i główna beneficjentka, oferuje im po dwadzieścia milionów zadośćuczynienia bez przyznania, że strona przeciwna może mieć rację.

– To zasadnicza różnica – zauważył Wycliff.

Nate się nudził, ale starał wyglądać na zainteresowanego. Bierze udział w negocjowaniu ugody na wysokim szczeblu, dotyczącej jednego z największych majątków na świecie. Josh już wcześniej zwymyślał go za wygląd. Wcale się tym nie przejął. Interesowały go twarze prawników po drugiej stronie sali. Stanowili żałosną zgraję, która nie dba o wynik sporu, ale chciwie czeka na chwilę, gdy okaże się, ile dostaną. Oczy błyszczały dziko; ręce nerwowo gestykulowały.

Byłoby śmiesznie, gdyby nagle wstał, oświadczył, że Rachel nie daje im żadnego zadośćuczynienia i wypadł jak burza z sali. Siedzieliby oniemiali przez kilka sekund, a potem rzucili się za nim jak wygłodniałe psy.

Kiedy Josh skończył, w imieniu wszystkich zabrał głos Hark. Już wcześniej sporządził notatki, a teraz dopisał jeszcze kilka świeżych spostrzeżeń. Przyznał, że sprawa nie potoczyła się takim torem, jakiego oczekiwali. Ich klienci nie byli dobrymi świadkami. Obecni psychiatrzy wydawali się równie niekompetentni jak poprzedni trzej. Nie można polegać na Sneadzie. Wyznał jednak wszystko i jego szczerość jest godna podziwu.

Zamiast teoretyzować Hark skupił się na sprawach ludzkich. Mówił o swoich klientach, dzieciach Phelana. Przyznał, że na pierwszy rzut oka nie budzą współczucia, ale po odrzuceniu zewnętrznych pozorów łatwo było się przekonać, że po prostu nigdy nie mieli szans. Jako dzieci byli bogaci i rozpieszczani, wychowywani przez obce opiekunki, lekceważeni przez ojca, który albo przebywał w Azji i wykupywał tam fabryki, albo mieszkał w biurowcu z nową sekretarką. Hark nie chciałby obmawiać umarłego, ale pan Phelan był, jaki był. Żony zmarłego też są dość dziwne, ale i one przeżyły z Troyem piekło.

Dzieci Phelana nie wychowywały się w normalnej rodzinie. Nie nauczyły się od swoich rodziców tego, czego zazwyczaj uczą się dzieci. Od swojego ojca, wielkiego biznesmena, oczekiwały akceptacji, której nigdy nie otrzymały. Ich matki biegały do salonów piękności i na zakupy. Ojciec uważał, że dając każdemu dziecku pięć milionów dolarów po ukończeniu dwudziestu jeden lat, zapewnia im właściwy start w życiu. Było to i za późno, i za wcześnie. Pieniądze nie mogły dać im mądrości, przewodnictwa duchowego, miłości, jakich potrzebowali w dzieciństwie. I jasno dowiedli, że nie byli gotowi na odpowiedzialność związaną z bogactwem.

Dar okazał się zgubny, a mimo to dał im dojrzałość. Teraz, po latach, dzieci Phelana, spoglądając za siebie, widzą popełnione błędy. Czują się zawstydzone tym, jak głupio postąpiły z pieniędzmi. Wyobraźmy sobie, że budzimy się pewnego dnia jako syn marnotrawny – tak było z Reksem, gdy skończył trzydzieści dwa lata – rozwiedziony, bez pieniędzy, z wyrokiem za niepłacenie alimentów. Wyobraźmy sobie, że siedzimy w więzieniu przez jedenaście dni, podczas gdy nasz brat, również rozwiedziony i bez pieniędzy, próbuje przekonać matkę, aby wpłaciła za nas kaucję. Rex, siedząc za kratkami, próbował ustalić, na co wydał swoje pieniądze.

Życie nie było łaskawe dla dzieci Phelana. One same zadały sobie rany, ale wiele z nich powstało z winy ojca.

Ostatecznym aktem lekceważenia z jego strony był napisany odręcznie testament. Nigdy nie pojmą złośliwości człowieka, który odtrącił ich z pogardą jako dzieci, karał jako dorosłych i wreszcie wymazał ze swojego życia jako spadkobierców.

Hark zakończył słowami:

– Są Phelanami, z ciała i krwi Troya, na dobre i złe, i niewątpliwie zasługują na sprawiedliwy podział majątku ojca.

Hark usiadł. Na sali zapanowała cisza. Emocjonalne wystąpienie wyraźnie poruszyło Nate'a i Josha, a nawet Wycliffa. Nie wywarłoby takiego efektu przed ławą przysięgłych, ponieważ Hark nie mógłby przyznać, że jego klienci nie mają podstaw do walki. W tym jednak czasie i miejscu oracja Harka była po prostu doskonała.

Nate decydował o pieniądzach, przynajmniej taką rolę przyjął w tej grze. Mógł kusić, to znów odpychać, blefować i zwodzić godzinami po to, by uszczknąć kilka milionów. Ale nie miał ochoty i nastroju na takie poczynania. Jeśli Hark mówił prosto i bez ogródek, on też tak potrafił. I tak dokonał się nie lada podstęp.

– Jaka jest wasza dolna granica? – zwrócił się do Harka.

– Nie jestem pewien, czy mamy dolną granicę. Myślę, że pięćdziesiąt milionów na spadkobiercę to rozsądna kwota. Wiem, że to sporo, ale nie w stosunku do całości majątku. Po odciągnięciu podatków bierzemy około pięciu procent.

– Pięć procent to nie jest dużo – stwierdził Nate i pozwolił, aby słowa zawisły między nimi. Hark obserwował go, pozostali nie odrywali wzroku od notesów, trzymając długopisy gotowe do kolejnej rundy obliczeń.

– Istotnie – potwierdził Hark.

– Moja klientka zgodzi się na pięćdziesiąt milionów – oświadczył Nate. W tej chwili jego klientka prawdopodobnie uczyła małe dzieci psalmów, siedząc w cieniu drzewa nad rzeką.

Wally Bright właśnie zarobił dwadzieścia pięć milionów dolarów i pod wpływem pierwszego impulsu chciał rzucić się przez salę i ucałować Nate'owi stopy. Zamiast tego zmarszczył brwi, zrobił inteligentną minę i nabazgrał w notesie coś, czego nie potrafiłby nigdy odczytać.

Josh oczywiście wiedział, że tak będzie, lecz Wycliff sprawiał wrażenie szczerze zdumionego. Właśnie doszło do zawarcia ugody i nie będzie żadnego procesu. Musiał zrobić zadowoloną minę.

– No cóż – odezwał się. – A zatem dogadaliśmy się?

Nie wiedzieć czemu, chyba z czystego przyzwyczajenia, adwokaci Phelanów skupili się jeszcze raz dokoła Harka, próbując coś szeptać, lecz najwyraźniej słowa ich zawiodły.

– Zgadzamy się – ogłosił Hark, bogatszy o dwadzieścia sześć milionów dolarów.

Tak się złożyło, że Josh przypadkiem miał przy sobie formularz umowy ugodowej. Zaczęli wypełniać puste pola, kiedy niespodziewanie adwokaci Phelanów przypomnieli sobie o swoich klientach. Przeprosili na chwilę i wybiegli na korytarz z telefonami komórkowymi w kieszeniach. Troy Junior i Rex czekali na pierwszym piętrze przy maszynie z napojami. Geena i Cody czytali gazety w pustej sali sądowej. Spike i Libbigail siedzieli w swoim starym pikapie na ulicy. Mary Ross niepokoiła się w cadillacu na parkingu. Ramble został w swojej piwnicy. Zamknąwszy drzwi na klucz, założył sobie słuchawki na uszy i odjechał do innego świata.

Ugoda nie była kompletna bez podpisu i potwierdzenia przyjęcia spadku przez Rachel Lane. Prawnicy Phelanów chcieli, żeby sprawa została w ścisłej tajemnicy. Wycliff zgodził się utajnić akta sądowe. Po godzinie sporządzono umowę. Podpisali ją wszyscy spadkobiercy wraz z adwokatami. Podpisał również Nate.

Brakowało tylko jednego podpisu. Nate poinformował ich, że załatwienie go zajmie mu kilka dni.

Gdybyż wiedzieli to, co ja, myślał, wychodząc z sądu.

W piątek po południu Nate i pastor wyjechali z St. Michaels samochodem prawnika. Phil prowadził, próbując się do niego trochę przyzwyczaić. Nate drzemał na siedzeniu pasażera. Kiedy

382

przejeżdżali Bay Bridge, Nate obudził się i przeczytał Philowi treść ostatecznej ugody, ponieważ pastora interesowały wszystkie szczegóły sprawy.

Na lotnisku Baltimore-Waszyngton czekał już samolot gulfstream IV, własność Grupy Phelana. Elegancki i lśniący, był dostatecznie duży, aby zabrać dwadzieścia osób do dowolnego miejsca na świecie. Phil chciał mu się przyjrzeć, więc poprosili pilotów o oprowadzenie. Nie ma sprawy. Co tylko pan O'Riley sobie życzy. W kabinie obitej skórą i drewnem stały sofy, bujane fotele, stół konferencyjny, wisiało kilka ekranów telewizyjnych. Nate z chęcią podróżowałby normalnie, ale Josh nalegał.

Długo patrzył za odjeżdżającym Philem, zanim wszedł na pokład samolotu. Za dziewięć godzin miał wylądować w Corumbie.

Umowę powierniczą spisano możliwie jak najkrócej, prostymi słowami. Josh wielokrotnie kazał ją swoim pracownikom przepisywać. Gdyby Rachel zdradziła cień ochoty na jej podpisanie, musieli być pewni, że dokładnie zrozumie znaczenie dokumentu. Nate oczywiście miał jej wszystko objaśnić, ale wiedział doskonale, że w tych sprawach nie wykazywała zbyt wiele cierpliwości.

Majątek, który zapisał jej ojciec w testamencie, zostanie umieszczony w funduszu powierniczym, o nazwie Fundusz Powierniczy Rachel. Kapitał pozostanie nienaruszony przez dziesięć lat, tak że tylko procenty i wpływy będzie można przeznaczać na cele charytatywne. Po dziesięciu latach pięć procent z kapitału w skali roku, łącznie z wpływami, można będzie wydać wedle uznania powierników. Coroczne wydatki miały być przeznaczane na rozliczne cele charytatywne, ze szczególnym uwzględnieniem pracy misyjnej World Tribes. Zostało to jednak tak niezobowiązująco ujęte w umowie, że powiernicy mogli przeznaczać pieniądze niemal na każdy cel. Głównym powiernikiem była Neva Collier z World Tribes i do niej należało prawo wyznaczenia dwunastu innych powierników pomocniczych. Powiernicy będą zarządzali funduszem sami i składali Rachel sprawozdania, jeśli sobie tego zażyczy.

Rachel nigdy nie zobaczy ani nie dotknie tych pieniędzy, jeśli taka będzie jej wola. Fundusz zostanie założony przy pomocy adwokatów wybranych przez World Tribes.

Było to bardzo proste rozwiązanie.

Wymagało jedynie jej podpisu, jednego krótkiego „Rachel Lane", czy jak tam się nazywała. Jeden podpis na funduszu powierniczym, jeden na umowie powierniczej i sprawa majątku Phelana przestanie budzić emocje. Nate będzie mógł zająć się sobą, stawić czoło problemom, brać lekarstwa i budować życie od nowa. Nie mógł się tego doczekać.

Gdyby Rachel nie chciała podpisać papierów, Nate poprosi ją o podpisanie dokumentu zrzeczenia się. Mogła zrezygnować ze spadku, ale musiała powiadomić o tym sąd.

Zrzeczenie się spadku czyniłoby z ostatniej woli Troya bezwartościowy świstek papieru, oczywiście ważny mocą prawa, ale niemożliwy do wprowadzenia w życie. Majątek nie zostanie przekazany nikomu, więc efekt będzie taki sam, jakby Troy umarł bez testamentu. Sąd podzieli spadek na sześć części – po jednej dla każdego spadkobiercy.

Jak postąpi Rachel? Próbował wyobrażać sobie, że bardzo się ucieszy na jego widok, ale jakoś mu nie wychodziło. Pamiętał, jak machała do niego, gdy odpływał, tuż przed atakiem *dengi*. Stała wśród tubylców, żegnając się z nim na zawsze. Nie chciała, żeby nękano ją sprawami tego świata.

Rozdział 51

Valdir czekał na lotnisku w Corumbie. Gulfstream, kołując, zbliżał się do małego terminalu. Była pierwsza w nocy; lotnisko świeciło pustkami, tylko kilka awionetek stało gdzieś na końcu czarnego, asfaltowego pasa. Nate spojrzał na nie i zastanowił się, czy samolot Miltona powrócił z Pantanalu.

Przywitali się jak starzy przyjaciele. Valdira ucieszył zdrowy wygląd Nate'a. Kiedy widzieli się po raz ostatni, Nate przypominał wyschnięty szkielet i kręciło mu się w głowie po chorobie.

Odjechali fiatem Valdira z opuszczonymi szybkami. Ciepłe, wilgotne powietrze dmuchało Nate'owi prosto w twarz. Piloci pojechali za nimi taksówką. Na zakurzonych, opustoszałych ulicach nie widzieli żywego ducha. Zatrzymali się w śródmieściu przed hotelem Palace. Valdir wręczył Nate'owi klucz.

– Pokój 212 – powiedział. – Do zobaczenia o szóstej.

Nate spał cztery godziny i kiedy poranne słońce wyjrzało zza budynków, czekał już przed hotelem na chodniku. Jego uwagę zwróciło przede wszystkim niebo. Pora deszczowa skończyła się miesiąc temu. Nadchodziły chłodniejsze dni, chociaż w Corumbie temperatura w ciągu dnia rzadko spadała poniżej czterdziestu stopni.

W ciężkim worku Nate miał dokumenty, aparat fotograficzny, nowy telefon satelitarny, nowy telefon komórkowy, pager, najsilniejszy środek przeciwko owadom znany nowoczesnej chemii, niewielki podarunek dla Rachel oraz dwie zmiany ubrań. Grube spodnie khaki i długie rękawy szczelnie zakrywały ciało. Przystał na niewygodę i siódme poty, by żaden owad nie przedarł się przez jego zbroję.

Valdir przyjechał punktualnie o szóstej i popędzili w kierunku lotniska. Miasto powoli budziło się do życia.

Za tysiąc dolarów za godzinę Valdir wynajął helikopter z firmy w Campo Grande. Maszyna mogła pomieścić czterech pasażerów i dwóch pilotów i miała zasięg sześciuset kilometrów.

Wraz z pilotami obejrzeli na mapach Jevy'ego rzekę Xeco i jej dopływy. Ponieważ skończyły się rozlewy rzek, nawigacja w Pantanalu była o wiele łatwiejsza, zarówno na wodzie, jak i w powietrzu. Rzeki cofnęły się w swoje koryta. Woda w jeziorach opadła do linii brzegowej. *Fazendas* wynurzyły się z bagien i można je było bez trudu odnaleźć z pomocą map lotniczych.

Wrzucając worek do helikoptera, Nate starał się nie myśleć o swoim ostatnim locie nad Pantanalem. Szanse powodzenia były teraz po jego stronie. Istniało przecież niewielkie prawdopodobieństwo, że raz za razem ulegnie wypadkowi lotniczemu.

Valdir wolał zostać na ziemi, przy telefonie. Nie pasjonowało go latanie, szczególnie helikopterem, nad Pantanalem. Wzbili się w powietrze, w spokojne i bezchmurne niebo. Nate zapiął pasy i założył hełm. Polecieli wzdłuż rzeki Paragwaj i wkrótce zostawili za sobą Corumbę. Machali do nich rybacy. Mali chłopcy zatrzymywali się po kolana w wodzie i zadzierali głowy do góry. Śmigłowiec przemknął nad *chalaną* obładowaną bananami i poleciał na północ. Jakaś inna rozklekotana *chalana* podążała na południe.

Nate przyzwyczajał się powoli do hałasu i wibracji maszyny. Słuchał, jak piloci rozmawiają ze sobą po portugalsku. Przypomniał sobie „Santa Lourę" i kaca, kiedy ostatnio wypływał z Corumby na północ.

Wznieśli się na wysokość ośmiuset metrów i wyrównali lot. Po trzydziestu minutach na skraju rzeki Nate dostrzegł faktorię Fernanda.

Zdumiewała go zmienność Pantanalu w każdej porze roku. Nadal była to nieskończona ilość bagien, lagun i rzek, wciskających się dziko we wszystkich kierunkach, ale teraz, po ustąpieniu wód, kraina tryskała zielenią.

Lecieli nad Paragwajem. Niebo było niezmiennie przejrzyste i błękitne. Nate przypomniał sobie katastrofę samolotu Miltona w wigilię świąt Bożego Narodzenia. Burza pojawiła się wtedy w jednej chwili.

Opadli na pułap czterystu metrów. Piloci, kołując, wskazywali palcami jakieś miejsce, jakby znaleźli cel podróży. Nate wyłowił słowo „Xeco" i spojrzał na wijący się pod nimi dopływ Paragwaju. Jasne, że nie mógł pamiętać rzeki Xeco. Podczas pierwszego z nią spotkania leżał skulony pod namiotem na dnie łodzi i chciał możliwie jak najszybciej umrzeć. Skręcili na zachód, w lewo od Paragwaju, lecąc nad Xeco ku górom Boliwii. Szukali niebiesko-żółtej *chalany*.

Na ziemi Jevy usłyszał odległy warkot helikoptera. Szybko zapalił pomarańczową flarę i wysłał ją w powietrze. Welly zrobił to samo. Flary płonęły jasno, pozostawiając za sobą niebiesko-srebrny ślad. Po kilku minutach zobaczyli nadlatujący helikopter. Kołował powoli i ostrożnie.

Jevy i Welly maczetami wycięli małą polankę pośród gęstych krzaków i zarośli, pięćdziesiąt kroków od brzegu rzeki. Ten brzeg jeszcze przed miesiącem znajdował się pod wodą. Helikopter kołysał się i przechylał, a potem powoli usiadł na ziemi.

Kiedy łopaty śmigieł znieruchomiały, Nate wyskoczył i uściskał starych kumpli. Nie widział ich od ponad dwóch miesięcy i fakt, że znów tu był, stanowił nie lada niespodziankę dla całej trójki.

Każda minuta była droga. Nate obawiał się burz, ciemności, powodzi i komarów i chciał jak najszybciej ruszać. Podeszli do stojącej przy brzegu *chalany*. Obok niej cumowała długa nowa szalupa, najwyraźniej czekająca na swój dziewiczy rejs. Za burtą lśnił uderzająco nowy silnik. Wszystko to było darem masy spadkowej Phelana. Nate i Jevy załadowali worki do szalupy, pożegnali się z Wellym i pilotami i popłynęli w górę rzeki.

Jevy, przekrzykując terkot motoru, wyjaśnił, że osady leżą o dwie godziny drogi stąd. Dzień wcześniej przypłynęli tu z Wellym *chalaną*. Rzeka stała się jednak za mała nawet na taką łódź, więc przycumowali w pobliżu skrawka płaskiego terenu, na tyle dużego, żeby mógł na nim wylądować helikopter. Potem szalupą dotarli aż do pierwszej osady. Zawrócili, zanim usłyszeli ich Indianie.

Dwie, a może trzy godziny. Nate miał nadzieję, że nie skończy się na pięciu. Absolutnie nie zamierzał spać na ziemi, w namiocie albo hamaku. Nie wystawi ani kawałka skóry na niebezpieczeństwa dżungli. Straszne wspomnienia gorączki tropikalnej były zbyt świeże.

Jeśli nie znajdzie Rachel, wróci helikopterem do Corumby, zje przyjemny obiad z Valdirem, prześpi się w łóżku i znów spróbuje następnego dnia. Pieniędzy wystarczyłoby na kupienie tego cholernego śmigłowca.

Jevy jak zwykle był dobrej myśli. Dziób łodzi podskakiwał, w miarę jak potężny silnik nadawał jej prędkości. Jak miło płynąć z motorem, który pracuje miarowo. Byli niepokonani.

Raz jeszcze oczarowało go piękno Pantanalu; aligatory uciekające do wody na widok łódki, ptaki ślizgające się nisko nad powierzchnią, wspaniała pustka tej krainy. Zagłębili się już w nią za bardzo, by napotkać jakieś *fazendas*. Szukali ludzi, którzy mieszkali tu od zawsze.

Dwadzieścia cztery godziny wcześniej siedział na ganku, pijąc kawę. Obserwował wpływające do zatoki łodzie i czekał, aż zadzwoni ojciec Phil i powie mu, że idą do krypty. Dopiero po godzinie spędzonej w łodzi udało mu się przestawić i uświadomić sobie, gdzie się znajduje.

Nie poznawał rzeki. Ostatnim razem, kiedy znaleźli Indian Ipica, zabłądzili w Pantanalu, byli przestraszeni, przemoknięci, głodni i całkowicie zdani na wskazówki młodego rybaka. Wtedy też rzeki były wezbrane i nie widzieli żadnych charakterystycznych punktów terenu.

Nate obserwował niebo, jakby spodziewał się nalotu bombowego. Przy pierwszej ciemnej chmurze zarządza odwrót. Dalekie zakole rzeki wyglądało znajomo. Może są już blisko? Czy Rachel powita go z uśmiechem, obejmie i usiądzie w cieniu, by pogawędzić po angielsku? Czy istniała szansa, że się za nim stęskniła albo chociaż myślała o nim? Czy dostała listy? Była już połowa marca i paczki powinny do niej dotrzeć. Czy ma nową łódź i niezbędne lekarstwa?

A może ucieknie? Pobiegnie do wodza i poprosi go o ochronę albo żeby raz na zawsze pozbył się tego Amerykanina? Czy Nate w ogóle ją zobaczy?

Będzie stanowczy, o wiele bardziej zdecydowany niż ostatnim razem. To nie jego wina, że Troy sporządził tak absurdalny testament ani że Rachel była nieślubną córką. Ona również nie mogła niczego zmienić, a naprawdę niewiele trzeba do nawiązania współpracy. Tylko przystać na fundusz powierniczy albo zrzec się majątku. Nie wyjedzie bez jej podpisu.

Mogła odwracać się plecami do całego uznanego świata, ale zawsze pozostanie córką Troya Phelana. A ten fakt nakazywał pewną współpracę. Nate ćwiczył na głos argumentację. Jevy go nie słyszał.

Opowie jej o rodzeństwie. Odmaluje odrażający obraz tego, co by się stało, gdyby to oni otrzymali całą fortunę. Nakreśli parę szczegółów, które mogłyby posunąć sprawę do przodu, gdyby tylko Rachel podpisała się pod funduszem. Ćwiczył i ćwiczył.

Las porastający obydwa brzegi zgęstniał i konary drzew zetknęły się nad wodą. Nate rozpoznał tunel.

– To tam. – Jevy wskazał przed siebie na miejsce, gdzie po raz pierwszy zobaczyli kąpiące się w rzece dzieci. Zmniejszył prędkość. Minęli pierwszą osadę, nie widząc ani jednego Indianina. Chaty zniknęły z pola widzenia, rzeka rozwidlała się i strumienie znacznie się zmniejszyły.

Krajobraz był znajomy. Sunęli meandrami, zagłębiając się coraz bardziej w las. Rzeka zataczała prawie koła i od czasu do czasu ich oczom ukazywały się góry. Dopłynąwszy do drugiej osady, przycumowali do dużego drzewa, w pobliżu którego spali pierwszej nocy w styczniu. Wyszli na brzeg w miejscu, w którym stała Rachel, machając im na pożegnanie, a Nate odczuł pierwsze objawy *dengi*. Wciąż był tam pomost ze ściśle splecionych trzcinowych łodyg.

Nate patrzył na wioskę, gdy Jevy przywiązywał łódź. Jakiś młody Indianin biegł do nich ścieżką. Najwyraźniej usłyszano silnik.

Chłopak nie mówił po portugalsku, ale na migi, pomagając sobie pochrząkiwaniem, przekazał wiadomość, że mają zostać na brzegu, dopóki nie otrzymają dalszych poleceń. Nie dał po sobie poznać, że już ich widział. Sprawiał wrażenie przestraszonego.

Usiedli na pomoście i czekali. Dochodziła jedenasta. Mieli o czym rozmawiać. Jevy przez ten cały czas pracował na rzece, pilotował *chalany* przewożące towary do Pantanalu. Od czasu do czasu prowadził jakąś łódź z turystami. Wówczas zarabiał więcej.

Rozmawiali o ostatnim pobycie Nate'a, jak uciekali z Pantanalu na pożyczonym od Fernanda silniku, o zgrozie szpitala, poszukiwaniu Rachel w Corumbie.

– Coś ci powiem – odezwał się Jevy. – Wiele się nasłuchałem, pływając po rzekach. Jej tam nigdy nie było. Nie przyszła do ciebie do szpitala. To ci się tylko wydawało, przyjacielu.

Nate nie zamierzał się sprzeczać. Sam nie był niczego pewien.

Właściciel „Santa Loury" nie dawał Jevy'emu spokoju, wygadując o nim same złe rzeczy. Łódź zatonęła pod jego pieczą, chociaż wszyscy wiedzieli, że to burza ją zabrała. Co za głupiec.

Zgodnie z oczekiwaniami Nate'a rozmowa wkrótce przeszła na planowaną podróż Jevy'ego do Stanów Zjednoczonych. Poprosił o wizę, ale potrzebował sponsora i pracy. Nate zaczął kręcić, mówił o wielu rzeczach naraz, starając się ominąć temat. Nie starczyło mu odwagi, by powiedzieć, że i on niebawem będzie szukał pracy.

– Zobaczę, co się da zrobić – pocieszył chłopaka.

Jevy miał kuzyna w Kolorado, który również szukał posady.

Jakiś komar kręcił się przy ręce Nate'a. Instynktownie chciał zmiażdżyć go gwałtownym klapnięciem, ale po sekundzie zdecydował się sprawdzić skuteczność superśrodka odstraszającego.

Komara w końcu zmęczyło bezczynne przyglądanie się swojej ofierze i zapikował na wierzch prawej dłoni. Pięć centymetrów przed skórą zawisł niespodziewanie w powietrzu, zawrócił i zniknął. Nate się uśmiechnął. Wcześniej natarł olejkiem uszy, szyję i twarz.

Drugi atak gorączki tropikalnej zwykle powoduje krwotoki wewnętrzne. Jest o wiele gorszy od pierwszego i często śmiertelny. Nate O'Riley nie padnie jego ofiarą.

Rozmawiali zwróceni ku wiosce, wypatrując ewentualnego ruchu. Nate spodziewał się, że zobaczy, jak Rachel, poruszając się zgrabnie, wychodzi im na powitanie. Już na pewno się dowiedziała, że biały mężczyzna wrócił.

Ale czy wiedziała, że to Nate? A jeśli Indianie nie rozpoznali ich i Rachel przeraziła się, że znalazł ją ktoś inny?

I wtedy zobaczyli wodza. Szedł wolno w ich stronę z długą, obrzędową włócznią w ręku. Prowadził za sobą kilku Indian, których Nate rozpoznał z poprzedniej wyprawy. Zatrzymali się na skraju drogi, dobre piętnaście metrów od pomostu. Nie uśmiechali się; szczerze mówiąc, wódz wyglądał wyjątkowo nieprzyjemnie.

– Czego chcecie? – zapytał po portugalsku.

– Powiedz mu, że chcemy się widzieć z misjonarką – powiedział Nate i Jevy przetłumaczył jego słowa.

– Dlaczego? – padła odpowiedź.

Jevy wyjaśnił, że Amerykanin przebył długą drogę, aby się tu znaleźć i że to dla niego sprawa wielkiej wagi. Wódz ponownie zapytał:

– Dlaczego?

Ponieważ musi omówić sprawy, ważne sprawy, których nie zrozumiałby ani Jevy, ani wódz. Były jednak bardzo ważne, w przeciwnym razie Amerykanin by tu nie przypłynął.

Nate zapamiętał wodza jako hałaśliwego, skłonnego do gromkiego śmiechu człowieka o wybuchowym temperamencie. Teraz nie potrafił niczego wyczytać z jego twarzy. Z dystansu piętnastu metrów patrzył ponuro i groźnie. Kiedyś nalegał, żeby usiedli przy jego ognisku i zjedli razem z nim śniadanie. Teraz starał się trzymać możliwie jak najdalej od nich. Coś tu nie grało. Coś się zmieniło.

Powiedział, żeby zaczekali, i odszedł powoli do wioski. Minęło pół godziny. Do tej pory Rachel wiedziała już, kim są; wódz z pewnością jej powiedział. A mimo to nie wychodziła im na spotkanie.

Jakaś chmura przesłoniła słońce i Nate bacznie jej się przyglądał. Była pierzasta i biała, całkiem niegroźna, lecz widok zdjął go strachem. Gdyby usłyszał w oddali odgłos grzmotu, zabrałby się stąd czym prędzej. Zjedli krakersy z żółtym serem.

Gwizdanie wodza przerwało im śniadanie. Był sam. Spotkali się w połowie drogi i poszli za nim jakieś trzydzieści metrów, skręcili i minęli chaty, potem poszli jakąś inną ścieżką. Nate dostrzegł znajomy plac. Wioska opustoszała. Nie zobaczył ani jednego Indianina, żadnych dzieci, żadnych młodych kobiet zagrabiających piasek dokoła chat. Żadna kobieta nie gotowała ani nie sprzątała. Żadnego dźwięku. Jedynym ruchem był snujący się dym ognisk.

Wtedy dostrzegli twarze w oknach, małe głowy wychylające się z drzwi. Obserwowano ich bacznie. Wódz trzymał przybyszów z dala od chat, jakby nieśli ze sobą jakąś zarazę. Skręcił na ścieżkę prowadzącą przez las. Wyszli na polanę naprzeciwko chaty Rachel.

Ani śladu kobiety. Wódz poprowadził ich tak, że minęli drzwi wejściowe chaty i przeszli obok, tam gdzie w cieniu drzew ujrzeli groby.

Rozdział 52

Dwa bliźniacze krzyże zrobiono z drzewa. Indianie ociosali dokładnie gałęzie, wygładzili i związali je sznurkiem. Krzyże były małe, miały nie więcej niż trzydzieści centymetrów wysokości. Wbito je w świeżo wzruszoną ziemię u stóp każdego grobu. Nie nosiły żadnego napisu, niczego, co mogłoby wskazywać, kto i kiedy został tu pochowany.

Pod drzewami panował półmrok. Nate położył worek na ziemi między grobami i usiadł na nim. Wódz zaczął mówić miękko i szybko.

– Kobieta leży po lewej. Lako po prawej. Umarli w tym samym dniu, jakieś dwa tygodnie temu – tłumaczył Jevy. Wódz powiedział jeszcze kilka słów. – Malaria zabiła dziesięcioro ludzi od czasu, gdy wyjechaliśmy – powiedział Jevy.

Indianin przemawiał długo, nie robiąc przerw na tłumaczenie. Nate słyszał dźwięk słów i jednocześnie nie słyszał niczego. Patrzył na kopczyk, zgrabną kupkę czarnej ziemi, uformowaną w idealny, mały prostokąt, dokładnie obłożony ostruganymi konarami o grubości dziesięciu centymetrów. Ziemia skrywała Rachel Lane, najdzielniejszą osobę, jaką znał. Nie bała się śmierci. Czekała na nią z radością i nadzieją. Spoczywała w spokoju, jej dusza wreszcie połączyła się z Panem, jej ciało na zawsze zostało pośród ludzi, których kochała.

I był z nią Lako. Jego niebiańskie ciało nie było kalekie i nie cierpiało.

Wstrząs przychodził i odchodził. Jej śmierć raz wydawała się tragedią, raz nie. Rachel nie była młodą matką i żoną, która pozostawiła rodzinę. Nie miała przyjaciół, którzy opłakiwaliby jej odejście. Zaledwie garstka ludzi na jej ojczystej ziemi dowie się, że w ogóle odeszła z tego świata. Dla ludzi, którzy ją pochowali, stanowiła pewnego rodzaju osobliwość.

Znał ją dostatecznie dobrze i wiedział, że nie chciałaby, by ktokolwiek ją opłakiwał. Nie przyjęłaby łez. Nate nie płakał. Przez kilka chwil spoglądał na grób z niedowierzaniem, lecz wkrótce dotarła do niego rzeczywistość. Rachel nie była jego starą przyjaciółką, z którą dzielił wiele chwil w życiu. Tak naprawdę mało ją znał. Poszukując jej, kierował się czysto egoistycznymi motywami. Wtargnął w jej prywatność, a ona poprosiła go, aby odjechał na zawsze.

Ale cierpiał. Myślał o niej codziennie od czasu, gdy wyjechał z Pantanalu. Marzył o niej, czuł jej dotyk, słyszał głos, pamiętał jej mądrość. To ona nauczyła go się modlić i wlała mu w serce nadzieję. Była pierwszą osobą od wielu lat, która dostrzegła w nim coś dobrego.

Nigdy nie spotkał nikogo takiego jak Rachel Lane i bardzo mu jej brakowało.

Wódz umilkł.

– Mówi, że nie możemy tu zostać – zakomunikował Jevy.

– Dlaczego nie? – zapytał Nate, nie odrywając wzroku od grobu.

– Duchy obwiniają nas o sprowadzenie malarii. Przyszła, kiedy przyjechaliśmy tu za pierwszym razem. Nie cieszą się z naszego przyjazdu.

– Powiedz mu, że jego duchy to kupa błaznów.

– On ma ci coś do pokazania.

Nate wstał powoli i stanął twarzą w twarz z wodzem. Weszli do chaty. Podłoga była klepiskiem. Nate zobaczył dwa pomieszczenia. W pierwszym stały tak prymitywne meble, że aż trudno było w to uwierzyć: krzesło z odpowiednio powiązanej trzciny, sofa z nogami z pniaków drzewa, z kupką słomy zamiast poduszek. Drugie pomieszczenie stanowiło sypialnię i kuchnię. Rachel spała w hamaku jak Indianie. Pod hamakiem na małym stoliku leżało plastikowe pudełko po lekarstwach. Wódz wskazał na pudełko i coś powiedział.

– To dla ciebie – przetłumaczył Jevy.

– Dla mnie?

– Tak. Wiedziała, że umiera. Poprosiła wodza, żeby strzegł jej chaty. Gdyby przyjechał Amerykanin, miał mu to pokazać.

Nate bał się dotknąć pudełka. Wódz podniósł je i podał mu. Nate wycofał się z alkierza i usiadł na sofie. Indianin wraz z Jevym wyszli na zewnątrz.

Jego listy nie dotarły do niej, w każdym razie nie było ich w pudełku. Był tam brazylijski identyfikator, jakiego wymagano od każdego nie-Indianina. Trzy listy z World Tribes. Nate nie czytał ich, ponieważ na dnie pudełka dostrzegł testament.

Leżał w białej kopercie. W miejscu adresu nadawcy widniało brazylijskie nazwisko. Ostatni testament Rachel Lane Porter.

Nate wpatrywał się w kopertę z niedowierzaniem. Ręce mu się trzęsły, kiedy ostrożnie ją otwierał. Zobaczył złożone dwie kartki białego papieru listowego spięte zszywką. Na pierwszej kartce dużymi literami na samym środku widniał napis: „Ostatni Testament Rachel Lane Porter".

Przeczytał:

„Ja, Rachel Lane Porter, dziecko Boże, mieszkanka tego świata, obywatelka Stanów Zjednoczonych, będąc przy zdrowych zmysłach, spisuję testament następującej treści.

1. Nie mam żadnych wcześniejszych testamentów, które mogłabym unieważnić. Ten dokument ma stanowić odręczny testament.

2. Jestem w posiadaniu kopii ostatniej woli mojego ojca, Troya Phelana, datowanej na dziewiątego grudnia 1996 roku, w którym przekazuje mi cały swój majątek. Zamierzam spisać mój testament, wzorując się na jego testamencie.

3. Nie odrzucam ani nie rezygnuję z przypisanej mi części majątku. Nie życzę też sobie jej otrzymać. Zapis, który przeznaczył dla mnie, chcę umieścić w funduszu.

4. Wpływy z tego funduszu mają zostać wykorzystane na następujące cele: a) kontynuację pracy misyjnej World Tribes na całym świecie, b) szerzenie Ewangelii Chrystusa, c) ochronę praw rdzennych ludów Brazylii i Ameryki Południowej, d) żywienie głodnych, leczenie chorych, dach nad głową dla bezdomnych i ratowanie dzieci.

5. Wyznaczam mojego przyjaciela Nate'a O'Rileya do zorganizowania tego funduszu i udzielam mu szerokiej władzy dyskrecjonalnej do zarządzania nim. Wyznaczam go również wykonawcą tego testamentu.

Podpisano, szóstego dnia stycznia roku 1996 w Corumbie, w Brazylii.

Rachel Lane Porter"

Przeczytał jeszcze raz, a potem znowu. Drugi list był napisany po portugalsku. Będzie musiał poczekać na odpowiedni moment.

Spojrzał na ziemię pod nogami. Lepkie powietrze było idealnie nieruchome. Świat tonął w ciszy, z wioski nie dochodził najmniejszy dźwięk. Indianie Ipica chowali się przed białym człowiekiem i chorobami, które w sobie nosił.

Czy takie klepisko się zamiata? Żeby wyglądało schludnie i czysto? A co się dzieje, kiedy pada deszcz i słomiany dach przecieka? Czy zbierają się kałuże i zmieniają podłogę w błoto? Na ścianie tuż przed nim stały półki pełne książek: Biblii, książek religijnych, studiów teologicznych. Nierówne deski przechylały się o parę centymetrów w prawo.

To był jej dom przez jedenaście lat.

Nate przeczytał testament raz jeszcze. Szósty stycznia to dzień, kiedy wyszedł ze szpitala w Corumbie. Nie była zjawą. Dotknęła go i powiedziała mu, że nie umrze. Potem spisała testament.

Słoma zaszeleściła, kiedy się poruszył. Czuł się jak w transie, gdy Jevy wetknął głowę przez drzwi i powiedział:

– Wódz chce, żebyśmy odpłynęli.

– Przeczytaj to. – Nate wręczył mu dwie kartki papieru, z drugą na wierzchu. Jevy postąpił krok do przodu. Przeczytał wolno.

– Chodzi tu o dwoje ludzi. Pierwszy to prawnik, który mówi, że widział, jak Rachel Lane Porter podpisuje ten testament w jego biurze w Corumbie. Była zdrowa na umyśle. I wiedziała, co robi. Jego podpis jest oficjalnie uznany przez, hm, jak się mówi na takiego człowieka, co…

– Notariusz.

– Tak, notariusz. Ta druga osoba to sekretarka tego prawnika. Wygląda na to, że mówi to samo. I notariusz poświadcza jej podpis. Co to oznacza?

– Później ci wyjaśnię.

Wyszli na słońce. Wódz trzymał ręce złożone na piersiach – jego cierpliwość się wyczerpała. Nate wyjął aparat z worka i zaczął robić zdjęcia chaty i grobów. Kazał Jevy'emu potrzymać testament, a sam przykucnął przy jej grobie. Potem Nate trzymał dokumenty, a Jevy robił zdjęcia. Wódz nie zgodził się na zdjęcie z Nate'em. Zachowywał możliwie jak największy dystans. Chrząknął groźnie i Jevy przestraszył się, że w końcu wybuchnie.

Znaleźli szlak i ruszyli w kierunku lasu, i tym razem utrzymując bezpieczną odległość od wioski. Kiedy drzewa zgęstniały, Nate zatrzymał się i odwrócił, aby ostatni raz spojrzeć na chatę. Chciał ją ze sobą zabrać, w jakiś sposób podnieść i przewieźć do Stanów, zachować jako pomnik, żeby miliony ludzi, którym chciała pomóc, miały gdzie przyjść i podziękować. To byłby jej grób. Zasługiwała na sanktuarium.

Była to jednak ostatnia rzecz, jakiej by sobie życzyła. Jevy i wódz zniknęli mu z pola widzenia i Nate pospieszył za nimi.

Doszli do rzeki, szczęśliwie nie zarażając nikogo. Wódz chrząknął do Jevy'ego, kiedy wsiedli do łodzi.

– Mówi, żebyśmy tu nie wracali – powiedział Jevy.

– Powiedz mu, żeby się o to nie martwił.

Jevy nie powiedział nic, tylko uruchomił silnik i łódź odbiła od brzegu.

Wódz już wracał do wioski. Nate zastanawiał się, czy jemu też brakowało Rachel. Żyła z nimi przez jedenaście lat. Wydawało mu się, że miała na niego duży wpływ, chociaż go nie nawróciła. Czy opłakiwał jej odejście, czy może czuł ulgę, że jego bogowie i duchy odzyskały wolność i swobodę działania? Co teraz, kiedy odeszła, stanie się z Indianami Ipica, którzy przyjęli chrzest?

Przypomniał sobie *shalyunów*, wiejskich czarowników, którym nie podobało się to, co robiła Rachel. Cieszyli się z jej śmierci i prześladowali jej stadko wiernych. Stoczyła godną i sprawiedliwą bitwę, a teraz spoczywała w pokoju.

Jevy wyłączył silnik i chwycił wiosło. Prąd był powolny, woda gładka. Nate ostrożnie wyjął telefon satelitarny i położył go na ławeczce. Niebo było bezchmurne, sygnał mocny i sekretarka w ciągu dwóch minut odnalazła Josha.

– Nate, powiedz mi, że podpisała tę cholerną umowę powierniczą. – To były jego pierwsze słowa. Wrzeszczał do słuchawki jak szalony.

– Nie musisz krzyczeć, Josh. Słyszę cię dobrze.

– Przepraszam. Powiedz mi, że się pod nią podpisała.

– Podpisała umowę powierniczą, ale nie naszą. Ona nie żyje, Josh.

– Nie!

– Tak. Zmarła dwa tygodnie temu. Malaria. Zostawiła odręczny testament, tak jak jej ojciec.

– Masz go?

– Tak. Jest bezpieczny. Wszystko przekazała funduszowi. Ja jestem powiernikiem i wykonawcą testamentu.

– Czy jest ważny?

– Myślę, że tak. Jest napisany odręcznie, podpisany, datowany, sporządzony przy świadkach: prawniku z Corumby i jego sekretarce.

– Według mnie wydaje się ważny.

– Co teraz? – zapytał Nate. Widział, jak Josh stoi za biurkiem z przymkniętymi oczami, w skupieniu; w jednej ręce trzyma telefon, drugą gładzi sobie włosy. Prawie słyszał, jak w myśli układa dalszy scenariusz.

– Nic się nie stanie. Jego testament jest ważny. Zapisy zostaną wprowadzone w życie.

– Ale ona nie żyje.

– Jego majątek przypadł jej. Tak jest zawsze w kraksach samochodowych kiedy jeden z małżonków umiera jednego dnia, a następny drugiego. Zapis przechodzi z jednego majątku do drugiego.

– A co z pozostałymi spadkobiercami?

– Umowa ugodowa pozostaje. Dostaną swoje pieniądze, a raczej to, co z nich zostanie, gdy adwokaci wezmą swoją część. Spadkobiercy są najszczęśliwszymi ludźmi na świecie, ale chyba nie można tego powiedzieć o prawnikach. Nie mają już czego atakować. Masz dwa ważne testamenty. Wygląda na to, że właśnie rozpocząłeś karierę powiernika.

– Mam szeroką władzę dyskrecjonalną.

– Masz o wiele więcej. Odczytaj mi treść tej woli.

Nate znalazł dokument na dnie worka i odczytał go powoli, słowo po słowie.

– Jak najszybciej wracaj do domu – powiedział Josh.

Jevy również chłonął każde słowo, chociaż udawał, że patrzy na rzekę. Kiedy Nate odłożył telefon, zapytał.

– Te pieniądze są twoje?

– Nie. Przechodzą na fundusz.

– Co to jest fundusz?

– Wyobraź sobie duży rachunek w banku. Nienaruszalny, z kumulującymi się procentami. Powiernik decyduje, na co pójdą odsetki.

Jevy wciąż nie był przekonany. Miał wiele pytań i Nate wyczuł jego niewiedzę. Nie był to jednak czas na tłumaczenie amerykańskiego prawa spadkowego, majątkowego i powierniczego.

– W drogę – powiedział.

Silnik zawarczał i łódź pomknęła po gładkiej powierzchni rzeki, zostawiając za sobą szeroki ślad spienionej wody.

Chalanę znaleźli późnym popołudniem. Welly łowił ryby. Piloci grali w karty na rufie. Nate jeszcze raz zadzwonił do Josha i powiedział mu, żeby odwołał odrzutowiec z Corumby. Nie będzie go potrzebował. Nie będzie się spieszył z powrotem do domu.

Josh się sprzeciwił, ale to było jedyne, co mógł zrobić. Bałagan Phelanów został uprzątnięty. Rzeczywiście nie musieli się już spieszyć.

Nate kazał pilotom skontaktować się po powrocie z Valdirem i pożegnał się z nimi.

Załoga *chalany* patrzyła, jak helikopter znika w oddali niczym mały owad. Jevy stanął za sterem. Welly usiadł poniżej na dziobie, tak że nogi dyndały mu kilka centymetrów ponad wodą. Nate znalazł koję i spróbował się zdrzemnąć. Ale tuż za ścianą był diesel. Jego ciągły stukot nie dawał spać.

Łódź była trzykrotnie mniejsza od „Santa Loury", nawet koje były krótsze. Nate leżał na boku i patrzył na brzeg.

Jakimś cudem wiedziała, że przestał pić, że opanował nałogi, że demony, które kontrolowały jego życie, zostały na zawsze wypędzone. Dostrzegła w nim dobro. Jakimś cudem wiedziała, że ciągle szuka. Usłyszała jego wołanie o pomoc. To Bóg jej powiedział.

Jevy zbudził go po zapadnięciu zmroku.

– Jest już księżyc – powiedział.

Usiedli na dziobie, a Welly stanął za sterem. Prowadzeni blaskiem księżyca w pełni, płynęli po Xeco wijącej się jak wąż w kierunku Paragwaju.

– Ta łódź jest wolna – stwierdził Jevy. – Dwa dni do Corumby.

Nate się uśmiechnął. Nie przejąłby się, gdyby mieli płynąć nawet miesiąc.

Od autora

Pantanal to kraina w Brazylii leżąca w stanach Mato Grosso i Mato Grosso do Sul. Ta przepiękna ziemia to fascynujące miejsce dla turystów. Mam nadzieję, że nie przedstawiłem jej jako jednego, wielkiego bagniska, pełnego niebezpieczeństw. Tak absolutnie nie jest. To ekologiczny klejnot, który przyciąga wielu podróżników kochających dziką przyrodę. Sam byłem w Pantanalu dwukrotnie i nie mogę się doczekać, kiedy tam wrócę.

Carl King, mój przyjaciel i misjonarz baptystów z Campo Grande, zabrał mnie w samo serce Pantanalu. Nie jestem pewien, na ile informacje, które mi przekazał, były dokładne, ale przez cztery dni przeżywaliśmy wspaniałą przygodę, licząc aligatory, fotografując zwierzęta, szukając anakond, jedząc czarną fasolę z ryżem, opowiadając sobie różne historie. Płynęliśmy łodzią, która jakimś trafem stawała się coraz mniejsza. Wielkie dzięki dla Carla za umożliwienie mi przeżycia tej przygody.

Proszę, aby podziękowania przyjęli również: Rick Carter, Gene Mcdade, Penny Pynkala, Jonathan Hamilton, Fernando Catta-Preta, Bruce Sanford, Marc Smirnoff oraz Estelle Laurence. I, jak zawsze, dziękuję Davidowi Gernertowi za ocenę rękopisu i ulepszenie tej książki.